古蜀传奇 ②

金沙传奇

黄剑华 著

成都时代出版社
CHENGDU TIMES PRESS

图书在版编目（CIP）数据

金沙传奇 / 黄剑华著 . -- 成都：成都时代出版社，
2021. 4

（古蜀传奇）

ISBN 978-7-5464-2715-7

Ⅰ .①金… Ⅱ .①黄… Ⅲ .①长篇历史小说—中国—
当代 Ⅳ .① I247.5

中国版本图书馆 CIP 数据核字（2020）第 216448 号

金沙传奇
JINSHA CHUANQI

黄剑华　著

出 品 人　李若锋

责任编辑　李卫平

责任校对　李　佳

责任印制　张　露

封面设计　严春艳

装帧设计　成都九天众和

出版发行　成都时代出版社

电　　话　（028）86742352（编辑部）
　　　　　（028）86615250（发行部）

网　　址　www.chengdusd.com

印　　刷　河北文盛印刷有限公司

规　　格　145mm×210mm

印　　张　15.875

字　　数　440 千

版　　次　2021 年 4 月第 1 版

印　　次　2021 年 4 月第 1 次

书　　号　ISBN 978-7-5464-2715-7

定　　价　88.00 元

内容提要

世界东方的岷江流域是个神奇瑰丽的地方，这里山川秀美，林木茂盛，鸟兽众多，物产富饶。3000多年前的古蜀国，就位于此地。古蜀国内有很多部落和氏族，他们畜牧耕种，打猎捕鱼，筑城而居，过着闲适而浪漫的生活。

古蜀国的杜宇王，年轻时有过传奇的经历，联合了朱提的梁氏部落，娶梁氏女朱利为妃，击败了鱼凫王，建立了新的王朝。杜宇称王后教民务农，扩张疆土，雄才大略，倜傥风流，随着威望的上升，而自立为帝，号曰望帝。

这时在长江中游的荆楚之地，有个叫鳖灵的年轻人，因才华出众智谋过人，受到楚国权贵的嫉妒和迫害。鳖灵无法在当地立足，不得已只有诈死，做了个投江溺水而亡的假象，带着美丽的妻子和家族成员悄悄地溯江而上，投奔古蜀国。鳖灵历尽千辛万苦，终于来到了古蜀国的都城。

当时古蜀国内正闹水灾，年事已高的杜宇王为治理水患殚精竭虑，弄得焦头烂额仍不知如何是好，只有颁诏求贤。鳖灵于是应诏前去王宫拜见杜宇王，提出了一整套治水的方略，杜宇王非常高兴，当即决定重用鳖灵，任以为相，委派鳖灵担负起古蜀国治水的任务。鳖灵立即上任，将年轻貌美的妻子和家人留在都城内，自己率领治水队伍驻扎在水灾最严重的地方。几个月过去了，鳖灵一直在外奔波操劳，开凿崖壁，泄洪排涝，对水患的治理初见成效。

杜宇王派人给在外地治水的鳖灵送去了很多犒劳品，同时传旨赏赐和慰问鳖灵家人。鳖灵之妻海伦梳妆打扮，随卫士来到王宫领取赏赐并表示感谢。杜宇王见到海伦美貌如仙，不由得双目放电，大为心动，特地留她共进午宴。鳖灵的妻子不甘寂寞，饮了佳酿美酒，春心荡漾，倒在了杜宇王的怀里。从此以后，杜宇王迷恋海伦的美色，两情相悦，享尽欢爱，一发而不可收拾。

杜宇王的王后朱利听到传闻后，很不开心。杜宇王的公主白羚，是一位巾帼英豪式的人物，率领象群也参加了治水，对鳖灵产生了同情和爱慕。鳖灵也知道了杜宇王和海伦的事，心中大为震怒。但鳖灵是一个很有智谋和韬略的人，他不动声色，装作什么也没发生、什么也不知道。暗地里，鳖灵开始了周密的部署和准备。

春去秋来，古蜀国终于治水成功了，鳖灵也在古蜀国的民众中获得了很高的威望。当鳖灵凯旋返回都城的时候，隐藏已久的矛盾不可避免地爆发了。鳖灵发动兵谏，经过较量，杜宇失去了王位，鳖灵成了古蜀国新的统治者……

杜宇王的结局也很有传奇色彩，由于公主白羚的救助，杜宇王骑象孤身逃进了地形复杂、森林茂密的西山。海伦被鳖灵囚禁幽居，后来也在公主白羚的帮助下逃出了牢笼，从此不知所终。杜宇王失去了王位也失去了深爱的情人，由于眷恋和思念，他的情感和精魂在神巫的点化下变成了杜鹃鸟，飞翔在彩云缭绕的山林之间，呼唤和等待着情人的归来……

鳖灵后来号曰丛帝，娶公主白羚为王后，古蜀国新政权称为开明王朝。

考古发现的成都金沙遗址便是杜宇时代与开明王朝的遗存。如今郫县城郊的望丛祠，即是对望帝杜宇、丛帝鳖灵这两位古蜀历史上伟大传奇人物的纪念。

第一章

暮春之际，大雨连绵。天地之间，看不到边际，只有这茫茫的雨幕和沙沙的雨声。那如黛的远山，青翠的林木，丘陵间的农舍和耕田，都笼罩在了无边无际的雨幕之中。平原上的田地和农作物都被淹了，河水还在上涨。

站在蜀国都城的城墙上，眺望流淌的岷江，曾经是一道无比美丽的景观。现在岷江已经变得汹涌起来，好似一条野性发作的咆哮的蛟龙，用翻腾的波浪冲撞着河床两边的堤岸，随时都有溃堤冲进王城的可能。往昔江畔的风和日丽和王城内外的繁华景观，已被这连绵的大雨所改变，无奈与恐慌好似浓厚的云雾一样笼罩着这座宏大的都城。

杜宇王站在江畔的城墙上，面对着汹涌的岷江，双眉紧锁，忧心忡忡，久久地思索着对策，双眼充满了焦虑。俊朗的脸庞，也显得有些疲惫。面对着这场前所未有的大雨和随之而来的洪涝灾害，他已经绞尽脑汁，却怎么也想不出应对良策。因为连日来的操劳，已经疲倦不堪了。

自从击败鱼凫王，建立了新的王朝，杜宇身居王位已经二十多年。他精力旺盛，睿智豁达，处事果断，才干超群，一直是个胜利者。蜀国在杜宇王的统治下，人丁繁盛，百业兴旺，疆域扩展，欣欣向荣。同周边的邻国相比，蜀国的实力远在巴国之上，甚至超过了北方的秦国、东方的楚国。在当时的列国中，蜀国堪称一枝独秀，是个真正的繁荣之国。

随着功业的扩张和威望的增强，杜宇王已经着手准备称帝了。连帝号都想好了，就叫望帝。望既是威望之意，也有希望和仰望的含义。当时的列国尚未有称帝者，杜宇王如果称帝，就是列国君王中的第一人。杜宇王准备称为望帝，就是要让列国的君王都来仰望他。杜宇王的谋划，得到大臣们的拥护，于是开始修筑宏大的祭坛，准备祷告天地诸神，正式登上帝位，然后天下大酺，君民同庆。杜宇王深信，称帝之后，蜀国必定会更加强大，蜀国的百姓也会过上更为安康富庶的生活。

就在蜀国君臣紧锣密鼓筹划称帝之事的时候，一场意想不到的大雨来临了。雨势如此之大，下得如此之久，可谓前所未有。连绵不断的大雨，使得河水猛涨，眼看就要泛滥成灾了。杜宇王最为担心的就是大雨造成的灾害，以及灾害带来的连锁反应。一旦洪水成灾，不仅蜀国的百姓遭殃，而且势必危及蜀王的统治，杜宇王称帝之事也就会化为泡影。难道蜀国这些年来的繁华，就要毁在这场罕见的大雨之中吗？难道应对洪涝灾害比击败强盛的鱼凫王还要更为困难吗？

杜宇王无声地叹了口气，他很清楚自己是决不会向敌手与困难屈服的。他的性格，决定了他的坚毅。他目前只是想不出好的办法，只是有些无奈而已。他眺望着汹涌奔泻的岷江，望着远近已经被洪水淹没的田野，望着从上游随混浊的波浪漂下的乱七八糟的杂物，心里充满了郁闷和烦恼。他很自然地联想到了蜀国的人才，联想到了自己的年龄，联想到了自己亲自修建的这座宏大而又壮丽的都城，联想到了多年来舒适而又令人烦闷的宫廷生活，联想到了已经快要修筑好的高大的称帝之坛。在过去的很多年内，他都沉湎在蜀国的繁华中，享受着王室生活的各种悠闲和快乐，也享受着蜀国日渐强盛的威望和盛名。他已经淡忘了敌手，也忽略了自然灾害的袭击，竟然没有任何预防措施。所以灾害来临，竟然有些手足无措。难道真的是自己老了吗？老到了连一个应对洪涝灾害的办法都想不出来了吗？杜宇王的嘴角浮起了一丝自嘲的冷笑。

站在旁边不远处的侍卫阿黑注意着杜宇王的表情，他很想提醒杜宇王，已经在雨中站了很久了，虽然戴着斗笠穿着蓑衣，里边的衣服差不多也要全部淋湿了，是否可以回王宫了？但阿黑没有吭声。他知道杜宇王正在思考对策，他不能妨碍杜宇王的思路。杜宇王的爱犬小虎，也默默地蹲守在他的旁边，灰黑色的毛皮已经被雨水淋湿，显得越发光亮。小虎是一只猛犬，是狼与狗杂交繁育的一只狼狗，既有狼的凶悍又有狗的忠顺，杜宇王每次打猎或外出时都会让小虎随行。杜宇王有一个卫队，个个训练有素，都是百里挑一的彪悍武士，但杜宇王平常很少调动卫队，跟随他的只有阿黑与小虎。杜宇王很清楚，在自己统治的国家和王城里，一位受百姓爱戴的国王，是没有什么危险的。有自幼跟随自己的忠诚的阿黑与小虎，就已经够了。正因为如此，杜宇王的行动一直很自由，在老百姓眼中是一位既威严而又潇洒、亲民的国王。

时间在哗哗的雨声中悄悄地流逝，连绵的大雨似乎小了一些，但洪水却在不断地上涨。在都城外边的堤岸上，一些穿着蓑衣的人正在打桩加固堤岸，还有人在运送竹木和草袋，传来隐隐约约的嘈杂声。那里似乎是最有可能溃堤的地方，所以巡防卫队叫来了很多人进行加固补救。

杜宇王注视着那边的情形，一颗心随之悬了起来，郁闷的心情变得更加纠结。不能再犹豫了，他对自己说，必须做出决断！采取措施！！

杜宇王抹了一下脸颊上的雨水，转身离开了城墙，大步向王宫走去。叫阿鹄和老阿摩来见我！他吩咐跟随在身后的阿黑。

阿黑答应了，立即找了两位侍卫去传达杜宇王的命令，牵着猛犬小虎跟着杜宇王回了王宫。

王宫是一处由很多宫室和庭院组成的综合性建筑。其中有召集大臣处理国家政务的大殿，有举办宴会的宫殿，此外还有寝宫，以及亭台与庭院。在后宫，杜宇王有自己的寝宫，王后朱利和公主白羚也有各自居住的宫室。王宫里还有马厩与象棚，马厩里有杜宇王喜爱的骏马，象棚里则有白羚驯养的好多头大象。骑着大象去野外湿地或丛林中游玩和打猎，是白羚最喜欢做的事情。朱利有时也喜欢骑马，但随着年岁的增长，户外活动已经变得越来越少了，年轻时追随杜宇一起扬鞭驰骋的情景已成往事。杜宇王有时外出游览或察访民情，有时打猎，还是要经常骑马，这也是他一直强健如昔的一个重要原因吧。

杜宇王坐在大殿的王座上，等待着阿鹄和老阿摩的到来。阿鹄是他的一位亲信大臣，辅佐他处理过蜀国的很多事情。杜宇王筹划称帝之事，也是吩咐阿鹄在操办。老阿摩是蜀国的神巫，年纪很大了，都说他法术非凡，有通神的能力，在百姓心目中威望很高。每逢蜀国有重大祭祀活动的时候，都会迎请老阿摩出场。这次请老阿摩到王宫来，当然也是因为灾情急迫，已经到了不得不请老阿摩出场的程度。

杜宇王仍然在思考着面临的洪涝情形，他站在城墙上眺望汹涌的岷江时，已经有了一些应对的办法。但他拿不准是否可行、有效？他很想听听亲信大臣和神巫的想法，很想知道他们是否有更好的主意？杜宇王知道，他缺少抗洪与治理水患的经验，他甚至不善于乘舟，平常甚至很少游泳，也不太喜欢捕鱼。以往他最喜欢的是骑马游览，或由阿黑与一些侍卫陪同去山林里射猎。而他最擅长的是鼓励百姓农田耕作，播种收获。由于他的倡导，蜀国的农业，比鱼凫王朝时有了显著的发展，每年生产的稻谷，加上饲养的家禽家畜，加上桑蚕与织布，使蜀国的民众过上了丰衣足食的日子。而在鱼凫王朝的时候，平原上湿地很多，耕种的农田很少，百姓们的生活来源主要是靠捕鱼与打猎。虽然蜀国江河池泽里的鱼很多，山林里的猎物也甚多，此外，还有各种野果取之不尽，但怎么能和农业带来的富裕繁荣相比呢？鱼凫王立国已久，却始终是个渔夫、猎手，作为鱼凫族的部落酋长也许绰绰有余，堪称英雄，但作为蜀王，却毫无雄图大略，也没有治理国家的能力。所以，雄心勃勃的杜宇王很容易就击败了鱼凫王，获取了蜀国的王位。当然，鱼凫王那个时候已经老了，体弱力衰，本事大不如前，而杜宇王则年富力强、武艺高强，两人一交锋，鱼凫王就败在了杜宇王的剑下。其实，击败鱼凫王并不困难，杜宇王出手的时候就已经稳操胜券，难的是登上王位后如何收服民心。而杜宇王也很快就做到了，其中最重要的诀窍就是教民耕种，大力发展农业，让蜀国的老百姓过上丰衣足食的好日子。民众们自己会比较，人人心里有杆秤，没有多久，大家就心甘情愿地做杜宇王的臣民了。这些年蜀国农作物的丰收，使邻国都羡慕不已，如巴国就学习蜀国开始经营农业，有些贫洼地方的民众甚至投奔蜀国而来。

联想到往昔这些辉煌和影响，杜宇王的脸上不由得浮起了一丝微笑，但笑意很快又被忧虑所替代了。农业是杜宇王统治蜀国的立国之本，而洪涝灾害则是农业的最大危害。如果现在不能很好地应对这场大雨带来的洪涝灾害，今年已经播种的稻谷就全完了。平原与低洼地区的农田全被淹，全国将毫无收成，百姓们的日子怎么过啊？想到这里，杜宇王的眉头又锁紧了，紧握的拳头重重地击了一下王座的扶手。

有一滴水珠落到了杜宇王的手背上，并滑落到了铺在王座上面的熊皮上，那是大殿屋顶上渗漏下来的雨水。他有些惊讶，这场大雨下得使大殿都漏水了，那些普通百姓的屋舍岂不是渗漏得更加厉害吗？他抬头望了一下装饰华丽的大殿，从屋顶到殿堂里都弥漫着外面大雨渗进来的雨水气息，湿湿的，潮潮的，甚至带着一些霉腥味儿。他郁闷的心情不由自主地变得沉重起来。

大殿外面传来了快速行走的脚步声与神杖碰击在地面石板上的响声，杜宇王敏锐的听觉告诉他，那是阿鹄与老阿摩来了。杜宇王端正了坐姿，等待着和亲信大臣与神巫见面晤谈。

阿鹄衣服已经湿了，神色仓皇。老阿摩拄着神杖，由一位侍卫扶着，随在后面，急匆匆地走进了殿堂。阿鹉按照惯常的礼仪向杜宇王行礼，老阿摩因为神巫的身份，不必行礼，只是出于对国王的尊敬，礼节性地哈了下腰。杜宇王摆了下手，让他们在王座对面坐下，威严而沉思的目光依次从阿鹉和老阿摩的脸上扫过，然后将目光停留在了阿鹉的脸上。阿鹉知道，那是杜宇王用目光在询问他呢。每次面对杜宇王那双炯炯的目光，阿鹉都有被看透一切的感觉。阿鹉很清楚杜宇王敏锐的直觉和判断，也很明白如何同这位英明的国王相处。能够成为杜宇王的亲信大臣，也不是一件很容易的事情。阿鹉不仅善于揣摩心思，而且有一套巧言善对的本事。这是其他很多大臣都不具备的，也正是因此，阿鹉成了杜宇王经常召唤的近臣。阿鹉思量了一下，试探着说：小臣刚从堤岸上回来，雨太大了，有一处在渗水……

杜宇王哦了一声，问：情况怎么样？

正在打桩，加固堤岸，去了很多臣民。阿鹉说。同时看了一下杜宇王的神情。

杜宇王没有继续问下去。阿鹉说的情况，他站在城墙上已经看到了。他现在要和他们晤谈的，并不仅仅是加固堤岸防止溃堤的问题，而是要采取什么措施、如何治理洪涝灾害。这不仅是当务之急，也是今后国家面临的一件极其要紧的大事。阿鹉似乎揣摩到了杜宇王的心思，也打住了话头。他怕将灾情说严重了，增加杜宇王的烦恼。每逢国家遇到大事，杜宇王都会果断地做出决策，即使杜宇王征求意见，也只不过是一个形式而已。有作为的国王，规矩都是自己定，主意也大都是自己出。杜宇王便正是这样一位英明的君主，阿鹉心里非常清楚这一点，所以他的应对总是很有分寸，不会贸然出主意，来表现自己的能耐。做一个得宠的近臣，最聪明的做法，就是要有足够的谦恭和耐心，来倾听君主的分析和想法，执行国王的决定与命令。

侍卫阿黑站在王座侧边稍远一点的地方。每逢杜宇王召集大臣商议事情的时候，他都会稍稍的站远一点，免得干扰，又随时准备听候吩咐。在宫殿门外，像往常一样站着几位守护王宫的侍卫。除了哗啦啦的雨声，大殿里静静的，弥漫着一种压抑的气氛。

杜宇王将目光投向老阿摩。老阿摩须发已白，饱经风霜的脸上布满皱纹，双眼微闭，也是一副沉思的神情。看得出来，老阿摩与前几年相比，明显变老了，只有那双握着神杖的手，依然强健，透露出一种神秘的力量。正是老阿摩的这双手，在重大祭祀活动中手舞足蹈向神灵献祭，施展法术，常常会有意想不到的效果。

殿外的光线映在神杖上，反射出一些斑驳的亮点。这是一柄世代相传的神巫之杖，和老阿摩形影不离已经很多很多年了。神杖上面雕刻的神秘图案已经不那么清晰，但图案中的鱼鸟、太阳、长箭、人面还依稀可辨。每次老阿摩手持神杖，站在祭坛上主持祭祀，与神灵沟通的时候，人们都会肃然仰视，内心充满敬畏。这柄神杖已成为一种象征，谁执掌了这柄神杖，就等于掌握了神权。

早在蚕丛王统治蜀国的时候，神杖是由国王亲自执掌的。蚕丛王不仅是盟主和蜀王，同时也是最大的神巫。蚕丛王有很多神奇的传说，譬如他的目光就与众不同，双目外凸可以远视千里，每当他纵目而视的时候，就进入了和神灵通话的状态。蚕丛王的耳朵也非同寻常，可以听到很远的声音，还可以听懂鸟兽的对话。那已经是非常遥远的故事了，仿佛是一个虚构的传说。据说，后来的神巫都有纵目而视、和神灵通话的本领，但也不是每位蜀王都有这个禀赋。后来蚕丛王去世，柏灌王继承了蜀国王位，神杖和神权的执掌，就发生了很大的变化。柏灌王不喜欢当神巫，将神杖授予了一位具有纵目而视本领，并能沟通神灵的族人阿摩，使得蜀国的神杖从此不再为国王所掌控。柏灌王成为蜀王不久，便遭遇了阴谋与政变，被强悍而狡猾的鱼凫王夺取了王位。传说柏灌王带着一些追随他的族人，逃离险境后遁入了深山密林。也有传说柏灌王陪伴着心爱的女人远走高飞，去了很遥远的地方，从此远离了美丽富庶而又多事的蜀国。浪漫而潇洒的柏灌王，就这样淡出了人们的视野。再后来，蜀国的百姓连对柏灌王的记忆都变得模糊了。鱼凫王则与柏灌王不同，曾以勇力称雄于当世，是一位强悍而又霸气的人物，鱼凫族也就成了蜀国众多部落与氏族中最强大的一支力量。到鱼凫王夺取王位成为蜀王后，曾经想收回神杖。于是法术高强的阿摩带着神杖，远离王城，从此隐居在了深山之中。又过了很久，年老的鱼凫王又被年轻的杜宇王击败了，蜀国的王位又随之发生了更替。光阴过得真是快啊，弹指之间，漫长的岁月仿佛一晃就过去了，几个王朝的兴衰变化都化为了往事。随着时光的流逝，这些往昔的故事，都成了渐渐被人淡忘的记忆。

杜宇王很尊重老阿摩，成为新的蜀王后，就将老阿摩从隐居的深山里请了出来，向全国颁旨，尊奉老阿摩为蜀国神巫和国师。老阿摩有感于杜宇王的礼遇，对杜宇王也是尊敬有加，为蜀国的事情分忧排难，很好地发挥了一位神巫的作用。所以，每当杜宇王与老阿摩目光对视的时候，很自然会有一种心灵的沟通。

杜宇王说：尊敬的阿摩，你看这场大雨还会下多久？

老阿摩缓缓地移动了一下神杖，仍旧微闭着双眼，略带沉思地说：早在三年前遭遇大旱，雕造石人祭雨时，就已经出现征兆。

杜宇王有点惊讶，轻轻哦了一声。他很清楚地记得三年前那场大旱，赤日如火，数月无雨，田地龟裂，有些地方露出了卵石遍布的河床，连饮水都困难。田里的庄稼，因为干旱，几乎都枯死了。根据远道而来的一些商人所说，在遥远的黄河两岸地区，也遭遇了可怕的大旱，为了求雨，那边的国王采用了"焚巫尪"的做法，已经架起柴火烧了好几个巫师。"焚巫尪"是很古老的一种祭祀求雨方法，据说非常有效，但也过于残酷。那边的国王采用这种古法求雨，充分说明了旱情的严峻，显然已到了不得已而为之的地步。

杜宇王当时也是询问老阿摩如何才能缓解这场旱情，老阿摩提出了祭祀的方法，杜宇王毫不犹豫就采用了。很快就搭建了祭祀的高坛，并遵循一种已经失传的古法，雕造了祭祀用的石人。这些石人，仿照巫师的形态，剪掉了头发，反缚了双手，神态悲壮地跪着，被放置在祭台上让烈日暴晒。在祭祀做法上，与黄河地区似乎有些相似，但在本质上又有着明显的区别。这些石人尽管雕刻得栩栩如生，却是没有生命与灵魂的替代品，它们能像北方"焚巫尪"所用的巫师那样，在祭祀求雨中发挥作用吗？杜宇王虽然知道蜀国神巫历来都有自己独特的做法，也相信老阿摩具有通神的法力，内心却将信将疑。但杜宇王始终用人不疑，既然老阿摩是他信任的神巫，那么就一切都按照老阿摩的要求去办。这也正是杜宇王的英明，在用人方面已经不止一次展现出他准确的判断，也展现出了他过人的气度与胸襟。

老阿摩没有让杜宇王失望。老阿摩站在赤日炎炎如火烧的祭坛上，进行了一场规模宏大的祭祀活动，连续三天，祷告天地，高举神杖，与神灵通话。那些石人的嘴上、眉毛与双眼、耳朵上面，都由老阿摩亲手涂抹了鲜艳的朱砂，仿佛被赋予了某种神秘的法力，身上渐渐地被烈日暴晒出了汗珠。注意到这种情形的祭祀者都万分惊讶，石人怎么会出汗呀？无法解释，也不需要解释。就在老阿摩连续作法通神几乎精疲力竭，也同样被烈日晒得浑身是汗快要昏倒的时候，天空不知不觉地出现了乌云，乌云变得越来越浓，接着突然就下起了雨。这一切发生得是那么的不可思议，蜀国的民众欢呼雀跃，惊喜若狂。

杜宇王当时站在雨中，由于欣喜和宽慰，眼中竟涌出了泪花。杜宇王当即解下了身上的披风，披在老阿摩身上，为老阿摩遮雨。那是一种感谢的表示，也是一种莫大的奖励。杜宇王穿的并不是一件普通的披风，那是蜀王身份的一种象征。杜宇王这样做，是真诚的，也是随意的。老阿摩当然很感动，但他并没有欣然接受这份奖励，走下祭台后就将这件披风还给了杜宇王。杜宇王立刻明白了老阿摩的意思，老阿摩只想做神巫，而绝不会窥伺王权。杜宇王深为感动，什么也没有说。老阿摩不需要任何奖励，只要有他的信任就够了。而他有了这样一位睿智高明的神巫，是他最大的财富，也是他最好的福气。

虽然老阿摩主持的这次祭祀大获成功，但他却没有丝毫得意，依旧是一副忧虑的样子。在傍晚宴飨的时候，老阿摩曾自语说，有大旱必有大涝。杜宇王很清楚地听到了这句话，但并未认真去揣摩这句话的深意。杜宇王的脑海里此刻突然又回想起了当时的情景，原来老阿摩那时就看到了以后可能发生的事情，刚刚三年就完全应验了老阿摩的预见。杜宇王想，神巫真的了不起，可是自己当时却为什么忽略了老阿摩语重心长的提醒和警示呢。

是啊，杜宇王有些感叹。那现在怎么办呢？他用征询的眼光看着老阿摩。

老阿摩没有马上回答，人与神之间有很多偶然，世界上很多事情并不是用语言能够说清楚的。作为一位神巫，究竟能够看多远，他自己也弄不明白。预测未来，并不是神巫的职责。神巫主要是通过祭祀，向神灵诉求和解决一些眼前的事情。对一些可能发生的事件的预见，也许纯属经验。老阿摩知道，任何一件事情都有两面，就像白天和夜晚，有开始的时候，也就有结束的时候。有高潮，也就有谢幕。有获得，也就会有失落。有大旱，当然也就可能有大涝。有些东西，你是永远无法回避的，就像天气变化。注定要发生的，只能让它发生；必须要经历的，也只有接受和承担。天地万物，诸神也许早就安排好了一切。用神的眼光来看，冥冥之中，自有定数，凡人们经历的只是环节与过程。而从人的角度，所有的一切都会带来强烈的感受，丰收使人们喜悦，灾害让人们焦虑。诸神任何一个小小的游戏，都会使凡间的人们在欢乐与痛苦中饱受情绪的煎熬。

我们已经三年没有祭祀了。老阿摩说。慢条斯理的声音，显得有些苍老，有点沙哑，像幽谷里的清风穿过深秋斑斓的林木，透露出某种悠远的意味。

杜宇王怔了一下，三年没有祭祀？其实每年都举行了各种祭祀活动的，譬如播种的时候祭祀农神，摘果子的时候祭祀树神，收割庄稼的时候祭祀稷神，打猎的季节祭祀山神，还有民众办理婚丧的时候祭祀祖先，种桑养蚕的时候祭祀蚕丛王，等等。但这些都是小型的祭祀。杜宇王马上就明白了，老阿摩指的显然是规模宏大的蜀国祭祀活动。每年有小祭，三年一大祭。小祭是民间性质的，而大祭是属于国家级别的。面临洪水即将泛滥成灾的严峻形势，举办大祭已经刻不容缓。老阿摩说的应该就是这个意思。

祭祀能阻止洪水吗？杜宇王这次问得很直接。

也许不能，老阿摩说，不过诸神会倾听我们的心意。这场洪水太大了，从蚕丛王至今，从来没有这样哦，我们只能用虔诚来祈求诸神的眷顾。

那好吧！杜宇王立即做出了决定，吩咐阿鹄调动人力布置祭台，让老阿摩选择吉日，来举行一场盛大的祭祀活动。

阿鹄答应了立即去办。有了老阿摩的主意和杜宇王的决定，阿鹄心里悬着的一块石头也暂时落了地。接下来就看祭祀的效果了，而对神巫的法术与能耐，杜宇王和阿鹄都是深信不疑的。

就在阿鹄与老阿摩相继离开大殿前去准备祭祀，杜宇王也准备回寝宫休息的时候，外面传来了嘈杂的喊声。有侍卫跑进来禀报，有一处堤岸溃决了一个口子，虽然决口不大，但很危急，洪水快要涌进王城了。尽管早有预料，仍然使人倍感紧张。

杜宇王匆匆地穿上蓑衣，对阿黑和侍卫们说，跟我走！

他们急匆匆地走出了王宫，冒着大雨向王城外面决堤的地方跑去。

消息惊动了整个王城，很多人都带上了抗洪的器具，跟随着杜宇王涌向城外，去堵塞那个决堤的小口子，和汹涌的洪水抗争，来保护这座正遭遇洪灾威胁的王城。

王宫里的王后朱利与公主白羚也被决堤的消息惊动了，开始组织王宫里的人员，准备支援杜宇王抗洪，同时也进行着王宫被淹的防范……

第二章

　　高大的祭坛很快就搭建好了，位于王城外面江畔的一处高地上。这里一直是蜀国举行盛大祭祀的地方。杜宇王准备称帝，也是选择的这里。负责筹划办理登基之事的亲信大臣阿鸪，安排修筑增高了原来的祭坛，已经基本就绪。由于前所未有的大雨，杜宇王称帝之事只能延缓，现在正好用来举办对付洪灾的盛大祭祀活动，所以阿鸪很迅速地就做好了布置。

　　由于大雨，道路泥泞，被淋成一片泥浆的土台上特地铺上了木板。祭坛上耸立着一排粗实的木桩，挂上了铜铃与彩幡。祭坛的正中，是宽大的祭台，专门用来摆放祭品，献祭给天地诸神。

　　连绵的大雨还在下，雨幕中的祭坛显得有些凄凉，也有些悲壮。

　　离祭坛不远，便是堤岸，前两天溃决小口子的地方，已经用木桩和装满泥土的草袋堵上了。汹涌的江水拍打着堤岸，发出一阵阵沉闷的声音，和哗哗啦啦的雨声混杂在一起，令人担忧。如果那天的决口再大一点，后果就不堪设想了。幸好发现及时，堵住了决口。但雨还在下，江水也在涨，汹涌拍岸，情势已经很严峻了。

　　在大雨中举行一场盛大的祭祀，这在蜀国民众的记忆中还是第一次。神巫选择祭祀的日子，一般都是风和日丽的黄道吉日。现在选在雨中举行，确实是势不得已，已经到了不得不马上举行祭祀的地步。

　　当阿鸪宣布杜宇王的决定，召集人员筹办祭祀的时候，蜀国百姓的心中立即涌起了希望。连绵的大雨虽然还在下，但已不再使他们忧心忡忡，空前严峻的洪涝灾情，也不再使他们恐慌。即将举行的盛大祭祀，犹如一颗巨大的定心丸，安抚着焦虑中的蜀国百姓的心，仿佛使他们透过沉闷的雨幕看到了一道期盼的亮光。

参加祭祀的人们已经站在祭坛四周，祭祀的物品也已准备妥当。蜀国的百姓们也都从四面八方冒雨而来，准备观看这场形式特殊的盛大祭祀。杜宇王带着众多的侍卫，亲自陪同老阿摩，骑着骏马，走出王城，向祭坛而来。为了参加这次祭祀，杜宇王出发前特地沐浴更衣，穿上了每逢重大庆典才穿的王服，戴上了王冠，腰带上佩挂了宝剑。老阿摩也更换了华丽的法衣，依然手持铜杖，头上也戴了一顶灿灿发光的冠子。老阿摩的几位弟子，也一起来了。马队走过王城门口的石板路，发出一阵悦耳的马蹄声。

看到威严的蜀王和敬仰的神巫突然出现在视野里，聚集的人们不由自主地骚动了起来，有人情不自禁发出了欢呼：啊，快看，蜀王来啦！神巫来啦！

人们自发地让开了一条通道，让蜀王和神巫的马队通过。

杜宇王身材高大，俊朗潇洒，虽然已年近花甲，却依然强健如昔，风采不减当年。杜宇王的侍卫们都年轻力壮，威武彪悍，骑着骏马越发显出了一种气势和排场。杜宇王这样安排出场，当然是有意营造一种气氛。作为一场盛大祭祀活动的前奏，这种庄严的气氛和宏大的排场是必不可少的。

这种宏大的排场，杜宇王已经历过好几次。最令人难忘的，是他击败鱼凫王成为新的蜀王后，举办了一场祷告天地诸神的盛大祭祀。那时，他已将老阿摩从隐居的西山幽谷中礼请出山，封赐为蜀国的神巫。老阿摩主持了那场祭祀活动，杜宇王和老阿摩一起登上高大的祭坛，蜀国百姓充分领略了新蜀王威武倜傥的风采。杜宇王神采飞扬，老阿摩法力深厚，在那次祭祀过程中，有五彩的鸟儿从空中飞过，和风中传来的鸟鸣如仙音缭绕。在蜀国民众的心目中，羽翅缤纷的鸟儿永远都是祥瑞的征兆，尤其是鸾凤之类，肯定会给人们带来幸福和快乐。对鸟的崇尚，曾是蜀国众多氏族和部落中一个最为悠久的传统。在有些滨水而居的部落中，也有以鱼为部落标识的。但将鸟作为族徽，则是蜀国中最为常见的。所以当老阿摩运用法力，让五彩的鸟儿飞过盛大的祭祀场面，飞向彩云缭绕的山林，就使杜宇王赢取了蜀国的民心。那次祭祀，为杜宇王的统治拉开了一个宏大而华丽的序幕。鱼凫王的时代从此画上了句号，蜀国在新的君主领导下，走上了以农兴国之路。蜀国的百姓，真的如祥兆所示，过上了日渐繁华的日子。

另一次使人难忘的，就是大旱求雨的祭祀了。在那次盛大的祭祀活动中，也是仰仗神巫的法力，在赤日如火的境况下，匪夷所思地求来了雨水，缓解了旱情。

祭祀奠定了杜宇王的威信，祭祀也增强了神巫在蜀国的地位。如果说杜宇王掌控的王权为蜀国带来了繁荣，那么老阿摩执掌的神权，则化解了蜀国的灾难。盛大的祭祀不仅仅是一场祷告天地、沟通神灵的活动，同时也成了展示蜀王权力和张扬神巫法力的象征。所以，祭祀的作用，既是功利的，也是长远的。通过祭祀，可以求得诸神的护佑，达到消灾的目的，而且可以超越世俗，产生久远的影响。

即将举行的这次祭祀，尚未开始，就已经先声夺人了。以前的几次盛大祭祀，已经在蜀国民众的心目中做了最好的铺垫。聚集在祭坛前面的人群，目光中充满了期盼和敬仰，情绪显得分外热烈，甚至有些激动。男男女女都仰望着骑在骏马上向祭坛走来的蜀王和神巫，仰望着他们心中最崇拜的两位偶像。雨水飘洒在他们的脸上，衣服都湿了，没有欢呼，只有雨声和马蹄声。因为是重大祭祀，所以气氛格外庄严，甚至有些肃穆，但也压抑不住民众的炽热之情。

杜宇王和老阿摩都看到了蜀国民众热烈的目光，感觉到了庄严气氛中展露的那份浓郁的情绪。杜宇王由此而强烈地感受到了百姓的拥戴之情，心中油然涌起莫大的欣慰。杜宇王又联想到如果不是这场大雨，现在举行的也许就是称帝的盛典了，心中难免又有点失落。老阿摩的神情一如既往，稳稳地骑在马上。老阿摩布满皱纹的脸上，沾满了雨水，一副悲天悯人的模样。只有那双与众不同的可以纵目而视的眼睛，比往常要亮，闪烁着睿智，也洋溢着神秘。

阿鸪已站在铺了木板的祭坛前，迎候蜀王和神巫的到来。阿鸪的办事能力确实很强，很快就遵照杜宇王的吩咐搭建和布置好了高大的祭坛。在上次举行求雨的祭祀后没再举行过大型祭祀活动，因为三年没有使用，原来的祭坛已经荒废了。几个月前，杜宇王筹划称帝，准备举行盛大的祷告天地诸神的庆典，命阿鸪负责筹办。阿鸪调动人员对原来的祭坛加以扩建和修整，将有些塌陷的地方用草袋装上沙土做了填补，有几处还用石块加固，并增高了祭坛的体量，给人以宏大巍峨之感。这次祭祀活动，主要是在整个祭坛上铺上了木板，摆好了祭台。另一个重要安排是阿鸪指挥人员，将准备好的祭祀物品，搬运到了现场，做好献祭的准备。阿鸪布置了一个盛大的祭祀场面，但他的任务并未结束，他还要负责整个祭祀过程的顺利进行，直至祭祀圆满结束。阿鸪注意到了杜宇王脸上威严的神态，知道杜宇王对祭坛的规模和布置是满意的，但杜宇王的心思和表情似乎又有些复杂，使人难以猜测。阿鸪告诫自己在大灾面前必须小心翼翼，一旦君王迁怒于身边之臣就危险了，因此又有点忐忑。

气势非凡的马队在祭坛前停住了。强健彪悍的侍卫们跳下骏马，侍立两侧。

杜宇王也下了马，站在了宽大的台阶上。老阿摩由两名侍卫搀扶下马，也登上了台阶。杜宇王炯炯的目光环顾了一下集聚的民众，然后用威严而虔诚的姿态，向老阿摩做了个礼请的手势。老阿摩没有谦让，因为这场盛大的祭祀是要由神巫来主持进行的，所以神巫在登坛的时候理所当然地要走在蜀王的前面。

老阿摩手持神杖，开始登坛。这次他没让王宫的侍卫搀扶，而是独自拾阶而上，虽然年事已高，却依然步履稳健。对于神巫来说，祭坛就是神奇的舞台。老阿摩每次登上祭坛，都好像换了一个人，仿佛有某种神秘的力量注入了体内，一下就精力饱满了。时间就像流水，神巫的法力似乎越蓄越多，即使岁月无情地流逝也不能使其衰减。祭坛很高，铺了木板的台阶在雨水中仍然有点滑。如果是土台，早已是泥泞不堪了。老阿摩有点庆幸，他在离开王宫的时候，曾暗示过阿鹄，木是克水的。虽然说得很含糊，阿鹄还是领悟了，给祭坛铺上了木板。老阿摩一步一步登上了高高的祭坛，他走得很稳健，在快到顶时还是跟跄了一下，但神杖帮了他的忙，使他稳稳地站住了。

杜宇王紧随于后，亲自护送老阿摩登上了祭坛。老阿摩的几位弟子也随在后面。阿黑和挑选出来的一些侍卫也随之登坛，还有一些侍卫守护在祭坛的台阶两侧。杜宇王不仅亲自护送老阿摩，还要全程参加这场盛大的祭祀。杜宇王对这场祭祀寄予了厚望，面对极其严峻的洪灾情形，他没有更好的应对之策，只有希望通过这场虔诚而盛大的祭祀，来获得诸神的护佑，缓解灾情，为蜀国的百姓带来福祉。

这时又有一队人马走出王城，向祭坛而来。那是王后朱利带着后宫的一些人员来了。队伍后面还出现了几头大象，公主白羚就骑坐在一头大象上。这些大象平常都关在象棚里，由白羚亲自驯养。大象是非常有灵性的动物，体型庞大，虽然不能像马那样驰骋，行动却也敏捷自如。白羚有时会骑着大象去山林打猎，或是去湿地行走，观赏那些奔跑的麋鹿和飞翔的水鸟。不过，白羚很少骑着大象在王城中游逛。蜀国的百姓都知道王宫中有驯养的大象，而当这些大象排列成行巍然而来，真的出现在人们面前的时候，还是引起了一阵小小的骚动。王后朱利穿了盛装，公主白羚在穿戴上则比较随意，像出门打猎或行走那样佩带了宝剑和弓矢，显得非常英武。她们都在祭坛前停了下来。

老阿摩肃立在祭坛上，面对苍穹，手持神杖，默然祷告。祭祀就要开始了。

老阿摩微微仰起了头，深邃的目光仿佛在同神灵进行着某种神秘的交流。生命有诞生，也必然有终结，纵使是法力无穷的神巫，也有老死的时候。但生命会传承，神巫的法力也在代代延续。就像老阿摩手持的这柄神杖，作为蜀国一件至高无上的神器，从蚕丛王时代传承至今，已成为一种穿越时空的象征。这柄历代神巫都曾执掌过的法杖，拿在手中沉甸甸的，使老阿摩再次感受到了一股无形的力量，同时也体会到了一种强大的责任。身为神巫使人敬仰，但也并不见得比老百姓更加快乐。在很多时候，神巫也会忧心忡忡。譬如此刻，老阿摩的内心深处便充满了忧虑。

主持祭祀，对经验丰富的老阿摩来说，自然是得心应手。但对这次盛大祭祀所要达到的目的，老阿摩却毫无把握。他不知道为什么，心中会如此茫然无措。三年前的那场大旱，他在祷告诸神时曾信心百倍。但这次面对空前的洪涝灾害，他所有的信心都不知跑哪儿去了，就像飞走的鸟儿一样消失得无影无踪。这是一个很糟糕的预兆，对于一位法力高强的神巫来说，是绝不应该的。

老阿摩竭力使自己平静下来，凝聚着内心的力量。他的思绪依然有些飘忽。

老阿摩微眯了眼，使自己渐渐进入纵目而视的状态。他听到了哗哗的雨声，听到了汹涌的波涛拍打堤岸的声音。祭坛上下都一片肃穆，所有的目光都集聚在神巫的身上。而老阿摩的目光，仍望着虚无的天空。老阿摩的脸上，淋着雨水，就像流淌着泪珠一样。老阿摩的目光瞬间有点朦胧，感觉像被野蜂蜇了，握着神杖的手不易察觉地颤抖了一下。是冥冥之中诸神要告诉他什么吗？雨下得似乎小了一点，但天色却变得有些暗淡，天地之间仿佛起了薄雾，使远近的一切看起来都显得朦胧。

老阿摩仰望虚空，慢慢地举起了神杖。他开始祷告上苍，祈求诸神。那是一种心灵的交流，是神巫和诸神进行的一种对话。蜀国的祭祀，有一整套程序，和神灵通话，便是其中一项最重要的内容。老阿摩先面向西北，然后缓缓地转向西南、东南，再转向东方和北方。因为诸神位于天地四方，所以要向不同的方向祈祷。蜀国的方位感，不同于黄河流域与北方地区人们的概念，也与巴国、楚国、秦国有别。蜀国不是以正北、正南定方位，而是要略偏一点，这也许与蜀人千百年来对日出日落的观察有关。更重要的是，蜀国以西方为尊，因为那是蜀山所在，是蜀国的发祥之地。蜀国每逢年节喜庆，都要遥向蜀山祷告，把好消息告诉祖先，让祖先高兴，同时也祈求祖先的护佑。蜀人遇到丧事，也要面对西方，向蜀山祈祷，祝愿亡者能魂归蜀山。各种不同内容的祭祀活动也不例外，都要首先向蜀山方向祷告，然后才向其他方向的神灵们祈祷。蜀国的神巫对此都了如指掌，代代相传成了一种不容更改的规矩。

老阿摩保持着祈求的姿势，举起的铜杖伸向暗淡的虚空。雨似乎又小了一点，而天空却更为灰暗了。无边无际的云层仿佛在涌动，正向举行盛大祭祀的人们头上压下来。

聚集在祭坛前面的蜀国民众，热切的眼光已经看到了此刻天气微妙的变化。啊啊，雨又变小了！神巫的法力起作用了！

杜宇王和侍卫们也受到民众情绪的感染，神情变得有些兴奋起来。

但老阿摩此刻的感觉却截然不同，他看不到虚空中神灵们任何顺应与眷顾的迹象。相反，压抑在头上的云层似乎是个很不好的征兆。沉甸甸的神杖在手中举得太久了，老阿摩苍劲有力的手臂又不由自主地抖了一下。即使是法力高强的神巫，也有力不从心的时候。老阿摩感觉自己也许真的是老了，才会如此状态不佳。他想，等到主持的这场祭祀结束，也许自己真的应该退休了，应该将这柄代代相传的神杖交给下一任神巫了。但遗憾的是，老阿摩虽然有不少嫡传弟子，却还没有找到理想的、满意的继任者。神巫不是什么人都能当的，有很多先决条件和很多严格的要求。所以，尽管老阿摩年事已高，主持重大祭祀活动仍旧非他莫属。

老阿摩强打精神，凝聚心力，开始舞蹈。那是蜀国特有的巫觋之舞，通过舞蹈，表现神灵的降临。这也是神巫与诸神沟通的一项重要手段。老阿摩的手足依然灵便，挥舞法杖，手舞足蹈，不过动作比起以前明显地迟缓了许多。神杖有时触及祭坛上的木板，发出沉闷的响声。当老阿摩的巫觋之舞进行到热烈之处时，几位嫡传弟子也加入了舞蹈，他们围绕在老阿摩的四周，动作诡异而又夸张，甚至有几分癫狂，好像有一种神秘莫测的力量环绕在他们之间。他们在舞蹈的时候，还念念有词，似吟似唱，如歌如诉，仿佛通过歌声在同神灵进行着祈求与对话。老阿摩的舞蹈与弟子的伴舞，营造了炽热的气氛，将祭祀推向了高潮。

紧接着就是献祭了，那是重大祭祀活动中的又一个重要环节。

阿鹄已经做好了准备，随着老阿摩挥舞神杖一声呼唤，阿鹄朝等待的人群做了个手势。一队手捧祭品的女子从人群中鱼贯而出，沿着铺了木板的台阶，朝高高的祭坛走去。她们都是挑选出来的妙龄女子，不仅容貌端正，而且都是童女之身，以充分表示对神灵的虔诚。普通的祭祀，是无须如此的。因为这次祭祀非同寻常，直接关系到当前蜀国的命运，所以挑选献祭者也就格外严格。她们手捧托盘，祭品都放在托盘里，有各种玉器，有稻米和香料，还有佳酿美酒。在她们后边，还有两名少年，牵着一头毛色油亮的黑羊。黑羊在台阶上很不听话，随时想挣脱绳索转身逃走。在两名少年一左一右的挟持下，才极不情愿地登上了祭坛。玉器、美酒、黑羊，以及稻米和香料，都是盛大祭祀中要献给诸神的祭品。

杜宇王注意到了那些手捧祭品的妙龄女子，她们个个端丽，显露出强烈的青春气息。原来在蜀国的王城中还有这么多漂亮的女孩，她们的出现像一道阳光，为灰暗的云层压抑下的祭坛增添了一份亮色。女孩们都不敢接触杜宇王威严而炯炯的目光，也不敢看主持祭祀的神巫。她们走上祭坛后，分列两侧，稚气未脱的脸上，充满虔诚，又略显忐忑。托盘里的玉器，每一件都晶莹剔透。美酒装在精致的壶里，隐隐地飘出了醇香。

老阿摩开始献祭，将玉器依次摆放在祭台上。神巫的弟子们将稻米与香料也摆上了祭台。美玉和黄金，都是蜀国的无价之宝。这不仅因为它们质地贵重，也由于开采美玉和采集黄金都极不容易。蜀国的玉石，主要采于深山，有一些专门寻找玉石的人，发现玉石后搬运回王城，然后进行加工。一件玉器，从原料到制作成型，要花费很多很多的工夫。黄金主要采集于江畔沙中，但并不是所有的江畔都有，在很遥远的一条江畔才有。因为黄金的数量实在太少，色泽单一，灿烂华贵，所以仅供蜀王和神巫享用。而玉器有多种色泽，温润精致，给人以温馨醇美之感，常使人产生丰富的联想，因此而成了敬献给神灵的礼物。蜀国的礼神之玉，在形式上也很有讲究。譬如将玉璋献祭山神，将玉璧、玉琮献祭天地，将玉戈、玉矛献祭猎神，将其他各种玉器献祭诸神。老阿摩这次献祭的玉器，就有玉琮、玉璧、玉璋，还有其他多种玉器。蜀国举行的这场盛大祭祀，就是期盼获得天地诸神的护佑。献祭的玉器，件件都是经过细心挑选的精美之物。这些玉器，不仅是蜀国的无价之宝，更是代表着蜀国君王和百姓在神灵面前无比虔诚的心意。

在老阿摩献祭的过程中，祭坛上的人们都恭立于侧，所有的人都心怀虔诚充满期盼。杜宇王也在心里默默祷告，希望神灵能接受献祭，降福于民。

雨下得更小了，风也小了，只有汹涌的江水拍打堤岸的声音依然不绝于耳。

老阿摩开始向诸神献祭美酒。他高举精致的酒壶，祷告天地神灵，然后将酒斟满并洒在祭台前边的地上。一股醇美的酒香，随风飘散开来。聚观的民众都隐隐地闻到了这股弥漫在空气中的酒香，连大象都卷起了长鼻，嗅着这股令人陶醉的气息。

就在酒香飘扬的时刻，老阿摩的两位弟子从少年手中牵过黑羊，将这头献祭的黑羊牵到了祭台前面。老阿摩一手持神杖，一手接过弟子递给的一柄短匕。黑羊竭力挣扎着，面对着寒光闪闪的短匕，黑羊显得很绝望。老阿摩看着这只不愿当献祭品的黑羊，脸色沉重，嘴唇微动，仿佛在诉说着什么。神巫相信万物有灵，老阿摩想使黑羊平静下来，然后再将之献祭神灵。

云层越来越暗，时间仿佛凝固了。老阿摩终于伸出了短匕，寒光闪过，一道鲜红的血液从黑羊割开的喉管涌出，喷洒在祭台上。黑羊来不及挣扎，鲜活的生命就在神巫的刀光中变成了祭品。老阿摩的两位弟子，将黑羊摆放到了祭台最显著的位置上。黑羊依然大睁着眼睛，羊头朝向汹涌的岷江，与众多的祭品和青铜群像一起，组成了一幅意味深长的祭祀场景。空气中除了弥漫的酒香，又增添了羊血的腥气。

雨不知不觉地停了，停得有点突然，使人很容易联想到神巫的法力与祭祀的作用。祭坛前面聚观的民众情不自禁地发出了兴奋的欢呼，雨停啦！雨停啦！！

杜宇王此刻也大为兴奋，连续不断的大雨终于停了！哦，祭祀又再次发挥了神效，真是太好了！他居高临下，用炯炯的目光扫视着蜀国的民众，心中生出说不出的快慰。站在祭坛和台阶上的侍卫们受到蜀王的感染，也都个个神采飞扬。

老阿摩此刻却没有丝毫兴奋与欣慰的感觉，面对着压抑在头顶上灰暗的云层，他内心深处的忧虑反而变得更加强烈了。他不知道接下来会发生什么，但总有一种不祥的预感徘徊在心头，而且这种预感越来越强，沉沉的，压得他有点喘不过气来。神巫的预感，超越常人，每一次都很灵验。老阿摩驱赶不掉心中的压抑，也无法更换心头的预感。这场盛大的祭祀还没有结束，接下来还要处置祭品。常规的祭祀，通常是将祭品燔燎和埋掉，因为这次是针对洪灾举行的祭祀，所以要将祭品抛入汹涌的岷江。预感将告诉他什么？等抛洒了祭品，祭祀的仪式全部结束，也许就明朗了。

就在老阿摩指挥弟子和献祭人员，抬着祭品，准备走下祭坛将祭品抛入岷江的时候，传来了一阵沉闷、奇特的声音。很像牛吼，又好似巨兽压抑的咆哮，仿佛从很远的地方传来，但分明又在近处。杜宇王和蜀国的民众都听到了这个声音，都愣愣的，不知发生了什么。

老阿摩脸色骤变，双手紧握神杖，指向了岷江。

那沉闷的吼声，正是从汹涌的岷江中传来的。混浊的江水正拍打着堤岸，发出崩塌的响声。所有的目光，都随着老阿摩的神杖望向岷江。人们还没有反应过来，随着一声沉闷的巨响，洪水突然就溃堤了。汹涌的浊浪，以排山倒海之势，越过缺口，向人群和祭坛扑来。场面瞬间大乱，人们发出惊呼，慌乱奔逃。

溃堤的地方，正对着祭坛。那儿在前几天曾发生过险情，杜宇王曾率领卫队和民众堵塞了缺口，对堤岸进行了加固。因为祭祀，放松了巡防。没想到更大的灾情，再次在这儿发生了。这次是真正的溃堤了，涌出的洪水汹涌而又湍急，人力已经难以堵塞。一些人被洪水冲倒了，卷走了。混乱的场面中传来了妇孺的尖叫和哭喊。

溃堤的洪水，一浪高过一浪，冲向祭坛。铺在下边台阶上的木板已经在洪水中漂浮起来。经过多日大雨浇淋的祭坛，整体上已经疏松，底层的泥块随即开始崩塌。随着洪水的冲荡，崩塌的泥块越来越多，面临岷江的一面很快就垮塌了。

一贯从容沉着的杜宇王，此刻也心慌意乱，手足无措。骤然发生的这一切，完全超出了他的预计和想象。犹如一场突然降临的噩梦，使人猝不及防，阵脚大乱，一时根本不知如何是好。阿黑上前拉住他，敦促他赶快离开。但杜宇王心犹未甘，一场盛大祭祀已经胜利在望，难道就这样突然完了？！

更加于心不甘的是老阿摩，他没料到，种种不祥的预兆，结果竟是溃堤。雨是停了，但洪水却已泛滥成灾。他以毕生的法力，没有求得诸神的护佑，而是彻底败在了这场洪灾面前。他长叹了一声，天意啊！天意！！

浊浪不停地打来，高大的祭坛像酥软的泥堆一样开始迅速塌陷。

杜宇王和侍卫们还没来得及走下台阶，祭坛已经崩塌。洪水毫不留情地将他们卷入其中，一些侍卫抓住了漂浮的木板。阿黑依然紧随在杜宇王身边。杜宇王华丽的王服已全是泥渍，整个人陷在泥汤中，只有头上的金冠还闪着璀璨的亮光。

洪水中，很多被淹的人正在挣扎，混浊的浪峰还在连绵不断地涌来。

就在这危急时刻，公主白羚骑着大象来到了杜宇王的身边，将杜宇王拉上了象背。阿黑和其他几名侍卫，也骑上了另外几头大象。慌乱中，王后朱利与阿鹄已经率马队向王城撤退，洪峰正追在后边涌向王城。白羚指挥大象，护着父王，在已经淹过象腹的洪水中，沿着被淹没的道路，向王城跋涉而去。

杜宇王回头眺望，岷江之畔的高大祭坛已经完全崩塌，那些彩色旗幡和祭品都已被洪水吞没，老阿摩和弟子也不见了踪影。还有那些献祭的少女，也不知去向。天地之间只有灰暗的云层和肆虐的洪水，以及在洪水中漂浮与挣扎的人们……

哦，宏伟高大的祭坛啊！不仅是企盼消除大雨洪灾的盛大祭祀举行之坛，也是筹划中的称帝盛典的举办场所啊，就这样被溃堤的洪水毫不留情地冲垮了……

杜宇王的眼眶瞬间注满了泪水……

第三章

初夏时节，荆楚之地。在距离蜀国数千里之外的大江之畔，由于上游连续大雨，洪灾泛滥，长江于此已变为巨流。

鳖灵站在江畔的一棵大树下，眺望着浩瀚的江水，以及江畔远处的芦苇丛与延绵的江岸，陷入了沉思。江畔泊了很多船，有一些体型瘦长的小舟描画了龙纹，舟首翘起，雕刻成龙首形状，称为龙舟。当地每年此时都有比赛龙舟的风俗，明天就要举办这样的比赛了。他此刻关心的并不是面前陡涨的江水，也不是风云多变的天气和即将举行的龙舟比赛，而是在心中反复掂量着如何应对自己面临的劫难。他已经思考了很久，但还没有下最后的决心。

鳖灵风华正茂，年轻有为，是当地很有名气的一位青年才俊。他的家族也是当地很有名的望族，人丁兴旺，家境富裕。鳖灵和几位兄弟，不仅勤于读书，而且善于经商。他们在当地崭露头角，住着华丽的楼宇，拥有宽大的庄园，过着体面而富足的日子。鳖灵还娶了一位美貌如仙的女子为妻，多年来夫唱妇随，逍遥自在，快乐赛过神仙。但现在，这一切富有和快乐很快就要结束了。一场难以避免的劫难，已经悄然迫近。他和整个家族，都面临着一场巨大的生死之忧。

事情的起因颇为复杂，最主要的原因则是当地的长吏，向楚王推荐了鳖灵的才华，同时也向贪财好色的楚王密报了鳖灵家族的富有，以及鳖灵之妻倾城倾国的美色。长吏是一位很有心计的官吏，显而易见，他并不是希望楚王重用鳖灵，而是想借此除掉桀骜不驯的鳖灵，同时也巴结楚王，借以博得楚王的封赏。楚王得报后大喜，随即颁发诏令，要鳖灵携妻前往楚国的都城面见楚王，等候任用。

满腹经纶、见多识广的鳖灵，当然明白楚王的诏令意味着什么。楚国的臣民，都知道楚王反复无常的性格与贪财好色的德行。特别是楚王的好色，据传后宫佳丽已超过千人，仍未满足，还在四处搜罗。一些地方官吏也投其所好，不择手段地为楚王搜刮民财和奉献美色。

鳖灵知道，他若应诏前往楚国都城，楚王一定会霸占他的美妻，而且并不会重用他。楚王任用的官吏，基本上都是贪赃枉法和溜须拍马的小人之辈。楚国的贤才能人和饱学之士，大都隐入了山林。楚王身边已经没有一个正直的人才，有的因为犯颜直谏被免去官职流放到远离都城的穷乡僻壤，有的甚至被砍掉了脑袋。楚国已成了一个王权膨胀与淫风日炽的国度，一旦遇到强国征伐，离败亡也就不远了。当然，楚国的兴衰，并不是他一介布衣应该考虑的。他连自己的安危，都保证不了，哪里还有忧国忧民的心思？

鳖灵同时也很清楚，如果他拒不应诏，楚王与地方长吏都不会放过他。楚王的使者已经到了，楚王接着又派出了一队迎候他夫妻二人的武士，也很快就要到了。楚王的用意非常明确，从楚国都城派遣武士前来迎候，并不是为了表达对鳖灵的敬仰，而是为了防止他携妻逃走。实际上，在武士们的护卫下前往楚国都城，与抓捕囚禁已没有多大的区别。形势已刻不容缓，鳖灵当然不会束手就擒，他必须采取果断的措施，来保护自己和美妻以及家人的安全。三十六计走为上，他可以隐入山林，也可以远走他乡。但楚王一定会派人追捕，甚至会下令各处通缉他。他想，天下的路都是人走出来的，办法也是人想出来的，远走高飞很简单，关键是他如何才能巧妙地摆脱楚王武士们的追捕呢？

在楚国的历史上，楚王抢夺和霸占他人美妻，是有"光荣"传统的。

早在楚文王的时候，就发生过抢夺桃花夫人的事。那时中原的周王朝已经衰微，正是春秋诸侯纷争的时代，陈国宣公有两个女儿，都长得很美，次女妫桃更是美艳绝伦。后来陈国与蔡国、息国联姻，将两女同时出嫁，长女嫁给了蔡侯，次女妫桃嫁给了息侯。嫁给蔡侯的称为蔡姬或蔡夫人，嫁给息侯的称为息妫或息夫人，或因其名而昵称为桃花夫人。

新婚后的桃花夫人，依风俗要回家省亲，从息国回陈国看望父母必须经过蔡国。姐夫蔡侯热情接待，见到姨妹如此美艳，不由得心旌动摇，对桃花夫人进行了一番很无礼的挑逗和调戏。桃花夫人返回息国后，忍不住告诉了息侯。息侯很生气，觉得受到了侮辱，一怒之下便暗中联络强邻楚国的国君楚文王，私下密谋，签订了一个灭蔡的协议。楚文王早就有吞并邻邦的野心，息侯为泄愤而献策，正中楚文王下怀。按照密谋，楚国出兵扬言要袭取息国，息侯赶紧向蔡侯求救。因为蔡国与息国是姻亲，双方有互保条约，蔡侯闻讯后，便率兵赶来相救。楚国与息国乘机两面夹击蔡国的军队，结果是蔡军大败，蔡侯也被楚兵活捉。

楚文王将蔡侯押回楚国都城，准备杀掉蔡侯以祭祖庙。后来又改变了主意，询问蔡侯，息侯为什么要设计陷害他。蔡侯回想，很可能是因为息侯的美妻桃花夫人的缘故，于是将事情的经过做了一番很详细的描述。楚文王很惊奇，桃花夫人真的有那么美貌吗？为了验证蔡侯所述是否属实，楚文王以庆功为名，来到了息国。

在息侯隆重举办的宴会上，楚文王说，如果是庆典，夫人也是应该出来向贵宾敬酒的。息侯不好拒绝楚文王的要求，于是吩咐夫人出来向楚文王敬酒。楚文王见过的美女可谓多矣，但一见到美若天仙的桃花夫人，便大为惊叹，几乎到了魂不守舍的地步。楚文王没有料到，一个小小的息国，竟有如此美女。如果自己不能拥有这样的美女，岂不是枉为大国之君？

第二天楚文王在行营中举办答谢宴会，息侯应邀赴宴。息侯一入大帐，宴会尚未开始，楚文王就突然变脸，吩咐卫士将息侯拿下。接着就派兵前往息侯宫中，将桃花夫人强行带到了行营。

后来楚文王释放了蔡侯，将息侯流放到一个偏远的小地方，而将桃花夫人带回了楚国王宫，封为楚夫人。楚文王很明确地对她说，如果不从，就将息侯杀掉。桃花夫人为了保全息侯的性命，只有顺从，从此成了楚文王的王妃。息侯失掉了美妻，也丢掉了国家，不久便郁郁而终。在此后的几年内，桃花夫人为楚文王生了两个儿子。楚文王后来进伐中原，死于潢川之战。长子熊囏继位，几年后次子熊恽发动政变，夺了王位，称为楚成王。到了楚庄王（楚文王与桃花夫人的孙子），又发生了抢夺夏姬的事……那已经是后话了。

此外，在楚文王的时候，还抢夺过美女舟姬。据说舟姬也美艳非常，不过舟姬的身份较低，是云梦之泽的一位船民之女……

鳖灵对这些典故是相当熟悉的，因为楚国和邻国的一些史书对此都做了记载。

当楚王派遣的使者来到此地，向鳖灵宣读了要他携妻前往楚国都城的诏令后，鳖灵安排使者在驿馆住下，回到家中便将情况告诉了夫人海伦。海伦根本不了解情况的复杂，竟然问他：什么时候动身？海伦也许将去楚国都城当成了一件好玩的事情。你愿意做桃花夫人吗？鳖灵问。海伦没有鳖灵博学，听了便有点发愣。于是鳖灵向她讲述了历史上的桃花夫人故事。聪慧的海伦马上明白了面临的处境，慌忙问：那怎么办呢？

是啊，怎么办呢？这便是鳖灵正在绞尽脑汁思考的问题。

鳖灵不会去做息侯，也绝不让海伦去步桃花夫人的后尘。既然不能避免，那就只能远走高飞。一个大胆的想法，在他脑中渐渐形成。

鳖灵又看了一会儿浩荡的水面、江边的芦苇丛与地形，终于下定了决心，离开江畔，快步朝庄园走去。

鳌灵家族的庄园很大，周围有树木掩映，附近有大片农田。庄园里除了有舒适的屋舍，还有纺织、手工作坊，马厩、牛棚等饲养家畜的棚舍，以及家丁和下人的住处等。在当地，仅凭这座庄园，就足以证明鳌灵家族首屈一指的地位。当然，鳌灵不过是民间的富户，最有权势的还是官府。鳌灵对当地的长吏，一直保持适当的距离，既不得罪，也不巴结逢迎。后来有一次，长吏巡视到此，鳌灵出面宴请。这本来是一种尊敬和礼貌，是士绅或豪族与官府之间常有的应酬而已，但长吏因此而发现了鳌灵的才能和富有，从此便盯上了鳌灵。特别是当长吏在很偶然的一次机会看到了美艳的海伦，于是动了心机，密报楚王，接着便发生了楚王要鳌灵携妻前往都城王宫的事情。

鳌灵在庄园里召集了家人，要大家立即做好出门经商的准备。同时吩咐家丁，把守门户，严防消息走漏。鳌灵又与兄弟三人密商，要他们各自前往不同的地方，并约定了半年后联络与聚首的地点。鳌灵在布置这些行动的时候，显得非常从容。兄弟三人已经知道楚王要加害他们，都很气愤，也很着急。在他们家族中，鳌灵一直是主心骨，所以当鳌灵做出决定的时候，他们都会遵照执行。虽然对放弃经营多年的家园非常不甘，但如果性命不保，哪里还有家园呢？纵有万贯家财又有何用？鳌灵将道理与危急说得很透，让他们立即准备，明日一早就要动身。不过鳌灵并没有把自己和海伦远走高飞的真正目的地告诉他们，这也是由于他还不能最终确定，怕中间发生变数，其次也是出于绝不泄密以确保安全的考虑。这些都是鳌灵的过人之处，充分表现了他的智谋与沉着。

庄园里面立即忙碌起来，马匹都备好了鞍鞯，能够携带的金玉珠宝细软都打了包。但外面人是看不到这些的，一切都平静如常。

鳌灵还派出了几位办事精细的家人，在江边准备了船只。其中有一只当夜就向上游划去，另外一只泊在江边，听候使用。鳌灵家族本来就有不少船只，在即将举行的龙舟比赛中，也有鳌灵家族的龙舟。

就在一切安排就绪，鳌灵准备回房和海伦密商远走细节的时候，守门的家丁突然来报，长吏登门拜访来了。

鳌灵有些疑讶，长吏怎么会在这个节骨眼上突然前来呢？鳌灵略做迟疑，起身相迎，将长吏请入客厅坐下。

不知大人光临寒舍，有何见教？鳌灵揖手问道。

长吏微胖而油亮的脸上浮着微笑，那是楚国官场里面常见的笑容，老练而又圆滑。鳌灵兄就要高升了，特来祝贺！长吏也揖手施礼。

在下一介草民，哪里会高升啊？大人不要开玩笑。鳌灵淡然一笑，一双锐利的目光不动声色地观察着长吏隐藏在微笑后面的真实来意。

长吏笑了笑，打个哈哈说：鳌灵兄声名远扬，此去都城，必定会得到楚王重用，可喜可贺啊！到时候，平步青云，身居要津，还要多多关照和提携在下哦！

鳌灵听了，先是大笑，接着便是一副诚惶诚恐的样子，连声说：大人不要开玩笑，言重了！言重了！！

长吏看着鳌灵的样子，也放声笑了起来。长吏笑得有点得意，甚至有点放纵，肥胖的身躯都有点颤抖。

站在客堂门口的亲信家丁，不知长吏为什么要这样笑，诧异而冷漠地看着他。

鳌灵不易觉察地咬了咬牙，他先前还只是怀疑长吏在整个事件中所起的作用，现在已经可以清晰地做出判断，长吏如此熟知此事，说明肯定是长吏向楚王禀报，一手策划和促成了此事。

鳌灵看着长吏那副放纵而令人厌恶的样子，很想一刀就砍下那颗肥硕的脑袋。对于身手矫健的鳌灵来说，杀之犹如探囊取物。但鳌灵不会这么冒失，杀掉一位地方长吏，那可是灭族的大罪。除非势不得已，不过目前事态还没有发展到那个地步。鳌灵克制着内心的愤怒和冲动，他现在只能虚与周旋，不能因冲动而坏了后边的谋划。

鳖灵脸呈微笑，隐忍不发。长吏的目的，似乎就是来看看他。而真实的用意，也许是特地来察看一下他的动静，看看他接到楚王诏令后的反应。

长吏说：楚王思贤若渴，对兄之才华仰慕已久，想尽快见到鳖灵兄哦！长吏停顿了一下，加强了语气，又说：鳖灵兄明日什么时候出发？

鳖灵做出一副斟酌的样子，沉吟道：明日是龙舟竞赛的日子，楚王的使者远道而来，理应休息一天，等观赏了龙舟竞赛，再出发也不迟。大人以为如何？

长吏想了想，觉得有理，使者难得有观赏龙舟竞赛的机会，怎么能不看呢？

好啊，长吏说，那就陪使者观赏了龙舟赛再说。

长吏随即起身告辞。鳖灵将其送到庄园门口，看着长吏与随从骑马而去，这才吩咐亲信家丁关了大门，转身返回内房。

海伦正在房内收拾行装，侍女小玫在一旁帮忙。

海伦很少外出远行。和鳖灵成婚以来，虽然每年也有踏春或秋游，但通常也就是半天或一天的时间。像这次要随鳖灵远走高飞，也许永远都不再回来了，对海伦来说还是第一次。海伦的思绪有点复杂，也有点担忧。一方面是由于她对这舒适的庄园生活有点恋恋不舍，另一方面则难免对离家外出后会有什么样的遭遇忧虑重重。对于要随身携带的东西，鳖灵说只带必须的和紧要的，但海伦仅仅是衣服就有很多，还有首饰与细软，还有许多她喜欢的常用的物件，全部带上不可能，放弃又心疼，也使她很为难。

鳖灵走进房内，看到海伦准备携带的东西已收拾了好几大包，便觉得有些多了。他对小玫做了个手势。小玫知道他和海伦有话要说，很知趣地退到了外面。

鳖灵注视着海伦，海伦此刻穿了一件薄薄的家常罗衫，凸凹分明的身材显得格外的婀娜有致，俏丽的脸上没有化妆，洋溢着浓郁的清纯气息。不论什么时候，从什么角度看海伦，海伦都是清水出芙蓉的模样，美得如花似玉，美得晃眼。海伦的美丽，是天生的，美到极致，美到没有一点瑕疵，真是造物主的杰作。鳖灵每次欣赏海伦的美丽，都有如痴如醉之感。海伦不仅美艳，她的声音，也有无比的魅力。海伦的笑声，像银铃一样悦耳。海伦的轻声细语，更是像和风一样沁人心脾。还有海伦温和的性格、含蓄的气质、神采奕奕的眼神、洁白细腻的肌肤、举手投足之间的青春活力，都展露出无限的魅力。鳖灵迷恋着海伦，也深爱着海伦。鳖灵对海伦的喜爱，经过数年相濡以沫的婚姻生活，已升华为一种很深沉的感情。

鳖灵知道，目前面临的这场劫难，内幕是可恨的长吏通过贪财好色的楚王欲加害于他，而起因还是海伦的绝色美貌。当然，这绝不是海伦的过错。美丽难道也有错吗？但美丽常常会成为被抢夺的资源，尤其是倾城倾国的女子，更是难免成为被有权有势者抢夺的对象。所以，罪魁祸首当然是奸佞的长吏，以及贪婪的楚王。鳖灵曾经想，如果其他人遭遇这样的情形，会怎么处理呢？会不会献出美妻以避祸？也许会同样考虑逃走，但如果无处可逃，结果又会怎样？鳖灵很难假设。同样的一件事情，因为不同的性格和不同的处理方式，肯定会有不同的结果。但有一点很清楚，就是鳖灵决不会让长吏与楚王的阴谋得逞。出于一个顶天立地男子汉的自尊，他也决不会放弃深爱的海伦。宁可玉碎，也决不瓦全。何况，他与常人不同，有着满腹的智谋。如果连这场劫难都应付不了，真是枉为豪杰了！

想到这些，鳖灵不由轻轻叹了口气。海伦用担忧的目光看着他。

鳖灵轻描淡写地笑笑，对海伦说：都准备好了？

海伦点点头，嗯了一声。

鳖灵掂酌着措辞说：明天为了顺利脱身，要为你安排一个替身，你看小玫怎么样？

看到海伦不明所以的样子，鳌灵简略地做了解释。他想让小玫化装成海伦的样子，穿上海伦的艳服，蒙上纱巾，先坐上楚王使者准备好的车辆，以迷惑长吏和楚王的使者。而让海伦脸上涂抹灰垢，穿上破旧衣衫，装扮成农妇，一早就从小道离开庄园，远走他乡。小玫的身高与胖瘦都与海伦很相似，所以鳌灵很自然就想到了这个移花接木之计。又因为小玫是自小跟随海伦的贴身侍女，和海伦情同姐妹，鳌灵不能擅自做主，要同海伦商量。

聪慧的海伦马上就明白了鳌灵的主意，觉得很巧妙。但她不同意让小玫离开自己，她毕竟和小玫的感情太深了，舍不得为了自己脱身而牺牲小玫。海伦要鳌灵另外安排一个女婢去假扮自己。家中有好多女婢，要挑选一个和海伦身材胖瘦相似的女婢，应该是比较容易的事。鳌灵想了想，考虑到逃亡的路上海伦需要贴身侍女照顾，而小玫机敏能干，一定会照顾得比较好，便同意了海伦的意见。

鳌灵又用商量的口吻对海伦说：希望将携带的东西再精简一下，带不了那么多。看到海伦有点迟疑，对她喜欢的物件一副难以割舍的样子，便将海伦揽进怀里说：以后什么都会有的，留得青山在不愁没柴烧，将来你要什么我都给你啊！

好啊！海伦也轻声地笑了，风情无限地依恋在鳌灵的怀里。

因为还有许多急迫的事情需要鳌灵马上安排，鳌灵和海伦拥抱了一会儿，便离开了。

就在鳌灵秘密地做好了一系列安排的时候，长吏正骑马前往驿馆，去见使者。

长吏先到鳌灵庄园，以祝贺之名，察看了鳌灵的动静。接着便去拜见楚王使者，一是为了礼节，表现对使者的尊敬；二是为了商量明日的安排，以确保万无一失。长吏是一位工于心计的官吏，在地方任职多年，一直没有升迁，现在一个极好的机会终于来了。

长吏知道，这件事情办成了，一定会得到楚王的赏识。因为鳖灵之妻海伦确实太美艳了，美到绝无仅有，美到难以形容。无论哪个男人见到海伦，都会心旌摇荡，魂不守舍。好色如楚王，见到海伦，也许连骨头都酥软了。想想看，楚王得到了如此美女，对投其所好的长吏能不封赏吗？一想到这种可能，长吏就兴奋得不得了。但官场的经验也提醒长吏，如果此事办不好，楚王就会怪罪于他，那他就吃不了兜着走了。所以，他一定要做好安排，以确保使者明日一定将鳖灵与海伦带回都城王宫。

使者是楚王身边的一位亲信，因为是楚王特派使臣的身份，所以架子很大，见了长吏，一副爱答不理的样子。

长吏却丝毫不敢怠慢，进了驿馆，见到使者，便满脸堆笑，一边施礼，一边十分巴结地说：大人驾临敝邑，一路上辛苦啦！

使者打量了一下长吏，也拱了拱手，漫不经心地哼了一声。

长吏巴结地笑着说：敝邑是个小地方，穷乡僻壤，照顾不周，还望大人多多包涵！见使者没有什么反应，脸上一点笑意都没有，长吏赶紧又说：小人略备薄礼，还望大人笑纳。说着，便从袖中摸出一只精美的漆盒递了上去。又当着使者，将漆盒小心打开，原来漆盒里面装着一串晶莹圆润的珍珠。楚人都很喜欢珠宝，而产于南海的珍珠便属于最名贵的珠宝之一。

使者微眯的眼睛立即大放异彩，颐指气使的神态立刻变得和蔼起来，呆板的面孔也浮上了笑意：这怎么好意思？有烦老兄，破费啦！说着，便接过了漆盒，又微笑着观赏了一会儿，有点爱不释手，过了好一会儿才合上漆盒，揣入了袖中。一边又客气地对长吏说：来，来，请里边坐！

长吏见到使者态度瞬间便发生了转变，从冷漠一下变得分外亲热，也大为庆幸。虽然送这份厚礼很心疼，但要向楚王邀功，只要使者回去替他向楚王美言几句，他就大赚了。要有所得，必须先要付出，这真是圣人说的至理名言啊。长吏已记不清是哪位圣人所说，但在官场却真的是百试不爽。

长吏明白，仅仅送礼，还是不够的。他还要趁热打铁，进一步笼络和加深与使者的感情，才能达到最佳效果。进到驿馆里边客厅，刚坐下，他便对使者说：在下略备水酒，想为大人洗尘接风，不知大人可否赏光？

使者现在已经是一副笑容可掬的模样，点头说：好啊，好啊！

长吏向随从做了个手势，随从很快就将早已准备好的食盒搬了进来。

驿馆里面的膳食很一般，但几案却是现成的。长吏带来的美酒和佳肴，很快就在几案上摆好了，连酒盅与食箸也都准备妥当。随从布置好后，便悄悄退出，虚掩了房门，便于长吏和使者一边饮酒，一边密商事情。

长吏将酒盅斟满，敬给使者。使者很高兴地呷了一口，笑道：果然好酒！

长吏也笑道：大人真的是品酒高手！来，干了，干了！

两人推杯换盏，相互奉承，喝得十分开心。酒过三巡，话语便多了起来。从开始的虚与应酬，渐渐说到见闻与爱好，又聊到都城与王宫，聊到楚王的嗜好，聊到官场的一些典故。不知不觉，两人已称兄道弟，仿佛相交多年，成了知心朋友一般。这正是长吏想要达到的效果。而对于使者来说，遇到像长吏这样比较懂事的地方官员，也是很开心的事情。总之，两人臭味相投，相见恨晚，各有所求，也各有所得。

此时天色已晚，驿馆侍者掌了灯上来。长吏继续斟酒，一边向使者讲到明天当地有龙舟竞赛，希望使者一起观赏了再带着鳌灵与海伦动身回都城。使者早已风闻龙舟竞赛的热闹，有此机会，当然不会放过，便说：好啊！好啊！

长吏又献计说：为了不耽误行程，可以先让楚王要召见的美人登车，派人守住了，这样便可以确保万无一失。使者听了，觉得很妙，连声说：甚好！甚好！

使者这时已有了一些醉意，伸手将长吏拉近身边，凑近耳畔压低嗓音说：那个女人是否真的很美？

长吏也低声说：千真万确啊，真的是美不可言！

使者用有点淫邪的眼光看着长吏。长吏打个哈哈，低声说：明天大人看到了就知道了。使者用带点玩笑的口吻说：楚王后宫佳丽甚多哦。长吏听出了使者的弦外之音，忙说：是啊，是啊，但楚王见到此女，一定会特别喜欢的。因为此女，仪态万方，简直是天仙下凡。

是吗？使者淫邪地笑笑，将信将疑。看到长吏很认真的样子，便换了话题。

两人不停地敬酒劝酒，一直喝到灯火阑珊，这才分手。

长吏骑马离开驿馆，对自己今日的安排，大有欣慰之感。他回首遥望了一下鳌灵庄园方向，心想只要明天将鳌灵之妻先安置到楚王派来的车上，派心腹守住，那就基本上大功告成了。他在心里甚至有些嘲笑鳌灵，别看你平日自恃才高，又舍不得多拿钱财孝敬父母官，这次是真的活该你倒霉了！谁叫你娶了如此美艳的一位女子啊？那是君王才能享有的美丽，对于布衣百姓，那可是消受不起的祸水哦！

旁边的草丛里有一只野鸟突然被马蹄惊飞，从马首腾地越过。坐骑受了惊吓，撒蹄狂奔起来。喝多了酒的长吏，醉意阑珊，猝不及防，一下从马上摔了下来。随从赶了过来，将他扶起。长吏的额头上已磕破了一块，腿与膝盖也受了轻伤。长吏很扫兴，朝地下恶狠狠地吐了一口含有泥土的口水，在随从的搀扶下，重新上了马，由随从牵着马缰，朝官府走去。

远处，一轮新月斜挂在天际，风中传来了江涛拍岸的声音……

第四章

　　汹涌的洪水冲垮了祭坛，在蜀国的平原上泛滥成灾，岷江左岸几乎成了泽国。

　　蜀国的都城里面也进了水，街道上一片泥泞。百姓的屋舍，也大受影响，到处都是被洪水浸泡过的痕迹。人们的生活，也被这场突发的洪灾打乱，店铺关门，百业萧条，所有的买卖都停止了。种田的百姓，望着被淹的田地，愁容满面，无计可施，只能望洋兴叹。打猎的人们，也被水所困，难以行动。连渔民也苦恼不堪，捕鱼的小船和独木舟都被洪水冲走了，眺望四处，只有洪水，哪里还有渔船的踪影？都城的城墙上，也都是灾民，大都是从城外逃避洪水而来，其中还有许多妇孺，吃的和住的都成了极大的问题。

　　大雨已经停了，但天气依然阴沉。数日来，人们的头顶上不时有乌云翻滚，仿佛随时会有倾盆大雨袭来，弄得人们无比焦虑，困顿不堪。站在城墙上，还可以看到，在洪水淹没的地方，有淹死的牲畜，也有人的尸体，它们随洪水向低洼处漂流，有的在泥浆中半沉半浮。如果不及时掩埋，太阳一出，就会发出恶臭，甚至会引发瘟疫。从杜宇王执政以来，蜀国发生这样可怕的洪灾还是第一次，形势真的是空前严峻啊。

　　杜宇王这几天备受煎熬，双鬓竟出现了白发，仿佛一下老了十岁。

　　盛大祭祀的失败，神巫老阿摩的失踪，对杜宇王是一个极大的打击。他原来是那么的满怀希望，满以为法力高强的老阿摩又会像三年前大旱之年那样力挽狂澜，通过一场盛大祭祀，求得诸神的护佑，来缓解灾情。哪里料到，祭祀尚未结束，汹涌的洪水就像来势凶猛的巨兽一样，溃堤而出，将祈求与希望都化作了泡影。在高大的祭坛被洪水冲垮之前，老阿摩用喑哑的声音喊出的那句长叹——天意啊！天意！！——迄今仍回响在杜宇王的耳畔。这犹如一句神谕，也成了老阿摩失踪的谶语。百年不遇的大洪灾，就这样毫无商量地降临在了杜宇王与蜀国百姓的头上。

连日来，杜宇王虽然被大洪灾弄得焦头烂额、心烦意乱，但还是理智地处理了一些非常迫切的事情。譬如他命令阿鹄，组织人力，在都城的城门外边抢筑了一道阻挡洪水的堤坝，将洪水挡在了都城外面，减轻了城内的灾情。他又吩咐从王宫仓库中拿出粮食，为四处逃避洪水而来，栖居在城墙上的灾民煮粥赈灾。

杜宇王不顾疲倦，还带着阿黑和侍卫们，查看了城内的灾情。所到之处，都是洪水的痕迹，有些地方还发出了污浊的臭味。在城墙上，灾民们三三两两，衣衫不整，狼狈不堪。灾民们的情绪都很低沉，看到杜宇王来到了面前，那些近乎绝望的眼神中瞬间闪出了亮光。在他们心目中，杜宇王始终是一位了不起的君王。虽然大难临头，但有了杜宇王的关心，灾民们便觉得有了盼头，心头油然地升起了希望。

杜宇王看到眼前的情形，心里很难受。面对灾民，他真的不知说什么才好。他查看了煮粥的大锅，询问了负责煮粥的人，知道每日确保灾民都有吃的。他看到有些灾民衣不蔽体，又吩咐侍卫传令，让王后朱利在宫中尽量收集一些春夏穿的衣服发给灾民。当灾民们手捧热粥，穿上侍卫送来的衣服，都感动不已。有些妇女还流出了热泪，遥遥地向蜀王叩首，祷告说：愿神灵保佑吾王啊！

杜宇王站在城墙上，看到了漂浮在低洼处的尸体，又吩咐侍卫传令，要阿鹄寻找船只，安排人手，将那些死于洪灾中的尸体尽可能都掩埋了。他知道，虽然雨很可能是不会继续下了，但现在天气正在渐渐变热，尸体必须尽快处理。这样做，一方面是为了让死者入土为安，另一方面也可以弄清老阿摩是否也在这场洪灾中遇难了。

杜宇王那天被公主白羚拉上大象，涉水回到城内，惊魂甫定，便吩咐侍卫赶紧打听老阿摩的消息。一连几天，杜宇王都牵挂着老阿摩。遗憾的是，关于神巫老阿摩的生死与去向，没有一个人能够说清楚。就像一条潜入水底的神鱼，或一只飞进深山的神鸟一样，一眨眼之间就消失了，从此无影无踪。老阿摩的弟子们，也随之不见了踪影。

杜宇王不相信功力深厚的神巫会被洪水淹死，因为连续数日打捞寻觅都未见遗体，便排除了这种可能。那么，神巫又会去哪里了呢？难道是因为祭祀失败，老阿摩觉得有失神巫脸面，愧对蜀王，因而趁混乱远遁，再次隐入了深山？当然，这只是杜宇王心中的一种猜测。从内心深处说，杜宇王对这次祭祀倍感失望，但他并没有埋怨老阿摩。因为即使是德高望重、法力高强的神巫，也天意难违。他很想和老阿摩再好好商量一下洪灾发生以后应该怎么办，但老阿摩却失踪了，老阿摩的去向成了一个巨大的谜。

杜宇王站在城墙上远眺的时候，问阿黑，老阿摩不见了，你觉得他会在哪里？

阿黑看了看杜宇王略显憔悴的神态与焦虑的目光，想了一会儿说：神巫也许去修炼了吧。

杜宇王若有所思地哦了一声，阿黑不经意的回答也许说对了。就像野兽负了伤，要回到山洞舔舐伤口、喘息疗伤一样，神巫的法力也是要经常修炼的。老阿摩在祭祀失败后，隐入深山修行养性，确实合情合理，应该是一个较好的理由。

杜宇王又沉默了许久，暂时抛开了对老阿摩的牵挂。祭祀失败，神巫失踪，看来原来的一套是行不通了。他必须另思良策，来应对严峻的灾情。可是，说着容易，做着难。治理洪灾的良策，究竟又在哪里呢？

蜀国都城的王宫内，朱利刚刚将清理出来的一些衣服让侍卫拿去送给灾民。

朱利在王宫中过惯了舒适而悠闲的生活，突然遇到这场空前的洪灾，很有些手忙脚乱。当然，国家大事都是由杜宇王去操心，她从不干预。不过，现在是非常时期啊，她也是决不能袖手旁观的。

朱利在早年和杜宇王一起闯荡江湖，又一起击败鱼凫王、创建新王朝的时候，也是一位女中豪杰。朱利不仅容貌端庄，在骑马射箭、使用剑术与徒手搏击方面，功夫也是相当了得。杜宇王早年的成功，朱利也是功不可没的。

还有朱利的家族，也为杜宇王创建新王朝出了大力。朱利的家族，原为梁氏，后来逐渐成了朱提的名门大族。朱提物产丰富，是个资源茂盛的风水宝地。最著名的是铜产丰富，朱提商人打造的铜器精美耐用，畅销天下。朱提有很多部落与氏族，就是靠此发财的。而朱利家族便是其中势力最为强盛的，这不仅因为善于经营，更主要的是人丁特别兴旺。男的人人健硕，女的也个个英豪。

朱利和杜宇王相识的时候，一个豆蔻年华，一个风华正茂，两人一见钟情，从此形影不离。杜宇王那时很穷，却相貌堂堂。杜宇王连自己的出身都说不清楚，有时他对朱利说，他是从天而降，是天神的儿子。听起来像是一个虚构的神话。朱利也对他开玩笑说，她还是地母之女呢，是从井里出来的。杜宇王听了，便哈哈大笑。天神的儿子配地母之女，当然是天作之合了。于是两人便结合了，成就了一段珠联璧合的姻缘。朱利自小很任性，父母原打算将她许配给当地一位部落酋长的儿子，朱利不喜欢那个长相邋遢的酋长之子，便独自外出行走江湖。在她浪迹到一个叫江源的地方时，遇见了杜宇王，朱利便自作主张，将自己嫁给了杜宇王。后来，朱利带杜宇王回朱提探望父母，仪表堂堂的杜宇王很容易就博得了朱利父母的欢心。杜宇王和当地的其他部落与氏族也相处得很融洽，自然而然地受到了众人的拥戴。杜宇王有很多过人之处，仿佛有某种气场，能凝聚人心，使人对其产生好感和敬佩。再后来，杜宇王便在众多部落与氏族的支持下，击败了鱼凫王，取而代之，成了蜀国的君主。

转眼间二十多年过去了，杜宇王已年近花甲，朱利也已年过半百。时光对杜宇王似乎影响不大，杜宇王依然潇洒如昔，风采不减当年。朱利就不同了，明显地感到自己容颜衰老，精力已大不如前。她也像母亲一样，不知不觉就变成了一位老妪。当然，王宫生活优裕舒适，吃用享乐，穿戴华贵，朱利看起来还不显老。但岁月是不可逆转的，朱利已经很少进行户外活动，也不再舞剑射箭或去打猎，年轻时的情景已变成回忆，渐渐地就进入了安享晚年的状态。朱利有时觉得日子过得很慢，王宫里的生活，每天都一样，使人很无聊。有时又觉得岁月的流逝很惊人，怎么突然就变老了呢？但朱利还是很满足，自己毕竟慧眼识珠，嫁给杜宇王是自己一生最明智的选择。二十多年来，自己作为蜀国王后，自然是享尽荣华富贵。在感情生活上，杜宇王对朱利也是呵护备至，一直非常好。当然，朱利也有忧虑的时候。譬如三年前蜀国遭遇大旱灾，朱利就和杜宇王一起吃不下饭睡不着觉。庆幸的是，后来神巫祭祀求雨，缓解了旱情。还有就是几个月前，杜宇王筹划称帝之事，朱利也深表赞同。杜宇王一旦称为望帝，王后朱利也就成了皇后。王后与皇后，虽只是一字之差，但还是有很大区别的，皇后的身份更加尊贵。没有料到的是，大雨突然来了，将计划和想法全都打乱了。

现在，面对这场大洪灾，朱利也非常担忧。特别是祭祀失败之后，看到杜宇王骑象逃离、狼狈不堪的样子，朱利真的是忧心如焚。她一方面担心，不知如何治理这场洪灾，另一方面也担忧杜宇王的蜀王地位，会不会因此而受到威胁。这不是没有先例的，鱼凫王的败亡就是一个显著的例子。蜀国自古以来部族众多，其中不乏大的氏族，一旦强盛起来，遇到某种时机，就会觊觎王权。鱼凫王在世的时候，就有许多觊觎王权、跃跃欲试的氏族。杜宇王由于江源和朱提众多部落的支持，后来居上，一举而取代了鱼凫王。杜宇王在位已久，会不会也发生像取代鱼凫王时的情形呢？这正是朱利最为担心的事情。更何况，鱼凫王败亡之后，鱼凫族并未彻底屈服，鱼凫王有一个小儿子和一些族人，就隐入了深山，也许正在暗中积蓄力量，说不准什么时候又会东山再起，来找杜宇王复仇。

担忧毕竟是心中的忧虑而已，目前最要紧的是应对灾情。当杜宇王传令回来，朱利便迅速在宫中搜罗了多余的衣服，交给侍卫拿去给暂时栖居在城墙上的灾民穿用。朱利还查看了王宫的仓库，清点了库存的粮食，为继续赈灾做好准备。

公主白羚此时也没闲着。遭灾之后，她最关心的就是饲喂象群。

在这场突发的大洪灾中，如果没有象群，杜宇王被轰然溃堤的洪水淹没后会怎样呢？当时有很多人都被汹涌的洪水冲走了，结局如何很难想象。这些可爱的大象，为救援杜宇王立了大功。所以白羚一定要好好地奖励它们。

白羚从小喜欢动物，自幼就跟随父母骑马射猎，或骑马外出游览。她最喜欢站在池泽湖畔观赏那些觅食与嬉戏的水鸟，或在林中欣赏那些轻盈奔跑的麋鹿。她觉得飞翔的鸟儿和敏捷的小鹿，都是山林中的精灵，那份野性和无拘无束，常常使她感到欣喜。白羚对山林与鸟兽的喜好，似乎与生俱来。父母给她取的名字也和动物有关，或许就印证了其中微妙的关系。

白羚和象群结缘，纯属偶然。有一次她外出游览，听人说附近一座山崖崩塌了，巨大的岩石滚落下去，砸向了正在山沟里饮水的野象群。象群中的成年大象为了保护幼象，都挺身来阻挡那些滚落的岩石。那是一个非常壮烈的场面，崩塌的岩石成堆滚下，势不可挡，成年大象们发出的呼叫声震动山谷，山林中的鸟兽都惊吓得四处奔逃。这次突发的崩岩事件，使野象群在劫难逃，成年大象无一幸免，只剩下了一些受伤的幼象。当白羚闻讯赶去的时候，一些山民和猎人正在围捕那些幼象。白羚阻止了山民的行为，指挥随从对那些受伤的幼象进行了救助。她和随从们搬开石块，使幼象撤离险境。山民们受到了公主的感染，也自发地参加了救援，将幼象们转移到了一处安全的山林里。白羚又亲自给幼象的伤口敷上草药，守护和陪伴那些受伤的幼象，在山林里待了好几天。白羚的草药似有神效，几天后，幼象的伤口就好了，已经可以行走。蜀王和王后数日不见公主，派了侍卫前来寻找。白羚要回王宫了，却舍不得离开那些幼象。那些幼象对细心看护和照顾它们的公主也心怀感激，产生了深深的依恋。当白羚要动身离开山林的时候，幼象都跟随在她的身后，用孤儿般的恋恋不舍的眼神望着她。白羚被幼象的眼神深深地打动了，当即便做出了一个果断的决定。她用手抚摸着那些幼象伸向她的长鼻，亲切地询问：你们愿意随我回王宫吗？幼象们都很有灵性地点着头。白羚高兴地说：那就跟我走吧！白羚就这样带着幼象离开了山林，一起回到了王宫。

杜宇王和朱利看到白羚带回了一些幼象，颇为惊讶。听白羚讲述了详细经过以后，也就释然了。象是大自然中最有灵性的大型动物，既然公主喜欢，那就让她驯养吧。白羚得到父母的允许，从此便将幼象当作宠物一样驯养。那些幼象也非常聪明、听话，学会了听从白羚的指挥，可以当白羚的坐骑，可以用长鼻为白羚搬运东西，还可以一起游戏或表演节目。白羚还为它们取了名字，其中最有灵性的一头叫当当，另一头叫笨笨，只要喊它们的名字，就会应声而至。几年过去，幼象渐渐长成了大象。蜀国的百姓都知道了公主驯养大象的故事，这在蜀国有史以来还是第一次，口口相传，成了美谈。

白羚喜欢和这些自幼驯养长大的象群待在一起，有时她会骑在象背上，带着它们重返山林。有一次，白羚带着它们又来到了那个发生崩岩灾难的山沟，面对着掩埋了野象群的巨大石堆，大象们默立着，眼中都流出了泪水。白羚心里大为感动，原来大象是如此重情重义的动物。大象的记忆力太好了，会记得走过的路，对遇见的和发生的都会记忆深刻，而且会记恨，也会感恩。在白羚骑着大象外出游览的时候，曾遇到过凶猛的野兽，有几次曾险象百出，大象都挺身而出，发出雄壮而威严的呼叫声，亮出尖利的象牙，舞动神奇的长鼻，凶猛的野兽顿时惊慌逃走。白羚很高兴，几年前她救护了幼象，现在这些大象又成了她的守护神。

还有一次，白羚骑着大象遇到了几位猎人，大象用鼻子吸了泥沙朝那些猎人喷去，弄得那几位猎人狼狈不堪。白羚有些纳闷，后来辨认出来，那几位猎人在野象群遭遇劫难后曾围猎过受伤的幼象，当时幸亏有白羚的及时救援，幼象才化险为夷。现在幼象已长成大象，还依然记得那几位猎人的模样。大象用泥沙喷洒那几位猎人，也算是一种报复，发泄了记忆中的仇怨。白羚望着跑走的猎人，拍了拍大象巨扇似的耳朵，放声大笑。

白羚为了驯养幼象，在王宫中专门搭建了象棚。里面有遮蔽风雨的象舍，外边是巨木建成的围栏。平常大象就栖居在这里，王宫里特地安排有象奴，负责喂养它们。但白羚更喜欢亲自动手，为这些大象喂食，或为它们洗刷，或和它们一起玩耍。每次看到白羚来到象棚，大象都会伸出长鼻，轻轻地抚弄白羚的手臂或衣服，向白羚表示亲昵。

此时，白羚为大象带来了食料，并提来了干净的清水，让大象饮用。白羚还拿来了用竹子和棕树皮制成的长刷，为大象刷去洪水浸泡在身上的泥斑。大象轻轻地摇晃着耳朵和长鼻，显示出一副陶醉的样子，享受着公主亲自为它们洗刷的快乐。

白羚说：我替父王感谢你们哦，等洪水退了，我和你们去林中玩。

大象似乎明白公主的意思，都很快乐地点着头。

就在杜宇王为神巫的生死不明而分外牵挂的时候，老阿摩已经回到了山里。

正如阿黑不经意间所推测的那样，老阿摩在遭遇了祭祀失败之后，便率领弟子们返回山林进行修炼。在蜀山深处一个环境幽静的地方，有神巫的隐居地。这里林木茂盛，巨树参天，碧瀑飞挂，溪水潺潺，清风中时而有鸾鸟的和鸣，晨曦里有灵猴与松鼠在林间嬉戏，月光下常有仙鹿徘徊和灵兽出没。神巫选择这样的环境，作为修炼法力的场所，确实是非常高明，也是很有智慧的做法。这里可以不闻尘世的喧嚣，远离凡间的纷争，清心寡欲，悠然自得，使灵魂与心境都进入了一个高深莫测的境界。

蜀国的神巫，有很多独特的法力，比如纵目而视，比如和诸神对话，都是将先天的遗传发扬光大，并通过后天的长期修炼而成。从第一代蜀王蚕丛王的时代开始，神巫就因为这些独特的法力而为蜀人所尊崇，成为蜀国执掌神权的领袖。神巫的法力，主要是通过祭祀活动，与神灵沟通，向民众转述神灵的旨意，并表示对神灵的敬仰，祈求神灵的护佑。对蜀国君王和百姓们来说，神巫是介于凡人与神灵之间的超人。神巫住在凡间，但又不是普通的凡人。神巫虽然不能登天进入仙界，却可以和诸神对话。所以神巫是超人，是超越凡人想象的神奇人物。

作为神巫，日常的和长期的修炼非常重要。神巫有很多奇特的禀赋，大都与生俱来，譬如独特的眼力和听力，以及超常的心灵感应等。但光有这些是不够的，还要通过耐心的刻苦修炼，汲取天地日月之精华和万物之灵气，使之融入心灵，在体内融会贯通，形成深厚的功夫，最终化为神妙的法力。历代神巫都很讲究修炼，其中悟性各有不同，有的悟性很高，修炼三年就可以出山了，有的则要修炼十年以上才行。修炼不仅是呼吸吐纳、排除杂念、修身养性，同时也是一个学习和磨炼的过程。神巫的功夫分很多层级，最简单的就是降神，比较高深的就是和诸神对话。神巫通过修炼，可以达到一个神游八荒、穿越古今的境界，真的达到了那一层，就是一个极高的境界了。

其实，神巫除了主持祭祀，和诸神通话，还具有一些通常不为人们所知道的法力。譬如隐身而遁，又比如插翅而飞等。听起来，这些似乎都是绝不可能的事情。但实际上，法力高强的神巫都是能够做到的，只要修炼达到了极其高深的地步，或遁或飞，不过是一个简单的小把戏而已。

在老阿摩主持盛大祭祀的时候，当汹涌的洪水溃堤而出，高大的祭坛在洪水的冲击下瞬间崩塌，老阿摩势不得已，便施展了远遁的法术。在杜宇王和蜀国民众的眼里，老阿摩和弟子们在祭祀失败后都被洪水淹没了，从此去向不明。其实老阿摩在危急关头已经使用遁术，带着弟子们返回了山林。

老阿摩年轻的时候就练成了这项法力。在鱼凫王带兵攻入王城围住神巫要夺取神杖的时候，他就玩了一个失踪的把戏，遁入了山林。鱼凫王当时百思不得其解，神巫明明就在包围圈中，怎么会消失了呢？鱼凫王也曾四处打探神巫的去向，因为疑云重重，谜团难解，最后便放弃了寻找。这次老阿摩再次使用遁术，但却不是因为杜宇王，而是由于神巫自己的失败。当时老阿摩也可以选择留下，和杜宇王共度患难，但他还是决定遁走。

老阿摩这样做是势不得已，但也不得不这样做。这场盛大的祭祀已经彻底失败了，意味着神巫的法力已不起作用，神巫的威望也将随之扫地，哪里还有颜面继续留在蜀国都城？所以遁走就成了最好的选择。老阿摩的心里不仅充满了对杜宇王的愧疚，也充满了对祭祀现场被淹民众的歉意。他真的是太对不起他们了。可天意难违，他又有什么办法？如果换个角度思考，老阿摩用悄然遁走造成了一个遇难于洪水的假象，既保持了神巫的尊严，同时也承担了祭祀失败的全部责任，对杜宇王来说，也未尝不是好事。老阿摩在这场空前的洪灾面前，能够做的，也只能是这样了。

老阿摩选择遁走，虽然是个明智的决定，但回到山林里，他还是有些懊悔。他的神秘消失，是否意味着蜀国神巫时代从此结束了呢？如果真的是这样，蜀国的神巫在他这一代结束了，岂不愧对历代神巫啊？想到这些，老阿摩的内心便格外难受。但冥冥之中自有定数，无论是英明杰出的蜀王，还是代代相传的神巫，在天地造化与人世兴衰里，只能顺其自然。除此之外，难道还有更好的办法吗？

老阿摩回到了优雅静谧的修炼之地，又恢复了往昔的修炼生活。

虚度的时光就像做梦一样，使人恍恍惚惚。老阿摩努力使自己心灵归于平静，但要忘掉一切几乎是不可能的。就像杜宇王在蜀国都城牵挂着神巫一样，老阿摩在山林里也常常回想起和杜宇王相处的情景。老阿摩慢慢地恢复着法力，更多的时候，则徘徊于真实与虚幻之间，漫步或飞翔于想象之中。

当朝阳升起，或皓月西移的时刻，老阿摩常常会联想到曾居住了二十多年的蜀国都城，联想到那些一去不复返的日子，联想到对他分外信任而且尊崇有加的杜宇王。于是老阿摩便会在心里默默地祈祷，祈祷诸神护佑杜宇王能够渡过难关，战胜洪灾，也祈望蜀国的百姓从此都能过上远离灾害的平安富庶日子……

第五章

清晨，一阵阵鸡鸣声中迎来了曙光。

大江边上人影晃动，准备龙舟竞赛的各支队伍都已陆续抵达。龙舟竞赛是荆楚之地的一个重要风俗，早在楚国开国之初就已有了，代代相传，流行悠久。为什么要搞这样的竞赛，传说颇多。其中很主要的一个说法，因为龙是楚人最重要的崇尚和象征，而舟是楚人往来出行的重要交通工具，将舟做成龙形，意味着驱龙而游或乘龙而行，可以欢娱神灵，赢得风调雨顺。这当然是楚人浪漫有趣的一个想法，后来便渐渐地变成了一个富有情趣的风俗。

每年此时，当地的各个氏族和民众都会踊跃参加，竞赛的龙舟很多，大家都奋勇争先，场面热烈，观者呐喊助威，妇孺喜笑颜开。按照传统，各个氏族的长老，以及地方官员，通常都要亲临现场，观赏竞赛。在竞赛结束后，还要为优胜者颁奖。奖品有时是一匹红绸，有时是一头小猪，还有的时候是一笼肥鸭。奖品虽然并不贵重，却是一种荣誉，得奖者都会欢天喜地。之后，民间还会表演傩舞，氏族之间还会相互宴请，饮酒欢叙，终日而散。

今年的龙舟竞赛，当地的各个氏族都已准备多时，每条龙舟都描画一新，挑选出来的参赛者个个摩拳擦掌，只等上午进行比赛了。官府也做好了准备，一早就派人来到了江边。在一个视野开阔、地形稍高的地方，特地为楚王的使者安排了座位。届时长吏要亲自陪同使者，还邀约了各个氏族的长老，将在此处观赏热闹的龙舟竞赛。旁边直至江畔，则是民众们观看龙舟竞赛的地方。在曙光中，人们正陆续赶来。等太阳升起来的时候，期盼已久的龙舟竞赛便要开始了。

鳌灵也起得很早，一切都按计划进行。他派出的几位家丁，已经先前往江边，对参加竞赛的龙舟做最后的准备。庄园的大门口已备好鞍马，等一会儿他就要骑马前往江边，亲自参加龙舟竞赛。表面看来，鳌氏庄园还像往昔一样，晨炊袅袅，平静如常，仆人一早就在门口洒扫忙碌，什么变化也没有。其实，要撤离的家人在半夜时分即已动身，由小道悄然远走。而鳌灵则留了下来，以应付长吏和楚王的使者。鳌灵知道，目前最重要的是要免除长吏和使者的疑心，争取家人平安撤离的时间。他策划得非常周密，现在就看这场戏怎么表演了。等到龙舟竞赛结束、楚王的使者驱车上路，他也会金蝉脱壳，然后便真正地远走高飞了。

就在鳌灵走出庄园，在大门口不慌不忙骑上骏马，准备前往江边的时候，传来一阵急促的马蹄声。长吏率领几名随从，骑着快马，来到了鳌灵的面前。

鳌灵揖手施礼：大人早啊！一起去看龙舟竞赛吗？

鳌灵注意到了长吏额上跌破的伤痕，嘴角浮起一丝讥讽的笑意。

长吏也似笑非笑地揖手施礼：哦，龙舟竞赛肯定是要看的。在下奉楚王使者的吩咐，问鳌灵兄做好准备了吗？一看完竞赛，使者就要启程回都城向楚王复命。

鳌灵不动声色地说：楚王的命令，岂敢违背。

长吏开门见山地说：为了不耽误行程，那就请鳌灵兄夫人先到驿馆，坐上楚王派来的专车等候。在下和鳌灵兄一起陪使者观赏龙舟竞赛，一等到竞赛结束，马上就可以启程了。

鳌灵冷冷一笑：大人考虑得真是周到啊！

长吏打个哈哈，一副皮笑肉不笑的样子。哪里哪里，这都是楚王使者的吩咐，在下身为地方官员，也只能遵照执行而已。一边说着，一边笑里藏刀地瞄着鳖灵。

鳖灵当然明白长吏的眼神和意思，故意沉默了好一会儿，这才说：好吧，那我请拙荆出来，请大人在此稍等。长吏点头说：好好，那你快去请夫人出来！

鳖灵下了马，将缰绳交给家丁，转身走进庄园大门，在长吏急切的目光注视下，不慌不忙地朝里面走去。长吏等了好一会儿，已经等得有点着急了，才听到了里面传来了玉佩相撞的叮当声和轻柔的脚步声。接着便看到一位身段妙曼、步履轻盈、穿着艳丽、服饰华贵、脸蒙纱巾的美妇，在鳖灵的陪伴下走了出来。长吏和随从们的目光都随之一亮，鳖灵美妻果然名不虚传啊，光是那婀娜的身材，就足以使人陶醉了。

鳖灵亲手扶着美妻，骑上了一匹准备好的骏马。然后鳖灵也上了马，在旁边陪伴着，向驿馆走去。鳖灵的几名家丁，长吏和随从们，也跟随于后。驿馆并不远，骑马行走很快就到了。鳖灵和美妻并辔而行的姿势也很好看，那些佩戴在美妻身上的玉佩，随身体晃动发出的清脆响声不绝于耳，还有美妻香薰过的衣服随风飘出的似有似无的香气，也沁人心脾。长吏有点陶醉，想到以后楚王的封赏，心里便分外高兴。长吏知道鳖灵美妻是会骑马的，他就是在去年秋天鳖灵和美妻骑马游玩的时候，看到了鳖灵美妻天仙似的容颜。后来，他便策划了一个奏章，禀报了好色的楚王。楚王对美色贪得无厌，天下皆晓，官员们都投其所好，长吏当然也不能例外。现在，一切都按照长吏的布置进行，只要楚王的使者顺利返回都城，就大功告成了。长吏想到这些，大为开心，甚至有点得意扬扬。

驿馆门外，果然停了一辆楚王派来的装饰华丽的马车。这就是楚王为鳖灵美妻专门准备的车子了，里面配备有锦垫与绣枕，专供美人长途乘车时休息。马车非常精致，每一个细部都显示出楚王御用的华贵，而实际上却像一个美丽的牢笼。鳖灵美妻只要坐进这辆马车，便像金丝雀关进了漂亮的笼子，从此便会失去自由，以后一切都要听凭楚王的吩咐了。使者和随员这时已等候在驿馆门口，看到鳖灵陪伴美妻骑马而来，目光也随之一亮。

鳖灵身手敏捷地跳下坐骑，先向楚王使者揖手施礼，然后亲手将美妻扶下马来。鳖灵美妻的身段是那么的婀娜，下马的动作也是那么的轻盈，一举一动都显露出一种美妇的风韵。在楚王使者和长吏目不转睛的注视下，鳖灵将美妻扶上了马车，又附在美妻的耳边小声叮嘱了几句，这才轻轻关上车门。鳖灵又吩咐一名家丁，留在马车旁边，负责照顾，不要让人骚扰夫人。鳖灵从容不迫地安排好了，这才转身面对使者与长吏，潇洒地笑笑说：我们去看龙舟竞赛吧，大人请！

使者和长吏对视一眼，都会心一笑，连声说：好啊，好啊，请！请！

鳖灵骑着马，随同使者与长吏来到了江边。

长吏陪着使者，在事先布置好的地方就座，准备观赏龙舟竞赛。按照长吏的意思，鳖灵也是要坐在旁边一起观看竞赛的。鳖灵下马后，对使者说：等一会儿随大人前往都城去见楚王，以后就很少有机会参加龙舟竞赛了，所以在下要亲自参加这次龙舟竞赛，而且要争取赢个头奖！使者听了，觉得鳖灵很豪爽，言之有理，当即便答应了。长吏也不便反对，随之点了点头。反正鳖灵的美妻已坐在了楚王派来的马车里，并已派人守住，谅他插翅也难飞，还担心什么呢？这样一想，长吏也就释然了。

鳖灵步行到江边，登上了龙舟。其他的各条龙舟，也都人手齐备，整装待发。每条龙舟上的人，都穿着清一色的短褂，腰系绸带，手持双桨。舟首还配置有一架牛皮鼓，由各条龙舟上的首领击鼓指挥。鼓点可以激发划桨者的豪情，可以使划桨的动作保持一致，还可以调整和加快划桨的节奏，所以击鼓者在龙舟竞赛中是非常重要的角色。鳖灵也是击鼓者，上舟后便坐到了舟首的位置。他用沉着的目光，扫视了一下江畔观看竞赛的人群，眺望了远近连绵的江岸和芦苇丛，目光又回到人群里面，注意到坐在高处观赏席位上的楚王使者与长吏，此刻正毫无防备地望着他。鳌灵的嘴角，不由得浮起了一丝冷笑。

天色有些阴沉。早晨还露出了一抹朝霞，将东方的鱼肚白浸染成一片艳丽。但太阳并没有像大家期盼的那样升起，淡淡的云层在渐渐变浓，似乎有些下雨的征兆。往年每逢龙舟竞赛的日子，大都是阳光灿烂，竞赛与观赏的过程也都是欢声笑语，充满快乐。今年有些不同，因为有楚王使者亲临观赏龙舟竞赛，气氛便没有往年那样随意。而且天公并不作美，阴沉沉的，给整个现场都笼罩了一种压抑的气氛。很多人都知道了楚王派使者来征召鳌灵与美妻之事，在观赏现场常有交头接耳的情形。使者和长吏对此则浑然不觉，使者由于是第一次观赏龙舟竞赛，有着很强的好奇心，长吏则以为一切都在按照他的布置进行，也放松了心情。只有坐在龙舟上的鳌灵，此刻是最清醒的人，明白即将发生什么。

龙舟竞赛终于开始了。随着岸上令旗挥舞，各只龙舟都争先恐后朝上游划去。

宽阔的江面上，排列着众多龙舟，相互竞争，逆水而上。舟首的指挥者开始击鼓助威，挥舞双桴，鼓点震耳，划桨者个个奋勇争先，时而发出阵阵呐喊，一时热闹非凡。由于水流的阻力，再快的龙舟也只能缓缓而行。而且水中常有暗流，冲在前面的龙舟稍不小心，便又会被其他龙舟赶上，反而落在了后边。争先者竭力保持优势，落后者奋勇追赶，因此竞争便异常激烈。在岸上的观赏者，也被这种竞争的场面所感染，有的舞旗，有的呐喊，纷纷为各自氏族的竞赛者助威鼓劲。长吏因看过多次龙舟竞赛，对这样的场景已习以为常。楚王使者就不同了，因初次观赏，大开眼界，很是兴奋。

鳌灵指挥的龙舟，靠近江边而行，一直保持着领先的地位。这其中也是很有讲究的，不仅有对水性的了解，也有驾驭的巧妙。其他的龙舟，因为担心触及江边的水草或沙堆，大都选择较为宽阔的江面。而水中的暗流，也恰恰隐藏在宽阔的江面下。鳌灵熟悉水性，每年龙舟竞赛几乎都是优胜，今年看来似乎也不例外。但鳌灵这次傍江而行，却另有深意。

就在竞赛的龙舟快要到达终点的时候，鳌灵的龙舟与旁边一只奋勇争先的龙舟发生了碰撞，站在舟首击鼓的鳌灵一个趔趄，便栽进了江中。龙舟上的划桨者一声惊喊，赶紧去捞落水的鳌灵，哪里还有踪影？岸上的观赏者目睹这一幕，也都惊呼起来。

长吏和楚王使者也亲眼看到了突然发生的这一幕，十分惊讶，不由得站了起来。

谁都没有想到会发生这种情况，热闹进行的龙舟竞赛也随之结束。好几只龙舟都围在鳌灵落水的地方，反复寻找，进行搜救，但却毫无发现，鳌灵落水后便再也没有冒出水面，像沉入水底的石头一样不知去向。

楚王使者疑虑重重，鳌灵突然落水生死不明，怎么回去向楚王交代呢？

长吏也很纳闷，鳌灵怎么会在关键时刻落水呢？他吩咐随从赶紧传令下去，要船家们继续打捞寻找。过了半个时辰，依然一无所获。按照常理推测，水性再好的人，落水半个时辰以上而没有踪影，那肯定是淹死了。但淹死了也会有尸体呀，也许是沉入了水底，或者是被暗流冲向了下游？后来有船家叫起来，在下游一点的地方，用渔网捞到了一件华丽的衣服，让鳌灵家族的一位参赛者辨认，果然是鳌灵穿过的衣衫。长吏和使者由此判断，看来鳌灵是确死无疑了。

这时阴沉的天空突然下起了雨，人们纷纷散去。船家们也都放弃了搜寻。

长吏陪伴使者，也赶紧骑马离开了江边。长吏看到使者一脸无奈的样子，宽慰说：鳌灵死了不要紧，好在鳌灵之妻还好好地坐在马车里呢，楚王想要的不就是美人吗？使者想想也是，颇有些感叹地说：这样也好，人死不能复生，我只有回都城如实向楚王禀报了。长吏连连点头说：当然当然，楚王见到天仙似的美人，肯定会高兴的。

使者和长吏回到驿馆的时候，已经有人将鳌灵落水的消息告诉了鳌灵之妻。

他们听到停在驿馆门口的马车里传出了哭泣声。

江边的人已经散尽。岸边芦苇丛中有一根伸出水面的细竹竿，正在向上游岸边移动。芦苇丛中有水鸟好奇地瞅着，随着竹竿看到了水里的人影，随即飞了起来。

水里的人影不是别人，正是落水的鳌灵。因为龙舟碰撞而使他突然落水，然后潜入芦苇丛中，利用打通的竹竿呼吸，再伺机隐蔽上岸远走高飞，这都是他事先精心策划好的金蝉脱壳之计。整个过程是那么自然，鳌灵的表演可谓天衣无缝。连那位船家用渔网打捞出来的衣服，也是他安排一位亲信家人扮演的。天公也似乎有意帮他，在鳌灵落水潜入芦苇丛中后便下起了雨，迫使人们全都很快地离开了江畔。鳌灵利用芦苇丛的掩护，看到岸边此时已空无一人，加快了向上游的移动。在一处僻静的荒郊野外，他悄然无声地上了岸。在一处杂草丛生的沙堆后面，他的一名心腹家丁牵着两匹快马正在等他。

鳌灵换了衣服，将自己装扮成一位外地行商的模样，骑上快马，带着家丁，迅速离开了江畔，沿着小道，朝上游方向驰去。他要追上海伦，然后一起远走高飞。

海伦是半夜时分动身的，由侍女小玫陪同，并由鳌灵挑选出的几位亲信家丁护卫，从庄园的后门出发，骑马而去。撤离的路线都是计划好的，按照鳌灵的吩咐，在一些岔道与路口，护卫的家丁都留下了隐秘的标识，便于鳌灵追赶时辨认，免得走错了路，好及时和他们会合。这几位家丁曾多次跟随鳌灵外出经商，都忠勇可嘉，而且都会功夫，强健善战，有时路上遇到劫匪，鳌灵指挥家丁与之相搏，每次都能轻易取胜。

鳌灵安排海伦先行撤离，因有几位忠勇的家丁护卫，还是比较放心。但他仍然担心会有一些意想不到的变化，譬如他的移花接木之计，选了一位身材姣好的女婢假扮海伦，会不会被楚王使者与长吏识破？一旦识破，鳌灵和海伦就会面临被通缉与追击的危险。当然，假扮只能瞒过一时，女婢装扮的海伦迟早是要被识破身份的。鳌灵希望的是，能够拖延得越久越好，最好是能够延迟到使者一行人到达都城，这样就为鳌灵和海伦的远走高飞争取了宝贵的时间。等到楚王召见假扮的海伦、大失所望之际，鳌灵和海伦早已脱离了险境，那就万事大吉、最好不过了。

鳌灵一路上快马加鞭，加速追赶，临近傍晚时分，在一处乡野小路上，终于和海伦一行会合了。海伦很高兴，小玫和护卫的家丁也都放下了悬着的心。海伦一路上都在担心鳌灵，害怕他在应付楚王使者与长吏的过程中发生意外和闪失。现在看到鳌灵毫发无损，快马而来，自然是喜出望外。鳌灵很顺利地和海伦会合了，也很开心。

雨早已停了，天际露出了一抹晚霞。鳌灵和海伦并辔而行，乡野人烟稀少，天地之间显得无比空旷，他们仿佛是在春游，而不是逃难。海伦连日来都紧张得不得了，直到此时心情才放松下来，脸上也露出了笑意。为了不引人注意，海伦穿了一套极其简朴的衣服，脸上甚至故意抹了灰垢。小玫也扮成农家阿妹，陪兄嫂出门的样子。鳌灵看着装扮成农妇模样的海伦，也会意地笑笑。海伦虽然涂抹了灰垢，仍然难以掩饰天生的美丽，反而显得有点幽默，别有情趣。

鳌灵心里充满了对海伦的爱意，关心地问：整天骑马，觉得累吗？

海伦含笑对鳌灵说：还好啊，外面有这么好的风景，比整天待在庄园里好玩啊。

鳌灵笑道：是吗？海伦说：找个清静的地方，我们休息两天好吗？鳌灵随口说：好啊。看你刚才还说不累呢。海伦笑了笑。鳌灵知道，海伦半夜出门，骑了一整天的马，精神还这么好，已属不易。看来是要找地方休息一下了。但他也很清楚地知道，他们还没有完全摆脱危险，应该走得越远越好。

天色渐渐变暗，夜幕降临的时候，鳖灵一行在路边的一处松林里安置下来。因为是乡野，没有客栈，连农舍也很少。而且，他们也不愿意引起沿途住户的注意，所以，他们只能在野外露宿了。好在已经是初夏，天气渐热，林间露宿也是一个很好的选择。一名家丁点燃了篝火，以驱赶虫蚁。另外两名家丁给马喂草。还有一名家丁用箭射猎了一只野兔，放在火上炙烤。侍女小玫在大树旁，用树枝和披风为海伦准备了一个休息过夜的地方。大家吃了出门时携带的干粮，分食了烤熟的野兔，然后便休息了。

鳖灵虽然疲倦，却睡不着。海伦也一样，似睡非睡，难以入眠，大约是不习惯这种野外艰苦环境的缘故吧。侍女小玫也一直是半睡半醒。只有睡在篝火旁的几位家丁，发出了轻微的鼾声。拴在旁边的马匹还在吃草，时而发出响鼻与甩动马尾驱打蚊虫的声音。

凌晨，当远处传来第一遍鸡鸣的时候，鳖灵坐了起来。他的心里有一种预感，说不清楚什么缘故，总觉得危险就潜伏在附近，正悄然迫近。

机敏的鳖灵随即叫醒了海伦、侍女小玫和家丁，吩咐大家立即上马，熄掉篝火，继续赶路。海伦不知道发生了什么，又有些紧张。一路上，他们扬鞭催马，加速疾行。到天色亮起来时，他们已在几十里之外，进入了丘陵地段，看到了远处的崇山峻岭。鳖灵知道，再往前走，离楚国的边界已经不远了。浩荡的大江，就是从那里流淌而来的。经由丘陵地段，穿越崇山峻岭，继续往西，就可以离开楚国，进入巴国与蜀国的境内。他们也可以选择向南而行，绕道前往夜郎，或者往更远的滇越，以及诸夷之地。此行的最终目的地究竟在哪里？海伦、小玫和家丁都是不清楚的，只有鳖灵心里明白。

中午时分，鳖灵一行来到了一处水陆路口。在这里，鳖灵又做出了一个果断的决定。他与海伦、小玫和一名心腹家丁下马步行，悄悄前往江边乘船上行，让其他家丁骑马继续沿陆路而行，先向西南，再折向西边，过两天或数日后再于上游的某个地方会合。海伦和家丁都有些纳闷，如果要加快远行，逆水乘船哪有骑马快呢？但大家相信，鳖灵这样安排肯定自有深意，家丁们立即依计而行。

鳖灵先前已派遣了一只快船于此等候，鳖灵一到，随即启航。

鳖灵的预感没有错，楚王使者和长吏率着追兵，正循迹追寻而来。

楚王使者和长吏识破鳖灵的移花接木之计，也纯属偶然。他们从江边冒雨回到驿馆，便决定按计划而行，使者押送马车启程前往都城，将鳖灵之妻带回王宫交给楚王。这样，使者的任务就完成了，长吏的目的也达到了。此时已经是中午，当然不能让使者空着肚子上路，长吏决定要再宴请使者一次。酒肴预先已有准备，很快就摆放妥当，只等入席了。恰在此时，楚王派来迎接护卫鳖灵夫妇的卫士们到了，长吏赶紧派人增添酒肴，一起宴请。

楚王使者在酒宴即将开始的时候，突然想到，鳖灵之妻也是要吃午饭的，何不请她下车，共进午宴呢？使者同时还想，借此可以一睹鳖灵之妻的芳容，是否真的像长吏说的那样美若天仙呢？使者便邀了长吏，一起来到驿馆门口的马车旁，对着车内揖手施礼，恭谨地说：请夫人下车，共进午宴！

车内传来低声的哭泣，没有回答。

使者又说：从这里前往都城，行程颇远，饭总是要吃的，夫人不能饿坏了身子。

车内依然没有回答，只有低沉伤心的抽泣声。

长吏心想，鳖灵之妻因夫君生死不明，伤心也很正常，但使者说得有理，不能饿坏身子，便安慰说：鳖灵落水，我们派人尚在寻找，夫人不必过分哀伤，还是吃饭保重自己身子要紧。

无论使者与长吏怎么劝解，鳖灵之妻始终哀伤低泣，不愿意下车吃饭。使者与长吏只有作罢。

事情发展到此，鳖灵的计谋依然天衣无缝。如果午宴后使者正常启程，那么坐在车里的鳖灵之妻，就真的要送往都城进入王宫去见楚王了。意想不到的是，长吏在午宴上劝酒，使者贪杯喝醉了。楚王派来的卫士们，也贪恋美酒，一个个喝得醉醺醺的。由于喝醉了酒，加上天在下雨，路上泥泞，车行不便，大家都不想走了。便决定在驿馆再住一晚，明日启程。于是安排了房间，并特地给鳖灵之妻安排了一间上房，既表示尊重，也便于守护。

　　长吏和步履踉跄的使者一起去请鳖灵之妻到房内休息。鳖灵之妻在车内犹豫了很久，仍旧不太愿意下车。但午宴可以不吃，晚上总是要睡觉的。拒绝下车已经没有理由，明智的做法便是下车进房休息，明日再登车出发。过了好一会儿，车内响起了环佩之声，鳖灵之妻撩开车帘，开始下车。也许是紧张，也许是坐久了手脚不灵，也许是不小心，蒙在脸上的纱巾被帘钩挂住，一下露出了真容。虽然鳖灵之妻很快又将纱巾蒙在了脸上，但长吏还是看清了，一下子目瞪口呆，这哪里是美艳如仙的鳖灵之妻啊？！

　　长吏随即上前拿掉了鳖灵之妻脸上的纱巾。使者也看清了，眼前的鳖灵之妻虽然漂亮，却是普通的凡俗之美，距离长吏所说的天生丽质、仪态万方，何止天壤之别。由于极度惊讶，使者的醉意也吓掉了一半。使者将目光转向长吏，质问道：这就是你说的美若天仙的鳖灵夫人吗？

　　长吏先是发呆，继而惊讶，接着便喝问鳖灵之妻：你究竟是什么人？

　　鳖灵之妻什么也不说，低声哭了起来。如果说先前在车里的低泣只是一种事前叮嘱好的表演，此刻却是因为真相暴露，内心害怕，真的哭泣了。

　　长吏找来随从与驿丞辨认，都确认此女不是真正的鳖灵之妻，而是女婢。

使者和长吏终于明白了，鳌灵对他们玩了一个李代桃僵之计，他们像傻瓜一样上当受骗了。两个人都很愤怒，也很害怕。愤怒的是，鳌灵胆大包天，竟敢如此玩弄他们。害怕的是，如果楚王得不到美人，因此而发怒，那就大难临头了。接下来怎么办呢？两人双目对视，神情复杂，一时都不知如何是好。

还是长吏狡猾多智，对使者说：即使逃跑，估计也逃不远，现在率兵去追寻，还来得及。使者也回过神来，当即召集了楚王派来的卫士，商量了追寻的范围和方法。

楚王派来的卫士都是楚国的大内高手，在寻踪追击方面都有一定的经验。因为事情紧急，他们立即分头出发。一队由长吏带领，来到了鳌灵庄园。庄园里除了几名留守的老弱仆人，其他人早已不见踪影。一队随使者前往江边，沿江搜寻，很快就有了发现。一位卫士在沙堆草丛里看到了鳌灵换装后丢弃的衣衫，还看到了遗留在沙地上的马蹄印。这些马蹄印无疑暴露了鳌灵逃走的路线和方向，于是使者和长吏汇齐人马，立即循踪追击。

楚王派来的卫士们，因为从都城到此连日长途跋涉，已经人倦马乏。人可以不休息，连夜追赶，马却是跑不动了。而长吏在当地又找不到替代的马匹，虽然心里着急，恨不能马上抓住逃亡的鳌灵夫妻，却也很无奈，当天晚上早早地便扎营休息了。

第二天上午，使者和长吏率领人马继续追赶。雨后的泥路上，留下的马蹄印清晰可辨。一路上他们都不断打听，确实有人看到一些骑马的人从这里经过，却说不清这些人的相貌。不过，这些骑马经过的人，离开并不久，同使者和长吏率领的追兵只相差半天多的路程，只要追上，自然就真相大白了。临近中午的时候，他们追到了鳌灵露宿过的松林里，看到了熄灭的篝火和马粪。灰烬似乎还有余温，这说明露宿者离开不久。只要追击的速度再快一点，就要追上了。在一棵大树旁，还发现了几根女性的乌发，似乎是匆忙梳头时不小心挂在了树枝上的，乌发上有富贵人家妇女才使用的香料的味道，这说明骑马离开的人中有身份特殊的女性。使者与长吏都兴奋起来，催促卫士们加速追赶。傍晚，他们追到了水陆路口，看到了有些杂乱的往西南去的马蹄印。他们又追了一程，见天色已黑，只好找地方住下。

到了第三天中午，使者与长吏率领的追兵终于看到了前面行走的人马。那些确实是鳖灵的队伍，但都是打扮成商贩与农夫模样的家丁，鳖灵和海伦并不在里面。家丁们也看到了追兵，立即纵马疾驰，追兵在后面紧追不舍。家丁们每人有两匹马，可以换骑，而且都是事先挑选好的良马，所以追兵怎么追赶也追不上。

就这样，前面疾驰，后面急追，马蹄声像疾风骤雨在丘陵与山谷间刮过。

这样的追赶持续了两个多时辰，一直追到了楚国的边界。当长吏、楚王的使者与卫士们都人困马乏、疲惫不堪的时候，鳖灵的家丁们已经纵马渡过界河，进入了邻国境内。使者与长吏不便再追，也没有力气继续追赶，只能眼睁睁地看着前面的人马扬长而去。

使者与长吏垂头丧气地站在那里，虽然竭尽了全力追击，却一无所获。这使他们心中感到极度失望，同时也回荡着一个极大的疑团：在前面逃亡的人马里并没有鳖灵与海伦的身影，他们会躲藏在什么地方，逃到哪里去了呢？

在随后的几天里，楚王使者与长吏又率领兵马沿途搜索，甚至去了江边，盘问往来的船只，依然毫无线索。鳖灵与海伦从此去向不明，鳖灵的几位兄弟和家人也都不见了。他们的神秘失踪，成了一个解不开的谜，后来又变成了民间流传的一个神奇故事。

再后来，使者和卫士们空车而归，回到了都城。好色的楚王没有见到渴望的美人，很不开心，甚至有点耿耿于怀。长吏便成了楚王发泄怒火的替罪羊，以欺君之罪被押解都城，关入了牢中。使者也因没有完成任务，被罚掉了一年的薪俸。

第六章

杜宇王沿着都城高大的城墙巡视了灾情，心情十分沉重。

已经过了好多天，泛滥的洪水还没有退。受灾民众的情形也没有任何改善。除了煮粥赈灾，给衣不蔽体的灾民发送衣衫，他一直想不出更好的办法。杜宇王眼前能够采取的措施，主要是安抚民心，使避水逃难的灾民不至于冻饿而死，但如何治理水患，却毫无头绪。每次在城墙上巡视，望着使远近变成泽国的水患，杜宇王心里便感到束手无策，充满焦虑。

杜宇王曾召集了阿鹊和一些大臣共商对策，但大家多年来都习惯于听取他的决定，仿佛丧失了自己的主见，没有一个人能够提出好的想法，或者某个有用的建议。哪怕就是一个小小的主意，只要有真知灼见就好，可是没有。杜宇王有些感慨，这些平日里都很能干的大臣，一遇到灾难怎么就变得如此迟钝麻木，全都成了无用的废物？当然，这只不过是杜宇王瞬间的感叹，他是绝不会当面责怪这些忠诚于他的大臣的。要责怪，也首先应该责怪自己。他是百姓拥戴、英明杰出的蜀王，不是也想不出有效的办法吗？既然身为蜀王都如此，又岂能责怪手下大臣呢？

还有一个应该责怪的，似乎就是神巫了。祭祀失败，洪水溃堤，神巫是否应该承担最大的责任呢？期望值越大，失望的打击也就越加沉重。杜宇王原来是将所有的希望都寄托在神巫主持的这场盛大祭祀上的，满以为把握十足，成功在望，可是，祭祀却误导了民众，因为筹办盛大的祭祀而放松了对堤岸的巡查和加固。当洪水溃堤而出，汹涌袭来，连高大的祭坛都轰然倒塌的时候，所有的希望也就随之坍塌了，期盼靠祭祀救灾的行动也就彻底失败了。杜宇王想到这些，心里便惆怅不已。但杜宇王并不想怪罪神巫，甚至连一点责怪的念头都没有。杜宇王在巡视时，听到民众议论灾情，也没有任何人将洪水泛滥归罪于失败的祭祀和消失的神巫。

在杜宇王和民众的心目中，老阿摩始终是一位很有道行和修为的高人，同时也是一位法力高强的超人。自从杜宇王击败鱼凫王成为新的蜀王以来，老阿摩为巩固杜宇王的王位和提升他的威望，都发挥过很重要的作用。杜宇王对老阿摩尊崇有加，二十多年来两人之间已经形成了一种比较深厚的感情，这种情感，没有任何功利的色彩，在一定程度上已超越凡俗。二十多年来，蜀国的民众对待神巫的态度，也深受蜀王影响，从精神到行动都养成了很深的依赖。这次祭祀犹如一个破灭的泡影，或许纯属意外，也许真的是天意难违，连神巫也无能为力。所以，祭祀纵然失败，杜宇王与蜀国的民众，又怎么会因此而责怪神巫呢。杜宇王每逢想到这场失败的祭祀，便会为自己和神巫寻找开脱的理由。一切都是天意，或许就是最好的解释吧，这也是对杜宇王焦虑的心情所能获得的一种最大的宽慰了。

杜宇王回到王宫，见到了等候他归来的王后朱利。

朱利看着忧心忡忡的杜宇王，知道他仍然在担忧洪灾的事情。眼下，从蜀王到百姓，都在苦苦等待洪水的退去。因为找不到好的办法，似乎只能如此。但这却是一种非常消极，也是极为无奈的态度。如果洪水一直不退，那又怎么办呢？难道就这样无奈地观望，遥遥无期地等待下去？那肯定是不行的。朱利这些天便思考着这些问题，并反复掂量，希望能想出一个好的点子，替蜀王分忧。

朱利毕竟是和杜宇王一起闯荡江湖，一起击败鱼凫王，一起打天下，携手创建新王朝的女中英豪，无论大事小事都很有见地。在思考了几天之后，她终于有了一个想法。她等候杜宇王回宫，就是想把自己的想法告诉他，并同他商量完善这个想法，使他做出决策。

杜宇王走进大殿，朱利随后跟了进来。平常朱利都是待在后宫，很少到大殿来的。杜宇王看出来，朱利是有话要和他说。杜宇王请朱利坐下，自己也在王座上坐了，然后看着朱利，叹口气说：这些天辛苦你啦。然后沉吟道：没想到堤溃了，祭坛垮了，神巫也失踪了。唉！你听到什么消息了吗？

朱利知道杜宇王还牵挂着老阿摩，没有马上回答，怕引起杜宇王伤感，只是微微地摇了摇头。过了一会儿，朱利说：我有个想法，老阿摩不在了，可洪水还在肆虐，我们得想其他办法，来安顿百姓，克服洪灾，渡过难关。

杜宇王说：是啊。得想想办法。又叹息道：可治水并非你我所长啊。大臣虽多，却庸碌无能，关键时刻，竟然没有一个能替我们分忧解难的。唉！

朱利见打开了话题，宽慰说：大臣各有所长，并非都是庸碌之人，只是不懂治水罢了。不过我想，蜀国地广人众，不乏人才，我们只是暂时没有发现而已。假若你以蜀王的名义颁布一个公告，征召天下贤能，不管是谁，若能治理洪水，就给以重奖，若能彻底治理蜀国的洪灾，就任以重要的官职和爵位。相信一定会有人才前来的。届时你就有了可用之人，应对和治理洪灾也就有了办法。

杜宇王的眼睛瞬间亮了起来，觉得朱利说的很有道理，忧虑的脸上顿时有了笑意。对啊，这个主意甚好！杜宇王不由得击掌赞叹道，我怎么就没有想到呢？

朱利见说动了杜宇王，也很高兴，含笑道：当局者迷，旁观者清嘛。你是为忧患所困，牵挂神巫，终日操劳，暂时没有想到这个上面而已。朱利很会说话，也很了解杜宇王。这样一说，也就把自己的想法真正变成了杜宇王的主意。

杜宇王也含了笑意说：有你这样贤淑的王后替我分忧，我还担心什么？

朱利笑道：别夸奖我了，我们当初在一起就发誓要共患难、同富贵的。

朱利提到当初他们的浪漫潇洒，心里便暖暖的。杜宇王心里也充满了欣慰。朱利对他不仅体贴温顺，而且常常在关键时刻帮他。杜宇王深知，朱利是个巾帼不让须眉的人物，当年就是因朱利的辅佐，他才登上了蜀国的王位，朱利刚才的建议就极有见识，抓住了问题的要害。朱利的建议确实太好了，仿佛一下拨开了杜宇王脑海里的迷雾，使杜宇王的思路骤然清晰起来，看到了克服时艰的方向，心里升起了新的希望。连日来的焦虑，一下子被朱利的建议化解了，杜宇王有了一种轻松之感。

杜宇王说：如果真的遇到能够成功治理蜀国水患的人才，我可以任他为相！

朱利哦了一声。相的地位仅次于蜀王，一人之下，万人之上，那是非常高的职位。这说明杜宇王是真的下了决心，要征召治理水患的贤能之才了。

朱利说：这些天你日夜操劳，不要累坏了身体。我在后宫已备下酒席，好好慰劳你一下。

杜宇王高兴地说：好，好，你先去，叫羚儿也一起。我现在起草诏令，一会儿就来。

朱利起身回了后宫，留下杜宇王在大殿里斟酌措辞，起草征召治水人才的诏令。

杜宇王的诏令第二天就颁布了，侍卫们奉命在都城四处张榜，并大声宣示公告。

蜀王颁布征召贤能的诏令，在蜀国有史以来还是第一次，在百姓中间立即引起了很大的反响。民众相互传播，使消息在蜀国境内很快传了开来，而且越传越远，甚至连巴国和一些邻邦也听到了这个消息。

洪水淹没了田地，淹掉了庄稼，但并不能限制人们的行动。很多人用木板和竹子扎了筏，有的还造了小船，便于在水上往来，捕鱼或在水中捞取东西。蜀国境内一下增添了很多舟船，消息便通过这些船只从都城传了出去。靠近山林的地方，洪水已渐渐消退，一些猎户开始进山打猎，也将消息带进了山里。隐居在山林里的鱼凫族人也得悉了杜宇王征召贤能之士的信息，便有些跃跃欲试。

正如朱利所说，天下之大，人才众多，杜宇王的诏令使很多人都动了心。其中当然不乏贤能之辈，深知这是一个施展身手、表现才能的大好机会。有些开始准备前往都城应诏，有些却颇为迟疑，因为蜀王许诺的重要官职与爵位虽然诱人，但要真正治理洪水绝不是一件轻而易举的事情，能否承担这一重任谁也没有把握。更要紧的是，蜀国的人才，都没有应对和治理洪灾的经验，而且现在面对的是一场百年不遇的特大洪灾。正是这些原因，使得很多准备应诏的人都犹豫不决。甚至有些已经动身的人，中途又停下观望，或者返了回去。

杜宇王颁布诏令后，过了数日，应者寥寥。这使得杜宇王又有些焦虑起来，难道蜀国没有这方面的人才吗？如果有，为什么还不出现呢？

朱利这些天也格外关注诏令颁布后的反响，期盼着有真正能够治理洪灾的人才早点出现。朱利和杜宇王一样，数日不见应诏者，也免不了有点着急，但朱利的耐心很好，宽慰杜宇王说，真正的治水人才还没有前来应聘，主要是交通不便的缘故。再稍等时日，定会现身。

杜宇王想想也是，急也没用，只有耐心等待了。

又过了数日，一位身份特殊的人物来到了都城。杜宇王一心等待治水人才的出现，却没料到等来了一位复仇者。这位复仇者不是别人，正是隐居山林长达二十多年的鱼凫王之子鱼鹰。

在年老体衰的鱼凫王倒在杜宇王剑下的时候，鱼鹰尚在襁褓。鱼鹰是鱼凫王最小的儿子，其他几位兄长都在改朝换代的决斗中阵亡了，只有鱼鹰在族人的掩护下逃进了深山。杜宇王和朱利率领众多部族秘密组成的队伍，对鱼凫王进行了突袭，获胜后又对反抗的鱼凫族人进行了毫不留情的镇压。杜宇王就这样踏着鱼凫王的鲜血坐上了蜀王的宝座，用利剑和血腥推翻了鱼凫王的统治，建立了一个新的王朝。鱼鹰在山林里渐渐长大，发誓要为父王复仇。二十多年过去了，鱼鹰练就了一身功夫，复仇之心也日益强烈。在蜀国遭遇特大洪灾，灾民流离失所、人心浮动之际，鱼鹰觉得复仇的大好时机终于到了。当他得知杜宇王颁布了征召人才的诏令后，便揣上短剑，带着几位族人，悄悄走出山林，以应诏者的身份来到了蜀国的都城。

鱼鹰来到王宫，很容易就获得了杜宇王的召见。杜宇王坐在铺了熊皮的王座上，很高兴地打量着走进大殿的应诏者。这位年轻人中等身材，穿着简朴，一双冷冷的目光，神色似乎有点紧张。杜宇王心想，这也许是此人第一次走进王宫的缘故吧。民间百姓，第一次见到威严的蜀王，通常都是免不了会拘束和紧张的。阅历丰富的杜宇王觉得此人颇有些与众不同，便吩咐侍立于旁的阿黑赐座，并向来者做了个请坐的手势。

鱼鹰走进大殿的时候，心中确实高度紧张。他扫视着那些站在王宫门口和守护在大殿内外的侍卫们，个个都强健警觉，看来杜宇王的护卫还是很严密的。过去，鱼鹰也策划过复仇的行动，但很难有接近杜宇王的机会。杜宇王常年生活在王宫里面，普通人岂能随便进入王宫？杜宇王有时会带着侍卫们外出，但通常行踪不定，鱼鹰很难得到准确的消息，所以也很难有埋伏行刺的机会。这次可以借应诏的理由，堂而皇之地走进王宫，真的是一个千载难逢的机会。鱼鹰目光扫过大殿门口那些彪壮的侍卫，心想如果在王宫里面动手，即使成功地刺死了杜宇王，自己恐怕也很难全身而退。但只要能为鱼凫王复仇，哪怕牺牲生命又有何妨。鱼鹰就是抱着这种强烈的复仇欲望与必死之心而来的。

鱼鹰将目光投向坐在王座上的杜宇王，接触到了杜宇王炯炯的眼神，像快刀与利剑的碰击，瞬间有火花迸出。哦，这就是当年刺死父王的不共戴天的仇人！鱼鹰不易觉察地咬了咬牙。他注意到相貌堂堂、目光锐利的杜宇王也在看着他，显露出一种逼人的君王的威严，同时也注意到杜宇王已不再年轻，面容、举止都有了老态。他想，以自己苦练多年的搏击功夫，来对付杜宇王，应该是稳操胜券的。现在就看怎样动手了。

杜宇王威严而又温和地问道：你叫什么名字？打算怎么治水啊？

鱼鹰克制着心中的紧张，欠身说：我有一些想法，想说给大王听听。

杜宇王说：好啊，你说来听听。

鱼鹰沉吟道：蜀国水灾严重，治理起来比较复杂。这样吧，我给大王比画一下，应该从什么地方开始。

杜宇王依然观察着此人，随口应道：看看你有什么好想法。

鱼鹰于是欠身离座，靠近杜宇王，做出准备比画述说的样子。就在杜宇王俯身聆听之际，鱼鹰以闪电般的速度，抽出了贴身暗藏在怀里的短剑，用力朝杜宇王胸口刺去。这一切发生的是如此突然，杜宇王猝不及防，就在短剑即将刺入胸口时，本能地侧了一下身，躲过了鱼鹰致命的第一剑。

杜宇王毕竟是一位功夫极好的搏击高手，一个侧翻，离开了王座。鱼鹰更加凶狠的第二剑又向杜宇王刺来。这时，侍立于旁的阿黑惊呼一声，拔出佩刀，跃身而上，挡开了鱼鹰的这一剑。鱼鹰两剑落空，有点气急败坏，第三剑连环而出，招式更为凶恶，直刺杜宇王的咽喉。阿黑挥刀相格，杜宇王跃身后退。在功夫上，阿黑显然不是鱼鹰的对手，交手仅两招，阿黑已招架不住。

鱼鹰的目的是要取杜宇王的性命，虚晃一剑，飞脚踢倒阿黑，又朝杜宇王扑去。门口的侍卫们见状大惊，都持械朝殿上奔来救援。杜宇王因为没有佩剑，只能顺手拉起王座上的熊皮抵挡。熊皮并非武器，岂能抵挡利剑？眨眼间熊皮已被连刺数洞。鱼鹰就像拼命恶煞，剑剑刺向杜宇王的要害。

　　就在千钧一发之际，只听一声咆哮，猛犬小虎已抢在侍卫们前面冲上大殿，像一道黑色的闪电，从后面咬住了鱼鹰的腿，使鱼鹰一个踉跄。阿黑也翻身跃起，和小虎一起将鱼鹰扑翻在地。侍卫们飞奔而至，一拥而上，将鱼鹰团团围住。

　　杜宇王惊魂甫定，吩咐道：将他拿下！暂留活口！

　　鱼鹰困兽犹斗，但良机已失，彪悍的侍卫们个个如狼似虎，很快就将负伤的鱼鹰擒获了，用绳索将其五花大绑，押在殿前，等候蜀王处置。

　　王后朱利和公主白羚已得急报，匆匆赶到了大殿上。看到杜宇王安然无恙，才松了一口气。但究竟是怎么回事，却不得其解。

　　杜宇王也很纳闷，决定立即审问鱼鹰，吩咐侍卫将刺客押上来。

　　杜宇王又重新坐在王座上，对五花大绑跪在殿前的鱼鹰喝问道：你究竟是什么人？为什么要行刺于我？

　　鱼鹰沉默无语，只是用仇恨的目光看着杜宇王和朱利。

　　难道我与你有仇吗？杜宇王问。

　　朱利也注意到了鱼鹰那双充满仇恨的目光，心中一惊，立即联想到了先前听到的一些传闻。她和杜宇王交换了一下眼神，杜宇王也明白了，猜到了刺客的身份。

　　杜宇王问：你是鱼凫王的后人？！

　　鱼鹰还是不回答，却昂首冷笑。

　　杜宇王说：哦，看来你确实是鱼凫王的后代，鱼凫王有位幼子，显然就是你了。

鱼鹰被识破身份，只有喟然长叹：天也，命也，可惜呀，可惜！

杜宇王这时没有发怒，反而朗声笑了：既然你明白这是天命，为什么不顺从天命，还要逆天而行呢？

杜宇王又说：你的胆子不小，敢到王宫行刺，好歹也算是个英雄，不愧是鱼凫王的后人。我当初与鱼凫王以剑决胜负，胜者败者都光明磊落。鱼凫王和我比剑时曾说，只要我赢了，就可以取而代之成为蜀王。我和鱼凫王都兑现了诺言。鱼凫王可谓死得其所，虽死犹荣。我和你说这些，是要你明白，你并没有理由来找我复仇。我今天不想杀你，只要你承诺永远归顺于我，承诺鱼凫族人永远不再反叛，我就将你放了！

鱼鹰的脸上露出冷笑，依然是一副仇恨难消的模样。

杜宇王说：那只有将你关入牢中，委屈你好好想一想了。

杜宇王随即吩咐侍卫将鱼鹰押送出殿，关入了牢中。

朱利在杜宇王刚才说话的时候，一直很紧张。此时悄声问道：你真的打算放了他？杜宇王看她一眼，笑笑说：冤仇宜解不宜结，二十多年过去了，应该让他明白天命更替的道理。杜宇王又说：何况，我们刚刚颁布了求贤诏令，此人以应诏之名前来行刺，虽然其罪当诛，但真的杀掉了他，消息传出去，怕会误传，影响了其他人前来应诏就不好了。

朱利也笑道：还是你想得周到。朱利又说：刚才真的是吓死我们了！此人胆大包天，难道没有同党？

这句话提醒了杜宇王，当即派遣侍卫前往都城内各处查询，一旦发现随鱼鹰同来的族人，便捉拿归案，听候发落。

朱利回到后宫，仍在思考着鱼鹰入宫行刺之事。

先前她就听到一些传言，说鱼凫王的族人要伺机复仇。她一直将信将疑，常常因此而担心杜宇王的安全。这次真的发生了，可见传言非假。值得庆幸的是，鱼鹰未能得手，杜宇王毫发无损，躲过了一劫。据阿黑和侍卫们叙述，当时真正是惊险万分。鱼鹰是有备而来，凶狠无比。好在杜宇王身手不凡，敏捷如初，避开了鱼鹰的剑锋。在救援中，阿黑功不可没，侍卫们也忠勇可嘉，还有猛犬小虎，在最关键的时刻扑倒了鱼鹰，立了大功。现在鱼鹰已被关入牢中，侍卫们正在搜捕随同前来行刺的鱼凫族人，终于松了一口气。

白羚这时来到了朱利身边。白羚第一次遇到这种突发事件，十分惊讶，也分外困惑。特别是，她对刺客的动机感到非常不解。

白羚问：母后，那位刺客为何入宫行刺父王呢？

朱利说：他来复仇。

白羚问：什么仇恨这么深呀？

朱利说：他是鱼凫王的儿子，鱼凫王倒在了你父王的剑下，所以他要来复仇。

白羚说：父王在殿上说了，他和鱼凫王以剑决胜负，胜者取而代之，那是光明磊落的事。双方都遵循和兑现了诺言，都是英雄所为，此人为什么还要来复仇？

朱利说：鱼凫王的儿子不这么想，他认为杀父之仇不共戴天，所以隔了二十多年，还要来行刺。

白羚说：一个人的复仇之心为什么会这么强烈呢？过了二十多年还念念不忘。

朱利说：因为他是鱼凫王的儿子，这可能与鱼凫族人的性情有关吧。

白羚说：哦，应该化解仇恨，否则既伤了别人，也害了自己。

朱利笑笑说：是啊，此人不自量力，仇没报，反而使自己成了阶下囚。

白羚问：母后，父王准备怎样处置此人呢？

朱利沉吟道：先关押了，等几天再说。你有什么想法？

白羚说：我还没想好，不过我觉得父王在殿上说得很对，冤仇宜解不宜结，宽恕总比加深仇恨好。所以，释放此人应该是一个明智之举。

朱利笑道：羚儿你太仁慈了，此人满脸凶恶之相，你能保证他以后不再行刺吗？

白羚说：难道他不会受到感化吗？人心都是肉长的呀。

朱利笑了：伸手抚摸了一下白羚乌黑光泽的头发，不再和白羚谈论此事。白羚从小就天真纯朴，性情善良，朱利想，白羚经历的事情还太少，还不懂得人心的险恶。要化解深沉的仇怨，谈何容易。更何况鱼凫族失掉了王位，谁会心甘情愿放弃荣华富贵？所以对待鱼凫族的复仇之举，是决不能抱有侥幸或幻想的。

白羚走后，朱利还在思考此事。白羚的话没有使她轻松，反而觉得刻不容缓，处置刺客不应宽恕，而是决不能手软。朱利想，假若白羚和杜宇王也谈论此事，胸襟开阔的杜宇王如果听从了白羚的意见，一旦真的释放了鱼鹰，岂不是纵虎归山吗，将来肯定后患无穷。朱利越想越觉得担心，她深知杜宇王的为人，有时也是仁慈有余，凶狠不足。所以有的时候，朱利不仅要替杜宇王分忧，还要促使他下决心。朱利想到这里，胸中油然涌起一股巾帼英豪之气，觉得事不宜迟，便换了戎装，佩了剑，携了弓箭，朝王宫一侧的牢狱走去。

王宫中的牢狱修建得很结实，是专门为那些犯下重罪的人准备的。这些年，牢狱常常空闲着，很少关押囚犯。杜宇王信赖神巫，以王道治国，百姓生活宽松而又闲适，故而罪犯很少。杜宇王命令将捆绑了的鱼鹰关入牢中后，专门派遣了几名侍卫轮流看守。

朱利来到牢狱，隔着坚固的栅栏，看着捆在牢中柱子上的鱼鹰。鱼鹰在最后与侍卫们的搏击中已身负重伤，但神态依然桀骜。

朱利不说话，就这样目不转睛地看着鱼鹰。鱼鹰双手反缚，昂首靠柱，起初微闭着眼睛，过了一会儿，才睁开双目。朱利注意到了鱼鹰那充满了野性与狂傲的眼神，没有怯意，也没有懊悔，只有复仇的欲望。这是一种很极端的目光，就像某些猛兽，你可以将它擒获，却无法使之屈服。朱利敏锐的直觉告诉她，这是一只不能驯化的猛兽，一位不会改变初衷的刺客。朱利越发坚定了自己的想法，对这样的敌手，是不宜存幻想，也决不能手软的。

朱利的目光此时也冷冷的，像闪着寒光的利剑，逼视着鱼鹰。

朱利说：我想再确认一下你的身份，你是鱼凫王的幼子鱼鹰，应该没错？

鱼鹰不做回答，一副不屑一顾的神态。过了好一会儿，鱼鹰看到朱利一直用锐利的眼光盯着他，忍不住冷笑一声，终于开口了：大丈夫行不改名坐不改姓，既然你已知晓，何必再问！

朱利也冷冷一笑说：好！我想给你两种选择。你是想死，还是想活？

鱼鹰冷笑着说：想死怎样？想活又怎样？

朱利直截了当地说：想死很简单，我可以一箭使你毙命。想活就必须归顺，庄严承诺，永不反叛！

鱼鹰冷笑道：你要我苟且地活着，岂不笑话？！

朱利果决地说：好，我尊重你的选择，决不勉强你！

鱼鹰染了血迹的脸上一直浮着冷笑，依旧一副桀骜不驯的神态。

朱利不再多言，动作娴熟地抽出羽箭，拉开强弓，隔着栅栏，瞄准了鱼鹰。

站在两旁奉命看守刺客的侍卫们，不知朱利是在故意威胁，还是真的要射杀刺客，因为奉有杜宇王的命令，又因为朱利是王后，一时不知如何是好，谁也不便多言，只能看着。

朱利已经很久没有使用弓箭了，但功夫丝毫未减。说时迟，那时快，只听嗖的一声，弓弦响处，利箭已射出，精准无误地穿透了鱼鹰的喉咙。在侍卫们的注视下，整个过程一眨眼的工夫就结束了。

鱼鹰死了，没有躲闪，没有挣扎，脸上仍然挂着不屈的冷笑。

朱利吩咐侍卫说：去禀报杜宇王，就说刺客不愿归顺，我不得已而将其射杀了。

说罢，朱利收了弓箭，转身回了后宫。

杜宇王得到侍卫禀报，知晓了此事。

杜宇王明白朱利的用意，这种毅然决然的做法虽然狠了一点，却可以杜绝后患。杜宇王吩咐侍卫关押鱼鹰时，确实心存仁念，想为鱼凫王保留最后一个后裔。当年鱼凫王以一位英雄豪杰的方式倒在了杜宇王的剑下，鱼凫王的几个儿子也都败亡被杀，鱼鹰是鱼凫王唯一活着的儿子了，可惜执迷不悟，不明白天命归顺的道理。如今事已至此，也只能这样了。杜宇王感慨地叹了口气，略做迟疑，决定同样厚葬鱼鹰。鉴于目前不宜声张，便吩咐侍卫悄悄地将射死的鱼鹰运至鱼凫王的墓地，同鱼凫王的几个儿子埋在了一起。

随同鱼鹰来到王城的几个鱼凫族人都是鱼鹰的死党，化装成了城里百姓模样，悄悄守候在王宫外面。因为侍卫对进入王宫的人都要进行盘查，为了不引起怀疑，他们不能随同鱼鹰一起入宫行刺，只有在王宫外面等候鱼鹰的消息。

他们陪同鱼鹰来到王城的时候，对这次行刺能否成功，谁也没有把握。但鱼鹰复仇心切，觉得这是一个绝佳的机会，执意一试，他们也只有随同而来了。他们和鱼鹰长期隐居在山林里，苦练行刺的功夫，为了复仇，做了多年的准备，可谓费尽心思。在鱼鹰冒死入宫的时候，他们已经有了凶多吉少之感，但仍然抱着一种侥幸心理，希望鱼鹰能够一刺得手。

鱼鹰的复仇欲望极其强烈，对这次入宫行刺决心很大。鱼鹰对他们说，这样的机会千载难逢，必须一试。只要出其不意，就能得手。而纵使得手，鱼鹰也会被王宫内众多的侍卫杀死。对于这个结果，其实他们心里都很清楚。鱼鹰对他们说，只要刺杀了杜宇王，为鱼凫王报仇雪恨了，他也就心满意足了，就是自己死了，又何足惜？！鱼鹰就是抱着这样必死的决心，借用杜宇王颁诏求贤的机会，把自己装扮成了一个应诏者，毅然决然地走进了王宫。

守候在王宫外面的鱼凫族人很快就知道鱼鹰失败了。当王宫的侍卫们都冲向大殿围捕鱼鹰的时候，鱼凫族人就知道鱼鹰完了。他们心里充满了悲愤与痛惜，按照事先约定和准备的，只有等候为鱼鹰收尸了。他们躲过了侍卫在王城内的巡查，悄悄监视着王宫内的动静。当天傍晚，当侍卫们遵旨将射死的鱼鹰运出王宫时，几个鱼凫族人远远地跟随在了后面。他们一直跟随到了鱼凫王的墓地。侍卫们草率地埋葬了鱼鹰，便匆匆离去了。

几个鱼凫族人跑到了墓前，在昏暗的夜色里，将鱼鹰从墓中挖了出来。看到鱼鹰最后慷慨赴死的样子，他们都悲伤不已地哭了起来。

第七章

鳖灵的运气很好，弃马登船以后，正遇到东风，快船扬帆逆水西行，船行甚速。

事先派遣快船接应，本是他周密策划好的一步。因为多年来经营商贸，行走的地方比较多，鳖灵对沿江上下的交通与地理状况相当熟悉。他用移花接木与金蝉脱壳的计谋瞒过楚王使者与长吏后，采用骑马的方式迅速逃离，当然是最好的选择。但他同时又考虑了一个备用方案，安排了快船，以确保在远走高飞的过程中万无一失。这不仅显示了鳖灵的谋略与经验，同时也与他机敏谨慎的性格有关。但鳖灵也有疏忽的地方，譬如他从芦苇丛中上岸后，丢弃了换装后的衣衫，在雨后泥地上留下了清晰的马蹄印，就暴露了他的行踪和逃走的方向。又比如女婢假扮的鳖灵之妻因帘钩挂掉面纱而过早暴露了真相，也有点出乎鳖灵的意料。

鳖灵在水陆路口与家丁们分为两路而行，确实是个很英明的决定。一路上留在雨后泥路上的马蹄印，引导着追兵迅速追踪而去。但马蹄印也迷惑了头脑简单的追兵，几名忠勇矫健的家丁骑着快马吸引了追兵的注意力，将追兵越引越远，从而确保了鳖灵和海伦的安全。

鳖灵在乘船西行时，还吩咐水手将船划到了大江的对面，傍着对岸逆水而上，这样也就防止了追兵沿江搜查时被发现的可能。后来也果真如此，追兵沿江盘查，一无所获。

比起骑马，虽然逆水行船速度稍慢，却要舒适得多。人在船上，可坐可卧，免除了鞍马劳顿，还可以饮酒聊天，欣赏风景，如果抛开逃亡过程中心理上的紧张，确实是一件很惬意的事情。

海伦坐在船上，身边有鳌灵陪伴，便觉得很开心。海伦已忘掉了仍在逃亡，而把此行当成了游玩。她是一个极少忧虑的人，任何时候都是阳光明媚的心态。所以海伦美艳过人，不仅仅是天生丽质，其实与她美丽的心情也是大有关系的。心态往往决定神情，常常影响面容。一个忧心忡忡的美人，漂亮通常都会因忧心而打折扣。而海伦与忧虑无缘，总是很开朗，很开心，很会欣赏和享受生活中的舒适与美好。这次乘船而行，长达数日，对海伦来说，还是第一次。沿途的山山水水，都使海伦觉得新鲜而又好玩。而且是前往一个遥远的从未去过的地方，也使海伦充满了好奇。

晚上，鳌灵吩咐水手将船泊在岸边隐蔽处休息。不绝于耳的江涛声，对岸江畔隐约的渔火，星月下朦胧的山影，天地是如此的空旷。海伦已经历过了松林里的野外露宿，那是很艰苦也很难入眠的一夜。现在于船上可以躺卧休息，江水拍岸使船轻轻摇晃，恍若摇篮一般，微弱的风声和连绵的波涛声也像催眠曲一样，所以海伦与侍女小玫都睡得格外香甜。

鳌灵躺卧在海伦的旁边，听着海伦均匀的呼吸声，闻着海伦温馨的发香，透过船篷望着远处星光下朦胧的山影，心里感慨万千。最近发生的一切，都是为了海伦。他想，为了自己身边这个最最疼爱的女人，连家园都抛弃了。如果是其他男人，也能做到这样吗？常言说，女人如衣衫，可以随时更换，只要有钱财，就能找到想要的美女。而在他心目中，海伦是他生命中最重要的挚爱与珍宝，钱财不过是粪土，再多的钱财也是不能交换的。所以鳌灵选择了逃亡，和海伦一起远走高飞，纵使经历再多的艰难险阻，也无怨无悔。鳌灵看着睡眠中依然美丽绝伦的海伦，轻轻叹了口气。

鳖灵很早就醒了，尚是凌晨时分，起身坐在船头。鳖灵虽然成功地逃脱了楚王的追兵，但此次远行，途中随时都隐藏着难以预测的危险。所以他需要静下心来，再好好地想一想。第一个需要深思熟虑的是投奔何处？第二个应该斟酌的是投奔过程中的应对之策。其实，此去何处，鳖灵早有考虑，在他策划整个行动之初已有谋划。但他此时还要好好地再掂量一下，还要想一想投奔后的几种可能性。一种是隐姓埋名，在异国他乡做个山野逸民。另一种是凭自己的智慧与才干扬名立万，做一番英雄豪杰的事业。鳖灵知道，这两种可能，他都是可以做到的，关键是如何选择。如果仔细分析，这两种可能，其实各有优劣。若选择第一种，可以和海伦终身厮守，过一种平静而逍遥的生活。如果是第二种呢，可以叱咤风云，会有很多操劳，当然也会有荣华富贵。他的性情和才能，究竟更适合哪一种呢？

天色渐亮时，海伦醒了，起身坐到鳖灵身边。海伦看着鳖灵沉思的神色，亲昵地问道：你起得好早，在想什么？

鳖灵将远眺的目光收回，端量着曙光中海伦美丽的面容，轻声说：在想一些事情。

海伦依偎在鳖灵身边，用微笑的眼神看着他。海伦说：我猜，你是想投奔何处。

鳖灵也笑了，海伦很聪明，察言观色，一下就猜出了他的心思。也许是两人心理上的一种默契，海伦常常能感悟到他内心的一些想法。鳖灵也一样，能感受到海伦细微的心理活动。但海伦的感悟，通常是肤浅的，只是一种女性的直觉。而鳖灵的感受，则具有很强的洞察力，二者是不同的。鳖灵在准备逃亡的时候，出于谨慎的习惯，并没有将远走高飞最终落脚何处告诉海伦。此刻，鳖灵觉得，既然海伦已猜出了他的心思，倒也不妨和海伦谈谈。

鳖灵说：我们去一个山清水秀、物产富庶的地方，一起过神仙日子，你说好不好？

海伦说：好啊，会有新的庄园吗？就像我们原来的家一样？

鳌灵说：当然，也许更好。不过，我们也许住在山林里或者乡间，也许住在繁华的城里。你是喜欢都市，还是更喜欢乡间呢？

海伦想了想，微笑着说：都喜欢啊。乡间清静，都市繁华，可以换着住呀。

鳌灵没想到海伦会这样回答，也就是说，海伦对隐居生活或富贵生涯都是无所谓的，无论他选择哪一种生存方式，海伦都会欣然相随。他原以为海伦会倾向于第一种选择，但海伦很随意。这当然也很好，起码他可以自由选择了，一切全凭他做主，这正是海伦最可爱的地方。想到这里，鳌灵便笑了。

鳌灵说：好啊，那以后我们就按你喜欢的那样生活。

海伦也笑了，柔声说：你说的那个地方，究竟是哪里啊？

鳌灵说：在这条大江的上游，那个地方叫蜀国。

海伦好奇地问：蜀国？那里真的有你说的那么好吗？

鳌灵说：传言都说是个天府一样的地方，究竟好不好，到了我们就知道了。

好啊！海伦微笑的脸上露出了向往的神情。

数日后，鳌灵和海伦便进入了蜀国境内。

鳌灵选择蜀国作为远走高飞的目的地，当然有他很深沉的考虑。以前他带着家丁经营商贸的时候，曾到过蜀国，在蜀国的境内走过一些地方，对蜀国的城镇与乡村以及大大小小的部落，都有许多切实的了解。在鳌灵的印象中，蜀国与荆楚不同，无论风土人情，还是王朝统治，都有很多独特之处。蜀国不像楚国那样霸道，蜀国很少有战争，很少和邻国打仗。蜀王很有开拓精神，疆域相当辽阔，但主要不是靠武力征服，而是和众多的氏族或部落订立盟约，所以能够和谐相处。还有，现在统治蜀国的杜宇王大力发展农业，使蜀国的百姓安居乐业、不愁吃穿，因而杜宇王的口碑很好。民间传言，杜宇王相信神巫，善待民众，故而常有投奔蜀国的人，杜宇王都欣然接纳。正是这些所见所闻，使鳖灵决定逃亡时选择了蜀国。

鳖灵知道，选择一个宽松的环境，无论隐居或是进取，都可进可退，当然是一种很有智慧的做法。蜀国的环境便相对宽松，传言中的杜宇王也与楚王不同，所以投奔蜀国应该是理所当然的明智之举。他现在还不能确定的是，到了蜀国后是先隐居，还是直接去拜见蜀王？凭他的才华，在蜀国谋个一官半职，应该没什么问题。当然，鳖灵志存高远，小官是不想当的，一般的官职当了也没什么意思。而最终他能担任多大的官职，还是要蜀王说了算。就看杜宇王是否真的像传言中说的那样爱才，是否真的能够慧眼识珠、知人善任了。

鳖灵想的很多，虽然前途未卜，心里却已充满希望。

船行途中，没有了追兵，却遇到了险滩。溯江而上，渐渐地便进入了峡区，这里水流湍急，危险四伏，一不留神就会遇到暗流与漩涡。沿江上下的船只，行船至此都会格外小心，稍有疏忽，就会发生翻船溺水的事情。鳖灵与海伦乘坐的快船比较轻灵，遇到激流，颠簸得也就分外厉害。海伦起初还为峡区两岸的翠峰绝壁所吸引，赞美不已，接着就为颠簸和遇到的险情惊呼起来。鳖灵吩咐水手小心行船，随行的心腹家丁也没闲着，协助水手划桨撑船。在一处险滩前，看到上游有顺流而下的船只，速度极快，一眨眼工夫已到面前，由于激流的冲力，竟然朝着鳖灵的快船撞来。鳖灵叫了一声，家丁与水手奋力划桨，避向一旁。来船上的人也竭力摇橹回避，但水流太急，眼看就要撞上了。千钧一发之际，水手用竹篙撑开了对方的船头，来船擦着船舷疾驶而过。快船被激浪冲荡，倾斜得非常厉害，几乎颠覆。海伦与侍女小玫经历了这惊险万分的一幕，脸都吓白了。鳖灵当时也很紧张，过了好一会儿，才恢复了从容。

鳖灵在约定的地点，和从陆路骑马而至的家丁们会合了。为了避免行船的危险，鳖灵和海伦离船上岸，再次骑马而行。走陆路虽然鞍马劳顿，却比较安全，没有风浪之险，而且想走就走，还可以随时打尖休息。

就这样，他们晓行夜宿，一路向西，很顺利地进入了蜀国。

在蜀国境内，他们看到了洪水泛滥后的情形，有些地方的洪水已经渐渐消退，有些地方仍是一片泽国。乡间百姓的生活也与往昔不同，大都困顿不堪。海伦心里颇为失望，蜀国哪里有鳖灵说的那么美好，水灾闹得这么严重，此时投奔蜀国，怎么过神仙日子啊？鳖灵看到眼前的情景，也颇感意外。他知道连续大雨，蜀国发生了水患，但没想到灾情会如此严峻。选择这个时候来到蜀国，究竟是好是坏呢？

鳖灵率领家丁，和海伦从容而行，心里却不由得有些犹豫起来。突发的事件与某些灾难，常常会改变很多东西。蜀国遭遇了这种大灾，还会像以前那样欢迎异邦来的投奔者吗？杜宇王在这种情形下，会怎样对待不速之客呢？鳖灵对杜宇王的了解毕竟太少，这也正是他犹豫的主要原因。但鳖灵又想，开弓没有回头箭，既然来了，还是按计划前往蜀国的都城，先看看再说吧。如果不行，到时候再随机应变，另做决定吧。

又走了两天，离蜀国的都城越来越近，鳖灵听到了杜宇王颁布诏令征召治水人才的消息。鳖灵的神情顿时开朗起来，脸上甚至露出了意味深长的微笑。

骑在马上相伴而行的海伦好奇地问：你高兴什么？

鳖灵说：蜀王颁诏求贤呢。

海伦说：哦，你想去应诏？

鳖灵笑而不语。海伦很聪明，凭直觉一下就猜出了他的心思。但他由此而思考的，远比海伦猜到的要深沉得多，也复杂得多。应诏无疑是一个极好的机会，可以由此而面见杜宇王，为自己在蜀国任职开启了大门。但要真正打动杜宇王，在第一次晤谈就获得杜宇王的信任和重用，也绝不是一件简单的事。他一定要好好地想一想，在去见杜宇王之前，要做好最充分的准备。

鳖灵思考的另一个问题是，他要在靠近蜀国都城的地方，先找一个地方住下来，将海伦和侍女小玫安顿好了，然后他再进都城，去见杜宇王。

鳖灵对居所历来要求颇高，他想要找的地方，不能离都城太远，而且环境要好，要有林木，靠近水源，交通方便。对过惯了舒适生活的海伦来说，有了这样理想的环境和居所，心情才会舒畅。所以，鳖灵选择居所，很大程度上还是在为海伦着想。

鳖灵率领家丁，陪着海伦，这天下午顺路来到了一个地方。这里有大片的湿地和茂密的树林，可以听到鸟鸣和野兽出没的声音。通过这里，继续前行，离蜀国的都城就不远了。鳖灵派家丁询问一位捕鱼的渔民，说最多还有小半天的路程就到都城了。逃亡多日的他们，看到目的地就要到了，都有点兴奋起来。

在树林边，鳖灵听到了树枝折断的响声，还有人与野兽相搏的声音。从声音判断，野兽很凶猛，人似乎处于下风。鳖灵吩咐家丁们保护好海伦，自己下了马，带着一名心腹家丁，拨开树枝，走进林中，看看究竟发生了什么。

只见一名身穿猎装的少女，利用树木的掩护，躲避着一头野猪的攻击。少女的动作非常敏捷，常常在间不容发之际闪开，躲到树木的另一边。树旁有折断的弓，还有几只散落的羽箭。鳖灵看到，发怒的野猪呲着獠牙，不停地攻击，少女的形势危急万分，在不远处还有几头观望的小野猪，随时也会冲过来。很显然，这位少女可能在林中射猎，遇到了野猪群，没有射杀野猪，反而遭到了野猪的攻击。野猪的复仇心非常强烈，凶恶异常，少女已经有些慌乱，眼看就要招架不住了。就在野猪再一次朝少女猛冲过去时，鳖灵拔出随身携带的短刀，用力朝野猪投去。飞刀以极快的速度插入了野猪的颈窝，鲜血瞬间迸涌。野猪哀嚎了一声，撞到树上，栽倒于地。远处的几头小野猪见状，撒腿便逃，一哄而散。

少女不是别人，正是公主白羚。她在洪灾之后，趁着天气晴好，独自出来散心，没料到在林中遭遇了野猪，发生了如此惊险的一幕。白羚从树后出来，看到了被飞刀击毙的硕大野猪，也看见了危急关头出手救她的鳌灵。

白羚注视着眼前这位精干而又俊朗的陌生中年男子，目光中充满了感激，同时也感到好奇。这位陌生的中年男子一身外地人的装束，还带着一名随从，显然不是本地百姓。

鳌灵也打量着白羚，对这位身穿猎装、面容清纯、双眸明亮的少女颇有好感。鳌灵走向前，踏过折断的树枝，走到倒毙的野猪旁边，拔出短刀，在野猪身上擦掉血迹，将刀插入刀鞘。鳌灵又捡起折断的弓与散落的羽箭，递给少女，笑笑说：以后小心点。

鳌灵俊朗的笑容，还有鳌灵从容擦掉刀上血迹的动作，以及捡起羽箭递她的细节，给了白羚一个极深的印象。白羚除了风度潇洒的父王，还没遇到过一个这样从容细致的成熟男子。白羚的心中一下涌起了一种从未有过的好感，她清澈的双眸也带着笑意，对鳌灵说：谢谢！谢谢你出手相助！

鳌灵说：没什么，应该的。又关心地问：你住的地方离这里远吗？要护送你回去吗？

白羚说：不远，谢谢了。

鳌灵又笑了笑，说：那好吧，转身带着家丁朝林外走去。

白羚也随在后边，意犹未尽，很想问问鳌灵叫什么名字，从哪里来，要到哪里去。白羚的目光热切地追随着鳌灵的身影。

一走出树林，就看到了迎上前来的海伦和伴随于侧的侍女小玫，以及家丁们。白羚在一棵树旁停住了脚步，看着鳌灵身手敏捷地骑上了马，看到了美艳的海伦在马上和鳌灵亲密地说着话。白羚说不清是什么原因，胸中竟有些失落。白羚想，那位美丽绝伦的女子，可能就是这位陌生男子的家眷了。白羚的心情有点复杂，觉得自己有点好笑，又有点妒忌。她悄悄地望着朝都城方向骑马而去的鳖灵身影，心里依然洋溢着难以形容的好感。

白羚在林间找到了自己的马，跳上坐骑，选了一条小路，也朝都城驰去。

鳖灵经过耐心寻找，终于在蜀国都城郊外选择了一个地方，住了下来。

这个地方，名叫金沙村，从这里骑马前往蜀国都城，大约一个多时辰就可以到了。鳖灵很喜欢金沙村这个地名，很快就将海伦安顿好了。这次从荆楚远走高飞投奔蜀国，他带来了足够的金银细软，所以购置一处居所对他来说是一件比较简单的事。何况蜀地的百姓性情平和，不像荆楚的人那么斤斤计较，在买卖交易方面比较实际，略做讨价还价就谈妥了。由于先前的连续大雨和洪水泛滥，使都城附近所有的房屋都有不同程度的受损。灾后百姓有准备逃荒的，见有人要购买破损的房屋，当然求之不得。鳖灵以很优惠的价格购置了居所，还购置了屋舍周围的田地，先安顿下来，以后再加以修葺和整治，使之成为一处舒适的庄园。

鳖灵没有急着去见杜宇王，他还要多了解一些蜀国的情况，但他也不能拖得太久，杜宇王颁发的诏令毕竟有着很强的时效性。鳖灵遇事喜欢思考，一般不会草率而行，这与他从容慎重的性格大有关系。鳖灵同时又是一位善于谋划之人，在没有绝对把握或尚未做好充分准备之前，他是不会贸然行动的。

翌日下午，鳖灵带着一名家丁，走进了蜀国的都城。这是一座高大宏伟的城市，屹立在宽阔的岷江旁边，很远的地方就能看到这座都城的雄姿。因为是杜宇王修建的，从所以蜀国的百姓习惯将其称之为王城。鳖灵眺望着这座非同凡响的都城，看到了栖身于宽大城墙上的灾民，也注意到了附近田野被水淹后的景象。看来灾情确实非常严重，所以杜宇王才会如此急切地颁诏求贤。而从目前的迹象来看，杜宇王似乎还没有找到合适的治水人才，也没有采取任何有效的治水措施。鳖灵询问了一些当地的百姓，情形果真如此，和他的观察判断完全一致。鳖灵知道，在这种形势下，杜宇王必定焦急，如果他去应诏，最少已有八分的把握。他现在还不能确定的是，杜宇王是否真的求贤若渴？他与杜宇王的机缘巧合究竟能到什么程度？

鳖灵在城门口遇到了盘查，守护城门的蜀国卫士查问了他与家丁的身份来历，盘问了他们来此地的目的，甚至还检查了他们随身携带的短刀，这才将他们放进了城。鳖灵对此颇为纳闷，这样的盘查说明蜀王好像在提防什么。一方面颁诏求贤，另一方面又严加提防，怎么会这样呢？鳖灵觉得很奇怪，这是一种很矛盾的现象啊。鳖灵带着家丁在城里四处闲走，和一些百姓与灾民闲聊，终于打听到了一些消息，原来前不久曾有人入宫行刺杜宇王，所以才会设岗盘查。后来，鳖灵又得悉，刺客可能是鱼凫王的后人。杜宇王虽然对鱼鹰入宫行刺一事嘱令不准外传，但消息还是从宫中透露了出来。鳖灵听到这些消息后，弄明白了事情的缘由，便释然了，知道此事并未改变杜宇王的求贤，盘查主要是针对鱼凫族人而采取的提防措施。

鳖灵了解到这些消息后，觉得蜀国的情形并不那么简单，还是有点复杂。比如杜宇王与鱼凫族的仇怨，以及杜宇王与蜀国其他众多氏族部落的关系，他以前知道的还是太少了，对有些问题想得还是过于肤浅。鳖灵觉得很庆幸，了解到蜀国目前的这些复杂情形，对他准备应诏去见杜宇王，肯定是大有帮助的，起码心理上的底气更足了。

都城内灾民很多，百姓们都满脸愁容。很多店铺都门扉虚掩，生意全无。一些手工作坊也失去了往常的生气，街道上随处可见水淹的痕迹。鳖灵带着家丁，漫无目的地走着，有时会停下来，向一些老者问候，同遇到的一些人闲聊。蜀人生性好客，对外来的商旅历来都很客气，对鳖灵几乎有问必答。这种民俗风情，使鳖灵很受用，大有宾至如归之感。

鳖灵在与蜀国的百姓或灾民闲聊时，除了询问灾情，还有意无意地谈论到了杜宇王的各种话题，比如杜宇王的发迹故事，杜宇王是怎么取代鱼凫王的，杜宇王登上蜀国王位以后的作为，杜宇王的王后与子女，杜宇王身边的大臣，杜宇王的嗜好，杜宇王的擅长与特点，以及百姓对杜宇王的印象等等。通过这些话题，鳖灵对杜宇王有了更多的了解。他没想到，蜀国的百姓对杜宇王竟是如此颂扬和尊崇。虽然这次大洪灾使蜀国的百姓大受其苦，面对杜宇王的束手无策和毫无作为，蜀国的百姓仍然颂扬多于埋怨。鳖灵联想到荆楚百姓对楚王的议论与评价，与蜀国百姓对杜宇王的爱戴相比，差别真的是太大了。看来，杜宇王应该是一位很有魅力的君王。鳖灵还没有见过杜宇王，但通过蜀国百姓的口碑描述，杜宇王显然是一位值得信赖和为之效劳的蜀王。鳖灵的心中已经开始对杜宇王产生敬意了。

通过这些了解，越发坚定了鳖灵应诏的决心。同时也为鳖灵择日前去拜见杜宇王，对晤谈的内容有了更多的思考，做好了更为充分的准备。

鳖灵在傍晚离开都城返回金沙村住处时，又遇见了白羚。

白羚此时正骑在一头大象上，率着其他几头大象，在城外水泽边漫步。

白羚远远地就看见了鳖灵。也许是林中那一幕所留下的深刻印象，白羚对鳖灵的身影太熟悉了，虽然鳖灵已经换了装束，白羚仍然一眼就认出了他。生性开朗的白羚驾驭着大象，离开水泽边，朝着路上行走的鳖灵赶来，很远就喊道：喂，你好啊！

鳖灵听到了喊声，敏捷地转过身来，看见了白羚和行走的大象。鳖灵颇为惊讶，他没想到昨日在树林里与野猪相搏的这位少女，今日竟然骑着大象。如此庞然巨兽，竟然像马一样成了她的坐骑。而且还有另外几头大象跟随在后面，完全听从她的指挥。这真的是太奇妙了！鳖灵虽然见多识广，也不能不为之感到惊奇。家丁也是第一次看到这种情景，有些发愣。

白羚骑着大象已经到了跟前，朗声地笑着说：我们又见面啦，多谢你啊！

鳖灵脸上也浮起了笑容，打量着白羚与大象说：不用客气。

白羚说：今天你们怎么没有骑马呀？

鳖灵说：马走累了，要休息几天。

白羚又笑了起来。白羚想：马怎么会走累呢。白羚用清澈的眼睛看着鳖灵，不好意思地问：能告诉我你叫什么名字吗？

鳖灵也笑了，说：我叫鳖灵。

白羚重复了一遍，自语道：好奇特的名字。白羚问：你从哪里来？

鳖灵说：一个很远的地方，荆楚，听说过吗？

白羚随口想说没有，但随即又改变了口气，有点调皮地说：哦，听说过啊，你刚才不是告诉我了嘛。

鳖灵也笑了。眼前这位少女，反应还是很快的。鳖灵问：那你叫什么名字？

白羚说：我叫白羚。见鳖灵有些不解地看着她，白羚又很坦率地解释说：就是一头在林中奔跑的白色的羚羊，母……我母亲在生我时梦见了白羚羊，所以给我取了这个名字。白羚本来想说母后的，话到嘴边又觉不妥，没必要炫耀自己公主的身份，所以换了个极普通的说法。

鳖灵说：哦，这个名字很好啊！你是猎人的女儿吗？

白羚又朗声笑了，调皮地瞅着他，说：是啊，你看我像吗？

鳖灵夸道：你是一位很勇敢，也很出色的猎手啊。

白羚很高兴，和鳖灵说话，竟然是这样的无拘无束，而且很投缘。鳖灵似乎懂得她的心思，会夸她，会逗她开心。白羚说：你想骑大象吗？白羚的意思是想和他一起骑象漫步，可以一起轻松地游玩和聊天。白羚问得很坦率也很含蓄。

鳖灵哦了一声，觉得这个女孩很率真，行为举止处处都与众不同。因为天色渐晚，还要赶回去，不能多聊了，便笑笑说：骑象一定很好玩，以后吧。

白羚想说，为什么要以后呢？现在不行吗？但毕竟与鳖灵相识不久，便忍住了。

鳖灵挥手告辞，带着家丁走了。

白羚骑着大象走了几步，又停住了。白羚很想和鳖灵多说一会儿话，但鳖灵也许有事吧。白羚意犹未尽地望着鳖灵远去的身影，又重复了一遍此人颇为奇特的名字，觉得很好奇，他从遥远的荆楚来到蜀国干什么呢？也许是个商人，不远千里前来经商？却未见他携带有什么货物。或者是寻亲访友的游玩者？似乎也不像。白羚猜测着他的身份与来意，联想到了很多可能，但又拿不准。想得多了，反倒成了一个谜。

白羚对自己说：干吗想那么多呢？只要他在蜀国，反正会弄清楚的。

这时暮霭渐浓，白羚骑着大象，返回都城，朝王宫而去。

第八章

鳖灵经过深思熟虑，决定去见杜宇王。

这是一个晴朗的上午，天气有些闷热。鳖灵带着一名心腹家丁，走进蜀国都城，来到了王宫前面。鳖灵吩咐家丁在外面等候，独自走到王宫门口，对守卫的侍卫说，他是前来应诏的，要见杜宇王。几名彪悍的侍卫打量着他，对他进行了比城门口更为严格的检查。鳖灵并不在意这种检查，因为他已经知道，这是杜宇王针对鱼凫族人的复仇行为而采取的防范措施。

鳖灵没有料到的是，侍卫看到了他随身携带的短刀，立即将他拿下了。侍卫用绳索反缚了他的双手，并缴掉了他那把护身用的锋利短刀，然后将他押进了王宫。留在王宫外面的家丁见状大惊失色，不知如何是好。家丁不敢呼喊，也无法采取营救行动，唯一能做的，就是赶紧离开王城，跑回金沙村去，将这一突变的情况告诉女主人，看海伦有什么办法，能够救出鳖灵。

鳖灵被侍卫拿下的一瞬间，也免不了有点慌乱，但他很快就镇定下来。他知道，问题主要出在他随身携带的那把短刀上，侍卫把他也当成了刺客。由于平时携带短刀成了习惯，入宫前竟忘了摘下交给家丁。对已经充分了解各种情况的鳖灵来说，这本来是一个不该忽略的细节，因为他满脑子都在想一些大事，而淡忘了这一点，结果造成了莫大的误会。但鳖灵知道，这是可以解释清楚的，现在只能随机应变了。

杜宇王此时正坐在王座上，已接到禀报，吩咐侍卫将携刀入宫的鳖灵带上来。

自从发生了上次鱼鹰入宫行刺的事件以后，杜宇王采取了很多防范措施。比如城门口派卫士对外来人员进行盘查，王宫门口对前来应诏者的检查就更加严格了。此时杜宇王身边，除了贴身侍卫阿黑，王座旁边还蹲着猛犬小虎，大殿内还增添了几名功夫很好的侍卫，他们都是从卫队中挑选出来的高手。

鳖灵被侍卫们押着，进了王宫，走进了大殿。鳖灵扫视着大殿里华丽堂皇的装饰和摆设，看到了坐在王座上的杜宇王。果然如百姓们所描述的，杜宇王有一种俊朗潇洒的气质，同时又有一种君王的威严。

杜宇王也目光炯炯地注视着被押进大殿的鳖灵，此人器宇轩昂，虽然被反缚了双手，却从容不迫，毫无怯意。特别引起杜宇王注意的是鳖灵的神态与眼神，透露出一种非同凡俗的精明与豪杰之气。当两人相互观察的目光锐利相撞的一瞬间，杜宇王立即联想到了鱼鹰的眼神。虽然两个人的目光是有区别的，鱼鹰的眼神极端冷漠并充满仇恨，鳖灵的目光犀利而冷静，却同样使杜宇王一凛，心中产生了极大的警觉。

鳖灵站在大殿内，距离王座尚有十余步的距离，被侍卫押着，止住了步。

杜宇王就那样打量着鳖灵，鳖灵也注视着他。谁也没有开口说话，仿佛在互相比赛耐心。杜宇王看着从容不迫、静默无语的鳖灵，心里隐隐地有些不快，这种不快渐渐地化成了怒气。看见君王，不说话，也不施礼，显然就是一种很大的不敬。地位尊贵的杜宇王当然容忍不了这种不敬，更何况前不久才遭到了一次刺客的袭击，面对携刀入宫、此刻又毫无礼节的鳖灵，当然就更不高兴了。

一名侍卫将缴获的鳖灵携带的短刀递了上来。杜宇王看了看，是一把极其锋利的好刀，刀锋上似乎还有残留的血腥气息。如此利器，绝非普通百姓所能使用，看来此人也是有备而来。杜宇王心中越加不快，也不想发问了，随即挥了下手，命令侍卫说：先将此人关进牢房！

侍卫们答应一声，押着鳖灵，转身下殿，要朝牢房而去。

鳖灵突然放声大笑起来，大声说：没想到名扬四海的杜宇王竟然如此待客！

鳖灵的笑声爽朗奔放，说话的声音更是铿锵有力，如金石投柱，掷地有声。

杜宇王一愣，骤然听到鳖灵说出这样的话来，竟有些震撼，立即喝令侍卫止步，将已走到大殿门口的鳖灵又带上了大殿。

杜宇王神色威严地问道：你刚才说什么？为何如此大笑？

鳖灵说：我笑我自己不该来此。虽然天下到处都在传颂杜宇王的雄才大略和礼贤下士，但事实并非如此，所以我要笑我自己！

杜宇王的神情缓和了许多，解嘲道：其实你笑的是我。

鳖灵说：岂敢。

杜宇王问道：那么，请问你为何来此啊？

鳖灵说：大王不是颁发了求贤的诏令吗？

杜宇王说：你是前来应诏的？

鳖灵说：不错，在下慕名而来，特来拜见大王。

杜宇王说：既然应诏，为何携刀入宫？

鳖灵又朗声笑了，说：在下千里跋涉，途中野兽甚多，如果没有护身之刀，恐怕尚未至此，就已饲身虎狼之口。

杜宇王顿时释然，脸色也随之开朗起来。

这时公主白羚从后宫而来，见状立即跑到王座旁边，俯身在杜宇王耳畔，轻声述说了在林中遭遇野猪，正是这位鳖灵出手相救才得以脱险的经过，恳求父王一定要善待这位救命恩人。杜宇王前天已听白羚说过此事，现在此人就在面前，对待鳖灵的态度立刻发生巨大的转变。杜宇王吩咐侍卫给鳖灵松绑，并在王座前赐座。杜宇王又吩咐白羚先回后宫，他要和鳖灵好好晤谈。白羚答应了，含笑看了鳖灵一眼，绕过王座，朝后宫去了。

鳖灵看到突然出现的白羚，很是惊讶。原来那天在林中，他出手相救的竟是蜀国公主。他还以为她是猎户的女儿呢。看来自己有时候也是肉眼凡胎啊。

杜宇王和鳖灵进行了一次长谈。对两人来说，这次晤谈都极为重要。也可以说，这是一次改变蜀国命运的谈话。

杜宇王对坐在对面的鳖灵说：吾刚才聊以试卿耳。

鳖灵揖手说：我知道。英明的大王怎么会不问来由就将一位应诏者关起来呢？

杜宇王这样说，实际上是对刚才的行为向鳖灵委婉地表示了一种歉意。鳖灵回答得也很客气，既表示了对杜宇王的奉承，又说得非常真诚，使杜宇王听了很受用。话题就这样打开了。

杜宇王先问了鳖灵的姓名与来历，然后说：你为什么要不远千里前来应诏呢？

鳖灵说：一是在下久闻大王的英名，萌生报效之心已非一日。二是恰逢天降大雨洪水肆虐，为了解蜀国百姓燃眉之急，所以特来拜见大王。

杜宇王说：你有什么好的想法，说来听听。

鳖灵说：在下想先问大王，已经采取了什么治水措施？

杜宇王沉吟道：连续大雨，疏于防范，就在神巫祭祀之际，发生了溃堤。可能是天意如此吧。

鳖灵说：天道无常，顺者为上。对待洪水也是一样，溃堤主要是大雨使岷江水量猛增，流泻不畅的缘故。只要顺畅其流，就能化害为利。

杜宇王坐在王座上，听得很专注，脸露喜色，微微点了下头。

鳖灵又说：人往高处走，水往低处流，只要排除壅塞，使洪水顺江东泄，水患自然就解除了。

鳖灵的话深入浅出，说得很简洁，却又非常透彻。像一把犀利的钥匙，一下打开了杜宇王困惑的心锁。杜宇王很兴奋，这些道理，自己怎么就没有想到呢？杜宇王打量着侃侃而谈的鳖灵，看着鳖灵从容不迫的神情与眉宇间透露出的英杰之气，觉得此人果然不凡，是位很好的治水人才，大有相见恨晚之感。

杜宇王欠身说：汝之所言，甚有道理。那么蜀国的水患治理，应该从何处开始呢？

鳖灵说：那要看怎么治理，若是应急，在下游疏通河道，让洪水排泄掉就可以了。若是治本，那就要从上游开始。

杜宇王说：水患当然是要根治才好，但目前应急也是刻不容缓。

鳖灵说：以大王的威望，号召蜀国的民众，举贤任能，治理水患应该不成问题。

杜宇王说：好啊，但愿如此。就委派你来负责治理水患如何？

鳖灵看着颇为兴奋的杜宇王，杜宇王的表态正中下怀，其实这也早在意料之中。但他并不着急，用不着立即答应。鳖灵想获得的是杜宇王真正的重用，要达到这个目的，是决不能着急的。他还要和杜宇王做一些更深入的沟通与交谈，或者以欲擒故纵的方法，表明自己谦退的姿态，以博取杜宇王更为坚决和明确的承诺。

鳖灵揖手说：在下才疏学浅，恐难当重任。还请大王另择高明。

杜宇王热切地说：你就是高明之才啊，不必推辞，蜀国治水，非汝莫属。

鳖灵从容说：大王过奖，愧不敢当。在下一介布衣，初来乍到，人微言轻，如何治水，恐有负大王厚望。

杜宇王说：治水是当务之急，蜀国的百姓亦盼之久矣。只要你愿意担起重任，人力物力皆可调用，不必担心。

鳖灵沉吟道：大王所言极是。不过，大王所言的重任与如何调用，愿闻其详。

杜宇王慷慨地说：我欲任你为蜀国之相，全权负责治理水患，意下如何？

鳖灵知道，相是一个很高的职位，蜀王之下就是相了。若再谦退，就不明智了。于是颇为惶恐地起身离座，面对杜宇王拜伏于地说：大王如此推诚信任，在下只有肝脑涂地，报效万一。

杜宇王看到鳖灵如此表态，大为高兴，伸手将鳖灵扶起，笑道：好，好！

鳖灵重新归坐，揖手说：蜀国人才济济，大王重用在下，不知其他众臣能否信服？

杜宇王说：贤者在位，能者在职，王朝才能兴盛。蜀国相位一直虚位以待，如今终得其人也。这是好事，也是天意，众臣定会庆贺。

鳖灵即使成竹在胸，听了杜宇王这话顿生感激，俯身说：感谢大王厚爱，在下一定全力以赴，治好水患，报答大王！

杜宇王与鳖灵此刻都有点心潮澎湃，各自都感到很庆幸。杜宇王庆幸的是，终于获得了一位能够治理蜀国水患的贤能之士，排除水患指日可待，可以使饱受水灾之苦的蜀国百姓恢复安居乐业的生活，王朝统治自然也会更加稳定和昌盛。鳖灵则庆幸自己遇到了一位明君，从此有了一个充分施展平生抱负的大好机会，听了杜宇王的推诚许诺，他也做出了庄重承诺。鳖灵知道，他的精心谋划已经为他开启了一片崭新的天地，从此他和蜀国便结下了不解之缘。

鳖灵告辞出宫，走出都城，便看见了骑马而来的海伦和家丁。

原来家丁因鳖灵在王宫门口被侍卫擒拿押进大殿，便赶回金沙村去报告了海伦。海伦琢磨了半天，无计可施，又放心不下，只有带了家丁骑马而来，准备打探消息，再设法相救。此刻见到平安无事的鳖灵，真是大喜过望。

海伦说：哦，你吓死我啦，没什么事吧？

由于担忧和高兴，海伦的眼睛有点潮润，微笑中闪着泪光。

鳖灵笑笑说：很好啊，一切都很顺利啊。

海伦说：可是为什么你一到王宫门口，就被捆起来了呢？

鳖灵说：一点小误会。随即轻描淡写地将经过告诉了海伦。

海伦说：你和杜宇王真的谈得很投缘吗？

鳖灵说：是啊，杜宇王确实是一位贤明之君。他已决定，任我为蜀国之相，授权于我，负责治理水患。

海伦问：蜀国之相，是个什么职位啊？

鳖灵说：是一人之下、万人之上的一个职位。在蜀国，蜀王之下就是蜀国之相了，位于众臣之首，可以说是蜀国最高的官职了。

海伦兴奋地哦了一声，又好奇地问：杜宇王和你初次见面，为什么就把这么重要的职位给你呢？

鳖灵说：这就是杜宇王的魄力和贤明啊。因为我讲述的治水之策，确实打动了他，还有就是我们之间的英雄气概与君臣之缘吧，引起了他的共鸣，所以杜宇王毫不迟疑地做出了这个决定。

海伦笑着说：太好了，太好了！

海伦又说：听你这么说，杜宇王知人善任，真的了不起。你也了不起啊。

鳖灵听了海伦的赞誉和奉承，也很开心，笑笑说：是啊，自古英雄豪杰，有所作为，都有机缘巧合。杜宇王颁诏求贤，我去应诏，就是一种千载难逢的机缘，我们两人都把握住了这个机缘，当然了不起啊。

鳖灵在海伦面前是无须自谦的，所以说的也是真心话。但过分自夸毕竟有悖于他一贯缜密的行事风格，又自我解嘲地一笑说：真的担任蜀国之相，可不是一件好玩的事哦。

海伦有些不解，问道：为什么？

鳖灵说：因为责任重大啊。一旦走马上任，立即就要去治理水患，有很多困难，很多麻烦，甚至有很大的艰险，要去克服、去排除，你说好玩吗？

海伦微笑道：天下无难事，只怕有心人。反正你是当仁不让啊。

鳖灵说：是啊，只要用心去做，自然无难事。

鳖灵也上了马，同海伦并骑而行，一路上说说笑笑，家丁跟随在后面，朝金沙村住处而去。

鳖灵知道，今天是个很特殊的日子，也是一个很幸运的日子。在谋划远走高飞、投奔蜀国的时候，他的想法还比较笼统。到了蜀国以后，他的思路才渐渐清晰起来。经过几天的观察思考，他才下定决心前去应诏，但也并无绝对的把握。没想到，与杜宇王一席晤谈，几乎不费吹灰之力，就获取了蜀国的相位。鳖灵怎么能不兴奋呢？人往高处走，水朝低处流。为了逃避楚王的迫害，他带着海伦离乡背井仓皇逃亡，一路上备尝艰辛，如今终于苦尽甘来，真的是苍天不负有心人啊！想到这些，鳖灵就有一种难以形容的快乐和高兴。

鳖灵同时也明白，接下来就该报效杜宇王了。他要全力以赴治理水患，会很忙很忙，甚至长期在外，殚精竭虑，无暇照顾家室。若从感情与喜好来讲，他还是喜欢和海伦一起像神仙眷侣一般的日子。但哪个男儿能抵挡功名的诱惑呢？更何况鳖灵是一位志存高远的豪杰之士，当然也就更不能例外了。鳖灵觉得自己的选择没有错，海伦不是也希望他成功吗？鳖灵相信，以他的才能，治水肯定是会大见成效的。唯一不能确定的是，治水需要多长时间，也许数月，也许半年甚至更长。所以他这几天要做好各种统筹布置，也包括他外出治水后海伦的日常生活，必须做好安排。

杜宇王下午回到后宫，王后朱利和公主白羚都很兴奋地等着他。

朱利的兴奋是得知杜宇王终于遇到了一位远道而来应诏的贤能之士，提出了一套很有见地的治水之策。白羚的兴奋是因为见到了林中出手救助她的鳖灵，原来是来应诏治水的，现在已经得到了父王的任用，她对鳖灵身份来历的猜测终于水落石出，有了意料之外却又是情理之中的结果。朱利是为蜀国和杜宇王高兴，白羚则是出于对鳖灵的好感而大为开心，两人脸上都洋溢着笑容。

朱利对杜宇王说：祝贺大王啊！诏令颁布已久，终于来了一位能治水的人！

杜宇王笑道：是啊，是啊，此人谈吐不俗，卓有见识，是个有本事的人。有这样的人才来辅助我们，何愁水患不能治理！

朱利也笑道：所以值得庆贺，应该高兴啊！

杜宇王说：我已决定任用他，委派他全权负责治理水患。

白羚问：父王如何任用啊？给了他一个什么职位？

杜宇王说：我决定任他为蜀国之相，你们觉得如何？

白羚面露喜色，笑道：好啊，委他以重任，他才能为父王建功立业嘛。

朱利沉吟道：疑人不用，用人不疑，我相信你的判断。不过，蜀国之相可是一个举足轻重的位置，一下子就把最高的官职给了他，是否急了一点？

杜宇王看着朱利，询问道：是吗？你的意思……？

朱利说：我是想，等以后治水成功了，你如何奖励他呢？在职位上已无升迁的余地。

杜宇王笑道：这倒是我没有想过的，你考虑得很深远啊。不过不必担心，奖励有很多方法，给他财宝，给他荣华富贵啊，还可以奖赏他耕田嘛。

朱利微微点了下头，表示赞同。

杜宇王说：现在是非常时刻，正值用人之际，既然重用，就得给其相应的职位。我并非草率，也并非不留余地，而是当机立断做出的决定。

白羚朗声笑着说：这就是父王的英明，相信他也会全力以赴报答父王的。

杜宇王微笑道：他确实已经如此表态，做出了肝脑涂地以报万一、全力以赴治好水患的承诺。羚儿，你怎么会了解他的态度啊？

白羚做调皮状，含笑说：我猜的嘛。父王的眼光不会错，高瞻远瞩，用人有方啊。

杜宇王又笑了，在任用鳖灵为蜀国之相这件事上，王后的认同和公主的称赞，使他很开心。

晚膳已经准备好了。入座之后，朱利又想到了一件事情，问道：朝中一些大臣对突然任用一位外来的应诏者为蜀国之相，会不会有什么想法？

杜宇王说：贤者在位，能者在职嘛，这是很正常的事情啊。

朱利说：譬如阿鹄，任职已久，对此事态度如何？

杜宇王说：阿鹄是亲信大臣，自然是一切都听我的。阿鹄这些年还是比较能干，没有功劳也有苦劳，但他的才能不足以位居相位。这次洪水溃堤，水灾泛滥，几次召集众臣商议对策，他们都拿不出一个办法。所以，我任鳖灵为相，是从大局出发，阿鹄和其他大臣纵使有想法，也不会反对。

朱利说：这我知道，看来你已是深思熟虑了。但你也要和他们说明理由，使他们心悦诚服才好。

杜宇王说：好啊。我是蜀王，自然是我说了算。

朱利说：还有一件事情，你已决定任用鳖灵为相，是否搞个任用仪式，以示隆重？

杜宇王说：我也正有此意。这样可以使蜀国的百姓都知道，空缺已久的蜀国之相，现在终于有一位贤能之士来担任了。通过隆重的仪式，面对百姓，公开授予鳖灵重任，这对鳖灵率领民众治水，团结一心，共赴艰难，也是很必要的。

白羚击掌说：好啊，父王考虑得真是周到。

杜宇王和朱利交换了一个眼神，都情不自禁地笑了。

朱利的预感不是没有道理，大臣们的反应确实比较强烈。

杜宇王在王宫中和远道而来应诏的鳖灵推诚晤谈，决定委任鳖灵为蜀国之相，消息很快就传到了阿鹄与其他几位大臣的耳中。

在杜宇王颁布求贤诏令时，大臣们都是赞成的，觉得这是杜宇王的一个英明之举。因为他们都想不出有效的治水之策，如果有人来应诏，真的能够治理好严重的水患，既解除了蜀国百姓的疾苦，也免除了他们的责任，岂不是一件大好的事情？所以，他们也都盼望着能有人尽快前来应诏。现在终于有了这样的人，提出了一套非常高明的治水之策，本来是应该高兴的事情，没有想到的是，杜宇王竟然授予此人为蜀国之相，将蜀国最高的官职给了这位初来乍到的应诏者，这又使他们感到意外和惊讶，心理上本能地产生了某种失落与抵触。他们跟随杜宇王多年，鞍前马后，诸事操劳，谁不瞄着那个相位啊？如今希望落空，心中自然就不平衡了。

心理上最不平衡的是阿鹄。作为杜宇王身边最受信任的亲信大臣，阿鹄总觉得自己是担任相位的最佳人选，但杜宇王似乎从没有将相位授予他的打算。当阿鹄骤然得悉杜宇王将任鳖灵为相的消息时，心中大为不快，充满了埋怨的情绪。他在家中，将自己关在房中，独自饮了很多闷酒。家人看到他闷闷不乐，问他发生了什么事，阿鹄一言不发。阿鹄为官多年，虽然才能平平，却颇有城府。他当然不会将自己满腹的牢骚告诉别人，也不会向家人透露自己的心思。除了饮酒，他便叹气。后来他也渐渐想通了，不就是个相位吗？如果杜宇王将相位授予他，他有把握治理好蜀国严峻的水灾吗？他知道自己没有这个能力，所以这个官职也不是好担任的。这样一想，阿鹄又释然了。他想，就让鳖灵去担任吧，且看他如何治理水患。如果成功当然好，假若治水失败，那就会成为替罪羊，遭到杜宇王的惩罚了。

阿鹄知道，蜀国的水患非常严重，英明杰出的杜宇王对此都束手无策，难道鳖灵就有治水的本事吗？这位外来的应诏者究竟是个什么人呢？阿鹄有点纳闷，也有点好奇。他和鳖灵尚无接触，对鳖灵的来历和能耐一无所知。但有一点是可以肯定的，鳖灵和杜宇王一见面就被授予相位，可见鳖灵绝非一般人物。阿鹄想，以后和鳖灵相处，一定要多加留神，处处都要多个心眼才是。阿鹄又想，以后和鳖灵是会成为和谐相处的朋友，还是成为貌合神离的对手呢？假如鳖灵谦恭有礼，那就好说，如果鳖灵咄咄逼人，那就不好说了。两种情形，究竟如何，只有到时候再说了。

阿鹄能耐平平，没有什么大的本事，但心思还是比较细的。比如琢磨别人，小心应对，就是他的一个长处。这也是杜宇王喜欢用他，将他作为亲信之臣，却又不把最重要的职位给他的根本原因。杜宇王看人的眼力，确实是很锐利的。阿鹄也深知这一点，在杜宇王面前无论办什么事都比较小心，因而一直保持着杜宇王对他的信任。和蜀国王朝中其他大臣的关系，阿鹄也颇有心计，相处得比较自如。

过了一天，杜宇王传令，在王宫大殿中召见了阿鹄和其他大臣。

杜宇王采纳了王后朱利的建议，把鳖灵不远千里前来应诏，他已允诺授予鳖灵为蜀国相位、全权负责治水的决定，如实告诉了大臣们。他说得很简洁，意思也很清楚，是想让大臣们都了解他从大局出发做出的这个决定，以获得大臣们的赞同。

杜宇王威严地坐在王座上，目光炯炯地看着大臣们，坦诚地问道：你们意下如何啊？

大臣们迫于杜宇王的威严，都保持着谦卑的神态，未做回答。

还是阿鹄的反应比较快，因为对此事他已琢磨过了，随即说：祝贺大王得到了一位贤才！这是大王的英明，也是蜀国百姓的荣幸！

杜宇王很高兴，威严的脸上露出了笑意。

由于阿鹄的带头，其他大臣也都纷纷表态，说杜宇王的决定很英明，空缺已久的蜀国之相，现在终于有人担任了，蜀国严重的水患如今也终于有了治理良策，确实是值得庆贺的一件大事。

杜宇王注视着大臣们微妙的表情与神态变化，心中明白有些大臣言不由衷，口中所讲并非真心话，但毕竟都表示了赞同。这正是杜宇王所希望达到的效果，所以杜宇王真的很高兴。

杜宇王行事果决，有时甚至有点独断专行，但他也善于纳谏，譬如对王后朱利的建言，便显示了从善如流的襟怀。但大臣们与王后不同，这些年随着杜宇王威望的提高，大臣们的建言似乎越来越少了。大臣们已经习惯了遵循和服从杜宇王的决定，习惯了向杜宇王表示庆贺与赞同。几个月前，杜宇王筹划称帝，大臣们也是这样，没有一个提出异议。时间久了，杜宇王对此也习以为常了。蜀国王朝，君臣上下，对此已形成了一种惯性，也可以说是一种很难改变的模式。

杜宇王很清楚这一点，他将此事告诉大臣们的时候，就知道不会有人反对的。其实，他还是想听到一些不同意见的。若有不同看法，起码可以提醒他将事情考虑得更加周全一些。智者千虑，必有一失，愚者千虑，也必有一得嘛。有时全是赞同，也会使人感到乏味，觉得过于平淡无奇，甚至会觉得很无趣。当然，杜宇王此刻的心情，主要是高兴。此外，他还要做出一些重要的布置，因为治理水患这件大事才刚刚开始，虽说委派鳌灵全权负责治水，众多大臣们也不能闲着，他还需要指派一些大臣来协助鳌灵完成这个艰巨的任务。

杜宇王吩咐阿鹄，立即筑一个拜相之坛，筹备一个隆重的拜相仪式。

杜宇王深谋远虑，加重语气说：我要让百姓都来参加这个仪式，同心协力，一起治水！

阿鹄和大臣们都谦卑地拜伏于地，同声说：大王英明！谨遵大王吩咐！

阿鹄离开王宫后，立即遵旨调动人员筑坛和筹备拜相仪式。其他大臣也都进行着相应的准备。

第九章

三天之后，蜀国王城举行了隆重的登坛拜相仪式。

拜相之坛设立在城内一处空旷的广场上，这里也是蜀王以往举行一些中小型庆典活动的地方。大型祭典或重大活动，过去通常都是安排在城外举行的。因为溃堤洪水冲毁了高大的祭坛，如今积水尚未完全消退，所以原来的祭坛已无法修筑使用。阿鹄只有利用城内的广场，调用人员搭建了一个拜相之坛，来进行这次隆重的拜相庆典活动。阿鹄对栖居在广场上的一些灾民也妥善地加以疏散，做了一些相应的安排，并清理了洪灾以来的垃圾和污泥，使整个环境都出现了焕然一新的气象。

城内的百姓听说杜宇王得到了一位贤才，将拜为蜀国之相，负责治理洪涝灾害，都很兴奋。很多人都自愿参加了对环境的清理，连城外逃避水患入城的灾民也参加了筹备活动。无论对于蜀王还是对于蜀国的百姓来说，拜相都是一件非常重大的事情。杜宇王统治蜀国二十多年，各种祭祀活动倒是经常举行，拜相却是第一次。自从神巫老阿摩主持的盛大祭祀因洪水溃堤冲垮祭坛而彻底失败之后，蜀国的民众都被严重的灾情所困，心头阴云密布，而又无可奈何，现在终于看到了排除灾情的曙光。拜相的消息就像暗夜里的一把火炬，点燃了众人心中的希望，所以百姓奔走相告，无不喜形于色。

这天上午，天气晴朗，万里无云。蜀国王城内的民众很早就走出了家门，涌往广场，准备观看拜相盛典。活动尚未开始，广场上已经人头攒动，热闹非凡。远处的城墙上也挤满了人，可以居高观赏。阿鹄指挥士兵疏通了由王宫前往广场的通道，等候杜宇王的到来。大臣们已候在王宫前，准备随杜宇王一起去举行拜相仪式。太阳出来后，天气有些炎热，大臣们穿戴齐整，普通民众则穿着各异，从王宫到广场，到处都是热烈而喜气洋洋的情景。空气中，飘散着灾后的泥土味与草腥味、街巷民居畜厩中传出的牛粪味，还有人群中灾民身上的汗味。在这些人们已经习以为常的气味之外，还有一种更为浓郁的充满期盼与希望的意味。

杜宇王为了这次拜相盛典，在王宫中已经穿好王服，戴上王冠，佩带了宝剑。同上次陪老阿摩举行盛大的祭祀活动一样，杜宇王内心怀着无比的虔诚，沐浴更衣，为举行仪式做好了充分的准备。阿黑与侍卫们也备好了马匹，准备随时出发。派出的使者和两名侍卫已守候在城门口，等候鳖灵的到来，然后陪同入城。举行拜相仪式的安排与时间，早已和鳖灵说好。住在郊外的鳖灵，在早晨已经动身，很快就要到王城了。现在只等鳖灵入城的信息传来，杜宇王便可以上马前往广场了。

杜宇王统治蜀国以来，已经举行过多次盛大的祭典，对仪式中的每一个环节都非常熟悉。其中最重要的并不仅仅是场面的隆重，而是要有虔诚之心，通过仪式来获得神灵的庇佑和百姓的拥戴。杜宇王深信，上次陪老阿摩举行的祭祀，不是不虔诚，而是天意如此。对于这次拜相，他的心中充满了更大的希望。上次祭祀，是完全依赖神灵，希望通过祈祷诸神而消除水灾，结果未能奏效。这次拜相则是借助贤能之才，依靠人力来治理水患。虽然都是盛大而隆重的活动，二者却有很大的区别。神巫已经神秘失踪，治水的人才却突然出现了，这是否也是一种天意呢？杜宇王这样想的时候，便更加坚定了自己要重用人才的信念。鳖灵的治水见解精辟，治水之策可行，已经引起他深深的共鸣。他不仅希望，而且相信，重用鳖灵负责治水，一定能够获得成功。当然，祷告苍天和诸神，仍旧是拜相盛典中必不可少的一个程序，但主持者已是蜀王本人，而不再是法力高深莫测的神巫了。

王后朱利和公主白羚也做好了参加拜相盛典的准备。朱利尚未见到鳖灵，从杜宇王和白羚的讲述中，她知道这是一位非常有才干的贤能之士。朱利相信杜宇王的眼力，在识别英才方面肯定不会错。杜宇王善于识人，也善于用人，气度非凡，智慧超群，是一位很高明的君王。杜宇王早年和诸多部族首领们的交往，获得他们的敬佩和支持，就充分展示了他的风度与睿智。朱利对杜宇王的拜相之举，当然是非常支持的。更何况，颁诏求贤，举行拜相仪式，都是朱利提出建议，而被杜宇王毫不迟疑地采纳了。所以这次拜相盛典，朱利是一定要参加的。

公主白羚曾向母后朱利讲述过林中的奇遇，也增加了朱利对鳖灵的好奇。从白羚的语气与神态中，毫不遮掩地透露出了对鳖灵的好感，朱利很清楚地感受到了这一点。朱利很了解自己的爱女白羚，能够初次见面就获得白羚由衷的好感，说明鳖灵此人必有过人之处，确实很不简单。朱利知道，白羚也遗传了她和杜宇王的脾性，从小就与众不同，既有柔情，又有行走江湖的豪气。朱利以女性的直觉，深知世上男女之间，哪有单纯的好感，白羚对鳖灵的好感，似乎就有一些少女情窦初开的意味。如果将来把贤能之士鳖灵选为驸马，当然又是一段佳话。但朱利知道，鳖灵已经娶有妻室，此事并非那么简单，白羚的好感恐怕是不会有什么结果的。朱利想到这一层的时候，出于对爱女的深切爱护，内心又不免隐隐地有点担忧。但仔细想想，朱利又觉得有点好笑，白羚林中遭遇野猪被鳖灵相救，对鳖灵产生好感本是很正常的事情，自己担心什么呢？拜相尚未开始，自己已经想得很多，纯属多虑。现在最重要的仍是治水啊，朱利的心情于是又释然了。

公主白羚对参加拜相庆典，显得比朱利还要兴奋。毕竟由于年龄的关系，白羚的很多想法都与父王和母后不同。她对鳖灵的好感，不仅仅是因为鳖灵身手敏捷，在她与林中野猪相搏最危急的时刻，鳖灵用飞刀杀死了野猪，救她于危难之中，还因为鳖灵身上有一种令她怦然心动的魅力。此外，鳖灵还有超群的才干，即将拜为蜀国之相，承担起治理水患的大任，这使得白羚在单纯的好感之外，还增添了对鳖灵的敬佩。从林中邂逅那天开始，白羚的心中便再也消除不掉对鳖灵的印象。白羚并没有想得很复杂，也没有想得很长远，她只是觉得她对鳖灵充满好感。这种自然而然的好感，对白羚来说，单纯而又质朴，像玉石一样纯洁，也像金子一般闪光。

为了参加拜相盛典，白羚穿上了自己最喜欢的衣服。白羚平日穿着像个普通的猎人，换了装扮，越发显出了她的清纯靓丽。拜相是蜀国的大事，蜀国的民众都像过节一般，白羚也不例外，觉得很开心。白羚还想，拜相之后，就要开始治理水患了，蜀国的百姓都要参加，全力以赴才能取得成功。她也不能袖手旁观，也应该参加这次治水的行动。她甚至计划，她要率领她的象群，跟随鳖灵，和百姓一起去治水。经过她训练多年的象群，力大无穷，可以搬运木石，终于可以发挥它们巨大的作用了。这样想的时候，白羚的内心便洋溢着兴奋。

信息传来了，鳖灵已经走进王城，在两名侍卫的陪同下，前往广场等候。

杜宇王知道，可以出发了，随即上了马。王后朱利和公主白羚紧随于后，在卫队的护卫下，走出王宫，率领着大臣们，往广场而去。

鳖灵在晤见杜宇王后，第二天就得知了杜宇王要举行隆重的登坛拜相仪式之事，这使他很兴奋，心中充满了感激之情。鳖灵知道，杜宇王要利用这种盛大的仪式，正式授权于他，确立他今后率领民众治水的号召力。这种知遇之恩，他只有鞠躬尽瘁才能报答了。

鳖灵为了参加拜相仪式，对穿着、坐骑、跟随入城的心腹家丁，都做好了安排。他在荆楚的时候，家境富足，过惯了荣华的日子，衣食住行都十分优裕，穿戴方面也比较讲究。和海伦离乡逃亡的时候，除了金银细软，还带了不少质地精良的服装，所以应对这种庄重的场面自然不成问题。

海伦为鳖灵选用服饰时，也非常兴奋，对鳖灵说她也很想去观看拜相的盛典。

鳖灵笑了，没有答应海伦的要求。

海伦说：杜宇王拜你为相，这是你最风光的时刻，为何不让我观赏？

鳖灵未做解释。鳖灵不让海伦同去，当然是有理由的。首先，拜相是一件极其严肃的大事，带着家眷同去，成何体统？其次，如此盛大的公众场合，岂能让海伦抛头露面？他不想暴露海伦的美丽，以免引起不必要的麻烦。

海伦当然不会想到这些，海伦只是出于兴奋和高兴，出于对鳖灵的敬重和关心，也出于一种好玩的心态，而提出了去观看拜相仪式的要求。见鳖灵不同意，虽有点不乐，也只有笑笑作罢。

鳖灵这天很早就起来了，盥洗后，换了准备好的服装，带了一名心腹家丁，骑了马，离开金沙村住处，往王城而去。

鳖灵平常穿戴比较随意，换了节庆日子或重要时候才穿的华贵装束，便显得有点过分庄重和严肃，但也更加突出了他俊朗的气质和风度。从王城郊外的住处到城内，骑马一个时辰就到了。一路上，鳖灵很有些春风得意马蹄疾的感觉。那天，杜宇王的使者前来传达旨意，说杜宇王不仅要举行盛大的拜相仪式，还要为他在蜀国王城内新建一座相府，供他以后居住使用。杜宇王考虑的真是周全，不仅对他信任重用，而且关怀备至。鳖灵见多识广，满腹经纶，对天下列国的君王作为都有一些耳闻和了解，像杜宇王这样的蜀国君主，确实堪称贤明之君。鳖灵很庆幸自己逃离了楚王的陷害，投奔蜀国，遇到了杜宇王这样的英主。他去拜见杜宇王的时候，杜宇王曾对他说过，贤者在位，能者在职，王朝才能兴旺。这的确是至理名言啊！每逢回忆起来，鳖灵便抑制不住地心潮澎湃。蜀国这些年在杜宇王的统治下，日益繁荣，早已名声在外。

这次遭遇了百年不遇的特大洪灾，只要治理好了，坏事就会变成好事，蜀国就会更加兴旺。而对如何治理洪灾，鳖灵成竹在胸，已经有了通盘的考虑和谋划。鳖灵深信，治水成功绝无问题，唯一不能确定的只是时间问题。对此他也做好了充分的心理准备，长则一年，或者更久，他都会全力以赴，而如果顺利的话，也许半年就可大功告成了。

鳖灵一边想着这些问题，一边策马而行。不久就到了王城门口，杜宇王派出的使者和两名侍卫迎上前来，将鳖灵迎进城内。由使者领路，侍卫左右护卫，前往广场，等候杜宇王一行的驾临。

在万众瞩目中，杜宇王骑着骏马，前有侍卫开道，后有大臣伴随，由王宫穿越街巷，来到了人头攒动、热闹非凡的广场。马蹄踏在街巷的泥地与石板上，发出了清脆的响声。随着马蹄声的临近，场面变得更加热烈。

头戴金冠、身穿王服的杜宇王骑在高大的骏马上，依然是那么的威严和潇洒。杜宇王的神情和气度，张扬着一种非同凡响的君王魅力，吸引了广场上所有的目光。看到神采奕奕的杜宇王，聚集在广场上的民众与灾民们便一下子抛开了洪灾给他们造成的苦恼与折磨，胸中充满了信心和希望。杜宇王和随从人员都感受到了民众充满期盼与希冀的目光，以及广场上热烈的气氛。杜宇王目光炯炯地扫视着广场上仰望着他的臣民，俊朗的脸上浮起了一丝笑意，使他威严的神采又增添了几分亲切。

伴随在杜宇王身后的朱利也受到了广场上热烈气氛的感染，露出了欣慰的微笑。

骑在马上的白羚则左顾右盼，丝毫不掩饰自己的兴奋。她很喜欢这种热闹的气氛，喜欢父王受到民众崇拜的情景。白羚扫视着那些侍立于拜相之坛两侧的威武的卫士们，扫视着拥挤在广场上的民众和远处城墙上遥观的人们，并用晶亮的目光寻找着即将拜为蜀国之相的鳖灵的身影。越过杜宇王身边彪悍的侍卫们，白羚终于看到了鳖灵。哦，鳖灵换了一套华贵装束，器宇轩昂，光彩照人，几乎使她认不出来了。白羚的目光骤然一亮，鳖灵的穿着举止与神采气质，都使她感到惊喜。

朱利也看到了立在坛前恭候杜宇王到来的鳖灵，她那双锐利的目光一下就看出来，鳖灵确实非同凡俗，是一位很不简单的人物。鳖灵眉宇之间的英气，从容镇定的气度，精明而又雍容的气质，都显示出了鳖灵的与众不同。这是一位有胆气、有见识、有韬略，甚至有几分侠气的贤能之士。朱利不由得暗暗赞叹了一声，杜宇王确实没看错人，选择鳖灵拜为蜀国之相是很有道理的。朱利用眼角的余光瞄了一眼兴奋的白羚，心想难怪女儿要对鳖灵产生好感了。打动白羚的应该不仅是鳖灵的相助，还有鳖灵的气质。女人最吸引人的主要是美丽，男人的魅力则是综合性的。如果说杜宇王是一位魅力超群的君王，那么鳖灵也可以说是一位很有魅力的蜀国之相了。朱利甚至想，江湖上常有惺惺相惜、相见恨晚之说，恐怕就是指的杜宇王和鳖灵这种情形吧？否则，杜宇王为什么和鳖灵第一次见面晤谈，就决定委任鳖灵为蜀国之相呢？当然，杜宇王在颁诏求贤的时候，就说过如果遇到真正的贤才，将不惜授予相位。杜宇王拜鳖灵为相，终于兑现了颁诏求贤时的诺言。这也可以说是君臣缘分，或者是天意如此吧。

杜宇王也看到了鳖灵，鳖灵也正用热切的目光望着他。杜宇王勒住坐骑，跳下马来，在阿黑和几位侍卫的护卫下，朝坛前走来。恭候在坛前的鳖灵迎上两步，神态谦恭，揖手施礼。

身材高大的杜宇王面露喜容，对鳖灵说：好啊，你已到了，那就登坛吧！说着，便拉住了鳖灵的手，迈步朝坛上而去。鳖灵又有些意外，没想到杜宇王会如此亲切待他。他紧随在杜宇王身边，从容中略显惶恐，在万众瞩目中一起登上了拜相之坛。

王后朱利和公主白羚，以及随行的大臣们，也依次踏阶登坛。侍卫们则分列两侧，几名卫士将坐骑牵到了坛后。

阿鹄筹备得很周全，坛上已摆好祭台与祭品。

拜相的第一个程序，是先祷告天地，祈求诸神的护佑。与神灵通话，在蜀国历来是神巫所为。如果老阿摩没有神秘失踪，杜宇王肯定会邀请老阿摩来参加这个隆重的拜相仪式。遗憾的是，老阿摩已不知去向。杜宇王走到祭台前，油然而然地又想到了老阿摩，不由得轻轻叹了口气。但遗憾与叹气一瞬间就抛开了，想到现在一切都要靠自己，杜宇王胸中便又充满了主宰蜀国命运的豪迈之情。

杜宇王站在坛上，面对臣民，伸出双手，示意大家静下来。广场上的人们都以敬仰的目光望着杜宇王，不再交头接耳或喧哗，所有的声音都静止了。在灿烂的阳光照耀下，杜宇王头上的金冠闪烁着璀璨的光芒。身穿王服的杜宇王，以王者的魅力与气场吸引了所有人的目光。杜宇王需要的就是这种万民敬仰的气氛，有了这种气氛和蕴藏在静谧中的炽热情绪，拜相仪式就能达到最佳效果。杜宇王就那样屹立着，酝酿和掌控着整个场面上的气氛。过了片刻，杜宇王才缓缓转身，大步朝坛前走去。

杜宇王开始祷告上苍，他微闭了双目，仰头面向苍穹，心头默默地祈祷着：天地啊，诸神啊，保佑我们蜀国吧！为了百姓的安康，为了蜀国的繁荣，我们唯才是举，特地举行隆重的拜相仪式！我以蜀王的名义，虔诚祈祷！恭请天地神明护佑我们的百姓和蜀国吧！

杜宇王不像神巫那样精通祷告仪式，但他的心是虔诚的，祷词也是发自内心的。

有彩色的鸟儿从广场上空飞过，拖着绚丽的尾羽，越过城墙，飞向了远处的山林。

很多人都看到了那只飞翔而去的彩色的鸟儿，兴奋和激动瞬间便高涨起来。一些岁数大的百姓还清楚地记得，杜宇王取代鱼凫王成为新的蜀王时，神巫老阿摩为杜宇王举行了一场祷告天地的盛大仪式，也出现过类似的一幕，有一只五彩缤纷的鸾凤，欢鸣着飞过了祭坛，飞向了远方的山林。今天这只彩色的鸟儿，虽然不像是鸾凤，但也同样是一个吉兆。五彩缤纷翱翔于天地之间的鸟儿，自古以来就是蜀民们崇尚的象征。今天的情景，是否预示着蜀国从此将消除灾难，又会有一个新的开端呢？

民众的情绪，也感染了大臣们，使所有在场的人都抑制不住地兴奋起来。朱利和白羚也很兴奋，在这样一个盛典中看到了好的征兆，无论如何都是令人很开心的事情。鳖灵也看到了那只彩色的鸟儿，感受到了众人情绪的高涨。虽然他暂时还不明白蜀人的崇尚传统，却深知杜宇王亲自主持的这个拜相仪式，已经有了一个非常好的效果。

杜宇王没有去看那只飞翔而去的鸟儿，却注意到了民众热烈的情绪。

民众的反应也许比神灵的兆示更重要，这使杜宇王更增强了主宰蜀国命运的自信。

祭台旁边是摆放好的相位。接下来就是拜相了。

杜宇王转过身来，面对侍立于侧的鳖灵，气度恢宏地做了一个请鳖灵就座相位的手势。

鳖灵谦卑而恭敬地做了一个谦让的姿势，在杜宇王坚持邀请下，这才迈步走近祭台，从容不迫地坐在了相位上。

杜宇王随之上前，向鳖灵揖手而拜。这样的揖拜一共重复了三次，一拜二拜三拜，每次揖拜的节奏，都缓慢而虔诚。三拜之后，蜀王拜相的礼节终于告成。

杜宇王对鳖灵说：从今而后，汝就是蜀国之相，蜀国治理水患的重任，就交付与你了！杜宇王的语气威严亲切，声音铿锵有力。大臣们和在场的民众，都听到了杜宇王庄严的嘱托。

鳖灵知道，从现在开始他就是真正的蜀国之相了。面对着如此信任和重用他的杜宇王，内心的感激之情油然而生，鳖灵的双眸不由自主地有点湿润。

鳖灵随之起身，恭敬地请杜宇王就座王位。在祭台的上方位置，早已摆好王座。杜宇王环顾了一下众臣，随即坐上了王座。阿黑和几名侍卫分列于侧。鳖灵面对杜宇王，开始叩拜，也重复了三次，一拜二拜三拜，每个叩拜动作都无比虔诚。鳖灵拜毕，然后率众臣拜伏于地，等候杜宇王的旨意。

杜宇王从侍卫阿黑手中拿过事先准备好的一把铜锸，郑重地授予鳖灵，一字一句地吩咐说：治理水灾，刻不容缓，汝身为蜀国之相，务必勉力为之，不负众望！

鳖灵起身，上前双手接过铜锸，朗声说：谨遵大王旨意，臣一定全力以赴，鞠躬尽瘁，不负重托！

铜锸是当时非常重要的农具，也是修筑堤岸、疏通河道的重要工具。传说大禹王治水的时候，手执的工具就是一把锸。如今，杜宇王将铜锸作为职权与责任的象征，亲手授予了蜀相鳖灵。以农兴国的杜宇王，授铜锸于身为蜀相的鳖灵，事先是经过一番考虑的，自有其深意。杜宇王不仅嘱托鳖灵务必治理好严重的水患，同时也希望他将来更好地发展农业。聪明过人的鳖灵立即就明白了杜宇王的用意，感受到了肩头沉甸甸的责任。鳖灵知道，从今以后，他就要手执铜锸，遵照杜宇王的命令，开始行使蜀相的职责，殚精竭虑，为治理蜀国的水患而操劳了。

杜宇王又对众臣说：尔等皆要配合蜀相，同心协力，治理水患，克服艰难！

阿鹃和众臣都齐声应道：谨遵吾王旨意，同心协力，治理水患！

阿鹃又说：仰仗大王的英明，神灵护佑，贤能同心，克服水灾，成功指日可待！

杜宇王听了很开心，虽然脸上不动声色，依然威严雍容，内心却很高兴。阿鹃很会说话，马屁拍得正是时候。

杜宇王离开王座，走到坛前，面对广场上的民众，放开嗓门，爽朗地说：今天是个好日子，万民同庆！克服水灾！！共创伟业！！！

广场上一片欢腾，民众都欢呼起来。城墙上围观的人们也手舞足蹈，表示庆贺。

拜相的仪式就在这种欢快而热烈的气氛中结束了。

杜宇王骑上骏马，在侍卫们的护卫下，离开广场，返回王宫。

朱利和白羚跟随在杜宇王身后，鳖灵和众臣也都骑马随行在后。

白羚有意让马缓了下来，和鳖灵并骑而行。白羚想和鳖灵说话，又不知怎么称呼才好，便嗨了一声，说：蜀相大人，还记得我吗？鳖灵说：公主，你还是直呼我名字吧。白羚也觉得刚才的称呼有点别扭，含笑说：好啊，不过你现在身份不同了，还是叫你鳖灵大人吧。鳖灵也笑了笑，谦恭而又和气地问：公主，有什么吩咐吗？

白羚本来想和鳖灵说治水的事，说说她的一些想法，此时想了想，又觉得不知如何开口。后边便是随行的众臣，街道两边还有仰望的民众，假如此时提起率领象群协助鳖灵一起去治水之类的话题，显然不妥。白羚便微笑着说：哪敢吩咐。

鳖灵依然是一副雍容谦恭的神态，从容地笑笑说：公主不必客气，有什么事要办，尽管说。

白羚无拘无束的性情此时又显示出来，调皮一笑说：好啊，以后有要办的事，我一定和你说啊

鳖灵在马上揖手说：好。这既是庄重承诺，又有点轻松幽默的意味。

对待白羚这样一位与众不同的蜀国公主，鳖灵的应对是相当机敏的。他和白羚的邂逅与几次接触——白羚和野猪博斗时的勇敢，白羚骑着大象而行的悠闲，白羚和他交谈时的率真和好玩，白羚突然出现在杜宇王身旁时带给他的神奇和惊讶——都给他留下了很深的印象。鳖灵心

想，白羚真的堪称是一位自由豪爽、无拘无束的奇女子，也许天性如此吧。当然，这与蜀王和王后从不限制她的天性显然也有很大的关系。鳖灵觉得，这种情形，恐怕也只有蜀国才有。据他所知，像楚国、秦国和其他列国的王侯们，都是养尊处优，无一例外，列国的公主更是金枝玉叶、养在深宫。只有蜀国的公主白羚，才会如此自由奔放，可以在王城和山林之间随意行走。鳖灵纵使见多识广，遇到白羚这样的奇女子，却也是第一次。蜀国真是一个神奇之地，蜀王与列国的君主不同，公主也非常独特。

就像白羚对鳖灵心怀好感一样，鳖灵对白羚也怀有一种好奇与好感，其中好奇的成分也许比好感更浓一些。鳖灵从白羚那双清澈闪亮的眸子中可以看出，这是一个没有什么城府，更没有什么心眼的奇女子，虽然是蜀国尊贵的公主，却更喜欢行走江湖或像猎人那样生活。鳖灵也是有江湖豪情的人，所以遇见白羚便顿生好感。但他对白羚毕竟了解尚浅，现在又身为蜀国之相，言谈举止自然以谨慎为上。

广场到王宫并不很远，骑马很快就到了。

杜宇王在王宫里面已经设下了筵席，要宴请蜀相鳖灵以及众臣们，君臣同庆。

这样的宴请，在蜀国遭遇洪灾以来还是第一次，虽然灾情尚未消除，但已揭开了治水的序幕，大家心头已充满希望，都很兴奋。

杜宇王在过去的岁月里，过惯了舒适的王宫生活，突发的大洪水使他殚精竭虑、焦头烂额，已经很久没有设宴款待众臣了。现在拜了蜀国之相，有了辅佐他治水的贤才，杜宇王终于放下了压在心上的一块大石头。那种久违的意气风发的君王豪情，仿佛又回到了杜宇王的胸中。今天这个宴会，实际上也是一个誓师大会。广场上隆重的拜相仪式，已经激发了广大民众的热情。现在宫中大宴，目的就是要进一步激发士气，鼓励众臣同心协力，由此而开始蜀国的治水行动。

杜宇王的每一个部署，都考虑得比较周详，看似简单，其实均有深意。这些安排，不仅体现了杜宇王的深谋远虑与君王气度，其中也有朱利的参谋和建议。杜宇王和朱利商量安排细节的时候，朱利有一些好的想法，杜宇王都欣然采纳。朱利的心思比较细腻，杜宇王则比较旷达，二人恰好形成一种互补。杜宇王和朱利的默契配合，从他们早年一起行走江湖到取代鱼凫王、创建新的王朝时就开始了。杜宇王坐上蜀国的王位后，二十多年来发展农业，国富民康，安居乐业，朱利渐渐习惯了后宫悠闲舒适的生活，对蜀国的政务大事很少过问。但一旦遇到灾变或突发事件，朱利总会挺身而出，替夫君分担忧劳。这次，蜀国遭遇大洪水以来，朱利便为杜宇王解忧排难，出谋划策，在一些关键问题上发挥了很重要的作用。譬如这次拜相仪式，拜相后的王宫设宴，都是杜宇王听取朱利建议，和朱利商量了细节之后确定下来的。

王宫的宴会设在宽大的宫殿里，场面十分气派，食物虽不丰盛，气氛却很热烈。

杜宇王坐在王座上，鳖灵与众臣跪坐于两侧，每人面前都摆放了食案，上面放了酒肴。

杜宇王举盏说：国家新遭大灾，食物不丰，今日拜相，聊备薄酒，以示庆贺！这第一盏就是庆贺酒了！

鳖灵跪拜道：臣谢过大王！然后和众臣举盏，一饮而尽。

杜宇王又举盏说：贤者在位，能者在职，这第二盏就是希望酒了。尔等定要和衷共济，克服艰难，获取治水的大成功！

鳖灵又跪拜道：请大王放心！我等一定不负重托！又和众臣举盏，仍是一饮而尽。

杜宇王接着说：这第三盏酒，就是为民祈福之酒了。蜀国顺应天意，重用贤才，一定会得到诸神的护佑！吉人自有天相，治水的事，你们放心去做！干了这盏酒，以后我就等着你们的好消息了！

鳖灵再次跪拜道：大王高瞻远瞩，相信我等必定成功，不负圣望！

说罢，鳖灵和众臣又一起将酒干了。

鳖灵三次应对都很得体。虽然刚才的语句中似有奉承之意，但也说的是心里话。

杜宇王听了，脸上不动声色，胸中却颇为开心。酒过三巡，杜宇王对鳖灵说：治水就要开始了，这是蜀国当前最重大的一件事情。今日君臣同在，不妨将你的谋划再说来听听。诸臣若有什么高见，也各抒己见。

鳖灵的治水之策，已经和杜宇王谈过，引起了深深的共鸣。此刻杜宇王要求他再重述一下，鳖灵明白这是希望他和众臣达成共识。鳖灵成竹在胸，于是从分析灾情开始，针对蜀国的河流走向与地理特点，提出了上下游综合治理的方案，其重点则放在上游，以达到根治蜀国水患的目的。鳖灵讲得简明而又透彻，描绘了一个行之有效的治水蓝图。众臣听了，都有豁然开朗之感。就连对授予鳖灵相位暗中最不服气的阿鹄，听了鳖灵的谋划，也不能不顿生敬佩。阿鹄与众臣此时才终于明白了，鳖灵确实非同寻常，否则英明的杜宇王岂会拜他为蜀国之相！

白羚没有参加宴会，却悄悄站在王座侧面的帷后听了鳖灵的讲述，对鳖灵也是顿生敬意。心想这位蜀相鳖灵真的很有见识，是个很有本事的人，治水肯定成功！朱利也没有参加宴会，白羚回到后宫，将鳖灵的治水方案向母后朱利做了复述，朱利听了也是频频点头，深表赞许。

杜宇王坐在王座上，看着侃侃而谈的鳖灵和肃然而听的众臣，心里很高兴。杜宇王需要的就是这样的效果。作为一位主宰蜀国命运、掌控一切的君王，见到一切都依照他事前的谋划在顺利进行，自然是格外开心。睿智的杜宇王，在决定拜鳖灵为相的时候，就已预见到了治水的成功。此刻，当然是更加增强了这种预见和自信。杜宇王知道，接下来鳖灵会全力以赴地去治理水患，自己需要做的，就是在王宫中发号施令，调派蜀国的人力和物力资源，积极支持鳖灵治水了。

鳖灵对治水成功也同样充满自信。他知道，今天王宫的这个宴会，既是庆贺宴，也是出征宴。宴会之后，鳖灵就要率领民众前往岷江上游，开始对水患进行治理了。

阿鹄和其他大臣领略了鳖灵的见识与风采，也对治水增强了信心。

这次意义重大的王宫之宴，就这样在君臣同庆的融洽气氛中结束了。

第十章

鳖灵骑马回到王城郊外的金沙村家中，已是傍晚时分。

海伦从早晨鳖灵离家前往都城参加拜相仪式开始，就情绪兴奋地等着鳖灵的归来。拜相是蜀国的一件大事，也是鳖灵家族的大事。举行了这个仪式之后，鳖灵就是蜀国之相了，海伦也就成了蜀相夫人了。蜀相是杜宇王之下的最高官职，一人之下，万人之上，在蜀国那是一个极其显赫和荣耀的位置。夫贵妻荣，海伦从此也将是无限风光。想到这些，海伦便大为激动。

海伦过惯了富家舒适的庄园生活，还从来没有体会过权贵生活是什么样子。想到如今鳖灵角色变了，成了蜀国的新贵，生活自然也会发生相应的变化，海伦便抑制不住地兴奋。因为一切都才刚刚开始，她暂时还不清楚生活会有什么变化，却相信一定会有很多新的内容，并由此而产生了很多的联想。海伦喜欢舒适和欢快的生活，不喜欢沉闷与枯燥的日子。入蜀以来，沿途景观的秀丽，风土人情的淳朴，王城近郊居住环境的雅致，使她充满了初来乍到的新鲜感。如今，即将来临的生活中的新鲜内容，对海伦来说，犹如一个抵挡不住的诱惑，更使她满怀憧憬。

看到满面春风的鳖灵，海伦也是喜不自禁。鳖灵走进内室，海伦替鳖灵更换衣服，一边将鳖灵脱下的华丽外衣递给侍女小玫，一边柔声询问：今日拜相，一切都顺利吗？

鳖灵微笑道：非常顺利，杜宇王安排得十分周到，比预想的效果还要好。于是便将拜相的经过、场面的热烈、彩鸟飞过广场的情景、王宫中的宴会等，向海伦做了一个简略而生动的描述。

海伦津津有味地听着，靓丽的脸庞好似绽放的芙蓉，焕发着兴奋和喜悦。鳖灵的讲述虽然简略，却很精彩，使海伦大有身临其境之感。海伦一边伺候鳖灵换衣，一边继续询问其中的细节。海伦对鳖灵描述的一些情节特别感兴趣，譬如拜相仪式中有彩色的鸟儿飞过广场，民众情绪骤然高涨，就使她充满好奇。

海伦问道：你说那只鸟儿是彩色的？那是山林中才有的灵禽，怎么会出现在广场上呢？

鳖灵若有所思，沉吟道：我也说不清楚，也许纯属巧合，反正是个吉兆吧。我听说，杜宇王早年初登王位，举行盛大祭祀的时候，也出现过这样的吉兆。所以百姓才会如此情绪高昂，所有在场的人也都喜气洋洋。

海伦含笑道：你不是常说无巧不成书嘛，反正吉人天相，是个好事啊！

鳖灵也笑道：今日杜宇王在王宫宴会上面对众臣，也说过吉人自有天相这句话。

是吗？海伦好奇地问，杜宇王也这样说？那是表示什么意思啊？

鳖灵说：杜宇王的意思，是说蜀国顺应天意，重用贤才，就一定会得到诸神的护佑。按照杜宇王自己的说法，表达的是为民祈福之意。

海伦说：哦，原来这样。那就不仅仅是一个吉兆了。

鳖灵说：因为他是蜀王嘛。说话和办事，皆与常人不同，都有他的深意。

海伦问：你觉得杜宇王究竟怎么样？真的很英明吗？

鳖灵点头说：杜宇王确实英明过人，堪称当今列国君王中的佼佼者。

海伦说：看你把杜宇王吹捧得那么高，是否有点言不由衷啊？

鳖灵笑道：我是不会说违心话的，讲的都是由衷之言。

海伦也笑道：反正杜宇王拜你为蜀国之相了，你当然要说赞美的话了。

鳖灵哈哈笑道：当然，食君之禄，当然要忠君之事啦。赞美也是应该的。

海伦含笑说：当初你痛恨楚王，现在又赞美蜀王，对君王的态度是否发生了变化啊？

鳖灵说：楚王贪婪，蜀王英明，是两位完全不同的君王。我对君王的态度，贪婪者自然憎恨，英明者理所当然要敬佩。我的态度其实一直很正常的，没有什么不妥啊。

海伦说：我知道哦。我是说，你原来一直都是傲视权贵，粪土王侯的。现在你也成了蜀国的权贵了，这可是很大很大的变化啊。

鳖灵笑了，想说，彼一时此一时，那是在荆楚时的态度，现在是在蜀国，生活已经变了，人生的态度自然也是会发生变化的。话到口边，他又忍住了，用手指轻轻点了一下海伦的额角，反问道：你是说我不该当蜀国之相吗？

海伦娇昵地依偎着鳖灵说：我才不管你当不当蜀国之相呢，我只要你对我好就行了。

鳖灵说：我当然对你好啊。我所做的一切不都是为了你吗？天底下还有谁能比我对你更好呢？

海伦娇声说：我不晓得，你现在成权贵了，谁知你以后会不会变啊？

鳖灵笑道：今天是喜庆日子，不说这些不着边际的话了。

海伦说：好，我已特地为你备了家宴，陪你喝酒啊。

鳖灵换了日常服饰，和海伦一起共进晚餐。

海伦准备的几样佳肴，都是鳖灵日常最喜欢的口味。侍女小玫在旁边伺候着，几位家丁分别忙着喂养马匹、守护庭院之类的事情。

入蜀至今，虽然已经安顿下来，经过对金沙村住处简单快捷的整修扩建，形成了一座新的庄园规模，从居住屋舍环境到日常起居生活都基本就绪，但要完全适应蜀国新的生活，还得有个过程。比如家中除了侍女小玫，尚无其他婢女，有些琐碎的事情，海伦也不得不和小玫一起操劳。晚餐就是海伦和小玫一起准备的。鳖灵吃着海伦亲手烹调的几样佳肴，心里自然是格外的高兴，甚至有点感动。他知道，以后的生活只会比在荆楚的时候更好。等王城中的蜀相官邸修建好了，自然会有很多奴仆与婢女，海伦哪还用得着操这些闲心，只管享福就行了。

海伦和鳖灵饮酒的时候，又谈到了杜宇王在宫中宴请众臣的情景。

海伦说：杜宇王手下有很多大臣，其中是否也有能人？你说蜀相这么重要的位置一直空在那里，杜宇王从没有想过选一位大臣来担任这个职务吗？

鳖灵说：也许想过，但可能选不出合适的人啊，所以一直空在那儿。

鳖灵又说：这或许是天意吧，反正我是蜀国有史以来第一位担任蜀相的人哦。

海伦含笑道：你说杜宇王相信天意，你现在也相信天意，难道真的有天意吗？

鳖灵有点得意地笑笑。据他所知，杜宇王确实很相信神灵和天意。神巫老阿摩祭祀失败之后，杜宇王才颁诏求贤，由依赖神巫而转向依靠贤才，但杜宇王仍觉得这一切都是天意所定。包括授予他蜀相之位，从杜宇王的言谈语气中也透露出认为是天意如此。看得出来，杜宇王的这种意识非常强烈。鳖灵是饱学之士，满腹经纶，不像杜宇王那样迷信神巫，但鳖灵也并不由此而否认天意。因为有很多事情，仿佛真的冥冥之中自有定数，用普通道理很难解释清楚。所以，鳖灵觉得，天意应该是存在的，同时也是说不清楚的。就像虚幻的神灵一样，信则有，不信则无，总之是个很神秘的东西。

海伦又说：你笑什么？是觉得我问得很浅薄吗？

鳖灵说：我是在想，你问得很好，问了一个很有意思的话题。

海伦说：那你为何不回答我呀？

鳖灵说：天地之间，万物为灵。相信天意没有错，但关键还是事在人为。

海伦笑了，含嗔说：你很圆滑啊，既相信天意，又相信事在人为。

鳖灵也笑了，用调侃的口吻说：二者兼顾，才能左右逢源嘛。

鳖灵和海伦就这样说说笑笑，直至夜阑更深，才入卧室就寝。因为饮了酒，加上拜相的喜庆，情绪兴奋，两人共享夫妻床笫之乐，自然是分外的恩爱。

鳖灵第二天就开始迅速筹备出征治水之事。

按照鳖灵的治水方案，首先是要组织一支治水的队伍，跟随他前往岷江上游治理水患。杜宇王已经颁令，蜀国百姓每户征调一名男丁，参加治水。这几乎是尽全国之力来治水了。以前，杜宇王在征兵戍边时，也只征用了很少的男丁，因为和周朝关系和睦，和秦国、巴国也没有发生过大的矛盾与冲突，无须养兵来增加王朝和百姓的负担。但这次治理水患就不同了，洪灾实在太严重，治水就像打一场大仗一样，必须举全国之力才行。杜宇王在颁布诏令时还要求，未参加治水的百姓，则要积极恢复农业生产、打猎捕鱼，保障前方治水队伍的后勤供应。其次是关于治水所需物资的调配，诸如治水用的工具、治水队伍的日常所需，都要加以周到的布置和安排。关于后勤供应与物资调配，杜宇王吩咐由亲信大臣阿鹄负责，配合鳖灵，不得有误。阿鹄在这方面是比较能干的，也很有经验。杜宇王这样安排，对鳖灵治水是很有力的支持，同时也是为了很好地掌控全局。

鳖灵这些天不仅深切地感受到了蜀国百姓高涨的治水热情，也体会到了杜宇王在百姓心目中的威望。最令人欣慰的是，杜宇王的诏令一颁布，蜀国的百姓便踊跃响应。有些家里的父子、兄弟，都同时要求参加治水。还有些家庭因男丁生病，儿子尚幼，妇女便主动顶替丈夫前来参加治水。有些因洪水冲毁家园的灾民，更是积极，全家都要求一起参加治水。面对这些动人的情形，鳖灵也深受感染，信心倍增。鳖灵觉得这次若不能彻底治理水患，真的是有负杜宇王的厚望和重用，也愧对蜀国百姓。

鳖灵在参加治水的人员中，挑选了一些健壮能干者，任为百夫长，参与治水队伍的管理。将每百人分为一队，数千名参加治水的民众，井然有序，便于指挥。鳖灵还征用了王城内一些专门从事冶炼铸造的手工业者，负责打造治水工具。同时还征用了木匠、石匠、船工、一些负重的耕牛和运输的马匹等。在安排和处理这些事情的过程中，鳖灵举重若轻，充分展现了他的谋划与组织才能。

在治水大军出发之前，鳖灵提前派出了一只先遣队伍，由两名百夫长率领，先期前往岷江上游勘查水情与地形，选择治水队伍驻扎的地方，并准备搭建工棚的材料。关于治水地点，鳖灵早已成竹在胸。先遣队伍要做的，主要是为大队伍到达后的安置预做准备。兵马未动，粮草先行，有了周密安排，才能保障治水的顺利进行。

还有一件很重要的事情，就是治水队伍的粮食供应问题。按照鳖灵的预测，这次治水行动，最少要几个月，长则要半年以上，甚至更久。数千名治水者，每天都要吃饭，粮食需求可不是个小数字。鳖灵为此特地去拜访了负责后勤的阿鸹。从职位来说，鳖灵现在身为蜀相，位居百官之首，召见阿鸹就可以了。但鳖灵已经很清楚地知道，阿鸹是杜宇王的亲信大臣，在众臣中是资历最老的，而且深得杜宇王的信任和重用。所以鳖灵要亲自登门拜访，以表示对阿鸹的尊重。鳖灵这样做，也有他更深的考虑，自己毕竟是初来乍到，要取得众臣的支持，首先是要和阿鸹友好相处，得到阿鸹的配合。

阿鸹这天正在官邸中，门吏来报，说蜀相鳖灵来访，使得阿鸹颇为惊讶。

阿鸹的脑筋转得很快，鳖灵最近刚刚拜为蜀相，过了两天就亲自登门来访，是什么用意呢？阿鸹一时琢磨不透，但心里还是高兴的。蜀相能够亲自登门，起码说明是瞧得起他嘛。阿鸹赶紧整装出迎，满脸笑容，向鳖灵揖手道：蜀相大人光临寒舍，蓬荜生辉，不胜荣幸！

鳖灵也揖手道：这几天琐事繁多，疏于问候，特来拜望。

阿鸹一边引着鳖灵往客厅走，一边说：不敢当不敢当，大人请上坐。

鳖灵谦让了一下，便在客厅上首的位置坐了。阿鸹的官邸是王城里面最好的住所之一，客厅布置得就颇为堂皇。梁柱、帷帘、几案、用具等等，都很讲究。鳖灵以前过惯了富裕生活，便知道阿鸹也是一个喜欢享受的人。从住处和使用的物品也可以推测，阿鸹在蜀国任职多年，杜宇王没有亏待他，或者也透露出了阿鸹的善于经营，才会拥有如此优越的条件，享用着这么豪华的官邸宅院。

阿鸹见鳖灵用欣赏的目光扫视他的客厅布置，脸上堆满笑意说：不好意思，简陋得很。

鳖灵微笑道：很好啊，优雅舒适，很有品位。

阿鸹很开心：忙说，过奖了，过奖了！只要大人不见笑就好。

鳖灵说：我很喜欢你这样的客厅，以后我的官邸也要这样布置才好。

阿鸹说：那很简单，等大人的官邸修建好了，就好布置了。应该比这更好。

鳖灵说：好啊，你要多关照哦。

阿鸹忙说：大人客气了，若能为大人效劳，那是在下的荣幸。

鳖灵诚恳地说：你是蜀国的元老，不敢烦劳，很多事情都要仰仗你的帮助。

　　阿鹄听了鳖灵的一番话，心里大为高兴。他觉得，鳖灵竟是如此和气，而且懂得尊敬他，又会说话，于是对鳖灵一下增添了很多的好感。阿鹄作为一位官场经验十分丰富的蜀国大臣，与其他大臣们相处历来得心应手，当然也深知和蜀相处好关系的重要。更何况这次是鳖灵主动前来看他，一番很简单的谈话，已经将他和鳖灵的关系拉近了很多，不知不觉仿佛已成了一家人。

　　鳖灵和阿鹄寒暄了几句，便提到了正题。鳖灵对谈话的气氛和分寸，很懂得调控和掌握，所以往往能取得很好的效果。

　　鳖灵说：在下不才，承蒙杜宇王委派以治水重任，其实困难很多。

　　阿鹄哦了一声，顺口说：是吗？心想难道鳖灵要打退堂鼓吗？

　　鳖灵当然不是这个意思。鳖灵看出了阿鹄的猜测，笑一笑说：这次大洪灾，淹没了百姓的住处，也淹没了农田，治理起来要花大力气，要花很长时间，才能见成效。其实最困难的不是治水，而是粮食。因为今年会歉收，不知存粮能否支持到渡过灾荒？

　　阿鹄明白了，原来鳖灵担心的是粮食供应。而这正是杜宇王委派他专门负责的事情。阿鹄想了想说：目前王城中的存粮，不算富裕，但保障治水队伍的用粮，应该不成问题。

　　鳖灵说：那就好了！民以食为天，只要粮食无忧，治水遇到再多的困难都能克服。

　　阿鹄说：大人放心，我会尽力，保障供给，支持大人治水成功！

　　阿鹄又说：第一批需用的粮食，已经安排好了，会随着队伍一起出发。

　　鳖灵感动地说：多谢了！治水成功，头功是你的！

　　阿鹄听了，也深为感动。连声说：请大人放心，我一定全力支持！

　　鳖灵随即起身，揖手告辞。阿鹄将鳖灵送到官邸门外，目送他骑马离去，这才返回。

鳖灵离开阿鹊官邸后，来到广场，查看筹备好的治水物资。

参加治水的人员很多，广场上驻扎了一批，还有一大批驻扎在城外。

看到蜀相到来，男女老幼都很兴奋。鳖灵和他们亲切地聊天，聊的无非都是一些家常话，譬如询问他们家有几口人，喂了多少牲畜，种了多少田，这次洪灾中的损失有多严重，以及应诏参加治水有没有什么具体困难之类。这些话题虽然很琐碎，聊天的民众却倍感亲切。因为他们从鳖灵的询问和语气中，体会到了蜀相对他们的关心。而这些日常生活内容，也正是他们最熟悉和最愿意和人闲聊的话题。蜀国的大臣很多，能像鳖灵这样和普通民众聊天的却不多。大臣们都有各自的排场和架子，不像鳖灵这样平易近人。所以拜相才短短几天，鳖灵已经在百姓中大受称誉，同鳖灵聊过天的民众都将鳖灵视为了知心人。

鳖灵同百姓聊天，主要是想多了解一些民情，并非刻意作秀，也没有其他什么目的。但效果却异常的好，这也是他未预料到的。他再一次感觉到了蜀国百姓的淳朴与善良，体会到了这里民风的单纯。若将荆楚之地的民情民风来与此相比，荆楚讲究华丽多变，而这里则质朴无华，地域的差别还是比较明显的。

鳖灵和百姓聊天，确实很有收获，对蜀国的很多事情都有了更多和更深的了解。譬如关于蜀国历史上蚕丛王、柏灌王、鱼凫王的故事，又比如关于神巫的传说，都充满了神奇的色彩。若非亲耳所闻，有些传说是很难使人相信。鳖灵心中有些慨叹，蜀国真的是个很神奇的地方哦。楚风也尚巫，楚国的巫风很浪漫很华丽，却不如蜀民对神巫那般虔诚。蜀国甚至可以铸造很多很多的铜像，来进行盛大的祭祀活动，这在楚国是从未有过的事情。在他入蜀之前，杜宇王曾依赖神巫祭祀治水，终因洪水溃堤而彻底失败。这说明神巫的法力并非万能，神巫的本事绝没有传说的那么神奇。但一种已经形成的传统与民风，也绝不是那么容易改变的，蜀民并未因之而改变对神巫的信奉。鳖灵曾经设想，治水需要大量的青铜工具，为什么不能将那些埋入地下的铜像挖出来，加以重新利用呢？只要重新冶炼，就可以打制成治水用的工具啊。当他了解了蜀国的传统与民风后，便立即打消了这个念头。他只能顺应蜀国的传统，而决不能做违背民风、损伤民意的事情。这一点，对他后来的作为起到了极大的辅助作用。

鳖灵特地去看了几位打造治水工具的手工匠人，了解到过去蜀国用的冶铜矿石主要采自于朱提等地。那是王后朱利的家乡，当地的梁氏部落和其他氏族都是杜宇王的忠实追随者。所以铜矿资源取之不尽，可以源源不断地运来，供杜宇王使用。但是路途比较遥远，从开采到运输，要花很多人力和时间才能抵达。值得庆幸的是，在发生大洪灾之前，已经运来了一批铜矿石，可以及时冶炼，制作工具，供治水队伍应急使用了。鳖灵还观看了几位匠人制作铜工具的过程，对铜工具的形状特点提出了改进的要求。

随后，鳖灵去了城外，查看驻扎在城外已做好出发准备的治水队伍。这里的人员比城内广场的要多，而且有不少全家参加治水的灾民。鳖灵又同他们聊天，询问各种情况。鳖灵还召集了几位百夫长，对出发时的注意事项做出了具体的安排。

大家都知道，当一切都安排就绪之后，治水的队伍就要出发了。

鳖灵骑马准备返回金沙村家中的时候，在城外水泽边，又遇见了白羚。

白羚还是同上次那样，骑着大象，领着象群在水泽边漫步。白羚算好了会在这里碰见鳖灵的，一看见鳖灵骑马的身影，隔了很远就挥舞着手，大声喊：鳖灵大人！

鳖灵策骑小跑了一段路，来到了白羚面前。一直跟随着他的一名心腹家丁，也骑马跟在后面。骏马停在了体型巨大的象群前，一头大象用长鼻调皮地伸向了马首。鳖灵的坐骑喷着响鼻，不安地向后退了两步。白羚不由得轻声笑起来。

鳖灵也露出了笑意，问道：公主，有什么吩咐吗？

白羚笑道：有啊，听说你明天就要领着队伍出发去治水了，我也想和你们一起去，你说好不好？

鳖灵知道这位蜀国公主与众不同，行为举止都很独特，却没想到她也要去治水。

白羚见鳖灵沉默不语，便催问道：父王任命你全权负责治水，我也想参加治水，为蜀国百姓出点力，你说好不好啊？究竟同意还是不同意？

鳖灵笑笑说：公主要做的事情，谁敢不同意啊？

白羚也笑了，说：那就好啊，明天我跟你们一起出发哦。

鳖灵说：不过，你要先征得杜宇王的同意才行。还有王后，也要同意才好。

白羚说：我会向父王和母后说的。不过，他们同不同意都不要紧，我都是自己决定。白羚停了一下又说：但征得你的同意很重要，因为要在你的麾下参加治水啊。

鳖灵又忍不住笑了，觉得白羚说话的语气就像儿童玩过家家游戏似的。治理蜀国严重的水患，本是一件很严肃的大事，但在这位与众不同的蜀国公主眼中，也许觉得很好玩。她可能从没有想过治水的艰辛，参加治水会遇到很多困难，吃很多苦。所以，鳖灵觉得还是应该提醒她一下，便含笑：你知道吗，治水一点都不好玩的，白天烈日晒，晚上蚊虫叮咬。还有啊，住的吃的，都很差劲。你明白吗？

白羚有点迟疑，鳖灵说的这些问题，她确实没想过。

鳖灵说：所以，你用不着跟队伍一起出发，以后有机会，你来看看是可以的。

白羚有点不高兴了，嗔道：你小瞧我了，难道我怕吃苦怕蚊子吗？

鳖灵赶紧赔笑说：公主说笑了，我只是介绍了一下实情。

白羚见鳖灵赔笑，也缓和了语气说：我知道，反正就这样说好了啊。

鳖灵听出来白羚已经决定要参加治水，似乎并不仅仅是为了好玩，而且是不容商量的口气，那也只好随她了。反正参加治水的人是越多越好，白羚以蜀国公主的身份参加治水，必然会加大杜宇王支持治水的力度，说不定是件好事。鳖灵这样一想，也就释然了。笑笑说：随你啦。

白羚露出了笑意，对鳖灵说：我要带上象群，它们会搬运木头之类，可以发挥很大的作用哦。

鳖灵笑了，这也是他没想到的。他只准备了一些耕牛和马匹，用于负重与托运东西。如果使用象群搬运东西，当然会起很大的作用。不过，也只有公主白羚能够使唤这些庞然巨兽。

白羚又和鳖灵说了一会儿话，这才分手。鳖灵骑马回家，还要对家里的事做一些安排。白羚骑象返回了王宫。

鳖灵在家中确实还有好几件事情要做好安排。

其中一件很重要的事，是尽快和远在他乡的几位兄弟取得联系。鳖灵在从荆楚离乡出走前，曾同弟弟三人密商，要他们各自前往不同的地方，并约定了半年后联络与聚首的地点。按照事先约好的，先分头远走高飞，然后再会合。如今鳖灵已在蜀国立足，成为蜀国之相，应该及时通知几位兄弟，让他们也赶到蜀国来相聚了。鳖灵挑选了两名家丁，详细嘱咐了寻找几位兄弟的路线、地点和路上需要注意的事项，让他们去办此事。鳖灵知道，现在正值用人之际，等几位兄弟来到蜀国后，可以成为他的得力帮手，他想做的很多事情就好办了。所以他要在出发治水之前，对此事做好安排。

另一件更重要的事情是对海伦的安排，因为他率领队伍出发治水，将会离家数月，鳌灵最不放心的就是海伦了。他只带一名心腹家丁跟随他前往治水，留了几名家丁看守宅院，海伦的安全是应该不成问题的。日常起居有侍女小玫照顾，生活也是没有什么困难的。但分居数月，海伦会很寂寞，会不会出现什么意想不到的情况呢？妻子太漂亮了，丈夫外出时总会顾虑很多，最担心的就是红杏出墙。当然，海伦与他恩爱情深，并非轻薄女子，这种担忧纯属多虑。但说不清楚是什么缘故，鳌灵就是排除不了这种担忧。所以他要先做预防，反复叮嘱侍女小玫，一定要细心伺候海伦，平日务必深居简出，不许外出，更不准轻易接触外人。小玫听得很仔细，答应了一定遵照主人的吩咐行事，请鳌灵放心。

鳌灵晚上和海伦在一起的时候，也向海伦做了必要的叮嘱。

鳌灵说：我明天就要出发了，此去数月才能回来，也许要更长时间，也说不准。

海伦说：那我怎么办？我会天天想你的。干脆你把我也带上，跟你一起去吧。

鳌灵说：治水是件很艰辛的大事，怎能带你去呢？你当然还是留在家里，有小玫照顾你，这样比较好。

海伦说：我在家里，你去治水，几个月不能相见，那多无聊啊。

鳌灵说：时间会过得很快，几个月一晃就过去了。

海伦说：你说得轻巧，你不在身边，我会度日如年。

鳌灵知道，海伦说的是心里话，他最担心的也正是这一点。

海伦又说：过一段时间，你就回来一次嘛，多回来几次不就好了。

鳌灵说：受君之托，忠君之事，参加治水的队伍有数千人之多，治水就像指挥军队打仗一样，主帅怎么能脱离队伍呢？中间我恐怕很难脱身回来。

海伦说：那我骑马去看你啊，还可以顺便游览，免得无聊。

鳌灵说：不行。这是不可能的。

海伦问：为什么啊？你不回来，又不许我去看你，什么道理啊？

鳖灵说：我外出治水，你在家里，只能深居，不能轻易外出。

海伦有些不乐，含嗔道：你怕什么啊？怕坏人抢了我，还是怕野兽吃了我？

鳖灵笑道：两样我都怕。我怕你的美丽又引起坏人非分之想，产生麻烦。

海伦嗔道：这里又没有楚王，你担心什么嘛！

鳖灵含笑道：楚王远在数千里之外，已经不能再加害于你我，但防人之心不可无，说不定又会遇到另外的小人或坏人呢？

海伦说：哪里有那么多的小人和坏人哦，你是不放心我，还是过分多虑了？

鳖灵说：不是多虑，是因为我太爱你了，所以才会担忧你的美丽受到别人的侵犯或伤害。

海伦一笑说：谁会伤害我啊，除了你。

海伦用的是玩笑口吻，说着便依偎在了鳖灵的怀里。

鳖灵拥海伦于怀，闻着海伦醉人的发香，听着海伦娇昵的声音，心中充满了对海伦的宠爱。每次他和海伦在一起欢爱的时候，都是那么的和谐和快乐。那是真正相爱的夫妇在一起时才会有的感觉。海伦不仅天生丽质，而且柔情无限。鳖灵和海伦在一起时的夫妻床第之乐，已不仅仅是肉体的欢娱，更有情感和精神的交融。

鳖灵深爱着海伦，也非常了解海伦。海伦喜欢和他在一起欢爱。海伦的情感像流淌的溪水一样，时时都洋溢着新鲜的活力。海伦喜欢享乐，而且喜欢各种享受的方式，似乎永远都不会满足。海伦和他欢爱时，会显得特别风骚。鳖灵觉得，这并没有什么不好，也可以说正是海伦的这点紧紧抓住了他的心。但鳖灵也会因此而放心不下海伦，尤其是当他要外出的时候，他会担心海伦耐不住寂寞。以前在荆楚之地外出经商时，他就有过这种担心，这次在蜀国外出治水，对海伦的担心似乎加重了。

这天夜里，鳖灵和海伦欢爱的时间比任何时候都长。也许是因为就要分别了，而且要分别数月之久，两人下意识里都有些难舍难分。鳖灵在海伦高潮来临的时候，伏在她的耳畔，一次又一次地叮嘱她。海伦兴奋地点着头，又含嗔地摇着头。海伦用洁白如玉的双臂紧紧地搂抱着鳖灵，又用珠贝似的牙齿轻轻地咬着鳖灵，一副爱恨交加的情态。海伦搂得那么紧，仿佛要将鳖灵整个人都融进自己的身体里去。

鳖灵用激情燃烧的口吻说：我决不许任何人碰你，你知道吗？

海伦娇嗔道：知道，你是一个非常霸道而自私的男人。

鳖灵又说：记住了，深居简出，等我回来。

海伦娇喘吁吁地说：记住了，你若不放心，就将我带在身边。

鳖灵叹口气说：好了，记住我的话。我会尽快治好蜀国的水患，然后我们就天天在一起，过快乐的神仙日子。

海伦一副如痴如醉的模样，在鳖灵的怀里点着头，又因高潮来临而兴奋地摇晃着头。

那是鳖灵和海伦激情燃烧的一夜，也是难舍难分的一夜。在他们结合以来，有过无数次欢爱，但像这样的情形，却很少有。特别是那种别离之感与恋恋不舍之情，从来没有如此强烈。

清晨，东方刚刚露出鱼肚白，鳖灵便在鸡鸣声中起身，同海伦告辞。鳖灵率着一名心腹家丁，带着简单的行装，骑马离开了家，从此踏上了治水的艰辛征程。

第十一章

鳖灵率领着数千人组成的治水队伍，离开王城，向岷江上游出发。

队伍中除了参加治水的男人们，也有少量的妇女和少年，还有驮载着粮食和其他物资的马匹，以及一些耕牛。因为人多，场面显得很热闹，也有点纷杂。由于鳖灵事先已经对百夫长们布置好了行进的次序，所以表面看来嘈杂，实际上则有条不紊，井然有序。

王城中的百姓大都走出家门，给治水队伍送行。有些家庭的丈夫与儿子参加了治水，妻子和老母送行了很远，才恋恋不舍地挥手告辞，望着队伍远去。有些家人，从城里跑来，临时又将一些吃的和用的东西塞给了出征的治水人员。

杜宇王没有亲临现场，却委派了阿鹄和其他几位大臣在城门外向鳖灵与治水队伍送行。阿鹄向鳖灵敬了三杯酒，说：第一杯代表蜀王，第二杯代表百姓，第三杯代表自己和众臣，预祝鳖灵此去排除万难，马到成功！

鳖灵饮了酒，对阿鹄和几位大臣揖手说：感谢你们前来相送，多谢了！

阿鹄说：大人不必客气，此去任重道远，辛苦你啦！

鳖灵说：为了杜宇王和蜀国百姓，辛苦也是应该的。在下此去，全力以赴，治理水患。后勤诸事，还请你们诸位多多费心，鼎力支持！

阿鹄说：大人放心，我等一定尽力而为！

鳖灵有了阿鹋与几位大臣的承诺，对治水过程中的后勤供应事宜，也就大致放心了。鳖灵随即向阿鹋与众臣揖手告辞，策骑走到了队伍前列。亲随家丁和几名百夫长都紧随于后，率众而行。阿鹋与几位大臣看着队伍渐渐走远了，这才返回王城。

当送行的人群渐渐散去的时候，白羚骑着大象，率领象群，出现在了路上。

白羚下了决心，也要参加治水。但她的想法和行动，并未获得母后朱利的同意。朱利认为，白羚打猎游玩都是可以的，若去参加治水，与公主的身份不符，未免过于夸张，甚至有点过分了。何况，治水是一件艰辛而漫长的大事，公主以千金之躯去吃这份苦，怎么合适呢？朱利只有白羚一位爱女，视为掌上明珠。朱利平常很少管束白羚，听凭她自由自在地行走，对她骑马射箭、打猎游玩、饲养象群，都不干涉。但对白羚自告奋勇去参加治水，却觉得不合适。朱利除了担心白羚不该去吃那份苦，还顾虑白羚对蜀相鳖灵的微妙好感，不要因此而发生什么故事。如果出了意想不到的丑闻，岂不颜面扫地？对蜀相不好，对蜀王更不好。正因为这些顾虑，所以朱利一口回绝了白羚的要求。

白羚先征求了母后朱利的意见，接着又去见父王，将自己也要去参加治水的想法向杜宇王说了。杜宇王微笑着，觉得很有意思。他对白羚的想法并不赞同，却也不反对。白羚虽是公主，却自幼无拘无束。杜宇王常常将白羚当作王子一般对待，对白羚自由自在的行为举止从不约束。更何况治水是蜀国的当务之急，正需要上下同心，身体力行。所以白羚想参加治水，也是很正常的。这也说明了白羚对国事的关心，显示了白羚要为父王分忧的决心。杜宇王想到这一点，心中便有了一种欣慰之感。

聪明伶俐的白羚知道，父王虽然没有明确答应，其实她若是真的要去参加治水，父王也是默许的。白羚很高兴，尽管母后不同意，父王却是默许的，她想参加治水的决心一下就增强了。于是她悄悄做了一些准备，因为是长期外出，必须带上换洗衣服之类，装在行囊里，放在了象背上。白羚还携了弓箭，佩了宝剑，就像往常外出打猎或游逛那样。当治水队伍出发后，白羚骑着大象，率着象群离开了王宫，远远地跟随在了大队伍的后面。

白羚决心要做的事情，很少有人能阻止她。白羚的性格豁达开朗，任性好玩，在很大程度上遗传了杜宇王的秉性。所以白羚在很多方面都显示出男孩儿的特点，勇敢好强，毫无怯弱，气度潇洒，甚至像父王一样有点浪漫。同时她也传承了王后朱利的一些个性特点，既有柔情，又有侠气。白羚也像王后朱利年轻时一样，喜欢行走江湖，喜欢按照自己的思维与嗜好来安排自己的行动和生活。

白羚出生的时候，杜宇王已经战胜了鱼凫王，建立了新的王朝。白羚出生在君王之家，自然是尊贵无比，这种公主身份与生俱来，决定了她与众不同的地位。但白羚对这种显赫的身份与尊贵地位的感觉却很淡漠，没有丝毫骄矜之气，更没有对人颐指气使的做派。白羚更喜欢的是和大自然与动物的接触，特别喜欢行走山林，感受天地之间的宽阔、万物造化的神奇、春夏秋冬四季的绚丽多彩，享受无拘无束、自由奔放的快乐。

根据母后朱利的说法，在白羚出生前夕，朱利梦见了在山花绽放的树林里奔跑的白羚羊，所以便给公主取了个白羚的名字。动物难道会托生成人吗？白羚对此觉得很好奇。但她也很喜欢母后做的这个梦，喜欢母后将她说成是白羚羊的化身。白羚羊是奔跑速度很快的动物，是山林间可爱的精灵。尽管白羚并不相信自己的前世是一只白羚羊，但她却相信自己和动物有缘。譬如她饲养的象群，就是一个极好的例子，如果没有缘分，她会救下那些幼象，使象群从此忠心耿耿地跟随着她吗？还有山林间那些飞翔的鸟儿，水泽中游动的鱼儿，也都和蜀人有缘，所以蜀国的很多氏族和部落才会将鱼鸟作为各自的族徽与标识。

白羚知道，人和动物的关系有时确实很微妙。比如在性情上，有的动物很威猛，很强悍，很暴躁；有的动物则很温顺，很友善，很胆小。人也一样，形形色色，性格各异。也许正是这种微妙的关系吧，故而常常将人与动物相比。更有聪明的人归纳了十二属相，将不同的年份出生的人归属于不同的动物属相。比如有的属牛，有的属虎，有的属兔，有的属龙，有的属蛇，有的属马，有的属羊，有的属猴，有的属鸡，有的属狗，有的属猪，有的属鼠。但其中没有白羚羊，也没有大象。所以母后朱利说她是白羚羊托生，其实是一个很奇怪的说法。白羚还听母后朱利说，朱利出生前，朱利的母亲曾梦见月亮入怀，所以注定了朱利日后要成为王后。白羚没有母后那么伟大，只是林中的一只聪慧伶俐的小羚羊，日后又会成为什么呢？成为山林中的一位猎人，还是当一个好玩的山人？

白羚还听母后朱利说过，在白羚幼小的时候，有一次老阿摩来宫中拜见杜宇王，见到了跟随在杜宇王身边的白羚。白羚很稚气也很聪慧，童言无忌地向老阿摩询问为什么要祭祀诸神，是否真的有神灵。老阿摩说：只要你相信就有。白羚说：只要我相信的事情，都会成真吗？老阿摩说：当然。白羚高兴地笑了，笑得很开心也很清纯。老阿摩后来对王后朱利说，公主慧根甚高，蜀国后继有人了！朱利很高兴，有人夸奖自己的爱女，肯定是很开心的事情。杜宇王知道了，也很开心，他和朱利只有一个女儿，以后王位自然是要传给公主白羚的。白羚后来听说了这件事，只是觉得很有趣，对将来继承王位的事也觉得很有意思，难道自己以后会成为蜀国的女王吗？白羚觉得，蜀国自古以来国王都是男的，这是一个很悠久的传统了，突然出现一个女王，那就改变了这个传统，好不好呢？其实她一点也不喜欢掌握权力，只喜欢亲近山林，喜欢做好玩的事情。所以她觉得自己将来是不适合当国王的，像母后一样做个王后也许还可以。如果自己当王后，那么国王又会是谁呢？

每逢白羚回忆起这些的时候，便会觉得好笑。她不会让这些问题困扰自己，很少认真而深入地思考那些不着边际的事。白羚喜欢按自己的行为方式生活，既不愿意安享宫中的富贵，也不习惯处处高人一等。正是由于这种独特的身份与喜好，所以白羚与众不同，经常独来独往。

就像这次白羚决定参加治水，骑着大象率着象群出发时，一个随从都不带。其实王宫中有专门照顾白羚的宫女，那是王后朱利在后宫特地为公主安排的。此外还有负责护卫后宫的侍卫，还有马夫和象奴，都可听从公主的召唤和指挥。特别是贴身的几名宫女，受到白羚的影响，也会骑马射箭，有时也会随同白羚外出打猎或游玩。但白羚更喜欢独自外出，带了宫女随行有很多约束，一个人自然是更加自由，也更加无拘无束。白羚常常会忘掉自己的身份，有时是无意的，有时则是故意的，使自己能够更好地体会当一个普通人的快乐。

治水队伍晚上扎营休息的时候，白羚骑着大象也赶到了扎营的地点。

有人将公主与象群到来的消息禀报了鳌灵，鳌灵随即来到了队伍的后面，见到了白羚。

鳌灵说：公主你真的来了。

白羚高兴地说：当然是真的来了，难道我是开玩笑吗？你欢不欢迎啊？

鳌灵说：公主亲自参加治水，那是大家的荣幸。

白羚笑了，兴奋地说：以后就听从你指挥啦。

鳌灵说：你来参加治水，杜宇王知道吗？

白羚说：知道啊，父王默许啦。

鳌灵说：王后也知道吗？

白羚说：我和母后也说了。

鳌灵听出了白羚话外的意思，问道：王后没有同意，是吗？

白羚说：只要父王同意就行啦。母后是怕我吃苦，所以没答应。

我才不管呢。

鳖灵听了，知道白羚说的是实话。白羚毫无隐瞒地将杜宇王和王后朱利的态度告诉了他，这充分显示了白羚开朗而坦诚的性情，也说明了白羚的任性。鳖灵考虑，白羚以公主的身份参加治水，既可以激励士气，又可以增加杜宇王的支持力度，当然是好事。但王后朱利的态度，也不能完全置之度外。鳖灵略做迟疑，对白羚说：王后对你是好意，治水真的是很辛苦的，会遇到很多难以想象的困难。公主你还是听王后的话比较好。

白羚说：我知道你说的困难与辛苦，既然你们大家都能克服，我就不行吗？

白羚又说：母后的话，不是不听，但也不能都听。母后老把我当小孩，其实我已经长大了，我要做的事情，我自己做主。

鳖灵注视着白羚清澈的目光与坦诚的神情，见白羚说的句句都在理，自然不好再说什么。但出于慎重，鳖灵当晚还是派出了一名信使，连夜赶往王城，将公主白羚率着象群追上治水队伍也要参加治水之事，向杜宇王和王后朱利如实禀报。鳖灵这样做，并非为了阻挠或反对白羚参加治水，而是为了表示对蜀王与王后的尊重，也是为了在白羚私自行动这件事上减轻自己的责任。白羚毕竟是蜀国公主，地位尊贵，身份不同，在非常艰辛的治水过程中万一发生什么事情，真的是责任重大，非同小可。所以鳖灵要先禀报蜀王和王后，这也是考虑得比较周全和很有谋略的做法。

白羚当然不会想那么多，只是觉得很高兴，也很兴奋。

鳖灵指挥队伍扎营后，和白羚一起吃晚餐，并特地为白羚安排了住处，又派了几个人饲喂象群。白羚对鳖灵的这种细心照顾，觉得很开心。

夜里，白羚睡在象群旁边的小帐篷里，闻着熏蚊虫的草烟味，望着帐外夜空中闪烁的星星，觉得这种即将开始的治水生活真的是很有意思。虽然与王宫舒适的生活相比有天壤之别，但这正是她想体验的，也是她自己选择和喜欢的一种生活方式。白羚枕着宝剑，心情愉快，渐渐进入了梦乡。

朱利过了一天才知道白羚已经率着象群走了。朱利有些无奈。

公主不听话，朱利一点办法也没有。对白羚也要参加治水这件事，朱利并不赞同，但白羚太任性，竟然独自率着象群走了。现在怎么办呢？是派人将白羚传唤回来，还是听之任之？朱利有点拿不定主意。

朱利与白羚母女情深，不赞成白羚去参加治水，主要还是出于对白羚的关爱。治理水患，艰辛异常，岂是公主应该去尝试的？但白羚的想法，显然与朱利不同，而且白羚的态度很坚决。对白羚的固执与任性，朱利心里有点不乐，却也并不焦急和恼怒。平心静气地想想，白羚的想法和举动，很难说究竟是对还是错。联想到自己年轻的时候，不也是这样吗？对父母的意见不也是置之度外，独自外出行走江湖吗？当然，朱利开明多了，对白羚从小就顺其自然，很少干涉她的行动。白羚也是自由自在惯了，所以才会这样，向母后打个招呼，不管同不同意，都按自己的想法走了。这个聪慧而任性的公主啊！朱利叹了口气，斟酌了一番，决定去见杜宇王。

杜宇王正坐在大殿内的王座上处理政务，见朱利进来，便做了个请坐的手势。

朱利说：我们的宝贝公主去参加治水了，你知道吗？

杜宇王说：蜀相派信使来，已经禀报了此事。

朱利哦了一声，问道：蜀相怎么禀报？

杜宇王说：昨天傍晚公主赶上了治水队伍，蜀相禀报的就是这件事。

朱利坐在杜宇王旁边，问道：你和信使又怎么说的？让他怎么回复蜀相？

杜宇王说：很简单，我说知道了。

朱利说：其实并不简单。又沉吟道：怎么办呢？你觉得公主参加治水好吗？

杜宇王笑了笑说：也没有什么不好。踊跃参加治水，正是我们提倡的嘛。

朱利盯着杜宇王的眼睛说：那你是赞成公主去治水了？

杜宇王说：既然公主想去，就让她去吧。

朱利叹了口气说：你也太放纵她了，都是你从小惯的，她现在连母后的话都不听了。

杜宇王笑道：其实你惯她比我厉害，什么事都顺着她。

朱利说：但这次我可没有同意她去参加治水，公主是私自外出的。

杜宇王说：你不同意，是怕她吃苦，还是担心什么？

朱利说：二者都有一点。治水是件很艰辛的事情，公主能适应吗？

杜宇王说：如果适应不了，公主会自己回来的。你应该信任公主，放宽心，无须焦虑。

朱利想了想，知道杜宇王说得很有道理。但挂念和担忧宝贝女儿的心情，又很难一下转变过来。便叹口气说：你比我潇洒，什么事都想得开，放得下。也只有这样了，暂时先让她去参加治水吧。过一段时间，再把她召回来。

杜宇王豁达地笑笑说：好啊。

朱利见杜宇王还有政务要处理，便离开大殿，回了后宫。

又过了一天，鳖灵率着治水的队伍来到了岷江出山的地方，扎下了营地。

浩荡的岷江从崇山峻岭之间奔泻而出，经过这里的峡谷山口，进入平原田野，然后由几条河道向南向东，汇入大江，东流入海。要治理蜀国的水患，首先就要从岷江的出口开始，对水量加以控制。过去，遇到大雨，因为出口流泻不畅，过多的水量集中到了西边的河道里，一旦溃堤，便泛滥成灾。而东边的河道，流经丘陵地带，却没有发挥其应有的作用。鳖灵通过访问百姓耆老，了解到这种情况后，便决定在这里动工，开始对水患的治理。

鳖灵将队伍驻扎好后，信使也赶了回来，将杜宇王的原话向鳖灵做了汇报。

鳖灵略作思索，便明白了杜宇王的意思。白羚说的没错，看来杜宇王确实是默许了白羚的行动。杜宇王说知道了，说得很客气，也很含蓄。虽然只是简单的三个字，却透露了杜宇王的恢宏大度。有其父必有其女，白羚身上就有很多杜宇王的性格特征。如果白羚是王子，一定是个很豪爽的男子。但白羚是公主，虽是女儿身，却巾帼不让须眉，坚持要来参加治水。鳖灵对这位与众不同的蜀国公主，心里已经自然而然地萌生了一些敬重。

鳖灵特地为白羚选择了一处比较好的环境，为白羚安排了帐篷，专供白羚使用。这里附近有林木，离水源也不远。在帐篷的地上，特地铺设了木板，可以防潮防水。在帐篷附近的林木间，围了一处栅栏，供象群栖居。鳖灵安排的这一切，显示了他对白羚的关心，很细致也很周到。白羚对此当然是很兴奋，也很高兴。

白羚夜晚枕剑而眠，白天指挥象群，搬运木头，搭建工棚，忙得不亦乐乎。治水营地经过两天忙碌，很快就粗具规模了，数千人的队伍集中在一起驻扎，大家由此开始了井然有序的集体生活。白羚对此充满了新鲜和好奇，无论做什么都热情洋溢。白羚终日和民众在一起，也使她有了很多全新的体验。譬如普通百姓的疾苦，白羚以前有所隔膜，现在就有了很多新的了解。又比如杜宇王多年来努力发展农业，长期关心民瘼，在百姓心目中形成了很高的威望，深受赞誉，也使白羚倍感欣慰。还有就是关于这次治水，百姓们热情高涨，信心很足，也使白羚深受感染。

鳖灵白天要忙很多事情，傍晚吃饭的时候，会派家丁请白羚一起共进晚餐。每逢这个时候，两人都要聊天。鳖灵诙谐多趣，白羚兴致勃勃，聊的话题非常随意也非常宽广，上说天文地理，下至民俗民风，天南海北，无所不包。通过聊天，白羚这才发现，鳖灵学识渊博，见闻甚广，而自己对天下的事情了解的竟是那么少。所以每一次聊天，白羚都听得津津有味，有大开眼界之感。鳖灵和公主聊天，也有无拘无束的感觉，对白天的忙碌是一种放松，所以也是乐此不疲。

有一次白羚和鳖灵聊天，问到了他离开荆楚家乡、不远千里携家人入蜀的原因。鳖灵说：当然是应诏来蜀国治水啦。

白羚忽闪着明亮的双眸说：我才不相信呢，你离乡远走，是在父王颁诏之前，肯定另有原因。你应诏治水，是到蜀国以后才决定的，是不是？

鳖灵觉得白羚那双清澈的眼睛有一种穿透力，一下子就看穿了他话中的破绽。还有白羚敏锐的直觉与超群的推断力，也非同一般。他不能不佩服眼前这位公主，确实是位奇女子。鳖灵不愿说出真实原因，由于海伦的美丽遭到楚王的迫害，不得已而远走高飞，毕竟是一个天大的隐私和绝对的秘密，怎么能告诉蜀国公主呢？鳖灵也不能编造假话来搪塞和欺骗公主，怎么办呢？

思维敏捷的鳖灵便哈哈一笑说：还能有什么原因？都是因为仰慕杜宇王嘛。

白羚听到鳖灵发自内心地称誉杜宇王，也笑了。这当然也是一个合情合理的理由，否则鳖灵为什么要不远千里投奔入蜀呢？

鳖灵见白羚不再追问，心情也就轻松了。白羚虽然年轻，见识尚浅，但聪慧过人，天生颖悟，气质与性情都堪称一流，绝非常人可比。

鳖灵觉得，若将海伦与白羚相比，海伦是绝对美丽，无可比拟。但聪慧与气质就不一定了，白羚也许更胜一筹。当然，这种比较是毫无必要的，鳖灵也不过是随意联想而已。

对白羚来说，通过和鳖灵的接触、聊天，使她对鳖灵又增加了几分敬佩之情。但她又觉得，鳖灵不仅能力极强，而且深不可测。白羚胸无城府，清澈见底。而鳖灵好似深山碧潭，里面藏龙卧虎，储藏着很多宝贝，也隐藏着很多秘密。

白羚的直觉当然是有道理的。那种与生俱来的敏锐，也是一种天赋。

白羚当然没必要对鳖灵的一切寻根刨底。何况鳖灵现在身为蜀相，白羚若是追问蜀相不愿说的事情，问多了也就不恭了。白羚在这方面还是很有分寸的，和鳖灵聊天时谈得最多的还是治水的话题。

这天上午，鳖灵请了当地乡民做向导，带了家丁和几名百夫长，前去查看岷江山口地形。白羚也随着一起去了。

乡民将此处称为灌口，附近的山称之为湔山。据乡民们说，早在鱼凫王的时候，就曾在湔山附近开垦过农田。杜宇王倡导农业，这里的耕作与收成一直很好。这次大洪灾，岷江上游的水来势汹涌，将附近的农田全都冲垮了。还有农田附近的房舍，也被洪水冲毁了，只有居住在高处的百姓才幸免于难。现在洪水已经稍稍退去，但仍可以看到被淹后的情景。

鳖灵问得很仔细，包括洪水暴发时的详细情形，以及往常岷江的流量。鳖灵还询问了乡民们过去的耕作，以及灾后的生活。鳖灵同乡民们交谈的时候，还征询他们关于治理洪水有什么好的想法。乡民们也是知无不言，把知道的和心里所想的都告诉了鳖灵。白羚跟随在旁边，对鳖灵的不耻下问与平易近人感受很深，觉得这些细节看似平淡，其实并不简单，充分显示了鳖灵真的是很有水平。

乡民提到了一个古老的传说，引起了鳖灵的重视。大禹王时代也发生了大洪灾，传说大禹王曾亲自到这里来治水。大禹王的治水队伍中有很多羌人，也有其他氏族和部落的人，还有许多蜀人也自愿加入了治水队伍。传说大禹王采取了一个"岷山导江，东别为沱"的重要措施，取得了非常好的效果。大禹王就是用这种方法，治好了蜀地的洪水，然后才到其他地方，治理九州各地的洪水。鳖灵听了，若有所思，频频点头。大禹王的传说，鳖灵并不生疏，史书典籍中就有很多记载。过去阅读的时候，只是泛泛了解而已，如今亲临实地，将传说与现实联系起来思考，感受就大不一样了。

鳖灵沿着小道，登上了高处，临江远眺，将峡谷与远处的平原都尽揽眼底。鳖灵一边眺望山势地形、河道走向，一边思考治水方略和面临的许多问题。

白羚站在旁边，也在眺望，觉得这里的河山真的是很秀丽，也很壮观。如果不发生大洪灾，这里山清水秀，是一幅多么美丽可爱的山水图画啊。

白羚回味着大禹王治水的传说，不明白什么叫东别为沱，便向鳖灵请教道：大禹王的时候，也真的发生过大洪水吗？

鳖灵说：是啊，传说洪水滔天，平地与低洼处都成了泽国，百姓都住到了树上。

白羚惊讶道：有那么严重吗？那怎么生活呀？

鳖灵说：所以只有治水啊。传说那时候的君王是尧和舜，都是黄帝的后代，先是尧居帝位，命尧摄理政务，后来将帝位禅让给了舜。尧帝派鲧去治水，鲧采取的方法是修筑堤坝，防止洪水泛滥。但洪水是堵塞不住的，只要一泛滥，堤坝就垮了。传说鲧甚至偷来了天帝的息壤，来修筑堤坝。息壤是一种生长不息的神土，可以自动增高堤坝。结果还是失败了。鲧因为治水无方，不能成功，遭到尧、舜惩罚，被杀了头，以谢天下。然后舜帝又派鲧的儿子大禹继续负责治水。大禹吸取了父亲的教训，采取了疏导洪水的方法，治理了很多河道，使洪水能够畅通流泻，向东流入大海。大禹在九州治理洪水长达十多年，顺势而为，于是取得了成功，后来继承尧、舜执掌大权，成了大禹王。

白羚哦了一声，感叹道：大禹王太不简单了！

鳌灵说：大禹王的治水方法，对我们现在也是很有用的。

白羚问：乡民说大禹王来这里治水，曾东别为沱，那是什么措施？

鳌灵说：就是将洪水分流，把水量分解到几条河道里，减轻主河道的压力。这样遇到大雨或洪水泛滥的时候，可以畅通流泻，就不至于闹灾了。

白羚说：大禹王采取的这个方法，当时已经取得了效果，为什么现在不起作用，又闹了水灾呢？

鳌灵若有所思地说：不是不起作用，是这次水势不同，必须加大其作用才行。

白羚说：你的意思是，我们要继续在东别为沱上做一番文章？

鳌灵一笑说：对，公主和我想到一起了。这正是我们治水中要做的事情。

白羚很高兴，听到鳌灵夸奖自己，当然是很开心的。

鳌灵居高眺望，指点着眼前的山川地形与河流走向，对白羚说：你看，西面和北面是连绵峻拔的蜀山，岷江就发源于蜀山之中，汇集众流，奔泻而出，经过这里的峡口山谷，就进入了一望无际的平坦田野。往东是浅丘，西边是平原，整体上像个巨大的盆底。西边的几条河道，主要流经平原，当过多的水量都集中到西边河道的时候，一旦洪水泛滥，就要闹水灾了。所以一定要分流，将水量分到沱江里去，减轻岷江的压力。同时还要控制流经农耕区的水量。这样就可以治理洪灾，也保障了农田耕种庄稼的需求。

白羚笑着说：好啊，那就照你说的做。

鳌灵也笑笑说：说起来简单，做起来可不容易，有很多困难哦。

白羚说：你是指哪些方面的困难？

鳌灵说：譬如说分流水量吧，要开凿石崖，加宽河道，就很不容易。

白羚说：再大的困难，只要齐心协力去做，都是可以克服的。

鳖灵豪情满怀地说：是啊，事在人为嘛。

鳖灵随后又沿着岷江查看了几处地方，对水的流速、河床的宽窄、岸边石头的硬度，都做了仔细深入的了解。鳖灵还向乡民们询问了水势最低与水势最高的落差位置，并亲临实地做了测量。

白羚一直随在旁边，知道这些都是非常必要的准备工作，只有将情况了解透彻了，治水才有把握。鳖灵的家丁和几位百夫长也跟随在侧，一直忙到下午，才返回营地。

吃晚饭的时候，鳖灵还在思考治水的具体方案。

白羚见他一副沉思的样子，问道：你在想什么问题呀？话都不说了。

鳖灵笑一笑说：想关于治水的事嘛，有几个难题，还没想到解决的办法。

白羚说：什么难题能难倒你呢？说来听听。

鳖灵说：比如开凿石崖，用什么工具？

白羚说：可以用铜铸的工具呀，还可以用木棍扁担撬啊。

鳖灵一笑说：我今天用铜凿试了，石崖太硬，效果太差。如果这样开凿，几年都完不成。

白羚也笑道：那就几年啊，只要坚持，总能成功。

鳖灵笑道：那时我们都老了。治水如果要花几年时间，肯定不行。

白羚爽朗地笑道：老了也不怕，只要治水成功。你不是说大禹王治水花了十多年时间嘛。

鳖灵说：大禹王那是治理九州的洪水，还做了其他很多大事，才花去十多年时间。我们不同，起码几个月，最多半年，就要见成效才行。

白羚说：反正你是有办法的。

鳖灵说：但愿如你所说，应该有办法，但还没有想出来。

吃过晚饭，白羚见鳖灵还在思考治水方面的问题，不愿打扰他，便独自去了树林里，看了栖居于栅栏内的象群。鳖灵安排了几位农妇，帮着饲喂象群，已经无须白羚操劳。

白羚回到帐篷，夜色渐深，像往常一样枕剑而眠。这天夜里她做了一个很有意思的梦，梦见自己戴着花冠骑在大象上，正和骑在马上的鳖灵赛跑。鳖灵纵马驰骋，跑得很快。白羚的大象也非常敏捷，快如疾风。途中山花烂漫，远处有霞光祥云。后来青翠的林子里传来了婉转的鸟鸣，醒来已是清晨了。

第十二章

　　杜宇王自从拜相之后，心情大为好转。蜀国发生大洪灾以来的沉重
压力，仿佛一下子卸掉了，从心态到情绪都变得非常轻松。

　　回想大雨连绵，洪水暴发时，自己焦头烂额，吃不香，睡不好，
真的是不堪回首。如今好了，有贤能之士应诏，拜了蜀相，负责治理
水患，终于渡过了一个难关。杜宇王对此深感庆幸，觉得苍天不负有心
人，虽然神巫祭祀失败，却有贤人来投，神灵相助，岂不一切都是天
意？杜宇王好像又回到了登上蜀国王位之后最兴旺的时候，胸中洋溢着
君王的豪情，精神焕发，连容颜似乎都年轻了许多。

　　鳖灵率领治水队伍出发后，杜宇王召集阿鹄和几位大臣，询问了
保障后勤供应方面的事。见阿鹄已经做了相当妥善的准备和安排，杜宇
王也就放心了。因躲避洪水而逃进城内的灾民，已随着治水队伍走了，
煮粥赈灾的举措也随之告一段落。王城内的气氛与环境，也逐渐恢复了
正常。

　　杜宇王已经许久没有外出打猎或游玩了，此时又有了外出的念头。
趁着天气晴好，杜宇王带了阿黑和几名侍卫，带上了猛犬小虎，骑马出
了王宫。杜宇王佩了宝剑，携带了弓箭。阿黑和侍卫们也都身着戎装，
带了刀剑弓弩。因为以前发生过鱼鹰入宫行刺的事件，所以阿黑和侍卫
们都心怀戒备，对护卫杜宇王的安全分外小心。

　　杜宇王倒并不担心自己的安全，鱼凫族人的复仇行为已如过眼烟

云，对自己已经不构成威胁。当然，小心一点还是必要的。跟随他的阿黑忠心耿耿，几名侍卫也都骁勇彪悍，一般的刺客是奈何不了他的。

杜宇王骑马出了王城后，纵马驰骋，疾风拂面，十分快活。他很久没有这种兴致勃勃、激情洋溢的感觉了。在疾驰的马蹄声中，听着宝剑与玉佩的击撞声，看着路边惊飞的鸟儿，闻着田野里庄稼与青草的气息，驰过树林与水泽，感受着天地万物的清爽可爱，真的是一件很快乐的事情。

杜宇王在林中看见了一群麋鹿，有十余头之多。麋鹿很警觉，听到马蹄声，看到出现的人影，立即在头鹿的率领下奔逃。杜宇王动了射猎的念头，策骑而追。猛犬小虎跑得比马还快，冲在了前边。阿黑和侍卫们紧随于后。麋鹿奔逃的速度很快，穿梭于林间，利用树木和灌木丛的掩护，躲避着杜宇王和侍卫们的追击和围堵。猛犬小虎已经追上了鹿群，发出威猛的吠声。鹿群受到惊吓，有几头分散而逃。杜宇王抓住了机会，执弓在手，只听嗖的一声，羽箭已经射出，一头麋鹿颈部中箭，应声而倒。侍卫们对杜宇王高超的射技发出一阵欢呼，猛犬小虎已扑上前，咬住了中箭挣扎的麋鹿。其他的麋鹿此时穿过了一大片荆棘丛生的灌木林，瞬间便逃远了。马匹无法在灌木丛中疾驰，杜宇王兴犹未尽，也只有作罢。一名侍卫上前，将猎获的麋鹿横搭在马背上，随着杜宇王策骑离开了林间。

杜宇王很喜欢射猎，在过去的岁月里，骑马射猎是他经常进行的一项活动。射猎并不单纯是为了较量射技，也不仅仅是为了获取猎物，而是对身心的一种调剂和锻炼。作为雄才大略的蜀国君王，杜宇王喜欢射猎，还包含了文武兼修的意味在里面。鱼凫王的时代，渔猎曾是蜀人生活中必不可少的重要内容。杜宇王以农业为本，渔猎已不再那么重要。杜宇王喜欢射猎，已经纯属兴趣了。因为骑马射猎有很多快乐，杜宇王最喜欢的就是享受射猎过程中的乐趣。

返回的时候，杜宇王查看了沿途的庄稼。溃堤后泛滥成灾的大洪水淹没了大片农田，如今洪水渐退，灾后的农田依然狼藉。一些百姓已经开始补种庄稼了，但今年歉收看来已很难改变。联想到下半年，特别是明年青黄不接的时候，受灾的百姓怎么办呢？杜宇王有些担忧，也有些感慨，没想到水灾对农业的影响竟然如此严重。当然，补救的办法肯定是有的。在几年前发生旱灾的时候，庄稼缺水，农田干裂，情形也是非常严峻。幸亏依仗神巫求雨成功，缓解了灾情，才解了燃眉之急。今年又遭遇水灾，庄稼被淹，情形似乎更为严重。好在已经委派蜀相率领队伍开始治水，等到将水患治理成功之后，明年的农业生产就会大为好转，百姓们又可以安居乐业，过上好日子了。杜宇王想到这种前景，心情便又舒畅了许多。

杜宇王在返回王城时，经过一处景色幽雅、整修一新的庄园。里面是宅院，外边是花木扶疏的园子，四周用竹子围了篱笆。一名侍卫对杜宇王说：这里名叫金沙村，那就是蜀相的住处。杜宇王曾派这名侍卫传旨给鳖灵，之前曾到过这里。杜宇王驻马观看了一番，觉得金沙村的环境不错，鳖灵很会选择居住的位置。但作为蜀相，假若长期住在王城郊外，肯定不妥。杜宇王便问身边的阿黑，在城内修建的蜀相官邸进展如何？阿黑说：此事由大臣阿鹄负责，正在进行。杜宇王吩咐说：回去告诉阿鹄，要抓紧才好。阿黑答应了，回去就立刻传旨。

杜宇王骑在马上，看到了金沙村庄园内隐约走动的人影，像是身着艳服、婀娜多姿的女子。因为隔着花木与门帘，看不真切，但也可以猜出，可能是蜀相鳖灵的女眷或家人吧。杜宇王在侍卫们的伴随下，驻马观看了片刻，用马鞭指点着，又询问了那名侍卫几句。然后调转马首，率着阿黑和侍卫们，策骑朝王城驰去。

杜宇王傍晚回到王宫，见到了等候他归来的朱利。

朱利关切地问：你去打猎了？

杜宇王说：很久没有外出了，骑马走走。在林中遇到了一群麋鹿，小有收获。说着，便吩咐侍卫将猎获的麋鹿送到膳房去。新鲜鹿肉是难得的美味，晚餐因之又多了一份佳肴。

朱利见杜宇王一副兴致勃勃的样子，规劝说：射猎有危险，你还是要小心为好。

杜宇王说：没事的，骑马射猎，就像游玩一样。

朱利的担心也不是没有道理，遇到麋鹿，策骑围追，执弓而射，当然很好玩。假如遇到了虎豹熊罴之类的猛兽呢？那就不好玩了，而成为生死较量的游戏了。还有，杜宇王已年近花甲，岁月不饶人，一些激烈的活动应该减少才好。朱利想要规劝的，便正是这个意思。但她又怕扫了杜宇王的兴致，话到口边，还是忍住了。

朱利斟酌了一番，在随同杜宇王走进寝宫换衣服的时候，还是很含蓄地对杜宇王说：我们都不年轻了，骑马射猎，已经不再是经常的游戏了。

杜宇王笑了，听出了朱利的感叹之意，爽朗地笑道：是啊，想当初，你我纵马江湖，那是何等的快活！

朱利受到感染，脸上也露出了笑意。杜宇王的话，勾起了朱利美好的回忆，许多往事，瞬间都涌入了脑海。作为女性，上了岁数，最喜欢做的一件事情，就是回忆往事，特别是回顾那些快乐无比、终生难忘的经历。朱利和杜宇王年轻的时候，骑马行走江湖，确实给他俩带来了许许多多的快乐。

朱利笑笑说：但现在我已经是老太婆了，你也不再是小伙子了。

杜宇王笑道：只要自己不觉得老，那就依然是风华正茂。

朱利注意地看了一下杜宇王的眼睛与神情，含笑说：但愿如此啊。

杜宇王的心态确实比朱利要好。朱利似乎已经有了进入老年的感叹，杜宇王则觉得自己依然精力旺盛，意气风发，照样潇洒倜傥，丝毫没有老态。心态往往决定精神状态，杜宇王和朱利的差别也就显出来了。

随着年龄的增长，杜宇王和朱利之间已经没有了夫妇房事活动，但两人依然相亲相爱，亲密无间。多年来两情相悦、患难与共的深厚情感，已转化成了浓郁的亲情。朱利似乎比以前更为关心杜宇王，几乎到了无微不至的程度。杜宇王对此有深切的体会，有时很感动，有时又觉得朱利多虑了。譬如这次射猎，就很好玩嘛，朱利完全用不着委婉相劝。当然，杜宇王知道，朱利也是好意。所以杜宇王便笑笑，用轻松诙谐的口吻，和朱利说起了其他的话题。

朱利在后宫中独自一人的时候，常常会想起她和杜宇王年轻时的一些往事。

朱利早年因为反抗父母安排的婚姻，不愿意嫁给当地一位酋长的邋遢儿子，而独自离乡，仗剑行走江湖。那时朱利正是豆蔻年华，虽然不是花容月貌，却也端庄秀丽。朱利小的时候，就跟随兄长和族人学过武艺。那时，无论男女，都要习武，包括骑马射箭和舞刀使剑。几乎所有的氏族和部落都以习武为荣，如果一个氏族人人都武艺高强，那这个氏族肯定强盛无比，在当地就是称之无愧的雄长，用通俗的话来说就是部落中的老大。朱提的梁氏部落中就有很多武艺高强之人，在诸多的西南夷部落中虽然不敢称为老大，却也是数一数二的强悍氏族。

朱利自小在习武的过程中，就继承了父兄与族人中强悍的性格。所以她才会不听从父母的安排，带了一柄宝剑就敢独自离家出走，去闯荡天下。这当然是一个很冲动的行为，也是一个比较草率但决不后悔的决定。朱利没有南行，也许是当时天气炎热的缘故，她选择了向北行走，乘舟渡过大江，进入了蜀国腹地。朱利一路上漫无目的地行走，遇到过野兽，也遇到过不怀好意的人。有一次在荒野路上，有一个强壮男子，见她年轻貌美，一人行走，便起了歹意，跟随着到了僻静处，向她扑来，意图强暴她。朱利已有防备，闪身避开，一脚就将那人踢翻在地，拔出宝剑指住那人的喉咙，那人大惊失色，赶紧求饶。朱利怒目而视，喝了一声滚！那个强壮男子吓得屁滚尿流地跑掉了。朱利望着那人的狼狈相，觉得有些好笑，如此脓包，还想来欺负她，简直荒唐。这些都是朱利行走江湖时的小插曲，类似的经历还有几次，都被朱利轻描淡写地化险为夷了。

朱利在蜀国境内游荡，来到了江源。这里山清水秀，物产富庶，是个非常美丽可爱的地方。说不清楚是什么原因，朱利一到这里，就有了一种宾至如归的感觉。这里的山山水水，以及民俗民风，都给她以强烈的亲切感。于是朱利就在江源暂时住下了。没有多久，朱利就遇见了高大俊朗、一表人才的杜宇。也许只是第一眼，朱利的芳心就被杜宇深深地吸引了，从此再也离不开杜宇。

杜宇那时还是个毫无名气的普通人，除了英俊的外表和非同凡俗的气质，杜宇没有金钱财富，没有牛羊马匹，没有宅院城堡，没有仆从与权势，几乎什么都没有。但慧眼识珠的朱利却看出了杜宇内在的英杰之气，看出了杜宇宽广的胸襟和非凡的抱负，看出了杜宇尚未施展的巨大能耐和超群的本事。朱利毫不迟疑地爱上了杜宇，爱得无比真诚，爱得极其深切。

或许是天定姻缘，杜宇对朱利也是一见钟情，两情相悦，爱得如痴如醉。两人刚见面时，曾较量过武艺，朱利虽然武艺很好，但杜宇似乎更胜一筹。杜宇的剑术，可能得过高人指点，射箭的技巧也很高明，有出神入化之感。杜宇还擅长徒手搏击，功夫极好。有一次朱利先和他比剑，接着和他相搏，只一个回合，杜宇就擒住朱利的手腕，就势揽住朱利的细腰，将朱利拥了怀里。朱利不服输，含嗔道：我是故意让你的。杜宇笑着对偎依在怀里的朱利说：我当然知道，你是故意输给我的。然后便开始亲吻朱利，吻得朱利激情燃烧，吻得朱利晕头转向。

朱利第一次接触男人，感觉像梦幻一样，就这样毫不迟疑也没有一点羞怯地将自己献给了杜宇。杜宇的身体非常强壮，在房事方面也堪称强悍。相比较而言，朱利就逊色多了。但那时年轻，两人都情绪饱满，精力充沛，而且相悦相爱，所以感觉还是很和谐的。不像现在，朱利对房事已经毫无兴趣，杜宇王也早就与她分榻而卧，住在了不同的寝宫里。朱利每次想到这些，便有些感慨。

朱利和杜宇结合后，做了一件最重要的事情，就是取得了梁氏族人与诸多部落对杜宇的支持。这是杜宇崛起的基础，为杜宇日后击败鱼凫王，登上蜀国王位拉开了序幕。

杜宇陪伴朱利回到朱提小住了一段时间，随后又返回了江源。杜宇到朱提时，朱利的父母一见到杜宇就立刻喜欢上了这位女婿。这不仅因为杜宇身材高大、英俊潇洒，比当地那位酋长的邋遢儿子要强出万倍，更主要的是杜宇有一种天生的魅力，言谈举止和眼神表情都有一种让人折服、无法抗拒的力量。父母召集梁氏族人，举办了盛大的宴会，欢迎杜宇，也以此宣告杜宇和朱利的正式结合。为了笼络当地那位酋长，父母听从杜宇的建议，将梁氏家族中的另一位女子嫁给了酋长的邋遢儿子，并给了颇为丰厚的嫁妆。这种做法很磊落，也很巧妙。从此那位酋长就和梁氏部落成了亲戚，本来朱利逃婚是会导致两个部落反目成仇的，结果化敌为友，坏事变成了好事。朱利的兄长和梁氏部落中的其他头面人物都很喜欢杜宇，相聚一段时间后，更是由喜欢转变成了敬重。杜宇豪爽慷慨，酒量很好，遇到事情从容果决，处理问题能抓住要害，化繁就简。还有杜宇的武艺功夫，也使以武为荣、崇尚豪杰的族人们大为敬佩。当地的其他部落风闻杜宇的英名，也纷纷宴请杜宇，和杜宇结交，成了杜宇的崇拜者和追随者。

杜宇和朱利返回江源，带来了一支由追随者组成的精悍人马。最初的人马虽然不多，却个个武艺高超，有极强的战斗力。杜宇在江源开垦农田，放牧马匹，饲养家畜，铸造铜器，经营商贸，积蓄力量。当地有一些蛮横的土豪，起初曾与杜宇为难，被杜宇收拾了几个，其他的受到震慑，都归顺了杜宇。周边的一些乡民，因不满恶豪欺负，也纷纷投奔到了杜宇的麾下。短短几年，杜宇就势力大增。经过不动声色的经营，迅速崛起的杜宇，很快就成了蜀国诸多部落中最为强悍的一支力量。

朱利和杜宇那几年，一边尽情享受着新婚生活中的浪漫和快乐，一边艰苦创业。他们两人经常会骑马出游，有时候带了弓箭去射猎，还有的时候会亲自去经营商贸。有一次朱利和杜宇带了几名随从和马匹，驮了农产品和一些铜器，走进了鱼凫王统辖的王都。那是一个比较繁华的都市，城内的街道上有很多商铺，除了居民，还有很多从各地来这里交易和做买卖的人。当时的人们穿着都很简单，有的穿着兽皮，很少有穿丝绸或华丽衣服的。鱼凫王朝崇尚渔猎，农产品在那时还不丰富，总是供不应求，铜器更是比较稀缺和紧俏。朱利和杜宇在鱼凫王的宫室附近一处较为繁华的街上，摆了摊位，出售农产品和铜器。这两样东西都很受城内居民的欢迎，但居民大都没有钱财，有的拿来了兽皮或鹿角、虎牙之类进行交换。没有料到的是，来了几名蛮横的鱼凫族人，对朱利和杜宇大声喝问：你们哪儿弄来的铜器？又呵斥道：没有缴纳税赋，岂能随便出售物品？朱利看出这几个人明显不怀好意，显然是故意刁难，很想发作。杜宇很沉着，心平气和地问道：你们的意思是怎么办呢？这几个人虎着脸说：怎么办，带你去见鱼凫王！说着便让朱利和杜宇收了货物，将他们带进了鱼凫王的宫内。那是朱利和杜宇第一次面见鱼凫王，鱼凫王已经老了，依旧一脸霸气。听了鱼凫族人的禀报，用威严的目光扫视了一下朱利和杜宇，说：铜器岂能随便销售使用？缴纳税赋是王朝的规矩，既然你们尚未缴纳，那就用货物来替代吧！然后鱼凫王挥挥手，几名气势汹汹的卫士走上前，扣留了他们的铜器和农产品，将朱利和杜宇赶出了王宫。

朱利很生气，对鱼凫王的霸道与无理恨得咬牙切齿。杜宇却不动声色，毫不气恼。在骑马返回的路上，杜宇用诙谐的语气对朱利说：你应该高兴啊，鱼凫王只扣留了我们的货物，却没有收缴我们的马匹和刀剑武器。朱利说：这也值得高兴吗？杜宇说：留得青山在，何愁没柴烧。鱼凫王已经老了，鱼凫王朝就要没落了！朱利从杜宇坚毅的眼神和沉着的语气中，听出了杜宇决心取代鱼凫王的豪情与壮志。朱利的侠义之气与雄心壮志也像火焰一样被点燃了。

杜宇和朱利决心取代鱼凫王，为了实现这个宏大目标，开始了精心准备。除了扩充人马，还训练武艺。他们的练习方法极其刻苦，特别是刀剑格斗与近身搏击，夏练三伏，冬练三九，还练习负重与纵身跳跃，功力大为见长。杜宇的功夫更是突飞猛进，成了绝顶高手。为了防身，在格斗中确保胜算，杜宇和朱利还用精炼而成的小铜片，以牛筋贯孔相叠，制成护身软甲。这种软甲非常轻便和坚固，刀剑和箭矢都难以击穿。杜宇和朱利还派人前往朱提，召集和组织了一大批人马，悄悄地进入蜀国，驻扎在了江源。当他们紧锣密鼓进行周密部署之时，鱼凫王却沉湎于美酒声色之中，一直被蒙在鼓里。鱼凫族人也都浑然不觉，鱼凫王的几个儿子更是声色犬马，对面临的危机与即将发生的变故毫无觉察。鱼凫族中的一些权贵，也经常依仗王权，欺压良善，激起了百姓的怨恨。如此等等，都显露出了鱼凫王朝的败象。正如杜宇对朱利所说的那样，鱼凫王朝就要没落了。

那是初秋时节，在鱼凫王外出狩猎的时候，机会终于来临了。一直密切注视鱼凫王动向的杜宇决定动手。他和朱利身穿软甲，佩带了利剑和弓矢，率领了全部人马，于半夜启程，凌晨时分包围了鱼凫王的营地。鱼凫王的几名哨兵察觉了动静，刚要呐喊，就被杜宇和朱利的羽箭射杀了。接着便发生了厮杀和格斗。跟随鱼凫王出猎的鱼凫族人虽然骁勇善战，但又哪里是武艺高强的杜宇和朱利的对手呢？在全副武装、人多势众的杜宇的人马围击下，瞬间就土崩瓦解了。鱼凫王的一群卫士，经过一番生死搏击，也一个个被击倒在地。

最后只剩下了鱼凫王，被围困在林间空地上，手持宝刀，昂然而立。曾经以勇武称雄于世的鱼凫王，转眼间就成了一名真正的孤家寡人。

杜宇下了马，手持宝剑，气宇轩昂地走到了鱼凫王的面前。

鱼凫王喝问道：你究竟是什么人？竟敢如此犯上作乱！

杜宇朗声说：我就是那位被你扣押货物、蛮横赶走的人。你欺压百姓，为非作歹，已经不能再当蜀王了！

鱼凫王愣了一下，厉声说：你说我不能当蜀王，难道你要来坐王位不成？

杜宇哈哈笑道：王位乃天下公器，有德者居之，有何不可？

鱼凫王也放声大笑道：说的好！不过，做蜀王也是有规矩的。只要你赢了我手中的宝刀，从此以后王位就由你来坐！

杜宇豪气万丈地说：好！你我一言为定！

鱼凫王持刀做了个请的手势，说：来吧！

杜宇笑笑，持剑而上，开始了和鱼凫王的单独较量。

那是一场豪杰之间真正的生死较量。鱼凫王刀法纯熟，杜宇剑术高超，两人你来我往，七八个回合下来，竟然不分胜负。当然，须发斑白的鱼凫王毕竟老了，虽然年轻时力能搏虎、罕遇对手、不可一世，现在却是力不从心了。杜宇出剑的时候，其实已稳操胜券。但杜宇不想一剑就将鱼凫王刺死，他想看看鱼凫王究竟有多大的真本事。鱼凫王毕竟是蜀国历史上的一位豪杰，英雄暮年，其死也哀。杜宇想让鱼凫王尽量施展平生能耐，以满足其退出王位前的虚荣心，使其死得其所。鱼凫王十个回合下来，步法开始凌乱，刀法中的破绽毕露，明白自己的失败已不可挽回。鱼凫王并无懊恼，知道继续拼搏挣扎已无必要，当杜宇的宝剑刺入胸口时，鱼凫王竟然豪爽地笑了。豪杰之间的生死较量结束了，鱼凫王弃刀于地，轰然倒下。一代枭雄鱼凫王就这样败亡了，用一种真正的英雄方式，壮烈地走到了生命的尽头。

杜宇获胜后，拔出宝剑，在鱼凫王的华丽王服上擦掉剑锋上的血迹，跳上马，没做丝毫停留，和朱利率领人马便朝鱼凫王的城堡驰去。他们剽疾如风的行动，使鱼凫族人来不及组织反扑，就顺利地占领了城堡与王宫。杜宇和朱利指挥人马，抓获了鱼凫王的几个儿子，因他们不愿投降，而被斩首示众。杜宇和朱利很快就肃清了鱼凫族的势力，将蜀国王朝的权力控制在了手中。当然，也有趁着混乱逃走的鱼凫族人，鱼凫王的幼子鱼鹰就是在混乱中逃走的，后来在深山中隐藏了多年。

后来的一切就十分顺坦了。杜宇厚葬了鱼凫王和鱼凫王的几个儿子，废除了鱼凫王朝的陈规陋习，与其他诸多氏族或部落缔结联盟，并开始发展农业，施惠于民。接着，杜宇从山林中请出了隐居多年的神巫老阿摩，举行了盛大的祷告天地诸神的祭祀仪式，登上了蜀国的王位，建立了新的王朝，修筑了宏大壮丽的新王城。杜宇王英姿勃发，成了名副其实的蜀王，朱利也成了安享荣华富贵的王后。

光阴易逝，岁月荏苒，眨眼间竟然二十多年过去了。朱利很有点感叹。

如今，公主白羚也到了朱利当初行走江湖的年龄，日子过得真是快。想到公主，朱利便又有些挂念和担忧。

朱利和杜宇王共同生活的这些年，一切都很顺畅，感情也很融洽，相亲相爱，十分快活。唯有一件事，稍有遗憾，就是没有生育王子，只有白羚这么一个宝贝公主。朱利做过很多尝试，还私下请教过神巫老阿摩，吃过老阿摩亲手调制的草药——宜子神丸，想为杜宇王孕育一位王子。但任何努力都没有效果，生育白羚之后，就再也没有怀孕。朱利不知道问题出在哪里，简直无计可施。也许是从小苦练武功的原因？但通常习武者并不影响生育啊。

杜宇王对此倒很坦然，一副无所谓的态度。其实，朱利知道，杜宇王是很想要一位王子的。哪个父亲不想要儿子呢？尤其是有权有势者，更何况是富有天下、贵为天子的君王？有了王子，王位将来就有了继承者。当然，王位也可以传给公主，可以称女王。不过，从黄帝以来，自古就是男性为主的社会，蜀国从蚕丛王开国至今，也都是男人做王。将来白羚继位当了女王,这个悠久的传统就被改变了。这究竟是一件好事呢,还是坏事?朱利对其中的利弊无法判断,也说不清楚。

朱利曾想过,如果让杜宇王再娶一位王妃,不是可以生王子了吗?朱利甚至想再从梁氏部落中挑选一位年轻貌美的女子,作为杜宇王的次妃。但她又否决了自己的想法,她岂能让别的女人来分享杜宇王的宠爱?一旦别的女子同杜宇王生了王子,她就要失宠了,甚至会被废掉王后的地位。真的那样,将是多么可怕啊。

朱利也试探过杜宇王,看门见山地说:你现在是英明的蜀王了,有了大臣,有了卫队,要不要找几个美女陪伴你啊?

杜宇王很大度也很警觉地看着朱利,反问道:为什么?

朱利说:没什么,好色之心,人皆有之。我是为你着想哦。

杜宇王笑道:王后多虑了,只有你才是我心目中真正的美人。

朱利含嗔道:言不由衷,不用奉承我啊。其实听了杜宇王的表白,朱利心里比吃了蜜糖还甜。她也知道,杜宇王说的多半是实话。朱利对杜宇王情深义厚,如果不是她和家族的支持,杜宇能坐上蜀国的王位吗?所以杜宇王对她矢志不渝,也是应该的。

杜宇王是一位很讲究诚信的君王,这么多年来,除了王后朱利,真的没有挑选其他美女来作为次妃。这在列国的君主中,都是很罕见的。朱利很敬佩杜宇王的道德人品,犹如美玉一样坚润尊贵。有时朱利也觉得欠了杜宇王很多,譬如上了年纪后,她已失去了性欲,不再和杜宇王同房,但身体强健的杜宇王在房事方面仍是有需求的。朱利安排宫女照顾杜宇王。不过杜宇王对身份卑微的宫女似乎没有什么兴趣,从不拿宫女来发泄性欲。这也使朱利十分感慨。杜宇王的品位太高雅了,连对女人都是这样,瞧不上眼的他连一个指头都不会碰。朱利对之虽然感激虽然歉疚,但时间久了,也就慢慢淡漠了,变得习以为常了。

傍晚,朱利和杜宇王共进晚膳的时候,朱利又说到了公主白羚参加治水的事。

朱利说：往日公主在身边，觉得很正常。现在公主走了数日，总觉得缺少了什么，很不习惯。

杜宇王说：是啊，公主在一起，总是欢声笑语，好不热闹。现在，是清静了些。

朱利说：要不要传旨，召唤公主回来？

杜宇王说：无须如此，你不必担心。公主才去参加治水嘛，过一段时间再说。

朱利说：公主聪慧好强，又很任性，说不担心是假，我真的是拿她没有办法。

杜宇王笑道：你呀，公主已经不是小孩了，你要信任她！当年你仗剑行走江湖的时候，比公主还年轻呢。

朱利也笑了，说：当年是因为遇到了你嘛，假如遇见坏人不就糟糕了。

杜宇王哈哈笑道：天意如此啊，公主自然也是吉人天相。

朱利说：你说，公主将来会找一个什么样的男子做夫婿啊？

杜宇王想了想说：这我可说不准，公主的眼光很高，绝对也是一位英雄豪杰之类的非凡人物。

朱利说：托你吉言，真的如你所说就好了。但公主要找的英雄豪杰又在哪里呢？

杜宇王说：姻缘都是天定的，有如此优秀的蜀国公主，还怕找不到理想的驸马？

朱利说：公主年纪也不小了，到了谈婚论嫁的年龄，要不要来一个颁诏求婿？

杜宇王笑道：这也未尝不是个好办法，可以让天下的英雄豪杰都来应试，挑选一位最优秀的许嫁之。

朱利有些兴奋，点头说：好啊，也许真的是个好办法哦。

杜宇王说：就是好办法，也要征得公主的同意才好。而且最终要由公主自己挑选，只有公主自己看中的，才是最佳夫婿。

朱利说：难道我们的意见就不起作用了？

杜宇王说：即使是天定姻缘，也必须两情相悦，才会幸福。我说的也就是这个道理。

朱利见杜宇王说的语重心长，知道很有道理。她和杜宇王两情相悦，患难与共，白头偕老，不就是最好的例子吗。两人都非常钟爱公主，希望公主幸福，当然也应该这样了。朱利连连点头，表示赞成。

晚上，朱利回到寝宫，还在想着这些事情。作为母亲，对女儿的婚姻大事自然是格外关心，要考虑得多些。公主白羚已经长大，不再是小孩了，找一位乘龙快婿，已经不容拖延。朱利想，现在蜀国从上到下都忙于治理水患，还顾不过来，等治水成功了，就该着手进行此事了。朱利还想，就按杜宇王说的做吧，过一段时间，如果公主不回来，她就去看望公主，顺便也可以和公主说说心里话，商量此事，听听公主是如何想的。

想到公主白羚也许会含羞同意父母的意见，答应颁诏求婿，朱利脸上便浮起了笑意。

第十三章

海伦自从鳌灵治水走后，便在金沙村庄园内开始了独居生活。

海伦觉得很寂寞，虽每天有侍女小玫陪伴，却毫无乐趣。鳌灵不在身边的时候，海伦便怅然若失。

海伦青春貌美，正值鲜花怒放的年华，情趣旺盛，对男女欢爱的渴求常常像文火一样炙烤着她，使她很无趣，也很无奈。有时候夜里独眠，欲望太强烈了，海伦会让小玫抚弄她，或者和小玫裸体相拥而眠，相互亲吻。但这解决不了饥渴，只能使她更加难受。侍女小玫和海伦情同姐妹，有求必应，对她俯首帖耳，伺候得无微不至。但毕竟小玫也是女儿之身，解决不了海伦对异性的渴望。每逢此时，海伦便会对鳌灵倍加思念，有时想得深了，会觉得很苦，会泪流满面，将枕头都沾湿了。

海伦终日生活在对鳌灵的思念中，在宅院中待久了，会产生骑马外出走走的念头，很想到王城中去看看，也很想到山林里去观赏那些飞翔的彩色的鸟儿。此时，负责护卫宅院的家丁会阻止她，不为她备马。侍女小玫也会婉言相劝，提醒她鳌灵曾有叮嘱。海伦当然记得鳌灵离家时的再三嘱咐，要她深居简出，不许外出行走。海伦有时觉得，鳌灵的嘱咐太没道理，离家数月使她寂寞难耐，还剥夺她的外出自由，是不是太过分了？可是，从荆楚家乡跟随至此的家丁个个都对鳌灵忠心耿耿，对守护宅院做得非常认真。海伦要想外出，几乎是不可能的。海伦暗自叹息，也只有放弃自己的想法，无聊地待在鸟笼一样的宅院里。

将宅院比作鸟笼，是一种很奇怪的联想。海伦觉得自己有时候就像一只鸟儿，华丽的艳服好似鸟儿五彩缤纷的羽毛，宅院外就是青翠的山林和广阔的天地，纵有满腹对自由飞翔的渴望，却不能走出宅院，就像鸟儿不能飞出樊笼。过去在荆楚的时候，每逢春秋时节，鳖灵会陪伴她骑马外出游览。那时候她总是非常开心，发出银铃一般的清脆笑声，策马飞驰，让乌黑的长发和轻柔的衣裙在和风中飘扬起来，便会有如同鸟儿自由飞翔般的感觉，整个身心都洋溢着快乐。鳖灵会和她并骑而驰，用深情的目光看着她，总是一副微笑的神态，欣赏她的美丽，欣赏她的欢声笑语。鳖灵和她会选择景色宜人的地方驻马休息，席地野餐，然后尽兴而返。

　　蜀国和荆楚是完全不同的两个地方。这里气候宜人，民风淳朴，鳖灵选择的金沙村环境也不错，购置的宅院经过整治也焕然一新，但舒适程度却比不上荆楚家乡的庄园。当然，荆楚故居是经过多年苦心经营的豪宅，这里是初来乍到的简易居所，两者的差异是非常明显的。海伦倒不是嫌金沙村这里的居所简易，主要是鳖灵不在身边，而使她索然无趣。自从她跟随鳖灵离乡远走高飞进入蜀国后，对沿途的所见所闻都充满好奇，怀着浓郁的兴趣，渐渐喜欢上了蜀国的青山绿水和这里的民俗风情。回想当初鳖灵的谋划，逃亡途中的担惊受怕，入蜀后的应诏拜相，紧接着又外出治水，将她独自留在家中，这些接连发生的事情一幕幕浮现在海伦的脑海里，整个过程犹如梦幻。海伦无聊的时候，常会用回想来打发时光。想起这些，海伦便好似在梦境中飘浮，有时候会含笑自语，有时候也会暗自叹息。

　　海伦出生在荆楚一个山水秀丽的小地方。这里背山临水，屋旁有清溪碧潭，门前有古树青藤，村舍间有小路相通，交通不很便利，物产也不富庶，但这里出生的女孩儿却个个清纯美丽。海伦更是百里挑一的美人，容颜姿色，宛若天仙。

按照老一辈人的说法，这里曾是神女降临的地方，那是天帝最漂亮的女儿，曾在这里的碧潭中沐浴。之后，凡是饮过碧潭之水的妇女，都会生漂亮的女孩。这是一个很悠久的美丽传说，当地的人们口口相传，都信之不疑。不管有没有道理，反正事实就是这样。这里出生的女孩儿总是比男孩儿要多，即使生的是男孩儿，长得也有点像女孩儿的模样，多了一些阴柔，而少了一些阳刚。如果将雄伟的山峦比喻为男子特征，那么清澈和缓之水就是女儿之性了。这里既然有如此好的清溪碧潭，环境优雅，与世无争，人们信天安命，崇尚传说，出生了很多漂亮女孩儿也就在情理之中了。这里也因之而有了一个美女潭与美人村的美誉。

　　美丽的传说流传出去后，常常会有人寻访而来。有些人是纯粹出于好奇，想一探究竟，看看这里是否如传说所述，真的有很多的美女。鳖灵就是怀着这种浓烈的好奇心，骑马走了好几天，绕了很长一段弯路，才来到了美人村。鳖灵那时经商致富，已经是荆楚富甲一方的人物了。鳖灵满腹经纶，腰缠万贯，尚未娶妻，向鳖灵提亲的人很多，但鳖灵一看都是些相貌平庸的凡俗女子，就索然无味了。鳖灵心性甚高，不是自己看中的或真心喜欢的女子，他是不会娶作妻室的。鳖灵听到了美人村的传说后，大为兴奋，带了一名家丁，随即骑马寻访而来。

　　鳖灵找到了环境优雅的美人村，传说果然不虚，见到了很多姿色出众、美丽可爱的女孩子。这些女孩儿虽然漂亮，模样清纯，看着十分顺眼，却仍无法打动鳖灵，使之产生娶为妻室的念头。鳖灵也说不清自己要寻找和挑选的究竟是一个什么样的女子，反正没有遇到，心中不免略略有点失望。

　　就在鳖灵准备离开美人村的时候，骑马经过一家门前有古树青藤的屋舍，看到了提着一篮衣服走出家门的海伦。海伦正准备拿着这些衣服前往旁边的碧潭溪畔洗涤。海伦的婀娜靓丽，天仙般的容颜，使鳖灵大为惊讶，心跳骤然加速，一颗狂跳不止的心蹦到了喉咙眼，几乎要跳出来了。海伦也看到了骑在马上、目光灼灼的鳖灵，有点好奇地微微一笑，便飘然走了。鳖灵看着海伦艳光四射的背影，拨转马首，跟在了海伦的后面。海伦听到马蹄声，知道有人跟着她，故作不知，没有回首。

海伦到了溪畔，放下篮子，开始洗涤衣服。鳖灵下了马，站在附近看着她。鳖灵倜傥的气度和欣赏的眼神，使海伦有点好奇又有些不好意思。特别是鳖灵那双锐利而又炽热的目光，看得海伦的脸颊都发烫了。作为青春女子，海伦自然明白鳖灵目光中透露出的欣赏、爱慕与喜悦之意。这使她又觉得很羞涩，面对眼前这位目不转睛地盯着她看的俊朗的陌生青年男子，不知如何是好。这样过了好一会儿，海伦鼓起勇气，矜持地说：干吗要这样看别人洗衣服？

鳖灵含笑道：因为好看啊，也因为我喜欢这样看啊。

海伦低着头，用清澈的溪水漂洗着衣服，轻声说：你喜欢看，可我不习惯啊，衣服都洗不好了。

鳖灵笑了，听出了海伦的话中并没有想赶他走的意思，问道：你叫什么名字，能告诉我吗？

海伦说：干吗要问我名字？

鳖灵说：因为我想知道啊。

海伦说：我又不认识你。

鳖灵说：现在开始就认识了。

海伦说：为什么要认识？

鳖灵说：因为我可以向你父母提亲啊。

海伦的脸有些发红，问道：给谁提亲？

鳖灵说：给你，也给我，我想娶你为妻。

海伦的心跳得咚咚作响，双颊绯红，满脸羞怯之情。

海伦抬起头，用明亮如星的目光看着鳖灵，含嗔道：你不要调侃我，好吗？

鳌灵说：我是认真的，天地作证，碧潭作证，我要娶你为妻！

海伦见鳌灵说得斩钉截铁，知道不是玩笑话，便埋了头，脸色更红了。

鳌灵也已看出了海伦默许的意思，便说：缘分是天定的，我也要你答应，嫁给我后，海枯石烂，永不变心！

海伦有些慌乱，忘掉了漂洗的衣服，有两件顺水向下边漂去。海伦伸手去抓的时候，失足滑到了溪中，发出一声惊呼。

鳌灵的反应很快，身手敏捷地跳了过来，拉住海伦，拦腰将海伦抱上了溪岸。漂走的衣服也被家丁捡了起来。海伦的衣服已经湿了，鳌灵不由分说，将海伦扶上了自己的坐骑，将海伦送到了家中。

当天，鳌灵就向海伦的父母提了亲。鳌灵来得正是时候。在当地附近有一家富户，听说海伦貌美，想娶为儿媳，已经传了口信，准备择日来向海伦父母提亲了，但尚未派人送彩礼来。所以鳌灵开口提亲，海伦的父母还以为是当地那家富户的人呢，笑脸相迎。当鳌灵说明了自己的真实身份和来历后，海伦的父母先是疑讶，继而释然，接着就是庆幸和开心了。鳌灵下了一份非常厚重的彩礼，将随身携带的珠宝作为聘礼，放在了海伦父母面前。海伦的父母虽然住在偏僻之地，见闻不广，但也知道那是价值连城的宝物。看到鳌灵如此富有，而且对海伦一见钟情，真的是喜出望外，没有什么犹豫，当即就答应了这门亲事。

鳌灵做事，历来精明细致。他和海伦父母商量，要尽快迎娶海伦，海伦的父母也答应了。鳌灵当即派随行的家丁连夜骑马赶回家中，安排迎亲队伍。他自己则留下，以客人身份住在了海伦家中。一切都是机缘凑巧，假如鳌灵没有遇见海伦，或者晚几天提亲，海伦也许就是别人家的媳妇了。

过了两天，家丁带着豪华的迎亲队伍赶来了。迎亲队伍带来了丰厚的彩礼，还带来了美酒和佳肴。在美人村，那是非常排场的一次迎娶场面。鳌灵将成匹的绫罗绸缎赠给了海伦的父母，高大的骏马全都披红挂彩，所有的人都喜气洋洋，整个美人村都沉浸在欢乐与喜庆的气氛里。鳌灵在美人村设宴款待了当地的父老乡亲，给海伦的亲友和村内的儿童都散发了彩钱。就在这种欢乐无比的气氛中，鳌灵将身穿艳服的海伦抱上了坐骑，告别了海伦的父母，在迎亲队伍的伴随下走了。

从此以后，海伦就成了鳌灵之妻，过上了快乐逍遥的日子。

鳌灵迎娶海伦后，两人私下聊天的时候，又会提到美人村碧潭边的相识。

鳌灵说：当初问你，为什么不愿告诉名字？

海伦含嗔道：一见面就问名字，多不好意思啊。况且你也没告诉我你的名字啊。

鳌灵笑道：现在你不是知道了吗，你的夫婿名叫鳌灵。

海伦也笑道：你的名字好奇怪，难道你是大鳌转世吗？为什么要叫鳌灵呢？

鳌灵用开玩笑的口吻说：也许吧，因为大鳌是神奇之物，所以要叫鳌灵。

海伦说：是你自己取的名字？

鳌灵说：当然是父母取的。

海伦说：好奇怪，难道你母亲生你时梦见过大鳌吗？

鳌灵说：可能吧，你的名字叫海伦，难道你母亲生你时梦见过海吗？

海伦笑着说：我没问过父母，也许他们将屋旁的美女潭当成了海吧。

鳌灵听了，也哈哈地笑起来。这倒是一个很有意思的联想。

海伦嗔道：笑什么，我父母孤陋寡闻，又不像你见多识广。

鳌灵将海伦拥在怀里，亲吻着她说：你父母很了不起，生了你这样的美人。

海伦也抱住了鳌灵，万般柔情地偎依着他，陶醉在鳌灵的亲吻和爱抚中。

鳌灵和海伦新婚宴尔，如胶似漆，天天缠绵在一起。鳌灵喜欢海伦的美丽，更喜欢海伦的妩媚与柔情。海伦的美是天生的，如花似玉，沉鱼落雁，美到难以形容，美到无与伦比。海伦的魅力则是综合的，她飘拂的柔发，她肌肤的香泽气息，她春波荡漾的眼神，她的娇声燕语，她的一笑一颦，都使鳌灵着迷。特别是海伦在和鳌灵欢爱时，那激情燃烧的颤动，那欲仙欲死的感觉，更像毒药一样使人上瘾，腐蚀了鳌灵和海伦两人的肉体和灵魂。鳌灵再也离不开海伦，一日不见如隔三秋。海伦也是一样，见不到鳌灵就怅然若失。海伦的情欲，好似一棵神奇的种子，一旦萌芽，就长势疯狂，在鳌灵的滋润和培育下，很快茂盛起来，成了绽放的娇艳花朵。海伦的情欲之花，渴望阳光雨露的滋润，似乎永远都不会有满足的时候。

　　新婚后的岁月，那是海伦和鳌灵最为快乐的日子。海伦渐渐地也对鳌灵有了更多的了解。海伦很喜欢鳌灵的男人味，喜欢鳌灵的精明细致。鳌灵虽然并不强悍，却有常人不具备的英杰之气。鳌灵处理问题，也常常料事如神。还有鳌灵通过经商拥有的财富，经过多年苦心经营的豪宅，以及舒适悠闲的庄园生活，都使海伦深感快慰和兴奋。海伦知道，嫁给鳌灵这样的男人，对于美人村的普通女孩子来说，真的是天大的运气。除了海伦，并不是每个美女都有这种运气的。所以海伦觉得很庆幸，觉得很快乐，也觉得很幸福。

　　这样的快乐日子，维持了数年之久，接着就发生了意想不到的变故。

　　海伦已经记不清楚，当地的长吏是怎样见到她的，竟然将她的美貌禀报了楚王，使得好色贪婪的楚王竟然打起了她的主意，派了使者和兵马，要将鳌灵和她强行押往楚国的王城。女人的美丽会给自己带来快乐和幸福，有时候也会带来出乎意料的变故和灾难。海伦记不得是谁说的，反正命中注定了有此一劫。

海伦和鳖灵在荆楚生活的那几年，每逢春秋时节，都会骑马出游。也许就是其中的某个时候，被长吏看见了海伦非凡的美丽，而起了坏心吧。人心难测，长吏为何这么坏呢？这是海伦颇感困惑的一个问题。海伦最熟悉的是美人村的人们，都过着平静的日子。在海伦的意识里，人与人是应该友善相处的，是应该相亲相爱的。可是为什么有的人心却会充满恶念，要不择手段算计别人呢？也许是环境使然吧，经商会使人狡猾，官场会使人奸诈，权势会使人腐败也会使人变得恶毒。荆楚的长吏，大概就属于那种恶毒的类型吧。

鳖灵为了逃避楚王的迫害，决定离家外出，远走高飞。海伦当时只能听从安排，心里却十分的担惊受怕。在当时的情形下，除了出走，确实已经没有其他任何更好的办法。在异常急迫的整个过程中，鳖灵虽然谋划周密，却步步惊心。最终的安然无恙，不仅靠计谋和部署，其实仍要归于运气。如果运气不好，逃亡途中的鳖灵和海伦，很可能就落入了追兵的手中。还有江中行船，几乎颠覆，惊心动魄。海伦回想起来，总觉得后怕。但总的来说，还是运气很好。

入蜀是一个很高明的抉择，海伦觉得鳖灵似有先见之明，好像一切都在他的意料之中。一到蜀国，很快就安定下来，鳖灵还获得了蜀国的相位。这当然是鳖灵的本事，同时也是运气使然。鳖灵的这些本事，也可以说是一种超强的运作能力，海伦对此非常敬佩。而且，鳖灵总是运气很好，冥冥之中，似有神佑，海伦对此也很佩服。

海伦知道，鳖灵不太相信神灵。鳖灵饱读诗书，卓尔不群，遇到事情多谋善断，对神灵巫术之类比较淡漠，其实也是很正常的。海伦受了鳖灵的影响，对鬼神之类也是不太相信，但海伦比较相信运气。在海伦的人生经历中，春花秋月，鸟语花香，时时都伴随着好运。和鳖灵相识的那天，海伦出门洗衣服就是一种运气。鳖灵一见钟情，当机立断，决定娶她，也是运气。美人村的父老乡亲曾说过，红运当空，万事吉祥。好运来的时候，挡都挡不住，办什么事情都会顺顺当当。如果说离开荆楚，远走高飞，是逃过了一劫，那么现在到了蜀国，好运似乎又接连而来了。

海伦对鳖灵担任蜀相，是非常高兴的。对鳖灵外出治水，也明白是职责所在，重任在肩，只能这样。但要分别数月之久，却使海伦怅然若失，难以忍受。每逢回想至此，海伦便满腔无奈，暗自叹息。

海伦有时也会想，鳖灵运气好，如果治水很快就会成功呢？岂不快哉！那样的话，鳖灵就会提前回来了，两人又可以尽情地欢享鱼水之乐了。这样想着，海伦便会充满渴望，俏丽的脸上又会洋溢出发自内心的微笑。

海伦除了回想往事，打发无聊的时光，有时也会在园内修剪花草。

鳖灵购置了这处宅院后，便吩咐家丁用篱笆在四周围了一个园子，在园内栽种花木，美化环境。按照鳖灵的设想，以后这里还会在旁边开凿小湖，修建亭台，建成一处舒适的庄园。鳖灵曾和海伦描述过这种设想，海伦喜欢舒适而快乐的生活，听了当然很高兴。海伦知道，鳖灵也喜欢庄园生活，所以要仿照荆楚故乡庄园的规模，在蜀国王城郊外也建一座类似的庄园。鳖灵要做的事情，肯定是会实现的，只是早迟而已。

有天下午，海伦和侍女小玫在园内侍弄花木的时候，看见从远处来了一群骑马的人。中间一位身材高大的男子，头戴王冠，身穿华服，佩了宝剑，在策马而驰时，肩上的披风随风飘起，显得是那么的俊朗潇洒。在他的左右和身后，伴随着一群骑马而驰、戎装彪悍的武士。小玫拉住海伦，赶紧走进了宅院。

那些人就在离宅院不远的地方停住了马，朝宅院眺望着，观赏着宅院的布局和园内新栽的花木，戴王冠者还用马鞭指点着，同身边的武士说着话。

海伦和小玫隔着门帘和扶疏的花木，也观察着那些人。从那些人的穿着装束和神态气势来看，聪慧的海伦推测，戴王冠者就是蜀国的君主杜宇王了，那些武士，自然就是杜宇王的侍卫了。聪敏伶俐的小玫也是这样推测的，可以确定戴王冠者是杜宇王无疑。

海伦有些激动，关于杜宇王的传说，她已听到很多。鳖灵也亲口向她称誉过杜宇王的英明睿智与恢宏大度。但目睹杜宇王的英姿风采，对海伦来说，还是第一次。虽然隔着门帘看不真切，海伦还是能够看到杜宇王俊朗的外表与潇洒倜傥的风度。杜宇王并不显老，竟然是如此英气逼人的一位君主。联想到历来恃才傲物、桀骜不驯的鳖灵都对杜宇王深为折服，海伦对杜宇王也油然充满了敬仰之情。

杜宇王在宅院外面停留了片刻，拨转马首，带着侍卫们策骑走了。

海伦的目光在帘后追随着杜宇王披风飘扬、骑马远去的背影，直至马蹄声和人影都消失了，才和侍女小玫走进内室。

海伦显得有点兴奋。晚上，谈论杜宇王，成了海伦和侍女小玫的主要话题。

海伦说：那个骑在马上，头戴王冠的人，会是杜宇王吗？

小玫说：除了君王，谁敢戴王冠啊，肯定是杜宇王啦。

海伦说：杜宇王的模样，好潇洒，好威风哦。

小玫说：那些卫士，一个个也都威风凛凛的。

海伦说：他们到这里来干什么呢？

小玫说：也许是打猎经过这里吧，有个卫士的马上就放了一头猎获的鹿。

海伦点头说：是啊，打猎很好玩的。杜宇王真是潇洒啊。

小玫说：君王嘛，打猎的时候也要带那么多卫士。

海伦有些感叹，又说：杜宇王拿马鞭指点着这儿，和卫士会说什么呢？

小玫想了想说：也许在问，这儿是不是蜀相的家？

海伦一笑说：杜宇王怎么知道这儿会是蜀相的家啊？

小玫说：杜宇王派卫士传旨，来过这儿啊，你忘了吗？

海伦若有所思地哦了一声，回想起来，确实有卫士来过，是杜宇王派来的，向鳖灵传旨。那是拜相前夕的事情，海伦当时在内室。卫士传旨后就走了，鳖灵走进内室满脸喜色地告诉海伦，说杜宇王要举行一个盛大的拜相仪式。当天，海伦就帮鳖灵挑选参加庆典的衣服。第二天，鳖灵一早就出门，前往王城，参加了拜相仪式，还在王宫内参加了杜宇王款待众臣的宴会。鳖灵回来后，将整个过程和情形都告诉了海伦。从这天开始，鳖灵就成了名副其实的蜀国之相，海伦也就成了蜀相夫人。

海伦对小玫笑笑说：是啊，想起来了，杜宇王传旨拜相嘛。

这天夜里，海伦和小玫同床而卧。两人都睡不着，又聊起天来。海伦说：王宫里的生活会是什么样子？小玫说：我们怎么知道？一定很奢华吧？

海伦说：在蜀王宫中，杜宇王会有很多王妃吗？

小玫说：谁知道啊，为什么会有很多王妃？

海伦说：楚王就有很多王妃，传说楚王后宫有佳丽三千，全是美女。

小玫说：真的会有那么多吗？楚王要那么多美女干什么，享受得了吗？

海伦说：因为楚王好色啊，恨不得将天下美女都据为己有。

小玫说：楚王也太贪婪了。

海伦感慨道：是啊，所以我们为了逃避楚王，才会入蜀。

小玫说：蜀王肯定不会像楚王那样。蜀相大人说，杜宇王是很英明的君王。

海伦说：是啊，鳖灵常说，楚王贪婪，蜀王英明。所以蜀王不是好色之徒，但蜀王有一些王妃也是很正常的啊。

小玫说：杜宇王当然有王妃啊，至于有几位王妃，就不得而知了。杜宇王还有一位公主，听蜀相大人说，公主很独特，饲养了一群大象呢。

海伦说：是吗？杜宇王只有公主，难道没有王子吗？

小玫说：听说好像没有王子。杜宇王和王后只生了一位公主。

海伦好奇地说：其他王妃也可以为杜宇王生王子啊。难道杜宇王除了王后，就没有其他王妃了吗？

小玫说：也许杜宇王对其他王妃不感兴趣。

海伦说：怎么会呢？俗话说男人都好色，天下哪有对妃子不感兴趣的君王？

小玫推测说：杜宇王也许是个例外。

海伦说：我才不相信呢。

小玫说：信不信由你，反正无法证明，弄不清楚。

海伦开玩笑说：把你送进宫中，给杜宇王做妃子，就弄清楚了。

小玫撅了一下嘴说：我才不要呢。

海伦继续开玩笑说：做妃子安享荣华，很快乐的，有什么不好？

小玫说：当然不好，我不在你身边，谁伺候你啊？

海伦含笑说：你也到了许嫁的年龄了，送你进宫当妃子，真的是个好主意哦。

小玫赌气说：什么好主意啊，我才不呢，你为什么不当妃子啊？

海伦笑道：不要乱说话，我怎么能当妃子？我是蜀相夫人。

小玫说：你都不愿意当，为什么让我去啊？你不是经常说，我们要相好一辈子的吗？我也说过要终身伺候你啊。

海伦将小玫抱在怀里，亲吻着小玫，柔情满怀地说：傻丫头，你我相好，毕竟是闺中密情，聊以解闷而已。两个女人，无论如何亲密，快活也是有限的。男人和女人在一起，才有真正的快乐。特别是相亲相爱的男女，在一起欢爱，那才如鱼得水，快乐如仙。你还没有体验过，以后你就知道了。

小玫偎在海伦怀里，和海伦亲吻缠绵。小玫豆蔻年华，情窦已开，聪敏伶俐，平常对海伦照顾得非常周到。每逢海伦独居无趣，和小玫做闺中私密游戏的时候，小玫的少女情欲便会像小火苗一样，被海伦的亲吻抚摸点燃。小玫自幼跟随海伦，做海伦的贴身侍女，和海伦情同姐妹，对这种私密游戏觉得很刺激，也很好玩。因为两人都青春年少，情趣旺盛，所以常常乐此不疲。有时情到浓处，两人还山盟海誓。这些都是海伦和小玫之间的绝对隐私，都是鳖灵外出不在家中时的游戏，鳖灵对此是毫不知情的。

　　以后几天，海伦和小玫又聊起关于王宫的话题，常常会相互打趣。

　　海伦当时说要把小玫送进王宫给杜宇王当妃子，当然是说的玩笑话。过后想想，又觉得这个突然冒出来的主意挺有意思，也许是个非常好的点子呢？按照鳖灵的说法，谋事在人，这是否也算是一个谋略呢？小玫是自己人，小玫如果成了杜宇王的妃子，鳖灵在蜀王宫中就有了自己的耳目，鳖灵的相位就会更加稳固，海伦在王宫中也就有了姐妹，以后的富贵荣华生活，也就更加绚丽多彩了。

　　海伦这样思量的时候，便觉得很兴奋，甚至有些激动。

　　海伦和鳖灵共同生活的这些年，受到了鳖灵的很多影响。鳖灵是个能力超群、很有韬略的人，鳖灵懂得很多计谋，鳖灵善于运筹帷幄，鳖灵遇事擅长谋划，这些都给了海伦无形的影响，使海伦在不知不觉中受到感染。当然，海伦是个纯粹的女性，颖悟多情，喜欢安享舒适快乐的生活，情趣和长处也都在闺中生活上，对于谋略之类纯属外行，充其量也不过是略知一点点皮毛而已。譬如将小玫献给杜宇王做妃子，作为心腹安插在蜀王宫中，海伦并没有想得那么深沉，只是觉得是个很有意思的主意罢了。如果是鳖灵来谋划此事，那就又是另一番情景了。

　　海伦思量此事时，又想到了女人的姿色和男人的嗜好问题。男人都喜欢漂亮的女人，更喜爱既美丽又有风情的女子。杜宇王是一位英明睿智的君主，眼界与情趣一定与常人不同，会喜欢像侍女小玫这样的女子吗？小玫很年轻，长得也很秀丽，正是少女含苞待放的时光，而且聪敏伶俐，怎么看都是一个很娇嫩很顺眼的女子。杜宇王能不喜欢吗？但小玫毕竟做惯了侍女，少了一点雍容华贵的气质，也少了一点妩媚和风情，假如杜宇王看不上眼呢？这些都是海伦说不清楚，也是无法把握的。这样想着，海伦又觉得有些好笑了，为什么要操心这些呢？为什么要去揣摩杜宇王的喜爱与嗜好呢？一句玩笑话，竟然引出了自己这么多不切实际的想法，真的是胡思乱想，好不无聊。

想到这些，海伦便自嘲地笑笑，摇摇头，只能放弃了这些念头。但将此事作为一个话题，和小玫相互调侃打趣，还是很有意思也是很好玩的一件事情。

海伦甚至将此事作为百无聊赖中的一个调剂，和小玫玩起了另一种游戏。有时候海伦会选出最艳丽的衣服，让小玫穿上，扮作妃子。海伦则戴上用花草编制的王冠，穿上鳖灵的华贵衣裳，扮作蜀王。两人就像演戏一样，按照想象的情景，将宅院内室当作后宫，玩起了蜀王调戏妃子的游戏。海伦对扮演的这种情景，觉得很有趣，小玫也觉得很好玩。有时候，两人又会将扮演的角色颠倒过来，相互置换，让小玫扮作蜀王，海伦假扮妃子。小玫会用蜀王的口吻，吩咐扮成妃子的海伦宽衣解带，伺候蜀王更衣，然后上床。小玫会称海伦为爱妃，海伦会媚眼朦胧，做出风情无限、百依百顺的样子，甚至和小玫模仿想象中蜀王与妃子颠鸾倒凤的情景。两人有时会莺歌燕舞，有时轻声细语诉说私密，有时眉来眼去相互调情，有时也会哈哈大笑。有时候晚上海伦和小玫会饮一点酒，略带一些醉意，然后在内室玩角色互换的游戏，会觉得格外有趣。在扮演的两种角色中，海伦和小玫都喜欢扮演妃子，这显然与她们的女性身份有关。而扮演得最好的则是海伦，毫不费神就进入了角色，小玫则总是显得生疏和拘谨，神态举止都很不自然。表演也是一种天赋，天生丽质的海伦表情丰富，一颦一笑都收放自如，加上有男女欢爱的丰富经验，比单纯的小玫自然强多了。

这种假扮蜀王与妃子的游戏玩的次数多了，增添了海伦和小玫闺密生活的乐趣，对思绪和意识也不知不觉地产生了影响。有时候这种游戏的情景竟出现在了梦境中，海伦梦见自己真的走进了蜀王的寝宫，被英俊倜傥的杜宇王拥在了怀中，替她宽衣解带，将她一丝不挂的玉体抱到了华丽的王榻上。海伦下意识地挣扎着，一下惊醒了，原来是一场梦，抱着她的仍是小玫。海伦这时候便会燥热难忍，又会充满对鳖灵的思念，满腔都是对男女欢爱的渴望。海伦抱着小玫，和小玫相互抚弄，欲望却更加强烈起来。海伦很无奈，泪水便会悄悄地流淌出来。直至凌晨两人都疲倦了，这才又重新进入梦境。

第十四章

鳖灵率领治水队伍，驻扎在湔山与灌口附近，已经有一段时间了。

按照鳖灵的勘察和计划，要治理好蜀国的水患，就是要疏通河道，充分发挥东别为沱的作用。这是大禹王治水的时候，就已证明是非常有效的一个办法。东别为沱的重点，就是凿开崖壁，使洪水的排泄更加顺畅。这里弄好了，水灾基本上就解决了。以后再遇到大水，可以减轻其他河道的压力，特别是流经平原的岷江，水量经过分流排泄，就不至于再泛滥成灾了。

鳖灵将人员分派在几处，同时进行施工。目前的几条河道，往西的都比较宽畅。往东的一条从峡谷出来后流经两岸之间，显得很窄，应是自然形成的一条河道，传说大禹王治水时候虽有整治，却很有限，特别是河道中还有崖礁，阻碍了水量的通过。而这条河道，正是通向沱江泄洪的关键。所以一定要凿掉崖礁，加宽河道，才能发挥其功效。说起来容易，做起来难。真正要凿开崖礁，是一件非常艰难的事。

为了确保施工的顺利进行，也为了治水人员的安全，鳖灵指挥人员用木石在窄口外边筑了一道临时堤坝，挡住了进水，使水暂时流向其他河道。这样，原来在水中的崖礁就露了出来，就便于凿除了。等施工完成后，再撤掉临时的堤坝，畅通的河道就能充分发挥其作用了。

在搬运木石筑坝时，公主白羚指挥象群发挥了很大的作用。有一些粗大的木头，人力很难扛抬，大象则举重若轻，用长鼻将木头卷起，拖至河床上，就像玩游戏一样。几头大象都很有灵性，对白羚的每一个指令都领悟得很到位。参加治水的人员见此情景，都啧啧称奇，对白羚充满敬佩，觉得公主能使这些庞然巨兽如此听话，真是了不起。鳖灵也是赞叹有加，觉得公主带了象群前来相助治水，犹如雪里送炭，帮了他大忙。

在开凿崖礁的过程中，由于工具不得力，进度非常缓慢。用青铜制作的铜凿、铜锤之类，用不了多久，就钝了，没了锋芒，怎么用力也很难凿进崖缝了，于是只好回炉热炼加工。在附近就架设了冶炼用的火炉，每天叮叮当当的敲击声不绝于耳。还有许多人使用木棍来撬开有裂缝的崖石，然后将崖石抬运到堤坝外。这是比较麻烦的两项事情，有的裂缝必须加深或开凿形成断裂才能撬开，抬运也很艰辛。

根据当地乡民的说法，崖礁又被称之为"离堆"。这与荆楚之地的称谓是不一样的，可能是蜀人的习惯性称谓。荆楚之地与大江中下游的人们，对江中形状不同的崖石，都有不同的名称。譬如像鱼的，称为鱼梁；像香炉的，称为香炉石；像牛的，称为牛礁；像马鞍的，称为马鞍山，等等。蜀人因为崖礁位于江河之中，与岸边若即若离，像堆积的石头，所以一律称为离堆，确实是很形象很生动的一个说法。类似的离堆，在蜀国其他地方也有，后来的史书中就不乏记载。虽然地点有别，却都是一个叫法，故而也常常被混淆。这也是鳖灵访问民情，了解到的一个很有意思的情况。

鳖灵为了凿掉崖礁，费尽心思，想加快进度，却怎么也想不出一个更好的办法。根据他的观测和计算，如果按照目前的进展，要除掉河道中的这个离堆，少说也要一年以上才能完工。这当然是太慢了。而且夏秋之际，很可能又会下雨发大水，那时候就会很麻烦。所以，无论如何都要加快施工，凿掉崖礁。可是又怎么加快呢？行之有效的好办法又在哪里呢？因为一时想不出好办法，鳖灵难免有些焦虑，甚至在吃饭和休息时也在想这些问题。

白羚看到鳖灵的话少了，也看出了鳖灵神态中露出的焦虑之情。在一起吃饭的时候，白羚关心地问道：你在想什么？是关于凿离堆的事吗？

鳖灵沉吟道：是啊。觉得公主颖悟过人，一下就猜到了他心中所思。

白羚说：大家都很努力啊，你担心什么？

鳖灵说：这我知道，主要是想加快效率，现在的进展太慢了。

白羚说：如果多派一些人，行不行啊？

鳖灵说：人手已经很多了。现在的问题，主要是崖礁太坚硬，缺少开凿的利器，所以快不起来。

白羚说：那怎么办呢？多打造一些利器行不行呢？

鳖灵笑笑说：如若有这样的利器，多打造一些当然好啊。可惜铜凿不能削石如泥，铜锤也是一样。

白羚一想情形确实如此，不由得也笑了。说：也许会有其他办法。

鳖灵说：当然会有其他办法，只是暂时还没有想出来。

白羚注意到，鳖灵这样说的时候，显得颇为自信，便知道鳖灵会想出办法的。

就在鳖灵为了加快凿除崖礁苦思良策的时候，发生了一件意想不到的事。

那是午后，太阳热辣辣地晒着施工的人们。鳖灵在岸边查看地形和施工进程，突然被草丛里的一条毒蛇咬了。鳖灵反应极快，拔出随身携带的锋利短刀，顺手一挥就将毒蛇砍为了两截。毒蛇死了，鳖灵立即挤压被咬的小腿部位，将毒血挤掉，并吩咐跟随的家丁舀来清水反复冲洗。虽然经过了紧急处理，鳖灵的小腿部位还是红肿起来。家丁将鳖灵扶回住处，看到鳖灵难受的样子，一时不知如何是好。家丁想到了公主，赶紧找到白羚，将发生的事情做了禀报。

白羚正和象群在一起，赶紧随着家丁来到了鳖灵的住处。白羚看到鳌灵红肿的腿部，大为吃惊。毒蛇咬后，虽然挤掉了大部分毒液，残留的毒性仍会慢慢发作，若不抓紧救治，鳌灵将会有生命之虞。可是怎么治疗呢？白羚搜索着记忆，记得神巫老阿摩曾有一种解毒的方法，将一些花草根茎与树叶调配在一起，煎熬成汤水，然后服用和洗涤被蛇咬伤的地方，有很好的神效。可是老阿摩已不知去向，怎么救治蜀相啊？就是让父王派很多人去找到老阿摩，也难解现在的燃眉之急啊。

白羚由于担心和着急，手足无措，下意识地咬着下唇，眉头都皱了起来。鳌灵躺在席子上，已是很难受的样子，看到白羚在为自己担心，强忍着不适说：公主不要担忧，一点意外，没关系的。

白羚见鳌灵说得轻松，其实情况已经很严重了。白羚很着急，暗自默念着，怎么办呢？怎么办呢？也是急中生智吧，白羚突然想到了一个办法。既然神巫可以解毒，自己为什么不能也找些草药来试试呢？白羚对鳌灵说：你躺着别动，会有办法的！随手拿了一把短刀和一个竹筐，匆匆地去了河畔。

白羚的记性极好，一边回想着老阿摩曾经使用过的方法，一边发挥了自己的悟性和想象力，在坡岸上和河畔寻觅着，采摘了一筐能够解毒的草药，比如七星草、半边莲、野菊花、金银花、白茅根、蒲公英、车前子、黄连叶之类，还捡了一些蝉壳。又在河畔将草药洗净了，提着篮子，匆匆地走了回去。

白羚回到鳌灵身边，吩咐家丁找来了一个大陶罐，将洗净了的草药放在陶罐里，倒满清水。又让家丁搬来几块崖石，在帐外摆置了一个临时的火灶，将陶罐放在上面，点燃了柴火，开始煎药。鳌灵此时由于毒性发作，已经有些昏沉。白羚守着火灶和陶罐，一边煎药，一边在心里默默祈祷，愿诸神保佑鳌灵，平安渡过这一厄难。过了小半个时辰，药汤煎好了，倒在了陶碗里。又过了一会儿，等陶碗里的药汤不烫了，白羚吩咐家丁扶起了鳌灵，自己端着陶碗凑到了鳌灵的嘴边，让鳌灵喝下去。

鳖灵已经处于半昏迷状态，但鳖灵的意志力很强，睁开眼看到了白羚，挣扎着，想自己来端碗。

白羚忙说：不要动，我来喂你，这是解毒的，喝下去就好了。

鳖灵浑身已经无力，张开嘴，将陶碗里的药汤一口接一口地喝了下去。

白羚放下碗，看着半昏迷的鳖灵，心里仍然很着急。又给陶罐加了清水，继续去煎熬药汤。白羚记得，神巫曾对母后说过，一罐药至少可以煎熬三次。也就是说，要将三次煎熬的药汤都喝了，药性才会起作用。

没想到的是，喝了药汤的鳖灵昏睡了一会儿，突然撑起身，呕吐起来。

白羚很惊慌地跑过去，让家丁扶住鳖灵。难道是这些药汤起了副作用吗？如果加剧了鳖灵体内毒性的发作怎么办呢？白羚有些害怕，眼中都噙了泪花。

鳖灵被毒蛇咬伤，喝了药汤发生呕吐，其实也是很正常的。也许是药汤的剂量大了，或者是每味草药之间的搭配不是很合理，所以导致了鳖灵的激烈呕吐。鳖灵仿佛将五脏六腑都吐了出来。经过一番呕吐后，鳖灵反而觉得轻松了。

鳖灵躺倒在席子上，睁开眼，看着眼噙泪花的白羚，强撑着笑了一下说：我好多了，多谢公主。

白羚一颗悬着的心一下放松了，含笑说：那就好，平安无事就好！

白羚吩咐家丁打扫呕吐物，伺候鳖灵休息。自己又去守着火灶和陶罐，继续煎熬解毒的药汤。

鳖灵连续喝了两天解毒的药汤，渐渐恢复了正常。

两天内，白羚一直守护着鳖灵，亲自煎熬汤药，然后喂鳖灵喝下去。等鳖灵能够坐起来时，白羚便将熬好的汤药交给家丁，让家丁伺候鳖灵喝药。除了喝药，白羚还吩咐家丁用药汤为鳖灵洗涤毒蛇咬过的伤口，对解除毒性，加快伤口的愈合，起到了很好的作用。

在鳖灵昏卧解毒疗伤的过程中，有几位百夫长曾来向鳖灵禀报施工情形。见到鳖灵中毒而卧，几位百夫长都有些慌乱。白羚对他们说：已经为蜀相解了毒。吩咐他们不要宣扬，免得引起治水队伍的恐慌。百夫长们说：一定遵照公主的旨意，放心吧！所以几天内施工依然如常进行，没因鳖灵被毒蛇咬伤而受到丝毫影响。

第三天，鳖灵已经行动自如，感觉着自己已经完全康复了。晚上，鳖灵像往常一样和公主共进晚餐。在举箸进食之前，鳖灵肃身而立，向白羚深深一揖，恭敬地说：感激公主解毒疗伤之恩。大恩不言谢，容当日后报答。

白羚本来和鳖灵相处得很随和，见鳖灵这样施礼说话，反而弄得拘谨不安起来，便笑着说：大人为蜀国百姓治理水患，我不过为大人熬了一点草药，有什么大恩啊？请你不要这样说，我已经很不好意思了。

鳖灵也笑了，很诚恳地说：公主不要见笑，我是诚心诚意表达感激之意。

白羚一笑说：好吧，知道你的诚意了，吃饭吧。

鳖灵和白羚吃过晚饭，又像往常那样聊起了天。鳖灵问道：公主采摘的那些草药非常神奇，公主怎么知道这些草药是可以解毒的？

白羚说：其实并不奇怪，我也是急中生智，想起了神巫曾用草药解过毒，我不过是比着葫芦画瓢而已。

鳖灵说：原来如此，蜀国的神巫真的了不起，不仅会巫术，还会解毒治病。

白羚说：神巫当然是很有本事的，否则父王怎么会如此相信老阿摩呢。

鳖灵点点头，哦了一声，表示赞同。鳖灵入蜀后，在同蜀国民众闲聊时，已经了解到杜宇王和神巫老阿摩的许多故事，听说了老阿摩祭祀求雨的成功，也听说了老阿摩祭祀治水的彻底失败。鳖灵对巫术是不大相信的，对神巫之类也是历来敬而远之。像杜宇王依赖神巫举行盛大祭祀活动，企图以此解除蜀国遭遇的大洪灾，鳖灵也觉得很荒唐。但神巫竟然懂得医术，却使鳖灵深感惊奇。特别是这次，如果不是公主想起了神巫的草药解毒之术，鳖灵就生命堪忧了。鳖灵因此而觉得，纵使不相信巫术，对蜀国神巫还是应该敬重有加才对，因为自己就是蜀国神巫医术的受惠者。当然，真正解救他的是公主，所以最应该感激的还是公主。

鳖灵从心里感激公主，还有一个重要缘故，就是公主激发了他的灵感，使他想到了加快凿除崖礁的方法，进而也就可以加快整个治水过程了。

那是白羚煎熬草药，手执陶罐，将药汤倒入陶碗的时候，不小心将药汤倒在了火灶的石块上。那个被柴火烧过的崖石，被药汤一浇，立即发生了爆裂。鳖灵听到了爆裂的响声，也看到了石块爆裂的情景，有些发愣，继而大为惊喜，心里说不出的兴奋。因为鳖灵联想到了一个加快凿除崖礁的妙法，如果将柴火堆在崖礁上，先将其烧得滚烫，再用冷水浇灌之，崖礁就会爆裂，再用棍棒撬开裂缝，不就解决了崖石坚硬难以凿开的困难了吗？鳖灵越想越觉得有道理，所以很兴奋。

鳖灵康复后，便开始了对这个方法的实验。鳖灵吩咐一位百夫长，弄来了耐烧的木柴，堆放在崖礁上，让施工人员暂时避开，然后点火燃烧。选用的柴火都是树根、木疙瘩、青冈树之类，很耐烧，可以使烈焰产生的高温透进崖礁的里面。这样烧了好一会儿，直至柴火燃尽。鳖灵吩咐众人，立即将很多大罐盛装的冷水浇灌上去。果然不出所料，崖礁发出了爆裂声，出现了好几条裂缝。接着就可以用木棍来撬开裂缝了。众人明白了这种方法的功效，都高兴地笑起来。

接下来凿除崖礁的进程就顺利多了，起码比之前加快了三倍以上。鳖灵特地安排了一些人员砍伐木柴，树枝之类用来烧火做饭，树根与树干就用来焚烧崖礁。鳖灵推算，原来需要一年多时间才可能凿除的崖礁，现在几个月就可以完成了。凿除崖礁以后，还有两侧突出的和松动的崖石也要清除，这样河道就畅通了，东别为沱的功效就可以充分发挥了。

由于凿除崖礁方法的改进和效率的提高，施工人员的情绪也高涨起来。百夫长们都很负责，每过两三天就要向鳖灵汇报一次施工情况。鳖灵每天都到施工的现场巡视，有时还亲自参加施工，激励士气。鳖灵对参加治水人员的生活也很关心，从每日的三餐到住宿休息，都亲自查看过问。第二批粮食已经从王城运来了，所以吃饭毫无后顾之忧。负责后勤供应的大臣阿鹄还特地派人送来了五头猪。鳖灵吩咐宰杀了两头，分给百夫长们，以改善各处施工人员的伙食。还有三头暂时圈养起来，过一段时间再来宰杀，以便分期改善大家的生活。

王后朱利牵挂着公主，派卫士给白羚送来了一些吃的和用的物品。白羚不愿意独享，将物品都交给了鳖灵，分给众人共享。鳖灵开始觉得不妥，见公主坚持，也只有照办。鳖灵在分配物品时，遵照白羚的意思，特地向百夫长们说了，这是蜀王和王后对大家的慰劳。百夫长们又向众人传达了，使大家都知道了蜀王和王后对治水人员的关心。白羚的意思，是如果大家要感谢，那就感谢父王和母后。对于鳖灵来说，则是一个很巧妙的利用，借此机会，以鼓励众人，提高士气。这对克服困难，加快治水进程，确实起到了很好的作用。

随着天气的转热，施工人员中有生病的，还有在凿除崖礁和砍伐木柴时不小心受伤的，鳖灵也妥善安排了人加以照顾。白羚也常会看望病者和伤者，询问病情和受伤的情况。白羚在做这些琐碎的事情时，看到民众脸上的感激，心里便说不出的欣慰。参加治水的时间并不长，她觉得自己仿佛又长大了几岁，变得成熟起来。

白羚无拘无束的天性，和喜欢独自行走的习惯，使她有时候会走进附近的山林。像往常那样，白羚总是随身携带着弓箭，还带了宝剑。蜀国气候温润，山林里鸟兽众多。白羚喜欢和动物相处，观赏鸟儿的飞翔和鹿儿自由奔跑，有时也会射猎。有一次在林中，白羚就射获了一头野鹿。那头野鹿的体量颇大，白羚费了一些力气，才将其拖出了林外。附近的村民看到了，帮她将野鹿扛回了住地。白羚将这头野鹿也分给了百夫长们，为治水人员增添了一份肉食。

鳖灵谋划和掌控着治水的进程，为了确保东别为沱的成功，决定沿着河道再视察一次。之前，鳖灵请了乡民做向导，已经查看了峡谷山口与岷江上游的地形地貌，观察了岷江在不同地段的流量，并由此而做出了凿除崖礁与疏通河道的决定。这次，鳖灵要顺着东别为沱的河道走向，查看江水流出之后的地理状况与河道情形，以确定凿除崖礁之后的河道治理方案。

鳖灵请了向导，带了跟随他的家丁，还带了几位百夫长。白羚也像上次那样，随同鳖灵，参加了这次为时较长的考察。

不出所料，江水流出之后的情形确实不容乐观。有些地方的堤岸已经溃坏，有些地方的河道淤塞了，有些地方因洪水泛滥出现了决口分流的现象。所以必须修筑和加固堤岸，有几处主河道必须加以疏通，分流的决口也必须堵上。要做好这些事情，不仅要投入很多人力，还要花很多时间。

鳖灵思考，如果要加快治水的进度，可能还要扩大治水队伍，调派更多的人员来参加治水。鳖灵在和公主白羚聊天的时候，便谈到了面临的现状与自己的想法。

白羚参加治水以来，对全局已经有了更多的了解，所以也常会提出自己的见解。

鳖灵说：你看，这里的堤岸必须修固才行。堤岸修好了，河道才能畅通，等凿除离堆后，放水过来，才不至于泛滥。

白羚说：是啊，很多地段都要修筑。

鳖灵说：所以还要增加人手才好。

白羚说：可以禀报父王啊，再多调派一些人来。

鳖灵说：不过，增加治水人员，也会增加粮食供应的压力。我问过阿鸪大臣，王城粮仓里面的存粮对目前几千人的治水，尚可保障。但若增加人数，供应方面恐怕就有困难了。况且，还要考虑到明年青黄不接的时候，必须留有一定的存粮才行。

白羚说：那怎么办呢？

鳖灵说：这正是我反复考虑的一个问题，或许有好的办法。

白羚说：哦，我有一个想法，可以动员当地的百姓参加治水啊。他们吃住都在当地，可以自己解决，就不用从王城运粮来保障他们的吃饭问题了。

鳖灵高兴地说：这确实是个好办法。因为治水是千家万户的事，所以大家都应该来参加。禀告蜀王，发个诏令，百姓们都会乐意参加的。

白羚说：是啊，让父王在诏令中宣布，只要参加治水，就减轻来年的税赋，百姓们一定会踊跃参加的。

鳖灵笑道：好啊，这真的是个好主意！

白羚也笑了，说：那就禀报父王，尽快颁布诏令吧。

这件事情就这样商量确定下来。鳖灵派了信使，禀报了杜宇王。杜宇王也觉得是个可行的好办法，随即颁布了诏令，向百姓承诺，凡是参加治水的，明年皆减轻一半的税赋。百姓听说后，奔走相告，参加治水的热情空前高涨。修筑堤岸的事情，在各处很快就展开了。有了广大民众的直接参与，整个治水的进程很显然加快了。

鳖灵为之很兴奋。他原来还担心公主来参加治水，会加重他的责任，哪怕发生一点点意外，都难以向杜宇王交差。没想到，公主帮了他很多大忙。公主不仅用草药为他解了蛇毒，还提出了很高明的治水建议，这都是鳖灵始料未及的。

鳖灵对公主愈加敬重和谦恭，礼数周全，有时候反而使白羚觉得有些拘谨起来。但白羚随意惯了，每逢鳖灵对她优礼有加时，白羚便会觉得好笑。

有次白羚和鳖灵聊起了象群的故事，说到了象群遇到的厄难，如何救助幼象，又如何将幼象抚养成这些庞然巨象的过程。白羚说，这些大象都是很有灵性的动物，懂得感恩图报，会陪她打猎，还会帮她做很多事，所以和象群在一起是她最为愉快的一件事情。鳖灵也已目睹了这些大象的能力，拖运巨木修筑挡水的堤坝，象群就发挥了巨大的作用。听了公主的讲述，鳖灵这才知道，原来象群和公主还有着这么特殊的一段感人经历，难怪公主只要谈起大象的话题就滔滔不绝。

白羚还讲了猛犬小虎的故事，这头猛犬是猎狗和狼的后代，所以既有狗的忠诚，又有狼的凶猛。侍卫阿黑出生于猎人家庭，阿黑的父亲有一条强壮的母猎犬，有一年春天，母猎犬在林中追踪狼群时失踪了，阿黑的父亲猜测母猎犬可能被狼群咬伤后吃掉。没有想到的是，过了半个月，母猎犬又回来了，几个月后产下了一窝幼仔。这些幼犬便是猎狗和狼的后代，自幼便显示出许多与众不同的特色。阿黑的父亲对这些幼犬进行了调教和训练，抑制了它们的野性，培育了它们的勇猛，取得了极佳的效果。后来阿黑探望父母，带了一头幼犬回来，养在王宫中，取名为小虎。杜宇王很喜爱这头猛犬，打猎或外出，常常带了同行。在鱼鹰入宫行刺的时候，就在千钧一发之际，小虎以闪电之势扑倒了鱼鹰。

鳖灵在应诏之前，就已经从民众口中了解到鱼鹰入宫行刺的事，现在听了白羚绘声绘色的讲述，对这个事件才有了更为真实生动的了解。鳖灵对白羚讲述的这些故事，都极感兴趣。虽然这些故事大都与动物有关，却包含了丰富的信息，不仅展现了公主的性情喜好和单纯而又丰富的内心世界，也透露了很多蜀国宫廷生活的内幕。

白羚和鳖灵聊天，很多话题都是随意提到的，无拘无束，十分自由，所以很愉快。鳖灵虽然忙于治水，却举重若轻，在和公主一起吃饭时说一些很随意的话题，放松了心情，自然也是一件令人高兴的事情。白羚很聪慧，很敏锐，也很单纯，对很多事情的理解很少往复杂里想，直观的判断常常很准确。白羚对鳖灵的好感，已经由起初的朦胧好奇，渐渐转化成了一种日常的，可以推诚聊天的友情。好感加入了理性，变得更加实际了，少了一点新奇，多了一些亲切。

鳖灵喜欢听白羚讲述打猎的经历以及和动物打交道的故事，有时鳖灵也会讲一些见闻，却很少讲述自己的经历。白羚有时会询问鳖灵，比如你怎么会知道这些？你去过哪些地方？阅历怎么这么丰富？你当初在荆楚的时候好不好玩？你经常划船吗？你最喜欢什么？你喜爱穿什么颜色的衣服？你家里喂了很多马吗？你说有几个兄弟，现在他们在哪里啊？你也经常打猎吗？你也练过搏击吗？你的武艺怎么样啊？诸如此类，都是随口而问。表达了白羚对他的好奇，想更多地了解他。鳖灵有时候会简略地回答，有时候会巧妙含蓄地转移话题。其实除了从荆楚出走的原因是绝对隐私外，并没有什么更多的秘密需要隐瞒的，鳖灵只是出于一种多年经商练就的人情世故而已。俗话曰，逢人只说三分话，鳖灵对此自然是经验老到。鳖灵虽然不太愿意讲述自己的经历，但对公主还是讲了很多实话和真话，只是比较克制，讲得相当简略和含蓄。

鳖灵和白羚聊得较多的，仍然是治水。每逢此时，鳖灵就会格外健谈。白羚此时则听得多，偶尔发表意见，变得含蓄起来，仿佛转变了角色。这在两人聊天时常会交替出现，也是一个很有意思的情景。

随着凿除崖礁的顺利进行和各处修筑堤坝的进展，鳖灵曾关心地对白羚说：公主离开王宫已久，备尝艰辛，是否可以回去了？

白羚问道：治水还没有结束，为什么要我现在回去啊？

鳖灵说：公主已经为治水出了大力，这里饮食起居都很艰苦，还是回宫为好。

白羚不乐道：虽然艰苦，却很有乐趣。为何要赶我走啊？

鳖灵含笑道：公主误解了，哪有赶的意思？我是在想，蜀王和王后长久不见公主，会挂念公主的。

白羚说：父王是赞成我来参加治水的，你又不是不知道。

鳖灵笑笑说：刚才说的，只是建议而已，自然是听凭公主自己决定。

白羚说：那我自然是要继续待下去的，等治水成功了，再凯旋班师啊。

鳖灵见公主不愿回宫，也只有作罢，便用幽默的口吻说：好啊，有公主在此，再遇到毒蛇也不用担心了。

白羚知道鳖灵是一番好意，也笑了，说：开玩笑呢，但愿再也不要遇到毒蛇！

又到了运粮来的时候，阿鹄这次亲自带着运粮的人员和马匹来了。

鳖灵在驻地见到了运粮的队伍和阿鹄，向阿鹄揖手施礼道：有劳远来，路上辛苦了！

阿鹄也赶紧揖手施礼说：辛苦的是大人，小臣受杜宇王派遣，特来看望大人。

阿鹄作为负责治水队伍后勤调度和粮食供应的大臣，这次来到治水现场，确实是身负杜宇王的使命而来。阿鹄一方面要代表杜宇王慰问蜀相鳖灵，另一方面要亲眼看一看治水的进度，回去向杜宇王汇报。同时，阿鹄也受王后朱利的委托，来看看参加治水的公主，了解一下白羚现在的情况如何，然后回去告诉王后。

鳖灵明白了阿鹄的来意，让阿鹄略事休息，便陪着阿鹄来到了湔山和灌口，站在高处看了地形与河道的走向。随后去了凿除崖礁的施工现场，向阿鹄讲述了东别为沱的作用和功效，并向阿鹄简略地说了其他各处修筑河道堤岸的情况。阿鹄听了，频频点头，赞叹有加，连声说：大人治水谋划周详，每天风尘仆仆，不畏辛劳，真的是劳苦功高啊！

鳖灵笑道：过奖了，其实都是杜宇王的英明和百姓的努力。

阿鹄见蜀相如此谦和，也堆着笑说：不是过奖，是大人过谦了。

鳖灵哈哈一笑，向阿鹄说起了一些治水中的情景，也顺便问了王城内的情况。

阿鹄自从鳖灵上次主动登门拜访之后，两人的关系便融洽起来。阿鹄对鳖灵已消除了由于拜相而产生的嫉妒，不仅减弱了官场上的提防之心，而且增加了对鳖灵的巴结之意。阿鹄还记得上次说起过蜀相官邸的事，心想鳖灵定会牵挂此事。这次借慰问之际，阿鹄便告诉鳖灵，蜀相官邸快要修建好了，面积颇大，用的建筑材料都是最好的，竣工后一定很气派，很豪华。阿鹄的言外之意，也透露了自己在修建蜀相官邸过程中对鳖灵的特殊照顾，要使鳖灵明白自己的一番美意。

鳖灵是何等精明之人，立即致谢道：太好了，多谢关照！

阿鹄一副巴结的神态，堆笑道：应该的，应该的。等大人治水凯旋时，杜宇王就要将蜀相官邸赐予大人了。

鳖灵感激道：感谢杜宇王的厚爱，在下只有鞠躬尽瘁，保证治水成功！

鳖灵这样讲，确实说了内心的真情实感，同时也是想让阿鹄如实转述，使杜宇王知道自己的忠诚报效之意，以达到君臣同心克服水患的目的。

傍晚，鳖灵邀请了公主白羚，一起陪阿鹄共进晚餐。由于条件所限，鳖灵准备的晚餐相当简单，也就是比平常的晚餐多增加了两个菜而已。但蜀相和公主亲自作陪，这本身就是一种莫大的礼遇。阿鹄久居官场，对此当然心领神会。阿鹄顺便问了公主白羚参加治水以来的一些情况，见白羚无拘无束、很开心的样子，阿鹄也很高兴，回去以后就好回禀王后了。

阿鹄在治水队伍的驻地待了两天，才和鳖灵作别，骑马返回了王城。

第十五章

杜宇王自从出城打猎回来之后心情就一直很好。

这不仅因为天气晴朗，洪水已经日渐消退，受灾的百姓开始补种庄稼，正在千方百计挽回洪灾造成的损失，更因为治水的进展颇为顺利，取得了明显的成效。杜宇王登上王位后，以农业立国，大力倡导农耕，才有了蜀国的繁荣，赢得了百姓的拥戴。现在只要治理好了这场百年难遇的水患，蜀国便会恢复往昔的兴旺。随着灾情的缓解，预计到了明年，百姓们便又可以丰衣足食，过上安康富足的日子了。联想到这种已经可以预见的前景，杜宇王心中的忧患便一扫而空，自从洪水溃堤以来的焦虑也随之烟消云散，被开朗而兴奋的心境所取代。

杜宇王近日的愉悦和兴奋，与他又开始筹划称帝之事也大有关系。此事在几个月前就开始了，如果不是这场大洪灾，杜宇王可能已经被称为望帝了。虽然准备举行称帝盛典的高大祭坛被溃堤的洪水冲垮了，但祭坛可以重新建起来，对于杜宇王来说，这是很容易办到的一件事情。比较复杂的就是仪式了，原来筹划是由神巫老阿摩来主持的。杜宇王当初击败了鱼凫王，登上蜀国王位，举行了一场盛大的祭祀活动，就是由老阿摩主持的，取得了极佳的效果。随着国势的强盛和威望的提高，杜宇王准备称为望帝，理所当然也应由老阿摩来主持盛大的庆典。可是，老阿摩在洪水溃堤那天失踪了，如今到哪里去寻找老阿摩呢？

杜宇王为了掌控治水情况，特地派遣了近臣阿鹄前去慰问蜀相鳖灵。阿鹊去了两天，回到王城后，就进宫向杜宇王详细禀报了在治水现场看到的情形。阿鹊还禀报了蜀相鳖灵介绍的东别为沱的作用，以及其他各处的治水进展情况。杜宇王坐在王宫大殿内的王座上，兴致勃勃，听得很仔细，并询问了几个问题。

杜宇王说：你是说，等到凿除崖礁，就可以发挥东别为沱的功效了？

阿鹊说：正是这样，从地形与河道看，蜀相确实是抓住了治水的要害。

杜宇王说：很好啊，河道畅通了，洪水自然就不再为患了。

阿鹊说：蜀相还说，这全靠蜀王的英明和百姓的努力。

杜宇王威严的脸上露出了笑容，问道：蜀相真的这样说？

阿鹊因为存心要巴结蜀相，所以有意为鳖灵美言，堆笑说：这是蜀相的原话。蜀相治水很辛苦，却甘之如饴。小臣看了，再有几个月，治水就会大功告成。

杜宇王很高兴，略做沉吟，问道：蜀相官邸的修建，现在怎么样了？

阿鹊说：就快要建好了，等蜀相班师回朝的时候，大王就可以赐给蜀相了。

杜宇王说：好啊，抓紧修建吧，不要草率。

阿鹊谦卑地说：小臣明白，一定遵照大王的吩咐，办好此事。

杜宇王顺便问了王城粮仓里的存粮情况，阿鹊也如实做了禀报。

阿鹊见事情已经汇报完毕，准备告辞。杜宇王这时又说：还有一件很重要的事情。阿鹊抬头看着坐在王座上的杜宇王，等候杜宇王将话说完。但杜宇王似乎并不急于告诉他是一件什么事情，有点故意让他去猜的意思。阿鹊思索着，会是什么重要事情呢？想来想去，想到了好几件事情，都并不要紧，一时弄不明白，不敢贸然回答。

阿鹊又看了一眼杜宇王恩威莫测的神情，小心翼翼地说：小臣愚钝，不知大王说的是一件什么大事，恳请大王明示。

杜宇王扫了他一眼，沉吟道：王城外的祭坛，近期也要修复。

阿鹄终于明白了杜宇王的意思，赶紧说：是啊，现在水势已退，应该修建得比原来更加宏伟高大才好。

杜宇王说：如果现在动工，人手有无问题？

阿鹄知道，大量的人员都派去治水了，加上还派了一些人修建蜀相官邸，还有一些人要负责定期运送粮草，王城内可供调派的人手已经不多了。但杜宇王要办的事情，岂能推脱？便说：人手没有问题，只要大王颁布旨意，百姓就会踊跃参加。

杜宇王露出笑意说：那就动工修复吧。你预计多久能够完工？

阿鹄想了想说：只要抓紧，大约一个月左右就可建成使用了。

杜宇王说：好啊，此事仍由你来督办。

阿鹄说：小臣遵命，一定办好此事。

杜宇王意味深长地说：等建成了，就可以举行盛大庆典了。

阿鹄已经猜出杜宇王所说的盛大庆典的含义，无非就是两件大事，一是为治水胜利班师庆功，二是重提称帝旧议，为杜宇王称为望帝举行庆典。两者之间，称帝对杜宇王来说，自然更为重要。阿鹄说：小臣明白，请大王放心。

杜宇王一笑，朗声说：好，那就抓紧办吧！

阿鹄向杜宇王告辞，从大殿出来，见到了王后朱利。

朱利曾委派阿鹄了解公主的近况，刚才得知阿鹄正向杜宇王禀报慰问蜀相的经过，便派人在大殿外等候，阿鹄一出来就带到了朱利面前。

朱利说：你回来啦，情况怎么样？

阿鹄明白王后最关心的是公主，便堆着笑说：禀报王后，小臣这次去，见到了公主。公主开开心心的，一切都好。

朱利说：你没有问公主，她什么时候回宫吗？

阿鹄说：遵照王后的旨意，问了。公主要继续参加治水，近期不会回来。

朱利不易觉察地叹了口气，又问道：那里吃住的情况怎样？

阿鹄说：很简陋，蜀相与众人都很辛苦，公主的起居稍好一点。

朱利说：治水进展如何啊？

阿鹄说：施工现场比较辛劳，预计还要几个月才能见到成效。

朱利哦了一声，心想公主岂不是也要待几个月才回来吗？朱利又向阿鹄询问了一些其他情况，才让阿鹄走了。

朱利因为挂念和担心公主，便到大殿来见杜宇王。

杜宇王坐在王座上，正在思考事情。见到朱利，一边请朱利坐下，一边含笑说：你来得正好，有些事情正要和你商议。

朱利在王座旁坐了，注意到杜宇王开朗而又兴致勃勃的样子，微笑道：看你神清气朗，又在筹划什么事啊？

杜宇王说：治水进展顺利，我已吩咐阿鹄，将王城外的祭坛重新修建恢复起来。

朱利说：你是为举行庆典做准备吗？

杜宇王说：是啊，如果不是这场洪灾，几个月前就已经举行称帝的庆典了。

朱利当然知道此事，从提议到筹划，都积极参与了，对杜宇王称帝是非常支持的。关于望帝的称号，杜宇王也和朱利商量过。称帝在蜀国历史是一件大事，也可以说是前所未有的创举。当时的天下诸国，像周边的巴国、楚国、秦国等，都是王侯之国，君主分别称为巴王、楚王、秦王等。蜀王称帝，那么蜀国的地位自然是位于列国之上了。朱利和杜宇王虽然没有亲自去过周边的诸国，但信息并不闭塞，通过商人、信使、迁徙的民众等各种途径，了解到很多情况，觉得蜀国二十多年来日益强盛，称帝可以进一步增强蜀国的影响，当然是一件好事。

杜宇王又说：称帝之事，关系重大。怎样举行庆典，还要考虑周详才行。

朱利点头说：是啊，运筹帷幄，才能稳操胜券嘛。你准备怎么举行呢？

杜宇王说：原来设想是由老阿摩来主持称帝盛典的，自从洪水溃堤后，老阿摩便失踪了，至今杳无音信。如果找不到老阿摩，又由谁来主持盛典呢？

朱利说：你可以派人去寻找老阿摩，他会不会又回到山中隐居了呢？

杜宇王说：我也有此考虑，但蜀山连绵千里，老阿摩如果真的回山隐居了，又会隐居于何处呢？

朱利说：最大的可能当然是在他原来隐居过的地方。

杜宇王说：试试看吧，如果能找到老阿摩最好，找不到的话，只能另思变通之法了。

朱利不知道杜宇王说的是什么变通之法，见杜宇王没有往下细说，也不便深问。她想，既然杜宇王在谋划此事，肯定会深思熟虑，已经有了好的办法。杜宇王这些天在斟酌称帝之事，朱利则一直牵挂着公主，所以朱利和杜宇王说了一些关于称帝的筹划，话题便转到了治水上。

朱利说：公主出宫参加治水，已经数月，现在治水已经初见成效，公主仍不回来。你说怎么办哪？

杜宇王说：我问过阿鸪，公主在外一切都好。你担心什么呢？

朱利说：我是在想，羚儿独自在外，总有诸多不便。说是担心，也说不出担心什么。若是说不担心，那也是假的。总之是觉得，应该让她回来了。

杜宇王说：那你传个口信给她，要她回来好了。

朱利说：如果你发个旨意，不是更好吗？

杜宇王说：目前治水正在关键时刻，如果我传旨让公主回宫，似有不妥。还是由你传口信给她好一点，愿不愿意回宫由公主自己决定。

朱利想了想，觉得杜宇王说的有道理，但牵挂爱女之心，又不能放下。叹了口气说：这个羚儿啊，我的话她是常常不听的。你的话，她才会听。

杜宇王一笑说：公主已经长大，让她参加治水增长阅历，也未尝不是好事。

朱利说：是啊，就是这些天老想着她。

杜宇王说：再等一些日子吧，她总是要回来的。

朱利说：过些日子羚儿如果再不回宫，我就要出宫去看她了。

杜宇王笑道：你当时行走江湖的时候，也是羚儿这样的年纪吧？不是很好吗？又何必如此担心？

朱利说：倒不是担心，只是想念和牵挂而已。

杜宇王说：那就按你说的，过些日子如果她不回来，你就去看她吧。

朱利露出了笑意说：好啊，你同意了就好。

朱利随即出殿，回了后宫，一边派人捎口信给公主白羚，问她何时回宫，一边开始做外出看望公主的准备。朱利知道，任性好强的公主不会一接到口信就回来的，明摆着是只有自己去看她了。朱利还想，后宫生活虽然舒适，也过于单调，常使人倍感沉闷。若真的去看望公主，也不妨和公主在外面多住一些日子，可以借此调剂一下心情。这样想着，朱利便有些兴奋。公主是否也是由于这个原因而不愿回宫呢？

杜宇王将阿黑叫到身边，谈起了寻找神巫老阿摩的事。

阿黑出身于猎户家庭，阿黑的父亲是有名的老猎户，常年在蜀山中打猎，熟悉蜀山就像熟悉自家的园子一样。当年，就是由阿黑的父亲当向导，没费多大周折就找到了老阿摩，将老阿摩礼请出山，以蜀国神巫的身份为杜宇王主持了一场盛大的祭祀活动。那场祭祀盛典，使杜宇王赢得了百姓的拥戴，取得了极好的效果。杜宇王也就是从那时开始，对神巫礼敬有加，形成了一种莫大的依赖。凡是遇到大事，都要举行祭祀活动，无一例外的都是由神巫主持。杜宇王现在准备称帝，由谁来主持称帝盛典，无疑是个至关重要的问题，因此自然而然地想到了老阿摩。如果能找到老阿摩，那么称帝之事就会顺理成章，整个过程犹如水到渠成一般顺利了。

阿黑的父亲当年为杜宇王找到老阿摩的时候，阿黑还是个小孩子。杜宇王和阿黑的父亲很投缘，曾切磋过射箭的技艺，成了朋友。后来，阿黑的父亲带着阿黑来王城看望杜宇王，阿黑已经长大了，成了一名武艺高强的机灵少年。杜宇王很喜欢阿黑，便将阿黑留在了王宫中，成了杜宇王的贴身侍卫。杜宇王现在想寻找老阿摩，很自然地就想到了阿黑的父亲。

杜宇王问道：很久没有见到你父亲了，身体还好吧？

阿黑说：多谢大王关心，家父还好。

杜宇王说：你已有很久没有回去了吧？我想派你回去走一趟，看望你父亲，同时也请你父亲帮忙，看能否重新找到老阿摩，将神巫礼请回来。

阿黑说：大王的吩咐，家父一定会努力去办的。

杜宇王说：你到家后，不必急着回来，就陪同你父亲一起去寻找老阿摩吧。一是你父亲年纪大了，在山中行走有很多危险，要有人陪同才好。二是此事不能拖延，蜀国不能没有神巫，寻找老阿摩自然是越快越好。

阿黑说：小人明白，一定遵照大王的吩咐去办。

杜宇王说：我为你父亲准备了慰问的礼品，你走时一并带上。

阿黑说：感谢大王厚恩。

杜宇王说：区区小礼而已，一定要代我向你父亲问好。还有，我再派两名侍卫陪同你前往吧，一路上都由你指挥，这样更方便些，有了消息也好尽快派人回来禀报。

阿黑说：启禀大王，我想将小虎也带上，寻找神巫时会派上用场。

杜宇王说：好啊，小虎熟悉老阿摩的气味嘛，这是个好主意。

王命如山，阿黑遵循杜宇王的旨意，当天就带着两名侍卫和猛犬小虎，骑着快马出发了。

这是杜宇王经过深思熟虑后做出的一个安排，是他筹划称帝过程中很重要的一步。老阿摩失踪后，去了何处，是一个很大的谜。能不能找到老阿摩，现在谁也说不清楚。但一定要试一试，尽最大的努力去寻找，而寻找老阿摩的最佳人员，自然是阿黑和他的父亲了。杜宇王希望，在一个月后，阿鸹将祭坛重新建好的时候，阿黑将老阿摩也找到了，那就再好不过，就可以举行称帝的盛大庆典了。

阿鸹按照杜宇王的旨意，开始了对王城外面高大祭坛的重建。

修建祭坛，并不复杂，但工程量却十分浩大。首先是要将冲垮的地方重新夯实基础，然后再一层一层地增高修筑。其中要用很多石块，更要用大量的泥土。现在王城内外的男丁们大都去参加治水了，留在家中的都是老弱男子和妇孺之辈。如果调派足够的壮男们来修建祭坛，一个月时间足够了，但现在能够征用的人员，除了老弱男子，还有一些妇女，进度无论如何也快不起来。阿鸹为了如期完成任务，只能严加督促。百姓们对杜宇王的事情，本来是很热心的，但刚遭大灾，又大兴土木，弄得劳累不堪，难免不产生怨气。阿鸹考虑的只是任务，对百姓的情绪是不大关心的，加上官场习惯，只会颐指气使，不会嘘寒问暖，更刺激了百姓的不满情绪，加深了矛盾。百姓们当然不会正面反抗，但这种不满情绪一旦传播开来，就会如同瘟疫一样，形成连锁反应。

阿鸹每天往返于官邸与正在修建的祭坛之间，在官邸中待的时间更多一些，因为天气热了，官邸中自然要舒服得多。阿鸹到王城外面修筑祭坛的地方去，主要是查看和监督施工的进度。有时他也会去看一下正在修建的蜀相官邸，很快就要建好了，格局和规模与他的官邸不相上下。这两件事情，都是杜宇王特别吩咐过的，皆由阿鹄负责督办，所以阿鹄格外留心。还有一件事情，就是治水队伍的粮草供应问题，每隔十天或半个月，就要派人往施工现场运送一次。从目前王城内粮仓的存粮数量来看，保障供应尚无多大问题，但若治水的时间拖得久了，特别是到来年青黄不接之际，存粮一旦耗尽就会发生很大的问题。

这天上午，阿鹄正准备出门，远在乡下的堂兄突然找上门来。堂兄是阿鹄伯父的儿子，比阿鹄年长数岁，少年时代曾一起游玩，关系很好。阿鹄将堂兄迎进客堂，备酒款待。堂兄说，这次大洪灾将农田都冲毁了，现在家中粮食已尽，到王城来见阿鹄，就是特地向他借粮的。堂兄又说，因为家中人口众多，希望能够多借一点，相信阿鹄一定是有办法的。

阿鹄知道，堂兄说的应该是实情。阿鹄出生于大家族，堂兄一房兄弟姐妹颇多，堂兄儿女也多。阿鹄在王朝做官这么多年，堂兄很少找他，这次找他借粮，确实由于大灾的缘故，到了不得不开口求他的关头。这个忙，阿鹄是一定要帮的。但自己家中的存粮，也很有限，怎么办呢？

堂兄见阿鹄沉默不语，便说：如果你有难处，我们只有另想办法了。

阿鹄忙说：不是这个意思，你不要误解。你我情同手足，危急关头，岂能坐视不管？我是在想，究竟能借你多少粮食。

堂兄说：自然是多一点好，家族大，人口多，还有左邻右舍，有时也要周济一下。反正你看着办吧。

阿鹄说：好吧，你再让我想一想。

阿鹄想了一会儿，便有了主意。他可以从王城内的粮仓里调拨一些粮食出来，派人悄悄给堂兄送去。此事虽然违规，但只要做得巧妙一点，又有谁会知道呢？何况此事完全是在他掌控的职权范围之内，谁也不会怀疑他假公济私。阿鹄又想到，恰好到了给治水队伍运送粮草的时候，借机将两件事情混在一起办了，就更加天衣无缝了。

阿鹆主意已定，留堂兄住了两天，便将此事办了。他果然多调拨了一些粮食出来，大部分粮食派人运往了治水队伍的驻地，另外一部分粮食则派家中的仆役用马匹驮着，运到了乡下堂兄的家中。此事虽然做得很巧妙，但还是有人传了出去，不久便传到了蜀相鳖灵的耳中。这是心机颇深的阿鹆没有料到的，留下了渎职的重大证据，也成了一个被人掌控的把柄。

阿鹆做官多年，成为杜宇王的亲信大臣，自然有很多特权，也享有了很多好处。由于杜宇王的豁达睿智，对大臣们恩威并重，所以王朝风气一直比较贤明，大臣们很少有贪污腐败的。阿鹆也是如此，在杜宇王面前历来比较收敛，处处小心，表现得循规蹈矩。这次真的是侥幸心理占了上风，才昏了头，做出了这等滥用职权、假公济私之事。

阿黑带了两名侍卫和猛犬小虎，骑着快马，于当天傍晚回到了阔别已久的家中。

那是坐落在山林间的一处宅院，质朴而又简单，院外用原木围起了栅栏，上面爬满了绿色的常青藤，有几处开着紫色和粉红色的牵牛花。远处是逶迤的山岗和苍翠的松林，有一条山涧从院子的一侧经过。房子已经陈旧了，在傍晚的暮霭和炊烟中显得有点灰暗。阿黑一看到这些熟悉的情景，便觉得分外亲切。听到驰近的马蹄声，院内传出了猎犬的吠叫，小虎也兴奋地吠叫了两声。等到阿黑下马走到栅栏门口，虽然相隔已久，院内的猎犬还是认出了阿黑，欢快地摇起了尾巴。

老父听到动静，从屋内出来迎接，看到阿黑，不禁喜出望外。阿黑注意到，父亲明显地老了，走路拄着拐杖，一条腿瘸了。阿黑惊讶地问父亲：怎么会这样？父亲轻描淡写地说：没什么，春天进山打猎的时候被熊咬了，一条腿因此落下了残疾。阿黑明白，那一定是一场可怕的生死格斗。春天出洞觅食的熊凶猛异常，父亲最终杀死了那头熊，但一条腿也被熊咬成了重伤。阿黑责怪父亲，被熊咬伤了这么久，为什么不告诉他？父亲说：还不是怕你分心嘛，你是杜宇王身边的侍卫，要护卫杜宇王，责任重大，所以就没有告诉你。阿黑看着父亲的瘸腿，心里很难过。父亲反而笑着，安慰起阿黑来了，连声说：你看我不是好好的，不要担心，不要担心！阿黑的母亲正在做晚饭，也出来了，看到阿黑，高兴得不得了。

阿黑拿出了礼品，对父母说：这是杜宇王赠送的。阿黑又对父亲说：杜宇王特地吩咐向你问好。父亲感激地说：杜宇王还惦记着我这个老头子啊，这份情谊太厚重了！你在杜宇王身边，一定要忠心耿耿，以报答杜宇王的恩情。阿黑说，我会牢记你的叮嘱，我会做到的。父亲感慨地说：那就好，那就好！

阿黑向父亲说到了此行的目的，要寻找失踪的老阿摩，杜宇王吩咐要尽快找到。父亲说：难道神巫又回到了他原来隐居的地方吗？阿黑说：很有可能吧，现在还不得而知。父亲说：那个地方在蜀山深处，从这里去也要走很久，我带你们去吧。阿黑说：你现在行动不便，怎么能去呀，告诉我们方向，我们去寻找就行了。父亲很想亲自走一趟，带他们去寻找老阿摩，但自己瘸着腿，确实行动不便，沿途沟深林密，要翻山越岭，反而会给阿黑一行增添麻烦，只有作罢。父亲于是将以前老阿摩隐居的地方向阿黑做了详细描述，并用拐杖在地上画着地形和方位，应该怎么走，沿途的山势有何特征等等，都交代得非常清楚。父亲记忆力很好，常年在蜀山中打猎，对山中的情形了如指掌，对当年寻找神巫的经过也记忆犹新。有了父亲的指点，阿黑对寻找老阿摩便有了信心。唯一不能确定的是，神巫是否仍在原来的隐居之处呢？这只有找到了那个地方才能知道。

阿黑的父母招待阿黑和两名侍卫吃了晚饭，给马喂了草料，安排侍卫在客房睡下了。阿黑和父亲继续聊着家常，因为长久不见，父子俩有很多话儿要说。父亲先是向阿黑问了杜宇王的近况，阿黑也问了家里的情况。自从蜀国遭遇大洪灾以来，被淹没的主要是平原上的农田，对山林中的猎户则影响不大。父亲得知杜宇王派人治水，已经有了成效，很是高兴。在聊天中，父亲向阿黑说起了过去的很多往事，特别是父亲和杜宇王的交往，是父亲最难忘的一段经历。

父亲说，那年初秋，山林中的树叶刚刚开始变红的时候，杜宇王派人请他当向导，寻找隐居的神巫。父亲带着他们在山林中走了几天，找到了神巫。隐居已久的老阿摩被感动了，先是推辞，继而答应出山，被礼聘为蜀国的神巫。过了几年，杜宇王带着侍卫们出来打猎，又邀请父亲当向导，在一起待了好几天。杜宇王亲切随和，同父亲聊天，切磋射箭技艺，成了朋友。分别的时候，杜宇王将打到的猎物都赠给了父亲，还将自己用过的弓箭赠给父亲留作纪念。再后来，父亲带着已长成机灵少年的阿黑去王城看望杜宇王，杜宇王很开心，将阿黑留在了身边，成了杜宇王的贴身侍卫。

父亲说，杜宇王是他见过的最有豪杰气概的君主，杜宇王不仅英明，而且很重感情，待人仁厚，所以父亲非常敬佩杜宇王。父亲说，阿黑待在杜宇王身边，那是全家的荣耀，所以希望阿黑一定要恪尽职守，忠心耿耿，矢志不渝，很好地发挥贴身侍卫的作用。父亲的叮嘱有点语重心长。阿黑知道父亲也是一个很重江湖道义和感情的人，很郑重地答应了父亲的嘱托，父亲这才露出了笑容。

阿黑和父亲聊到夜阑更深，才熄灯入睡。

第二天，阿黑和两名侍卫带着猛犬小虎，走进了蜀山。根据父亲的指点，他们前往神巫的隐居地，满怀希望，去寻找老阿摩。

那是很漫长的跋涉，他们有时骑马而行，有时只能牵着马步行。蜀山逶迤千里，沟深林密，地形复杂。山间的居民很少，偶尔有羊肠小道通向外界，更多的地方则荒无人烟，只有鸟儿飞翔和野兽出没。

蜀山虽然人烟稀少，却景色优美，山是青的，树是绿的，更有溪水潺潺而流，和风轻柔拂面，在山林间行走，使人常有神清气爽之感。蜀山环境幽静，动物很多，林间奔走的鹿儿、树上跳跃的猴儿和松鼠，还有飞翔的各种鸟儿，随处可见，堪称是鸟兽的乐园。

阿黑因为任务在身，无心欣赏风景，也不想射猎。只有猛犬小虎，被林间的气息激发了野性，时而跳跃，时而奔跑，显得格外兴奋。小虎本是猎犬，在王宫中待得久了，突然回归山林，一下恢复了本性。阿黑带小虎同行的目的，主要是想借助小虎追踪的本能，来协助寻找老阿摩。在过去的日子里，老阿摩曾多次入宫面见杜宇王，小虎熟悉老阿摩的气味，寻找起来会有帮助。但山林莽莽，老阿摩究竟隐居在哪里呢？

又过了一天，仍然没有找到神巫的隐居地。阿黑有些焦躁，按照父亲的描述，应该就在附近了。这里地势幽深，林木掩映，好像到了山重水复疑无路的地方，透过林木深处又似乎有几条山沟，老阿摩的隐居地显得扑朔迷离，难以猜测。阿黑和两名侍卫只有仔细寻找，这时已经临近傍晚，如果找不到，只有在林间选个地方露宿了。

阿黑没有料到的是，自己竟然闯入了鱼凫族人的隐居地。在一处山涧旁，有一位脸色苍白、脖子上缠了白布绷带的年轻人，正在石头上磨一把短刀。在山涧远处，有石洞和简易的屋舍，隐约有人影走动。年轻人低头磨刀的动作很机械，也很无力，似乎在借着磨刀来恢复自己的臂力，脸上则是一副仇恨难消的神色。猛犬小虎一看到那位磨刀的年轻人就发出了愤怒的咆哮，蓄势待发，准备朝那人扑过去。阿黑喝住了小虎，观察那人。磨刀者听到小虎的咆哮，抬起头望了过来。阿黑一看，大为惊讶，那不是入宫行刺的鱼鹰吗？鱼鹰被擒后关入牢房，被王后朱利用箭射穿喉咙而死。杜宇王吩咐将其同鱼凫王的几个儿子埋在了一起，怎么会又在这里出现呢？难道鱼鹰没死？这太奇怪了！

阿黑的观察没错，坐在溪畔磨刀的确实是鱼鹰。猛犬小虎曾在宫中将鱼鹰扑翻在地，在这里也是一下就认出了鱼鹰。其实并不奇怪，鱼鹰入宫行刺，几位跟随他前来的鱼凫族人便隐蔽在王宫外面密切注视着王宫里的动静。当天鱼鹰被埋入鱼凫王的墓地后，几位鱼凫族人便立即将其挖了出来。鱼鹰被射穿了喉咙，但还有心跳。他们抬着鱼鹰，连夜返回了山林，经过救治，生命力十分顽强的鱼鹰又奇迹般地复活了。现在，鱼鹰已经可以坐起来，可以缓步行走，但声带坏了，再也无法说话。洞穿的喉咙逐渐愈合，呼吸仍大受影响，体力也大不如前了。鱼鹰侥幸逃脱，绝处逢生，却并未吸取教训，复仇之心依然强烈如昔。他现在所能做的，就是坐在溪畔天天磨刀。

猛犬小虎的咆哮，惊扰了坐在溪畔磨刀的鱼鹰，也惊动了山涧远处的鱼凫族人。一眨眼的工夫，就从山洞和溪畔屋舍中走出来数十位手持武器和弓箭的鱼凫族人，朝这边涌来。阿黑和两名侍卫先是惊讶，继而惊诧。他们只有三个人，而鱼凫族人有数十人之多，他们明显处于下风。一旦交手，他们纵使武艺高强，也很难全身而退。更何况他们此行，有重任在身，岂能轻易蹈险？机警的阿黑立即拨转马头，对两名侍卫说了声快走，随即朝林外疾驰而退。小虎也跟随在后面，撤了出来。鱼凫族人朝他们射了几箭，没有追赶。阿黑和两名侍卫听到弓弦声，伏鞍而驰，上面标有鱼凫族徽的羽箭贴着他们的脊背射了过去，嗖嗖地射在了旁边的树干上。

幸亏反应敏捷，加上马快，阿黑和两名侍卫终于毫发无损地驰离了鱼凫族人的隐居地。这次偶然遭遇，使他们有了一个极其重要的发现。如何来对付这些隐居的鱼凫族人，只有回到王城禀报杜宇王，让杜宇王来决定了。

阿黑一行快马加鞭，继续寻找神巫的隐居地。就在夕阳西下、暮霭四合之际，他们听到了一声长啸，继而是灵猴的啼声、凤鸾的欢鸣、鸟雀的合奏，犹如一曲神秘的乐章，在山林中缭绕回荡。阿黑突然想起了父亲所说，在神巫隐居地常有灵猴与凤鸟出没。他们立即循声而寻，终于看到了一处恍若仙境般的地方。这里林木茂盛，巨树参天，碧瀑飞挂，溪水潺潺。有数间精致的屋舍，就坐落在巨树间。毫无疑问，这就是神巫的隐居地了。

阿黑和两名侍卫下了马，接着便看到了老阿摩的几位弟子。果真找到了，阿黑说不出的兴奋。一路上的艰辛，刚才的危急，瞬间都被抛在了脑后。

老阿摩的几位弟子见到阿黑，也颇为高兴，却并不惊讶，似乎早已料到杜宇王会派人前来寻找。阿黑见到了老阿摩的弟子，却没有见到老阿摩本人。阿黑向他们传达了杜宇王的旨意，询问老阿摩现在何处，几位弟子说，老阿摩外出修炼去了，连他们都不知道老阿摩修炼的地方。看到阿黑疑虑重重的样子，几位弟子又解释说，老阿摩正在修炼一种最高境界的法术，中间一旦遭到干扰就会前功尽弃，所以要独自隐居在任何人都不知道的地方。阿黑虽然不相信他们的说法，却又看出来他们不像是在撒谎。阿黑询问，老阿摩的修炼要多久才能完成？几位弟子说，至少还有几个月吧。

阿黑在神巫的隐居地待了几天，和两位侍卫四处查看，怎么也找不到修炼的老阿摩。也许老阿摩就在附近的一个山洞里，为了清静修炼，而将洞口封了起来？阿黑猜测着，却找不到洞口，连嗅觉灵敏的小虎也无能为力。明知老阿摩就在附近，却见不到老阿摩，阿黑一筹莫展。这样待下去，自然毫无用处，他们不能空等数个月，只有先回王城，如实向杜宇王禀报。

阿黑于是向老阿摩的几位弟子告辞，和两名侍卫骑马离开了神巫隐居地，带着小虎，返回了王城。

第十六章

王后朱利决定去看望公主白羚，经过一番准备，终于成行了。

朱利深居后宫，已经很久没有外出了。考虑到要陪公主在治水驻地住一段时间，朱利准备得很充分，携带了很多东西，包括吃的、用的、穿的，以及打猎用的弓箭和随身佩带的宝剑。朱利此行，自然也有看望和慰问治水队伍的含义，所以也携带了许多慰问品。随行的人员有宫女和几名侍卫，还有一些马夫和仆役，实际上组成了一支小型的队伍。朱利就率着这支队伍，骑马离开了王城。

临出发前，朱利向杜宇王辞行。杜宇王执着朱利的手，叮嘱说：外面辛苦，诸多不便，你要保重，多加小心。

朱利有些感动，杜宇王很久没有拉她的手了。自从两人上了年纪，分榻而卧，便很少再有肌肤之亲。拉手虽是一个小动作，却使朱利感到了一种久违的亲切和温暖。朱利一时潮润了眼睛，柔声说：我知道，你也要多珍重，不要太操劳。

杜宇王微笑道：也没有太多需要操劳的事，无非就是治水，还有就是筹划称帝。这些都是顺理成章的事情。

朱利见杜宇王说得很轻松，也似乎很简单，但实际上都是至关紧要的大事情。治水已经初见成效，成功在望，称帝之事也在紧锣密鼓的筹划中。朱利知道，杜宇王要做的事情，没有做不成的，目前这两件大事便都在杜宇王的掌控之中。等待治水成功胜利班师，然后举行称帝盛典，在杜宇王看来，只不过时间早晚而已，所以才如此自信，说是顺理成章之事，就像举手之劳一般。

朱利也笑笑说：我不在你身边，你要自己照顾好自己，免得我挂念。

杜宇王说：我会照顾好自己的。

朱利又说：我总有些不放心。

杜宇王朗声笑道：老夫老妻了，还如此儿女情长，又不是长久分别。

朱利也笑道：是啊，那我走了。

杜宇王说：你和羚儿在外面多住几天也无妨，散散心，高兴就好。

朱利说：好啊，那就这样说好了。

杜宇王将朱利送到王宫门口，看着朱利骑上马，带着随从人员走了，这才转身返回大殿。

蜀国遭遇大洪灾以来，朱利协助杜宇王处理很多事情，也是相当操劳。这次骑马走出王城，面对着宽阔的天地，行走在青山绿水之间，身心大为轻松，确实有一种放松了自己的感觉。很多年前行走江湖的自由自在的情景，仿佛又再现了眼前。那时候自己多年轻啊，不知不觉就已经老了。想到这一点，朱利便有点感慨。多年来王宫生活的舒适，已使她渐渐淡忘了行走江湖的快乐。现在又回到了广阔的天地中，才发现蛰居王宫的日子，其实很单调，也很沉闷。朱利突然明白了白羚为什么喜欢经常外出，白羚正像她当年一样，在享受着无拘无束的快乐。白羚的性格，不正是自己当年的一个缩影吗？这样想着，朱利对自己日夜牵挂着的宝贝女儿，更增添了一些宽容和理解。

朱利率领随从人员，骑马而行，沿途欣赏风景，也顺便察看了民情。这样走了一天，于傍晚时分来到了治水人员的驻地。

鳖灵已经得知消息，率了手下的百夫长们，在营地外恭候迎接。

白羚正和象群待在一起，得知母后来了，也欢快地跑了过来。

朱利下了马，对鳖灵说：蜀相辛苦了！

鳖灵揖手施礼，恭敬地说：王后远道而来，路上辛苦了。

朱利说：蜀相率众治水，为民操劳，杜宇王托我特地向你表示慰问。

鳖灵说：在下做的都是分内事，感激杜宇王和王后的厚恩！

朱利说：不用客气，这些都是杜宇王送来的慰劳物品。朱利指挥马夫和仆役将带来的东西都从马背上卸了下来，交付给了鳖灵。

这时白羚跑到了朱利面前，因为多日不见，见面分外亲切，一下扑到了朱利的怀里。

朱利搂着白羚，含嗔道：看你一身汗味，脸也晒黑了。

白羚撒娇说：母后一见面就嫌弃我啊。

朱利笑道：是心疼你，傻孩子。

白羚也笑道：我才不傻呢。我不是好好儿的吗？

朱利说：好，只要平安无事就好。

母女俩寒暄着说笑着，随即去了白羚的住处。朱利因为也要住一些日子，随行的仆役很快就在旁边搭建了一个行帐，几名宫女将带来的用品放了进去。以前朱利和杜宇王外出射猎，有时要野外露宿，也是这样搭建一个行帐就行了。

鳖灵特地为朱利准备了晚宴，为王后的到来洗尘接风。由于条件有限，晚宴相当简单，也是比平常多了几个菜肴而已。但鳖灵的礼节非常周到，言谈举止之间表现出的谦恭和对王后的尊敬，使朱利感觉很好。朱利觉得鳖灵确实是一位难得的干练之才，联想到杜宇王一席晤谈就决定将鳖灵任为蜀相，真的堪称是英明之举。

晚宴上，鳖灵向朱利禀报了治水的情形，凿除崖礁仍在进行，各处对河道的整治也颇为顺利，整体来看进展比较顺手，估计再有几个月就会大见成效了。朱利很高兴，一边听，一边询问了治水过程中的一些细节。鳖灵一一做了回答和解释，特别叙说了东别为沱的功效和意义。朱利先前已经了解到一些梗概，现在亲临实地，才真正明白了治水中的要害与关键所在。治水并不单纯是辛苦而已，原来其中竟有这么重要的学问。最为难得的是，鳖灵一下就抓住了治水的关键，真不简单啊。

朱利有点感慨地说：蜀相久居荆楚，对治水为何如此熟悉？

鳖灵说：在下驽钝，自幼好学，对治水没有经验，只是根据实际情形做出的分析决定。如果能够成功，也是仰仗杜宇王的睿智英明，也仰仗王后的大力支持。

朱利笑道：蜀相不必过于谦逊，把治水的功劳都归于杜宇王和我。

鳖灵很虔诚地说：我说的是实话，如果不是杜宇王的英明，大胆任用，在下又岂有机会为蜀国治水效力？

朱利说：杜宇王颁诏求贤，筑坛拜相，都是为了蜀国的长治久安。只要治水成功，使百姓免除灾害，恢复安康的生活，就善莫大焉。杜宇王一定会论功行赏，蜀相自然是功居首位。

鳖灵说：不敢。在下只要能为杜宇王忠诚效力，为蜀国百姓解除水患，就足矣，岂敢言功。

朱利说：好，有蜀相这样的心态，治水一定成功。蜀国以后也会更加兴旺。

白羚晚宴上坐在朱利身边作陪，一直听他们交谈。这时笑着说：蜀相谦恭，母后吉言，你们太拘泥礼节了，随意一点不好吗？

白羚快人快语，说得朱利和鳖灵都笑了起来。

晚上，朱利和白羚在行帐内促膝而谈。分别以来，母女俩自然有很多话儿要说。朱利询问了白羚的日常饮食起居，白羚则讲述了参加治水以来的见闻和亲身经历的一些事情。白羚讲了象群在筑坝时发挥的作用，讲了在当地乡民中流传的关于大禹王治水的故事。白羚特别讲到了鳖灵被毒蛇咬伤的情景，讲了自己采摘草药，竟然解除了蛇毒，治好了鳖灵。白羚讲述这些的时候，显得兴致勃勃，颇为得意。

朱利说：羚儿你不简单啊，怎么想到用草药解毒的？

白羚说：我不过是想起了神巫用过的方法嘛。母后难道忘了，老阿摩曾用此法解过毒的。

朱利回想了一下，确有其事，笑了笑说：是啊，难得你的记性这么好。

白羚说：这也是蜀相的运气好，贸然一试，竟然治好了。

朱利看了一下白羚的语气和神情，一笑说：天下的事情有很多巧合。

白羚说：是啊，煎药时药汤溅落在烧烫的石头上，发生爆裂，使蜀相一下子想到加快凿除崖礁的方法。母后你说，这是不是也很巧合啊？

朱利感叹道：蜀相此人，确实很不寻常，聪明过人。

白羚说：我也觉得，蜀相确实很聪明，而且谋事很周详，待人也很周到。

朱利说：你对蜀相是不是很有好感啊？

白羚随口说：当然很有好感啦。白羚注意到了朱利有点意味深长的眼神，嗔道：母后你问这句话是什么意思啊？

朱利微笑道：我只是随便问问。随即换了话题。

朱利担心公主喜欢上了鳖灵，但鳖灵是有家室的人，果真如此，就会使蜀国的君臣关系变得很复杂。朱利下了决心前来看望公主，也主要是出于对此事的担心。但从刚才和白羚的闲聊中可以看出，公主对鳖灵是很有好感，不过仅此而已，似乎并没有爱恋之心，更没有发展到男女之情的地步。朱利是过来人，眼光敏锐，经验老辣，非常相信自己的判断。看来公主还是比较理性的，只是任性惯了，带着象群参加治水，也可能是好玩而已。这样一想，朱利便放宽了心。反正要多住些日子，朱利也不着急，还可以多试探，多观察，总会弄清楚公主的真实心思的。

第二天，白羚陪着朱利，去了凿除崖礁的施工现场。经过几个月的努力，顽固的崖礁已经凿除了一半，再有几个月就可完工了。届时掘开挡水的临时堤坝，就能充分发挥东别为沱的作用了，困扰蜀国的水患就会迎刃而解。白羚还陪着朱利登高望远，观看了湔山和灌口的地形，眺望了河道的流向。随后，朱利去看望了生病和在治水施工中受伤的人员，代表杜宇王向他们表示慰问。众人都很感动，真诚的情绪也使朱利深受感染。

晚上，朱利和白羚在行帐内继续闲聊。朱利试探着，向白羚说到了和杜宇王商量过的颁诏求婿之事。朱利说得很含蓄，主要想征询和了解一下白羚的态度。

朱利说：我和你父王有个颁诏求婿的想法，你觉得如何？

白羚说：怎么个颁诏求婿呀？

朱利说：就是颁诏天下，选一位杰出的俊才，作为蜀国的女婿。

白羚一下明白了父王和母后的意思，脸色微微发红，娇声道：不好不好。

朱利说：要选就选最好的，不好的肯定不要。

白羚说：哎呀，我是说我才不要选婿呢。

朱利一笑说：男大当婚，女大当嫁，这是天经地义之事。你已长大，到了婚嫁的年龄了，岂能不考虑选婿之事？

白羚说：反正我不要。你们选的我都不要。

朱利笑道：颁诏求婿也是要你自己挑选，我们只是帮你审查把关而已。

白羚嗔道：我还从来没有想过此事呢，你们不要这么着急嘛。

朱利正色说：当然不急，但此事关系重大，也是不能久拖的。我和你父王年事渐高，将来蜀国的王位要传给你，选婿之事办好了，我和你父王才能放心。

白羚听了，领悟到了母后话中的深意，也收敛了一贯的任性，沉吟道：既然不急，那就从长计议吧。

朱利见公主已经答应考虑此事，心里很高兴，含笑道：好啊，到时候你再和你父王好好商量此事。

白羚说：父王一切都好吧？数月不见，我真的很想他。

朱利说：你父王心情很好，近来正在筹划称帝之事。

白羚说：就当蜀王不好吗？为什么一定要称帝呢？

朱利说：这也是为了蜀国更加强盛，你父王的筹划当然是很有道理的。于是便将杜宇王命令重建祭坛，派人寻找神巫，以及对称帝时机的选择，为什么要称帝的缘故等等，都告诉了白羚。白羚对父王自幼便有崇拜之情，既然父王已经深思熟虑了，肯定不会错，那就按照父王筹划的去办吧。

杜宇王独自待在王宫中，正好静下来将称帝之事再好好想一想。

这天下午，阿黑和两名侍卫回到了宫中，下马后，便立即来见杜宇王。杜宇王见到阿黑很高兴，忙问此行情况如何？阿黑如实做了禀报。

阿黑说：神巫确实回到了隐居地，正在修炼一种最高层次的法术，不知闭关于何处，连他的嫡传弟子都不知道究竟在哪个山洞里。据说，还要数月之后才能练成。我们不能久等，只有回来向大王禀报。

杜宇王哦了一声，有些纳闷。老阿摩已经那么高龄了，还要练最高层次的法术，真的有点匪夷所思。什么叫最高层次的法术？如果练成了，会是一种什么样的本领呢？巫术的最高境界就是通神，通神的最高本事就是成仙。老阿摩难道是为了成仙而闭关修炼吗？据说历代蜀王中就有仙化的，但那毕竟只是民间传言而已。比如民间传说，鱼凫王就是仙化而去了。其实，只有杜宇王最清楚，鱼凫王是倒在了自己的剑下。可见鱼凫王仙化之说，纯属百姓附会，或者是鱼凫族人有意散布的一个无稽之谈，为鱼凫族人东山再起埋下了一个伏笔。但老阿摩又确实是在修炼，或许真的是某种了不起的法术吧。如果一定要找到老阿摩，也要数月之后，万一还是找不到，称帝之事怎么办呢？

阿黑继续说：我们在寻找神巫的时候，闯入了鱼凫族人的隐居地，见到了一个坐在溪畔磨刀的人，很像是入宫行刺的那个叫鱼鹰的歹徒。

杜宇王颇为惊讶，问道：你们不会看错吧？

阿黑说：小虎一看到那人就愤怒地咆哮起来，说明不会错。

杜宇王哦了一声，觉得此事有些不可理解。明明是朱利用箭射杀了鱼鹰，他亲自下令将鱼鹰埋进了鱼凫王的墓地，怎么会又出现在深山密林里呢？会不会是形貌相似的另一个人？鱼凫王败亡后，有一些鱼凫族人逃进了深山，这是众所周知的事情。杜宇王并没有将鱼凫族赶尽杀绝的想法，所以一直听之任之。自从发生了鱼鹰入宫行刺的事件之后，才知对鱼凫族人不可掉以轻心。但纵使鱼凫族人仇恨难消，也早成了强弩之末，已不足为患。

阿黑看着神色沉重的杜宇王，问道：大王，是否立即派人前去擒拿？如果时间久了，他们也许会隐藏到其他地方去。

杜宇王想了一会儿说：暂时不必。这么多年都没有捉拿他们，自然不必着急。只要他们不作乱，就可以置之度外。

阿黑说：我是担心他们野心不死，还会继续行刺。

杜宇王豁达地一笑说：果真如此，那就要严惩了。

阿黑知道，杜宇王历来仁厚，有意对逃走的鱼凫族人网开一面。即使对曾经入宫行刺又死而复生的鱼鹰，杜宇王似乎也没有深究的意思。从杜宇王现在的态度看，显然暂时不会派人进山去扫荡那些隐居的鱼凫族人，也不打算将鱼鹰重新抓捕归案。但无论如何，死而复生的鱼鹰与那些凶狠的鱼凫族人，都是一个很大的隐患。作为杜宇王的贴身侍卫，以后一定要格外警惕才好。

杜宇王又问了沿途的一些情形，并关心地询问了阿黑父亲的近况。得知阿黑的父亲在山中打猎时被熊咬伤了腿，如今瘸了一条腿，拄着拐杖走路，十分感叹。阿黑转达了父亲对杜宇王的感谢和问候，并说了父亲对自己的叮嘱。杜宇王说：有机会，我一定要去看看你父亲。你们辛苦了，下去休息吧。

杜宇王独自坐在王座上，继续思考称帝之事。关于此事，杜宇王前前后后已经想了很久，对其中的所有环节都仔细琢磨过了。其实，称帝并不复杂，就是换一个更加尊贵的称号，将过去的蜀王之名，换成望帝。当然，称帝之后，君臣之间的礼节也要相应做一些调节，众臣面见杜宇王时不能再称大王，而要改称望帝了，而且要行叩拜之礼。还有，后宫除了帝后，还要有嫔妃。杜宇王登上王位后的这些年，除了王后朱利，从未纳过王妃。这倒不是他有意洁身自好，或者有意节欲，主要还是缘于对朱利的深厚感情。还有一个重要原因，就是没有遇见他特别喜欢的其他女子。杜宇王想，称帝之后，这种单调的宫廷生活，就应该做一些调整，纳几个嫔妃也就是情理之中的事情了，朱利荣升为帝后，对此事也就不会阻碍或反对了。当然，关于后宫嫔妃的想法，杜宇王尚未和朱利谈起，怕引起朱利不快，反正等到称帝之后再告诉朱利也不迟。

杜宇王知道，蜀国的百姓，身边的众臣，都不会反对称帝。称谓的改变，关键是要举行一个盛大的仪式。一旦举办了这样的盛典，杜宇王就成了名正言顺的望帝。举办称帝盛典，要有主持者，自然是非神巫老阿摩莫属。假若找不到闭关修炼的老阿摩，无法将老阿摩礼请出山，又怎么办呢？这已经成了一个不得不认真思考的问题。或者干脆就由自己主持，或者选一位大臣宣读劝进之表，然后由自己祭告天地诸神，也就完成了称帝的仪式。但没有神巫在场，只显示王权，没有彰显神权，称帝的影响会大大减弱，甚至会使人产生疑惑。蜀国的民众，都笃信神巫，一定要君权天授，才使人心服口服。势不得已，只有采取第二种做法，但是效果又会如何呢？这样做究竟好不好呢？这些都是杜宇王颇为犹豫和感到为难的问题。

这时阿鹄来到王宫，面见杜宇王，向杜宇王禀报负责的几件事情。

首先是在王城外修建的高大祭坛，进展很顺利，洪水冲塌之处和留下的淤泥都已清除干净。为了使祭坛更加坚固，阿鹃调动人员开采了石块，垒砌了祭坛的基础。然后中间填以泥土，层层向上修筑，现在已经修建了一小半了。其次是蜀相官邸的修建，已基本完工，只需再移栽一些花木在官邸的院内，就可以交付居住了。

阿鹃说：禀报大王，蜀相官邸已可使用，何时交付蜀相，请大王指示。

杜宇王说：很好啊，蜀相治水，十分辛苦，赐予官邸，也算是一个慰劳吧。原来想等蜀相凯旋班师时给他，或者先交付蜀相家人也是可以的。总要先做些布置，才好住进去嘛。

阿鹃说：大王所言极是。何时交付蜀相家人，请大王决定。

杜宇王说：择日我就派使者传旨给蜀相家人吧。

阿鹃说：小臣以为，大王将蜀相家人传进王宫，面见大王，当面宣旨将官邸授予，这样效果才好，以充分显示大王的恩德，使其感恩戴德。

杜宇王点头说：我也正有此意。这样自然是更加郑重其事，使其明白朝廷的关心。只要忠诚王事，建功立业者，都是会有重赏的。

阿鹃听出了杜宇王的话外之意，连声说：对，对，大王高明，所言极是。

杜宇王对阿鹃办事的效率还是比较满意的，吩咐的几件事情，都一一照办，进展顺利。这也正是阿鹃的长处，用人如用器，用其所长而已，杜宇王对此是很有知人之明的。杜宇王说：阿鹃啊，你也辛苦了，还有其他诸臣，也都有劳苦，待祭坛建好，举行盛典之后，一并嘉奖。

阿鹃说：大王过奖，这都是小臣应该做的。

杜宇王难得有这样的夸奖，说明杜宇王最近的心情很好。阿鹃听了杜宇王要嘉奖众臣的许诺，心里自然很高兴。阿鹃又请示了关于修筑祭坛的几个细节，征询了对历代神巫铜像的安置意见，才告辞出宫。

第二天，杜宇王接到朱利派回来的信使报告，说鳖灵治水进展顺利，公主也一切都好，她要和公主再住一些日子才回宫。杜宇王见朱利都说治水进展顺利，看来鳖灵确实很能干，为解除蜀国水患立了大功。杜宇王联想到阿鹄的禀报和建议，觉得很有道理，何不先将蜀相官邸赐给鳖灵家人呢？于是便派侍卫前往鳖灵家中传旨，邀请鳖灵家人入宫面见，准备当面将蜀相官邸赐给鳖灵家人，以显示王恩浩荡。

　　朱利和白羚在一起，母女情深，几天来形影不离，无话不谈，觉得很开心。

　　在过去的那些岁月里，朱利和白羚长期生活在后宫中，虽然很舒适，也很亲近，却不像现在这样随意和亲密。这里的居住和饮食都比较简陋，各方面的条件都是不能和宫廷生活相比的，但身心都很自由，母女之间的情感交流也分外随和。

　　朱利和白羚有时一起去凿除崖礁的施工现场，有时去乡民家中访问民情，有时骑马查看河道的疏通和堤坝的修筑，有时也会携了弓箭去湔山附近的山林内射猎。这种野外生活，天天和普通民众打交道，或者行走在大自然中，都充满情趣，与宫廷生活的单调乏味完全不同，心境也随之发生了很大的变化。朱利感觉自己仿佛又回到了以前，精力与体力似乎都变得年轻了。朱利深居宫中的时候，有时会觉得自己真的变老了，现在的这种心境与感觉，或许是受了白羚的影响，使她很高兴，也很开心。回归普通人的生活状态，其实也是非常有意思的一件事情。能使人更加体会到无拘无束的好处，进而享受人生本真与常态带来的各种快乐。这可能就是白羚不喜欢宫廷生活，更喜欢经常外出自由行走的原因吧。

　　朱利早年的行走江湖，与白羚如今的外出行走，其实仍有很大的不同。毕竟现在的身份地位都不一样了，百姓们见到她们都毕恭毕敬，蜀相鳖灵对她们更是礼敬有加。朱利早年只是一位氏族首领的女儿，现在是蜀国的王后，白羚是蜀国的公主，两人的身份都尊贵无比。朱利出门，身边都有侍卫和宫女跟着，虽然不讲究排场，但规矩是不能少的，已经形成了一种模式和习惯。朱利还是不能像白羚那么洒脱，可以独自一人无拘无束，年龄和地位使朱利只能回味过去，已经很难真正回到以往的状态了。

白羚陪伴朱利一起去山林中射猎，这是两人都非常喜欢的一项活动。当拉开弓弦，羽箭嗖的射出，猎物应声而倒时，心中便会洋溢着一种快感。朱利的射箭技巧依然像往昔一样精准，箭无虚发，每箭都会命中要害。这使白羚很敬佩，跟随母后这几天使她很有收获，起码在射箭上就又学到了一些重要的诀窍。譬如射击奔逃中的动物，瞄准时要有敏锐的判断，瞄在头部前面，箭到时恰好射入动物的颈部，如果瞄在颈部，可能会射在尾部，甚至会落空。还有射箭的动作也有讲究，有正射、侧射、回身而射，以及仰射和俯射等等。白羚自幼就跟随父王和母后学习射箭，如今经过朱利指点，射箭水平又有了很大提高。

有一次她们在江边，看到了江中游动的大鱼，朱利一箭就射中了鱼头。大鱼挣扎着沉入了水中，一会儿又漂浮起来。随行的侍卫用长竹竿将大鱼捞了上来。

白羚兴奋地说：原来鱼也是可以用箭来射的呀。

朱利笑道：是啊，鱼凫族人就很擅长此技。他们打鱼不是用网，主要是用箭。

白羚说：是吗，都说鱼凫族人善于用箭，原来是用来射鱼的。

朱利说：他们不仅善于射鱼，还擅长射鸟，所以叫鱼凫族嘛。

白羚说：他们用鱼和鸟来做族徽吗？

朱利说：是啊，传说鱼凫王有一柄金杖，上面就刻画了一支长杆羽箭，射穿鸟颈，射入鱼头，就是这个意思。

白羚说：母后，那我们有没有族徽呢？

朱利说：也有啊，是太阳和神鸟。

白羚说：为什么要以此来作为我们的族徽呢？

朱利说：太阳照耀天地万物，神鸟翱翔九天，都是最尊贵的象征。

白羚说：哦，原来是这个意思啊。太好了！

朱利和白羚又说到了箭上还可以系上又细又长的绳子，称为弋射。绳子是用丝线做的，又轻又结实，射中鱼后，可以将鱼从水中拉上来。在秋天还可以用弋射之法来猎获大雁。如果是射猎大型野兽，就用不着此法了。

朱利又说：羽箭上的尾羽，也很有讲究，尾羽短了会射不准，尾羽长了会影响速度，所以尾羽要长短合适。还有箭镞，既要锐利，也要轻重合适，这样的箭才是好箭。加上好的弓弦，使用起来才能箭无虚发。

白羚这才知道，小小的弓箭，竟然也有这么多学问。

白羚的性情自由活泼，对感兴趣的事情有着强烈的尝试和体验欲望。听到母后介绍的弋射，就产生了浓厚的兴趣，找来了丝线，系在了箭上。白羚先去江边射鱼，果然射中了，就用丝线将鱼拉上岸来。如果没射中，也可以将箭拉回来重新使用。就像玩一种其乐无穷的游戏，白羚觉得很好玩，乐此不疲，在江边射了很多鱼。朱利也大受感染，陪着白羚，一起射鱼，收获甚丰。她们将射获的大鱼装在了竹筐里，让随行的侍卫抬去了驻地，分给百夫长们。那两天，参加治水的人们都吃上了鲜美的鱼肉，改善了伙食。

白羚又去山林里用弋射的方法射鸟，射了几次，效果都不好。或许是丝线系箭的方式不对，也可能是树林密了，射的又并非大鸟，因而毫无收获。其中一次，丝线被树枝挂住了，费了很大的劲才收回来，这使得白羚有点扫兴。朱利安慰说：弋射之法，主要是秋天在田野里射雁用的嘛，你要射林中的鸟，何必弋射，用普通的射法就可以了。

白羚说：我不试试，怎么知道啊。

朱利笑道：等到秋天你再试吧。那时大雁南归，排着人字形在空中飞行，你随便瞄准其中一只，就会大有收获。

白羚说：大雁飞得那么高，能射获吗？

朱利说：也有飞得不高的时候，你试试看啊。

白羚也笑道：好啊，到时候我试试。

有一天，白羚和朱利在湔山附近的山林里遇见了一只猛虎。

这是一只体型硕大的斑斓猛虎，刚刚捕获了一只小鹿，已经吃得半饱，正虎视眈眈地看着她们。虎是山林中的百兽之王，凶猛异常。猛虎大都出没于深山中，平常难得一见。随行的侍卫骤见猛虎，都很紧张，立即拔出了佩带的刀剑，护卫着王后和公主，准备和猛虎搏斗或者撤退。

白羚则大为兴奋，她平常外出射猎，遇到的以野鹿和野猪居多，很少看到这样的猛虎。白羚对动物，或者亲近，或者射猎，似乎从没有害怕的感觉。白羚用征询的眼神看了母后一眼，手执弓箭，跃跃欲试。

朱利也有点紧张，绷紧了心弦。她已很久没有看见猛虎了，记得还是早年和杜宇一起行走江湖时，曾遇见过虎群。那群虎遭到了猎人的围捕，发出了声震山林的怒啸。猎人射获了一头，其余的虎群跳过山涧，逃进了密林。现在遇到的这只猛虎，体型更为强健硕大，堪称虎中之王了。此虎显得非常威猛，因为刚吃了小鹿，所以只是警觉地看着来人，似乎并无攻击之意。朱利注意到了白羚的眼神和执箭的动作，知道白羚的意思。按照以往的经验，若没有绝对胜算，最好不要人虎相搏。是否猎获这只猛虎呢？朱利有些迟疑不定。

白羚见朱利沉默不语，则当作了默许，立即拔出羽箭，拉满雕弓。说时迟，那时快，朱利来不及阻止，只听见嗖的一声，白羚的羽箭已经射出。

白羚的这一箭射得非常精准，正中猛虎的左目。受伤的猛虎立即发出了狂啸，声震山林，纵身一跃，带着射入左眼的羽箭，朝着他们猛扑过来。猛虎前面的树枝，随之发出了噼里啪啦的折断声。侍卫们一声惊呼，手持武器，拉开架势，准备与猛虎搏击。

朱利的反应也极快，此时的情形已不容犹豫，瞬间也射出了一箭，正中猛虎咽喉。朱利射箭的力度，自然远在白羚之上。这一箭射得很深，给了猛虎致命一击。朱利选择的时机，也恰巧在猛虎跃起之际，故而正中要害。猛虎落地的时候，已经失去了威势。朱利的第二箭随之又射了出去，正中猛虎的右目。这只威猛异常的大虎，连中三箭，轰然倒下，就这样被射杀了。

几名侍卫惊魂甫定，看到猛虎确实死了，这才收起了刀剑，对王后和公主的射技赞叹不已。

朱利也松了口气，对白羚说：刚才好险。你好莽撞，为何要射猛虎，一点都不害怕吗？

白羚说：和母后在一起，我怕什么？不是挺好玩的嘛。

朱利含了笑说：和猛虎相搏，可不是好玩的事情。

白羚兴奋地说：猎获了这只大老虎，父王一定会很高兴的。

朱利有点不解地问：为什么？

白羚说：父王的王座上有一张熊皮，被鱼鹰刺破了，这下不是可以换成虎皮了呀，你说父王能不高兴吗？

朱利也想起了王宫大殿王座上的那张熊皮，杜宇王在同入宫行刺的鱼鹰相搏时，急中生智，用熊皮来抵挡鱼鹰的短刀，熊皮已被刺出数洞，不能再用。如果能用虎皮替代，当然是再好不过的事了。

朱利笑道：原来你是为了这个目的才射这只猛虎的？

白羚也笑着说：是啊，我一看见这只大虎，就想到了父王的王座，所以就出手啦。

朱利说：难得有你这份孝心，所以老天和猎神也在帮我们，轻而易举就射杀了这只大虎。回去将虎皮好好制作一下，铺在王座上，你父王称帝时有虎皮坐，肯定很开心。

白羚笑道：是啊。也许这只大虎就是老天和猎神送给我们的呢。

朱利看到白羚天真烂漫的样子，忍不住笑了起来。

几名侍卫用木杠抬着射获的猛虎，回到了行帐。

鳖灵看到了大虎，得知了射虎的经过，也大为惊叹，对白羚的射技称赞不已，对朱利也是敬佩有加。

朱利当天便派了一名侍卫，将猎获的大虎用马驮了，送回了王城。吩咐侍卫回宫后顺便向杜宇王禀报这边的情况，免得杜宇王挂念。

第十七章

杜宇王派出的侍卫，已经前往鳖灵家中传旨，准备在王宫中召见鳖灵家人。

海伦在金沙村庄园内接到杜宇王的旨意，有点意外，同时也倍觉兴奋。杜宇王为什么要在宫中召见她呢？这是她不得而知的。她推测了几种可能，又自己否定了，总之猜不准。王命难违，必须遵旨而行。借此机会，看一下王城和王宫，不是很好玩吗？还可以面见一下杜宇王，看看是否真如鳖灵说的那么英明睿智，也是很有意思的一件事情啊。这样想着，海伦便觉得很兴奋。

遵照鳖灵外出治水时的布置和吩咐，海伦只能待在金沙村家中，是不许出门的。但因为是杜宇王的旨意，要在宫中召见，侍女小玫和家丁们自然都不能阻拦。海伦在家中待久了，像关在笼子里的金丝雀，希望自由外出就像鸟儿渴望飞翔一样强烈。现在能出门骑马行走，自然有点喜出望外。当天便开始准备，梳洗了，打扮了，换了华丽的服装。并吩咐小玫也打扮了，以便陪同自己一起入宫面见杜宇王。

小玫看着高兴而又热切的海伦，联想到和海伦闲居无聊时经常在闺房中扮演蜀王和王妃的游戏，现在真的要陪同海伦入宫面见杜宇王了，心头也涌起了一种莫名的兴奋。小玫一边伺候着海伦换衣服，一边细声问：蜀王宫中有没有什么礼节要求？

海伦说：谁知道啊，反正入宫拜见就行了。你不是演过王妃的吗？

小玫说：你也演过呀，你最喜欢演的就是王妃嘛。

海伦说：那我们就按王妃见蜀王的样子，拜见蜀王就行了。

小玫说：好不好呢？我们又不是真的王妃，怎么拜见呀？

海伦笑道：说不定这次进宫，你就真的成了王妃了哦。

小玫说：我不要，也不会的，杜宇王怎么会要侍女做王妃呢？

海伦说：很难说哦，我就说你是我的妹妹，想入宫做王妃，杜宇王就会欣然笑纳的。你说好不好？

小玫连声说：不好，不好，一点都不好！要做王妃，你自己做。

海伦说：又胡说了，我怎么能做王妃。

小玫也开玩笑说：如果杜宇王真的看中你，要你做王妃，看你怎么办？

海伦笑着说：我是蜀相夫人，当然不行。我就推荐你呀。

小玫也笑了说：如果杜宇王一定要你做王妃呢，看你怎敢违抗？

海伦说：你又不是杜宇王，你怎么知道杜宇王想什么做什么？

小玫说：我是猜的，假如是真的，你敢抗旨不遵吗？

海伦沉吟道：那么我们不入宫了。免得发生这种事情。

小玫认真地看了海伦一眼，笑着说：看你换了这么漂亮的衣服，又是这么兴奋的样子，你真的不打算入宫去面见杜宇王啦？

海伦说：我也不知道究竟该不该去呀，杜宇王的旨意当然不好违抗，反正只是召见而已嘛。

小玫说：看嘛，看嘛，你还是想去嘛。

海伦说：那我们就去嘛，鳖灵常说杜宇王英明睿智，相信并非虚言。既然是位贤明之君，就用不着担心什么。你说对不对？

小玫说：对呀，我刚才只是和你开玩笑嘛。

海伦说：好啊，你敢和我开这样的玩笑，看我不收拾你，一定要把你献给杜宇王做妃子不可。说着便开始哈小玫的痒痒。小玫一边躲闪求饶，一边说：不要啊不要啊。两人在内室嬉闹着，笑成一团。

晚上，两人入寝时，又说到了明天入宫面见杜宇王的事。因为无聊，两人又扮演了一次蜀王和王妃的闺密游戏。直到两人都疲倦了，这才上榻相拥而眠。

海伦由于莫名的兴奋而睡不着，又联想到了小玫白天说的玩笑话，出于一位聪慧女性的直觉，觉得虽是玩笑，却并非无稽之谈。万一杜宇王真的看中了自己的姿色，那该怎么办呢？海伦甚至联想到了有次做过的一个很奇怪很神秘的梦，在恍惚中被俊朗强壮的杜宇王解开了衣服，将自己赤裸着抱上了王榻。一想到这个神秘奇妙的梦，海伦便浑身燥热，心绪激荡。为了防范不发生这样的事情，最好是找一个巧妙的理由，婉拒杜宇王的召见，不入宫去见杜宇王，就什么事也没有了。但这肯定是不行的，首先是杜宇王的旨意不容违抗，其次是自己不是一直渴望着到王城与王宫中看看吗？现在有了这样的机会，怎么能不去呢？所以，遵旨入宫面见杜宇王，这不仅势在必行，也是一个抵挡不住的诱惑。更何况，梦境中的事都是虚幻的，哪里会真的发生呢？这样想着，海伦的犹豫便渐渐淡了，诱惑终于占了上风。

第二天上午，杜宇王派出的两名侍卫到了，专门来迎接并护卫路上的安全。

海伦和小玫穿戴齐整，骑上家丁备好的马，离开了金沙村庄园，随着侍卫前往王宫。因为已有杜宇王的侍卫专程护送，家丁们无须随行，全都留在家中守护宅院。

海伦几个月没有出门了，在天气晴朗的郊外骑马行走，感觉真好。骑马时有和风吹拂，放眼望去，天是蓝的，树是绿的，油然地便有一种爽快之感荡漾在胸间。

海伦自幼生活在山清水秀的美人村，嫁给鳌灵之后住在了荆楚舒适的庄园内，既喜欢舒适安逸的生活，也喜爱野外的自由快乐，两者对她来说都不可或缺。海伦最大的天性，就是喜欢快乐。此时骑在马上，海伦就有天性回归的感觉，很想放声欢笑。如果鳖灵在身边，两人亲亲热热地并辔而驰，那就更加快乐了。海伦回想起了和鳖灵离开荆楚，一路上乘船骑马来到蜀国的情景，并想到了鳖灵外出治水的前夜，和自己难舍难分的恩爱缠绵，不由得又勾起了对鳖灵的思念。海伦轻轻叹了口气，几个月了，好难熬啊。没有男人在身边，那种对异性的渴望，真的折磨得自己好痛苦。海伦对鳖灵甚至有些埋怨，为什么不能抽空回来几次呢？又为何不同意自己骑马去看他呢？海伦就这样放纵着自己的思绪，走过郊外，来到了王城。

哦，又看到了蜀国的王城。在鳖灵入宫应诏的那天，海伦接到家丁禀告，放心不下，曾骑马来到王城外面迎接鳖灵。这是第二次看见王城，感觉着王城还是那么的气势宏伟，但心境已大不相同了。那天是无比的担惊受怕，今天则身为蜀相夫人，就要入宫接受杜宇王的召见了，心情非常轻松。海伦由此想到了人生的变化真是大啊，有时真的像做梦一样，不知不觉就换了一种生活。

侍卫引领着海伦和小玫，进入王城后沿着空旷的长街行走，不久就到了王宫。

海伦和小玫在王宫门口下了马，随着侍卫走过长长的石阶，走进了华丽的大殿。

杜宇王坐在王座上，正等着她们的到来。杜宇王知道鳖灵是带着家人一起入蜀的，但并未询问过鳖灵家中的详细情况。在派侍卫传旨召见时，也只是出于为了奖赏蜀相，以显示朝廷洪恩浩荡的考虑，并不清楚入宫面见的将是鳖灵的哪位家人。此刻听见一阵清脆悦耳的环佩之声，由远而近，像奇妙无比的音乐，从王宫门口缓缓地传进来。接着就看见了一位艳光四射的美人，带着靓丽的侍女，仪态万千地走进了大殿。

杜宇王的目光骤然一亮，犹如夜晚推窗，昏暗中突然看见一轮皓月一样，令人惊讶，也使人惊喜。海伦走路袅娜多姿，穿戴的精美服饰更加衬托了身段的娉婷优雅，又有清脆悦耳的环佩之声相伴，仿佛天仙下凡。海伦走得越发近了，五官的精致，容颜的美丽，肤色的白润细腻，服饰上的芬芳气息，举止间洋溢着的那份魅力与韵味，真可谓是沉鱼落雁，难以形容。

杜宇王有些发怔，有生以来，他还从未见过如此美艳的女人。当杜宇王接触到海伦那双风情无限的眼神时，仿佛触电一般，心跳瞬间加快。海伦也有同样的感觉，面对相貌俊朗、神态威严的杜宇王，心跳得好快，赶紧收回了目光，微微垂了头。杜宇王用发热的眼光看着美丽的海伦，天底下竟然有这么漂亮的女子，海伦的每一个部位和细节都使人赏心悦目，使人情不自禁地怦然心动。杜宇王就这样注视着已经走到面前的海伦，欣赏着海伦的风韵和美丽，胸中荡漾着心跳加速的奇妙感觉，一时竟然不知说什么才好。海伦被杜宇王看得脸都微微发烫了，有点手足无措，也不知如何是好。小玫微垂着头，站在海伦身后，躲避着杜宇王的目光。

杜宇王被海伦的美丽和风韵深深地吸引着，忘掉了问话，也忽略了其他人的存在，就像欣赏心爱之物一样目不转睛地端详着海伦，竟然有些陶醉，甚至有一种久违的欲望在心中蠢蠢欲动。海伦的脸色显得越发粉润，像盛开的娇艳花瓣，略含嗔意的眼神有些惶惑，躲避着杜宇王发烫的注视。

就这样过了好一会儿，杜宇王终于回过神来，问道：怎么称呼你呢？

海伦轻声说：小女子海伦，奉召拜见大王。说着，向杜宇王深深施了一礼。站在海伦身后的小玫，也随着向杜宇王施礼。

杜宇王明白了，问道：你就是蜀相夫人了？这位是你的侍女？

海伦说：是的，大王明见。

杜宇王吩咐赐座，让海伦坐在了王座旁边，小玫仍侍立在海伦身后。按照以往的惯例，坐在王座旁边通常是王后朱利的权利，一般人是没有这个资格的。杜宇王似乎忘掉了这个惯例，或许是忽略了王朝的规矩。当然，让海伦坐得近一点，也是方便和海伦说话，有点亲近芳泽的意味。

杜宇王微笑道：你刚才说，你叫海伦？

海伦说：是的，贱名让大王见笑了。

杜宇王说：很好听的名字啊。芳名中为何有海字？是出生于海滨吗？

海伦说：小女子出生于荆楚一个偏僻的小山村，当地只有一个美女潭，没有海。

杜宇王说：哦，美女潭？

海伦解释说：是一个很清澈的碧潭，传说天帝最漂亮的女儿曾在这个碧潭中沐浴。之后，凡是饮过碧潭之水的妇女，都会生漂亮的女孩。

杜宇王微笑道：一个很美妙的传说哦，难怪你这么美丽。

海伦听到杜宇王当面称赞她的姿色，脸上又泛起了红晕，一时艳若桃花，光彩照人。海伦避开了杜宇王炯炯有神的目光，又不知说什么才好了。

杜宇王说：可见传说并非无稽之谈，你是我见过最美的女子了。

海伦有点惶恐地说：大王过誉，令小女子无地自容。

杜宇王一笑说：天生丽质，美艳过人，哪里是过誉？又感慨道：蜀国怎么就没有这样一个美女潭呢？

海伦悄悄看了一眼杜宇王，见杜宇王虽然威严，却并没有什么架子，而且风度倜傥，神采潇洒，谈笑风生，一点也不显老，反而使人觉得很随和很有风趣。海伦惶惑紧张的心情也随之放松了许多，俏丽的脸上也露出了笑意。

海伦轻声说：但蜀国有英明的君主啊。

杜宇王注视着海伦，随即爽朗地笑了。杜宇王没想到海伦会如此应对，真的是一位聪慧又善解人意的美人，心中十分高兴。杜宇王故意问道：你为什么说我是一个英明的君主呢？

海伦说：大王英明豁达，知人善任，声誉远播，天下皆知。夫君蜀相，就多次向小女子说到大王的英明。所以小女子知道，大王是天底下最英明的君主。

杜宇王听到一位绝色美女当面如此赞誉他，不由得大喜过望，很有些洋洋自得。杜宇王喜欢听赞誉之话，以往身边的大臣们就经常奉承他，王后朱利对他也是逢迎惯了。现在天仙般的海伦初次面见，就对他盛加赞誉，自然分外高兴。杜宇王的心里不知不觉开始喜欢海伦了，觉得海伦不仅美艳，而且非常可爱。

海伦并非有意逢迎杜宇王，更不是为了拍杜宇王的马屁。因为平常多次听到鳖灵称誉杜宇王，已形成了对杜宇王由衷的敬佩，所以说出来的都是坦诚之言。海伦说罢，见杜宇王不置可否的样子，担心自己说错了话，又有点惶惑起来。

杜宇王说：有英明的君主，还要有贤能之士辅佐，国家才会兴旺。

海伦说：大王说的对，大王颁诏求贤，天下响应，就说明了大王的英明。

杜宇王笑了，朗声说：蜀相就是应诏的贤才啊。

海伦说：夫君不才，甘愿为大王效力而已。

杜宇王说：蜀相治水，为国分忧，劳苦功高。我特地召见你，就是为了表达奖赏。

海伦说：多谢大王犒劳慰问。

杜宇王说：我已特地吩咐修建了一座蜀相官邸，现已建好，召你觐见，就是要将官邸赐给你们，以便入住。

海伦有些惊喜，赶紧欠身施礼说：大王如此厚恩，令蜀相和小女子感激涕零。

杜宇王摆手让她坐下，微笑着说：不必多礼，都是应该的。

杜宇王的随和，使海伦不再拘束，渐渐地两人话就多了起来，仿佛在聊家常。不知不觉就到了午后，杜宇王没有结束召见的意思，海伦也忘掉了告辞出宫。阿黑见两人说话兴头正浓，不好打断，忍了一会儿，还是悄声提醒杜宇王，已到了进午膳的时候了。杜宇王对海伦笑着说：你看看，我们光顾着说话，连吃饭都忘了。随即邀请海伦共进午膳。海伦有些迟疑，初次入宫面见杜宇王，就要和杜宇王共进午膳，好不好呢？但和杜宇王说话很有趣，聊得实在投缘，见杜宇王坚持邀请，王命难违，也就遵旨了。

海伦随着杜宇王来到了共进午膳的地方。那是靠近杜宇王寝宫的一处宫殿，平常杜宇王和王后朱利便在这里共进午膳或晚膳。宫殿内布置得很华丽，也很舒适。毕竟是王室，与富家的庄园是大不一样的。宫殿里的一切，海伦都充满了新鲜和好奇。海伦有些感叹，原来蜀王就是这样生活的啊，王室的尊贵奢华，没有目睹是很难想象的。因为要宴请海伦，杜宇王吩咐将菜肴弄得精致一些，并吩咐将宫中窖藏的美酒拿来。

杜宇王请海伦入座，宫女将佳肴和美酒摆上后，便退了出去。侍卫和侍女小玫也退到了屏风外面，另外安排就餐。设宴的宫殿内只留下了杜宇王和海伦两个人，对面而坐，近在咫尺。因为门窗都挂有丝质的华贵帷幕，殿内的光线很柔和，还隐隐地飘拂着淡雅的兰麝香气，有意无意之间便形成了一种奇妙的气氛，给人以说不出的舒适和陶醉之感。

杜宇王亲手给海伦的杯中斟满了美酒，微笑道：有幸和你共进午膳，来，干了此杯。

海伦举起了酒杯，轻轻抿了一口，柔声说：多谢大王。

杜宇王说：这样不好，第一杯酒是要一口干了的，才有诚意。

海伦有些不好意思，听杜宇王这样说，只有一口饮尽了杯中的美酒。

杜宇王微笑道：这样才好。随即又给海伦杯中斟满美酒，举杯说：来我们喝第二杯，也要干了。

海伦迟疑了一下，也将杯中酒喝了。

杜宇王又倒了第三杯，也和海伦一起喝了。

海伦其实是有酒量的，平常和鳖灵在一起的时候，就常有饮酒。但和其他男人一起饮酒，海伦还是第一次。不过，既然答应了和杜宇王共进午膳，饮酒也就是顺理成章的事了。关于酒的品质，海伦和鳖灵在一起时也饮过多种美酒，但都比不上此时在蜀王宫中饮的美酒，如此醇美，入口生香，回味悠长。

杜宇王见海伦能饮酒，而且很爽快，心里特别高兴。杜宇王很久没有这样开心饮酒了。近年来，杜宇王和王后朱利共进晚膳时偶尔也会喝一点酒，但都没有什么情趣，甚至有些索然无味。现在，恰巧朱利外出了，公主也不在身边，王宫中无人监管，杜宇王彻底放松了自己，和娇艳如仙的海伦一起饮酒，真的是快乐无比。杜宇王感觉自己一下年轻了，仿佛又回到了当年和朱利相恋相爱的时候。不过，此时面对着的不是当年仗剑行走江湖的朱利，而是美艳到无法形容的海伦。面对着这样一位美女，而且杯盏交错，真的是人生一大快事。

杜宇王又给海伦斟满了酒，问道：觉得此酒还可以喝吧？

海伦随意回答说：很好啊，大王的美酒，当然是最好的。

杜宇王微笑道：那我们多饮几杯，只要你喜欢就好。

海伦说：小女子酒量有限，不敢多饮。

杜宇王说：此酒多饮无妨，不会醉人的。我也很久没有饮酒了，难得有此一聚。

海伦见杜宇王说得如此坦诚，只能半推半就，又饮了几杯。

杜宇王见海伦每次劝酒都并不推辞，便知道海伦其实也是喜欢饮酒的。杜宇王又取了另一种美酒，给海伦斟满了一杯，举杯说：来品尝一下此酒如何？海伦饮了杯中的酒，一笑说：大王此酒，比刚才的酒还好。

杜宇王拿出的这种酒，是颇有讲究的，喝了会使人情欲旺盛，增添激情。杜宇王有时和朱利会饮上几杯，自从两人分榻而卧后，共饮此酒也就失去了意义。杜宇王此刻和海伦共饮此酒，也是一时心血来潮，并无什么恶意。因为此酒口感极佳，极其醇美，堪称天下第一美酒，所以杜宇王兴之所至，便拿了出来请海伦品尝。

因为多饮了美酒，海伦俏丽的脸容渐渐红润起来，显得格外娇嫩艳美。杜宇王欣赏着近在咫尺的海伦，觉得海伦的一笑一颦都美不可言。杜宇王有些感叹，假如不能拥有这样的美色，岂不是人生一大遗憾？真的是枉为君王了！杜宇王看到海伦饮酒之后，眉目之间，顾盼生情，说话吐气如兰，不由得怦然心动，感觉心跳骤然加快，一种久违的欲望在胸中蠢蠢欲动，渐渐地变得强烈起来。杜宇王明白，也许是刚才那杯特殊美酒的作用吧，激发了自己埋藏已久的欲望。杜宇王相信此时的海伦也不例外，她惺忪的神态与潮润的双眸，就透露了她骚动的心态。

杜宇王不知道接下来会发生什么，他的理智正在和欲望相互搏击。杜宇王又给海伦斟满了一杯美酒，问道：海伦，你喜欢这种美酒吗？

杜宇王在称呼海伦时直呼其名，是一个很微妙的暗示，向海伦传达了对她的喜欢和亲切。问的话也很含蓄，似有微妙的话外之意。聪慧的海伦岂能不知，当即便有点心跳加快。

海伦的情绪已经有些难以自控，嗔笑道：喜欢呀，大王的美酒岂能不喜欢。

杜宇王直视着她说：蜀相治水在外，你独自也饮酒吗？

海伦避开了杜宇王的目光说：寂寞的时候会饮酒啊，大王为什么要这样问？

杜宇王说：我有时候也像你一样啊。

海伦回眸说：难道大王也有寂寞的时候？

杜宇王说：是啊。

海伦柔声说：我不相信。

杜宇王说：为什么？

海伦说：大王后宫佳丽甚多，怎么会寂寞？

杜宇王说：如果有你这样的佳丽，就不会寂寞了。

海伦红了脸，莞尔一笑说：大王说笑了，小女子不好意思。

杜宇王说：不是开玩笑，看着你就很开心，如果……

海伦眼波似水，顾盼着问道：如果什么？

杜宇王说：不说也罢。

海伦含笑说：大王也有不愿说的话。

杜宇王也笑了说：只要你听了不生气，我就说。

海伦说：小女子怎么敢生大王的气？

杜宇王迟疑了一下，半开玩笑半认真地说：我是想说，如果和你雨露恩爱，一定快乐如仙。

海伦怔了一下，见杜宇王话说到了这个份上，霎时脸色通红。其实，出于女性的敏感，海伦已经知道杜宇王要说什么。她的追问，似乎有些纵容挑逗的意味，其实只是好奇而已。但当杜宇王真的亲口说出来的时候，海伦既满足了极大的虚荣心，又感到了不好意思。海伦瞬间又联想起了那个奇怪而又神秘的梦，自己在梦中被杜宇王解开了衣服抱上了王榻，便有些慌乱起来。难道真的会发生梦境中的事情吗？如果发生了又怎么样呢？

杜宇王看着走神的海伦，举起酒杯说：海伦，你说过不生气的哦。

海伦掩饰着自己的神态，似嗔似笑地说：不生气，当然不生气。

说着便将酒喝了。杜宇王也将酒喝了，随即又给海伦斟满。这样又饮了几杯美酒，海伦已经不胜酒力，浑身燥热，难以抑制，用惺忪潮润的眼神看着杜宇王，伸出纤纤玉手，娇嗔道：大王，我要醉了，你是不是有意的啊？

杜宇王起身，拉住了海伦的玉手。海伦吐气如兰，也站了起来，摇摇晃晃，顺势倒在了杜宇王的怀里。一股海伦特有的香泽气息，瞬间包围了杜宇王。强烈的欲望像泛滥的洪水一样，立刻淹没了杜宇王的心智。杜宇王的理智彻底败下阵去，此时的欲望已经强烈如火、汹涌似潮，不可阻挡。

身材高大、体魄健壮的杜宇王抱起醉意朦胧的海伦，用脚推开殿中侧门，走进了华丽的寝宫，将海伦放在了王榻上。

杜宇王从容地解开了海伦的衣服，露出了海伦丰润细腻的玉体。海伦微闭着潮润的眼睛，在醉意中无力地抗拒着，又急切地顺从着。海伦的肌肤一接触到杜宇王的手指，便一阵酥麻，浑身就像着了火似的发软发烫。海伦丰满起伏的酥胸，有些急迫的呼吸，柔软顺从的胴体，更加刺激了杜宇王。当杜宇王开始亲吻海伦的脸颊、耳垂、眼睛、酥胸和嘴唇，紧紧地搂住海伦，将海伦压在强壮的身下的时候，对异性渴望已久的海伦一下就酥软了，融化了。就像洁白美丽的雪人化成了万般柔情的水，又好似干柴遇到了烈火，在激烈的燃烧中化成了缠绕的云雾。一切都真的像梦境中一样，如梦似幻，却又千真万确地发生了。

海伦洋溢着青春朝气的玉体，像春天干旱的土地一样渴望着雨露的滋润。醉意朦胧中，更加深了渴望的强烈和滋润时的快感。海伦曾经和小玫多次扮演蜀王和妃子的缠绵游戏，海伦最喜欢的就是扮演妃子的角色。当预演变成实战，假戏一旦真做的时候，海伦竟然体会到了一种难以形容的陶醉，海伦压抑已久的激情一下就爆发了。海伦感觉和杜宇王之间的恩爱似乎一点都不陌生，就像真的演戏一样。海伦和小玫扮演闺密游戏时，只是为了聊以慰藉难忍的寂寞，此刻和杜宇王缠绵在一起，则使海伦真切地享受到了男女欢爱的快乐。

海伦的欲望非常强烈，几个月的渴望，使她一下进入了如痴如狂的地步。杜宇王异常强健，将她的快感一步一步推向高潮。海伦用玉臂搂住了杜宇王，开始是轻柔的搂抱，随着激情的高涨，搂得越来越紧，恨不能将自己和强健的杜宇王融化在一起。当高潮来临之际，海伦用玉贝似的细密牙齿咬住了杜宇王的肩膀，一边摇晃着乌发蓬松的头，一边小声呻吟着，发出了母兽似的欢鸣。

杜宇王很久很久没有享有这样的男女欢爱了，感觉自己的身体还是像年轻时一样雄壮强健。杜宇王给了海伦无比的快感，海伦也使他体会到了一种充满新鲜的男女欢爱之乐。海伦和朱利完全不一样，海伦天生丽质，海伦极其性感，海伦激情蓬勃，海伦柔软而富有弹性的玉体充满欲望，海伦生来就是为了享受男女欢爱的尤物。海伦性爱中的癫狂，海伦的呻吟和欢鸣，海伦芬芳的气息和风情无限的眼神，海伦柔顺的下体和缠绕的玉臂，还有海伦高潮时的搂咬，无不使人陶醉。杜宇王和海伦饮酒时说的不错，和海伦雨露恩爱，真的是快乐如仙。那种感觉真的是美妙无比，美到无法形容，美到难以言传。

杜宇王历来健硕，天生异秉，男女欢爱时持续得特别长久。杜宇王和朱利年轻时在一起欢爱，朱利总是甘拜下风。如今杜宇王虽然年纪大了，但身体依然强健如昔，男女欢爱的功夫也丝毫不减当年。对于杜宇王来说，这本是很正常的现象。对于海伦，则是一种全新的体验和震撼。海伦和鳖灵享受夫妻床笫之乐时，通常到了高潮，也就结束了，有时海伦难免有意犹未尽之感，甚至高潮刚刚开始就溃堤了，使得海伦难以尽兴。此刻和杜宇王的欢爱就不同了，杜宇王非同寻常的健硕和强悍，使得海伦高潮迭起。海伦就像在欢乐的波浪中颠簸，海伦的欢快之感一波接着一波。杜宇王刚柔相济的动作，就像神奇的滑板，不知不觉地将她推到了浪尖上，使她欢鸣着跌下来，随即又冲向波浪的巅峰。那种奇妙的快感久久地持续着，使得海伦如痴如醉，欲仙欲死。

海伦有生以来，第一次真正明白了什么才是能够使人深深陶醉的男女欢爱。海伦由于激动和欢快，眼泪也流了出来。这场和杜宇王的欢爱，使得自己的生命都获得了升华。海伦觉得，过去和鳖灵的床笫之乐，真的是太普通了，甚至是太无趣了。就在这一刻，海伦在激情澎湃中突然发现自己已经深深地爱上了杜宇王。海伦觉得自己一点都不后悔对鳖灵的背叛，如果没有这次和杜宇王在王榻上的欢愉体验，怎么能体会到男女生命中真正的快乐呢？海伦的情绪和心态，因为有了这次和杜宇王的欢爱，随之发生了颠覆性的变化。海伦再也不是以前的海伦了，海伦真的成了梦境中的王妃。

当杜宇王也结束的时候，贪恋欢乐的海伦仍搂抱着杜宇王，舍不得让他下来。

杜宇王感觉到了海伦的喜欢和依恋，感觉到了海伦永不满足的欲望，感觉到了海伦风情无限的缠绕，渐渐又兴奋起来。杜宇王亲吻着海伦，亲吻得特别长久。当激情再次燃烧起来的时候，杜宇王和海伦又开始了新一轮的欢爱，使海伦再次体会到了在波浪上颠簸的巨大快感，体会到了进入梦境或仙界的无穷欢乐。

杜宇王和海伦在寝宫中忘乎所以，一次一次地纵情欢爱。两人忘掉了时间，也忘掉了晚膳。除了无穷尽的欲望，和欢爱时的巨大快乐，他们将世上的一切全都抛在了脑后。

阿黑守护在紧闭的寝宫门口，谁也不敢吭声，更不敢去打搅他们。侍女小玫也守候在门外，实在疲倦了，就靠在屏风后华丽的帷幕下假寐。小玫虽然不能目睹寝宫里面是什么情状，但可以猜测已经发生的事情。小玫顺从海伦的要求，两人曾多次扮演蜀王和妃子的闺密游戏。现在海伦真的进了杜宇王的寝宫，入宫前夕的玩笑话一下子变成了真的事实。小玫似乎隐约听到了海伦高潮时的欢鸣，小玫想象着海伦在王榻上和杜宇王颠鸾倒凤的情景，联想到了和海伦相拥而卧时的相互抚弄，小玫的心跳都有点加快了。小玫无声地叹了口气，这本来是不该发生的啊，海伦不是向她多次强调自己是蜀相夫人吗？如果以后此事让鳖灵知道了，又该怎么办呢？这样想着，小玫便产生了深深的忧虑。但小玫毕竟是海伦的贴身侍女，对海伦百依百顺惯了，既然海伦做了，海伦定会自己担当，小玫自然是只能听从和维护海伦，也只有随她好了。现在，小玫能做的，只有耐心等待。

杜宇王和海伦的欢爱，持续了一夜。凌晨时分，两人实在疲倦了，才相拥而睡。

第二天临近中午，杜宇王走出了寝宫，传令准备早膳。其实早膳早就准备好了，午膳也准备好了，只是不敢惊动杜宇王的好梦而已。阿黑吩咐宫女，将早膳和午膳一起摆好。杜宇王坐下了，传唤小玫，让她进入寝宫伺候海伦梳洗更衣，然后等着海伦出来一起共进早膳和午膳。

阿黑已经知道杜宇王和海伦在寝宫内的整夜欢爱，对此有点意外。阿黑跟随杜宇王已久，发生这样的情形还是第一次。君王贵为天子，富有天下，可以有王后，也可以拥有很多的妃子，蜀国历史上所有的君王都是如此。但应诏入宫面见杜宇王的海伦并非王妃，而是蜀相夫人，杜宇王此举有违常理，一旦传出去，对杜宇王的声誉好不好呢？阿黑对此无法做出判断，也不便规劝，更不能指责，对杜宇王只能听从。但作为忠心耿耿的贴身侍卫，阿黑觉得还是应该提醒一下杜宇王。当侍女小玫走进寝宫，宫女也都离去，周围别无他人时，阿黑站在杜宇王身边小声说：大王，蜀相夫人离家一天了，是否派人去金沙村蜀相家中告知一声，免得蜀相家中其他人猜测和焦急？

杜宇王哦了一声，觉得阿黑的提醒很有道理。自己怎么就忘了这件事情？

杜宇王的睿智，使他立即有了一个妥善而周全的考虑。杜宇王随即吩咐阿黑说：等一会儿，你带两名侍卫，陪同海伦的侍女，去金沙村蜀相家中，对其他家人说，蜀相夫人已入住新建好的蜀相官邸。让侍女收拾了海伦的常用衣物，然后一起返回。其他家人全都留住原处，不许外出。

阿黑觉得杜宇王如此安排，应是一个比较妥当的办法，当即答应了，立即去办。

小玫伺候海伦梳洗了，穿戴齐整，走出了寝宫。阿黑随即对小玫说了杜宇王的吩咐，带了小玫和两名侍卫，骑马离开王宫，前往王城郊外金沙村鳖灵家中执行杜宇王的安排。

海伦留在了宫中，和杜宇王共进早膳和午膳。到了下午，杜宇王陪同海伦去了新建好的蜀相官邸，参观了里面装饰一新的房间和设施。临近傍晚，小玫带着海伦常用的衣物和首饰化妆用品等，从金沙村庄园返回了王城。从这天起，海伦和小玫便住进了蜀相官邸。杜宇王特地派了四名侍卫，轮流守护在蜀相官邸门口，不许外人进入。杜宇王又吩咐宫女，准备了一些宫中的舒适用品，让阿黑送到了蜀相官邸，又派了两名宫女，专门负责海伦和小玫的日常饮食。

当一切都妥善安排好之后，杜宇王才返回王宫。到了夜里，杜宇王独自睡在王榻上，转侧难眠。于是起来，吩咐阿黑前往蜀相官邸，将海伦和小玫又悄悄带进了王宫。海伦也是独眠难挨，夜色中匆匆入宫，一见到正在寝宫中等候她的杜宇王，便激情似火、柔情万般地扑进了杜宇王的怀里。

杜宇王从此君王不早朝，终日沉湎于海伦的美色与欢爱之中。

第十八章

杜宇王和海伦连续数日都沉湎在欢爱之中，如痴如醉，难舍难分。

海伦自从鳖灵离家外出治水以来，几个月的独居寂寞，对男女欢爱的极度渴望，此时都在和杜宇王的缠绵中得到了释放。杜宇王的健硕和强悍，使海伦在男女欢爱方面获得了全新的体验和极大的满足。杜宇王的俊朗和风采，杜宇王刚柔相济的动作，杜宇王和她肌肤相亲时无微不至的温存和疼爱，使海伦的心灵和情感也发生了微妙的变化。海伦只要几个时辰没见到杜宇王，便会怅然若失，好似丢魂失魄一般。海伦和杜宇王在一起时，连绵不断的欲望就像神奇的胶水一样，会使他们情不自禁地黏合在一起，很难分开。海伦的阴柔和杜宇王的阳刚，形成了一个相互吸引的巨大磁场，除了无休无止的缠绵欢爱，他们忘掉了一切，所有的理智和牵挂都被抛到了九霄云外。

杜宇王有时也会想到这件事情的利害关系，想到可能造成的影响和后果，但只要一见到海伦，所有的顾虑瞬间便都消失了。杜宇王和海伦在寝宫中欢爱，有时也在蜀相官邸中缠绵。杜宇王有生以来，从未遇到过像海伦这样的女人。在海伦入宫面见之前，杜宇王并未有什么预谋，更没有想到会有这样的艳遇。这一切都发生得非常偶然，完全出乎意料。当杜宇王见到艳丽若仙的海伦时，才油然滋生了喜爱的念头，继而是宴请和饮酒，接着便在强烈的欲念驱使下，跌入了偷情的峡谷。杜宇王的理智告诉他，这是一件不该发生的事情，作为一位英明睿智的蜀国君王，怎么能够占有蜀相之妻呢？何况蜀相正在外地辛劳治水，自己却在王宫中和蜀相之妻淫乐偷欢，岂不荒唐？但和海伦的欢爱，使杜宇王获得了一种前所未有的快乐，只要和海伦在一起，就仿佛进入了仙境，欲罢不能，只能尽情享有，越走越远。杜宇王已经被海伦的美色所深深迷惑，尤其是海伦缠绵的欲望和带给他的巨大欢乐，使他深陷其中，难以自拔。为了这种巨大的欢乐，即使付出任何代价，杜宇王都会在所不惜。

　　杜宇王与海伦之间发生的艳遇和欢爱，与一些偶然因素也有很大的关系。首先是鳖灵长期在外治水，使海伦几个月寂寞难忍；其次是杜宇王在王宫中召见海伦时，恰巧王后朱利外出探望公主白羚去了；再者是恰好蜀相官邸建好了，给了一个杜宇王在宫中召见海伦的机会。当这些偶然因素都凑在一起的时候，一切便像上天的有意安排一样，不可避免而又顺理成章地发生了。当然，在这些偶然之外，还有一些非常重要的缘由也不可忽略，譬如海伦和小玫多次扮演蜀王和妃子的闺密游戏，海伦接受了杜宇王的宴请并饮了增添情欲的美酒，都成了杜宇王和海伦进入欢爱前的铺垫。海伦也许早就期盼着这一刻了，已经有过多次预演，对杜宇王没有陌生感，仿佛真的在演戏。所以海伦在醉意中一下就进入了妃子的角色，迎合着杜宇王的强烈欲望，在充满激情和新鲜感的欢爱中，配合得水乳交融、亲密无间。初次欢爱，就能进入如此境界，已经不单纯是一种艳遇偷情，而好像是前世的姻缘和今生的绝配。杜宇王对此感受就极其深切，觉得冥冥之中自有定数，所以许多偶然才会凑合在一起，成就了这桩千古风流韵事。海伦对此则想得比较简单，每日都贪恋着和杜宇王欢爱时的快乐，陶醉于激情和癫狂中，将其他一切都扔到了脑后。

　　杜宇王和海伦仿佛在度新婚蜜月，除了亲吻和欢爱，两人有时也会相拥而坐，说一些轻松的话题，或者相互调侃，或者幽默打趣，开些玩笑，互相逗乐。海伦的天生聪慧，海伦的善解人意，海伦的故意调皮，海伦的嗔笑撒娇，充分显示了海伦的可爱。海伦不仅美艳，还如此可爱，更加深了杜宇王对她的喜爱。海伦也一样，发现杜宇王堪称天生情种，倜傥风流，比鳖灵有趣多了，和杜宇王在一起快乐无比，杜宇王才是真正适合自己的男人，所以对杜宇王一下就爱到了神魂颠倒的程度。

杜宇王欣赏着海伦娇嫩的肌肤，感叹说：海伦，你好年轻，就像绽放的鲜花。

海伦嗔笑道：大王你也不老啊。

杜宇王说：我是有点老了。

海伦笑着说：你哪里老嘛，强壮得像一只老虎。

杜宇王笑了，抚摸着海伦说：如果我是老虎，你不怕我把你吃了吗？

海伦撒娇说：大王你已经把我吃了，把我的身体吃了，把我的心也吃了。

杜宇王含笑注视着海伦说：是吗？你的心是什么样子？

海伦柔声说：我的心就像家乡的碧潭一样，清澈美丽，现在全给了你。

杜宇王看着海伦一往情深的样子，问道：心甘情愿吗？

海伦说：当然啦，大王你感觉不到吗？

杜宇王说：感觉到我掉进了你的碧潭里。

海伦说：你也是心甘情愿掉进去的吗？

杜宇王说：你说呢？

海伦说：大王的心思，我怎么知道。

杜宇王说：你这么聪慧，怎么会不知道。

海伦一笑，说：我的聪慧，怎么能和大王的英明比。

杜宇王说：我已经不英明了。

海伦说：为什么？

杜宇王说：因为我变成了好色的老虎，吃了你娇嫩的身体，吃了你美丽的心，所以就不再是英明的杜宇王了。

海伦说：你后悔了？

杜宇王说：没有。你呢？

海伦说：我觉得很快乐。

杜宇王说：你和我在一起，真的很快乐吗？

海伦说：真的很快乐，非常非常快乐。

杜宇王感慨道：我们早些相识就好了。

海伦说：现在相识不也很好吗？为什么一定要早些相识呢？

杜宇王说：是啊，现在也很好。如果早些相识就更好了。

海伦说：大王你说得更好，是什么意思？

杜宇王说：我会娶你，封你为王妃。

海伦说：难道现在你就不能封我为王妃了吗？

杜宇王说：如果你愿意的话。

海伦说：我愿意啊，现在我不就是你的妃子了吗？

杜宇王说：那我以后就称你为爱妃了。

海伦笑道：好啊，我喜欢听你这样称呼。

杜宇王也笑了，连声说：爱妃！爱妃！

海伦将娇羞的脸庞贴在杜宇王的怀里，嗔笑道：大王要爱妃做什么？

杜宇王亲吻着海伦说：大王我现在要像老虎一样吃你。

海伦打趣道：大王是要吃我的身体还是吃我的心？

杜宇王抚摸着海伦说：两样我都要吃。

海伦的激情一下又燃烧起来，主动热切地迎合着杜宇王。于是两人又开始了欢爱的游戏。

杜宇王从这天起，便将海伦称为了爱妃。

海伦事实上已经成了杜宇王的女人，称为爱妃当然也是合情合理的事情。

但在名义上，海伦依然是蜀相夫人。杜宇王向海伦谈到了如果早些认识就可以封她为王妃，就是针对海伦蜀相夫人的身份说的。现在，杜宇王已经明白了海伦的心意，海伦非常希望杜宇王真的封她为王妃。杜宇王知道，海伦现在已经不想做蜀相夫人了，只想做一位真正的王妃。也就是说，如果真的封海伦为王妃，海伦必须解除和蜀相的关系，从此以后就不再是蜀相夫人了。但是，蜀相鳖灵会同意吗？还有王后朱利对这件事情会持什么态度呢？这些都是杜宇王无法预测的。

以杜宇王的睿智，他当然知道，他可以用蜀王的权势来办成此事，但蜀相肯定大为不乐，也许会由此滋生敌意。王后朱利大约也不会支持此事，如果他坚持，朱利可能会默许，但也可能反对。还有大臣们，对此可能会有几种态度，无论支持、赞成或反对，皆可置之度外。但蜀相与王后的态度，是绝对不能回避的。其中尤其关键的是，如何对蜀相，将直接决定杜宇王和海伦以后的关系。那么，杜宇王想封海伦为王妃之事，究竟能否办成呢？杜宇王越往深处想，便越发犹豫起来。因为真的要办成此事，只有一种办法可以确保成功，那就是像当年突袭并击败鱼凫王一样，待蜀相鳖灵治水成功后便将其除掉。当年杜宇王击败鱼凫王，夺取的是蜀国王位。如果现在除掉蜀相鳖灵，夺取的就是倾城倾国的海伦了。这是两件性质完全不同的事情，前者是英雄相争，光明磊落，可以问心无愧；后者就不同了，为了美色而杀害功臣，百姓和后人又会怎么看呢？这样一想，杜宇王的心就软了。下不了狠心，自然也就无法做出决断。那么，还有没有折中的温和的办法呢？譬如平心静气地向蜀相摊牌，使鳖灵让出海伦，赐给鳖灵更多的美女和更多的荣华富贵，作为交换。直觉告诉杜宇王，这种方法恐怕也是行不通的，鳖灵十有八九是不会放弃海伦的。此外还有一种办法，就是等到蜀相鳖灵治水成功凯旋班师时，杜宇王便结束和海伦的艳情，将这段风流韵事画上句号。可是，深陷于情感旋涡之中的杜宇王和海伦，又怎么舍得中断这种难舍难分的关系？又怎么能抗拒两人在一起的巨大快乐和欢爱的诱惑？既然这些都是很难很难做到的，那又如何是好呢？

杜宇王一想到此事面临的几种可能，便优柔寡断，犹豫难决。反正还有时间，他还可以好好想一想。杜宇王历来是个豁达明智、性格果断的君王，但和海伦的情感与关系上，却儿女情长，掂量再三，难以决断。这与杜宇王性格中的宽仁和潇洒，似乎也大有关系。杜宇王遇事，往好的方面总是想得多一些，对坏的一面和由此可能产生的恶果则想得较少。杜宇王性格中更重要的特点，便是重情重义，懂得阳谋，而不懂得阴谋。杜宇王在大事上，常常兼听善断，会有很好的谋划，但在有些事务上也会大而化之，显露出粗疏的毛病。很难说这些究竟是优点，还是弱点。杜宇王在思考和海伦的长远关系时，就充分显示了性格中的这些特点。

杜宇王在没有想到更好的应对之策前，还是采取了一些防范措施。比如吩咐阿黑，对他和海伦的每次幽会都要严加保密。并告诫宫女和奴婢，不准有任何透露，否则严惩不贷。侍卫们都是杜宇王的人，对杜宇王忠心耿耿，每当杜宇王在寝宫中和海伦幽会，或者改换场所去蜀相官邸和海伦相会时，护卫得都非常严密。

寝宫是杜宇王和海伦第一次欢爱的地方，也是两人幽会次数最多的场所。后来，因为考虑到王后朱利快要回来了，杜宇王不愿意让朱利突然撞见，便将幽会场所改在了蜀相官邸。尽管对蜀相官邸做了很多舒适的布置，相比之下，还是华丽的寝宫和王榻更为舒服。海伦特别留恋在王榻上和杜宇王的欢爱，感觉着自己成了一位真正的王妃。海伦在蜀相官邸中则会油然联想到自己的蜀相夫人身份，和杜宇王欢爱时便成了一种偷情，甚至会联想到万一鳖灵突然回来了怎么办，会冒出被撞见的担心，这时的感觉总是有些怪怪的。有一次海伦和杜宇王在蜀相官邸欢爱之后，便谈起了这种感受。

海伦偎依在杜宇王的怀里说：大王，我真的是你的爱妃吗？

杜宇王说：天底下你是我最爱的女人，当然是我的爱妃。

海伦说：可我为何不能天天住在你的寝宫里呢？

杜宇王说：因为王后就要回来了，暂时回避一下吧。

海伦说：寝宫只能王后住，不能让爱妃住吗？

杜宇王说：王后能住，爱妃也能住。

海伦说：那为何要我回避呢？

杜宇王说：暂时回避而已。

海伦说：什么时候才能不回避呢？

杜宇王说：待王后同意之后。

海伦说：难道你封爱妃也要王后同意吗？

杜宇王说：王后是和我经历患难共创大业之人，取得王后同意，就不会有障碍和阻力了。

海伦说：王后会同意吗？

杜宇王说：王后通情达理，应该会同意，不会反对。

海伦说：如果王后不同意，或者反对呢？

杜宇王说：我会从长计议。

海伦说：大王的意思是否说，如果王后反对，你就不要我做你的爱妃了？

杜宇王说：不会的。我怎么舍得不要爱妃呢？

海伦说：可我觉得，大王的内心一直在犹豫不决。

杜宇王微微一笑，海伦确实聪慧，看出了他内心的真实感受。杜宇王是有些犹豫，但他对海伦的喜爱之情则是坚定不移的。杜宇王犹豫的不是放弃海伦，而是拿不定主意如何处理其中复杂的利害关系。

海伦注意到了杜宇王微妙的神态，便不再追问此事。海伦的直觉，使她已经逐渐明白了杜宇王的一些想法。海伦发觉，在使她真正成为蜀王爱妃这件事上，杜宇王最大的犹豫，并不是担心王后对她的阻挠和反对，而是和鳖灵的关系，杜宇王对此显然还没有想好应对和处置之法。

海伦起初的想法比较简单，从被杜宇王抱进寝宫的那天开始，天天想到的都是和杜宇王在一起的欢爱和快乐，而将其他一切都抛在了脑后。随着幽会次数的增多，海伦渐渐地也受到杜宇王的影响，想到了以后面临的一些问题，甚至隐隐地有点担忧。但海伦喜欢享乐的天性，使她沉浸在和杜宇王的欢爱中，很快就抛开了那些隐约的忧虑。更何况杜宇王是威望极高的蜀国君王，以杜宇王的权势，要封一个王妃还不是很简单的事吗？海伦相信杜宇王对她的深爱和承诺，反正已经把自己毫无保留地献给了杜宇王，还有什么值得忧虑和担心的呢？这样想着，海伦便又恢复了轻松和快乐。

　　这天上午，杜宇王从蜀相官邸回到王宫，独自坐在大殿的王座上，处理政务。

　　杜宇王因为和海伦连日贪欢，已经很多天没有过问朝政了。虽然近来朝中的政务并不是很多，但仍有不少事情需要过问和处理。

　　阿黑向杜宇王禀报，王后朱利和公主白羚在湔山附近的林中射获了一只巨大的猛虎，现在已经派人运送回来了。杜宇王吩咐将大虎抬到大殿上，果然是只体型庞大的斑斓猛虎，羽箭射中之处竟然是大虎的左右双目与颈窝，足见射技的高超。阿黑又说，王后传话，大虎的皮可以铺在王座上，可以取代被刺破的熊皮，等杜宇王称帝之后，就可以坐在虎皮上处理国家大事了。杜宇王听了，不由得大喜，觉得王后朱利考虑得真是周全，当即吩咐将大虎抬到后宫，委派专人对虎皮进行精心处理。虎骨则可以用来泡酒，饮了此酒可以起到强健筋骨的作用，尤其这是只成年大虎，虎骨更为珍贵，泡出的酒的功效将更为明显。

　　杜宇王又召见送虎回宫的侍卫，询问了公主白羚的近况。得知王后朱利前往治水驻地后，和公主白羚同住，条件虽然简陋，却非常愉快，经常去河边射鱼，或者去林中射猎。这只大虎，便是王后和公主在林中射获的。侍卫还向杜宇王生动地描述了射虎时的情景，说到了猛虎中箭后跃身扑过来时的惊险场面，以及王后的敏捷反映，连发两箭，两箭都命中要害，猛虎当即被射杀了。侍卫还说，王后要再住几天，就准备回来了，公主还要留在那里继续参加治水。

杜宇王随即询问了治水的进展，侍卫将看到的和听到的治水情形，都如实向杜宇王做了禀报。侍卫还讲述了蜀相鳖灵凿除崖礁的方法和取得的功效，讲述了公主白羚带去的象群在治水中发挥的作用。杜宇王还询问了一些细节，比如治水队伍的吃住，粮食供应情况，生病和受伤人员的医治等等。通过侍卫的讲述，看来治水的进展确实比较顺利，估计再有几个月就可以大功告成，胜利班师了。这使杜宇王感到高兴，同时又有些焦虑。因为一旦蜀相鳖灵回朝，杜宇王和海伦的关系势必要采取必要的应对措施。究竟是中断这段风流艳情，还是用重赏安抚蜀相？或者毅然除掉鳖灵？杜宇王依然举棋不定，难以决断。随着治水的顺利进展，需要做出决断的时刻也就越来越迫近了。杜宇王原来一心盼着治水成功越快越好，现在则希望能够拖得久一点就好了。反正还有几个月，杜宇王相信，到时候一定会有办法的。

这时大臣阿鹉来了，入宫面见杜宇王，禀报关于城外祭坛的修筑情况。阿鹉说：祭坛很快就要建好了，这次重建，比过去更加宏伟高大，气势壮观。阿鹉请杜宇王抽空去巡视一下，看看在完工前有无需要改进的地方，以便修筑得更加完美。杜宇王听了，很兴奋，也很高兴。祭坛修建好了，称帝的仪式就可以加快进行了。一想到筹划已久的称帝之事，杜宇王就有一种莫名的激动，称帝之后对很多事情的处理也就更加称心如意了。过去一心想称帝，主要是为了实现王业的巅峰。现在想到称帝，则更多地联想到了权势，想到了实现自己更多的欲望，其中自然也包括了封海伦为王妃的想法。

这天恰好天气晴朗，杜宇王心情很好，便答应了阿鹉去城外巡视的请求。杜宇王随即吩咐阿黑备马，带了一群侍卫，随着阿鹉，骑马来到了城外修筑祭坛的地方。几个月前，祭坛被洪水冲毁，犹如一个噩梦，永远留在了记忆的深处。再次骑马而来，情景已经发生了极大的变化。一座新的高大祭坛重新竖立起来，比原来的祭坛壮观了许多。

杜宇王骑在马上，巡视着即将建好的高大祭坛，联想到不久以后举行的称帝仪式，心中充满了豪情。阿鸲在办理这些事情上，确实很能干，将祭坛修建得很坚固，也很壮观实用。杜宇王觉得很满意，对阿鸲表示了首肯。杜宇王又策骑上了堤岸，查看了岷江的水势。从开始治水至今，灾情已经大为缓解，远近的农田正在恢复生产。杜宇王骑马而行，江风吹拂着肩上的披风，放眼望去，湛蓝的天空下有鸟儿在飞翔，远处的青山绿水像一幅画，近处是高大的祭坛和雄伟的王城，杜宇王的心情舒畅无比，很有些踌躇满志的感觉。

杜宇王策骑而驰，直至兴尽意阑，才返回王宫。杜宇王觉得有点疲倦，用过膳，便回了寝宫休息。这天晚上，杜宇王没有去见海伦，独眠王榻，沉沉地睡着了。

海伦在蜀相官邸的卧室中，见杜宇王迟迟不至，便知道杜宇王今晚不来了。

夜阑更深，已到了就寝的时候。海伦有些无奈，这是连日来杜宇王第一次整天不在身边。海伦这些天已经不习惯独眠，便将小玫喊进了内室。小玫伺候海伦宽衣，然后又遵循海伦的要求，和海伦相拥而卧。小玫体贴地服侍着海伦，但小玫的感觉，似乎有些异样。

海伦说：你不喜欢和我一起睡了吗？

小玫说：你的身上有杜宇王的气息。

海伦笑道：是吗？是杜宇王留下的，你不喜欢这种气息吗？

小玫说：是你喜欢，与我无关。

海伦说：我是很喜欢，如果你成了杜宇王的妃子，你也会喜欢的。

小玫说：我才不要呢，当妃子有什么好？

海伦说：快乐啊，和杜宇王在一起，真的好快乐。

小玫说：你以前和蜀相在一起，就不快乐吗？

海伦说：也快乐，但和杜宇王在一起的快乐更使人陶醉。

小玫说：如果蜀相知道了，怎么办呢？

海伦说：当然不要让他知道。

小玫说：万一蜀相知道了呢？

海伦说：我也不知道怎么办，反正杜宇王会有办法的。

小玫说：我很担心，蜀相很精明的。

海伦嗯了一声，小玫的话提醒了她。海伦知道，鳖灵确实精明过人，凡事要瞒过鳖灵，几乎是不可能的。特别像这件事情，一旦鳖灵回来，就会察觉异常。如果真的被鳖灵发现了她和杜宇王的私情，又该怎么办呢？

海伦将小玫抱在怀里，亲吻着小玫说：好妹妹，你是否想到了什么好主意？

小玫回应着海伦的亲吻，小声说：除非你中断了和杜宇王的往来。

海伦说：不可能的，我怎么能中断呢？杜宇王也不会同意的。

小玫说：只要你下决心，从此不见杜宇王，就中断了。

海伦说：我现在天天只想和杜宇王在一起，哪里下得了这个决心？

小玫说：那就真的没有办法了。

海伦抚弄着小玫说：你年轻，心眼好使，你再帮我想想嘛。

小玫说：除非杜宇王真的封你为王妃。

海伦说：杜宇王已经称我为爱妃了。

小玫说：那只是和你私下里的昵称，要名正言顺才作数。

海伦说：我懂你的意思。那要杜宇王真的做出决定才行。

小玫说：你可以让杜宇王做出决定啊。

海伦说：杜宇王有些犹豫不决。

小玫说：为什么呢？

海伦说：杜宇王一定有他犹豫的原因。

小玫说：那你再提醒他呀。

海伦说：好啊。

海伦和小玫相互亲吻着，两人又像在庄园中扮演蜀王和王妃一样，肌肤相亲，相互逗乐。自从海伦和杜宇王连日欢爱，小玫好多天没有和海伦这样玩闺密游戏了。情窦初开的小玫受到海伦的刺激，呼吸渐渐地便急迫起来。海伦知道，小玫已经长大了，对男女欢爱也有了渴求。海伦心里突然想到了一个主意。

海伦附在小玫耳边说：好妹妹，我想到了一个好法子。

小玫说：什么好法子？

海伦说：我想让你也做杜宇王的妃子。

小玫红了脸说：为什么？

海伦说：杜宇王要封你为王妃，不会有任何阻力，是很简单的一件事情。

小玫说：我才不要呢。只要杜宇王封你为妃就好了。

海伦说：杜宇王封我为妃，会有很多麻烦。万一我不能成为真的王妃，也不要紧。只要你成了杜宇王的妃子，我以后就有理由可以经常入宫去看你，就可以同你和杜宇王常常在一起了。

小玫说：原来你是为了这个目的哦。

海伦说：好妹妹，难道我这个主意不好吗？

小玫偎依在海伦的怀里，低声说：不好，一点都不好。

海伦笑着说：你不要不好意思，和杜宇王在一起真的好开心，好快乐的。

小玫的脸有些发烫，撒娇说：姐姐你不要开玩笑嘛。

海伦搂着小玫，亲吻着小玫的脸蛋说：我说的是真心话，不是开玩笑。

小玫作为海伦的贴身侍女，平日和海伦情同姐妹，相互亲密惯了，见海伦如此坚持，而且是为了长远安排，就不知道说什么好了。

海伦柔声问道：你答应了？好妹妹，我们就这样说好了。

小玫在海伦的怀里摇着头说：我害怕。

海伦有点不解地问：你怕什么？

小玫沉吟道：我怕蜀相……

海伦说：这件事与蜀相无关呀。

小玫说：如果蜀相怀疑，或者不同意呢？

海伦说：蜀相也许会怀疑我，但肯定不会怀疑你。蜀相巴不得王宫中有自己的亲信呢，怎么会不同意？

小玫说：可我怕杜宇王。

海伦笑了：怕杜宇王什么？杜宇王亲切随和，温柔体贴，一点都不用怕。

小玫说：我怕杜宇王不会喜欢我。

海伦笑道：你像含苞待放的花朵，杜宇王怎么会不喜欢？

小玫说：因为杜宇王真正喜欢的是你。我又不漂亮，又不像姐姐那样善解风情。

海伦说：但你比我更年轻呀，长得也很美呀，杜宇王怎么会不喜欢呢？等你成了杜宇王的妃子，你很快就懂得风情了。

小玫说：反正我总觉得有点怕，这样做究竟好不好呢？

海伦说：好妹妹，你听我的，我们有福同享有难同当。不懂的，我会教你。

小玫轻声说：好姐姐，我还是有些担心，有点怕。

海伦柔声说：反正我们都扮演过蜀王的妃子，你和杜宇王在一起，就像和我在一起的时候就行了。而且，我们还可以三个人同时在一起，那一定很好玩的，比我们两个在一起快乐多了。所以你一点都不用怕。

小玫已经不好再说什么，心里觉得，假若真的像演戏一样，那也罢了。她自幼跟随海伦长大，海伦既是她的女主人，又是她最亲近的姐姐。海伦和小玫一直亲密无间，无话不说，相互关心体贴，经常肌肤相亲，甚至很有点同性相恋的意味。小玫只能遵循海伦的意愿和吩咐，除此之外，又能怎样呢？

海伦见说服了小玫，知道小玫已经答应了，以后定会按照她吩咐的去做，心里很高兴。聪慧的海伦对这个主意又掂量了一番，觉得确实是个好办法。当然最好的办法仍是杜宇王封她为王妃，从此不再是蜀相夫人，而天天和杜宇王在一起，那就再好不过了。万一阻力重重而行不通呢？她只能仍是蜀相夫人。但只要小玫成了杜宇王的妃子，海伦就有了入宫探望小玫的理由，就又可以经常和杜宇王在一起，享有欢爱的巨大快乐了。有了这个主意，就可以进退自如，就用不着忧虑重重了。

海伦有些兴奋，准备下一次和杜宇王在一起时，就把这个主意告诉杜宇王。

杜宇王隔了一天，骑马来到了蜀相官邸。杜宇王下了马，直接进了内室。

海伦一见到杜宇王，便情不自禁地扑进了杜宇王的怀里。才一天多不见，海伦对杜宇王的思念之情已经澎湃似潮快要癫狂。杜宇王拥海伦于怀，亲吻着海伦，也有些激情汹涌。杜宇王开始解海伦的衣带，海伦顺应着，但随即又轻柔地推开了他的手。杜宇王有些不解，海伦每次都表现得非常热切，这次是怎么了？

杜宇王注视着海伦碧潭似的眼睛，问道：海伦，你在想什么？

海伦柔声说：大王，我在想一件很重要的事情。

杜宇王哦了一声，问道：是什么事情？

海伦说：我在想，我们以后如何才能天长地久。

杜宇王说：好啊，你是怎么想的？

海伦说：我想为大王推荐一位美人，让你也封她为王妃。

杜宇王说：这与我们两人天长地久有什么关系？

海伦说：当然有关系啦，而且非常重要。

杜宇王好奇地问道：是吗？你想推荐的美人是谁呀？

海伦说：大王你见过的，就是我的妹妹小玫。

杜宇王笑了：海伦呀，你想让小玫也做我的妃子？

海伦娇声说：大王你笑什么，难道不好吗？

杜宇王微笑着说：好啊，你不怕小玫分宠吗？

海伦说：小玫和我情同姐妹，不是分宠，是分享快乐。

杜宇王说：其实我有你就够了，你为什么要小玫也做我的妃子呢？

海伦说：大王你懂的，我担心你不能真正封我为王妃，不过只要小玫成了你的妃子，我以后就有了入宫探望的理由，就可以经常见你了。

杜宇王一下明白了海伦的用意，仔细想想，也觉得颇有道理。女人的直觉，有时比男人更为清晰。更何况是一位聪慧的女人，想出的主意自然比男人更加巧妙。杜宇王有些感叹，自己正在斟酌思考的难题，海伦已经替他想好了一个解决的办法。这个办法虽然并不完美，最多只能起到掩人耳目的作用，却也聊胜于无。而且，在没有想到其他更好的办法之前，这也不失为一个好主意。

海伦从杜宇王的神态中已经看出了杜宇王的赞同，便将小玫喊进了内室，对小玫亲切地说：来，拜见大王，大王已经准备封你为妃了。

小玫红润着脸，满面娇羞地向杜宇王施了一礼。海伦顺势将小玫也拉进了杜宇王的怀里。杜宇王同时拥抱着海伦和小玫，感觉很奇妙，真的是分外兴奋。小玫没有海伦那般美艳，却也清纯秀丽，而且比海伦更为年轻，还是一朵含苞待放的花蕾。小玫青春妙龄的气息，和海伦的柔情与风骚，紧紧包围了杜宇王，一下激起了杜宇王强烈的欲望。杜宇王两只手同时去解海伦和小玫的衣带。小玫有些紧张，抗拒不好，顺从也不好，心跳得好像忐忑的小兔一样。

海伦轻声笑了起来，握住了杜宇王热切的手，对杜宇王柔声说：大王不要这么性急，大王纳妃，第一次应该在寝宫中才好。

杜宇王笑道：在这里不一样吗？

海伦说：以后在这里就一样了。

杜宇王说：一定要回寝宫才可以吗？

海伦说：如果大王要纳小玫妹妹为妃，第一次当然应该在大王的寝宫中。

杜宇王想了想，点头说：好啊，你们两人都随我回宫吧。

杜宇王随即起身，带着海伦和小玫，骑马回到了王宫。

杜宇王知道王后朱利最近就要回来了，但又不能确定在哪一天。为了以防万一，杜宇王吩咐阿黑，派出了侍卫前往城门等着，一旦得知王后回来的消息，便迅速禀报，以便及时护送海伦和小玫出宫，免得被王后朱利撞见了尴尬。

海伦和小玫随着杜宇王，走进了华丽的寝宫。海伦和杜宇王曾多次在寝宫中欢爱，对这里早已轻车熟路。小玫虽然也多次进过寝宫，对寝宫并不陌生，但都是为了服侍和伺候海伦梳洗更衣。这次就不同了，小玫将和海伦一样，也要成为杜宇王的妃子了。小玫和海伦在蜀相官邸已经沐浴更衣，对纳妃已有心理准备。小玫一想到扮演过的蜀王与妃子的欢爱情节，现在假戏就要真做了，就面红耳赤，心跳加速。不容小玫迟疑和犹豫，海伦已经拉着小玫，一起上了宽大舒适的王榻。

在杜宇王热切的注视下，用不着杜宇王亲自动手，海伦和小玫已经开始相互宽衣解带。就像她俩多次扮演过的闺密游戏一样，自然而然地就进入了妃子的角色。然后两人又来伺候杜宇王宽衣解带，杜宇王的欲望迅速膨胀起来。杜宇王欣喜地看着身边的两位美女，用调戏和玩笑的口吻说：啊，海伦，这都是你的好主意，我真的要当望帝了。海伦也笑道：大王那你就当望帝好啦。杜宇王像往常那样，首先选择了海伦，想和海伦欢爱。但海伦把小玫推到了前面，要杜宇王今天先纳了小玫为妃，然后再说和海伦的亲热。海伦是存了心要促成此事，所以克制了自己炽热如火的强烈欲念，要目睹杜宇王纳小玫为妃的过程。

杜宇王见海伦坚持如此，于是将小玫搂在了怀里，开始亲吻小玫。小玫是第一次被男人这样亲吻，心咚咚乱跳，浑身都在颤抖。杜宇王有些不忍，因为小玫的年龄比自己女儿白羚还小，是隔了辈分的女孩，很有些放弃的想法。但好色是男人的天性，膨胀的欲望使他已经无法克制。加上海伦在旁边也帮他抚弄，使得小玫呼吸加快，不由自主地激荡起了对男女欢爱的渴望。于是杜宇王不再犹豫，将小玫压在了身下，终于完成了纳小玫为妃的过程。杜宇王的强悍与健硕，对于从未经历过性爱的小玫，犹如摧残一般，使得小玫花容失色，呻吟不已。小玫不知是因为第一次的疼痛，还是由于激动和快乐，满脸都是泪水。

　　对杜宇王来说，纳妃的过程还可以持续很久，但旁观的海伦已经欲望如潮，难以抑制。海伦拉住了杜宇王，将意犹未尽的杜宇王拉向了自己。杜宇王对小玫只觉得新奇而已，其实最喜欢的仍是海伦。杜宇王和海伦拥抱在一起，开始欢爱，一下就进入了仙境似的状态。现在小玫转换成了旁观者，癫狂中的海伦伸手将小玫拉在了身边，让小玫体验有福同享，贴近感受那份欲仙欲死的气氛。

　　这场荒唐的三人秘戏，持续了很久。杜宇王从未有过这种体验，使得他沉湎美色更加难以自拔。杜宇王的强壮，使他足以应付海伦的美艳和永不满足的欲望，现在又增添了清纯秀丽的小玫，更使他诱惑难拒。杜宇王从此精力透支，欲海无边，无法回头。杜宇王就这样忘乎所以，终日沉浮在了美色与欲望之中。

　　傍晚时分，阿黑敲响了寝宫的门，向杜宇王紧急禀报，王后朱利已经启程回宫，正在路上，预计很快就要到王城了。杜宇王赶紧让海伦和小玫梳洗穿衣，然后吩咐阿黑，将她俩悄悄护送回了蜀相官邸。

第十九章

王后朱利和公主一起住了一些日子，准备动身回宫。

这天午后，朱利已经启程了，率着随行的宫女和侍卫，动身返回王城。走了一段路程，朱利突然心血来潮，又折返回去，对公主白羚说，如果白羚不能和她一起回宫，她就要留在这里，和白羚再同住一段时间。

白羚知道母后不放心自己，便笑着说：母后你多住些日子好了，住到治水成功，一起凯旋回朝最好。

朱利嗔道：你为何不能陪我一起回宫呢？

白羚说：母后你先回去呀，等治水成功了我再回宫陪你不好吗？

朱利说：你也太任性了，为什么一定要等到治水成功了才回宫陪我呢？

白羚笑道：回宫又不好玩，让我在这里多待一些时间嘛。为什么一定要催我陪你回去啊。

朱利说：我独自在后宫，常觉烦闷，你在身边就不同了，可以经常和我说话。

白羚说：有父王陪你嘛，也是一样的。

朱利说：你父王忙于政务，何况最近正在筹划称帝之事，哪有空闲。

白羚说：父王称帝的事情，究竟筹划得怎么样啦？

朱利说：应该进展顺利，等祭坛重新修建好了，请回了老阿摩，就要举行盛大的称帝仪式了。

朱利在回宫的中途折返，除了放心不下白羚，另一个原因也正是为了杜宇王称帝之事。朱利在离宫来看望公主之前，曾和杜宇王商谈过，在慰问蜀相的时候，也要试探一下鳖灵对杜宇王称帝的意见。朱利这些日子，天天和白羚在一起，射鱼打猎，竟然忘了和鳖灵交谈此事。朱利起程走到路上，才突然想起了这件重大事情，于是便折返回来，名义上是要说服白羚一起回宫，实际则是为了和鳖灵谈谈关于杜宇王称帝之事，了解一下鳖灵的看法。朱利已经想好了如何来谈，可以顺便提起，看看鳖灵的反应。只要鳖灵赞成此事，那就万事大吉了。

正在率众治水的鳖灵，听说王后回宫途中又折返回来，不知道发生了什么变故，赶紧过来拜见朱利。鳖灵来到驻地，见朱利正和白羚说话，在劝说白羚一起回宫，鳖灵的心情便放松下来。

鳖灵向朱利揖手施礼说：听说王后中途折返，王后是否有什么重要吩咐？

朱利说：蜀相不必多礼，我不过是想和公主再在一起多住两天罢了。

鳖灵说：只是条件简陋，委屈王后和公主了。

朱利说：俗话常说，到什么山唱什么歌，治水为重，简陋也是正常的。

鳖灵敬佩地说：王后所言极是，有王后的支持，治水一定成功。

朱利说：蜀国有你这样的贤才，为杜宇王治水分忧，实在难得。

鳖灵说：王后过奖，都是小臣应该效劳的。

朱利说：杜宇王今后有很多大事要做，还要多多依仗你的辅佐。

鳖灵神色坦诚，揖手说：为了杜宇王的宏伟大业，小臣赴汤蹈火，在所不辞。

朱利露出了笑容，赞许道：好啊，有了蜀相的忠诚辅佐，蜀国一定更为兴旺，杜宇王就会成为天下名望最高的帝王了。

鳖灵听出了朱利的话外之意，顺口说：王后说得很对，与天下列国的君主相比，杜宇王当然是名望最高的帝王。

朱利笑了，点头说：很好，杜宇王和蜀相，真的是君臣相得啊。

鳖灵说：多谢王后的赞赏。小臣一定忠于王事，鞠躬尽瘁，不负圣望。

朱利很高兴。从鳖灵的态度和谈吐中，已经明白，杜宇王称帝，鳖灵绝不会有什么异议。只要蜀相支持，其他大臣们也就不会反对了。这样看来，杜宇王举行称帝的盛大仪式，已经没有什么阻碍了。这当然是非常值得庆贺，也令人高兴的事。

关于杜宇王称帝之事，其实鳖灵也早已听说了。鳖灵在访问民情时，听到了很多杜宇王创建大业和治理国家的故事，也听说了杜宇王将要称为望帝。现在王后朱利特地向他提到了名望最高的帝王，也就是望帝之意，可见传言非虚。朱利的意思，显然是想看看他的反应，这可能也是杜宇王的授意。鳖灵当然不会反对杜宇王称帝，称王或称帝不过是换个称谓罢了，并不会影响或改变君王执掌大权的实质。更何况，早在杜宇王颁诏求贤之前，就开始筹划称帝了。鳖灵作为新任蜀相，对于杜宇王的豁达英明，敬佩有加，自然是会赞成和支持此事的。因为朱利说得很含蓄，所以鳖灵也只能含蓄回答，但表达的赞成之意则是很清楚的。

朱利了解了鳖灵的赞成态度，回去就好向杜宇王禀报了。朱利知道，杜宇王听了也会高兴的，这使得朱利的心情一下轻松了许多。

朱利留下陪着公主白羚又住了两天。朱利还有一件事情，想和白羚好好谈一谈。朱利在先前已经试探过白羚，担心白羚会对鳖灵产生恋情。蜀相毕竟是有家室的人，一旦公主爱上了鳖灵，关系就复杂了，以后就成了一件很难办的事情。朱利曾含蓄地问过白羚，白羚未做正面回答。从日常的接触和谈吐看，白羚对鳖灵很随和，似乎只是一种常见的好感而已。但观察多了，朱利发现事情并非这么简单。白羚看到鳖灵时，眼睛会发亮，这就透露了白羚内心深处的秘密。也许白羚自己尚未察觉，或者是不愿承认，实际上对鳌灵的好感中已经不知不觉滋生了喜爱之情。朱利早年行走江湖，见多识广，明察秋毫，对男女之间情感方面的事情，当然是心知肚明。朱利由此而产生了担心，想说服白羚一起回宫，也正是出于避免此事继续发展的考虑。不过，白羚是个很有主见，也很任性的公主，朱利说的话，白羚不一定会听。朱利对此一点办法都没有，但她仍要和白羚好好谈谈。

晚上，朱利和白羚单独在一起时，斟酌着措辞，终于谈到了这件事情。朱利说：羚儿，你不愿意和我一起回宫，是不是因为牵挂着某个人的原因？

白羚看了朱利一眼说：母后是什么意思啊？

朱利和颜悦色地说：我只是顺便问问嘛。

白羚说：我除了牵挂父王，还会牵挂谁呀？

朱利说：你既然牵挂父王，那就随我一起回宫呀。

白羚说：等治水成功了，我自然就回去了。

朱利说：治水有蜀相负责，你已经出过力了，不必继续待下去。

白羚说：但治水还没结束嘛，不能半途而废啊。

朱利说：你是因为想帮助蜀相，才要继续待下去吗？

白羚说：蜀相是贤能之才，治水很有办法，哪用得着我帮他呀。

朱利说：羚儿啊，我上次就和你说过颁诏选婿的事，这次我回宫，就要和你父王商量来办此事了。

白羚含嗔道：母后，我说过要从长计议嘛，你干吗这么着急？

朱利说：也不是着急，这件事办妥了，我和你父王才放心嘛。

白羚偎依在朱利怀里，用撒娇的口吻说：母后，欲速不达，不要这么急嘛。

朱利笑了，觉得白羚说的也有道理。颁诏选婿，是蜀国的一件大事，当然草率不得。朱利嗔笑道：但也不能久拖啊。

白羚说：好啦，母后，我们不说这件事了，好不好啊？

朱利有些无奈，深知白羚任性，白羚不愿意或者不喜欢做的事情，是勉强不了的。朱利同时也知道，白羚明白事理，聪慧敏捷，其实也没有什么不放心的。白羚对鳖灵产生恋情，目前最多也只是萌芽，朱利只能含蓄提醒，点到为止，说破了反而不好。

这样过了两天，朱利终于起程，率着随行的宫女和侍卫，骑马返回了王宫。

朱利回到宫中，去见杜宇王。杜宇王正坐在王座上假寐。

朱利端详着杜宇王，看到杜宇王有些倦怠的样子，关心地问道：多日不见，你怎么憔悴了？

杜宇王爽朗一笑说：哦，你回来了，和羚儿同住了那么多天，怎么样啊？

朱利说：还可以吧，就是住处比较简陋，其他都还好。于是朱利便将这段时间和白羚在一起的情形告诉了杜宇王。

杜宇王笑道：看来你和羚儿这些天过得很开心啊。听说你们一起射鱼，一起打猎，还猎获了一只大虎，真的很好啊。

朱利也微笑着说：和羚儿在一起还能做什么？无非就是射猎、游玩、聊天而已。

杜宇王问：你和羚儿都聊些什么？

朱利说：聊的话儿可多啦，母女之间嘛。我也向羚儿说到了颁诏选婿的事。

杜宇王说：哦，羚儿对此事的态度如何？

朱利说：羚儿似乎不太愿意，但也没有反对。

杜宇王说：你没问问她的想法是什么？

朱利说：你这个宝贝公主，历来任性。她就是有什么想法，也不会告诉我。

杜宇王笑道：那也没关系啊，在婚姻大事上，女儿总是要听父母的。

朱利说：但愿如此就好，可是羚儿不一定真的听话哦，如果自有主见怎么办？

杜宇王豁达地笑笑说：那也只有随她，公主自有主见，当然也是好事嘛。

朱利说：你倒潇洒，假如羚儿喜欢上了蜀相，你说怎么办？

杜宇王有些惊讶，目光炯炯地看着朱利说：不会吧？怎么会呢？

朱利叹口气说：当然，目前还不会，但我总觉得，似乎有点苗头。于是将自己的观察和猜测告诉了杜宇王，特别说到了一些细节，担心公主白羚和蜀相鳖灵在治水的过程中，相处久了，会日久生情。假如真的那样，就比较麻烦了，因为蜀相鳖灵毕竟是有家室的人。

杜宇王沉吟着，觉得朱利的观察和预感比较敏锐，可能确有苗头，否则白羚为什么要追随蜀相参加治水，而不愿随母后回宫呢？随即又想，假如公主真的喜欢上了蜀相，也没有什么不好，反而成了一个可以利用的好事。他可以将白羚许嫁给鳖灵，而将海伦正式封为王妃，岂不两全其美？这样想着，杜宇王便大为兴奋，神色都有些飞扬起来。

朱利注意到了杜宇王的神情，问道：你一点都不担心吗？

杜宇王说：有什么好担心的？天下大事，皆有定数，顺其自然好了。

朱利见杜宇王如此说，觉得也有道理，只能点头赞同。朱利知道，过于担心，肯定不好。反正公主已经长大了，用不着过分呵护，更不能像小时候那样对她事事包办。等杜宇王称帝之后，就为公主颁诏选婿，那时就一切都好了。

朱利又向杜宇王说了关于称帝之事，对蜀相鳖灵的试探，鳖灵清楚地表示了支持之意。由此可见，杜宇王称为望帝，是不会有什么阻碍了。

杜宇王听了，当然很高兴，爽朗地笑道：好啊，阿鹄重建祭坛也要完工了。现在万事俱备，选个好的日子，我们就可以举行称帝的盛大仪式了。

朱利陪杜宇王共进晚膳，又聊了一些家常，才各自回寝宫入睡。

朱利发现杜宇王比较喜欢外出，常常不在宫中。有时上午出去，夜深了才回宫。

朱利知道，杜宇王正忙于筹划称帝，早出晚归，显然也是与此有关。杜宇王有时还要视察民情，所以外出也是很正常的。朱利没有往其他方面多想，只是担心杜宇王年事渐高，不能还像年轻时候那样过分操劳。但杜宇王经常外出，又使朱利有些疑惑，觉得杜宇王与前些时有点不一样了，似乎有了一些微妙的变化。究竟是什么变化呢，朱利却又说不清楚。

杜宇王外出，当然是见海伦和小玫去了。为了不让朱利生疑，杜宇王每次外出，都严加保密。有时杜宇王会率着侍卫，骑马走出王城，犹如兜风似的，在王城外面绕一大圈，再从另一个城门入城，然后去了蜀相官邸。侍卫们把守着门口，护卫得很严密。杜宇王下马后，便直接走进内室。海伦和小玫已经在内室等他，一见到杜宇王，情欲旺盛的海伦便会扑进杜宇王的怀里。天气已经比较热了，海伦和小玫都穿着很轻薄的衣衫，美丽的身材凸凹分明，常常和杜宇王左右相拥，撩拨得杜宇王情欲涌动，难以抑制。于是，寝宫中的三人秘戏，便会在蜀相官邸的内室中重新开始。海伦很喜欢这种三人秘戏，也许是更具有刺激性的缘故吧，变得比以前更加风骚了。小玫经历过了第一次之后，在海伦的影响和调教下，也减少了欢爱时的拘谨，渐渐放开了情怀。杜宇王是三人秘戏中的主角，贪恋欢乐，更是乐此不疲。

有一次，三人亲热之后，相拥说话。海伦向杜宇王说起了曾在金沙村庄园中和小玫扮演蜀王和王妃的事，两人经常角色互换，最喜欢的角色就是扮演妃子。杜宇王笑道：怪不得你俩这么好玩，原来早就预演过了。海伦柔声说：伺候大王，当然是要先预演了才好嘛。海伦又嗔笑道：大王不喜欢这样玩吗？杜宇王感慨道：怎么能不喜欢，就是神仙生活，也不过如此。海伦见杜宇王情真意切，忍不住又将自己和杜宇王黏合在了一起。海伦缠绵在杜宇王的怀里说，神仙生活，也要天长地久才好。杜宇王亲吻着海伦说：是啊，无须山盟海誓，定会天长地久，只要我们三人天天在一起，什么都在所不惜。海伦将小玫也拉进了杜宇王的怀里，万般柔情地对杜宇王说：大王，我和小玫妹妹发誓要有福同享有难同当的，以后，我们就托付给你了。杜宇王微笑道：你们都是我的爱妃，我们当然会共享快乐。

杜宇王很想和海伦说说公主白羚可能喜欢上了蜀相的事，但话到嘴边还是忍住了，因为毕竟只是一个苗头，万一王后朱利的观察不准确呢？即使白羚真的喜欢鳖灵，能否以此作为交换，将公主许配给蜀相，而将海伦正式封为王妃呢？这仍是一个很复杂的未知数。所以杜宇王觉得还是先不说为好，等到以后事态发展真的如预料的那样，再说也不迟。

海伦和杜宇王欢爱之后聊天时，还说到了另一个重要的话题，海伦和小玫以后真的成了杜宇王的爱妃，不仅要共享欢乐，还要为杜宇王传种生子。杜宇王现在只有公主，如果和爱妃生了儿子，以后就有王子了，蜀国的王位也就后继有人了。杜宇王听了，显得格外兴奋。杜宇王和王后朱利只生了公主白羚，而没有王子，这始终是杜宇王的一大遗憾。如果能和海伦或小玫生育王子，那就真的是太好了！这自然是更加坚定了杜宇王纳妃的决心，也更加深了杜宇王对海伦和小玫的喜爱。

杜宇王热衷于三人秘戏，沉湎于欢爱之中，直至夜阑更深，才返回王宫。每次海伦都很不愿意让杜宇王离去，想和杜宇王通宵欢眠。杜宇王因为王后朱利已经回宫居住，不想使朱利多疑，才强迫自己暂时离开海伦和小玫，返回王宫就寝。

朱利对杜宇王在外面的风流韵事毫不知情，对杜宇王早出晚归也不便多问。但朱利感觉杜宇王确实是有些变了。杜宇王在大殿上处理政务时，总是显出倦怠。杜宇王看见朱利，和朱利说话时，常常心不在焉。朱利觉得，杜宇王也许在思考一些事情吧，还有就是杜宇王年纪比以前大了，精力不像年轻时候旺健了，显出倦怠或偶尔走神也是很正常的现象。王宫中的宫女和奴婢，因为杜宇王严令在先，谁也不敢向王后透露杜宇王的风流韵事。故而朱利对杜宇王的艳遇浑然不觉，对杜宇王沉湎美色也毫无觉察。朱利被蒙在鼓里，和杜宇王接触时产生的一些感觉，只是出于对杜宇王的关心，对杜宇王的微妙变化有点不放心而已。

　　朱利偶尔也有点犯疑，譬如杜宇王的身上有时会有香泽气息，淡淡的，似有似无，仿佛是某个女性的香味儿，和杜宇王亲密接触时沾染在了杜宇王的身上。难道杜宇王有了新宠？朱利对此有些纳闷，甚至有点不解。朱利自从和杜宇王分居后，考虑到杜宇王的强健所需，曾安排美丽的宫女伺候杜宇王，但杜宇王对宫女似乎毫无兴趣。杜宇王和朱利一直情深意笃，这是朱利最为欣慰的。朱利曾经非常坦诚地问过杜宇王，如果他想纳妃，她是不会反对的。虽然朱利的内心深处，一点都不希望别的女人来和她分宠，但还是觉得君土纳妃原本就是一件很正常的事情。如果杜宇王真的要纳妃，应该不会瞒她。那么，杜宇王身上的香泽气息，又是怎么回事呢？也许是自己的错觉？或者自己真的是多疑了？朱利想了一会儿，觉得无聊，便抛开了这些莫名其妙的疑虑。

　　杜宇王自从朱利回宫后，经常到蜀相官邸中去见海伦和小玫，虽然做得十分保密，但还是引起了很多人的关注和猜疑。

　　首先是留住在金沙村的鳖灵家丁，自从女主人海伦被杜宇王传旨召见之后，就住进了蜀相官邸，再也没有回过金沙村庄园。几位家丁长时间见不到女主人海伦，非常不放心。又因为是杜宇王派侍卫向他们传达的旨意，要他们留守庄园，谁都不敢抗旨不遵。这样过了很多天，家丁们想到了鳖灵离家治水前的叮嘱，对女主人实在放心不下，于是让其中一个家丁悄悄前往王城，探听海伦的消息。家丁找到了新建好的蜀相官邸，看到门口有杜宇王的侍卫，守护得相当严密。家丁不敢贸然上前，远远地观察了一会儿，见有宫女拿着物品进去，推测可能是蜀王赏赐吧。这位家丁站了一会儿，便返回了金沙村庄园。

其他几位家丁觉得这位家丁很笨，无论如何也要进去看看啊。于是他们又商量了一个主意，派了另一位比较伶俐的家丁，拿了一些海伦的日常用品，骑马前往王城，来到了蜀相官邸门口。家丁向守护的侍卫说明了来意，恰巧杜宇王这天不在里面，于是侍卫便带着家丁走进了官邸。这位家丁见到了侍女小玫，接着见到了从内室出来的海伦。海伦有点诧异，问道：你来干什么？杜宇王不是下旨要你们留守金沙村庄园的吗？家丁低头说：小人特地给主人送日常用的物品来了。海伦说：这里不缺什么，你放下，赶紧回去吧！家丁答应了，随即出门，骑马返回了金沙村。

这位家丁将见到海伦的情况，向其他几位家丁说了，得知女主人海伦和侍女小玫住在蜀相官邸中平安无恙，都松了口气。但他们也有些疑惑，为什么海伦一见到家丁就显得不乐，要赶他回来呢？还有侍女小玫，见到上门送日常用品的家丁，也是一副提防的神态，仿佛一路从荆楚跟随入蜀的家丁成了外人似的。在家丁们的印象中，海伦和小玫过去对他们是很随和很客气的，现在却有些变了，究竟是什么缘故呢？还有，杜宇王为什么传旨要将家丁和女主人分开呢？家丁们弄不明白，只能暂时将这些疑惑存在心里。

鳖灵离家外出治水之前，曾派家丁去联络寻找同时出走的几位兄弟。这时他们经过长途跋涉，也来到了蜀国，住进了金沙村的庄园内。家人久别重逢，自然分外高兴。特别是几位兄弟得知大哥鳖灵已身居蜀相之位，更是兴奋得不行。因为鞍马劳顿，准备休息几天后，便由家丁带路，前往治水驻地，去见鳖灵。

关注杜宇王日常行为的，还有几位大臣。阿鹄就最先注意到了杜宇王的异常举动。阿鹄遵循杜宇王的命令，修建了蜀相官邸，并建议杜宇王提前将官邸赐给了蜀相家人。杜宇王采纳了阿鹄的建议，也真的这样办了，而且办得很迅速，也很到位。杜宇王隔了一天就传旨在宫中召见了蜀相夫人，并让蜀相夫人住进了蜀相官邸，还派了侍卫守护官邸。其实这些都很正常，充分显示了杜宇王对蜀相的关心和厚待。但颇为异常的是，杜宇王之后多次前往蜀相官邸，在里面待的时间很长，有时甚至整天都在里面。这就使人感到纳闷和不解了，杜宇王在蜀相官邸里面做什么呢？

阿鹄猜测着，根据他对杜宇王性情的了解，觉得最大的可能，就是风流倜傥的杜宇王喜欢上了美丽的蜀相夫人。如果不是这个原因，杜宇王为何要多次前往蜀相官邸呢？而且，阿鹄分析，杜宇王和蜀相夫人的关系已经非同一般，否则杜宇王怎么能整天都待在蜀相官邸里面，而不愿离去呢？想想看，孤男寡女，同处一室，能做什么？这不是明摆着的嘛。除此之外，还能有其他可能吗？

阿鹄经过推测，已揣摩出事情原委，对此颇为不解，进而感到了惊讶和担忧。不解的是，杜宇王历来豁达潇洒，英明睿智，淡于女色，现在怎么变了呢？惊讶的是，杜宇王重用蜀相，又怎么能喜欢上蜀相夫人呢？担忧的也是这一点，如果杜宇王和蜀相夫人真的有了暧昧之情，又被蜀相知道了，那就会发生难以调解的矛盾和冲突，后果将会是很严重的。难道杜宇王就没有想到这种可能吗？否则就是杜宇王现在已经变得昏聩了，已经好大喜功，贪恋美色，变成了一位糊涂的君王。

阿鹄很善于揣测君王的心理，对杜宇王这些天的异常行为感到担忧。阿鹄当然不会将自己的观察和猜测告诉别人，也不会因自己的担忧去提醒杜宇王。阿鹄最聪明的做法，只能故作愚钝，只当什么都不知道，然后静观其变。但阿鹄又觉得，其实这也是一个可以充分利用的把柄，可以利用杜宇王与蜀相之间的微妙矛盾，使自己从中获得更大和更多的好处。譬如，假设以后矛盾爆发，杜宇王除掉蜀相，自己就有机会晋升和担任蜀相之职了。阿鹄觉得，虽然蜀相鳖灵很谦和，给了自己很好的印象，但在蜀相和杜宇王之间，他肯定是坚决站在杜宇王一边的。因为蜀国的军政大权，都掌控在杜宇王的手里，杜宇王可以委任鳖灵为蜀相，也可以免除鳖灵的相位，甚至可以将鳖灵除掉。作为杜宇王的亲信大臣，阿鹄当然是忠于王事，唯杜宇王马首是瞻。这样想着，阿鹄的心绪便有点兴奋，也有些复杂。

城外高大宏伟的祭坛已经如期完工，杜宇王也巡视过了。此后，就是选择日子，举行盛大的称帝仪式了。这天，阿鹄知道杜宇王正在宫中，便来到王宫求见，向杜宇王禀报了祭坛已经建好，接下来如何布置和举行仪式，请杜宇王指示。

杜宇王很高兴，对阿鹄办事得力，深表赞赏，夸奖说：爱卿辛苦了！

阿鹄谦卑地说：大王英明，这都是小臣应该效力的。

杜宇王说：称帝仪式，你也着手办吧。办好了，日后自有重赏！

阿鹄说：小臣谨遵旨意，这就开始去办。

杜宇王说：好啊，随时向我禀报。

阿鹄答应了，随即告辞，离开了王宫。

阿鹄入宫面见杜宇王，除了禀报和请示，也含有察言观色的意图。阿鹄观察着杜宇王的神情，除了略显憔悴，仍然是精神旺健、神清气朗的样子。阿鹄看不出杜宇王与往常有什么明显的不同，对自己的猜测不由得有点动摇了。阿鹄觉得，无论杜宇王喜欢蜀相夫人究竟是真是假，自己最聪明的做法仍是故作愚钝为好。

杜宇王接见阿鹄之后，便知道筹划已久的称帝仪式已经进入了实施的阶段。现在还有一个很关键的问题，就是由谁来主持称帝仪式？当然最理想的就是由老阿摩主持，但老阿摩闭关修炼，上次派阿黑和两名侍卫前去寻找和邀请，就空手而归。按时间推算，如果老阿摩的修炼已经结束，就可以礼请出山了。

杜宇王将阿黑叫到身边，吩咐阿黑多带几名侍卫，再去神巫的隐居处走一趟。见到神巫，一定请他出山。杜宇王还特别叮嘱，如果遇到鱼凫族人，一定要避免发生厮杀。如何对付死里逃生的鱼鹰，以及那些逃入深山的鱼凫族人，等到杜宇王称帝之后再说。总之要抓紧时间，速去速回。

阿黑记住了杜宇王的吩咐和叮嘱，挑选了几名武艺高强的侍卫，做了一番准备，佩带了宝剑和弓箭，于第二天便骑着快马出发了。

杜宇王做好了这些布置和安排后，离开王宫，又去了蜀相官邸。

海伦和小玫在内室中等候着杜宇王的到来。海伦每次见到杜宇王，都显得异常热切。这次也是一样，一看见杜宇王，便迎上去，偎依在了杜宇王的怀里。小玫也在旁边，小心地伺候着杜宇王。

海伦说：大王，今天金沙村的家丁来了。

杜宇王有些警觉地问：来干什么？

海伦说：送了一些日常用品过来。

杜宇王哦了一声：这里缺什么？不是都有吗？

海伦说：我觉得送东西只是借口，目的是想来看看我和小玫过得怎么样。

杜宇王说：家丁见到你们了，应该放心了。

海伦说：这也说明他们起了疑心了，才会这样啊。我有些担忧。

杜宇王说：你担忧什么？

海伦说：还不是担忧以后能否和大王天天在一起嘛。

杜宇王说：我们当然要在一起，爱妃不必忧虑。

海伦说：大王你也要预作安排才好。

杜宇王说：我自有主张，正在筹划和安排。

海伦说：大王是怎样筹划的呀？

杜宇王说：待我称帝之后，就宣布纳妃之事。

海伦喜道：大王要称帝了？恭贺大王啊！

杜宇王笑道：这也是筹划已久的事了。随即将筹划称为望帝的来龙去脉，告诉了海伦和小玫。

杜宇王准备称帝之后宣布纳妃，确实是深思熟虑。按海伦的主意，可以先纳小玫为妃，小玫就正式住进宫中。海伦也就有了入宫探望小玫的借口和理由，就可以常常在寝宫中一起玩三人秘戏了。至于能否将海伦也正式纳为王妃，就要根据后来的形势决定了。杜宇王对先纳小玫为妃，已经没有丝毫犹豫了，因为这不会涉及任何利害关系。对于最终是否也正式纳海伦为妃，因为顾虑到与蜀相可能发生的冲突，仍然不能决断。杜宇王不愿加害鳖灵，也不愿放弃海伦，这成了杜宇王心中难以解决的最大矛盾。当然，也不是没有两全其美的可能，假如公主真的嫁给了蜀相，纳海伦为妃也就不再是一个难题了。

海伦说：大王称帝之后，权势是否就更大了，威望也就更高了？

杜宇王有点踌躇满志地说：那是很自然的哦。

海伦说：那我们以后就改称大王为望帝了。

杜宇王说：称帝之后，礼仪和称谓，都会有一些调整。

海伦拉过小玫，笑着说：来，我们拜见望帝！

杜宇王也笑了说：爱妃免礼。寡人有赏！

杜宇王取出了带来的珠宝，赐给了海伦和小玫。杜宇王每次来见海伦和小玫，都会从宫中带一些首饰或珠宝之类，作为礼物送给她俩。海伦知道这些都是很珍贵的东西，有些甚至价值连城，心里很高兴。其实海伦并不在乎礼物，海伦喜欢的是享受和杜宇王欢爱时的巨大快乐。海伦在荆楚时，由于鳖灵善于经商，家境富裕，对珠宝之类早已见惯不惊。小玫自幼跟随海伦，衣食无忧，对财宝的概念也是比较淡漠。杜宇王见海伦和小玫贪恋欢爱而不贪图财物，心里也是分外高兴。

海伦拉着小玫，又笑着向杜宇王施礼说：多谢望帝恩赐！

杜宇王开心一笑：两位爱妃免礼啦。伸手将海伦和小玫都拉进了怀里。

经过这么一番对话和调笑，海伦便将担忧抛到了脑后。海伦的欲望又像泉水一样涌了出来。海伦和小玫在杜宇王的怀里左右相拥，相互亲吻，又开始了三人秘戏。

杜宇王沉湎于欢爱，被美色迷惑了心智，对面临的复杂关系和以后的种种问题，虽然已有考虑，却难以决断。称帝和封妃，这两件一心要实现的大事，在杜宇王的脑海里交织在一起，有时觉得很复杂，有时又觉得是很简单的事。杜宇王的豁达，在任人唯贤和处理政务方面，是非常令人敬佩的。而在判断和处理当前微妙而复杂的人际关系上，却大而化之，显得相当粗疏。关于称帝的筹划，还顾及到了蜀相和大臣们的态度。关于封妃的想法，杜宇王则有点过于一厢情愿了，只想到了封妃的快意，却很少去想面临的矛盾和不测。当然，杜宇王同海伦和小玫的私情，在目前属于绝对隐私，只能严加保密，又怎么能了解别人的态度呢？

杜宇王其实也想过，是否将封妃之事先征询一下王后朱利的意见，看看朱利有什么说法。但杜宇王又觉得用不着这么急，事情要一件一件办，等称帝之后再和朱利说封妃之事也不迟。有时将两件事情搅在一起就难免复杂了，杜宇王在处理事务的先后次序上是颇有经验的，所以并不急于告诉朱利。

杜宇王也考虑过和海伦的私情可能引起的麻烦，而且及时采取了必要的防范措施。最重要的做法就是严加保密，派侍卫守护了蜀相官邸。杜宇王离开王宫，前往蜀相官邸去见海伦和小玫时，也尽可能地避人耳目。杜宇王自以为已经考虑得比较周密，防范也很到位，但百密也有一疏。杜宇王去蜀相官邸的次数多了，引起的猜测也日渐增多。杜宇王和海伦的私情，渐渐地便成了蜀国王城里一个半公开的秘密。这也是英明睿智的杜宇王始料未及的，由此产生的影响和后果也就很难预料了。

第二十章

朱利注意到了杜宇王的很多微妙变化，开始颇为不解，后来便起了疑心。

朱利有次进了杜宇王的寝宫，那天杜宇王外出了，朱利因为天气变热，想为杜宇王更换衣被。朱利在王榻上发现了一件女人贴身穿的精美罗衫，觉得很纳闷。这是那天海伦和小玫匆匆离去时遗留在这里的。海伦和小玫那天随同杜宇王入宫，杜宇王在王榻上纳小玫为妃后，又同海伦欢爱，一起玩三人秘戏。傍晚时阿黑敲响寝宫的房门禀报，王后朱利正在回宫的路上，杜宇王让海伦和小玫赶紧梳洗更衣，由阿黑护送回了蜀相官邸，这件海伦贴身穿的罗衫便在慌忙中忘在了王榻上。杜宇王喜欢海伦的香泽气息，之后便将这件罗衫留在了王榻枕旁。

朱利和杜宇王虽然分榻而居，住在不同的寝宫里，但对杜宇王寝宫里面的设施和物品还是很熟悉的。朱利仔细看了这件罗衫，嗅到了罗衫上的女性香泽气味，心绪十分复杂。这绝非王宫中的宫女所穿内衣，而且也不是蜀国常见的女性内衣样式，其精美的质地和香味，透露了穿着这件罗衫的女人肯定非同一般。这位将罗衫留在了王榻枕边的女人会是谁呢？想到杜宇王和这位女人曾在王榻上欢爱，自己竟然毫不知情，朱利便大为不快，甚至有点恼怒。杜宇王可以纳妃，但不应该瞒她啊。早在多年前，朱利就和杜宇王说过，如果杜宇王想纳妃，她是一定会同意的。朱利甚至还挑选了几位漂亮的宫女伺候杜宇王，不就是为了满足杜宇王对男女欢爱的需求吗？可是现在杜宇王却趁她不在宫中的时候，背着她和其他女人偷情，杜宇王为什么要这样做呢？杜宇王另有新欢，却不告诉她，这是否说明杜宇王变心了？朱利越想越生气，很想将这件罗衫用剑刺碎了，以泄心头的愤怒，但还是忍住了，将罗衫留在了王榻枕旁。朱利也不想为杜宇王更换衣被了，心绪复杂地面对王榻站了好一会儿，才回了自己的寝宫。

　　杜宇王很晚才从外面回来，回到王宫后便直接回寝宫入睡了。朱利心头有事，特别留意着王宫中的动静。翌日早晨，朱利已经起来了，杜宇王还在酣睡。直至日上三竿，杜宇王才走出寝宫，和一直等候着他的朱利一起吃了早膳，然后去大殿处理政务。朱利不动声色，什么也没有问。杜宇王的神态举止，还像往常一样，看不出什么变化。朱利有点感叹，杜宇王确实是一位很沉得住气的君王啊，为什么不愿意将他的新欢告诉她呢？杜宇王和朱利患难与共，结发以来有任何事情从不瞒她。杜宇王不愿说，一定有他的理由。或者，其中一定另有隐情，也可能有着某些不能透露的秘密吧？朱利现在除了不快和恼怒，又增添了好奇。朱利对自己说，只要有耐心，一定会弄清其中的缘故，无论如何也要查明那个女人的来历。那个和杜宇王在王榻上欢爱的女人，究竟会是谁呢？

　　这天傍晚，朱利看到有两名宫女拿了一些物品正要出宫，便问道：你们要去哪里？宫女说，她们是奉杜宇王的命令，要拿一些物品送到蜀相官邸去。朱利问：送到蜀相官邸干什么？宫女说：杜宇王已经将新建好的蜀相官邸赐给了蜀相家人，蜀相夫人和侍女已经住进了蜀相官邸，这些物品就是赐给蜀相夫人的。朱利哦了一声，挥挥手让宫女走了。关于修建蜀相官邸的事，朱利是知道的，但没想到办得这么迅速，蜀相夫人都已经住进了新建好的官邸，真是快啊。

　　过了一天，杜宇王又率着侍卫外出了。朱利派了一位自己的心腹奴仆，远远地跟随在后面，看看杜宇王究竟去了哪里。过了两个时辰，奴仆回来了，向朱利禀报说，杜宇王率着侍卫出了王城，像是要去射猎的样子。但走了不久，杜宇王又折返回来，从另一处城门进了王城。杜宇王没有回王宫，而是去了蜀相官邸。奴仆见杜宇王进去后，门口有侍卫把守，在远处静候了许久也不见杜宇王出来，便回来了。如实向朱利禀报说，看到的就是这些了。朱利心中十分惊讶，脸上依然不动声色，故作淡然地说：好的，知道了。挥手让奴仆退下了。

朱利屏退了身边的宫女，独自一人待在后宫，脸色阴沉，心绪复杂。蜀相鳖灵正在外面率众治水，住在蜀相官邸内的只有蜀相夫人和侍女。杜宇王去了蜀相官邸，进去后便不再出来，在里面还能做什么呢？难道杜宇王和蜀相夫人有了私情？杜宇王将新建好的蜀相官邸迅速地赐给了蜀相夫人，难道就是为了和蜀相夫人在里面幽会？这也未免过于荒唐，太不可思议了吧？朱利觉得，杜宇王纵使好色，也不至于糊涂到这种地步吧？但那件王榻枕旁的罗衫又做何解释呢？

朱利的敏锐直觉告诉自己，虽然自己不愿相信，但事实就是如此。朱利一想到此事的荒唐透顶，想到此事可能造成的严重后果，瞬间便有天崩地裂的感觉。杜宇王英明一世，总不至于因为好色而毁了自己的宏伟大业吧？在朱利的印象中，杜宇王并不是一位好色之徒。杜宇王对美丽的宫女都不感兴趣，就是一个显著的例证。蜀相夫人究竟有什么魅力，能够使杜宇王拜倒在她的罗裙下呢？这样一想，朱利又有些不解了，甚至怀疑自己的直觉和判断是否准确。假如自己错怪了杜宇王呢？如果不是因为私情，杜宇王去蜀相官邸究竟做什么呢？

这些巨大的疑问，纠缠在朱利的心头，使得她寝食难安，焦虑万分。朱利毕竟是一位多年行走江湖、阅历极其丰富的巾帼英豪，遇到事情还是沉得住气的。朱利知道，要弄清此事，并不困难。想了一会儿，朱利的心中已经有了主意。

这天上午，杜宇王像往常那样坐在大殿的王座上处理政务。

朱利率了两名贴身宫女，悄然出宫，骑马来到了蜀相官邸。守门的侍卫对朱利说：杜宇王有严令，不许任何人进入蜀相官邸。朱利说：我正是奉杜宇王的吩咐而来，到蜀相官邸有事要办。侍卫见王后如此说，哪还敢阻拦？朱利下了马，带着宫女，快步走了进去。一名侍卫向里面传话：王后驾到！

　　朱利先看到了迎出来的小玫，清纯秀丽，模样可人。小玫惊讶地看着朱利，见王后突然来访，一时也不知说什么是好，有点发愣。接着，朱利便看见了从内室走出来的海伦。海伦的美艳，身段的婀娜，衣着的飘逸，容颜的靓丽，使朱利目光骤然一亮。朱利还从来没有见过如此漂亮的女人，那种骨子里的风骚和美艳，使得朱利也感到怦然心动。朱利心里感慨道：难怪杜宇王会着迷啊。

　　朱利说：你就是蜀相夫人了？

　　海伦也颇为吃惊，赶紧施礼，神色恭敬地说：小女子海伦拜见王后。

　　小玫也随着向朱利恭敬地施了礼。

　　朱利似笑非笑地说：不必多礼。

　　海伦也含了笑说：不知王后大驾光临，请恕怠慢之罪。

　　朱利说：是我不约而至，你何怠慢之有？

　　海伦说：王后光临，有何赐教？

　　朱利说：我从治水的地方巡视回来，听说你们住进了官邸，特来看看。

　　海伦说：多谢王后关心。小女子感恩不尽！

　　朱利说：蜀相治水有功，杜宇王恩赐官邸，不必言谢。

　　海伦说：大王和王后恩重如山，小女子深表感激。

　　朱利加重语气说：蜀相夫人知书达理，十分难得。

　　海伦说：王后过奖了，令小女子无地自容。

　　朱利话里有话地说：蜀国要贤能辅佐，家国都要和睦安定，万事才能兴隆啊。

海伦说：王后所言极是，小女子会铭记在心的。

朱利注视着海伦，觉得海伦除了美艳和风骚，并不是很有心计的女人。海伦身边模样秀丽的小玫，也很清纯，面对朱利，显得有点忐忑，使人顿生爱怜之心。朱利本来一肚子怒气，很想训诫海伦几句，见海伦如此谦卑，怒气已消除了一半。朱利还顾及到了杜宇王的面子，心中还有其他一些话，也都忍住了不愿再说。反正自己突然出现在蜀相夫人面前，就是一种姿态和暗示。朱利在刚才的话中，已经多次提到蜀相和治水，就是告诫海伦不要忘记了自己蜀相夫人的身份，更不要去做违背身份的事。海伦不笨，反应敏捷，应该听得出来，懂得这个道理。朱利知道，杜宇王很快就会得知她来到蜀相官邸了。如果杜宇王和海伦从此收敛，中断私情，那就当作什么也没发生好了。这样想着，朱利便深深叹了一口气。

朱利随即离开蜀相官邸，骑马返回了王宫。

当天下午，杜宇王又外出了。朱利派出的心腹奴仆，悄悄随在后面，回来向朱利禀报，杜宇王又去了蜀相官邸。朱利听了，怒气攻心，加上前些日子在治水驻地和公主白羚同住时条件简陋，受了风寒，一下子病倒了。

杜宇王来到蜀相官邸，见到海伦和小玫，便得知王后朱利来过了。

杜宇王询问关于朱利突然出现在蜀相官邸的详细情形，举动如何，态度怎样，说过什么话，海伦和小玫都如实做了叙述。

杜宇王深知朱利的性格，朱利当然不会平白无故地来到蜀相官邸。朱利的举动，说明对杜宇王和海伦的私情已有所觉察。但朱利表现得比较平和，并没有任何过激的言辞。朱利的目的，显然是为了告诫与劝阻。这也或许是朱利的试探，朱利遇事不会这么简单就算了的。杜宇王本来打算等称帝之后再和朱利说纳妃之事的，现在朱利察觉了，就无法继续瞒下去了，那么又该怎么办呢？

海伦见杜宇王神色沉沉，便知道杜宇王的情绪受了影响。海伦和小玫也有些心绪不宁。朱利出乎意料地在蜀相官邸出现，像一道巨大的阴影，影响了三个人的心情。平常在一起时，海伦总是欢声笑语，一旦欲望涌动，便会和杜宇王黏合缠绵。此刻，海伦仍偎依着杜宇王，欲望却因之而打了折扣。心里想的全是如何应对王后，并由此而浮起了很多担忧。

　　海伦偎在杜宇王的怀里，柔声说：大王，你怎么不说话？

　　杜宇王说：爱妃对此事不必过于担心，王后不过是来看看而已。

　　海伦说：王后的目光像剑一样，看得人心里发怵。

　　杜宇王笑道：没有那么厉害吧，王后不会伤害我们的。

　　海伦说：那王后突然来这里干什么呢？

　　杜宇王说：王后好奇嘛，想来看看漂亮的海伦是什么样。

　　海伦也笑了说：大王说得好轻松，王后只是好奇吗？

　　杜宇王说：王后也许还有关心之意呢。

　　海伦说：大王尽往好的方面想，大王对王后从不提防吗？

　　杜宇王说：如果连王后都要提防，我身边就没有可以信任的人了。

　　海伦说：那么大王纳妃，王后会支持吗？

　　杜宇王说：不管王后支不支持，起码不会反对吧。

　　海伦说：既然王后不会反对，大王就尽快纳妃吧，免得夜长梦多。

　　杜宇王说：好啊，纳妃之事，爱妃不用担心。

　　海伦说：起码大王先将小玫妹妹纳为王妃，迎娶进宫嘛。

　　杜宇王说：我将小玫纳进宫中，爱妃身边谁来伺候照顾？

　　海伦说：大王不是派了两名宫女在这里嘛。

　　杜宇王说：爱妃的意思，是让我纳了小玫进宫，以后就少来这里了？

　　海伦含嗔道：我哪里是这个意思嘛，我只是想大王可以和王后明言，来应对王后嘛。

杜宇王知道，海伦说的也是实情。海伦是个很聪慧的女人，对待此类事情，当然会有所思考。海伦凭直觉想到的应对王后之法，实际上是在提醒杜宇王，对王后虽然不必提防，但也不能掉以轻心。海伦的主意，并不周全，却也有一定的道理。

杜宇王将海伦抱在怀里，亲吻着海伦说：爱妃啊，我会妥善安排的。

海伦将小玫也拉过来，和杜宇王左右相拥，相互亲吻。尽管杜宇王同海伦和小玫都非常喜欢三人秘戏，常常乐此不疲，但这次的情绪却有些低落，笼罩在心头的阴影始终徘徊不去。

杜宇王同海伦和小玫亲热了一会儿，便提前返回了王宫。

杜宇王回宫后听说朱利病倒了，立即走进王后寝宫，看望卧病于榻的朱利。

杜宇王坐在朱利身边，关心地询问道：你怎么突然就病了？

朱利微闭着眼睛，脸容憔悴，神色暗淡，什么话也不想说。杜宇王伸手抚摸着朱利的脸庞，拂开了遮住朱利眼睛的柔发。朱利的头发已不像年轻时那般黑亮，里边已出现了银丝，显得有点花白了。杜宇王又执住了朱利的手腕，感觉朱利的脉搏平缓有力，并不虚弱，应该没有什么大碍。杜宇王这些关怀的动作，像一股暖流，涌进了朱利的心田。朱利的眼睛不由自主地湿润了，毕竟是患难夫妻，杜宇王的温存使朱利心中的怨气一下消除了许多。

杜宇王说：我派人去将羚儿传唤回来吧，你身边也好有个伴。

朱利终于嗯了一声。能让公主白羚回来，这当然是朱利所希望的。

杜宇王陪着朱利坐了一会儿，关切地说：你好好休息，我回寝宫了。

朱利这时睁开了眼睛，对杜宇王说：有句话儿，我想和你说说。

杜宇王又坐了下来，看着朱利。在杜宇王目光炯炯地注视下，朱利又有点犹豫，斟酌着措辞，不知如何开口是好。

杜宇王说：你说吧，有什么话，但言无妨。

朱利说：你知道，我去了蜀相官邸。

杜宇王哦了一声，看着朱利，等候她继续说下去。

朱利说：蜀相治水在外，无暇回来，是否将夫人送去和蜀相同住，以示关怀？

杜宇王说：这是蜀相的意思吗？蜀相和你说过此事？

朱利说：蜀相没有说过，这只是我的想法。

杜宇王说：既然蜀相没有说过，那就不妥。

朱利说：我的想法是为了让蜀相安心治水，也是为了朝廷和睦。

杜宇王沉默无语。朱利的建议，有点出乎杜宇王的意料。他知道朱利已经察觉了他和海伦的私情，以为朱利会盘问他，没想到朱利却提出了这样一个建议。朱利历来贤淑，深明大义，刚才的建议就充分显示了这一点。平心静气而论，朱利的建议是非常高明的一招，目的就是用快刀斩乱麻的方式，使鳖灵和夫人团聚，使杜宇王中断和海伦的往来，使蜀国君臣和睦，从此一切都又回到正常的轨道上来。朱利的建议看似简单，却有着很深刻的含义。杜宇王明白了朱利的良苦用心，对朱利不能不顿生敬佩。

杜宇王深知朱利说得很有道理，她那非常简单又极其高明的建议也可能是解决目前复杂困局的唯一良策。但要杜宇王从此割断和海伦的私情，却谈何容易。杜宇王和海伦犹如热恋中的情人，一日不见，如隔三秋。欢爱和快乐是最可怕的毒药，已经使杜宇王和海伦中了毒瘾，诱惑了身心，也腐蚀了灵魂。杜宇王每当独自一人时，脑海里全都是海伦的影子，心里总是想着和海伦欢爱或者是三人秘戏的情形。要改变现状，对于深陷其中而难以自拔的杜宇王来说，确实下不了决心，很难做到当机立断。

朱利见杜宇王犹豫不决，便长叹一声说：你再想想吧。

杜宇王点了点头，起身离去，回了自己的寝宫。

杜宇王独自躺在王榻上，天气有点闷热，一时难以入眠。杜宇王回想着朱利和他说过的话，朱利一边说她去了蜀相官邸，一边看着他的神态反应。朱利说得很含蓄，但话外之意却非常清楚。朱利不如海伦美艳，但朱利很有头脑，善于思考问题，而且能够一针见血地抓住要害。朱利年轻时和他患难与共，辅佐他击败鱼凫王，登上了王位，成就了宏伟大业，现在岁数大了，头发都已花白，爱情已经变成了亲情。朱利说的建议，很显然是在为他着想，说得很实际，既顾全了他的面子，也能切实有效地解决难题。杜宇王不得不承认，朱利察人观物有时比他敏锐，处理问题也比他高明，确实是一位贤淑可敬的王后。那就采纳朱利的建议，遵照朱利说的办吧。杜宇王的理性思考，仿佛是一剂清凉剂，使他清醒了许多。但杜宇王仍然不能就此下定决心，只要一想到海伦，所有的理性便都化为了朦胧的雾气，蒙蔽了他的双眸和心智，使他再也看不清面临的困局与风险。

杜宇王翻了个身，看到了枕旁海伦留下的罗衫，海伦美艳的身影又浮现在了眼前。罗衫上有海伦的香泽气息，使他辗转难眠。杜宇王喃喃自语，海伦啊海伦，我怎么能舍弃你呢？杜宇王觉得，自己和海伦也可谓是一见钟情，自从在宫中召见海伦的那天开始，他和海伦就再也无法分开了。他和海伦的欢爱，是多么的和谐快乐啊。从寝宫中两人的第一夜，到后来的无数次重复，始终没有厌倦的时候。真可谓此情绵绵无绝期，天底下还有比这种欢乐更令人着迷的吗？杜宇王心中涌动着对海伦的思念之情，想象着海伦和小玫在蜀相官邸内室中的情形，两位爱妃此刻可能也正在想念着他。如果不是顾及王后朱利正在后宫，杜宇王此时又会派侍卫将海伦和小玫召进寝宫了。

杜宇王再次陷入了巨大的犹豫之中，理智上他想照朱利说的办，情感与欲念却又使他无法割舍对海伦和小玫的迷恋。既然朱利已经明确地提醒了他，就不能继续拖延下去了。但无论如何，这也是一个使杜宇王深感为难的问题。接下来怎么办呢？

难于入眠的，还有躺在病榻上的朱利，此时也感到很为难。

朱利已经心平气和地向杜宇王指出了问题的要害，委婉地提出了一个两全其美的建议。朱利希望，睿智的杜宇王，应该明白她的心思，也应该懂得这件事情的严重性质。但杜宇王却沉默不语，一副优柔难决的样子。敏锐的直觉告诉朱利，杜宇王贪恋海伦的美色，在荒唐的私情中已经陷得很深，恐怕已是到了难以回头的地步。朱利暗自叹气：杜宇王呀杜宇王，你就是好色也不能昏了头啊！天下美女何处没有，为什么偏偏就要和蜀相夫人纠缠在一起呢？难道你就没有想到这件事情可能造成的严重后果吗？如果杜宇王执迷不悟，再不止步，面临的就是万丈深渊，难道就不怕掉下去吗？朱利无法往深处想，越想就越气。

由于焦虑和生气，朱利的病情加重了。以前朱利生病，会请老阿摩入宫诊断治疗。现在老阿摩隐居于深山，无人可为王后治病。伺候王后的宫女束手无策，只能禀报杜宇王。杜宇王也没有好的办法，只有派人让公主赶紧回来。

阿黑率着几名武艺高强的侍卫，离开王城，走进了沟深林密的西山。

遵照杜宇王的吩咐，阿黑此行，一定要礼请老阿摩出山。为了避免和隐居于深山中的鱼凫族人发生冲突，在前往神巫隐居地的途中，必须绕道而行。阿黑已经来过一次，记得大致的路径，但行走在地形复杂的西山中是很容易迷路的。

越不愿意发生的事情，往往就真的发生了。这天下午，阿黑和侍卫们又再次误入了鱼凫族人的营地，遭遇了正在迁徙的鱼凫族人。

自从上次阿黑误闯鱼凫族人的隐居之处后，鱼凫族人因为担心杜宇王会派遣人马前来围剿，便决定迁往他处，换个更隐蔽的地方栖居。经过寻找，鱼凫族人找到了一个地方，位于西山的更深处，那里有崖洞和山涧，沟深林密，人迹罕至。他们先去了一些人，在那里预作布置，搭建了屋舍，构筑了防御碉垒。这天，正是其余的鱼凫族人动身迁徙的时候，在地形复杂的山谷中与阿黑一行不期而遇。

仍然是随行的猛犬小虎首先发现了异常，发出低沉的咆哮。

阿黑和几名侍卫警觉地勒住了马，透过林木看到了列队而行的鱼凫族人。一些手持弓箭与刀矛的鱼凫族人，护卫着伤愈后的鱼鹰，行走在队列的前面。听到猛犬小虎的咆哮，鱼凫族人立即隐蔽在了林木与岩石之间，蓄势欲发，做好了厮杀的准备。阿黑迅速做出了判断，如果和这些亡命之徒发生战斗，胜负是很难预料的。虽然阿黑和侍卫们都是杜宇王卫队中的高手，个个武艺高强，但隐居于此的鱼凫族人熟悉地形，人多势众，而且善于使用弓箭，会拼死相搏，真的打起来后果就很难说了。上策当然是赶紧撤退，避免动武。

就在阿黑和几名侍卫勒转马头，策马而退时，另一些鱼凫族人突然出现在了他们的身后。那是从新的隐居地前来接应的鱼凫族人，竟然如此凑巧，完全没有料到会有这场遭遇。阿黑听到了一声尖利清脆的竹哨声，那是鱼凫族人惯用的联络方法。两边的鱼凫族人同时朝他们涌来，将阿黑与几名侍卫堵在了山谷中。

但鱼凫族人并没有立即动手，一位年纪稍长的鱼凫族人冷冷地打量着阿黑与几名侍卫，喝问道：你们是什么人？来此何干？

阿黑扫了一眼这位鱼凫族人中须发已白的长老，估计是一位重要的头目，在他身后便是一群鱼凫族人护卫着的鱼鹰。阿黑保持着警惕和冷静，从容答道：我们只是偶然经过这里。

鱼凫族的长老冷笑道：难道你们不是杜宇王派来的吗？

阿黑推测，鱼凫族人没有立即动手，也许是不摸底细的缘故吧。但鱼凫族人很容易就看出了他们的身份。阿黑与几名侍卫的穿着、坐骑、佩带的武器，都与众不同，全是王宫里的配置。

阿黑觉得，已经没有必要隐瞒身份，便说：不错。

长老冷笑道：果然如此。杜宇王终于要来围剿我们了，是不是？

阿黑说：你误解了。杜宇王英明睿智，并没有为难你们之意。

长老继续冷笑道：那杜宇王派你们来干什么？前来侦察吗？

阿黑想，鱼凫族人历来好勇斗狠，此刻不马上动手，也许是担心他们身后还跟着大批人马吧。阿黑很想吓吓他们，想说大队人马随时都会到来，镇住他们不要轻举妄动，又觉得不妥，于是说：杜宇王如果真的要围剿你们，何必拖延至今？早在几年前甚至十几年前就可以派兵来了。

长老说：因为杜宇王一直不知道我们在这里，现在知道了，恐怕就不会放过我们了吧？

阿黑说：我想你们一定是误解了，才会如此过虑。这么多年，杜宇王并没有对你们怎么样啊。

阿黑又说：杜宇王是位仁慈的君王，恢宏大度，治国有方。这些年，蜀国兴旺发达，百姓们有口皆碑。难道你们就没有耳闻吗？

长老说：你是杜宇王派来当说客的吗？杜宇王哪有你说的那么好！

阿黑说：杜宇王宽宏大量，天下百姓都是子民，所有的部落都早已归顺了杜宇王，你们也没必要伴在山林里啊。

长老冷笑道：杜宇王用阴谋袭击夺取了江山，天道循环，也不过是暂时得逞罢了。总有一天，杜宇王也会失去王位的！

阿黑见长老如此说话，便知道面前这些长期躲藏在山林里的鱼凫族人，依然对失去王位怀恨在心。要想说服这些鱼凫族人改变心态，归顺杜宇王朝，显然是件很困难的事情。俗话说，江山易改本性难移，便正是这个道理。但阿黑还想再试试，看能否晓以利害，使这些鱼凫族人放弃敌意，免得发生冲突。

阿黑说：常言说，识时务者为俊杰，天道已经如此，何必违抗呢？

阿黑又说：如果一定要和强大的杜宇王朝为敌，你们觉得会有什么意义吗？

长老的脸上一直挂着冷笑。站在长老身后的鱼鹰伤愈后依然虚弱，被利箭射穿的喉咙虽已愈合，说话仍有困难，但脸上的敌意比长老更为明显。在阿黑与长老对话的时候，鱼鹰一直用仇恨的目光盯着阿黑和几名侍卫，鱼鹰还注意到了猛犬小虎。正是这些侍卫与猛犬小虎，使得鱼鹰入宫行刺惨败。也许是阿黑后面说的几句话刺激了鱼鹰，埋藏在鱼鹰心中的巨大仇恨一下升腾起来。鱼鹰咕哝了一句什么，拔出了磨得雪亮的宝刀。鱼鹰身边的鱼凫族人也亮出了各种兵器。情形瞬间便如同绷紧的弓弦，到了一触即发的地步。

猛犬小虎因为在王宫中扑倒过鱼鹰，也早已认出了这位曾经入宫行刺者，喉咙里发出了低沉威猛的咆哮声。面对眼前的紧张形势，几名侍卫也都握住了武器。

阿黑加重了语气，继续对长老说：今日相遇，本属偶然。如果交手，势必两败俱伤。还是大路朝天，各走两边吧！

阿黑因为有任务在身，能不和这些鱼凫族人动手当然是最好了。阿黑还从来没有说过这么多话，都是形势所迫，不得不费些口舌。他注视着长老，不知长老会做何反应。凭直觉，阿黑看到这些剑拔弩张的鱼凫族人都不怀好意，形势一触即发，如果不能脱身，也只有拼了。

长老有些犹豫，觉得阿黑说的有道理，又拿不定主意，是否放走阿黑和几名侍卫？长老当然知道，这些来自杜宇王身边的彪悍武士，绝非等闲之辈，本领一定是很高强的。虽然鱼凫族人此刻人多势众，但要制服这几名武士并无绝对把握。不过，如果放走这几名武士，让他们回去向杜宇王报告鱼凫族人的行踪，又有点于心不甘。

长老身边的鱼鹰却并没有想那么多，满心都是仇恨，如果不是伤愈体弱，可能早就动手了。但长老毕竟是这些鱼凫族人的头目，众人都在看着长老做何动作。长老只要略作示意，蓄势以待的鱼凫族人便会蜂拥而上，发起攻击。

就在长老犹豫不决的时候，突然又传来了尖利的竹哨声。那是接应的鱼凫族人发出的信号，表示又发生了什么情况。鱼凫族人立即躁动起来，可能误以为杜宇王的大队人马攻来了。鱼鹰挥舞宝刀，声音含混地喊了一声，大概是先下手为强的意思，率先发难，朝阿黑与几名侍卫扑来。

厮杀和格斗不可避免地爆发了。

山谷里刀光剑影，瞬间便变成了短兵相搏的战场。

阿黑和几名侍卫腹背受敌，只有拼死相搏。他们受过严格训练，武艺高强，围攻的鱼凫族人很难近身。但鱼凫族人毕竟人多，一个个都像野狼似的，挥舞着兵器，凶狠地朝他们扑来。在交手的第一个回合，阿黑和几名侍卫便击倒了冲在前面的几个鱼凫族人。后面的鱼凫族人没有退却，反而更加凶恶地蜂拥而上。形势非常严峻，不是你死就是我亡，阿黑和几名侍卫只有杀开一条血路，才能突出重围，否则就会丧生于此。在这生死存亡关头，他们都使出了浑身解数，奋勇抵挡，展开了生死较量。

长老本来还有点犹豫，此刻突然动了手，也只有一不做二不休了。长老也拔出了佩刀，指挥着鱼凫族人前后堵截，将阿黑与几名侍卫围困在了山谷中。鱼鹰虽然体弱，却厮杀得很凶狠，但毕竟重伤刚愈，体力打了折扣，功夫也大不如前。他几次冲到前面，都被阿黑击退了。

那真是一场前所未有的恶斗。阿黑和侍卫利用山谷中的树木地形，和鱼凫族人进行着厮杀。几名侍卫都不同程度地负了伤。阿黑的衣服上也沾满了血迹。猛犬小虎也发挥了威力，多次扑倒了冲到身边的鱼凫族人，油亮的毛皮上同样血污斑斑。

阿黑知道，如果这样拼下去，还会有更多的鱼凫族人倒在他们的剑下，但他们也很难幸免于难。面前的情形，要想脱身真的是很难了。怎么办呢？阿黑不怕死，在刚才的搏击中已经有好几个鱼凫族人倒在他的剑下，已经够本了！但杜宇王派他们来此的任务还没有完成啊，就这样厮杀而死，岂不遗憾？！

阿黑的脑海中突然闪出了一个念头，也是急中生智，他朝几名奋勇拼杀的侍卫喊了一声：擒贼擒王啊！挥剑刺倒了一名挡路的鱼凫族人，跃身扑向了鱼鹰。几名侍卫也大喊一声，扑向了长老。情形瞬间大乱。

　　明显占着上风的鱼凫族人，没料到阿黑和侍卫会突然发起反击，霎时竟有些愣神。阿黑冲入人群，护卫的鱼凫族人来不及阻挡，阿黑已冲到鱼鹰的面前。鱼鹰脚步踉跄，挥刀迎击阿黑。随在阿黑身边的猛犬小虎此时突发神威，犹如一道闪电，从斜刺里飞扑而上，咬住了鱼鹰持刀的手腕。就在迅雷不及掩耳之际，阿黑已经夺过鱼鹰的宝刀，将雪亮的刀刃架在了鱼鹰的脖子上，另一手持剑指向了旁边的鱼凫族人。几名侍卫也同时擒住了长老。

　　形势眨眼间就发生了改变。阿黑大喝一声：谁还敢动手？我就杀了他！

　　那把寒光闪闪的宝刀，此刻就紧紧地架在鱼鹰的脖子上。此刀经过鱼鹰在溪边石上反复磨砺，极其锋利。只要阿黑将刀锋向前一推，眨眼之间，鱼鹰就会身首异处。

　　鱼凫族人都被镇住了，望着眼前的情景，个个面面相觑，不知如何是好。

　　这真是出乎意料的一幕，山谷间的厮杀瞬间停止，整个气氛仿佛凝住了。

　　长老担心阿黑真的会杀了鱼鹰，赶紧说：壮士意欲如何？

　　阿黑说：让他们都散开！待我们平安离开，就放了他！

　　长老略一迟疑，做了个放行的手势说：好！

　　山谷里的鱼凫族人随即让开了一条路。阿黑和几名侍卫挟持着鱼鹰与长老，朝山谷外面退去。鱼凫族人紧随在后边，依然是随时都会扑过来的架势。

　　这样一直僵持到了谷口。长老说：现在你们可以走了！阿黑看了一下地形，同几名侍卫交换了眼神，说了声好，放开了长老与鱼鹰，纵马朝谷外驰去。

紧逼在后面的鱼凫族人呐喊一声，抢上前来，护卫着鱼鹰，开始朝阿黑他们放箭。一时间箭矢如雨，落叶缤纷，林木中的鸟兽惊恐而逃。

这时突然起雾了，山林间岚气弥漫，只有一会儿工夫，天地间便一片混沌。

阿黑与几名侍卫在雾气中霎时间都不见了身影，马蹄声也消逝了。鱼凫族人不敢贸然追击，只有悻悻而退。

鱼鹰心怀深仇，恼恨不已。这是鱼鹰第二次侥幸脱险，如果阿黑真的要杀他，只要一挥刀，他的命就没了。鱼鹰并不觉得庆幸，只倍感恼怒。此时鱼鹰的箭伤又复发了，疼得他紧皱眉头，大口喘息，颓坐于地。鱼凫族人见状，赶紧背起鱼鹰，搀扶了伤员，匆匆地朝新的营地转移。

阿黑一行在弥漫的雾气中疾行，渐渐地又迷了路。

几名侍卫都负了伤，有两匹马也中了箭。经过刚才激烈的厮杀，都有些精疲力竭了。他们坚持着，在山岚迷蒙的林木之间继续前行。

天色渐渐暗淡下来，快到傍晚了，听得见鸟雀归巢的鸣声。阿黑有点庆幸，又有点担忧。庆幸的是终于从鱼凫族人的围困中脱身了，担忧的是在这莽莽的山林里会不会又再次遭遇危险呢？蜀山峰峦叠嶂，连绵千里，危机四伏，山林里有猛兽，还有隐藏着的鱼凫族人。行走在峰回路转地形复杂的山林里，往往难辨方向，一旦迷路，会遇到什么，就很难预料了。

阿黑他们保持着警觉，策骑而行。上次他们曾到过老阿摩的隐居地，好像就在附近不远，却怎么也找不到。似乎近在咫尺，又仿佛远在天边。老阿摩为什么一定要隐居在这样一个神秘莫测的地方呢？

天色已晚，阿黑他们来到了一条小溪旁。就在他们准备在溪畔露宿的时候，突然有凤鸟的鸣声传来。他们屏息静听，似乎还有灵猿的啸声，伴随着溪水的潺潺流淌，在林木中轻柔的和风里悠然飘荡。阿黑与侍卫们立即兴奋起来，这说明离老阿摩的隐居地不远了。上次不也是听见了灵猴的啼声与凤鸾的欢鸣，才找到了老阿摩隐居的地方吗？这条清澈的溪水，也许就是从老阿摩隐居处的碧瀑流淌下来的。

阿黑与侍卫们随即起身，循声寻找。沿着溪水上行了数里，不出所料，果然又看见了那个恍若仙境般的地方。依然是上次看见的情景，巨树参天，林木茂盛，溪水潺湲，碧瀑飞挂。在巨树间，有数间精致的屋舍。凤鸟与灵猴就栖息于巨树茂林内。凡人一到此地，便会感觉到一种祥和之气扑面而来，恍若进入了另一番天地。神巫选择此地隐居，自然有其非同寻常的道理。

老阿摩的弟子听到了马蹄声与脚步声，走出屋舍，接待了阿黑与几名侍卫，将他们迎进了客堂。负伤的侍卫们此时已筋疲力尽，其中一名伤势较重，一进门便靠柱而坐。老阿摩的弟子赶紧取出药物，为其包扎，又端来了饮水与食物，还有山果，让阿黑和侍卫们食用。以前在王城里，阿黑和神巫的弟子们经常见面，相互很熟。这是阿黑第二次来到神巫的隐居地，虽然难以寻觅，但终于找到了，一坐下来就如释重负地松了一口气。

马匹在外边也做了安置，中箭的两匹马，也由神巫的弟子拔出箭矢，对伤口做了治疗。猛犬小虎身上沾了很多鱼凫族人的血迹，用水洗了，依然精神抖擞地跟随在阿黑身边。

阿黑在激烈的厮杀中也负了轻伤，但并不碍事。匆匆吃了晚饭，便去拜见神巫。

老阿摩经过长达半年的闭关修炼，此时已出关，隐居在屋舍后边的洞府中。

阿黑在神巫弟子的引导下，走进了洞府。里面比外边更为凉爽，陈设简洁，暗香弥漫。老阿摩坐在木榻上，两侧点了松明灯，还是以前的模样，只是须发已白，脸色却比以前更为红润。老阿摩手持神杖，目光炯炯地看着走进来的阿黑。

阿黑向老阿摩躬身施礼，恭敬地说：杜宇王特派我们来拜见神巫！

老阿摩说：杜宇王还好吧？

阿黑说：杜宇王一切都好，就是时常挂念着您老人家，想请神巫再次出山相助，特地派我们来迎候您大驾重回王城！

老阿摩有点感动，叹了口气说：我已经老朽了，还能为杜宇王做什么？

阿黑说：神巫您法力无边，有一件大事，只有您才能帮杜宇王。

老阿摩说：上次水患，已经数月，现在情形如何？

阿黑说：杜宇王任命了蜀相，率领百姓治理水灾，已大见成效，就要大功告成了。

老阿摩说：这也是天意啊。既然治理了水灾，还能有什么大事呢？

阿黑说：杜宇王顺应天意，准备举行庆典。这件大事，只有神巫您主持才行啊。

老阿摩迟疑了一会儿，若有所思地说：我年老体衰，已不想出山了。

阿黑刚才并没有直说杜宇王请神巫出山的目的，是要老阿摩主持称帝大典，为杜宇王加冕戴上皇冠，这也是阿黑机智的地方。因为神巫对祭祀庆典之类，大都有浓厚的兴趣，通常不会拒绝。假如明说是杜宇王要称帝，如果神巫不赞同，那就达不到礼请老阿摩出山相助的目的了。但老阿摩依然表达了婉辞，这又是什么原因呢？

阿黑说：神巫您功力高深莫测，神清气旺，就是我们年轻后辈也不能同您比啊。

阿黑又说：神巫您老人家一定要出山相助杜宇王才好！蜀国的百姓也都盼望您重回王城啊！

老阿摩一手持着锈色斑斓的神杖，一手抚须，神色凝重，沉默不语。

阿黑觉得很无奈。想了想，又说：王后朱利近日突然患病，宫中无人能治，也期盼着神巫能出山，尽快入宫，为王后消灾祛病，那就感激不尽了！

老阿摩的神态有了变化，犹豫的眼神中闪出了关切，问道：王后真的病了吗？

阿黑有点焦急地说：病得不轻，只有神巫您才能救她。

老阿摩叹息道：既然如此，我也只有勉为其难了。

阿黑知道老阿摩动了恻隐之心，终于答应出山了。阿黑心中大喜过望，赶紧恭敬施礼道：感谢神巫！王后有救了！那就恭请您老人家尽快动身吧！

老阿摩手持神杖，颔首道：好。

老阿摩吩咐弟子去做准备。虽然口头答应立即动身，但还是过了几天，这才带着几名弟子离开了隐居的地方，走出了幽深的西山，随同阿黑与侍卫们前往王城。

第二十一章

公主白羚得知母后卧病于榻，心中担忧不已，立即骑马赶回了王宫。

白羚同朱利分手并没有多久，朱利离开治水营地的时候，还是谈笑风生的模样，怎么突然就病了呢？白羚有些纳闷，也有点不解。朱利是练过武功的人，身体一直很好，很少生病，在山林里还亲手射杀了一头大虎呢。为什么一回宫就病倒了？其中也许有什么缘故吧？白羚心中有很多疑问，推测了许久，也猜不透其中的真实原因。但既然派人来告诉她，就说明母后病得不轻。白羚只有赶紧回宫探视。

朱利夫看白羚的那些天，是母女俩最快乐的日子。治水营地的条件虽然简陋，母女相聚却分外愉快。朱利和白羚述说家常，还教白羚如何射鱼，并同白羚谈到了婚嫁之事。男大当婚，女大当嫁，天下父母都关心子女的婚姻，母后当然也不例外。朱利曾特别向白羚谈到了颁诏挑选驸马的打算，白羚觉得这件事情母后与父王很可能是早已商量过的，不过是要听听她的意见而已。白羚由此联想，母后会不会以生病为借口，唤她回宫，为的就是颁诏选婿呢？这样想着，白羚又有些迟疑和忐忑。

白羚率领象群参加治水，同鳌灵朝夕相处，已经几个月了。白羚对鳌灵起初只是好感，随着相处日久，更多了一些敬佩。鳌灵对白羚也很敬重，呵护有加。两个人之间的这种情感，其实很自然也很正常，犹如明月清风，觉得很温馨，但也仅此而已。但朱利很敏感，担心白羚对鳌灵产生恋情，蜀相是有家室的人，怕白羚闹笑话。白羚知道，母后的心思很细，什么事情都想得很周到，但这件事情似乎多虑了。白羚清楚自己的情感，难道自己还是个不懂事的女孩吗？白羚对母后的过分关怀，常常会滋生逆反心理，不愿意让母后什么事都替自己操心。白羚这种独立自主的性格，以及内心的好强，同朱利年轻时十分相像。但白羚因为自幼生长在王宫中，条件比朱利年轻时更优越，杜宇王也比较纵容她，所以内心更加无拘无束，喜欢我行我素。白羚原来打算是要等到治水成功后，随同大家一同凯旋的。现在因为朱利病了，只有改变初衷，提前回去了。

白羚骑马回到王宫，便立即前往后宫去看望朱利。后宫中的一切，还是原来的样子。华丽堂皇的帷幕和摆设，洋溢着富贵舒适的气氛。白羚往日对此习以为常，在治水营地简陋的棚屋里住了几个月之后，这才真正感觉到了王宫的气派和舒适。白羚有些感叹，还是王宫好啊。宫女们见到白羚，全都谦卑恭敬地施礼，含笑低声问候：公主回来了！公主好！白羚向宫女们挥手示意，走进了王后的寝宫。

朱利躺在宽大而又华贵的榻上，面容憔悴。听到熟悉的脚步声，朱利睁开了眼睛。白羚喊了一声：母后！三步并作两步，扑到了朱利的身边。朱利看到心爱的女儿，心中一热，眼眶便湿润了，有泪花情不自禁地涌出了眼角。

白羚的眼睛也潮润了，俯身在朱利身边，问道：母后，你怎么了？

朱利哦了一声：你回来了？

白羚关切地问：母后，你怎么突然就病了？我一听说就马不停蹄地赶回来看你啦。

朱利拉着白羚的手说：你回来就好，我的病没什么要紧……

朱利看到白羚风尘仆仆的样子，知道白羚是兼程赶回来的，一回宫就跑到了自己身边。朱利见女儿这么关心自己，心里自然是暖融融的，精神立即好了许多。但一想到杜宇王与蜀相之妻的私情，便纠结万分。

正是这个原因，自己才卧病于榻。如今面对公主，朱利很想将憋在心里的许多话儿一吐为快，却又不知如何开口是好。

白羚用手指抚摸着朱利憔悴的脸庞与起了皱纹的额角，感觉母后不知不觉就衰老了很多。白羚注意到了朱利欣慰的眼神，知道朱利看到她回来心里很高兴，便故意用撒娇的口吻说：母后，你不是因为想我才病的吧？现在看到我回来了，病也该好了是不是？

看着白羚故作调皮的样子，朱利憔悴的脸上浮起了一丝淡淡的笑意。

白羚偎依在朱利身边，陪着朱利待了一会儿，看到朱利精神尚好，知道并无大碍，便说：母后，我要去换衣服，等一会儿再来和你说话。朱利点点头，目送白羚去了自己的寝宫。

白羚在寝宫中盥洗后，换了一身衣服，将路上的风尘与担忧都抛在了一边，又恢复了往日活泼欢快的模样。

白羚前往大殿去见杜宇王。好久没见父王了，白羚心里还是很想念的。

杜宇王此时正坐在大殿的王座上，一边处理政务，一边思考问题。杜宇王心里想得最多的仍是两件大事，一是封妃，二是称帝。对这两件事情，杜宇王已经反反复复想过很多次了，仍在斟酌，有点拿不定主意。如何做才是最佳方案，才是上上之策呢？尤其是封妃这件事，关系到自己和海伦、小玫天长日久的欢爱，但同时也涉及与王后、蜀相之间的矛盾，怎么办才好呢？杜宇王多年以来英明睿智，竟然在这件事情上优柔寡断，连他自己都觉得很郁闷。其实最关键的，仍是他狠不下心来，不能够快刀斩乱麻。只要他除掉鳖灵，这件事情就什么都摆平了。但他却不忍心这么做。鳖灵为他治水，即将大功告成，他怎么能够除掉这样一位功臣呢？当年，可以用高超的剑术击败鱼凫王，如今手握大权要杀掉鳖灵，其实是一件更加简单的事情，但他却无论如何也狠不下心来。那么，换一种办法，中断和海伦的私情，此事也就结束了。可是杜宇王也不能割舍，无法放弃和海伦、小玫的欢爱。杜宇王就这样将自己陷入了左右两难的境地，不能当机立断，也无法自拔。因为思量这些事情，杜宇王显得有点出神。

白羚一见到杜宇王，便高兴地喊了一声：父王！

杜宇王抬起头来，看见白羚突然出现在面前，大为惊喜，笑道：哈，你回来啦！

白羚像小时候一样，扑到了杜宇王的怀里。天真无邪地笑着：父王，我好想你！

杜宇王慈爱地抚摸着白羚的柔发，让白羚坐在了旁边。杜宇王说：我的宝贝公主，我也很想你啊。你这次出去这么久，有些什么见闻和收获啊？

白羚说：见闻可多啦，收获也很大啊。

杜宇王微笑道：说来听听。

白羚说：我和母后一起射鱼，还在林中射猎了一头大虎，你都知道了。

杜宇王点头说：我看到虎皮了，很不简单啊。治水的情况怎么样？

白羚说：治水进展很顺利，就快大功告成了。

白羚又说：父王，你知道吗，我的象群也立了大功哦。

杜宇王说：是吗？

白羚于是叙述了在筑坝拦水的过程中，象群如何搬运巨木的情形。白羚还讲述了治水工地上的日常生活，百夫长与百姓们的努力，以及蜀相鳖灵的治水方略与作为。此外，还说到了乡间的风俗民情。

杜宇王微笑着听着白羚的讲述，感受到了白羚的兴奋，似乎并不觉得治水生活辛苦，仍是一副好玩的情态。杜宇王知道，这是白羚的性格使然。白羚还是原来无拘无束的样子，但也看得出来，白羚对民间的事情已经有了更多的了解。因为白羚亲自参加了治水，百姓对公主自然也更多了一些敬佩。这对白羚将来继承王位，肯定是大有好处的。想到这一层，杜宇王便很高兴。

杜宇王夸奖说：你参加治水，很有收获，成了有威望的公主，值得称赞哦。

白羚笑道：多谢父王赞赏，我又没做什么大事，只是参加而已嘛。

杜宇王说：治水的所有事情，都是蜀相在操心吗？

白羚说：是啊，蜀相事无巨细，都亲自操办。比如凿除崖礁，勘察河道，好多事，都亲力亲为。

杜宇王说：蜀相除了治水，还做些什么？

白羚说：治水有很多很多意料不到的麻烦，蜀相的心思自然都在治水上。

杜宇王说：蜀相对你怎么样？有没有什么无礼的地方？

白羚一笑说：怎么会呢？我是公主嘛，蜀相对我自然是很尊敬很关心很照顾的。不过，我也帮过蜀相啊。有一次蜀相被毒蛇咬了，我像老阿摩那样采摘了好多草药，帮他解除了蛇毒哦。

杜宇王说：是吗？这么说，你救了蜀相一命。

白羚有点不好意思地说：蜀相为百姓做事，我不过是偶然帮了他，凑巧而已。

杜宇王其实已经听说过这件事情，此时见白羚这样说，便知道白羚对蜀相确实是有好感的。朱利曾向他坦承，担心白羚与蜀相在情感方面会产生纠葛，看来并非虚言。杜宇王心中暗自感慨，白羚对蜀相的好感，会有什么结果吗？联想到自己与海伦的私情，杜宇王不由得又有点走神。在这种复杂的关系里面，自己究竟该如何决断呢？

杜宇王又向白羚询问了一些治水施工的情形，以及治水驻地等方面的事情，想多了解一些关于鳖灵的信息。但白羚能够提供的，也就是这些了。于是，话题又转到了朱利的病情上。

白羚说：如果不是母后突然病了，我是要等到治水结束才回来的哦。

杜宇王说：你现在回来也很好啊，可以陪陪你母后。

白羚说：母后究竟是什么病呀？看她突然就变得好憔悴的样子，好令人担心。

杜宇王沉吟道：你已经见过母后了，也许是她心情不畅，也没什么大不了的病吧。

白羚看着杜宇王迟疑的神情，有些纳闷，什么事会使母后心情不畅呢？而且导致母后卧病于榻，可见不是一般的小事。但杜宇王却轻描淡写，说得比较含糊，也许是父王与母后之间的什么秘密吧。

白羚的直觉很敏锐，感觉在她离开王宫的这些日子里，父王与母后之间似乎发生了一些事情。但也仅仅是猜测而已，并不好深问。

白羚陪着杜宇王待了一会儿，见杜宇王还有事情要处理，显得有点心神不定，便知趣地告辞，离开了大殿。

白羚在大殿外面的走廊里遇见了两名宫女，抱着两个装满物品的盒子，正匆匆向外面而去。看见白羚，赶紧恭敬施礼。白羚随口问道：你们去哪儿啊？宫女低首答道：奴婢奉杜宇王的吩咐，去送一些东西。白羚问：送哪儿？宫女说：送往蜀相官邸。白羚好奇地问：蜀相官邸已经修建好了？宫女含笑说：启禀公主，蜀相官邸早已建好，蜀相家眷已经住了进去。白羚哦了一声，也露了笑，心想蜀相官邸修建的这么快，这显然是父王对蜀相的关心。这件事，蜀相似乎也并不知道，也许是父王故意保密，想等蜀相治水凯旋时，给蜀相一个奖赏和惊喜吧？白羚对两名宫女微笑道：好啊，你们去吧。

白羚沿着走廊，又走进了王后朱利的寝宫。

朱利已经坐了起来，斜靠在榻上。也许是躺久了的缘故，朱利面容憔悴，浑身无力，眼角的皱纹也变深了。因为爱女回来了，身边有了可以诉说知心话的人，精神自然好了许多。但眼中的忧虑，神情中的郁闷，却无法消除。

白羚看到朱利这副模样，便知道母后突然生病，肯定是有原因的。会是什么事情呢？白羚心里猜测着，有点琢磨不透。白羚毕竟年轻，直觉敏锐，聪慧伶俐，但思绪却不像大人那么复杂。她想，如果真有什么事，母后总会告诉她的。

　　白羚在朱利身边坐了下来，亲热地偎依着朱利，为朱利轻柔地按摩手臂与肩膀。

　　朱利享受着女儿的侍候，心里暖融融的。母女之间的亲情，像一股清泉，流淌在胸中，滋润了朱利郁闷的心田。朱利看着白羚淳朴无邪的面容和关切体贴的眼神，轻声问道：你刚才去见过你父王了？

　　白羚点头说：是啊，我去见了父王。

　　朱利问：你父王和你说了些什么？

　　白羚说：父王见到我很高兴，问了一些治水方面的事情。

　　朱利说：其他什么都没和你说吗？

　　白羚说：父王还说了一些夸奖我的话儿。

　　朱利哦了一声，关于王宫里最近发生的一些事情，杜宇王当然是什么都不会告诉公主的。杜宇王与蜀相之妻的私情，目前还是一个极大的秘密。但朱利深知，天下没有不透风的墙，就是天空飘过的云彩，地上还会有影子呢。杜宇王经常带着侍卫去蜀相官邸，岂能长久掩人耳目？一旦流传出去，很快就会满城风雨。由此而引发的种种麻烦事儿，那就很难预料和掌控了。现在又派宫女给蜀相之妻送东西，这表明杜宇王并不打算割断与蜀相之妻的私情。这件事情将带来种种不测，就隐藏在身边，杜宇王却浑然不觉。为什么会这样啊？真的是太荒唐了。一想到这些，朱利的心里便充满了焦虑，满脸都是郁闷。

　　白羚注意到了朱利神情中的微妙变化，关切地问道：母后，你又不舒服了吗？

　　朱利微闭了眼睛，叹口气说：羚儿啊，你要劝劝你父王……

　　白羚问：母后，你要我劝父王什么？

朱利发觉自已刚才有点失言，有些事情其实是不必告诉公主的，便换了口吻说：也没什么，无非是要你劝劝你父王多爱惜自己，以国家大局为重。

白羚说：母后你是担心父王过分操劳吗？我会劝父王注意休息，保重身体的。

朱利不易觉察地摇了下头，白羚太天真太单纯了，哪里知道事情的复杂。可是自已又不能说破，所以心里更郁闷，真是有苦难言，满腔的苦都堵在了胸中。

白羚见朱利神色低沉，便换了话题说：母后，你知道吗，蜀相官邸已经建好啦。

朱利一愣，有点惊讶地问道：羚儿，你说什么？

白羚微笑道：我刚才碰见两个宫女，奉父王之命给蜀相官邸送东西去。父王很英明啊，送了一座官邸给蜀相，蜀相知道了一定会高兴的。

朱利急忙问道：你是说，蜀相已经知道了？

白羚说：蜀相好像还不知道哦，我也是才刚刚听说嘛。

朱利松了口气，心中却并无轻松的感觉，而是越发焦虑了。如果杜宇王不尽快中断与蜀相之妻的荒唐关系，蜀相肯定会察觉的。那时情况就会变得异常复杂，甚至难以收拾。

白羚注意到朱利的神态，忧心忡忡，脸色暗淡，一点都不快乐，仿佛被压抑在巨大的苦恼之中。白羚问道：母后，你好像很不开心，你在忧虑什么？

朱利没想到女儿这么聪慧，一下就看出了她的忧虑。朱利的心中有一种冲动，很想将一切都告诉白羚，但话到口边，还是忍住了。杜宇王与蜀相之妻的荒唐私情，终归是一件丑闻，还是越少人知道越好。朱利毕竟是一位人生阅历极为丰富的女中英豪，思虑比较缜密，正因为想到了这层顾虑，所以觉得还是不告诉白羚为好。朱利叹了口气，疲倦地靠在了榻上。

白羚见朱利欲言而止，觉得母后一定心中有话，却又不便告诉她，会是什么事呢？白羚很是纳闷，又不好追问。白羚陪着朱利待到傍晚，才离开了王后的寝宫。

白羚独自在宫中觉得很无聊，如果是以往，她会骑着大象去城外湿地或江畔行走，但现在象群还留在治水的工地上，为了探望母后，她是骑马回宫的。此时不能骑象，那就骑马出去走走吧。白羚于是骑了马，走出了王宫。

王城还是原来的样子，但也有了很多明显的变化。闹洪灾的时候，王城内到处是灾民，杂乱无章，一片狼藉。现在很多人都参加治水去了，街道也经过打扫和清理，变得整洁了，也比以前清静了许多。白羚骑马走在王城的街道上，来到了城内的广场上。几个月前，这里曾举行了隆重的拜相仪式，杜宇王就是在这里登坛拜相，鳖灵从此成为蜀相，开始率众治水。拜相的高坛并未拆除，当时的情景仍历历在目。一回想起当时的情形，白羚便有点兴奋，她就是在回宫的路上决定也要参加治水的。当时鳖灵还以治水艰苦为由，劝她不要轻率决定呢。可是白羚还是参加了，而且是带着象群一起参加了治水。不仅象群发挥了很大的作用，白羚也为鳖灵治疗了蛇毒。如果白羚没有参加治水，那情况又会怎样呢？

白羚这样想着，便觉得很开心。因为回想起拜相与治水的情景，白羚突然联想到了新建好的蜀相官邸。她曾在宫中碰见两名宫女，奉杜宇王之命前往蜀相官邸送东西。新建好的蜀相官邸是什么样子呢？既然是杜宇王专门为蜀相修建的，一定不会差，可能也是很舒适很豪华的吧？自己何不去看看呢？强烈的好奇心，使白羚立即调转马首，往蜀相官邸而去。

白羚驱马而行，问了几位路人，很容易就来到了蜀相官邸门前。

奉命守护在蜀相官邸门口的两名侍卫见到公主，立即恭敬施礼。

白羚下了马，打量着颇为壮丽的蜀相官邸大门，问道：这就是蜀相官邸啊？

侍卫恭敬回答：是的，公主。

白羚将缰绳丢给侍卫，抬腿往里面走。

侍卫赶紧说：启禀公主，没有杜宇王的命令，任何人都不得入内。

白羚说：是吗？杜宇王派你们专门守护啊？

侍卫说：正是这样，杜宇王有严令，我们遵旨而行。

白羚很机灵，笑道：父王要我来看看，难道你们也不让我进去吗？

两名侍卫听公主这样说，自然不好再阻拦。便说：既然是杜宇王盼咐了，公主请进吧！同时向里面喊了一声：公主驾到！以告诉里面准备迎候。

白羚进了蜀相官邸大门，左顾右盼，往里面而行。房屋建筑很精致，院落内种植了花木，果然不错。听到侍卫的传唤，小玫和海伦都感到有点意外，公主到这里来干什么呢？顾不得多想，便赶紧迎了出来。

白羚先见到了清纯靓丽的小玫，接着看见了美艳如仙的海伦，目光骤然一亮。白羚曾经见过海伦与小玫一面，那还是在好几个月前，白羚在树林里与野猪搏斗遇险，被鳖灵出手相救，走出树林便看见了骑在马上的她们。当时的印象已经有点模糊了，不过白羚还记得，她们都是风尘仆仆的样子，哪有现在如此美艳绝伦、光彩照人啊？

白羚目不转睛地看着海伦，心绪霎时间竟有些复杂。眼前的海伦真的是太耀眼了，海伦的美丽很难用言辞来形容，天生丽质加上华丽的穿戴，不仅美艳，而且仪态万方。白羚有些惊讶，天底下竟然有这么美丽的女人啊，这就是蜀相鳖灵的妻子了！白羚说不清是什么缘故，心中竟然有些嫉妒，同时又有点羡慕。究竟嫉妒什么，又羡慕什么？是嫉妒鳖灵娶了如此美艳的妻子，还是羡慕海伦的漂亮呢？白羚自己也说不清楚。总之，心中的感觉很奇特，也很微妙。

海伦有些惊讶地看着白羚，对公主的突然来访颇感意外。在白羚的注视下，海伦的脸颊竟有些泛红。白羚虽不是美女，但英姿飒爽，清澈明亮的双眸和随意的装束充满了朝气。海伦含笑施礼说：不知公主驾临，海伦失礼了！

白羚赶紧还礼，也含了笑说：听说蜀相官邸建好了，我来看看，打扰你们啦。

海伦暗自松了口气，微笑着说：公主能来看望，那是海伦的荣幸。

白羚说：我怎么称呼你呢？是称蜀相夫人，还是称你为姐姐？

海伦说：公主怎么称呼都行，公主如果喊我名字，也许最好。

白羚笑了说：好啊，这样就自然了。

海伦微笑道：公主请上坐。一边吩咐小玫去给白羚斟水，端水果。

白羚因为来得贸然，不想久待，便说：不打扰了，告辞了！

海伦客气地说：公主不坐一会儿吗？喝口水再走。

白羚说：不了，今天只是顺便来看看，以后再来看望你们啦。

海伦也不挽留，和小玫站在门口，目送白羚飘然而去，这才转身走进内室。两人刚才有些紧张的心态，终于放松下来。看来公主这位不速之客，并无其他什么目的，确实只是出于好奇来看看而已。

白羚出了蜀相官邸，骑上马，准备返回王宫。白羚回想着刚才和海伦见面的情景，觉得有点好玩，又有些不好意思。海伦的美艳，给白羚留下了极深的印象。海伦天姿绝色，真是美丽得无法形容，美到了极点，美得令人嫉妒啊。鳖灵的福气真好啊，娶了一位如此漂亮的女子为妻。白羚一想到这里，心态便又变得微妙起来。白羚暗自叹了口气，但瞬间又觉得有点好笑，海伦的美艳与自己又有什么关系呢？白羚的脸上露出了一丝自嘲的微笑。

白羚骑马走过街道的拐角，突然听到了一阵熟悉的马蹄声。白羚勒住马，回过身去，看到杜宇王骑在马上，在几名侍卫的护卫下，正由街道的另一边朝蜀相官邸驰去。杜宇王骑在骏马上的身姿显得很英武，也很潇洒。眨眼工夫，杜宇王已经到了蜀相官邸门口，敏捷地跳下马，向侍卫们做了个手势，便快步走了进去。

白羚有些惊讶，也有些不解。父王到蜀相官邸去干什么？父王的动作非常迅捷，难道发生了什么事情吗？但护卫的侍卫们并不显得紧张，全都是一副习以为常的样子。这说明并没有什么紧急的事情，同时也说明父王可能不是第一次来蜀相官邸，才会这么驾轻就熟。白羚天生聪颖，她相信自己的直觉，只要亲眼所见，通常都能做出准确的判断。她想，父王为什么要去蜀相官邸？这个时候去蜀相官邸做什么呢？结论只有一个，父王一定是去见美艳的海伦。

白羚有些纳闷，父王为什么要去见海伦呢？海伦那么漂亮，美丽绝伦，任何男人看见这么美艳的女人都会动心的。难道父王也是因为这个缘故而迷恋上了海伦吗？如果不是这个原因，父王去蜀相官邸又干什么呢？

但白羚仍然不愿相信自己这个推测，在她从小到大的印象中，杜宇王英明睿智，恢宏大度，做什么事情都光明坦荡，而且并不好色。杜宇王怎么会迷恋海伦呢？

白羚静静地站在街角，过了半个多时辰，仍不见杜宇王从蜀相官邸出来。白羚无法继续推测下去，也不愿意相信英明的杜宇王真的会迷恋上海伦。白羚不能再等下去了，觉得自己的思绪发生了混乱，只有骑马走了。快到王宫的时候，白羚突然联想到了一件事情，她的脑海中浮现出了朱利的憔悴、郁闷与欲言又止的神态，母后肯定有某个秘密藏在心中不愿意告诉她，会不会就是杜宇王对海伦的迷恋呢？

白羚为自己的推测感到震惊，她下意识地咬了咬牙，给坐骑抽了一鞭，纵马朝王城外面驰去。白羚纵骑疾驰，在江边停了下来。望着奔腾流泻的江水，在渐渐浓起来的暮霭中，白羚的心绪复杂到了极点。如果事情真的像自己推测的那样，接下来会怎么样呢？但如果这些都是误会的话，岂不是多虑了？更何况，父王是自己心目中最尊敬的偶像，也是自己最亲近的人，怎么能怀疑父王呢？

唉，白羚长长地叹了口气……

白羚又来到了王后的寝宫中，偎依在了朱利的身边。

朱利因为爱女回来了，守候在身边，郁闷的心情好了许多。朱利感觉白羚的神情发生了一些变化，白羚好像有什么话儿要和她说，却又迟疑不决。朱利倚靠在榻上，将白羚搂在怀里，抚摸着白羚的柔发，轻声问道：羚儿，你是不是有心事了？

白羚说：母后，我会有什么心事呀？

朱利说：那你在想什么？

白羚说：什么都没想啊。

朱利叹了口气，见白羚不愿说，也就不再问下去了。

白羚知道母后的目光很锐利，一下就看出了她有心事。其实哪是什么心事，她只是不知道是否应该将看到父王去蜀相官邸的事告诉朱利，以便证实自己的推测。但如果是自己误会了父王，自己的告密岂不无聊？这样想着，白羚便十分犹豫，很想说给母后听，却又不能轻易乱说，这确实是一件很令人为难的事情。

白羚陪伴着朱利，沉默了一会儿，聪慧的白羚心里突然有了一个巧妙的主意。她可以采用迂回的办法，和母后聊一些相关的话题，从中不也可以了解到很多情况吗？

白羚暗自斟酌，随即用轻松的语气说：母后，你知道吗，我去了蜀相官邸。

朱利一惊，问道：你去蜀相官邸干什么？

白羚说：我想去看看新建好的蜀相官邸什么样呀。

朱利问：你进蜀相官邸了？

白羚说：是啊，我见到了蜀相夫人海伦，还有她身边的侍女小玫。

朱利说：你们说了些什么？

白羚说：寒暄问候啊。

朱利哦了一声，用询问的目光看着白羚。

白羚说：海伦长得好漂亮哦，天下很少有像她这样美丽的女人！见到她，我都感到有点吃惊。

朱利的眼神显得有些黯然，又有点紧张，仿佛自语似的问道：你吃惊什么？

白羚说：我也说不清楚，母后你见过海伦吗？

朱利不置可否地嗯了一声。白羚知道，朱利一定也是见过海伦了。

白羚问道：母后，你觉得海伦怎么样？

朱利的神态一下变得很微妙，反问道：什么怎么样？

白羚说：母后，你不觉得海伦漂亮吗？

朱利脱口说：漂亮？哦，漂亮就值得赞赏吗？

白羚注视着朱利说：漂亮难道不好吗？

朱利沉吟道：女人光有漂亮就好吗？女人更重要的是要有贤德。如果没有贤德，漂亮又有何用？有时候，漂亮是会误国的……

白羚看着朱利怅然的眼神，问道：母后，你的意思是说？

朱利打断白羚的话说：我没有什么意思，只是感慨而已。

白羚心里已经有些明白了。朱利说得很尖锐，也很深刻，虽然没有明说海伦只有漂亮没有贤德，但话中的针对性很强，意思也是很清楚的。

白羚说：母后，你刚才说的好严重，漂亮真的会误国吗？

朱利叹了口气说：羚儿，你还年轻，你不懂世事的复杂啊。

朱利想说，漂亮并不是什么过错，但淫荡会使漂亮变成丑恶，同时也会招致灾祸。历史上由此而导致覆败的例子还少吗？

朱利搂住白羚，眼里突然涌出了泪水。白羚此时也是心绪复杂，不由自主地湿润了眼眶。

朱利本是女中英豪，性格历来坚毅，几十年来，无论遇到什么风风雨雨，都很难有流泪的时候。但今天是个例外，白羚的谈话触及了朱利内心压抑已久的忧虑和苦闷，委屈的泪水便不由自主地流了出来。朱利内心，其实也有很脆弱的一面，就像天底下大多数女人一样，纵是英豪也不例外。朱利知道，这样无故流泪肯定会引起白羚的猜测，但却控制不住自己的泪水。而且，朱利感觉到，聪慧伶俐的白羚似乎已经有所察觉了。否则，白羚为什么要故意和她说起蜀相官邸与海伦的话题呢？白羚看她的眼神和说话的语气，也透露了白羚有试探的意思。白羚太聪敏了，这件事情怎么能瞒过她呢？就是不告诉她，白羚也会知道的。朱利继而又想到了杜宇王，心里发出了深深的叹息，唉，杜宇王啊杜宇王，千万不要聪明一世糊涂一时啊，如果因为一个漂亮女人而误国，那就真的是糟糕透顶，后悔莫及啊！但愿杜宇王会明白这个道理，赶紧中断和海伦的私情吧！朱利并没有因此而哀怨，但却很伤感，更多的仍是担忧。因为她知道，杜宇王很多时候都会听她的，但在这件事情上，杜宇王能否悬崖勒马呢？朱利就不得而知了。

忧虑重重的朱利就这么搂抱着白羚，任凭泪水慢慢流淌……

白羚有点束手无策，母后的流泪已经说明了事态的严重。但猜测和流泪都没有用，接下来该怎么办呢？

第二十二章

鳖灵的几位兄弟经过长途跋涉来到蜀国之后，在金沙村庄园住了数日，一路的鞍马劳顿得到休整。金沙村庄园虽然比不上荆楚故居，占地面积要小许多，建筑也没有那么豪华，室内布置和用具也相对简陋，但周围环境还是不错的，加上温润的气候与舒适的生活，都给人以很惬意的感觉。回想当初，离乡远遁的时候，兄弟几人各奔东西，真是危急万分。如今他们都远离了楚王的迫害，终于来到了一个可以安居乐业的地方，再也不用像往日那样担惊受怕了。更重要的是，现在不仅兄弟们团聚了，而且大哥鳖灵在蜀国身居高位，成了一人之下万人之上的蜀相，这又是多么令人高兴和兴奋的事情。

几位兄弟在金沙村住了几天，便由家丁带路，前往治水驻地，去见鳖灵。

鳖灵连续几个月在治水工地上操劳，脸被晒黑了，人也瘦了一些，但精力饱满，心情一直很好。虽然条件很艰苦，但治水的进展还是比较顺利，几项大的措施都按照他的思路有条不紊地落实了，再过一段时间，治水就大功告成了。鳖灵知道，办好了治水这件大事，他在蜀国的地位也就更加稳固了。几个月来，鳖灵和参加治水的百姓们已经建立了感情，百夫长们对他都非常尊重，唯命是从。因为职责所在，更由于治水这件事情责任重大，所以鳖灵一直坚守在工地上，和百姓们同吃同住，历尽艰辛，患难与共。正是鳖灵的坚韧和以身作则，使他在百姓心目中树立起了很高的威望。百夫长们各司其职，大家都同心协力，治水的进度也就因此而加快了。鳖灵有时候也想回家去看看，几个月不见海伦，有时会想念得很厉害，但他还是克制了对海伦的思念之情，将心思和精力都放在了治水上。其实抽空回去的理由与借口有很多，他可以借回王城向杜宇王禀报治水进展情形为由，顺便回家和海伦小聚。但鳖灵没有这样做，鳖灵不是那种儿女情长、英雄气短的人。鳖灵率领治水人马出发的时候，就下了决心，要等治水成功，才会重回王城。

鳖灵在治水驻地见到三位弟弟到来，喜出望外。在经历磨难之后，兄弟重逢，那种发自内心的喜悦与欣慰之情，是很难用言辞来形容的。尤其令人高兴的是，身居蜀相之位的鳖灵，如今有了三位弟弟做帮手，那就真的是如虎添翼了。

鳖灵情不自禁地和三位弟弟拥抱在一起，呼唤着三位弟弟的名字说：山灵、川灵、江灵，辛苦你们啦！让你们受累啦！

三位弟弟异口同声说：受累什么呀，大哥，你才辛苦啊！

鳖灵感叹道：现在好啦，大家在一起就好啦！

鳖灵安排了饭菜，斟了酒，和三位弟弟欢聚。一边询问他们离乡之后的经历，一边饮酒谈笑。回忆起从荆楚故居仓皇出逃，后面有楚王的追兵，兄弟们分散而遁，各自都经历了不同的惊险。当初真的是担惊受怕，苦不堪言。现在时过境迁，所有的惊险和慌张，便都成了谈资。

在鳖灵的三位弟弟中，二弟山灵和三弟川灵早年曾跟随鳖灵一起外出经商，经过磨炼，都很精明能干。四弟江灵自幼好学，悟性很高，又喜欢习武，也是难得的干练之才。在这次家族的变故与迁徙中，三人经受了一次重大的考验和锻炼，增添了人生的阅历，都变得更加成熟了。鳖灵身居蜀国相位，正需要心腹相助，三位弟弟自然都是最佳人选。在饮酒谈笑中，鳖灵很自然便谈到了这个想法，希望三位弟弟以后辅佐自己，在蜀国好好做一番事业。鳖灵还向他们说了杜宇王的颁诏求贤与拜相经过，说到了杜宇王的恢宏大度。三位弟弟听了，都倍感振奋，自然都是决心跟随鳖灵，以后也在蜀国积极施展身手，同心协力干一番事业。

治水驻地的条件有限，菜肴不多，酒也不浓，但心情却特别痛快，喝起来一杯接着一杯，不知不觉鳖灵和三位弟弟便都有了醉意。鳖灵安排三位弟弟在治水驻地的帐篷里住下，打算顺便让他们也参加治水工程后面的一些事情。待到治水结束，就可以一起回王城了。

鳖灵安排好后，将家丁叫到身边，询问了家中的情形，特别问到了海伦。

家丁向鳖灵禀报了这几个月的情况，说海伦与侍女小玫已搬进城内蜀相官邸居住，家丁们则仍然留住在金沙村庄园内。蜀相官邸有王宫侍卫负责守护，禁止外人随便出入，连家丁也不能轻易前去探望。

鳖灵听了，心中大为诧异。他已经知道要修建蜀相官邸的事，大臣阿鹄就曾告诉过他，却没想到修建得这么迅速，更没想到海伦和侍女小玫已经住了进去。鳖灵想，杜宇王特地为他建了蜀相官邸，这说明了杜宇王对他的厚待。但蜀相官邸已经建好了，为什么也不派人告诉他呢？也许是杜宇王为了给他一个惊喜吧，在他治水成功、凯旋之时再宣布将蜀相官邸赏赐给他，作为对他的一个奖赏？但是，为什么又让海伦与小玫提前住进去呢？既然海伦住进了蜀相官邸，也会派人将这一情况告诉他呀，可是也没有。这又是什么原因呢？

鳖灵心中产生了很大的疑问，于是询问家丁，海伦与小玫是怎么搬进去的？

家丁便将当时杜宇王派使者传旨，海伦带着小玫进宫谢赏，随即便住进了蜀相官邸整个过程都一五一十地告诉了鳖灵。家丁又说了曾去蜀相官邸给海伦送过东西，王宫侍卫守护着蜀相官邸，把守得很严，家丁见到了海伦与小玫，两人都很好，也就放心了。家丁们遵照杜宇王的旨意，都留住在金沙村的庄园里。情况就是这样，总之这些都是杜宇王的吩咐和安排。

鳖灵又问了一些细节，疑窦顿生，心中油然出现了一些很不好的预感。离家出发治水之前，他曾反复叮嘱海伦要深居庄园，不许外出，其用意就是要避免出现任何不测。就像露富会招致别人的觊觎一样，女人的美艳也会招惹非分之想。海伦是美艳到了极致的佳人，由美貌而引发的危险比普通美女会更多。鳖灵被迫逃离荆楚故里，远遁他乡，历尽艰辛来到蜀国，不就是因为海伦的天姿绝色传入了楚王的耳内，从而引来了楚王的迫害吗？这是一次永远都无法忘记的前车之鉴啊。鳖灵正是为了预防和杜绝再次出现这种可能性，才再三叮嘱海伦和小玫不要外出，也嘱咐了家丁要加以防范。可是，海伦却去王宫拜见了杜宇王。当然，杜宇王要召见的旨意是不容违抗的，所以海伦只有去，家丁也没法阻拦。不过，海伦是可以找理由婉谢的呀。是好奇心促使海伦不顾叮嘱，大胆做出了这样的举动吗？当然，杜宇王是位英明的君王，同贪财好色的楚王不同，但也不能不加提防啊。最使人怀疑的，就是杜宇王接见海伦之后，就安排海伦与小玫住进了新建好的蜀相官邸，而且派了侍卫严加守护，为什么要这样做呢？鳖灵越想，便觉得其中的疑问越多。

鳖灵凭着机敏的天性与超群的直觉，敏感到已经发生了一些事情。但他还不敢最终确定，因为杜宇王毕竟是一位英明睿智的君王，总不至于见到了海伦的美艳，就产生非分之想吧？如果这一切安排都是杜宇王的好意，自己刚才的猜测岂不错怪了海伦，也冤枉了杜宇王？这样想着，鳖灵便冷静下来，决定弄清事情真相后，再做判断也不迟。而且，此事关系重大，也决不能轻易声张。

鳖灵将一直跟随在身边的心腹家丁叫到僻静处，要他换了当地百姓的穿着，立即去王城观察蜀相官邸的动静，也不要去见海伦与小玫，更不能惊动守护的侍卫。连续观察两天进出蜀相官邸的人员情况，然后回来报告。家丁听得很仔细，当即便按照鳖灵的吩咐，起身走了，不动声色地回到了王城，前去打探。

鳖灵心中惦记着此事，不祥的预感使他寝食难安。但他仍然希望什么事情都不要发生，期盼着一切都平安无事。如果自己的推测只是多心而已，那就好了！

两天以后，派去打探的家丁回来了，向鳖灵报告了看到的情况。

家丁说，蜀相官邸修建得很有气派，门口确实有王宫的侍卫守护，没有任何人可以随便出入。家丁向附近街巷的住家居民打听，说杜宇王曾去过蜀相官邸，好像去过几次。家丁在回到王城的第二天下午，看到杜宇王带着几名侍卫骑马出城，不久又回到了城内。杜宇王没有回王宫，而是去了蜀相官邸，一直待到晚上，都不见出来。家丁于是便连夜赶了回来。

鳖灵听了，虽然心里已有预感，仍旧大为震惊。杜宇王将海伦与小玫安排在新建好的蜀相官邸内，然后几次前往蜀相官邸，长时间地待在里面，还能做什么呢？就是再笨的人，对此也能做出判断啊！鳖灵在出发治水之前，什么都想到了，而且做了许多周密的防范，可是却没有想到这一点。鳖灵最为担心的事情，还是出乎意料地发生了。

霎时间，鳖灵忧心如焚，脸色都变了，整个人都沉浸在巨大的焦虑之中。

鳖灵下意识地咬紧了牙关，焦虑渐渐化作了愤怒，如同汹涌的旋涡，在胸中冲撞回荡。杜宇王是他深为敬佩的蜀国君王，海伦是他深爱的女人，这两个都是鳖灵生命中最重要的人物，如今却变成了使他深感愤慨与震怒的对象。鳖灵很难用言辞来形容此刻的愤怒之情。对于鳖灵来说，发生的一切都太突然了，这几乎是一种天崩地裂的变化。他为了躲避楚王的迫害，带着海伦逃离故乡来到蜀国，原以为从此可以和海伦过神仙眷侣般的日子，没想到杜宇王也是一个好色的君王，竟然利用王权召见海伦，并安排在新建好的蜀相官邸里以便幽会。难道这是天意吗？海伦的美色，难道注定了会招惹这种变故吗？

鳖灵对杜宇王的敬佩，瞬间变成了憎恨。鳖灵对海伦的深爱，也由此变成了恼怒。杜宇王曾给他以恢宏大度、英明睿智之感，大胆地拜他为相，担负起蜀国治水的重任，却乘他长期外出的时候勾引他的妻子，这样的君王也实在是太荒唐太可恨了吧？！还有海伦，为何情愿和杜宇王在蜀相官邸幽会呢？竟然将忠贞抛到了脑后，背叛了丈夫，和年老的蜀王偷情，这样的女人纵使美丽漂亮到了极致又有何用？真的是可气可恨令人愤怒啊！

这天晚上，鳖灵彻夜难眠。他没有因为极大的愤怒而暴躁，而是强迫自己冷静下来，对这件事情反反复复想了很多遍。在事情没有发生之前，可以力求避免。对已经发生的事情，光有愤怒与生气是不行的。他必须想出应对之策，来面对这个重大变故。接下来应该怎么办呢？

鳖灵深知，杜宇王与海伦的幽会，并非普通男女偷情那么简单，而是一件很可怕的事情。因为杜宇王是蜀国的君主，掌控着军政大权，一旦迷恋上了海伦的天姿绝色，想彻底霸占海伦，那就会除掉鳖灵这个障碍。轻者流放，重者那就是关入死牢甚至杀头了。一想到这一点，鳖灵的背脊上就冒出了冷汗。如何才能避免这种灾祸的发生呢？既不能调解，也不能逃避，几乎没有任何良策可以躲避面临的危险。唯一的办法，那就是再次远走高飞，逃离险境。上次离开荆楚，是带着海伦一起出走，这次如果远遁，只有放弃海伦了。但是，楚国不能待，蜀国也不能住，又能到哪里去呢？况且没有了海伦而独自逃遁，岂不羞愧？岂不窝囊？不追究夺妻之恨，却落荒而逃，又岂是堂堂七尺男儿所为？！

作为一位见多识广满腹经纶的豪杰之士，鳖灵什么名利都可以放弃，什么委屈都可以隐忍，唯有这口恶气是咽不下去的。海伦是他的深爱，鳖灵为了海伦几乎什么都付出了，失去海伦那无疑是在他的心口深深地捅了一刀。杜宇王勾引海伦，不仅伤害他的感情，更是对他人格的羞辱。天底下还有比这更可恨的事情吗？他难道能够容忍这样的仇恨而不抗争吗？那么摆在面前的也就只有一条路可走了，那就是和杜宇王进行一场你死我活的较量！

鳖灵按照自己的思路继续想下去，从目前的情形来看，杜宇王还暂时不会动手除掉他，真正的危险是在他治水成功凯旋之时。那时候杜宇王就会为了霸占海伦，而杀掉他这位治水功臣了。鸟兽尽，良弓藏；狡兔死，走狗烹。这可是历史上多次发生的事啊！更何况为了霸占美色，心狠手辣的君王什么事做不出来？！现在，治水尚未结束，鳖灵还可以利用这段时间进行谋划和准备，到了凯旋的时候就只有和杜宇王拼死一搏了。在形势对比上，杜宇王是手握生杀大权的蜀王，鳖灵只是负责治水的蜀相，杜宇王的威望很高，又有一大批骁勇彪悍的侍卫天天跟随在身边，自然占尽优势。但鳖灵并非等闲之辈，也不是没有机会。鳖灵分析，起码有几点对自己有利。一是自从治水以来，自己在百姓心目中已经建立了威信，百夫长们和治水队伍都绝对听从自己指挥；二是现在还有时间，可以悄悄训练一批武士，为生死较量做准备；三是三位弟弟来到了身边，正可以辅佐自己，增添了击败杜宇王的筹码；四是杜宇王勾引海伦，好色失德，百姓知道了都会谴责杜宇王而同情自己，一旦失去民心，杜宇王离失败也就不远了；五是杜宇王大权在握定会轻估形势，自己正可以利用杜宇王的轻敌在凯旋庆功之时发起突袭，只要出其不意地擒拿了杜宇王，那就好办了。由此可见，自己在较量中获胜的可能性还是很大的。如果不能获胜，那也是天意如此，既然无力回天，也就没有什么遗憾了。

鳖灵想到这些，脑海中渐渐形成了一个巨大的谋划。如果失败，那只有被砍掉脑袋。如果成功，那蜀国的王位就不再属于杜宇王，而将归于自己。这已不仅仅是雪耻与复仇，而是一场政变了！鳖灵一想到这一点，连自己都有点惊讶。自己并没有当国君的野心呀，只想建功立业，然后过快乐日子。可是形势使然，已经不得不这样做了。这一切都是被逼出来的，如果放弃机会，那就只能束手待毙；如果把握机会，那就取代蜀国之王！

鳖灵经过整夜深思，从最坏处打算，以置之死地而后生的决心，开始实施谋划。

在百夫长们和治水队伍面前，鳖灵一如既往平静如常，对三位弟弟和家丁也不动声色。鳖灵将所有的愤怒与想法都深藏于心中，仿佛什么事情都没有发生，装作什么都不知道。鳖灵知道，要实施自己这个谋划，必须绝对保密，才能确保万无一失。民可使由之，不可使知之。在荆楚离家出走的时候，可以将事情的原委大致告诉三位亲兄弟，但这次事态性质更为严重，巨大的危险就像寒光闪闪的利剑，正悬在头上，稍有不慎就会赔了身家性命，所以决不能走漏一点风声。

鳖灵采取的第一个步骤，是放缓了治水工程的收尾速度。他原来想加快治水的进程，以便尽快凯旋。现在情况变了，他必须延长治水时间，为凯旋之时与杜宇王的较量做充分的准备。鳖灵召集了几名忠心耿耿的百夫长，挑选了两百余名青壮年，组成了一支心腹队伍，由武功很好的四弟江灵负责，开始对他们进行武术训练。鳖灵对他们说，治水成功以后，还有很多大事要做，从此他们就是蜀相身边的人了，将来他们都会得到重用。百夫长和被挑选出来的青壮年对此都很兴奋也很高兴，能成为蜀相的亲随和心腹，都是他们求之不得的事情，谁会不乐意呢？

鳖灵实施的第二个步骤，是派二弟山灵重回荆楚故乡，悄悄地召集留在家乡的家丁和族人，组成一支精锐队伍，带回蜀国，听候调用。二弟山灵也是很有组织才干的人，性情比较机敏，办事很有能力，所以鳖灵委派他去完成这么一个重要任务。鳖灵给二弟山灵送行时叮嘱说：此事关系重大，希望二弟一定要好自为之，在两个月之内务必如期赶回。虽然长途跋涉很辛苦，山灵并不询问为什么要这样做，相信鳖灵的筹划肯定有深远的考虑，便一口答应了，一定会按大哥的吩咐去办。鳖灵选了两匹快马，派了一名家丁，带足了盘缠，随同二弟山灵而行，很快就出发了。

鳖灵又委派三弟川灵负责制作一些快刀利剑和弓箭，以备使用。治水队伍中本来就有许多技艺很好的工匠，要完成这些任务并不难办。

鳖灵布置的这些行动，都是悄悄进行的，安排得十分周密。治水也像往常那样继续进行，一切都风平浪静，看不出任何变化。

思虑缜密的鳖灵在做了这些安排之后，仍不放心，又吩咐心腹家丁回到王城郊外金沙村庄园，向其他家丁传达他的命令，每日都装扮成王城内的普通民众模样，密切监视王宫与杜宇王的动静，定期向鳖灵报告。研读过兵法的鳖灵知道，只有知己知彼，才是获胜之道。他必须将杜宇王的举动放在监视之中，严加防备，一有异常，便可先发制人，免遭暗算。

这样过了好几天，鳖灵对自己的通盘谋划仍不满意，总觉得似乎还有什么地方不对劲。难道还有什么疏漏吗？他发觉，自己虽然安排了监视，但对王宫里的动静并不知情。对杜宇王的心思和举动，也是一无所知。要了解得更透彻，必须有内线才行。可是如何才能安插内线呢？鳖灵突然想到了一个人，而且联系到了自己掌握的一些情况。鳖灵对此人了解不多，却清楚地看到了此人的弱点，一个主意也就随之形成了。

又到了向治水驻地运送粮食的时候，阿鹄决定再亲自走一趟。

阿鹄这样做，自然有他的打算和目的。因为有很长时间没见到蜀相鳖灵了，在最近发生了一些隐秘的重大事情之后，阿鹄很想面见鳖灵一次。他想看看鳖灵治水的近况，更想当面观察一下鳖灵的动静和反应。还有就是杜宇王准备称帝的事情，阿鹄也想了解一下鳖灵的态度。此外还有一个很重要的原因，就是库存的粮食，数量有限，除了供给治水队伍，还被他私下挪用了一部分，如果治水进程继续延续很久，粮食供应就会发生问题，所以阿鹄要弄清楚治水究竟多久完工。

阿鹄是一位很有官场经验的大臣，为杜宇王做事已经十多年了，从没出过什么差错，深得杜宇王的信任。可是杜宇王只信任他和使用他，却不提拔他，而将蜀相的位置给了初来乍到的鳖灵。这使阿鹄很不爽，甚至有点恼怒。他不敢埋怨杜宇王，却有点嫉恨这位突然从荆楚跑到蜀国来的鳖灵。后来，他没想到鳖灵主动登门拜访了他，经过交谈，他对鳖灵的嫉恨竟然不知不觉地淡漠了，就好像一小杯酸醋掺进了大量的清水，酸味一下就被稀释，乃至消失了。鳖灵确实是个很不简单的人物，能够折节下士，还能够治理水患，可见很有本事。既然鳖灵已经身居蜀相之位，又很尊重阿鹄，把阿鹄引为同党，阿鹄当然也要巴结鳖灵了。官场历来都是官官相护，阿鹄对此更是心知肚明。阿鹄奉杜宇王的命令，为鳖灵修建蜀相官邸，就修建得又快又好，其中就体现了阿鹄两面讨好的意思。

阿鹄没有想到的是，杜宇王在王宫召见了蜀相的家眷，接着便将蜀相之妻安排住进了新建好的蜀相官邸，再接着便是杜宇王经常到蜀相官邸去和蜀相之妻相会。阿鹄虽然没有目睹杜宇王和蜀相之妻在官邸里面的相会情景，但情况明摆着呀，一位风流倜傥的君王和一位风骚寂寞的美女私下里相聚，除了男女欢爱，还能做什么呢？阿鹄曾见过蜀相之妻一面，容颜极其漂亮，简直是国色天香。杜宇王大概正是因此而一见倾心吧？但此事非同小可，杜宇王这样做，无论如何都很欠妥，也是很昏聩的一件事情。接下来又会怎样呢？阿鹄有点幸灾乐祸，也隐隐地有点担心。所以阿鹄想借送粮的机会，去见见鳖灵，看看鳖灵的反应。

阿鹄率着运送粮食的马队来到治水驻地，鳖灵很热情地接待了他。这是阿鹄第二次来这里，上次是奉杜宇王的旨意来了解治水的进度与详情，这次则是自己决定要来的。

阿鹄一见到鳖灵，便恭敬施礼说：蜀相大人辛苦啦！

鳖灵赶紧还礼，揖手说：有劳你啦，粮食就快没了，你来的真是及时啊！

阿鹄说：蜀相大人，治水进展如何？还需多久可以完工？

鳖灵说：快了，快了，还有两三个月吧，就大功告成了。

阿鹄说：还要那么久吗？

鳖灵说：越是到工程快要结束的时候，困难就越多，两三个月是比较乐观的估计，也许更久才行。当然，只要众人同心协力，就可以抓紧完工。

阿鹄联想到库存粮食问题，便有些担忧，沉吟着嗯了一声。

鳖灵注意地看着阿鹄，问道：怎么？有什么问题吗？

阿鹄忙说：没有，没有，蜀相大人治水有方，还能有什么问题？

鳖灵一笑说：好啊，好久没有相见，请你喝酒啊！

鳖灵随即吩咐备下酒宴，款待阿鹄。

阿鹄知道，治水驻地条件简陋，说是酒宴，其实也就是几个简单的菜肴而已。入座后，发现菜肴中竟然有好几种野味，有野猪肉、野兔肉、鹿肉，还有鱼，比起上次要丰盛许多，说明鳖灵是倾其所有，真情款待自己，心里十分高兴。

阿鹄叫随从拿出了一坛美酒，奉献给鳖灵说：这是小人家酿，其味醇美，特地携来请大人品赏。

鳖灵笑道：好啊！揭开坛盖，先闻了酒香，然后斟了酒，饮了一口，称赞道：果然好酒！好，今日我们就共饮此酒，一醉方休！

阿鹄满脸堆笑地说：能和大人饮酒，是小人的荣幸啊。那就听大人的，今天一定要和大人多饮几杯！

随从给两人斟满酒杯，阿鹄举杯先敬鳖灵，两人一饮而尽。鳖灵又回敬阿鹄，也将杯中的酒一口喝了。两人推杯换盏，喝得十分痛快。

酒喝多了，话也就多了。阿鹄见鳖灵谈笑风生，说的几乎都是与治水有关的话儿，便觉得鳖灵对蜀相官邸里发生的事情一无所知，可能完全被蒙在鼓里。但阿鹄还是想试探一下，便说：蜀相大人自从率众治水，远离王城，弃家不顾，视苦为乐，小人深为敬佩！

鳖灵说：过奖了，这都是应该的。过去大禹治水，在外十余年，三过家门而不入，才真正是效法的榜样。我离开王城才几个月嘛，受王之托，忠于王事，为了蜀国黎民从此不再遭受水患，吃点苦又算什么？

阿鹋说：大人如此境界，真是劳苦功高，敬佩，敬佩！

鳖灵说：治水成功，也是杜宇王的英明，也离不开你的大力协助和支持啊！

阿鹋十分高兴，觉得鳖灵真的是一位难得的贤相。联想到杜宇王的不雅行为与昏聩之举，便替鳖灵感到有些不平，又有点遗憾。当然，阿鹋是绝不会将已经发生的这件事情告诉鳖灵的，他必须为杜宇王保守这个极大的隐秘。如果他透露了这件事，杜宇王天颜大怒，那就麻烦了。所以阿鹋只能守口如瓶，袖手旁观。

鳖灵看了阿鹋一眼，又给阿鹋斟满了酒，举杯说：你我难得一聚，来，再干了此杯！

阿鹋说：大人客气，好，干了干了！

鳖灵放下杯子说：有件事情，老是挂在心上，不知该不该问？

阿鹋有些警觉，忙说：是什么事？大人请讲。

鳖灵故意停了一会儿，一边看着阿鹋微妙的神态变化，一边问道：前些时，王后亲临视察，住了好几天，才回王宫。听说回去就病了，公主闻讯已急忙赶回。不知王后得的什么病？现在情况如何？

阿鹋暗自松了口气，摇了摇头说：听说是病了，我也不知道是什么病。王后称病，也许是想让公主回宫吧，应该没有什么大碍。

鳖灵说：原来是这样，王后只要没有什么病就好啊。

阿鹋堆笑说：难得蜀相大人如此挂念，王后知道了，也会高兴的。

鳖灵说：王后乃女中豪杰，很有远见卓识，前些时来此视察，还特地谈到了杜宇王称帝的事情。

阿鹋说：哦，王后和蜀相大人已经商谈此事了？蜀相大人对此事以为如何？

鳖灵说：这当然是大事，也是好事啊。

阿鹄脸上堆满笑意说：有蜀相大人的赞同，那当然是太好了。

鳖灵说：杜宇王准备什么时候称帝呢？

阿鹄：杜宇王的意思，当然是越快越好。这件事情在闹水灾之前就已开始筹划了，如果不是洪水泛滥，杜宇王已经举行称帝仪式了。

鳖灵说：哦，那现在筹划得如何？

阿鹄：遵照杜宇王的旨意，已经重建了祭坛，只等举行仪式了。

鳖灵问：那什么时候举行称帝仪式呢？

阿鹄说：也许等到蜀相大人治水成功之后吧。

鳖灵举杯说：好啊，等到治水成功了，真的是应该好好庆祝一下！那时称帝，一定是个隆重的盛典。

阿鹄脸上堆着笑说：是啊，是啊。举杯，和鳖灵饮了杯中的美酒。

鳖灵通过阿鹄了解到的，都是非常重要的信息。阿鹄在不经意间，几乎将所知道的什么都告诉他了。但鳖灵还想了解得更细致一些，不动声色地又问道：举行称帝仪式这样的盛典，会有许多具体安排，现在准备得如何？

阿鹄说：也没有什么更多的具体准备，就是个隆重的仪式啊。杜宇王会做一个更加精美的皇冠，称帝后会赏赐众臣，会有一个盛大的宴会。大致就是这些吧。

鳖灵说：好啊，到时候一定会很热闹的。

就这样，鳖灵和阿鹄一边饮酒，一边闲聊。

鳖灵有意无意地又向阿鹄了解了一些王宫中的情况，除了准备称帝，一切都像以往一样。看来杜宇王目前热衷的事情就是称帝了，在举行称帝仪式之前，杜宇王肯定是不会动手除掉自己的。明白了这一点，鳖灵心中就有数了。这样就可以使鳖灵更加从容地抓紧准备，暗中进行更加周密的布置。而且，称帝仪式就是一个绝好的机会，趁杜宇王兴高采烈之际，鳖灵可以出其不意地发起袭击，将杜宇王拿下。当然，这样做的风险也极大。如果得手，那就大功告成；一旦失手，那就前功尽弃。总之生死攸关，不成功便成仁，除此已别无选择。

阿鹉对鳖灵的这些深沉谋划，当然是一无所知。阿鹉只觉得鳖灵很尽职，一心都在治水上，对王城中的红杏出墙之事毫不知情，因而对鳖灵有些敬佩又有点同情，甚至有点惋惜，却又不便表露，只能在喝酒中说了许多无关痛痒的话。

鳖灵察言观色，很容易就看透了阿鹉的心思。鳖灵故作懵懂和糊涂，做得天衣无缝。鳖灵知道，阿鹉回去后，杜宇王会召见阿鹉，会向阿鹉详细询问这里的情形。杜宇王见鳖灵被蒙在鼓里，就会疏于防范，甚至掉以轻心。如果反过来，杜宇王得知鳖灵已经察觉此事，那就会采取措施，鳖灵就危险了。所以鳖灵必须在阿鹉面前装糊涂，而且要装得非常逼真。谋略深沉的鳖灵，对此心知肚明，犹如演戏，做得非常巧妙，而且十分自然，一点不露痕迹。

鳖灵本来还掌握了阿鹉私自挪用公粮的劣迹，这是一个非常重要的把柄，可以充分利用。鳖灵原想向阿鹉透露一二，借此来掌控阿鹉，仔细掂量，又觉得时机尚不成熟。阿鹉是一个在官场混得很久、老于世故之人，不是那么简单就能彻底掌控听命于人的，万一弄巧成拙就糟了，所以鳖灵觉得目前还是暂不打草惊蛇为好。反正刀柄握在自己手中，选择最佳的时机出手才能稳操胜券。

这场意味深长的酒宴，直到夜阑更深才结束。

第二天，因为喝多了酒，阿鹉起来得较晚。临近中午，鳖灵派家丁来见阿鹉。

家丁对阿鹉说：午宴已为大人备好，请大人赴宴。

阿鹉来到治水工地后，鳖灵天天设宴款待，当然是令人开心的事。阿鹉随着家丁来到宴会处，见到宴席仍像昨日一样丰盛，心里很高兴。家丁为阿鹉斟上了酒，请阿鹉喝酒用餐。

阿鹉等了一会儿，不见鳖灵露面，有些纳闷，便问家丁：为何蜀相大人不来？

家丁说：蜀相大人病了，身体不适，不能陪大人，请大人谅解。

阿鹄觉得有点突然，忙说：哦，病得重吗？那赶紧带我去看看蜀相大人吧！

家丁说：蜀相大人吩咐了，不要因为自己生病，影响了大人喝酒用餐的雅兴。

阿鹄说：蜀相大人病了，我不去看望，岂能在此独自饮酒吃饭？

家丁见阿鹄坚持要去看望鳖灵，便说：好吧。

阿鹄随着家丁来到了鳖灵的住处。这是一间简陋的棚屋，光线比较暗淡。鳖灵此刻正躺在木榻上，头上缠了帕子，被太阳晒黑的脸上病容满面。听到脚步声，看见走进来的阿鹄，鳖灵强撑着身体坐了起来。

鳖灵咳嗽了一声，一副有气无力的样子，对阿鹄说：不好意思，今天不能陪大人喝酒了。

阿鹄关心地说：蜀相大人您怎么就病了？太突然啦！

鳖灵低声说：人有旦夕祸福，天有不测风云嘛，你看说病就病了。

阿鹄说：您一定是太劳累了吧，病得严重吗？

鳖灵说：这几个月是有些劳累，加上之前还被毒蛇咬了，不过没关系，休息一段时间就会慢慢好的。

阿鹄说：蜀相大人，您要不要先回王城休养一段时间啊？这里太艰苦啦。

鳖灵忙说：那怎么行？杜宇王委派我治理水患，我一定要等到治水成功才能回去。现在怎么能擅离职守呢？

阿鹄感慨道：蜀相大人，您不畏艰辛，劳苦功高，令人敬佩啊！

鳖灵说：过奖了，过奖了。一点小病，过几天就慢慢好了。只是今天不能陪你饮酒了，有点扫兴，还请谅解。

阿鹄说：不要紧的，蜀相大人您好好休养几天，早日康复就好了。

阿鹄又说了一些关心的话，这才随着家丁又回到宴会处，独自饮酒用餐。虽然菜肴比较丰盛，酒也不错，因为无人陪伴，阿鹄便觉得很无趣。

当天下午，阿鹄便启程离开了治水工地，动身返回王城。临行前，鳌灵派家丁向阿鹄赠送了一头在山林里猎获的野鹿。这是难得的美味，阿鹄欣然接纳，心里很高兴，对鳌灵充满了好感。

鳌灵在阿鹄走后，便离开了木榻，康健如昔，开始了谋划中的武士训练。

第二十三章

白羚在王宫中陪伴了王后朱利几天，无所事事，心情很郁闷。

王后朱利的病情主要是烦闷所致，由于爱女陪在身边，已经有所缓解。白羚见母后已无大碍，自己在宫中待久了，既无聊又无趣，便决定返回治水工地。离开王宫那天，白羚又去大殿见了杜宇王。如果在往常，白羚会向父王撒娇，说一些很亲切的话儿，但这次白羚的整个心情都变了，临行之前去见父王，主要是出于礼节而已。离开王宫外出，要较长日子才回来，总是要和父王说一声才好。

白羚自从发现了杜宇王与海伦之间的私情，短短的几天之间，便仿佛变了一个人，心态变得很复杂，情绪也大受影响，就像风儿吹皱了清澈的湖面，先前的天真与爽朗都被蒙上了阴影。白羚虽然不像母后朱利那样对此事的严重性想得那么深刻，但也有些担忧。白羚的担忧主要有两个方面，一是担忧父王的荒唐会造成很不好的影响；二是担忧鳖灵会因这件事情受到伤害。两者相比较，第二方面的担忧可能还更多一些。因为在道义上，肯定是杜宇王做得不对，鳖灵是被伤害者。而且，杜宇王是大权在握的很强势的蜀王，鳖灵只是新近才被任用的负责治水的蜀相，杜宇王如果要罢免鳖灵的官职甚至加害鳖灵，那也是很容易的事情。想到这一点，白羚就很担忧。通过治水过程中的朝夕相处，白羚深知鳖灵是一位勤于王事的人，为了治理蜀国的水患，离家数月，不畏艰辛，真的可谓是劳苦功高。可是鳖灵美丽的妻子，却和杜宇王发生了私情。如果杜宇王因之再加害鳖灵，那岂不是太不公平了？！白羚不仅担心，对鳖灵还产生了同情。这两种情绪交织在一起，便使得白羚的心绪变得很复杂。

白羚的印象中，杜宇王一直是英明睿智的。杜宇王处理很多事情，都心胸开阔，高瞻远瞩，游刃有余。这些年蜀国在杜宇王的统治下，朝政清明，百姓们安居乐业，国家很繁荣也很兴旺。可是现在，杜宇王却突然变成了一个好色的君王，趁着蜀相鳖灵外出治水，和鳖灵之妻频频偷情。这是一个多么荒唐的行为啊。杜宇王为什么要这样做呢？难道杜宇王就没有考虑过此事的影响和后果吗？白羚对此有些不得其解，仔细想想，觉得一定是杜宇王抵挡不住美色的诱惑，才会如此吧。白羚曾贸然去蜀相官邸见过海伦，当时主要是出于一种很微妙的好奇心，没想到海伦竟是如此美艳的一位女子。海伦的天生丽质，那种难以形容的漂亮，还有骨子里的风情，会使所有女人嫉妒，也会使任何男人动心。杜宇王肯定是见到了海伦之后，便抵挡不住诱惑，掉入了美色的陷阱。白羚想到这一点，便觉得父王情有可原，而海伦则是这件荒唐私情的根源。白羚对海伦竟然有些气愤起来，联想到母后朱利说过的话，女人光有美丽是不够的，更重要的是要有贤德，仅有美丽而无贤德的女人一旦淫荡便犹如祸水，海伦不正是这样的女人吗？如果杜宇王也明白了这个道理就好了，是否应该提醒或劝阻一下父王呢？

白羚走进大殿，看见杜宇王神色疲倦地坐在王座上，满肚子的话，一时又不知说什么好了。该向父王说些什么呢？白羚有点犹豫不决。杜宇王还是以前的样子，身穿王服，头戴王冠，一副雍容威严的君王气度，但面容明显地憔悴了许多，神情中多了几分倦怠。杜宇王仿佛在思考什么，一副沉思的样子。

白羚轻轻喊了一声：父王。

杜宇王抬起头来，脸上露出了微笑说：哦，羚儿，你来了。

白羚说：父王，我想和你说件事儿。

杜宇王说：好啊，是什么事啊？

白羚迟疑了一下说：我想回到治水工地上去。

杜宇王说：羚儿，你已经回来了，就不用再去了吧。

白羚说：我想继续参加治水。

杜宇王说：你就在宫中陪伴母后不好吗？

白羚说：我的象群还留在那里呢，时间长了怕出问题。

杜宇王笑了笑说：不是有象奴吗，让他们照管就行了，会出什么问题啊？

白羚说：象群只听我的指挥，怕他们照管不了。

杜宇王沉吟道：也好，那你去了就把象群带回来吧。

白羚说：看情况吧，也许很快回来，也许过一段时间。

杜宇王说：最好尽快回来吧，在外久了，你母后会担心的。

白羚哦了一声，算是答应了父王的吩咐。

白羚此时又想到了憋在心里的事情，很想和父王说几句提醒与劝阻的话儿，但话到口边还是忍住了。作为尚未婚嫁的公主，怎么能和父王说男女私情的事呢？既不能劝告，又不能指责，总之很为难。说了不好，不说也不好，究竟怎么办呢？

杜宇王自然注意到了白羚欲言又止的神态，主动问道：羚儿，你有什么话想和我说吗？

白羚迟疑地摇了摇头说：主要是担心母后身体不好，还有父王您……

杜宇王笑道：这你就不必过虑了。你首先要照顾好自己。

白羚见父王这样说，还能说什么呢，只能含糊其辞地嗯了一声。

白羚告辞了杜宇王，走出大殿，也不收拾行装，当天就骑着马离开了王宫。

白羚走出王城的时候，看到了那座新建好的高大的祭坛。那是杜宇王准备举行称帝仪式用的。经过精心重建的祭坛，高大巍峨，耸立在离堤岸不远的江畔，比原先更有气势。

　　白羚知道，修建这样的祭坛，一定耗费了不少的人力和心血。杜宇王在很短的时间内，将这座被洪水冲毁的祭坛迅速重建起来，不仅说明了杜宇王的威望与能量，也充分显示了杜宇王称帝之心的迫切。

　　白羚骑马伫立在堤岸上，望着这座巍峨的祭坛。此时天气晴朗，能见度极好。近处江水流泻，远处是宏大的王城，更远处是绿色的树林和隐约而连绵的蜀山。王城与远山犹如背景，层次分明，相互衬托，这是一幅多么宏丽而壮观的景象啊。如果是在以前，白羚会很兴奋。欣赏这样的景色，自然会引发豪兴。但此时白羚一点快乐的心情都没有，笼罩在胸中的只有忧虑与郁闷。

　　这半年多来发生的许许多多事情，都一幕接一幕地涌现在了白羚的眼前。先是蜀国发生了可怕的大洪灾，继而是祭祀的失败与洪水的溃堤泛滥，接着是灾民流离失所，再接着便是颁诏求贤、拜相治水。再接着呢？在治水的过程中间，白羚与鳖灵朝夕相处，看到了鳖灵勤于王事，一心要将水患治好，可意想不到的是，身居王宫的杜宇王却被海伦的美色所诱惑，和海伦发生了私情。发生的这　切，都是意料不到的，仿佛一切都是偶然。那么以后又会怎样呢？这正是白羚忧虑的原因。

　　眺望着如此壮丽的蜀国大好河山，白羚的心中十分感慨。纠结在白羚心中的，并不仅仅是她的困惑，其实也是蜀国王朝面临的一个难题。白羚的聪慧与敏感，使她已经预测到了一些令人担忧的情形。但白羚毕竟年轻单纯，不了解世事的复杂与险恶，所以她的思考始终也就是停留在担忧而已。但担忧又有什么用呢？

　　当白羚骑马离开王宫的时候，她觉得似乎有一种逃离的感觉。如今她已骑马离开了王城，她将这一难题留给了父王与母后，也许他们自己会有很好的解决办法。

　　有一只彩色的鸟儿，从不远处的树林里飞起来，发出了清脆而悠长的鸣声，越过祭坛，朝远处飞去。坐骑支棱着双耳，喷着响鼻。白羚望着那只飞翔的彩鸟，联想到了蜀国民间口口相传的一些传说。根据老百姓的说法，每当彩鸟出现，往往预示着一些征兆。今天这只突然出现的彩鸟，又预兆着什么呢？是想告诉她，父王会成功称帝？还是蜀国会发生新的什么事情？也许彩鸟的出现，是想告诉她自己的什么事情？白羚不是神巫，未来的一切对她来说，都是一个谜。但愿彩鸟预示的是个吉兆。白羚沉浸在联想中，轻轻叹了口气。

白羚就这样眺望着，沉思着，过了好一会儿，才策骑沿着堤岸朝远处驰去。

杜宇王在王宫中召见了阿鸪。阿鸪刚从治水驻地回来，就赶紧进了王宫。

杜宇王坐在铺了虎皮的王座上，神态雍容，目光威严，看着走进大殿风尘仆仆的阿鸪，问道：听说你亲自押送粮食去了治水的地方？

阿鸪这次是自己决定押送粮食，临行前并未向杜宇王辞行。现在见杜宇王如此发问，可见杜宇王信息的灵通，心里便有些发慌，赶紧俯伏于地，向杜宇王恭敬地行礼，答道：禀报大王，小臣想去看看治水究竟什么时候能结束，所以就押送粮草去了蜀相的治水驻地，刚刚回来。

杜宇王显然并无责怪他的意思，做了个慰劳的手势说：你辛苦啦。随即询问了运送粮食去治水工地的详细情形。

阿鸪靠近王座，向杜宇王如实做了禀报。阿鸪说到了治水的收尾进度，说到了鳖灵对他的设宴款待，也说到了鳖灵因为长期劳累而突然生病的事。

杜宇王听得很仔细，并特地询问了其中的一些细节。比如鳖灵款待阿鸪时，吃了些什么，说了些什么？他们都聊了些什么话题？

阿鸪明白杜宇王询问的目的，作为杜宇王身边的亲信大臣，阿鸪当然知道杜宇王最想了解的是什么。其实也没有什么可以隐瞒的，只要如实回答就行了。当然，有意无意之间，阿鹊也为蜀相说了一些称赞之语，不过都说得很含蓄，不会使杜宇王听了产生疑问与反感。

阿鹊小心翼翼地说：禀报大王，蜀相和小臣谈的，都是治水方面的事。根据小臣观察，蜀相一门心思都在治水上。蜀相对大王的信任重用，心怀感恩，所以一直很忠诚很勤勉地在做事，不怕吃苦，不畏艰辛，所以累得生病了。当时小臣去看蜀相，蜀相躺在榻上，想的还是治水的事，对小臣说，一定要等到治水成功了，才会率领参加治水的百姓回来。

杜宇王加重语气问道：除了治水，难道你们就没有聊其他什么事吗？

阿鹊说：禀报大王，小臣和蜀相聊的确实都是有关治水的事。

杜宇王盯着阿鹊的眼睛，又问道：蜀相病得重吗？据你观察，蜀相的病情究竟如何啊？

阿鹊说：禀报大王，据小臣观察，蜀相的病情主要是劳累所致，看起来憔悴得很，人也黑了瘦了，可能要休养一些日子，才能渐渐康复。但也不是什么大病，大王不必担忧。

杜宇王意味深长地哦了一声。略做思量，又问道：你说蜀相前天夜里和你饮酒还是好好的，为何第二天就突然病了啊？其中有没有什么隐情啊？

阿鹊观察着杜宇王恩威难测的神情，想了想说：小臣猜测，蜀相会不会是多饮了酒，引发了积累的劳累，才突然病了呢？禀报大王，那酒是小臣家酿，存放了几年，特地带去慰劳蜀相的，可能酒劲稍微大了些，一般人饮多了就会醉倒的。蜀相说，之前曾不小心被毒蛇咬过，余毒排除未尽，可能也是一个原因吧。

杜宇王沉吟着，觉得阿鹊所言，也许是个理由。关于鳖灵曾被毒蛇咬了，后来服用了白羚的草药汤才化险为夷，杜宇王也是知道的。白羚不是神巫，不懂用药，排毒未尽，因酒发作，也是可能的。不过心里仍有些疑惑，主要是蜀相病得过于突然，使人不解。但仔细想想，凡人什么时候生病，都是很偶然的。饮酒不适，突然病倒，也是很正常的现象。蜀相没有必要在阿鹄面前装病吧？看来蜀相劳累是实情，生病也是真的。这样想着，杜宇王的心情便放松了许多。

杜宇王这些天正在思考着一个日益迫近的问题，在心里反复掂量着应该如何对付鳖灵。杜宇王无法割舍和海伦的恋情，一心想将海伦纳为王妃，而要做成此事，最大的障碍就是蜀相鳖灵。随着治水工程接近尾声，离正式摊牌的时间越来越近。杜宇王已经思考了几个处置办法，有温和之策，也有强硬手段。譬如鳖灵若是同意将海伦送进王宫成为王妃，那就可以封鳖灵为侯，甚至将公主白羚嫁给鳖灵，这当然两全其美，也是最好的办法了。如果鳖灵不愿意这样做，或者反抗，那就将鳖灵拿下，或者关押，或者流放，或者杀头，那就到时候看情况而定了。这些都是杜宇王独自的思考，已经反复斟酌了很多次。杜宇王知道，凭着自己掌握的巨大权力，要做成此事并不难。杜宇王思考的是如何做得更合情合理，更加高明巧妙，既有利于自己的享乐，也有利于蜀国的长治久安。

从内心来说，杜宇王还是很欣赏很看重鳖灵的才干。此人确实是一位难得的贤才，风云际会，拜相治水，也真的是堪称千古佳话。但自从和美丽的海伦发生恋情后，相互间的关系便发生了急剧的变化，君臣一下成了情敌。如果真的要除掉这样一位贤才，杜宇王还实在有些于心不忍。但如果势不得已，那也只有狠下心来，当机立断，采取快刀斩乱麻的方式，按照自己的想法去做了。

杜宇王通过阿鹄的禀报，了解到鳖灵目前显然还蒙在鼓里，而且还病了，便暗暗有点庆幸。这样看来，就用不着提前采取措施了，等到治水成功凯旋之时再动手也不迟。可以巧妙地设计一下，找个理由，将鳖灵拿下就行了。然后再和鳖灵面谈，根据鳖灵的态度，再决定不同的处置方式。对付一个病后虚弱、疏于防范的鳖灵，肯定是稳操胜券的事。

这样想着，杜宇王便露出了微妙而自信的笑容。

阿鹄注意到了杜宇王的神态变化，也陪着笑，小心地说：小臣冒昧，请大王指示。

杜宇王做了个手势，说道：你此行也辛苦了，回府休息吧。有事我会传你的。

阿鹄松了口气，又向杜宇王俯伏施礼，这才离开大殿，走出王宫，回了自己的府邸。

杜宇王独自坐在王座上，舒展了身体，扫视着宽敞的大殿，连日来沉重的心情变得有些轻松起来。

白羚骑马回到了治水驻地，先去看了象群，然后去见鳖灵。

鳖灵的住处依然像往常那样简陋，木榻上放着简单的卧具。鳖灵为了治理水患，在这样的棚屋中已经住了几个月。此刻，鳖灵并不在屋内。白羚推测，鳖灵可能又去了工地吧。看着屋内有些凌乱的样子，白羚忍不住便帮着收拾起来，只一会儿工夫，便将用具放顺了，显得井井有条。白羚做这些琐事的时候，联想到了那次鳖灵被毒蛇咬伤后的情景，也是在这间棚屋里，鳖灵躺在木榻上，蛇毒发作，快要不行了。白羚急得都要哭了，去摘来了各种草药，煎成了药汤，给鳖灵喝下去，他吐了一地的秽物，才终于转危为安。现在，鳖灵又遇到了一次巨大的危机，白羚又怎么帮他呢？

白羚有些感慨，也有些无奈。白羚知道，在杜宇王与海伦发生私情这件事上，她一点办法都没有。她无法劝阻父王，也不能对海伦怎样。她现在唯一能做的，就是对鳖灵心怀同情，在治水的收尾阶段继续陪伴鳖灵。

白羚在鳖灵简陋的住处待了一会儿才回到自己的住处。上次母后朱利来看她的时候，为白羚带来了一些宫中的用具，想使白羚在参加治水期间尽量住得舒适一点。这当然是母后的一片好心。朱利在回宫前夕，曾同白羚谈到了男女感情与婚嫁之事。朱利还很含蓄地询问了她是否对鳖灵产生了牵挂之情。母后话中的意思很清楚，是担心她喜欢上了鳖灵。白羚对此觉得有点好笑，其实她对鳖灵也就是有很大的好感而已，也许有一点朦胧的喜欢，那又有什么关系呢？毕竟鳖灵曾在树林里飞刀杀死野猪，是出手救过她的人，产生好感与喜欢也是很正常的呀。但也仅此而已，还能怎样呢？母后可能正是由于担心的缘故吧，所以一再强调要为她颁诏选婿。这次母后病了，她回宫看望母后，母后却只字未提此事。当然，母后现在担心的是父王与海伦的私情，已将为她颁诏选婿之事暂时搁在了一边。

白羚想着这些杂七杂八的事情，心绪十分复杂。独自待在屋内，觉得无聊，于是便又去了圈养象群的地方。

象是极有灵性的大型动物，白羚自幼喂养这些大象，已经和象群建立了深厚的感情。看到主人的到来，象群显得很兴奋。象群中有两头很聪敏的大象，白羚分别称之为当当与笨笨，与白羚相处得尤其融洽。白羚经常骑着当当或笨笨外出，有时去山林里狩猎，有时去江畔或湿地漫步。每当和象群在一起的时候，白羚便会获得一种乐趣，仿佛进入了无忧无虑的境界。人和动物的和谐相处，有时比人与人之间还要多一些默契与快乐。起码像大象这样的动物，懂得知恩图报，不会尔虞我诈。那种和谐相处的快乐，很单纯，也很惬意。而这正是白羚最喜欢的一种体会与感受。

白羚将当当与笨笨带出了象棚，骑上了当当，带着笨笨，准备去山林里走走。

站在河岸高处，可以眺望治水工地的情景。江中的那块崖礁，已经快要凿除完了，远处的堤岸也加固了，看来治水已接近尾声。白羚骑象沿着河岸向山林走去，上次朱利来看她的时候，曾和她一起在江边射鱼，又一起去山林里射猎，走的也是这条小道。当时白羚和朱利是骑马而行，还带了几名侍卫随从，曾在密林里遇见了大虎。这里的山林里野兽较多，这次白羚独自骑象行走，不敢过于深入，怕再遇到猛兽。大象踩着地上的枯枝与树叶，发出的响声惊动了林中的小动物，不时看见有逃走的野兔，树枝间有跳跃的松鼠，偶尔还看到有野鹿的影子。

白羚就这样漫无目的地走着，一直到傍晚，才返回驻地。暮霭中，炊烟袅袅，一些妇女正在做晚饭。白羚注意到，参加治水的青壮年，似乎比往常少了一些。以往这个时候，都是大家聚集到驻地吃饭的时候，会比较热闹。但现在却好像有些不同，明显地有了一些微妙的变化，究竟是什么变化呢？白羚有点纳闷，分明感觉到了，却又说不清楚。

这时鳌灵来了，出现在了白羚的面前。你回来了？鳌灵的声音透着亲切。

白羚骑在大象上，看着鳌灵，几天不见，觉得鳌灵似乎瘦了一些。说不清楚是什么缘故，也许是数日来的担心与郁闷，也许是满腔的同情，使白羚此时的心绪极其复杂，眼眶竟有点湿润。

鳌灵不动声色地注视着白羚，关心地问道：你路上辛苦啦，王后的病已经好了吧？

白羚强迫自己微笑了一下，柔声说：多谢蜀相大人关心，母后没什么大病，已经好多了。

鳌灵说：公主应该留在宫中多陪伴王后，这里太艰苦了，为何又回来？

白羚说：治水尚未完工，我岂能不回来？我喜欢和你们同甘苦啊。

鳌灵一笑说：公主真的是巾帼英豪啊，令人钦佩！

白羚嗔道：最不想听你这种言不由衷的奉承话了！

鳌灵解嘲道：哪是奉承，我说的都是实话。

白羚含嗔地看了鳌灵一眼，动作轻盈地从象背上跳了下来。鳌灵敏捷地伸出手去，扶了她一下。白羚站稳了，面对面注视着鳌灵，从鳌灵平静如常的目光与神态中，看不出鳌灵有什么烦闷或不快。白羚想，也许鳌灵对已发生的事情尚不知情吧，所以才会这么平静。白羚心里叹了口气，对蒙在鼓里的鳖灵更加充满了同情。

　　白羚体贴地说：蜀相大人，你比前些天瘦了些。

　　鳖灵有点警觉地说：是吗？我怎么不觉得啊？

　　白羚说：自己当然不觉得，旁观者清嘛。

　　鳖灵一笑说：也许是吃肉少了的缘故吧。

　　白羚说：是吗？那以后多吃点肉啊。

　　鳖灵说：好啊，好啊。今天晚上就多备几个菜肴，为公主接风！

　　白羚笑笑，将大象当当与笨笨带进了象棚，然后和鳖灵共进晚餐。

　　鳖灵对白羚的回来，既感到高兴，又有些担忧。高兴的是可以通过公主更多地了解到一些王宫里面的情况，有利于自己做更充分的准备。担忧的是自己正在训练武士，打造兵器，暗中准备，如果被白羚发现，将信息禀报了杜宇王，那就糟糕了。所以，鳖灵既要对白羚亲近相处，又要小心地瞒着白羚。

　　白羚很单纯，也很聪慧。鳖灵对此当然很清楚，深知白羚与众不同，天性敏锐，所以要完全瞒过白羚，确实是一件很不容易的事情。但白羚也是可以利用的，其中最重要的一点，就是白羚对鳖灵充满好感。当一个性情单纯的女子钟情于某人时，通常都是信任多于怀疑。鳖灵心里明白，白羚肯定不会猜疑到他那巨大的阴谋。如果白羚也知道了杜宇王与海伦的私通之事，白羚一定会同情他。而白羚的这份同情，正是他可以充分利用的。

　　鳖灵和白羚共进晚餐时，又谈到了朱利的病情。鳖灵并没有询问王后是因为什么原因生病，只问病情如何。白羚回答得很含蓄，将朱利的生病说得很偶然也很轻描淡写。白羚当然不会将朱利生病的真实缘故告诉鳖灵，更不会将已经发生的事情透露给鳖灵。其实这是一个非常敏感的话题，鳖灵询问的目的，主要是想借此多了解一些王宫中的内幕与最近的情形。

鳖灵说：王后上次来这里巡视，和公主进山打猎，曾射杀了一只大虎。王后身手矫健，射技高超，本事好生了得！可知王后是身怀绝技的人，一般是不会生病的。

白羚见鳖灵赞誉王后，而且说得很真诚，心里自然很高兴。说到射虎，也是白羚很开心的一段回忆，一下就打开了话匣。白羚说：母后是有一些本事，否则年轻时也不敢独自仗剑行走江湖了。

鳖灵说：王后一定是武功了得，所以能够一箭就射杀了大虎。

白羚说：母后的武功主要得自家传，因为外公家族中个个习武嘛。

鳖灵说：原来是家传啊！那一定是真功夫了。王后也教你武功了吧？

白羚说：我很笨的，小的时候，母后教过，但我贪玩，又吃不得苦，所以只学了一点点皮毛而已。

鳖灵微笑道：公主谦虚了，一般真有本事的人，都是比较谦虚的。

白羚笑道：你就喜欢奉承我，我有什么本事啊？不论使剑或者射箭，比起母后可差远了。

鳖灵说：王后一身功夫，杜宇王的武功一定也是很高超的吧？

白羚说：父王的武功自然是比母后高多了，否则鱼凫王岂能倒在父王的剑下呢？

鳖灵听了有点发愣，问道：是吗？原来还有这么精彩的故事啊？

白羚说：那是父王和母后创业时的故事了，鱼凫王和父王比剑，相互较量功夫，约定胜者为王。鱼凫王很强悍，一生征战，所向无敌，结果还是倒在了父王的剑下。从那以后，鱼凫王朝就结束了，父王就名正言顺地登上了蜀国的王位。

鳖灵说：以前略有所闻，现在听公主说了，才知道是真的。令人敬佩啊！

白羚含笑道：那是父王和母后开国的故事嘛。但治国，还是要文治武功才行。

白羚说着，又联想到了王城内发生的事情，联想到了杜宇王与海伦的私情，情绪瞬间又变得复杂起来。白羚悄悄观察着鳖灵的神态表情，从鳖灵平静如常的脸上什么也看不出来。白羚不由得暗自叹了口气。

　　鳖灵和白羚就这样聊着，那顿晚餐吃了很久，到掌灯之后才结束。

　　鳖灵第二天开始调整了一些部署，对武士的训练，做得更加隐秘了。

　　鳖灵通过白羚所述，得知杜宇王和朱利都身怀武功绝技，这给他提了一个很大的醒。要想在凯旋回城庆功之际将杜宇王擒下，显然绝非易事。杜宇王功夫高强，身边还有一大群彪悍的侍卫，如何才能得手呢？鳖灵绞尽脑汁，思考着对策，这真的是一个很大的难题，只有暗中谋划得更加周密，才能稳操胜券。稍有不慎，那就会赔了夫人又折兵，将身家性命都搭上了。

　　鳖灵觉得，在武功上他也不弱，也许可以同杜宇王一较高下，但要胜过杜宇王可能很难。不过，如果在整体力量上强于对手，而且采取突袭的方式，那获胜就有了把握。目前的关键有两个方面，一是要继续装傻，甚至装病使杜宇王疏于防范；二是要暗中积蓄更为强大的力量，做更加充分的准备。

　　鳖灵派遣二弟山灵前往荆楚家乡召集族人，已经有一些日子了，约定是两个月的期限，但愿能够如期赶回。这将是鳖灵可以充分信任和使用的一支主要力量。山灵为人机敏，很有应变与办事能力，应该不会误事。唯一担心的是能否准时。再加上长途跋涉，到达蜀国后会疲惫不堪，必须隐秘地休整一段时间，养精蓄锐才能上阵发挥作用。此外还有一支可以使用的力量，就是四弟江灵负责训练的两百余名武士了。这是从民工中挑选出来的青壮年，通过训练组成的一支心腹队伍。但要在两个多月内将这些人训练成武士，也是难度很大的一件事情。关键是要他们唯命是从，到时候能绝对听从指挥，舍生忘死，一拥而上，成功就有了把握。杜宇王武功虽强，毕竟老了，一旦陷入众人围攻之中，就难逃厄运。当然，这些都是鳌灵的分析和推测，最终能否获胜，仍是一个很大的未知数。鳌灵深知，凡事不能靠侥幸，所以必须做最坏的打算和最充分的准备。

为了不让白羚有所察觉，鳌灵采取了很多防范措施。但白羚还是注意到了一些情况，比如白羚看见工匠打造的几件兵器，便感到好奇。白羚向鳌灵询问，以前都是锻造治水用具，现在打造刀剑干什么？

鳌灵有些诧异，赶忙机警地回答说：是为了打猎用的，治水有这么多人要天天吃饭，运来的粮食明显不足，只有靠猎物来补充了。

白羚哦了一声，这当然是一个合情合理的解释，也就不再问什么。

但此事却引起了鳌灵的警觉，使鳌灵有些不安。鳌灵暗中吩咐三弟川灵，将打造兵器之事也做得更加隐秘，一是在锻造工棚外派了亲信家丁望风把守，二是打造好的刀剑立即取走。为了以防万一，鳌灵还尽可能地多陪伴白羚，以分散白羚对其他事情的注意。

白羚觉得鳌灵对自己变得亲切了，增加了和自己的接触，心里很高兴。

白羚对鳌灵的好感与同情，在心里渐渐酝酿成了一种很微妙的柔情。当夜深人静独自一人的时候，白羚甚至想到了自己以后是否会嫁给鳌灵。因为发生了杜宇王与海伦私通的事情，鳌灵一旦知道了就会休掉海伦，那自己就有了嫁给鳌灵的机会和理由。如果这样，那就好了，将一件不该发生的很糟糕的事情，转变成了好事和美事。想到这一点，白羚便有点心跳加速，觉得自己的脸颊都在发烫。白羚发觉，自己原来真的是喜欢鳌灵的。母后的目光好锐利，一下就看出来了，在母后询问自己的时候，自己还不承认，其实只是口头上否认罢了，心里早就滋生了爱慕之情。这种微妙的感情，是从什么时候开始的呢？也许是从鳌灵飞刀杀死野猪出手相救的时候，就产生了一见钟情的感觉；也许自己一直就盼望着一位英武男子的出现，然后发生一段传奇的爱情，于是鳖灵的到来便突然俘获了自己的芳心。白羚回忆着这些难以忘怀的往事，引发了很多奇妙的联想。

白羚一旦明白了自己的真情实感，对鳖灵便又增添了一份亲近之感。现在白羚对鳖灵已经不仅仅是同情了，单纯的好感已经转变成了浓郁的爱意。但白羚尚不清楚，鳖灵是否也会真诚地喜欢她呢？爱是需要回应的，如果只是自己一厢情愿，那就没意思了。白羚为此试探了鳖灵几次，鳖灵的反应很亲切很机警也很巧妙。白羚感觉，鳖灵也是喜欢她的，但鳖灵的喜欢很含蓄，也很有分寸，对她倍加呵护，尊敬有加。鳖灵的亲近与彬彬有礼，使白羚很高兴，也有点不满足。白羚觉得，这显然与鳖灵的身份有关。但白羚也因此有些担心，将来她真的会嫁给鳖灵吗？目前杜宇王与鳖灵的这种复杂关系，究竟会产生什么样的结果呢？这就要看杜宇王如何处理了，当然也要看鳖灵的态度，这些都不是白羚所能掌控的，所以结果也是白羚难以预料的。

白羚并不满足于鳖灵含蓄的喜欢，很希望能够将鳖灵的态度了解得更清楚一点。不过，无论她如何试探，鳖灵始终保持常态。这又使她觉得鳖灵太沉着了，似乎很难走进鳖灵的内心，看不透鳖灵究竟想些什么。有本事的男人，是否都是这样的呢？杜宇王就经常喜怒不动声色，而母后朱利则常常会将喜怒表现出来。鳖灵的言谈举止与杜宇王不太一样，显得很机敏，但也很沉着，同样有些不露声色的样子。白羚甚至有点怀疑，鳖灵对王城内发生的事情，难道真的一无所知吗？鳖灵会不会是故意装作不知呢？白羚通过几次交谈，觉得鳖灵即使沉着，也不至于对如此敏感的变故沉着到麻木的程度吧？何况也没有装着不知的理由啊？这样一想，又觉得鳖灵可能是真的不知情，于是很快便打消了疑问。

过了几天，白羚陪同鳖灵去江畔视察治水工程的收尾情形，两人聊到了一些与水有关的话题。白羚说到了朱利教她射鱼的事，说到了以前的鱼凫族就是一个善于驾舟打鱼的部族，不仅驯养鱼老鸹捕鱼，而且也擅长射鱼。鳖灵也说到了驾舟的事，在鳖灵的家乡，除了驾舟用网打鱼，还举行比赛，譬如荆楚就有赛龙舟的习俗。

白羚兴致勃勃地问：你也每年都参加龙舟竞赛吗？

鳖灵说：是啊，都要参加的。

白羚说：那你的水性一定很好了？

鳖灵说：长期生活在水边的人，大都会驾舟游泳。

白羚说：哦，因为你懂水性，所以你才能治水有方嘛。

鳖灵笑了笑说：公主过誉了，治水不过是顺势而为罢了。

白羚和鳖灵骑马走在经过加固的堤岸上，边聊边行。白羚显得有点兴奋，在岸边的一处缺口前，策骑跃过缺口时，突然马失前蹄，栽下马去，掉入了江中。虽然意外发生得快，但鳖灵的反应也很快，就在白羚落入水中的一瞬间，鳖灵便已敏捷地跃身下马，没有丝毫犹豫，也纵身跳入水中，将白羚抱了上来。

两人的衣服都湿透了，上了堤岸，相视而笑。

白羚第一次和鳖灵有了肌肤之亲，有些不好意思，说了声多谢啦，跳上马，朝驻地驰去。鳖灵随在后面，也驰回了驻地。

白羚在住处换了衣服，心情有些激动。其实她是故意落水的，目的就是想试探一下鳖灵的反应。从鳖灵毫不犹豫跳进江中救她来看，已经充分说明了鳖灵对她的态度。这是鳖灵第二次出手救她了。白羚心中暖暖的，荡漾着柔情。

白羚再次和鳖灵共进晚餐的时候，很想将已经发生的事情告诉鳖灵，但还是忍住了。不过，这件事情鳖灵迟早都是要知道的，到时候又怎么办呢？如果因为这件事情，鳖灵与杜宇王发生了冲突，她应该站在哪一边呢？一想到这一点，白羚便不免焦虑。说也不好，不说也不好，真的是一点办法都没有。白羚对自己说，无论如何，她也一定要尽自己的努力，避免杜宇王与鳖灵发生冲突。一个是自己最亲近的父王，一个是她喜欢和爱慕的蜀相，岂能因为这件事情而两败俱伤啊？她甚至暗中祈祷诸神，希望逢凶化吉，保佑蜀国和百姓，也保佑大家都平安无事。

鳖灵对白羚依然像往常一样敬重而又亲切，表面不动声色，其实心明如镜。

两人都保持着各自的耐心，时间就像流水似的，治水就要结束了。

第二十四章

　　杜宇王接到快骑禀报，阿黑已经将老阿摩从隐居的地方礼请出山，大为欣喜。

　　杜宇王为了迎接神巫的归来，做了一些周到的安排。杜宇王派出了两批人马，相继在王城外面迎接和护卫神巫。杜宇王还走出大殿，亲自在王宫门口迎候神巫，将老阿摩迎了进来。

　　老阿摩对杜宇王的礼遇深为感动。几个月前，汹涌泛滥的洪水不仅冲溃了堤岸，还冲垮了祭坛。老阿摩用遁术，才率领弟子们逃过一劫。杜宇王并没有因为这场祭祀的失败而责怪神巫，而是几次派人寻访神巫，又将老阿摩从隐居的深山中礼请了出来。作为一位德高望重的蜀国神巫，得到蜀王如此礼遇，而且深知杜宇王对他的信任和依赖都是发自内心的，岂能不感动？

　　老阿摩手执着形影不离的神杖，迈着沉稳的步履，走进了宽敞宏伟的大殿。老阿摩虽然很老了，但精神依旧旺健，经过几个月的闭关修炼，法力已经得到恢复，饱经风霜的脸上隐隐地透着红润。老阿摩的眼睛也炯炯有神，大有神清气朗之感。

　　杜宇王特地为老阿摩设了客座，请老阿摩坐下，自己也在王座上坐了。

　　杜宇王端详着老阿摩，几个月不见，神巫的须发已经全白了，但精神很好，一副鹤发童颜的模样。在光线的映照下，神巫手持的神杖闪耀着斑斓的光彩，象征着神权依然掌控在老阿摩那双苍老而有力的手中。跟随神巫而来的几名嫡传弟子，侍立于大殿下方。阿黑和侍卫们也都分列于两侧。当杜宇王和老阿摩的目光相对时，很自然地又感到了一种久违的心灵的沟通。

杜宇王恭敬地说：尊敬的阿摩啊，看到您真是说不出的高兴啊，路上辛苦啦！

老阿摩微闭了眼睛，缓缓地说：惭愧啊，有负大王厚望。

杜宇王知道老阿摩是对上次祭祀失败之事表示歉意，其实那次洪水溃堤也并非神巫的错，主要是疏于防范，忽略了对堤岸的加固，才酿成大祸。杜宇王忙说：阿摩啊，蜀国不可无神巫，您回来就好啦，蜀国还有很多重要的大事要仰仗您啊。

老阿摩睁开双眸，用深邃而睿智的目光看了杜宇王一眼。杜宇王说的重要大事是指什么呢？而且是很多重要的大事？这显然并非一般的客套话。老阿摩注意到杜宇王的面容与神态同几个月前相比，有了一些微妙的变化。虽然这些变化很细微，常人难以觉察，但还是逃不过神巫的法眼。杜宇王似乎在谋划着某件大事，作为位高权重的蜀王，当然不会为一些烦琐而细小的事情去操心的。那么，又会是什么大事呢？老阿摩虽然有很强的洞察力，仍有点琢磨不透。不过，老阿摩并不着急，如果杜宇王真的要仰仗于他，杜宇王一定会亲口说出来的。

杜宇王也注意到了老阿摩的目光，老阿摩既然回来了，杜宇王就用不着担心了。杜宇王并不急于将举行称帝盛典的事说出来，他要先试探一下神巫的态度。

杜宇王微笑道：阿摩啊，我已备下筵席，为您接风啊。

老阿摩说：多谢大王盛情。听说王后病了，还是先探视一下王后吧。

杜宇王愣了一下，随即说：好啊，好啊。那就有劳阿摩了！

老阿摩拄着神杖，随即起身，在杜宇王的陪同下，走进后宫，去探视王后朱利。

朱利自从公主白羚回来陪伴了数日，病情已大为好转。白羚走后，朱利的心情又有些低沉，身体也不舒服起来，终日躺在榻上。此时，朱利正斜靠在榻枕上，闭目养神。听到脚步声，朱利睁开眼，看见杜宇王陪着老阿摩走了进来，很有些惊讶。朱利并不知道，老阿摩正是因为她病了，才决定回王城前来探视的。老阿摩法力高深，医术也十分高明，朱利对此是深知的。所以看到老阿摩拄着神杖来到了后宫，便知是为她的病情而来，心里就有点感动。朱利想起身迎接，杜宇王赶紧做手势制止了，让伺候的宫女扶住了朱利。

老阿摩说：王后啊，听说你身体欠安，特来看望你哦。

朱利说：多谢神巫惦念，也没什么大病，偶染小恙而已。

老阿摩观察着朱利的面容与神色，又询问了朱利几句，觉得朱利的病有些奇特，无伤无痛，神志清醒，和正常人没有什么不同。但朱利却忧虑重重，五脏六腑郁结着烦闷之气，脸色、神情都因之而显得憔悴。养尊处优的王后怎么会这样呢？老阿摩有点琢磨不透。不过老阿摩心里明白，王后的病，只需调理一下，确实并无大碍。但若不能解开心结，过度的忧郁也会转化为沉疴。

杜宇王陪同站在旁边，关心地问：阿摩啊，您看王后的病，不要紧吧？

老阿摩略做思量，斟酌了一番说：先吃点药，调理一下吧。王后吉人天相，不要紧的。

听到神巫这样说，大家都松了一口气。伺候王后的几位宫女，脸上都露出了微笑。朱利微锁的眉头也松开了，向神巫颔首称谢。

杜宇王也微笑道，有了神巫的诊治，这就放心了。

老阿摩从随行的弟子囊中取了一盒调制好的药，交给了王后身边的宫女，嘱咐了如何服用。老阿摩在离开隐居之地时，就已经做好准备，采集深山中的草药，按照神巫代代相传的秘方，熬制好了药物，并用一只精致的盒子装好，带到了王宫。这些神巫之药，通常都是很灵验的。老阿摩相信，只要服用几次，王后的病也就好了。当然，如果要加强药物的作用，神巫通常还要作法，通过手舞足蹈的巫术，以达到驱邪除魔的目的。不过这也是要看对象的，因为患者是王后，在华丽舒适的后宫中是不适宜举行这种巫术的。

杜宇王随即邀请老阿摩前往举行宴会的宫殿，为归来的神巫洗尘接风。

杜宇王用华美的盛宴热情款待神巫，这使老阿摩又增添了一份感动。

杜宇王向神巫敬酒，三巡之后，终于不慌不忙地向老阿摩谈到了称帝之事。

杜宇王说：尊敬的阿摩啊，蜀国的水患经过治理，就要彻底消除了。这也是谋事在人，成事在天，离不开诸神的护佑啊。为了祈祷天地，敬谢诸神，我已做了准备，要再举行一次隆重的祭典。这样的盛大祭典，理所当然要由阿摩您来主持啊！

老阿摩听了，颔首表示赞许。蜀国的祭祀活动，当然是要神巫来主持的。祷告天地与诸神沟通，也正是神巫最擅长的。杜宇王将大型的祭祀活动都交给神巫操办，表达了对神巫的由衷尊重，当然使老阿摩很高兴也很乐意。

杜宇王看到老阿摩已经表示了赞同的态度，心里一下就踏实了。杜宇王又向老阿摩敬了一杯酒，接着说：尊敬的阿摩啊，在闹洪水之前，我曾经做过一个梦。这个梦非常神奇，梦见神灵诏示于我。最近又再次做了这样的梦，又梦见神灵表达了同样的意思。

老阿摩哦了一声，用询问的目光看着杜宇王。

杜宇王饮了杯中的酒，又继续向老阿摩敬酒，一副热切而又有些神秘的样子。

老阿摩注视着杜宇王，见杜宇王不断敬酒却不急于说出梦中详情，过了一会儿，终于忍不住好奇地问：请问大王做的究竟是个什么梦啊？

杜宇王略做沉思，这才说：神灵昭示我说，这些年蜀国上应天象，下符民情，所以要赠我一件礼物。这件礼物很独特，我不知道应不应该接受。但神灵的意思很清楚，一定要我接受，不能违背了诸神的意愿。

老阿摩兴趣倍增，又问道：是件什么样的独特礼物呢？

杜宇王说：神灵在梦中赠送给我的，是一顶金光灿灿的帝冠。

老阿摩有些出乎意料，轻轻地哦了一声：原来是一顶帝冠啊。

杜宇王目光炯炯地看着老阿摩，问道：阿摩啊，您说我该不该接受神灵的这件礼物呢？

老阿摩一时不知如何回答是好，心里已经明白了，杜宇王借用神灵梦中赠送帝冠的故事，委婉地表达了准备称帝的愿望。关于杜宇王称帝的想法，其实早在闹洪灾之前，就已经开始酝酿了，老阿摩对此早有所闻。称帝与称王不同，那是蜀国历史上从未有过的大事。杜宇王说有重要的大事要仰仗于他，显然就是这件称帝的大事了。现在又当面征询他的意见，充分说明了对神巫的尊崇。既然是神灵昭示，老阿摩岂能反对？于是便颔首说：好啊，神灵所赐，是件好事啊。

杜宇王大喜过望，笑道：有神巫这句话，我就放心了！

杜宇王没想到这么顺利就取得了神巫的赞同，真的是万分高兴。在晤见神巫之前，杜宇王曾反复揣量过如何同神巫交谈，最后决定采用迂回的方式，利用神权天授的说法来赢取老阿摩的支持，果然一蹴而就。有了神巫的赞同和支持，后面的事情就好办了。杜宇王因此而更增强了称帝的决心与自信。

杜宇王说：阿摩啊，祭坛已经重新修好了。您鞍马劳顿，先休息几天，我再陪您去看看。然后请您选个吉日，看什么时候举行盛典最好。原想等到治水成功凯旋之时，吉日吉辰很重要，由您来定啊。

老阿摩知道，杜宇王说的这一切都已谋划好了，除了顺势而为还能说什么呢？便点头道：好啊。

杜宇王和老阿摩饮酒晤谈，气氛融洽。因为称帝大事已经确定下来，杜宇王顺便向老阿摩问到了闭关修炼之事，老阿摩说这是为了恢复法力，经过几个月的修炼，已经深受其益。两人就这样聊着，除了国事，又多了一些心灵上的沟通。酒宴进行到傍晚，才尽欢而散。杜宇王特地吩咐阿黑，将老阿摩护送回神巫府邸休息。

杜宇王送走神巫后，带了几名侍卫，骑马去了蜀相官邸。

海伦已经有几天没见到杜宇王了，杜宇王一走进内室，海伦便扑进了杜宇王的怀里，娇嗔道：我还以为大王把我们忘掉了呢，这么多天都不露面！

杜宇王饮了酒，一副意气风发的神态，将百媚千娇的海伦搂在怀里，亲吻着说：爱妃啊，这些天是因为事情太多的缘故嘛，想我啦？

海伦嗔道：大王明知故问嘛，难道大王就不想爱妃吗？

杜宇王柔情满怀地说：想啊，爱妃艳若天仙，我岂能不想？

海伦天生尤物，被杜宇王搂在怀里亲吻着，对欢爱的渴望瞬间就被点燃了，娇昵地和杜宇王黏合在一起。杜宇王的欲望也被引发了，犹如干柴遇到烈火，不可抑制地燃烧起来。小玫主动为他们宽衣解带，伺候杜宇王和海伦在宽大的榻上欢爱。也许是相隔数天的缘故，海伦和杜宇王的欲望都分外强烈，欢爱的时间也特别长。海伦将小玫拉在身边，让小玫也加入了三人秘戏。当高潮来临，海伦会像母兽一样发出欢鸣，而小玫则娇喘吁吁满眼泪水。杜宇王健硕异常，贪恋欢乐，精力透支，没有节制。但毕竟岁数大了，面对着欲望如潮、永不满足的海伦，再加上一个情欲旺盛的小玫，已经明显地招架不住，有点力不从心。

杜宇王已经不能再像以前那样轮番秘戏，通宵欢爱了。

杜宇王结束了第一轮欢爱，靠在榻枕上休息。海伦与小玫偎依在杜宇王的身边。

海伦意犹未尽地抚摸着杜宇王，但杜宇王显得有点疲倦，没有像以往那样对她的爱抚产生反应。海伦娇声说：大王，您在想什么？

杜宇王说：哦，在想举行称帝盛典的事情。于是便将晤见神巫、取得了神巫对称帝的支持，简略地告诉了海伦。

杜宇王又说：爱妃你知道吗，有了神巫的支持，称帝就没有障碍了。

海伦说：大王说过，称帝之后，就可以封妃了，是吗？

杜宇王说：是啊。

海伦一下就兴奋起来，紧偎着杜宇王，娇媚地说：大王您只要封了我和小玫为妃就好了，我和小玫可以住进王宫了，是吗？

杜宇王点头说：对啊，称帝和封妃，就是为了迎你进宫嘛。

海伦又扑进了杜宇王的怀里，将丰腴温润的玉体和杜宇王紧贴在一起，娇柔而又激动地说：大王啊，您什么时候才封妃嘛，我和小玫天天都在盼着呢。

杜宇王微笑着说：不用太久，爱妃就会名正言顺了。

海伦听了，非常高兴。她相信，杜宇王既然这样说了，就一定会这样办的。

关于封妃这件事情，海伦和杜宇王已经谈论过几次。能不能封妃，将涉及她与小玫以后的归宿，所以对此特别关心。杜宇王每次和她在一起时都称她为爱妃，但称爱妃是一回事，真正封妃则又是一回事，杜宇王对此一直有些犹豫。其中的缘故，主要是对如何处理鳖灵这层关系，杜宇王似乎拿不定主意。聪明的海伦已经看出了杜宇王犹豫的原因，也曾帮杜宇王想过对策。应对的办法很多，关键还是要杜宇王下决心。随着治水越来越接近尾声，鳖灵就要凯旋了，到时候怎么办呢？时间越来越紧迫了，已经容不得再犹豫。现在好了，杜宇王终于做出了决断，下决心要称帝封妃了，海伦当然很高兴。但海伦还是有点担忧，杜宇王会怎样对待鳖灵呢？鳖灵对这件事情又会做出怎样的反应呢？海伦贪恋着和杜宇王在一起时欲仙欲死的无比快乐，对鳖灵的感情已经发生了巨大的转变，这些日子已变得越来越淡漠了，但毕竟夫妻一场，并不想因此而伤害鳖灵，尤其不要害了鳖灵的性命。杜宇王会怎么做呢？还有，鳖灵是个很有本事的人，会听凭杜宇王将她纳为王妃吗？如果鳖灵不服从杜宇王，又会怎么样呢？这也是海伦担心的一个重要原因。

海伦想问问杜宇王，又觉得不妥当，还是不问为好。反正杜宇王已经谋划好了。海伦和杜宇王的关系发展到今天的地步，已经欲罢不能，无法回头。海伦相信，杜宇王是位英明的君王，总揽蜀国大权，既然能够称帝，当然也能封妃，连神巫都支持杜宇王，谁又敢反对杜宇王呢？这样想着，海伦的担忧便减轻了，又联想到了真正成为杜宇王爱妃后的快乐，心里便又多了一些陶醉之感。

杜宇王知道海伦在想什么，海伦想得到的，也正是他要给她的。从杜宇王和海伦欢爱的那天开始，两人就灵肉相融，从肉体到心灵都如胶似漆，那种男女之间的缠绵与快乐，一下就飞升到了难舍难分的程度。杜宇王觉得，冥冥之中，自有定数，这也是诸神安排的缘分啊。既然是上天将美艳如仙的海伦送到了他的身边，他只能遵从神意。杜宇王在晤见神巫之后，对称帝与封妃已经不再犹豫，更为自信了。

杜宇王享受着和海伦、小玫在一起的缠绵欢乐，直至夜阑更深，才离开蜀相官邸，在侍卫们的护卫下，回到了王宫。

第二天，杜宇王独自在大殿处理完了政务的时候，阿黑向杜宇王禀报了再次遇见鱼凫族人的经过，说到了与鱼鹰的较量。

杜宇王听得很仔细，并详细询问了其中的一些细节。这次阿黑奉命前往蜀山深处，将老阿摩从隐居的地方礼请出山，可谓不辱王命，办成了一件大事。所以杜宇王对阿黑深表赞赏，将自己喜欢的一柄宝剑赐给阿黑作为奖励。赐剑于士，这是君王难得的奖赏，只有忠勇之士与立了大功者才有可能享此殊荣。阿黑深明此意，对杜宇王的厚赐十分感激。

关于鱼鹰的死里逃生，杜宇王前些时候已有考虑，那确实是一件很意外的事情。这次阿黑又再次与鱼凫族人遭遇，而且发生了格斗，可知鱼凫族人的复仇之心并未泯灭。对于鱼凫族人，特别是复仇心切的鱼鹰，看来决不能掉以轻心。不过，这些逃进深山的鱼凫族人，早已是强弩之末，一时是成不了什么气候的。杜宇王正是基于这种分析与考虑，才暂时将这些鱼凫族人置之度外。当务之急是准备称帝封妃，待到办成这两件大事之后，再派兵围剿这些不识时务的鱼凫族人也不迟。

杜宇王在大殿里待久了，有些烦闷，带着阿黑与猛犬小虎，出了王宫，登上了高大宽敞的城墙。

天气晴朗，视野辽阔。站在城墙上，可以眺望奔淌的岷江与逶迤的远山。

几个月前，杜宇王曾站在这里，当时风雨交加，面对泛滥的洪水，一筹莫展。现在经过治理的岷江已经变得温顺，流淌的江水在阳光中泛着波光，像一条被驯服的蛟龙沿着河床流向远方。被洪水淹没的田野，也恢复了生机。城墙一度成为难民栖息的场所，现在也恢复了整洁。联想到当初的情景，这些变化真的是很大啊。

杜宇王有点感慨，放眼远眺，可以看到已经重新建好的高大祭坛，比起原来的祭坛威武雄壮了许多。一看到祭坛，杜宇王便油然想到了老阿摩在洪灾中的远遁。老阿摩确实非同寻常啊，就凭这种奇妙的法术，就足以令人敬佩。上次的祭祀活动虽然失败了，但神巫在蜀国的威望与地位并未改变。只要神巫出面，不仅能顺利沟通神灵，而且会获得百姓的信服。再过些日子，就要在这座祭坛上举行称帝的盛典了，祷告天地诸神之后，将由神巫为他戴上金冠。杜宇王从此以后就是蜀国历史上第一位帝王了，这也是自蚕丛王开国以来从未有过的一件大事啊。

想到谋划了很久的这件大事就要实现了，杜宇王此刻很有些踌躇满志的感觉。远山如黛，涛声似琴，和风吹拂着丝绸做的王服，使人觉得很惬意。称帝之后就是封妃了，这也是顺理成章要做的一件事情。称帝的关键是要取得神巫的支持，这已经做到了。封妃的关键则涉及几个明显的障碍，就看怎么处理了。杜宇王由此而又联想到了几件事情，必须要事先做好周密的安排。

杜宇王收回远眺的目光，对阿黑说：治水队伍就要凯旋了，你挑几个精明可靠的人，密切注意蜀相的举动，随时报告于我。

阿黑说：是，大王，这就去办。

杜宇王又吩咐说：你再选一些武艺好的卫士，最近好好训练一下，以备重用。

阿黑也点头答应了：遵命，大王。虽然不知道杜宇王说的重用是指什么，但服从是侍卫们的天职。阿黑对杜宇王忠心耿耿，相信杜宇王的吩咐与安排，肯定有其深远的道理。

杜宇王觉得，有了这些准备，对付鳖灵就有了把握。到时候先庆功，再找个借口将鳖灵拿下，接下来就好办了。如果鳖灵违抗旨意，就可以除掉鳖灵，轻者流放，重者杀头，反正不能让鳖灵成为自己称帝封妃的障碍。阿黑是杜宇王身边最信任的卫士长，嘱托阿黑做好擒拿鳖灵的准备，是杜宇王深思熟虑后的一个重要安排。但杜宇王并没有向阿黑细说目的，主要是出于保密的考虑。一旦风声传出去，使事情发生变数，就不好办了。从杜宇王了解到的情况来看，目前鳖灵还忙于治水，蒙在鼓里。这样当然最好了，可以出其不意地采取行动，成功就有了绝对的把握。

杜宇王站在城墙上眺望着祭坛，又想到了老阿摩的奇妙法术。神巫回到隐居之地后，曾闭关数月，以恢复法力。杜宇王因之又向阿黑询问了一些关于老阿摩修炼的情况。阿黑虽然去过两次神巫的隐居之地，但对神巫的修炼所知甚少，只能禀报一些见闻而已。杜宇王又站了一会儿，这才返回王宫。

阿黑随即按照杜宇王的旨意，布置了对鳖灵的暗中监视，并开始训练武士。

朱利吃了老阿摩特地为她调制的药物，过了两天，身体已大为好转。

朱利已经不再躺在病榻上了，由几位贴身宫女陪着，在后宫中静养。但纠结在朱利胸中的郁闷，并没有消散。她知道，杜宇王与海伦仍未断绝往来，这种荒唐的关系潜伏着极大的危险，最终将导致什么样的结果呢？这正是朱利深为忧虑的事情。

朱利对杜宇王的好色，并不嫉妒，也不反对，更不会义愤填膺。好色是男人的天性，更何况是一位身体强壮的国王呢。过去，朱利不就挑选了漂亮的宫女去伺候杜宇王吗？而且，杜宇王就是将喜爱的宫女纳妃也可以啊，朱利对此也早已表明了态度。朱利绝非小肚鸡肠、见识短浅的凡俗女人。身为王后，朱利和杜宇王曾携手共创天下，谁也替代不了她的位置。因为朱利并不担心自己的地位发生变化，所以才会亲自选宫女给杜宇王享用。可是杜宇王并不喜欢宫女，当初朱利还以为杜宇王不好色呢。其实杜宇王的好色更可怕，竟然喜欢上了蜀相之妻！

究竟该怎么办才好呢？这是朱利反复思考，最为揪心的事情。朱利平生性情果决，处理事情从不拖泥带水，唯有此事使她竟然伤透了脑筋，怎么也想不出好的应对办法。当然，办法也不是没有，比如提醒杜宇王，使杜宇王明白其中的利害，从而中断这种荒唐的关系。她已经做了，但一点效果也没有。朱利深知，此事的关键，主要还在于杜宇王。那么，除此之外，是否还有其他更好的办法呢？

朱利在吃药的时候，油然地想到了老阿摩。神巫从隐居之地被重新礼请出山，又回到了王城，主要是为了替杜宇王主持称帝盛典。神巫是杜宇王最为敬仰与信服的人，神巫能运用法力和诸神沟通，代表上天与神灵说话，如果在这件事情上借助神巫规劝杜宇王，是否会有很好的效果呢？杜宇王可以不听其他人的，但神巫说的，杜宇王能不听吗？朱利联想到这些，心情便豁然开朗，抑制不住兴奋起来。

朱利当即吩咐随侍宫女准备了丰厚的礼物，梳洗打扮了，换了外出的衣服装束，带了几名宫女与侍卫，骑着马，出了王宫，前去拜望神巫。

神巫的府邸在王城内靠北的地方，是一所幽深的大宅院。门墙上有祭祀装饰，充满了一种神秘的气氛。院内则栽种树木，最里面的房子布置成了洞窟的模样，人为营造了清幽的环境，便于神巫日常居住修炼。老阿摩此刻便正在房内静坐，运气养神，调理法力。朱利到来后，守门的弟子立即通报进去，老阿摩赶紧起身相迎。王后亲自前来拜望，对于神巫来说，是很少有的事情，岂敢怠慢。

朱利走进神巫府邸，见到了迎出来的老阿摩。朱利恭敬施礼，老阿摩也谦恭还礼，率领几名弟子将朱利迎进了客堂。

老阿摩注意到朱利的神情气色，关心地说：恭喜王后康复了。

朱利说：多谢神巫灵药，特来拜谢神巫。随即吩咐随从送上了礼物。

老阿摩拄着神杖，看到了呈上的丝绸与珠宝，感谢道：王后客气了，多谢王后如此丰厚之礼，愧不敢当。

朱利说：区区小礼，不成敬意，还望神巫笑纳。

老阿摩知道，王后的赏赐是不能拒绝的，便颔首示意弟子收下了。

老阿摩自从被杜宇王礼请出山，担任蜀国的神巫以来，对王后朱利的印象一直很好。朱利就像杜宇王一样，对神巫尊崇有加。在过去，朱利就常派人送礼物给神巫，遇到一些重要难解之事，也会请教神巫。老阿摩深知朱利乃女中豪杰，杜宇王有了朱利的辅佐，才坐上了蜀国的王位。这次朱利前来登门拜望，除了感谢施药治病，是否还有其他深意呢？

老阿摩阅历甚丰，果然不出所料，朱利寒暄了几句，便渐渐转到了正题上。

朱利斟酌着措辞说：神巫啊，蜀国的很多大事都要仰仗您老人家啊。

老阿摩说：大王英明，王后贤淑，我能为大王和王后尽力，那是我的荣幸。

朱利见神巫如此表态，心中很是快慰，接着说：神巫啊，杜宇王就要举行庆典仪式了。

老阿摩颔首说：我知道，我已经答应了杜宇王，来主持这场大典。

朱利明白，杜宇王已将称帝之意告诉了神巫，并取得了神巫的支持。朱利说：感谢神巫啊，有神巫主持，那就太好了！

老阿摩说：我也是遵循诸神的旨意，为大王和王后效力是应该的。

朱利说：此外还有一件事情，也要神巫关照。

老阿摩说：王后请讲。

朱利欲言而止，想了想说：请屏退左右。

老阿摩对随侍的弟子们说：你们都下去吧。

神巫的弟子都退了出去，宫女和侍卫也退到了门外。客堂内只留下了朱利和老阿摩两人。老阿摩观察着朱利的神态，有点琢磨不透，王后要和他谈的究竟是一件什么事情呢？

朱利虽然已经想好了如何借助神巫，来劝阻杜宇王中断与海伦的关系，但临到话要出口时又有些犹豫起来。毕竟这是一件很荒唐的事情，知道的人自然是越少越好，绝对不能张扬。怎样同神巫说呢？是和盘托出，还是含蓄点到为止？神巫是法力高深的智者，其实不用说破，神巫也会明白的。朱利这样想着，又有些犹豫起来，不知道如何说才好。

朱利迟疑了一会儿，用恭敬和商量的口吻说：神巫啊，如果杜宇王喜欢上了一个其他的女人，您说怎么办才好呢？

老阿摩松了口气，原来是这样的事情，便说：哦，王后担心的是什么呢？

朱利说：关键是，这个女人的身份很特殊，我担心会带来难以意料的后果。

老阿摩说：杜宇王是位很英明的君王哦。

朱利说：这件事情他却迷了心窍，就怕他英明一世，糊涂一时啊。

老阿摩说：王后的意思，应该如何？

朱利说：我想请神巫提醒和开导杜宇王，让他赶紧停止此事。

老阿摩已经明白了朱利的意思，却不清楚事情的原委，便含糊地哦了一声。

朱利又说：此事非同小可，非常急迫，请神巫尽快出面才好。

老阿摩说：王后嘱托，我一定放在心上，见到大王我就说。

朱利说：那就太感谢神巫了！杜宇王最尊敬的就是神巫您啊，只要杜宇王听从了您的劝告，那就好了。

老阿摩说：试试看吧，王后放心。

朱利见老阿摩已经明确答应了，随即起身告辞说：有劳神巫，费心了！

老阿摩将王后送到大门口，看着王后上了马，带着宫女和侍卫走了，这才挂着神杖返回内堂。老阿摩虽然答应了王后，却并未重视此事。老阿摩觉得，杜宇王喜欢一个女人，并不是什么大不了的事情，以前的鱼凫王不就娶了好几个王妃吗？相比较而言，杜宇王除了王后，并没有其他王妃，真的是很律己很英明了。老阿摩因此有些不解，朱利是否有点小题大做呢？况且，王后也没有说明那个女人是谁，只说那个女人身份很特殊。除了王宫里的女人，难道还有身份更特殊的女人吗？因为不了解详情，又怎么来提醒和劝解杜宇王呢？女人通常比较多疑，王后上了岁数，如果是因妒生疑，那就更不必着急了。老阿摩这样一分析，很快将此事放在了一边，又开始调息静坐，继续运气养神，调理法力。

朱利回到王宫后，心情好了许多。朱利觉得，只要老阿摩出面，杜宇王一定会重视的。老阿摩是个法力高深的神巫,既然亲口答应了,就会办理此事。无论如何,老阿摩出面都比自己劝解杜宇王要好。从客观上看,朱利采取的确实是一个比较高明的做法。如果真的像朱利想的那样,杜宇王及时醒悟,中断与海伦的关系,那么潜伏的危险也就消弭和解除了。遗憾的是,人算不如天算,朱利一厢情愿的做法并没有起到什么作用。

一场极大的危机,正在悄然酝酿,很快就要爆发了。

第二十五章

鳖灵一边陪伴应付公主白羚，一边暗中加紧准备。

治水的收尾部分还在拖延，但也很快就要完工了。一旦工程结束，就要率领参加治水的全部人员返回王城。民工们因为离家已久，都有些急于回去的情绪。只有鳖灵仍像往常一样，给众人布置任务，要求做好每一件事情，显得一点都不着急。其实鳖灵内心并不平静，一想到面临的处境，胸中便充满了惊涛骇浪。

鳖灵知道，等到凯旋，回城之时也就是动手的时候了。虽然他将各种情况都分析得很透彻，做了精心策划，准备得也很周密，但最终胜负如何，他并没有绝对把握。因为他面对的是一位叱咤风云、武功高强、统治蜀国几十年的杜宇王。杜宇王绝非凡庸之辈，而是一位英武强悍的君主。杜宇王身边还有一群如狼似虎的彪悍侍卫，还有女中豪杰王后朱利的辅佐。王朝里还有许多大臣，其中大都是杜宇王的心腹。将这些因素综合起来，就知道杜宇王的能量是多么强大了。鳖灵面对的就是这样一位对手，要以普通的办法战胜杜宇王，几乎是不可能的。唯一获胜的希望就是出其不意，攻其不备，在凯旋庆功之时，突然出手将杜宇王擒获。这可能是唯一的机会，如果把握不好，后果就难以意料了。此外，如果杜宇王察觉了他的阴谋，提前做好了防范，那也就麻烦了。一想到这些难以预见的诸种可能，鳖灵的心情便异常沉重。

鳖灵比较焦急的，是迟迟没有二弟山灵的消息。当时派二弟山灵回荆楚故乡召集家丁和族人，组成一支精锐队伍，约定是两个月时间务必返回，现在时间已经临近了，可是还不见山灵回来。不会发生什么意外吧？路途遥远，音讯难通，就是担心也没有办法，鳖灵只能耐心等待。这一步棋可是成败的关键，在生死存亡关头，真正会替自己出死力的，也就是家丁和族人了。四弟江灵训练的两百余名青壮年武士，已经掌握了一些格斗技巧，但要和杜宇王的彪悍侍卫们较量，明显处于劣势。如果仅仅依靠这些临时训练的武士，向杜宇王发起攻击，那无疑是以卵击石，结果将会非常糟糕。怎么办呢？焦急是没有用的，鳖灵又设想了几种预备方案，以备不测。譬如装糊涂到底，用更长的时间来等候机会；又比如放弃一切，再次远走高飞，悄然而去。但这些都是鳖灵难以隐忍和绝不愿意去做的，心中因夺妻之恨而产生的巨大愤慨，使鳖灵只能有一种选择，纵使鱼死网破也在所不惜。

这天上午，鳖灵与白羚又骑马沿江而行，查看加固的堤岸和治水的收尾情形。

白羚每次和鳖灵单独相处，心情便很快乐。但同时也很担忧，一旦鳖灵知道了杜宇王与海伦的私情，肯定会爆发难以调和的矛盾，她该怎么办呢？白羚从王宫返回治水驻地已经有较长时间，一直想不出好的应对之法。她很想将实情告诉鳖灵，但又不敢。一想到种种难以预测的后果，白羚便会替父王着急，替鳖灵担忧，便会烦闷得不得了。而白羚天真活泼的性情，使她总是往好的方面想得多，往不好的地方想得少。白羚觉得，以父王的英明和蜀相的贤能，只要明智地处理此事，总会有一个好的结局吧。这样想着，白羚的心情便轻松了许多。

鳖灵有时会问她：公主，你怎么闷闷不乐啊？

白羚莞尔一笑道：蜀相大人见笑了，我和你在一起很开心啊。

鳖灵看着白羚，这位任性而率真的蜀国公主，笑得很天真也很灿烂。白羚不属于那类漂亮而性感的女人，但自有一种尊贵与英武之气。这种与生俱来的气质，是普通女人所不具备的，其实比单纯的美丽更富有内涵，也更有魅力。譬如海伦，就只是美艳，天姿绝色，而不具备这种气质。一想到海伦，鳖灵便忍不住愤慨起来。

白羚很敏感，问道：蜀相大人你好像很不高兴啊，在想什么？

鳖灵说：和公主在一起，怎么能不高兴呢？

白羚微笑道：是吗？你说的是真的？怎么听起来却像寒暄似的？

鳖灵说：治水以来，相处日久，又不是初次见面，哪里用得着寒暄？

白羚说：现在治水就要结束啦，一晃几个月过去了，过得真快啊。

鳖灵说：是啊，这几个月，公主辛苦啦。

白羚说：我有什么辛苦，真正操劳和辛苦的是蜀相大人啊。

鳖灵说：公主确实帮了很多大忙，比如你的象群，在筑堤时就起了大作用。

白羚笑道：哦，我带象群来，就是要让它们为治水出力嘛。看来，这些大象确实不负众望，很灵性很卖力的。

鳖灵说：都是公主驯养的好嘛。现在治水就要结束了，公主可以带象群回去了。

白羚看着鳖灵，问道：你的意思，是要我带象群先回去吗？

鳖灵说：象群在这里的任务已经完成了，当然先回去为好。还有啊，公主先回去有一个好处，可以帮助大王和王后筹备庆功仪式。

白羚说：我是准备和蜀相一起凯旋哦，庆功仪式嘛，父王会派阿鹄操办的，才不用我去帮忙呢。

鳖灵说：阿鹄操办的都是常规仪式，如果你在场，就可以办得很闹热很红火。

白羚笑道：是吗？我的意见他们不会听的。

白羚看了一眼神色黯然的鳖灵，又说：蜀相大人是不是烦我了，想赶我先走啊？

鳖灵一愣，赶紧说：公主多心了，我怎么会烦公主呢？公主要先走，或者一起凯旋，都随公主的意。

白羚笑道：好啊，其实我也可以先走几天，做些准备，在王城迎接蜀相凯旋。

鳖灵说：随你啊，就怕你一会儿又改变主意了，又说不想走了。

白羚说：我又不是那种善变的人，蜀相担心什么啊？

鳖灵说：凯旋时杂事很多，我怕对公主照顾不周，所以公主先走几天有好处。再说，大王和王后都特别挂念公主，你先回去禀报一下这里准备凯旋的情况，也好使大王和王后放心。

白羚说：蜀相大人这么说，我也就明白你的想法和心思了。好吧，我再考虑一下。

鳖灵见白羚答应率领象群先行返回王城，心中暗暗松了口气。只要白羚走了，就少了一双监督的眼睛，在凯旋时给武士们布置任务就方便多了。自己也可以不再陪伴公主，腾出时间，做最后更周密的准备。

白羚当然不明白鳖灵这些深沉的想法，考虑的问题相对简单多了。接下来便开始收拾行装，准备率领象群先行返回王城。但白羚仍有些犹豫，在临走之前是否再和鳖灵深谈一次，将那件事情告诉鳖灵呢？白羚斟酌再三，还是觉得无法启齿。万一措辞不当弄巧成拙，岂不是害了父王，也伤害了鳖灵吗？何况这件事情，只有父王和海伦才明白应该如何收场，她不过是个旁观者而已。她只是对鳖灵充满了同情，想用自己纯真的情怀安慰和补偿鳖灵，来弥补父王与蜀相之间的裂痕与矛盾。但仅凭她的好心，就能解开这件事情所形成的巨大矛盾吗？正因为有这些顾虑，所以白羚始终未能和鳖灵谈论此事，将满腹的话儿都埋在了心中。

临行之前，鳖灵设宴为白羚饯行。白羚平常很少饮酒，但这次却破例和鳖灵对饮了好几杯。因为饮了酒，白羚的脸色透出了红润，显得愈发英气逼人。那是傍晚时分，外面传来了鸟雀归林的鸣声。家丁掌上灯来，然后退了出去，大帐内只有白羚与鳖灵两人。参加治水以来，白羚和鳌灵朝夕相处已有数月，在一起进餐已成习惯。这次因为离别在即，白羚的心情显得有点复杂。鳌灵仍像往常一样，对白羚尊敬有加，礼节周全。白羚知道，因为自己的公主身份，使得鳌灵对自己的言行举止一直很有分寸。可是，这种礼节与分寸也限制了情感的流露和表达。白羚无拘无束惯了，从不在乎礼数的约束，有时候反而会觉得鳌灵为什么要这么讲礼呢？

白羚注视着眼前精干而俊朗的鳌灵，联想到母后曾和她说过要颁诏选婿的话，母后还说要抓紧来安排此事，自己今后的归宿究竟会怎么样呢？白羚心里突然觉得有些委屈，清澈的双眸不知不觉竟变得湿润了，闪出了泪光。机警的鳌灵立即察觉了白羚情绪的微妙变化，关心地问道：公主，你怎么了？

白羚说：我也不知道为什么，想到自己又要回到沉闷的王宫里去了，便有点不快乐。

鳌灵笑了说：公主自然是要回王宫的，这没有什么不好啊。

白羚说：可我更喜欢自由自在，喜欢像鸟儿一样在山林中飞翔。

鳌灵哦了一声，微笑道：好啊，如果我有一双翅膀，我也喜欢这样飞翔。

白羚用水汪汪的目光看着鳌灵说：真的吗？那我们一起飞翔。

鳌灵听出了白羚的话外之音，对白羚的情感也早已明白。因为涉及太多的利害关系，他只能含蓄而幽默地说：好啊，如果我们真的有翅膀才行。

白羚说：其实无须翅膀也可以啊，老阿摩就有这种本事。

鳌灵有点惊讶，问道：是吗？神巫有这样的本事吗？

白羚笑道：我开玩笑的，神巫有很多高深的法力，民间传闻，据说神巫将法力练到最高境界，就能凌空飞翔，在神界与人间自由往来。

鳌灵也笑道：那以后请神巫教教我们，这样的本事学会了多好啊。

白羚说：神巫才不会教你呢。

鳖灵说：为什么？

白羚说：你又不是神巫的弟子，神巫怎么会教你呢？

鳖灵一笑说：也是，既然神巫不教我们，又如何飞翔呢？

白羚说：起码我们的心可以自由飞翔啊。

鳖灵说：好吧，那就让我们的心一起自由飞翔。

鳖灵的话犹如一种暗示，但又说得如此含蓄，使得白羚听了很感动，又觉得意犹未尽。白羚很想和鳖灵更多一些情感方面的坦诚交流，甚至隐约地有一种想和鳖灵亲近的冲动。但少女的矜持与公主的身份，限制了白羚，也约束了鳖灵。

通过这么一番对话，白羚觉得自己和鳖灵之间似乎形成了一种默契，情绪一下开朗了许多。虽然面临着诸多复杂的关系和困扰，白羚对以后多了一份期盼，心里还是很高兴。

酒不再喝了，宴会也就结束了。鳖灵将白羚送回公主的帐篷休息，这才离去。

第二天，白羚率领象群离开了治水驻地，启程返回王城。鳖灵派了心腹家丁，陪同公主前往王宫，以便路上照顾，同时也是为了了解王宫的动静。鳖灵又亲自送行，陪着白羚走了一段路，到了路口，道了珍重，看着白羚与象群走远了，才骑马驰回驻地。

就在公主离去的当天下午，鳖灵得到家丁禀报，二弟山灵已经率领一支由族人与家丁组成的精悍人马来到蜀国，住进了金沙村。鳖灵悬着的心立即放了下来，算了算时间，比约定的日期还提前了几天。鳖灵当即派家丁迅速返回金沙村，吩咐二弟山灵一定要保持隐秘，绝对不能声张，更不要轻易外出，千万不能使杜宇王有所察觉。又要家丁传话，让山灵挑选了十余名得力家丁，穿了蜀国百姓的服装，赶到治水驻地和鳖灵会合。这样，鳖灵身边就多了一些可靠心腹，力量明显增强了。

鳖灵又安排三弟川灵，挑选了一些打造好的刀剑与制作好的弓箭，捆在柴草中，悄然运回了金沙村，将山灵的人马武装起来。剩下的刀剑和弓箭，就用来武装四弟江灵训练的武士们了。鳖灵在做这些事情的时候，都非常机密，一点风声都没有透露出去。杜宇王虽然派出了密探，却也被瞒过了。

　　过了两天，派去陪同公主前往王宫的家丁回来了，向鳖灵禀报了在王宫里亲眼看到的情形。家丁说：王宫里还像以前一样，戒备森严，杜宇王的一些侍卫好像在训练武功。家丁又说：听王城里的百姓传言，杜宇王又要举行祭祀大典了，祭坛也重新建好了，比以前更加宏伟壮观，看起来更有气派。老阿摩也重新出山，被礼请回了王城，答应为杜宇王来主持这场非同寻常的祭祀盛典。

　　鳖灵知道，杜宇王要举行的盛典，就是称帝仪式。为了这场盛典，杜宇王显然已做好了精心的准备，连失踪的神巫都被找到了，又礼请了回来。上次王后朱利来到治水驻地，就曾征询过鳖灵对此事的态度，鳖灵对此理所当然表示了赞同和支持。但现在情况已经发生了根本性的转变，鳖灵已经准备在祭典上动手，向杜宇王发起突然袭击，以解夺妻之恨。

　　家丁所说的一件事情引起了鳖灵的警觉，杜宇王的一些侍卫在训练武功，说明杜宇王在举行这场祭典的时候一定会严加防范。按常理分析，杜宇王也会对鳖灵下手的，杜宇王训练侍卫提升武功显然就包含了这个目的。那些彪悍的侍卫们本来就个个武功高强，再加以严格训练，就更加骁勇和难以对付了。显而易见，若在祭祀盛典上动手，向杜宇王发起袭击，鳖灵要冒极大的风险，究竟成败胜负如何，恐怕很难说清。但无论如何，这也是一个绝好的机会，一旦失去了这个时机，待到杜宇王安然回到戒备森严的王宫，从容调兵遣将，那么鳖灵就只有束手待毙了。所以鳖灵一定要在王城外面的祭坛上，面对着大庭广众，出其不意地一举将杜宇王擒获，公布杜宇王的荒淫罪状，激发蜀国民众的愤慨，赢取同情。在这个过程中，擒获杜宇王是整个事件的成败关键。

如果失手，完蛋的就是鳖灵了。

鳖灵深知面临的极大风险，但比起心中的奇耻大辱来讲，冒这点风险又算什么？其实，就是不冒风险，鳖灵的处境也很危险。杜宇王已经夺走了海伦，还会放过鳖灵吗？治水一旦结束，就会鸟尽弓藏、兔死狗烹，古往今来的例子还少吗？因而鳖灵一定要放手一搏，反正不成功便成仁，总比窝窝囊囊苟且偷生要强。

鳖灵知道已经没有退路，既然下定了决心，就要毅然决然地走下去。

这天上午，鳖灵来到四弟江灵训练武士的地方，观看了他们已经掌握的格斗搏击技巧。这些从治水的民众中挑选出来的两百余名青壮年，都很健壮，也很单纯。因为成了蜀相的亲随部下，都觉得很荣耀，训练过程中个个都很卖力。鳖灵看了他们的功夫，确实进步很快，但比起杜宇王身边的侍卫们，仍有明显的差距。时间太紧迫了，两个月就要练出很好的功夫，显然是不现实的。但只要像训练士兵一样，使他们人人齐心，绝对听从指挥，在搏击时奋勇争先，就可以弥补功夫方面的不足。

中午吃饭的时候，鳖灵吩咐家丁搬出了一坛美酒，捉来一只硕壮的公鸡，这是事先就已准备好的。鳖灵将酒倒在一个大碗里，对准备就餐的武士们说：今天我特地来犒劳大家，为你们备下了美酒，还有佳肴，大伙儿辛苦啦！

众人都很兴奋，大声说：多谢蜀相大人！蜀相大人最辛苦！

鳖灵目光炯炯地扫视着众人，朗声说：你们都是我挑选出来的优秀人才，从今以后，你们就是我身边最亲近的人了。今天，我要和你们一起举行一个仪式，向苍天起誓，有难同当，有福同享，你们说好不好啊？

大家伙儿异口同声说：好啊，我们都听蜀相大人的！有难同当，有福同享啊！太好啦！

在参加治水之前，这些人都是蜀国的普通百姓子弟，有些家境还很窘迫，遭遇洪灾后更是一无所有，现在成了蜀相身边的人，以后要过好日子了，怎么能不兴奋不高兴呢？更何况治水以来，大家对蜀相都极其敬佩。所以蜀相的话，他们个个都会毫不犹豫地照办和遵循。

鳖灵面对众人，左手执着公鸡，右手拔出了随时携带的锋利短刀。只见鳖灵将刀一挥，寒光闪过，已将公鸡斩首，随即将鲜红的鸡血滴在了酒碗里。众人都睁大了眼睛，气氛肃穆地注视着鳖灵的每一个动作。鳖灵将短刀上的血迹在鸡毛上擦掉，把刀插回刀鞘。将公鸡丢在地上，双手端起酒碗，大声说：现在让我们起誓，一起说，苍天在上，我们庄重发誓，从今以后，忠于蜀相，有难同当，有福同享！

众人同声说：苍天在上，我们庄重发誓，从今以后，我们都忠于蜀相，有难同当，有福同享！

鳖灵说：若有违背誓言，天打雷劈！天地不容！

众人齐整地大声说：我们决不违背誓言！如果违反了誓言，我们甘受处罚！天打雷劈！天地不容！

鳖灵说：好啊，现在我们就饮了此酒！

鳖灵饮了第一口，然后将酒碗传了下去，让两百余名武士都饮了鸡血酒。

仪式结束后，开始饮酒吃饭。鳖灵因为还有事情，向众人勉劳了几句，又特地向四弟江灵悄悄叮嘱了一番，要抓紧对使用刀剑武器的训练，便带了亲随家丁骑马走了。

鳖灵知道，举行了这个歃血为盟的仪式之后，这两百余名武士便都真正成了忠于自己的人了。他必须先使他们归心，然后才能使他们出力，为他死心塌地卖命。

治水的收尾工程已经基本结束，紧接着就要启程凯旋了。鳖灵已经不能再继续拖延下去，开始安排凯旋的行程，为即将到来的生死较量做最后的准备。

杜宇王也在王宫里面加紧准备，举行称帝仪式的日子已经越来越近了。

　　这天上午，王宫的金匠向杜宇王禀报，称帝用的金冠已经制作好了。随即将一顶金光灿灿的金冠呈献到了杜宇王的面前。杜宇王仔细欣赏，这顶用纯金制作的金冠，果然精美异常，极其华贵，非同寻常。杜宇王将金冠戴在头上试了试，大小宽松也恰到好处。一名王宫侍者将铜镜捧在杜宇王面前，通过晶莹明亮的镜面，可以看到，头戴金冠的杜宇王器宇轩昂，雍容尊贵，显得分外气派。杜宇王自我欣赏了一番，心中很高兴，当即奖赏了金匠。

　　杜宇王还安排了帝袍的制作，由王宫中专门缝制王服的宫女负责，也快要做好了。此外还有很多称帝时的用具，以及举行盛典时的用品，这些都必须在称帝之前完成。杜宇王为王后朱利和公主白羚也准备了新装，以供她们在参加称帝仪式时穿用。称帝之后，朱利就是帝后了。接下来要封妃，是否为海伦也提前制作一些新服呢？杜宇王想到了这一点，因为要操心的事情太多，所以并没有立即吩咐下去。

　　杜宇王召来了阿黑，询问关于侍卫训练，以及秘密监视蜀相的情况。

　　阿黑禀报说：蜀相治水就要完工了，不久就要凯旋了。

　　杜宇王问：蜀相有没有什么异常的举动啊？

　　阿黑说：没有发现什么异常，蜀相经常陪公主骑马视察治水的收工情形。

　　杜宇王说：哦，其他还有什么情况吗？

　　阿黑说：蜀相的金沙村庄园里最近来了一些客人，可能是投奔蜀相来的族人。

　　杜宇王有些警觉地问：是吗？这些人有什么举动吗？一定要密切监视。

　　阿黑说：我已派人在监视了。

杜宇王说：要暗中监视，不要惊动，不要引起他们注意。

阿黑说：是，我这就传令。

杜宇王根据了解到的情况，虽然对鳖灵采取了很多防范措施，但总觉得鳖灵目前尚蒙在鼓里，所以防范得并不严密，派出去的监控者也很不得力，对鳖灵的暗中准备一无所知。关于金沙村蜀相庄园内来了一些客人，倒引起了杜宇王的警觉。来的究竟是一些什么人呢？过了两天，看到那些人并无任何动静，仔细想想，投亲靠友也是很正常的现象。鳖灵在荆楚是个望族，如今在蜀国身居相位，一些亲友远道前来探望，也属正常。杜宇王以平常心度之，因而放松了警惕。

又过了几天，帝袍与帝后的新服都做好了。杜宇王穿了帝袍，戴了光灿灿的金冠，对着铜镜自我欣赏了一番，心情很是兴奋。便让侍者捧着王后的新服，来到后宫，看望王后朱利。

朱利在后宫养病，仍在静养调理，已不再卧在榻上了。比起前些时，朱利的气色明显好了许多。看到杜宇王换了帝王的穿戴进来，朱利有点惊讶，赶紧起身相迎。

杜宇王笑道：王后啊，你看看我这身装扮如何？

朱利含糊其辞地嗯了一声。

杜宇王说：你的新服也做好了，你也穿了试试，看是否合身。

朱利并无心情试穿新服，又不好拂了杜宇王的好意，便轻声说：好啊，你先放下，我身体仍有不适，等感觉好些的时候，我再试穿。

杜宇王说：就要举行称帝大典了，你要尽快试穿，若不合身，还来得及改动。

朱利说：好啊，我知道了。

杜宇王此时的心情很好，继续问道：你觉得金冠帝袍如何？

朱利打量了一番，道：不错，正合适。

杜宇王笑道：有你的赞赏，那自然是合适不过了。

杜宇王好久没和朱利聊天了，今天兴致好，很想和朱利多说一会儿话。又乘兴问道：你前两天去拜见神巫了？

朱利说：是啊，去感谢神巫的灵丹妙药，治好了我的病。

杜宇王微笑道：仅仅是感谢，没有说其他事情吗？

朱利一愣，难道神巫见过杜宇王了？但又没见神巫来王宫啊。

朱利当然不会和杜宇王说自己去见神巫的真实目的，但即使杜宇王知道了，也没有什么不好。自己所做的一切，其实都是为了保护杜宇王，也是为了蜀国的安定，不要发生意想不到的动荡。但出于对杜宇王性格的了解，有些话还是不能说透的，免得不小心伤着杜宇王的面子与自尊。不过，利用面见神巫的这个话题，不也是规劝杜宇王放弃私情的一个机会吗？朱利这样一想，心中便有了主意。

朱利斟酌了一番，语重心长地说：你是大国之君，我希望神巫全力辅佐你，免得出什么差错。

杜宇王哈哈一笑说：神巫又怎么说呢？

朱利说：神巫受你尊崇，自然也会为王事效力。

杜宇王高兴地说：老阿摩确实是个很好的神巫嘛。

朱利说：神巫特别提到，有些事情可为，有些事情不可为。

杜宇王说：是吗？哪些事情可为，哪些事情又不可为呢？

朱利说：神巫也许有所指，但没有细说。神巫的意思，你肯定能明白。

杜宇王正在兴头上，笑道：是啊，可为不可为，神巫所言，很高深，也很有道理。

朱利说：神巫是能够沟通神灵的高人，神巫的话，我们都是要听的。

杜宇王说：当然，神巫所言，岂能不听？我会考虑，记住此言。

朱利说：你能遵循神巫所言而行，那自然是再好不过了。

朱利很想将话说得再透彻一点，想了想，还是忍住了。

杜宇王笑了笑说：好啊！随即起身走了。

朱利望着杜宇王昂首阔步走出去的背影，想到面临的隐患，杜宇王是否会有所省悟，及时中断与海伦的关系，以避免发生难以预测的意外呢？杜宇王虽然答应了要记住神巫所言，但仅仅明白是不够的，还要付诸行动才行啊。杜宇王如果仍然执迷不悟，贪恋海伦的美色，那又怎么办呢？

朱利很烦恼，不由得深深叹了口气。

白羚率领象群，经过长途跋涉，回到了王宫。

杜宇王得知白羚回来了，立即在大殿内召见了白羚。

白羚本来想先回后宫，盥洗后，先见母后，再见父王的。此时见父王召唤，将象群圈进象棚后，便快步走进大殿，来到了杜宇王的身边。

杜宇王见到风尘仆仆、英姿飒爽的白羚，高兴地笑道：羚儿你回来啦！

白羚说：羚儿拜见父王！父王这么急着见我，一定有什么重要事情吧？

杜宇王说：没有什么要紧的事，就是分开久了，想见你，问问情况。

白羚明白了，杜宇王想了解治水驻地和即将凯旋的情况，随即将自己经历的看到的知道的都一五一十地向杜宇王说了。杜宇王不时插话，询问了一些细节。白羚也都如实做了回答。杜宇王通过白羚所述，觉得鳌灵并无什么异常举动，心情也就放松了下来。

杜宇王说：这么说，治水很快就要结束了，蜀相就要率众凯旋了？

白羚说：是啊，已经在准备了。父王你准备举行一个什么样的欢迎仪式啊？

杜宇王说：当然是隆重欢迎，接着就是一个盛大的祭祀大典。

白羚注意到王座旁边摆放着的金冠与帝袍，问道：父王准备称帝的金冠都做好了吗?

杜宇王说:是啊。王后的新服也做好了。为你也做了新服。

白羚说:多谢父王。父王的称帝仪式又准备什么时候举行呢?

杜宇王说:称帝盛典,当然是和盛大的祭祀仪式一起举行了。盛典和仪式将由老阿摩来主持,都已说好,安排就绪了。

白羚说:父王考虑得已经很周全,需要羚儿为父王做些什么吗?

杜宇王说:最近你多陪伴一下王后吧。需要你做的事情还很多啊。

白羚看着杜宇王,觉得父王的神态表情比起前些时又有了一些变化,不再是操心与沉思的样子,显得开朗而又兴奋。也许是称帝在即的缘故吧。杜宇王在她说话时,目光很睿智也很慈祥。白羚回想起了从小到大父王对自己的深厚关爱,胸中暖暖的,心里涌动着感动。白羚一时竟有点冲动,很想和父王说一说自己的忧虑,规劝父王立即中断和海伦的荒唐关系,以避免和蜀相发生水火不容的冲突。但这样的话题,作为女儿,又怎么说得出口呢? 白羚又想,如果含蓄地询问父王,父王对这件事情怎样收场,父王又会如何回答呢? 父王会心平气和地和她谈论此事吗? 也许会很尴尬,那就不好办了。白羚犹豫再三,话都到了口边,还是咽了下去。白羚对此有很多担忧,想提醒父王,但最终还是什么也没有说。

白羚陪着杜宇王又聊了一会儿家常,才离开大殿,回到后宫,去见朱利。

杜宇王下午在大殿内召见了近臣阿鹄。

阿鹄这段时间正为操办杜宇王的称帝仪式而忙碌,关于祭品、仪仗、祭坛上的布置,基本上都已准备就绪。阿鹄来到王宫大殿,便将准备的情况向杜宇王做了禀报。

杜宇王知道,阿鹄操办这些事情是有经验的,但因为称帝是从未有过的盛典,加上还有欢迎治水队伍的凯旋仪式,还要提防和应对鳖灵,所以有点放心不下，特意要仔细了解各种情况，便于心中有数。

阿鹄禀报后，见杜宇王不置可否，心中便有点忐忑起来。阿鹄观察着杜宇王恩威莫测的神情，一时揣摩不透杜宇王的心思，试探着问道：小臣愚钝，办事不力，大王有何旨意，请示下。

杜宇王嗯了一声，沉吟道：阿鹄啊，蜀相治水已经结束，就要凯旋了，你说欢迎仪式应该怎么举行呢？

阿鹄说：当然是按照大王的旨意来办，大王您说怎么办就怎么办。

杜宇王不太喜欢阿鹄这种过度的逢迎，问道：我想听听你的想法，但言无妨。

阿鹄想了想说：小臣以为，先是欢迎凯旋，接着就是盛大祭典，这样场面格外隆重，可以充分彰显大王的恩威，可能比较好。

杜宇王其实也正是这样想的，颔首道：好啊，那就一起办吧。

阿鹄悬着的一颗心松弛下来，称赞道：大王英明，那就遵照大王的旨意来办。

杜宇王说：还有一件很重要的事情，在蜀相凯旋的那天，我要委派你为特使，中途迎接蜀相。

阿鹄说：小臣遵旨。

杜宇王说：我要你仔细观察蜀相，设法试探一下，如果蜀相有异心，你要立即禀报，不得有片刻迟误。

阿鹄心中咯噔了一下，原来杜宇王派他是出于这个目的啊。看来杜宇王已经提防蜀相，说不清楚什么时候就会对蜀相动手了。显而易见，这都是由于杜宇王与蜀相之妻有了私情的缘故吧。

杜宇王又说：我会派一名侍卫和你一同前往，以防不测。

阿鹄知道，杜宇王派的必定是位武功高强的侍卫，用大内高手为他壮胆，同时也是监督他与蜀相之间的接触。这说明，杜宇王其实对他也是有提防的，也许是怕他和蜀相勾结吧。

阿鹄当然不会将心里的猜测表达出来，赶紧点头说：小臣遵旨！

大王请放心！

杜宇王瞅着神态谦恭的阿鹄，加重语气说：阿鹄啊，这些年我对你怎么样啊？

阿鹄有点紧张，谦卑地说：大王对小臣恩重如山，小臣一定肝脑涂地，以报答大王！

杜宇王说：好啊，举行盛典之后，我自有重赏。你要好自为之！

阿鹄连声说：小臣明白，一定好自为之，好自为之！

阿鹄俯伏于地，向杜宇王施了大礼，这才起身退出大殿。

杜宇王靠在王座上，舒展了身子，轻轻叹了口气。

第二十六章

治水已经结束，鳖灵经过周密准备，就要启程凯旋了。

鳖灵在动身之前，下令杀猪宰羊，犒劳参加治水的全体人员。平常因为粮食供应紧张，治水驻地对食物控制得较严。这是治水以来难得的一次盛宴，众人辛苦了数月，终于成功治理了水患，现在就要回家了，个个都兴高采烈，兴奋得不行。

鳖灵对大伙儿说：你们都辛苦啦！大家好好饱餐一顿，我们就要回去啦！

众人七嘴八舌地嚷着说：蜀相大人辛苦啦！治水成功，全靠了蜀相大人啊！

经历了大洪灾，饱受水患折磨的百姓，如今都明白了治水的重要性，而且亲身感受到了蜀相在治水过程中的操劳，以及和众人的甘苦共尝，所以对蜀相都很敬佩。蜀相在众人心目中已经形成了一种很高的威望，众人喊出来的都是发自内心的赞赏话。

鳖灵当然清楚众人的心态，他要进一步调动民众的情绪，将之作为一件充分利用的法宝。有了这件法宝，在即将爆发的事变中，对他将会更加有利，获胜和成功的把握就会更大。

鳖灵大声说：凯旋后，我要好好地奖赏你们，让你们都安居乐业，过好日子！

众人的情绪一下就高涨起来，蜀相所言，也正是他们希望的，蜀相太了解他们啦。众人齐声喊道：好啊！好啊！感谢蜀相大人啊！我们都听蜀相大人的！

鳖灵挥了下手，继续说：我们是一支队伍，如果是一盘散沙，治水就不能成功。现在凯旋，仍然要有编制，由百夫长们率领，列队而行，听从指挥。绝对不能乱了规矩，大家说好不好啊？

众人异口同声说：好啊，我们都听蜀相大人的！

鳖灵又说：到了王城，也不能一哄而散，因为有一场很大的欢迎仪式。

众人说：好啊，蜀相大人您放心吧，我们一定等到仪式结束了再回家！

鳖灵说：凯旋欢迎仪式可能在城外的祭坛上举行，大家到时候就围住祭坛，一起参加，好不好啊？

众人异口同声说：好啊！好啊！我们都听从蜀相大人的指挥！

鳖灵事先做出的这些布置和安排，其实都很有深意。让这些绝对尊崇自己的民工们到时候围住了祭坛，就相当于包围了杜宇王。这样将会有利于出其不意地擒获杜宇王，并当众公布杜宇王的荒淫罪状。这也是鳖灵精心谋划的一个重要环节，民可使由之，不可使知之，此时情绪兴奋热烈的民众对此当然是一无所知的。

鳖灵大声说：我们就这样说好啦！大家敞开吃喝，明天我们就出发，凯旋回城！

治水驻地的场面很热闹。吃喝之后，众人便收拾行装，准备撤离这里回城了。

鳖灵率领治水队伍启程凯旋，上午出发，到了傍晚，便扎营休息。

在动身前，鳖灵已经派使者去见杜宇王，禀报了凯旋的大致日期。杜宇王也派使者回报，说已委派大臣阿鹋前来迎接。鳖灵扎营驻守，安顿之后，等着阿鹋的到来。

其实驻地离王城已经很近了，但鳖灵并不急于立即回到王城。参加治水的民众人数很多，携带着治水工具，在百夫长们的率领管理下，表面看起来有些乱，实际上却井然有序。民众离家已久，倒是很想立即回到家中，但因为蜀相有令在先，所以都耐着性子等待。这样过了一天，却并不见阿鹆与欢迎人员的到来。鳖灵沉着过人，也不免有点紧张起来，难道杜宇王察觉了什么，改变了原来的欢迎计划？鳖灵暗中派出了几名心腹家丁，扮成王城居民，监视着王宫动静。鳖灵随后接到家丁的禀报，并未发现什么异常，祭坛上正在加紧布置，王宫也在布置，都是为了庆祝盛典做准备。鳖灵并未因之放松警惕，继续派家丁监视着王宫的情况变化，并派家丁当夜回金沙村庄园，命二弟山灵做好参加祭典和伺机动手的准备。鳖灵又召集百夫长们，要他们告诉治水的民众，让大家耐心等待，少安毋躁，举行了盛大欢迎仪式，颁布了奖赏，才能解散回家。百夫长们唯鳖灵马首是瞻，将蜀相的话传达给民众后，众人的情绪便安定下来，等待盛典，蓄势待发。

过了一天，到了翌日午后，阿鹆在一名王宫侍卫的陪同下，来到了鳖灵的驻地。

阿鹆一见到鳖灵，便揖手施礼道：蜀相大人，治水凯旋，劳苦功高！小臣受杜宇王委派，特来迎接！

鳖灵也施礼道：有劳大人，请入大帐内说话。

鳖灵随即将阿鹆迎进了大帐，分宾主而坐。侍卫站立在阿鹆身后，鳖灵的身后也站了四弟江灵与几名心腹家丁。以往阿鹆来见鳖灵，带的都是随从，而这次却带了王宫侍卫。鳖灵很警觉，向阿鹆询问道：请问怎么称呼这位仁兄？

阿鹆脸上堆着笑说：蜀相大人，这是王宫侍卫，杜宇王派了陪同小臣来迎接大人的。

鳖灵不动声色地说：好啊，杜宇王考虑得很周全嘛。请坐啊！随即向侍卫做了个请就座的手势。侍卫没有坐，仍侍立于阿鹆的身边。

因为有了王宫侍卫在旁边监督，鳖灵与阿鹃的谈话便有了诸多不便。开始说了许多冠冕堂皇的寒暄话，接着才步入正题，说到了这次凯旋和即将举行的仪式。

鳖灵向阿鹃询问凯旋欢迎仪式怎么举行，阿鹃说已经准备好了，就在明天举行。

阿鹃也问鳖灵：参加治水的民众为什么都驻扎在这里，不让他们回家？

鳖灵说：大家辛苦了几个月，难得有这么一个机会，都想参加欢迎仪式。人多一些，场面也热闹些。等仪式结束了，大家也就分散回去了。

阿鹃哦了一声，又问道：听说蜀相大人要赏赐治水的众人？

鳖灵一笑说：治水成功，都是靠了众人的齐心努力，没有功劳也有苦劳嘛，怎么能不奖赏呢？

阿鹃见鳖灵所言有理，脸上也堆了笑说：是啊，是啊。

鳖灵虽然说得轻描淡写，心里却很警惕。阿鹃问的两个都是很敏感的话题，透露出杜宇王显然暗中派了人一直在监视着这里的行踪，如今又派了侍卫当面监视，随时会将这里的情况禀报杜宇王。稍有不慎，就会发生意外。接下来怎么办呢？鳖灵对此早有谋划，此刻又有了更深沉的考虑。

鳖灵对阿鹃说：仪式明天才举行，今日难得一聚，我们再好好喝一次酒。

阿鹃因为明天就要举行大典，有很多事务在身，本想见过鳖灵之后就返回王城的。此时见鳖灵要留他在大帐喝酒，不便答应，却也不能拒绝，而拂了鳖灵的兴。便很犹豫地说：多谢蜀相大人盛情，小臣也很想和大人畅饮一番，但能否改日呢？

鳖灵不容置疑地说：今日聚会，岂能改日？来啊，摆上酒来！

家丁们很快就在大帐内摆上了酒肴。阿鹃见鳖灵已经做了聚会饮酒的安排，也就只能顺其自然了。

鳖灵给阿鹄斟满了酒，举杯说：上次大人携来家酿美酒，痛饮甚欢。今日此酒，乃乡民所酿，其味虽然不如大人的酒醇美，却也别有意味。来，干了吧！

阿鹄饮了杯中酒，赞道：蜀相大人，此酒不错啊，也是好酒！

鳖灵笑道：既是好酒，那就要畅饮才好！说着，便又给阿鹄斟满，连着碰了几杯。

阿鹄见鳖灵兴致很高，也只能赔笑饮酒。但阿鹄心里还是有些纳闷不解，鳖灵率众凯旋，驻扎于此，并不急于回家，难道对其夫人海伦红杏出墙之事真的一点都不知情吗？如果鳖灵知道了此事，又会做出怎样的举动呢？阿鹄虽然老于世故，从鳖灵平静如常的神情中却什么也看不出来。

鳖灵和阿鹄喝了一会儿酒，觉得气氛有些沉闷，提议说：饮酒须有乐子才好，能否借侍卫的佩剑一用？让我的小弟为我们舞剑助兴。

阿鹄附和道：好啊。阿鹄用眼去瞅身边的侍卫，侍卫便拔出佩剑，递给了走上前来的江灵。

江灵从鳖灵身后走到前面，接了侍卫的佩剑，站在大帐中间，摆了个架势，便舞了起来。这是流行于荆楚之地的一套剑术，带了点楚国武舞的特点。江灵身姿轻盈，使剑的动作比较夸张，看起来显得有些花哨。阿鹄觉得很好看，脸上堆着赞赏的笑意，不时和鳖灵碰杯饮酒。侍卫对江灵表演的舞剑则有些不屑，觉得这种剑舞华而不实，没有实用价值，只能观赏助兴罢了。

江灵舞了一会儿，收了剑，说：不好意思啦，献丑了！

站在鳖灵两侧的家丁们都鼓掌喝了一声彩。阿鹄也随同众人赞道：好啊！好功夫啊！只有侍卫不以为然，仍是一副不屑一顾的样子。

鳖灵一直注视着阿鹄与侍卫的神情举止，此时和阿鹄举杯饮酒，放下杯子说：刚才小弟一人舞剑，其实剑舞要两人共舞才好看。侍卫是功夫高手，能否和小弟一较高下啊？

阿鹄饮了酒，兴致正高，也怂恿侍卫说：好啊，不妨凑个闹热！

侍卫经不住怂恿，有些技痒，便走了出来，对鳖灵拱手说：既然蜀相大人赏脸，那就不妨一试吧。

江灵将剑还给侍卫，而将自己的剑拿了出来。这柄剑虽然看起来很普通，实际上却是一件削铁如泥的利器。江灵和侍卫在大帐中间相对而立，相互拱手施礼，执剑于手，说了声"请"，便开始较量起来。这种较量，已非单纯剑舞表演，而是两人的剑术比拼了。

侍卫是杜宇王身边的武功高手，擅长搏击与剑术，刚才目睹了江灵花哨的剑舞，因而比较轻视江灵。此时比武，侍卫自恃功夫高强，并不将江灵放在心上。江灵察言观色，一下就看透了侍卫的心态，在比武的时候，处处示弱，侍卫几乎占尽了上风。交锋数个回合，江灵已经明白了侍卫的套路，虽然侍卫招招强悍，江灵却能在间不容发之际腾挪闪避，巧妙化解。侍卫也感觉到了江灵身手的灵巧，但认为江灵只是善于躲避而已，所以依旧小看了江灵，觉得江灵并非自己的对手。

鳖灵不动声色地注视着大帐内的比武，他很清楚四弟江灵的功夫。江灵自幼喜欢习武，悟性很高，尤其在剑术上，曾得过高人指点，虽称不上是绝顶高手，也绝对是一流水平。此时江灵故意示弱，主要是麻痹侍卫，诱使对手露出破绽。数招过后，江灵对侍卫的功夫深浅已经了然于胸。接下来如何表演，就等鳖灵的示意了。

阿鹄此时也欣赏着眼前的比武，但阿鹄不懂功夫，只是觉得好看。阿鹄更没有想到，鳖灵特意安排的这场剑舞与比武表演，将会发生什么事情。

江灵同鳖灵交换了一个目光，鳖灵目光炯炯，做了个果断的手势。

江灵随即变招，出剑向侍卫胸口刺来。侍卫一懔，见剑来得迅猛，忙挥剑迎击，更为凶狠地刺向了江灵。哪知江灵这是一个虚招，突然变刺为削，只听咔嚓一声，侍卫之剑竟被削为两截。侍卫大为惊讶，对手使用的剑竟然如此锋利啊！侍卫手中只剩下了半截断剑，连忙撤步躲让，一时步伐混乱，慌乱不已。江灵并未收手，而是奇招连发，眨眼之间，已经当胸一剑刺倒了侍卫。

阿鹄啊了一声，目瞪口呆，愣坐在那里。这一切发生得实在太快了，他尚未反应过来，便已经结束了。阿鹄用手指着被刺死的侍卫，颤声说：这，这，这如何是好？

江灵已经收了剑，不慌不忙地回到了鳖灵的身边。

鳖灵看着阿鹄惊慌失措的样子，对江灵说：你怎么能如此莽撞？如今不小心出了人命，如何是好啊？

江灵说：是他在比武中先动了真格，要置我于死地的嘛。我不过是先刺中了他而已。

鳖灵叹了口气，对阿鹄说：你看看，本来是助兴的，实在意想不到，你说怎么才好？

阿鹄心慌意乱，哪有什么主意，摇着头说：蜀相大人，你说怎么办嘛？这可是杜宇王的心腹侍卫啊，是杜宇王特地派来的啊。

鳖灵说：让侍卫比武，我只是提议，是你怂恿他才参加的哦。出了事，杜宇王当然要唯你是问了。

阿鹄慌乱地说：小臣哪里知道会发生这样的事嘛，蜀相大人啊，究竟怎么办才好？

鳖灵沉默了一会儿，这才说：其实你可知道，这是杜宇王派来特地监视你的，懂吗？

阿鹄又吃了一惊，忙问道：此言从何说起？杜宇王为何要监视小臣？

鳖灵故意停顿了片刻，神情严肃地说：阿鹄啊，治水以来，杜宇王派你负责粮草后勤，你可曾私自挪用粮食？

阿鹄大惊失色，一时语塞，不知说什么才好。

鳖灵一字一句地说，杜宇王发现你私自挪用公粮，救济你的亲友和族人，早就想重惩你了。因为杜宇王要举办祭典，派你操办，才隐忍不发。但杜宇王并不相信你，所以派了心腹侍卫监督你的一举一动。等到祭典举办之后，仪式结束了，杜宇王就要拿你开刀了。现在，监督你的侍卫又因你而死，你就更是罪上加罪了。

阿鹄听了鳖灵这一番话，一时面如土色。在给治水人员运送粮草的过程中，阿鹄曾悄悄挪用了一部分粮食，偷运至家乡，接济遭灾的堂兄与族人。此后，应堂兄要求，阿鹄又派家中仆役偷运过两次，加在一起数量就比较多了。在蜀国遭遇大洪灾之后，这确实是一桩不可饶恕的大罪。所以杜宇王如果要惩罚他的话，定他死罪都够了。适才鳖灵所言，句句都是实情，并非捏造。阿鹄没想到自己以权谋私的罪状这么快就暴露了，这时已六神无主，慌乱到了极点。

鳖灵目光炯炯地注视着阿鹄，问道：阿鹄啊，你现在打算怎么办呢？

阿鹄离席俯伏于地，颤声说：小臣有罪，蜀相大人救我！蜀相大人救我啊！

鳖灵沉吟道：你处境很危险，不过，真要救你也不难，我倒有个主意。

阿鹄慌忙说：只要蜀相大人能救我，小臣今生今世愿做犬马，以报答大人的恩德！

鳖灵说：阿鹄啊，其实谁家没有困难呢？你的亲友族人没有粮食就要饿死，你因公济私，也是情有可原。只是杜宇王不会这样去想，一定要惩罚你来提高他的威望，还要没收你的家产来充公。现在，你只有听我的，才能免除你的牢狱之灾，避免毁家之难。

阿鹄叩头说：蜀相大人请明示，小臣一定照办。肝脑涂地，在所不辞。

鳖灵说：杜宇王年事已高，刚愎自用，日渐昏庸。若要使杜宇王不惩罚你，只有兵谏才行。

阿鸳心中又是一惊，兵谏就是动武了。原来鳖灵要对杜宇王动武了，也就是要用武力来胁迫杜宇王了，不就是政变吗？阿鸳觉得，这岂不是比杜宇王惩罚自己还要可怕吗？

鳖灵似乎明白阿鸳心中在想什么，继续说：你是了解杜宇王的，只有兵谏，才是唯一可行的办法。兵谏之后，让杜宇王以后安享荣华就行了。蜀国的事务当然就要靠你我来处理，你是很有才能的大臣，让你担任蜀相也是绰绰有余的。我嘛，治水成功之后，只想退隐过清闲日子。你明白我的意思吗？

阿鸳连连点头说：明白，明白！小臣唯蜀相大人马首是瞻！

鳖灵的意思表达得很清楚，但话说得很含蓄。阿鸳嘴上说明白，其实心里并不清楚鳖灵真正要做的是什么。若按鳖灵的说法，似乎又并非政变，兵谏只是让杜宇王安享荣华少管政事，也使阿鸳免除了罪责，还要让阿鸳掌管更多的职权，这使得阿鸳不明就里，心中越发糊涂，同时也很受诱惑。鳖灵当然不会和盘托出，将什么都告诉阿鸳。鳖灵目前对阿鸳也只是掌控和利用而已，降服了阿鸳，在对杜宇王动手的时候，便又多了一个获胜的筹码。阿鸳对此，当然是被蒙在鼓里，对鳖灵深沉的谋划，始终一无所知。

鳖灵爽朗一笑说：君子一言，那我们就这样说好了。

阿鸳连声说：是，是，说好了，我听蜀相大人的。

鳖灵心想，事情到了这个地步，你还能不听我的吗？鳖灵需要的，便正是阿鸳的这种态度。鳖灵随即吩咐家丁将侍卫的尸体搬走，悄然掩埋了。他与阿鸳继续留在大帐内饮酒，一边安慰阿鸳，一边向阿鸳询问了举行祭典仪式的全部细节。鳖灵问得极其详尽，他要阿鸳在祭典开始前夕，将杜宇王的侍卫尽量分散安排在祭坛的四周，而将他与江灵以及心腹家丁们安排在最靠近杜宇王的地方。阿鸳一一全都答应了。现在，阿鸳的生死把柄都在鳖灵手里，无论鳖灵吩咐什么，阿鸳都是要遵循照办的。

在鳖灵与阿鹄的晤谈中，鳖灵始终只字未提杜宇王与海伦之事。这使得阿鹄很有些疑惑，鳖灵难道真的一点都不知道吗？鳖灵准备兵谏，难道不是因为海伦的事情，而只是为了帮阿鹄解脱牢狱之厄吗？阿鹄从来没有经历过如此复杂的事情，思路已经由于强烈的刺激而变得很混乱，觉得鳖灵为了帮自己甘冒风险实行兵谏，对鳖灵真是感激涕零。阿鹄生怕受到杜宇王的惩罚，对杜宇王已经充满畏惧，原先对杜宇王的忠诚之心，经过大帐内的这一场风云变幻，此刻已经荡然无存。

鳖灵将阿鹄当晚就留在大帐内，没让阿鹄返回王城，而派了一名机灵的家丁扮作阿鹄的亲随，前往王宫禀报了这边的情况，说这里一切都正常，欢迎仪式与祭典都可如期举行，以免得杜宇王悬望和生疑。

鳖灵安排这一切的时候，都从容不迫、有条不紊。鳖灵不让阿鹄离去，主要是担心阿鹄会有所变化。现在将阿鹄置于掌握之中，阿鹄即使觉得这是一个陷阱，想去告密也没有时间与机会了。鳖灵准备第二天和阿鹄一起前往王城外的祭坛，那时候，一切都会按照谋划中的步骤进行，一场惊天动地的事变就要开始了。

杜宇王因为第二天就要举行治水成功欢迎仪式和称帝祭祀大典了，有些兴奋，又有点烦躁不安。杜宇王平生经历的大事很多，再大的场面也应付裕如。但这次似乎有所不同，不知什么原因，总觉得很不寻常。当然，因为称帝嘛，又因为百年不遇的特大洪灾终于治理成功了，这些都是非同寻常的大事情。任何人遇到这样的大事情，都是很难平静的。

其实，杜宇王心里很清楚，真正的大事情是对付蜀相鳖灵。按照杜宇王的想法，等欢迎仪式和称帝盛典都举行之后，他就要对付鳖灵了。他准备给鳖灵两个选择：一是他将海伦纳为王妃，鳖灵继续当蜀相，并将公主白羚下嫁蜀相为妻；二是鳖灵若有异心，立即将鳖灵关入牢中，或者流放，或者杀头。如果鳖灵明智，肯定是第一种选择。身为蜀国的臣民，谁胆敢和蜀王作对呢？除非鳖灵不懂事，或者昏了头，才会铤而

374

走险和蜀王作对。那等待鳖灵的下场就很惨了，将不再是荣华富贵，而是苦牢生涯了。

杜宇王正是基于这些思考，所以胸有成竹，很自信地认为一切都在自己掌控之中。但杜宇王也并非大而化之盲目乐观，还是做了很多预防和布置。比如对侍卫们的训练，以加强举行称帝盛典仪式时的保卫。又譬如对鳖灵驻地与金沙村庄园的两处监视，随时听取禀报，并未掉以轻心。

傍晚时分，派去监视金沙村庄园的人向杜宇王禀报，庄园里的人在聚会饮酒，舞刀弄剑，显得有点异常。这是一个很重要的信息，一下子引起了杜宇王的警觉。

杜宇王问道：庄园里的人多吗？

阿黑说：不是很多，从外面观察，大约有十多个人吧。

杜宇王心想，十多个人能做什么呢？蜀相庄园里有十多个人并不多啊，其中有些是才投亲靠友而来的，喝点酒也是正常现象。而且，这些人与鳖灵驻地分为两处，并未发现有什么联络往来，还能做什么呢？

杜宇王又问：他们所有的人都有刀剑吗？

阿黑说：好像是这样。

杜宇王迟疑着，如果是平民百姓与侍仆杂役，都是不佩刀带剑的。金沙村庄园里的人都有刀剑，那就不是一般的平民了。他们为什么都有刀剑呢？是因为荆楚之人本来就有携带武器的习惯，还是因为长途跋涉，要带了刀剑防身？鳖灵当初来王宫应诏的时候，不也是随身携带了一柄锋利的短刀吗？

阿黑说：大王，要不要派卫队前去，将他们控制起来？

杜宇王想了想说：你觉得有此必要吗？

阿黑说：这样可以预防不测，由大王定夺。

杜宇王觉得阿黑所言有一定道理，加强预防总是没有什么坏处。但真的派卫队前往金沙村庄园，将里面的人全都抓捕了关押起来，是否有点小题大做？更何况蜀相迄今并未表现出异心，也没有任何反常举动，以什么借口来抓捕关押他的家人与亲友呢？这样一想，杜宇王便优柔寡断起来。

杜宇王说：继续监督吧，暂时先不动他们。

阿黑说：好吧，听大王的。

杜宇王又问道：明日举行祭祀盛典，场面盛大，来参加的民众一定很多，侍卫们要加强护卫，你都布置好了吗？

阿黑说：我已布置了三重护卫，让侍卫们全部出动，确保祭祀盛典的秩序和大王的安全。

杜宇王说：这样很好。一定不能掉以轻心，务必严防蜀相，确保万无一失。

阿黑说：是。我已吩咐了几位武功高强的侍卫，在举行仪式时，专门盯住蜀相。一旦出现异常，便立即将蜀相拿下！

杜宇王又问道：蜀相与凯旋的人员现在情形如何？

阿黑说：仍驻扎在那里，等候举行欢迎仪式。

杜宇王说：派阿鹄前去迎接蜀相，怎么迟迟不见禀报？

阿黑说：我这就派人前去查看。

就在这时，王宫大门口的侍卫传话进来，说阿鹄派了一名亲随来禀报情况。杜宇王立即在大殿内接见了这名亲随，询问了阿鹄晤见蜀相的经过。亲随很机灵，说话也很得体，先向杜宇王恭敬施礼，然后禀报说：主人代表大王去迎候蜀相大人，蜀相大人很高兴，说感激大王的恩威，治水才获得了成功，又说许久没有见到主人了，要和主人一起饮酒。主人不好扫了蜀相大人的兴，便派小人回来，先向大王禀报，一切都很正常，治水的人都很热切地盼望着，要参加明天的凯旋欢迎仪式呢。

杜宇王问道：阿鹄与蜀相饮酒，说了些什么事情啊？

亲随说：禀报大王，蜀相说的都是感激大王的话，说大王英明，善于招贤用能，治水才获得了成功。蜀相也说了一些感谢主人的话，说在治水时保障后勤，使蜀相少操了很多心，才侥幸能够及时完成任务凯旋。

杜宇王哦了一声，问道：你说的可都是实情？

亲随说：大王在上，小人所言，都是实情。这些都是小人跟随在主人身旁，亲耳听见的。

杜宇王又问：蜀相身体怎么样？酒量如何啊？

亲随说：蜀相脸色黑黑的，有些瘦弱，才饮了几杯，就有点不胜酒力了。

杜宇王又哦了一声，用威严的目光打量着眼前这位阿鹄的亲随，觉得有些生疏，口齿倒是很伶俐，问道：你跟随阿鹄多久了？以前怎么没见过你呢？

亲随俯伏于地说：禀报大王，以前跟随主人的侍从生病了，才叫小人跟随了主人。

杜宇王沉吟了一下，做了个手势说：哦，知道了，你下去吧。

亲随赶紧叩了头，俯伏在地上问道：大王有何旨意，要小人告诉主人吗？

杜宇王说：对阿鹄说，不要误了明日的仪式。

亲随说：小人一定将大王的旨意告诉主人。亲随说罢，又再次恭敬地向杜宇王施了礼，这才起身退出大殿，不慌不忙地走了。

杜宇王回味着阿鹄亲随禀报的情况，觉得鳖灵所言，和其平常言行基本是一致的，可见确实没有什么异常。但仔细想想，杜宇王也颇有疑问，鳖灵如此精明能干，难道对海伦之事真的一点都不知情吗？鳖灵的表现是否有伪装的成分呢？还有，鳖灵从不派人去蜀相官邸，也显得颇为可疑。鳖灵在这方面真的是比较麻木呢，还是另有阴谋？

杜宇王隐隐约约地有了一些不好的预感，觉得对鳖灵绝对不能掉以轻心，一定要保持高度警惕。是否对鳖灵先采取一点措施呢？杜宇王掂量再三，认为还是按原定计划办较好。今日动手，还是早了点，百姓会有说法。反正明天就要与鳖灵见面了，侍卫们都已做好了准备，如何对付鳖灵，就看鳖灵的态度了。

朱利突然到大殿来见杜宇王。

杜宇王起身相迎，请王后就座，关心地说：我还正想去后宫看你，明天就要举行盛典了，你和羚儿都要参加，没什么问题吧？

朱利说：我做了一个很奇怪的梦，放心不下，所以特来见你。

杜宇王好奇地问：是个什么梦啊？

朱利说：梦见江河汹涌，夕阳如血，将祭坛都染红了，接着一阵大风，祭坛又垮了。

杜宇王说：洪水将祭坛冲垮，那是以前的灾变。现在治水已经成功，哪里还会发生这种事情呢？王后所梦，纯属无稽。

朱利说：话虽如此，我还是很担心，这是否为一种不好的征兆呢？

杜宇王说：王后不必担忧，我请神巫卜算过，吉人自有天相，神巫已答应主持盛典为我加冕。明天就是我称帝的黄道吉日，一切都已安排妥当。

朱利说：我总觉得，我们现在的卫队人数比较少，守卫王宫的侍卫人数也不多，举行盛典必须加强防卫，应该调一些戍边的军队回来才好。

杜宇王不以为然地说：有这个必要吗？侍卫们的本领个个都很高强，全是百里挑一。我们不是常说，兵不在多，而在于精嘛。戍边的军队也不多啊，这些年不是一直平安无事嘛。何况驻扎在秦、巴边境，来去一趟快则要十余天，慢则要半月以上，岂能轻易调用？

朱利说：反正我总是有些担忧。

杜宇王说：王后不必过虑，这些天我命卫队加强训练，做了很多布置。有了这些忠勇之士，你还担心什么？

朱利说：我还是在想，这次盛典，能否改在王城内广场上举行？

杜宇王说：为什么要改换地点啊？王城内的广场太小了。

朱利说：广场虽小，但利于护卫。

杜宇王说：护卫应该没问题，我已做好安排。

朱利说：那就在王城内的广场上举行了？

杜宇王说：不，还是在王城外新建的祭坛上举行。都已经布置好了。

朱利叹了口气说：大王啊，你就不能听我一次吗？

杜宇王说：王后啊，你我共患难，同甘苦，几十年相濡以沫，你的话我能不听吗？只是这次筹划已久，盛典要在宏大祭坛上举行才相配，就不再改动了吧。

朱利说：其实举行仪式只是一个过场，在哪里举行都一样。改在城内广场，可以出其不意，稳操胜券。

杜宇王说：用兵才讲奇正之术，这是堂堂正正举行盛大祭典，你担心什么嘛？

朱利说：我担心有些人表面对大王忠诚顺从，暗中却怀着异心，甚至会图谋不轨。

杜宇王笑道：那我就会毫不手软地惩处这些人。

朱利说：大王啊，你真的都布置好了，确保万无一失吗？

杜宇王自信地微笑说：当然。蜀国乃你我的天下，称帝之后，我是望帝，你是帝后，天下大酺，百姓拥戴，不必担心。

朱利见杜宇王说得如此自信和肯定，还能说什么呢？但心中的担忧却始终排解不去。朱利深深叹了口气说：大王啊，还有一件小事，明日出宫前，请大王务必穿上软甲。

杜宇王笑道：王后是担心有人要暗算我吗？好啊，这件事我可以听王后的，一定内穿软甲，以防万一。

王后朱利说的软甲，还是杜宇王和朱利在对付鱼凫王时精心制作的。自从击败了鱼凫王，创建了新的王朝，一晃若干年过去了，已经很久没有使用软甲了。杜宇王心想，朱利连这样的事都想到了，难道真的会有人暗算自己吗？事情真的会像朱利担心的那么严重吗？目前要真正提防的就是蜀相鳖灵了，鳖灵就是有异心，又能怎样呢？杜宇王对此已经做好了安排，身边有一大群如狼似虎的侍卫，随时都可以将鳖灵拿下。杜宇王虽然答应了朱利，心里仍旧有点不以为然。便又笑了笑说：明天你也要参加盛典，也穿上软甲吗？

朱利点了点头，也不再说什么，转身回了后宫。

朱利的担心确实是很有道理的，凭着多年行走江湖的经验，朱利深知防患于未然的必要性，也非常清楚有些事情可以后发制人，有些事情却必须先发制人。在杜宇王与海伦这件事情上，杜宇王执迷不悟，并没有及时纠正自己的荒唐行为。现在蜀相鳖灵已经凯旋，眼看着鳖灵与杜宇王之间的矛盾就要爆发了，杜宇王却要在欢迎仪式之后立即举行祭祀大典，登基称帝，将几件事情都搅和在了一起，万一发生意外怎么办呢？朱利的心情十分复杂，她现在对杜宇王真的是又气愤又担心。但不管怎样，无论是理智上或者是情感上，朱利始终是和杜宇王站在一起的。她必须维护杜宇王的安全和利益，杜宇王即使有错，也决不能受到伤害。朱利根据情形判断，鳖灵此人能力超群，一旦知道海伦红杏出墙，绝不会善罢甘休，所以鳖灵将成为杜宇王最大的威胁。朱利去治水驻地探望公主白羚的时候，曾同鳖灵晤谈过，印象中鳖灵是个很聪敏很精明的一个人，鳖灵对家中发生的重大事情，这么久难道会毫无觉察吗？显而易见，鳖灵很可能已经知道了杜宇王与海伦的私情，却故作糊涂，隐忍不发，也许暗地里正在做报复的准备。跟随鳖灵治水的人，数量甚多，几个月来一直听从鳖灵的指挥，如果鳖灵利用这些人来反抗杜宇王，这岂不是很可怕吗？朱利一想到这些，不由得惊出了一身冷汗。

朱利在后宫中走来走去，想和公主说说话，可是白羚不在，也不知去了哪里。

朱利烦躁不安，接下来怎么办呢？她已经劝说和提醒过杜宇王了，但杜宇王并不打算全都听她的。按照朱利遇事果断的一贯作风，她觉得真要解决此事也很简单，只要一箭射杀了鳖灵，所有的隐患也就消除了。虽然鳖灵治水有功，但为了杜宇王的安全，为了蜀国的江山不变，为了王位统治的稳固，除掉鳖灵也就在所不惜了。其实要做这件事情，对于杜宇王来说一点都不难，就在今夜派出一群彪悍侍卫悄然前往，突然将鳖灵拿下，问题也就解决了。但杜宇王并不打算这样做，也许是不想担当杀功臣的骂名吧？身为君王，怎么能如此优柔寡断呢？有时候，有些机会是稍纵即逝的。今夜无论如何也是除掉鳖灵的一个良机啊，如果今夜不动手，也许明天鳖灵就会动手了。既然杜宇王怕担当骂名，那就由她来当恶人，出手除掉鳖灵吧！

朱利随即换了戎装，内穿软甲，外穿夜行衣，佩了利剑，挑了一副最好的强弓，给箭壶里装满了箭矢，做好了外出的准备。为了不失手，朱利召来了十余名武功高强的侍卫，要他们各执利剑强弓，骑上快马，随同她一起行动。

朱利率着侍卫从后门出了王宫，然后绕道由城门出城。就在朱利一行接近城门的时候，听到了熟悉的马蹄声。在朦胧的夜色中，朱利看到杜宇王率着一群侍卫，正从街道上驰过。这个时候，杜宇王会去哪里呢？朱利略一琢磨，心里便明白了，街道的那头正是蜀相官邸所在，杜宇王是又要去见海伦了。

朱利的心情瞬间就变得复杂起来，自己在为杜宇王的安危操心，杜宇王却荒唐依旧。唉！朱利不由得长长叹了口气。

第二十七章

　　杜宇王率着一群侍卫，出了王宫，沿着街道疾驰而过，前往蜀相官邸，去见海伦。

　　明日就要举行称帝盛典了，本来还有很多事情需要静下来好好想一想，认真地做好周密准备。但杜宇王还是心血来潮，忍不住要去见海伦，想和海伦在称帝前再欢聚一次，并将明日举行仪式之事告诉海伦，听听海伦对处置鳖灵的意见。

　　杜宇王快步走进蜀相官邸，看见了身穿艳服的海伦。灯光下，海伦花枝招展，芳容如月，显得比以往任何时候都更加娇艳迷人。小玫陪侍于侧，也打扮得很俏丽，一副鲜嫩似花的样子。杜宇王因为筹划称帝盛典，已有好几天没过来了。此刻一见到两位心爱的美女，强烈的欲望立刻就在胸中涌动起来。海伦和小玫向杜宇王施礼，海伦娇声说：大王近来可好？我还以为大王将我们忘了呢，这么久都不来召见我们。

　　杜宇王说：爱妃啊，我这不是来了嘛。也就是两三天没见面嘛。

　　海伦嗔笑道：一日不见如隔三秋，两三天好漫长哦。

　　杜宇王说：我这几天都在操劳举行盛典之事。

　　海伦说：我知道啊，大王称帝之后，就要纳妃了。

　　杜宇王说：是啊，这都是计划中的事情。

　　海伦说：大王什么时候举行盛典呢？

　　杜宇王说：明天就要举行了。

海伦有点惊喜地说：真的？

杜宇王说：当然是真的，都筹划好了。

海伦说：那封妃是什么时候呢？

杜宇王说：称帝之后，稍晚几天。

海伦说：为什么不一起办了呢？

杜宇王说：好事不能急，得一步一步来。

海伦说：可我总有点担心。

杜宇王说：爱妃担心什么？

海伦含嗔道：怕夜长梦多嘛。

杜宇王微笑道：称帝与封妃，都是顺理成章的事，爱妃放心好了。

海伦也化嗔为笑说：既然大王决定了，我们当然都听从大王的安排了。

杜宇王说：封妃之后，爱妃就可以天天陪伴在我的身边了。

海伦说：能天天陪伴大王，那正是我们梦寐以求的啊。

杜宇王说：好啊，美梦自然是会成真的。

海伦情深意切地说：但愿天长日久，天天都能陪伴大王就好了。

杜宇王注视着海伦那双美丽迷人的眼睛，心里有点感动。从容说：有一件事情，我想征询一下爱妃的意见。

海伦柔声说：大王英明，什么事情需要问我啊？

杜宇王说：明天举行仪式，就要和蜀相见面了。

海伦哦了一声，问道：治水已经结束了吗？

杜宇王说：是的，治水已经成功，蜀相已经凯旋。

海伦心里立刻紧张起来，问道：他就要回来了吗？

杜宇王说：他目前尚在途中，扎营而驻。

海伦稍微松了口气，但还是很紧张。鳖灵就要回来了，杜宇王尚未封妃，如果鳖灵突然回到蜀相官邸，又如何是好？

杜宇王又说：明天先要举行欢迎仪式，接着便是祭祀大典。先称帝，后封妃。爱妃啊，你觉得，我应该如何对他才好呢？

　　海伦见杜宇王如此发问，一时心绪复杂，竟不知如何回答才好。凭着聪慧的天性，海伦知道，杜宇王早已考虑过如何对付与处置鳖灵了，此刻问她，只不过是想试探她的态度，了解一下她的想法而已。现在她还能有什么想法呢？她一心想成为杜宇王的爱妃，想在杜宇王称帝封妃之后和小玫一起住进王宫，日日享有和杜宇王的欢爱快乐。但现在她还是蜀相夫人，目前还住在蜀相官邸里，封妃之后她的身份与环境才会发生根本性的改变。杜宇王说了，称帝之后，要稍晚几天才封妃。如果鳖灵回来了，按道理说肯定是要回蜀相官邸的，在这几天之内，她岂不是又要以夫人的身份去伺候鳖灵了吗？难道杜宇王愿意让她这样去做吗？这真的是太矛盾了，也太尴尬了，也许是杜宇王故意以此来试探和考验她吧，她应该怎么办呢？

　　海伦进而又想到，杜宇王既然已决定要封她为妃，怎么会愿意让鳖灵又和她相聚呢？杜宇王显然不会让鳖灵马上回蜀相官邸，很可能就在举行了欢迎仪式与称帝盛典之后，杜宇王就要向鳖灵摊牌了。这件事情一旦挑明了，杜宇王将会怎样处置鳖灵呢？是要将鳖灵先关押起来吗？鳖灵会因之而被杀头吗？想到这一点，海伦便有点慌乱与害怕起来。从心理上和情感上说，海伦已经不愿意继续做蜀相夫人了，已经不想伺候鳖灵也不再愿意和鳖灵过夫妻生活了。但海伦也不希望伤害鳖灵。不管怎么说，鳖灵也是无辜的，鳖灵并没有什么错，鳖灵假若因为她而受到伤害，岂不是很冤枉吗？海伦联想到自己毕竟和鳖灵夫妻一场，虽然现在感情已发生巨大转变，但无论如何，也不想伤害鳖灵，更不希望害了鳖灵的性命。不过，自己的这种真实心态，又如何和杜宇王说呢？

　　杜宇王见海伦沉默不语，微笑道：爱妃究竟是怎么想的啊？

　　海伦很为难，鼓足勇气说：大王英明睿智，料事周全，自然是善待为上。

　　杜宇王一笑说：爱妃和我想的是一样的，善待自然是上上之策。只要蜀相通情达理，我当然也是不会亏待他的。

海伦也陪着笑道：那就好啊。

杜宇王又沉吟道：但如果蜀相不听话，另有异心，那就不好说了。

海伦注意到了杜宇王深沉的神情，心绪马上又变得复杂起来。海伦知道，鳖灵是个能力超群之人，对杜宇王虽然尊崇有加，但也不会俯首帖耳、束手待毙的。尤其是在这件事情上，鳖灵会愿意和听凭杜宇王将她纳为王妃吗？如果鳖灵不服从或者反抗杜宇王，情况又会怎么样呢？假若双方都动起手来，岂不两败俱伤？这样想着，海伦不仅担心鳖灵的性命，也担忧起了杜宇王的安危。

杜宇王又恢复了微笑说：爱妃啊，无须担心，一切都会办好的。

海伦不易觉察地轻轻叹了口气，也微笑道：大王有诸神保佑，自然是顺心如意了。

杜宇王笑道：爱妃说得好啊，有诸神护佑，还有什么可担忧的呢？说着，便伸手将海伦拥进了怀里，开始亲吻海伦。海伦压抑着的欲望瞬间就燃烧起来，偎依在杜宇王的怀里，和杜宇王缠绵亲热。两人随即相拥着走进了内室，小玫也跟随了进来。

就像往常一样，海伦和小玫为杜宇王宽衣解带，开始了三人秘戏与欢爱。如果是以往，这种欢爱的过程会持续很长时间，相互贪欢缠绵，直到尽兴，难舍难分。但这次却有些不同，因为有了刚才的谈话，因为明天就要举行盛大的称帝仪式了，因为杜宇王明天就要根据蜀相的态度来决定如何对付与处置鳖灵了，因为有很多难以预见的因素潜伏在即将来临的盛典中，因为心中有一些莫名其妙的担忧，这些诸多复杂的情绪交织在一起，使得杜宇王和海伦的心态都受到了影响，情欲也因之而打了折扣，不如以前那般强烈炽热了，欢爱的时间和过程，也就明显地缩短了。

杜宇王缠绵了片刻，便重新穿戴好王服，带着侍卫们匆匆回了王宫。

海伦和小玫依恋地望着杜宇王离去的背影，说不清楚是什么缘故，两人心里都有些怅怅的。她们都不知道，其实这已是杜宇王和她们的最后一次欢聚了。

一场惊天动地的事变紧接着就将发生了，这当然是杜宇王和海伦都没有料到的。

朱利因为看见了杜宇王的行踪，情绪大受影响。在如此紧要关头，杜宇王还要去蜀相官邸与海伦幽会，真是荒唐透顶啊。朱利很想勒马而回，不再管杜宇王的事了，但在犹豫徘徊中掂量再三，觉得还是应该按照自己的分析判断行事。如果今天夜里她不抓紧清除鳖灵，杜宇王的安危与蜀国的统治，都将面临难以预料的威胁。朱利相信自己敏锐的直觉，以及自己做出的判断。为了整个大局，朱利强忍恼怒，还是毅然而行。

朱利率领十余名武功高强的侍卫，纵马疾驰，不到一个时辰，就接近了鳖灵的驻地。

这时夜色已深，半轮明月透过浮云，给田野和农舍林木笼罩了一层朦胧的月光。远处有蛙声，近处有虫鸣，隐隐约约还传来了犬吠声，越发显出了田野的空旷与寂静。

鳖灵的驻地安排在一处略高的平地上，傍依着一大片树林。治水结束之后凯旋的民众就暂时栖居在此处，有的搭建了临时的棚屋，有的就住在了林子里，静静的，都已休息。棚屋后面就是大帐，此时还亮着灯光。朱利勒马观察了一下，大帐就是鳖灵的住处，如果动起手来，必定惊动众人，但也顾不得那么多了。当然最好的办法就是出手如电，不容众人反应过来，已经射杀了鳖灵，然后扬长而去。

朱利率着侍卫悄悄绕过棚屋，来到了大帐前面。侍卫们都做好了动手的准备，只要朱利一个果断的手势，就会杀入大帐。

就在此时，帐门突然打开了，借着帐内闪出的明亮灯光，朱利看到从里面走出来一位英姿飒爽的妙龄女子，不是别人，正是公主白羚。朱利大为惊讶，白羚怎么会在这里呢？回想起一整天在王宫里都没看见公主的身影，原来是到这里来了！侍卫们看到公主，一时都愣在那里。还是朱利经验老到，目光已经迅速扫视了一遍，大帐内除了公主，别无他人，惊讶的神态瞬间便恢复了从容。

白羚是傍晚时分才来到驻地看望鳖灵的。鳖灵见面后劝她当晚回宫，白羚不听，鳖灵便让白羚独自在大帐休息，鳖灵则带了家丁们去了林子里歇息。刚才，白羚听到了大帐外有异常动静，故而打开帐门出来查看，没想到站在面前的竟是母后带着一群侍卫。

这时候周围响起了一阵骚动声，棚屋内和树林里的民众都纷纷亮起了火把，朝大帐围了过来。人越来越多，一会儿就形成了一个很大的圈子，将朱利和白羚以及侍卫们都围在了中间。

白羚看着朱利，轻声问道：母后，你来这里干什么？

朱利说：你又来干什么？我正想问你呢。

白羚说：我来迎接治水的队伍嘛，要和他们明天一起凯旋。

朱利说：荒唐！我还担心你出事呢。

白羚说：母后，我会出什么事嘛？

朱利哼了一声，问道：蜀相呢？

白羚瞅了一下人群，摇头说：我不知道。

朱利用锐利的目光在人群中搜索了一圈，也没有看到鳖灵。

就在这时，一个洪亮的声音突然响了起来：不知王后驾到，有失迎迓，还请王后恕罪！只见鳖灵带着一群家丁和百夫长们，从人群后面走了过来，向朱利恭敬施礼。

朱利打量着走近的鳖灵，除了腰间佩挂的短刀，没带什么武器。跟随在他身边的家丁和百夫长们也都赤手空拳，没带什么兵器。鳖灵对她神态恭敬，似乎毫不提防。朱利如果要除掉鳖灵的话，此刻正是大好的机会。但朱利却犹豫起来，面对眼前这一群肤色黝黑、赤手空拳的治水民众，她怎么能当着他们的面突然出手杀害鳖灵呢？看到鳖灵的样子，也同样肤色黝黑，治水数月，日晒雨淋，立下汗马功劳，如今用什么理由来置他于死地呢？更何况公主也站在旁边，怎么能让公主目睹这血腥的一幕？

朱利暗暗地叹了口气，从容说：我是来寻找公主的，特地来接公主回宫。

朱利所说，当然是一个最好的理由，也是一个最好的台阶了。

鳌灵不动声色地说：有劳王后大驾了！又对白羚说：公主请回宫吧！

白羚此时还能说什么呢，只有懊恼地哼了一声。

鳌灵的一位家丁已经为公主牵来了马。

朱利已经没有继续停留的理由，即刻调转马首。白羚也上了马，随在后面。侍卫们也紧随于后，离开人群，朝王宫而去。

鳌灵在后面施礼相送，大声说：王后和公主慢行，不远送了！明日欢迎仪式上见！

朱利回首看了一眼，如果此事用强弓利箭回射鳌灵，还来得及。这也正是朱利最拿手的本事，可以出其不意地一箭就将鳌灵射倒，取了鳌灵的性命。但朱利再次犹豫了。她看到白羚在自己身边，此时正回首向鳌灵挥手示意，一副恋恋不舍的情态。看样子白羚真的喜爱上鳌灵了，这位任性的公主啊！朱利又叹了口气，为了不伤害白羚的纯真感情，即使要除掉鳌灵，也不能当着白羚的面啊。就在朱利的犹豫之中，绝好的机会已经失去了。

朱利一行骑的都是快马，眨眼之间，马蹄声已经远去，一行人已融入了朦胧的夜色。

鳌灵站在路口，警惕地望着远去的人影，嘴角浮起了一丝不易觉察的冷笑。埋伏在人群后面林子内的江灵与两百余名武士，此时都手持利剑快刀走了出来。剑拔弩张的气氛，此时终于平静了下来。鳌灵朝大家做了个手势，要大家立即去休息。因为明天还有更危急的事情，他们必须养精蓄锐，保持旺盛的精力，才能稳操胜券。

朱利回宫后，得知杜宇王已经在寝宫就寝了，心情略好了一点。

此时已夜阑更深，但朱利却难以入眠，索性去了公主的房间，想和白羚好好聊一聊。在骑马回宫的路上，朱利一直沉默不语，白羚也一言不发。一路上，两人心里似乎都憋了一口气，谁都不愿意说话。但现在又不同了，朱利已经脱掉了戎装，换了便服，又回归了日常的母女亲密相处的状态。

朱利说：羚儿啊，你今晚为什么要去蜀相的驻地呢？

白羚说：我只不过是想和大家一起参加明天的凯旋欢迎仪式嘛。

朱利说：你去见蜀相，你和蜀相聊了些什么呀？

白羚说：还能说什么，无非是关于明天凯旋队伍参加欢迎仪式的事。

朱利问：蜀相怎么说的？你们究竟聊了些什么？

白羚说：母后，难道你有什么不放心的吗？我们说的都是很普通很正常的话题。

朱利叹了口气说：羚儿啊，明日要举行欢迎仪式，又是你父王称帝登基大典，几件事情搅和在了一起，情形又是异常复杂，你说我能放心吗？

白羚立刻联想到了父王与海伦之间的私情，联想到了母后因焦虑而生病，联想到了自己对鳌灵的安慰与猜测，鳌灵对此事难道真的一无所知吗？鳌灵似乎过于平静和沉着了，是不是有意在装糊涂啊？这么一想，白羚也立刻担心起来。

白羚注视着朱利深沉而忧郁的双眸，问道：母后，你今夜并不是为了接我回宫而去的，是吗？

朱利没有回答，沉默不语。

聪明的白羚立刻就明白了。白羚说：母后，如果不是因为遇见我，你会怎么做？

朱利深深地看了白羚一眼，若有所思地说：你说我会怎么做？还不都是为了你的父王，也是为了你嘛。天地之间，还有什么能比你父王和你对我更重要的呢？

朱利的眼中闪出了一丝晶莹的泪光。白羚有些感动，将自己偎在了朱利的怀里。

朱利说：羚儿，我刚才说的，你懂吗？

白羚颔首说：我懂。母后最爱的就是父王和我了。

朱利感慨地说：可是你父王有时就忽略了。有些事情是不能疏忽的，就怕酿成大错。

白羚说：母后，我们怎么帮父王呢？

朱利说：你想帮父王，最好的办法，就是清除对他的威胁。

白羚说：目前对父王最大的威胁是什么呢？

朱利看着白羚，目光锐利，低声说：羚儿，你难道还不明白吗？

白羚说：我不太明白，请母后告诉我。

朱利一字一句地说：你父王最大的威胁，就是蜀相了。

白羚其实已经猜出了母后要说什么，但听到母后亲口说出来，还是有些惊讶和发愣。白羚说：母后啊，蜀相治水，是有功之臣啊，他是个贤能之士，怎么会威胁父王呢？

朱利叹了口气，说：羚儿啊，你还年轻，没有经历过江湖的磨砺，不懂人心的险恶，也不了解有些事情的可怕。

白羚说：何况，蜀相并没有什么过错啊。

朱利说：有些事情，并不在于谁对谁错，而在于利害关系。

白羚说：可是，事情还没有发展到水火不相容的地步啊。

朱利说：但端倪已现，趋势如此，事情正在一步一步发展，已经不可避免了。

白羚说：母后之意，应该怎么办才好呢？

朱利摇了摇头说：如果按我的意思，就简明好办了。唉，可有些事情并不是我说了算啊。现在就看你父王如何掌握和操控大局了，但愿明天相安无事，就可以从长计议了，我们也就好帮你父王了。

白羚说：母后不用担心，明天是吉庆之日，除了庆祝和祭祀，不会发生其他什么事的。

朱利说：羚儿啊，你太天真了。但愿如此吧。

朱利和白羚说了一会儿话，将心中的担忧和思考坦诚相告，主要是想使白羚保持清醒的头脑，一起来帮杜宇王渡过目前的难关。朱利的人生经验与敏锐的直觉告诉她，杜宇王正面临着巨大的风险。现在蜀国上下，真正亲密无间能够无私帮杜宇王的，也就是王后和公主了。但目前的情形，确实又很微妙。朱利明知鳖灵是杜宇王最大的威胁，却又因为犹豫和找不到合情合理的借口，而不能及时除掉他。夜色已深，朱利返回寝宫，因为心中纠缠着这些事情，始终转侧难眠。

白羚这个夜晚也难以入眠，由于朱利一针见血的话语，使得白羚不仅为杜宇王忧虑重重，也为鳖灵的安危产生了担忧。一个是自己最亲近最敬重的父王，一个是自己喜爱的蜀相，真的会发生水火不相容的冲突吗？白羚知道，母后不会乱说话，母后是个很有见识的女中豪杰，母后说的肯定有道理。如果按照母后所言，为了父王的安危，宁愿除掉鳖灵也在所不惜。可是，蜀相并没有什么过错啊。事情的起因，主要是因为父王和海伦发生了私情啊。事已如此，难道就不能调解，或者采取其他更好的处理方法了吗？白羚除了担忧，怎么也想不出一个好的主意。快到凌晨，才因疲倦而进入了梦乡。

鳖灵此夜也同样难以安眠。

白羚于傍晚时分骑马来到了驻地，来见鳖灵，打算和治水队伍明日一起凯旋，参加欢迎仪式。这使得鳖灵颇感为难。鳖灵虽然已经做了周密的准备，仍不敢掉以轻心，生怕在哪个环节由于不慎而发生意外。

白羚一来便又多了一双监督的眼睛,这是鳌灵很不愿意让白羚待在身边的原因。鳌灵和白羚见面后,便力劝白羚回宫。但白羚不听,坚持要留下。鳌灵无法,只能留下白羚在大帐内休息,而自己与江灵和武士们待在了一起。

意想不到的是,王后朱利带着一群侍卫突然来了,说是来寻找公主,要接公主回宫。从朱利与侍卫们的全副武装来看,目的显然并非为了公主,而是冲着他来的。这是稍有常识的明眼人都可以看出来的,更何况是精明过人的鳌灵呢。

鳌灵其实在驻地早就布置了岗哨,以备不虞。就在马蹄声驰近营地之时,鳌灵就已经觉察了,当即便做好了应对的准备,命江灵率领两百余名武士埋伏在了林中。如果来者是杜宇王,那么必然动手无疑。当鳌灵看清是王后朱利率了十余名侍卫疾驰而来,鳌灵便打消了动手的念头。他不能因为今夜的草率,而坏了明日的大事。

一切都仿佛是天意,民众们已经被朱利的到来而惊动了,纷纷点亮了火把,将朱利与侍卫们围在了大帐前。鳌灵命江灵做好了应变的准备,自己只带着一些家丁,一件兵器也不拿,故意做出一副毫无防范的样子,赤手空拳地走到了朱利的面前。鳌灵料定了自己越是从容不迫轻松自如,朱利就越不会动手。事情也果真如此,朱利说了要接公主回宫,鳌灵也顺水推舟,于是朱利很快就带着白羚骑马走了。一场一触即发的刀光剑影,就这样在无形中给化解了。

鳌灵觉得很庆幸,朱利的突袭式行动,因为接走了公主,反而帮了他一个大忙。在明天的每一个细节安排中,没有了监督的眼睛,就不会使他分神和有所顾忌了。

阿鹄被鳌灵安排在另一处休息,刚才发生的事情,因过程短暂,并未惊动阿鹄。

朱利和白羚走后,江灵说:大哥,王后真的是来接公主的吗?

鳌灵说:王后是女中豪杰,哪里会为了公主戎装而来,醉翁之意不在酒啊。

江灵说：我也觉得来者不善，不过他们人少，如果动手他们肯定占不了便宜。

鳌灵说：你可不能小看了王后与那些侍卫，个个都是功夫高手。

江灵哦了一声，说：大哥，我可没有轻视他们，都做好了生死相拼的准备了。幸好大哥应对有方，化险为夷，结果虚惊一场。

鳌灵沉思道：真正的生死相拼是在明天，不可掉以轻心啊。

江灵点头说：我知道，我们都做好了充分准备，大哥放心！

江灵陪着鳌灵回到了大帐中。接着三弟川灵也走了进来。有些事情，鳌灵还要和几个兄弟密议一下。现在，只有二弟山灵尚在金沙村庄园内。为了不打草惊蛇，缩小目标，约好了明天一早山灵会率领族人装扮成当地百姓悄悄进入王城，然后随着看热闹的民众前往举行欢迎仪式与祭祀盛典的场所，与鳌灵的队伍会合。

鳌灵命家丁守在了大帐四周，屏退左右，大帐内只有兄弟三人。直至此时，鳌灵才将自己的密谋告诉了两位弟弟，告诉了他们明天的安排和如何动手。两位弟弟当然都是听鳌灵的，摩拳擦掌，跃跃欲试。鳌灵告诫他们，这是一场真正的血拼，其成败与否，将直接涉及整个家族的生死存亡，所以务必全力以赴，勇猛搏击。其中的关键就在于拿下杜宇王，只要擒住了杜宇王，大局就定了。山灵与江灵都答应了，认真记住了叮嘱。

密议之后，大家随即分头去休息。为了以防万一，鳌灵没有留在大帐内，仍然去了林子里，和江灵待在了一起。鳌灵抬头望着朦胧的半轮明月与稀疏的星辰，神色惆怅，满腹心事，倦意全无。就像在荆楚出行之前一样，鳌灵想到了很多事情，不仅想到明日的安排，也联想到了过去的许许多多情景，眼前还浮现出了海伦美艳而又幽怨的样子。

江灵似乎猜出了鳌灵的心事，在旁边低声说：大哥啊，我有个想法。

鳌灵问道：什么想法，说来听听。

江灵说：大哥啊，现在还有时间，要不要去见一下嫂子？小弟愿陪大哥悄悄前往，护卫大哥安全，两个时辰来回足够了。

鳖灵说：为何要在此时前去见她？

江灵说：小弟觉得，嫂子跟大哥一直情深意切，去见一下，可以弄清真相。

鳖灵苦笑一下，毅然决然地说：小弟你还小，不懂世道的复杂，人是会变的。这件事情，事关大局，我岂能草率行事？我不会冤枉好人，也不会忍受羞辱。事已至此，情形微妙，已无退路，想要改变都迟了。

江灵说：我听大哥的。既然大哥确定了，那就按大哥说的做吧！

老阿摩此时仍在打坐。说不清楚是什么缘故，神巫一整天都有些心绪烦乱。

明日就要举行祭祀盛典了，老阿摩必须养精蓄锐，保持旺盛精力，才能很好地主持这场蜀国从未有过的盛典。操办和主持祭祀活动，对神巫来说，本是拿手好戏，但这次的祭祀活动非同小可，祭祀天地与诸神之后，杜宇王就要加冕称帝了。老阿摩将亲手将一顶金冠戴在杜宇王的头上，杜宇王从此以后就将被称为望帝了。这可是蜀国有史以来的一件大事啊。

老阿摩对杜宇王还是很敬重的，对杜宇王的请求几乎有求必应。这不仅因为杜宇王能够礼贤下士，对神巫更是尊重有加，还因为杜宇王喜欢祭祀活动，特别重视发挥神巫的作用，所以和神巫之间便建立了一种相互信任关系。也正由于相互依赖，相互敬重，所以也就形成了一种默契。在一定程度上说，老阿摩与杜宇王还培养了一种情谊。这种默契与情谊，无论是在心理上还是在情感上都好似一条纽带，将他们分别代表的神权与王权连接在了一起。这本来也是蜀国的一种特色，而在杜宇王时代尤为显著。

老阿摩觉得自己还是老了，精力已不像以前那么旺健。上次大洪灾祭祀失败，遁走山林，经过数月闭关修炼，虽然恢复了法力，但无论坐卧行走，都感觉着体能已大不如前。老阿摩心想，等这次盛典举行完毕，自己还是归隐山林为好。到了现在这个年龄，确实是应该退休了。老阿摩很喜欢自己的隐居之地，本来已不打算出山，经不住杜宇王的两次礼请，又来到了王城，住进了神巫的宅院。住在这所幽深的院落里也很舒适，但这里听不到灵猿的啼声，也看不见鸾凤的飞翔，更闻不到翠柏的清香与山花的芬芳，以及山涧碧瀑的天籁玄妙之音。唉，相比较而言，老阿摩还是更喜欢隐居之地的环境，这里是凡间，而那里才真正是神仙住的地方啊。

老阿摩因为怀念隐居之地，打坐时便有些心猿意马。这时门被轻轻推开了，随着一阵夜里的凉风吹来，灯火忽闪了一下。老阿摩睁开双眸，看到两位弟子走了进来，对他说，夜观天象的地方已经安排好了，问他是否现在就去？

老阿摩哦了一声，在两位弟子的搀扶下，离开蒲座，站了起来，手拄神杖，出了房门，来到了院落的空旷处。站在这里，可以仰望星空。只见夜空中仍有浮云遮掩，半轮明月时隐时现，星光朦胧，万籁寂静。通常举行一般的祭祀活动，是用不着观察天象的。但明日即将举行的祭祀大典非同寻常，老阿摩决定要好好看一下天象，看看上天有什么预兆，以便更好地应对，免得再发生上次那样意想不到的情况。

老阿摩站在院内，仰望着朦胧的星空，观察了好一会儿，也看不真切。老阿摩用苍老的声音对随侍的弟子说：换个地方吧！

弟子们知道，要换地方，那只有登高了。弟子们随即打开了院落的后门，搀扶着老阿摩出了门，走了一段路，沿着很长的台阶，登上了北面高大的城墙。站在这里，视野骤然开阔，可以眺望整个王城，也可以远望奔腾的岷江与远方的西山。

老阿摩站在城墙上，继续仰望星空，观察天象。此刻夜阑更深，北斗如勺，悬挂于天，浮云蔽月，银河朦胧。老阿摩特意要看的几个星座，都隐隐约约，仍然看不真切。老阿摩微闭了眼睛，默默祷告天地诸神，希望给个清晰的兆示。这样在静默中过了好一会儿，月亮已经缓缓西移，天象依然朦胧迷茫。看来诸神是要让神巫自己去猜测思量了。

老阿摩无奈地叹了口气，将目光投向了夜色笼罩着的王城。老阿摩注意到，在王宫方向，依然有亮光，是王宫中的人还在准备明日的祭祀盛典吗？在朝向东北方向的城门外，可以隐约看到高大的祭坛，那就是明日举行大典的地方了。似乎有一股黑气和神秘的红光笼罩着祭坛，并向城门和王宫蔓延。老阿摩有点疑讶，黑气主刀兵，红光为喜兆，本来是相互矛盾的，却掺和在了一起，这又是什么意思啊？明日的祭祀盛典，究竟是吉还是凶呢？老阿摩微闭了眼睛，在心里琢磨着，等他睁开眼睛的时候，却又看不清楚了。

老阿摩对身边的弟子们说：你们朝那边的城门与祭坛看看，望见什么了吗？

弟子们随着神巫神杖所指望去，看了好一会儿，都摇头说：没有什么啊。

老阿摩知道，弟子们的法力有限，都是肉眼凡胎，自然是什么都看不到了。

此时，黑气渐渐地又显了出来，红光则变弱了。但瞬间似乎又隐蔽在了夜色中，一切都消逝不见了。老阿摩觉得很纳闷，诸神究竟要告诉他什么呢？是关于明天的祭祀活动，还是关于杜宇王的称帝？难道蜀国又要发生什么大事了吗？杜宇王称帝已经是旷古未有的大事了，除此之外，难道还有其他什么大事吗？老阿摩甚至联想起了王后朱利的嘱托，要他劝阻杜宇王停止和其他女人的关系，但那又算是一件什么事情呢？老阿摩就这么仔细地想了一遍，又觉得自己似乎有些多疑和过虑了。既然显示有喜兆，又担忧什么呢？

老阿摩心里有些感慨，不由得叹了口气。反正谋事在人，成事在天，福与祸也总是相倚相伏的。刚才看到的神秘征兆，是否就向他暗示了这个道理呢？

老阿摩虽然这样想通了其中的道理，但还是叮嘱弟子们说：你们记住，明天要提醒杜宇王，不要忘了。

弟子们问道：提醒杜宇王什么？

老阿摩嗯了一声，不置可否，也不细说。

夜风吹来，顿生凉意。附近的树上，有一只硕大的猫头鹰突然飞了起来，像一团魅影，朝远处田野掠去，在老阿摩与弟子们的耳畔留下了一阵翅膀扇动的扑棱声。

老阿摩叹了口气，拄着神杖，在弟子们扶持下，走下了城墙，返回神巫宅邸。

第二十八章

鸡鸣之后，东方露出了曙光，天空渐渐亮了起来。

王城内外已经有了人影走动，很快人就多了起来，开始朝王城之外岷江之畔的高大祭坛聚集。天气有些阴沉，霞光染红了云层，也给王城与祭坛都披上了一层神秘而又绚丽的色彩。当霞光淡下去的时候，天空中只有变浓的云层，好似漂浮着的灰暗的帷幕，笼罩着王城，也笼罩着祭坛。

王宫内正在紧锣密鼓地准备出行，侍卫们都佩带了武器，马匹已备好雕鞍。只等杜宇王传令，就可以出发了。

杜宇王此时正在穿戴，他还是听从了王后朱利的建议，在里面穿上了软甲，外面穿了崭新的王袍。这件软甲非常坚韧而又精致，很多年都没有使用了，一直闲置在寝宫中。此时穿上，总觉得有点别扭，也许是自己发体了，腰围变胖了的缘故吧？然后佩带了宝剑，这是杜宇王常用宝剑中最锋利的一把，当年正是使用此剑击倒了鱼凫王。今天本是举行称帝盛典的吉庆日子，却像临战似的，使得杜宇王心里总觉得有点别扭，有一种颇为奇怪的感觉。还有一件很重要的事情，就是那顶金冠装在了一个精致的锦盒内，杜宇王让一名心腹侍卫捧着，到神巫举行祭祀大典时，再由神巫为杜宇王加冕。杜宇王在宏伟的祭坛上，那时面对万众，戴上金冠之后，就是真正的望帝了，臣民们就会山呼拜贺。一想到那种欢腾的场面，杜宇王便兴奋起来。

杜宇王派身边的侍者去询问，如果王后和公主也准备好了，就可以出发了。

杜宇王还派了几名侍卫，提前去神巫宅邸，迎候和护卫老阿摩，一起前往祭坛。

此时鳖灵率着治水凯旋的队伍，已经行走在路上。

按照既定的计划，天色刚蒙蒙亮，队伍就起程了。从归途中的临时驻地，前往王城外面的祭祀地点，只要一个多时辰就可以到达。队伍走了一会儿，就远远地望见了高大宏伟的祭坛，盛大的欢迎仪式就将在祭坛举行。

鳖灵率领的队伍很庞大，人数众多，还有驮运治水工具与生活用品的马匹与耕牛。就像迁徙似的，看起来显得有些杂乱。因为辛苦了数月，大家都很疲惫，又因为今天参加凯旋欢迎仪式后就要回家了，一个个又都情绪高涨，显得异常兴奋。鳖灵和阿鹄骑在马上，带着亲随家丁，走在队伍前面。江灵和两百余名武士，则混合在队伍中，使用的武器也都隐藏在马匹与耕牛驮运的治水用具内。

阿鹄已经知道鳖灵今天在欢迎仪式之后，在杜宇王举行称帝祭祀大典的时候，就要对杜宇王进行兵谏了，从昨夜至今，心中一直很紧张。只有鳖灵平静如常，有时会用沉着而犀利的目光扫视阿鹄。阿鹄一接触到鳖灵的目光，便如芒刺在背，慌乱不安。阿鹄明白，他现在只有追随鳖灵，别无选择，没有退路。因为自己的假公济私，杜宇王要严惩他的话，随时都会杀他的头。而如果鳖灵兵谏成功，他就逢凶化吉了。但假若兵谏失败了呢？那就彻底完蛋了。但与其坐待严惩，还不如冒险一试。这样反复地想着，阿鹄的心态便很复杂，也很烦躁。

鳖灵已看穿了阿鹄的心思，骑在马上提醒道：你无须紧张，要如往常一样才好。

阿鹄赶紧点头说：是，蜀相大人，小臣明白。

鳖灵又说：等一会儿你要按照我说的那样安排，切记不得有误。

阿鹄连声说：蜀相大人放心，小臣一定遵照大人的旨意行事。

鳖灵策骑而行，这时天色已经大亮，远处高大的祭坛和嵯峨的王城都看得很清楚了。想到今天即将面对的宏大场面，他将在万众面前向杜宇王发起袭击，和杜宇王进行一场生死较量，鳖灵不由得心潮澎湃，整个身心都如同绷紧的弓弦，充满了一种引而待发的力量。如果不是因为杜宇王的荒淫，没有发生海伦红杏出墙，鳖灵依然还是忠诚的良相。但现在鳖灵已经成了一个巨大阴谋的策划者和操控者，这一切当然都是被逼出来的。鳖灵本是豪杰之士，岂能忍受夺妻的羞辱？正因为这个原因，鳖灵才由愤慨而化为叛逆，做出了深沉周密的谋划。情形如此，大势所迫，如今已箭在弦上，不得不发了。

鳖灵回首扫了一眼随行的队伍，三弟川灵和四弟江灵也都做好了准备，与两百余名武士行走在队伍中。估计此刻二弟山灵也从金沙村庄园出发了，族人们将陆续进入王城，混杂在看热闹的民众中。到时候，只要鳖灵一出手，立刻就会刀光剑影，一场剧变就要爆发了。

杜宇王身穿王服，佩带宝剑，骑上骏马。彪壮的侍卫们也都上了马，列队待发。猛犬小虎，也跟随在队伍中。王后朱利和公主白羚也准备好了，带着随行的宫女出来了。

就要出发之际，突然传来了象群的吼叫声。象群平常都是很安静的，从未像今天这样。白羚说：待我去看看。赶紧去了象棚。白羚看到，象群显得很烦躁，尤其是当当和笨笨两头大象，见到白羚，不停地摇头，还摆动长鼻。白羚与象群长期相处，灵犀相通，觉得它们在表达一种意思，似乎是不要她外出。白羚安慰象群说：我今天必须陪父王与母后，待我参加了大典，再来陪你们啊！象群依然对着她不停地摇头摆鼻，像是在劝阻她一样。白羚很无奈，也有点不解，又安慰了象群几句，还是离开象棚走了。

白羚对杜宇王和朱利说：父王、母后，象群希望我们不要外出哦。

杜宇王笑道：象群又不会说话，怎么会有此意？

白羚说：可我知道它们要表达的意思啊。

杜宇王说：今天要举行大典，怎么能不外出呢？好了，出发吧！

杜宇王果断地一挥手，策骑而行，在侍卫们的簇拥下，走出了王宫。朱利和白羚交换了一个眼神，也跟随在杜宇王后面，一起出发了。随行要参加祭祀大典的大臣们，已候在王宫外面，此时也都骑着马紧随杜宇王，加入了出发的行列。

从王宫出来的人马，个个衣甲鲜亮，人强马壮，精神抖擞，走过大街，马蹄声清脆而又悦耳。快到城门时，突然刮来一阵怪风，穿过敞开的城门，急速地旋转着，带着尘沙，直扑人面。地上的尘土与碎屑，都被这阵突如其来的旋风扬了起来，一时间，竟有些天昏地暗之感。行走的骏马被旋风所惊，发出了嘶鸣，猛犬小虎也发出了吠声。杜宇王被风沙迷了眼，好不容易勒住了马。朱利反应很快，见旋风袭来，赶紧用衣袖遮住了面孔。侍卫们也被这阵旋风吹得有些慌乱，纷纷拔出刀剑，将杜宇王护卫在了中间。

这阵怪风来得快，也去得快。片刻之后，一切又恢复了正常。杜宇王揉着眼睛，有点纳闷，怎么会突然遇到这样一阵旋风呢？朱利策骑上前，替他拂去了王服上的沙尘。这时神巫带着弟子，在几名侍卫的护卫下骑马而来，到了杜宇王的面前。

杜宇王向神巫施礼问道：尊敬的阿摩啊，刚才突遇旋风，扬沙扑面，请问是何征兆？

老阿摩略做思索，沉吟道：常言天有不测风云，这风沙兆示的也许就是这个道理。

杜宇王哦了一声，又问道：阿摩啊，那么这个征兆究竟吉凶如何啊？

老阿摩说：吉凶在人而不在于天，吉人自有天相，遇凶也会化吉。

杜宇王点了点头。神巫虽然说得含糊其辞，模棱两可，但杜宇王觉得神巫的意思还是很清楚的。

朱利在旁边说：既然有不测之兆，我们不如改日再举行祭祀大典吧。

杜宇王说：那怎么行？已经布置好了，万众聚集，岂能改期？

朱利又劝道：大王啊，天象示警，还是改期为好。

杜宇王说：神巫刚才不是说了嘛，吉人天相，遇凶也会化吉，何必忧虑？

朱利见杜宇王如此坚持，也就不好再劝了。但心里总觉得很不安，忧虑重重。

此时如果神巫也劝阻杜宇王的话，杜宇王也许会考虑改期举行祭祀大典。朱利用眼光去看老阿摩，老阿摩却一言不发。朱利很无奈，只有暗自叹了口气。

老阿摩其实也有些犹豫，联想到昨夜天象暗淡，看到了笼罩祭坛的黑气与神秘红光，此刻出城时又遇怪风扑面，天有不测风云，人有旦夕祸福，总不是什么好兆头。但杜宇王筹划已久，今日要举行祭祀大典，然后加冕称帝，只能好言祝贺，又岂能拂了杜宇王的兴致？更何况杜宇王雄心勃勃，统治蜀国二十多年，王权在握，社稷稳固，今日不过举行一场祭祀大典而已，又有什么好担心的呢？

杜宇王此时也在用征询的目光看着神巫，见神巫并没有提出什么新的建议，杜宇王的心也就定了下来。随即率着侍卫和大臣们继续前行，出了城门，朝高大的祭坛而去。城内的一些民众也正从各处向着祭坛汇集。

鳖灵率着凯旋的民众已经先行到达了，将队伍排列在了祭坛前面，还有许多民众散布在了祭坛四周。

杜宇王一行到达祭坛时，阿鹄正在指挥和安排祭祀场面。祭坛上已经摆好了祭台与祭祀用品，沿着台阶两边站了两排手执旗幡的人，彩旗猎猎，迎风招展。还有一些姑娘和青年，手持祭祀用具，站在了祭台两侧。阴沉的天气衬托着宏大的祭坛，场面显得神秘而又壮观。看到衣甲鲜亮的杜宇王率着侍卫们和神巫一起来了，民众都欢呼起来，朝着杜宇王围了过来，肃穆的气氛一下就变得热烈起来。

阿鹄赶紧迎上前来，向杜宇王恭施礼道：大王，小臣于此已恭候多时，欢迎仪式和祭祀大典都已安排妥当了。请大王登坛！

杜宇王骑在马上，扫视了一眼热闹的场面与神态谦恭的阿鹄，问道：都安排好了？

阿鹄俯首道：是的，大王！一切都遵照大王的旨意，布置就绪。请大王登坛吧！

杜宇王嗯了一声，向欢呼的民众挥手致意。又问道：蜀相呢？

阿鹄说，蜀相也到了，和治水凯旋的人群在一起。大王登坛后，再宣召他吧。

杜宇王此时兴致勃勃，身手矫捷地下了马。神巫在弟子的搀扶下，手执神杖，也下了马。杜宇王向神巫做了个请的手势，和神巫一起，开始登坛。阿黑率着一群彪悍侍卫，紧随在杜宇王身后。阿鹄对阿黑说：祭坛上用不着那么多人，留一些在坛下护卫吧。因为阿鹄是整个欢迎仪式和祭祀活动中的总管，阿黑便留了一些侍卫在下边，守住了登坛的台阶。

老阿摩按照惯例，还是像以往一样，手持神杖，走在杜宇王的前面。这个重建的祭坛，比以前的更为高大，台阶也更宽了。老阿摩一踏上祭坛的台阶，精神便旺健起来。祭坛是神巫的舞台，今日又要神巫来施展身手，沟通诸神了。老阿摩就这样一步一步地拾阶而上，不要弟子搀扶，一直走到了宏大的祭坛上面。

杜宇王也随着登上了祭坛。相比较而言，身材高大的杜宇王，步履就矫健多了。虽然杜宇王年事渐高，双鬓斑白，但体魄强健，器宇轩昂，看上去仍同年轻人似的。此时站在高大的祭坛上，望着下面情绪高涨的民众，杜宇王觉得很兴奋。等一会儿神巫举行了祭典，给他加冕戴上金冠，称帝的愿望就实现了！阿黑和几名侍卫紧随于后，近臣阿鹄也跟了上来，站在杜宇王的身边。王后朱利和公主白羚，以及随行参加祭祀大典的大臣们，此时也依次踏阶登坛。猛犬小虎一直跟着阿黑，此时被留在了祭坛下边，和其他侍卫待在了一起。

杜宇王居高临下，眺望着祭坛四周的人群。今日的场面确实很宏大，一眼就看得出来，人群中有很多是凯旋的治水民众，还有许多是王城里的居民，还有大量附近的百姓，他们团团围住了祭坛。情绪高涨的人群，都仰头望着祭坛，真是万民景仰啊。等一会儿带上金冠，臣民们就要山呼拜贺了。杜宇王联想到上一次也是在这里举行祭祀活动，那时大雨成灾，神巫登坛施法，就在祭祀即将结束的时候，洪水溃堤了。当时的情景好可怕啊！时隔数月，今非昔比，现在治水已经大获成功，筹划很久的称帝盛典也已准备就绪。上次忧心忡忡，今日则很兴奋，情形变了，心境也截然不同。

杜宇王收回目光，扫视着已经摆好的祭台，四周插了彩旗，旁边站着一些姑娘和手持祭祀用具的青年，沿着台阶也站了两排手执旗幡的人，显得与上次不同。这些青年，都很面生。杜宇王很警觉，却并未因之生疑。他觉得，这些都是阿鹄的特意安排，彩旗招展，旌幡飘拂，增添了热烈的气氛，很有新意，所以还是比较满意的。

杜宇王看着阿鹄。阿鹄避开了杜宇王威严而锐利的目光，小心翼翼地说：大王，都准备好了。开始吧？

杜宇王说：好！开始吧！

阿鹄走到台阶前，面向坛下，大声传令道：大王有旨，欢迎凯旋，宣蜀相上台！

鳖灵从人群中出来，率着十余人，从容登阶，朝着祭坛走来。

杜宇王问阿鹄：蜀相为何要带人上来？

阿鹘说：禀报大王，那些都是参加治水的百夫长，治水有功，要当面聆听大王奖励。

杜宇王嗯了一声，觉得既然是治水有功的百夫长们，当面奖励当然也是应该的。

鳖灵的步伐从容而又沉稳，率着十余人拾阶而上，登上了高大的祭坛。随在后面的还有四人，抬着一头大鹿，也登上了祭坛。猛犬小虎此时虎视眈眈地瞅着那头大鹿，发怒似的吠叫了一声。

杜宇王听到吠声，注意到了那头大鹿，问阿鹘：后面几个人抬着鹿来干什么？

阿鹘说：禀报大王，那是他们猎获的一头大鹿，是特意献给大王的礼品。

杜宇王哦了一声，献鹿当然也是一种美意，鹿是美味，也是吉祥的象征嘛。但猛犬小虎为何要对大鹿吠叫呢？也许因为猎物的缘故吧？

杜宇王和身边的侍卫们都注视着走上来的鳖灵，阿黑和几名侍卫高手蓄势待发，保持着高度警惕。朱利和白羚也注视着鳖灵。朱利的目光冷冷的，一副提防的神态。白羚的双眸亮亮的，透露出了内心的热情。围住了祭坛的民众此时都仰望着鳖灵，情绪高涨。本来是热闹的场面，此时静了下来，传来了马匹的响鼻声，可以听到旌旗在风中飘动的猎猎声。天上的云层仿佛触手可及，压抑在祭坛和人群的上面，整个场面显得很肃穆，正等待着一个重大时刻的到来。

鳖灵还像以往一样，穿着简朴，矫健干练，腰间仍佩带着那把锋利的短刀。紧随其后的十余名百夫长，全是普通装束，身着灰色布衣，腰系黑带，赤手空拳。后面四个人，抬着一头捆在木杠上的大鹿，鹿角上还扎了红带子。鳖灵和百夫长们都肤色黝黑，衣着简陋，一副饱经风霜的样子。只有鹿角上的红带子，鲜艳夺目，在严肃的气氛中增添了一点喜庆的色彩。

杜宇王对鳖灵带人登坛虽然心存疑虑，但看到他们全都徒手而来，而且合乎情理，也就释然了。护卫在杜宇王身边的彪悍侍卫们，都虎视眈眈地看着登坛的鳖灵与百夫长，并未因为这些人赤手空拳而放松警惕。侍卫们的手都握在剑柄上，只要杜宇王发令，就会对鳖灵采取行动。

鳖灵登上祭坛后，沉着地扫视了一眼坛上站立的人们，炯炯有神的目光依次从王后朱利、公主白羚、神巫老阿摩、阿鹄与其他大臣们的脸上扫过，然后面向杜宇王，恭敬施礼道：臣受大王委派，治水数月，幸获成功，今日凯旋，拜见大王！

杜宇王自从上次登坛拜相之后，一晃数月，再次在万众瞩目的祭坛上面对鳖灵，中间因为发生了和海伦的私情，君臣之间的关系已经变得异常的微妙和复杂，心里总觉得怪怪的。杜宇王用威严的目光注视着鳖灵，答道：蜀相辛苦了！杜宇王又对跟随在鳖灵身后的百夫长们说：你们都辛苦了！仰仗诸神护佑，治水大获成功，你们都是有功之人！待举行了祭祀大典之后，本王就论功行赏，好好地奖赏你们！

百夫长们都大声说：多谢大王鼓励和奖赏！

杜宇王对阿鹄说：现在，祭祀开始吧。

阿鹄飞快地同鳖灵交换了一个眼神，鳖灵不易觉察地点了下头。杜宇王的欢迎凯旋仪式，也未免太简单了。只说了几句话，所谓的犒赏也只停留在口头上，就急着要举行祭祀大典，这也显示了杜宇王急于加冕称帝的心态。

按照鳖灵的谋划安排，只要鳖灵与武士们接近杜宇王后，随时都可以动手。但此刻时机尚不成熟，不妨等杜宇王举行了祭祀盛典，加冕戴上金冠，完成了称帝仪式，正值兴高采烈之际，再发动突然袭击也不迟。那时出其不意，成功的把握会更大。阿鹄因为知道鳖灵要兵谏，所以要配合鳖灵，在整个进行过程中虽然站在杜宇王的身边，遵循着杜宇王的旨意，其实都在看鳖灵的眼色行事。

阿鹄随即向杜宇王说：是，大王！请神巫开始吧！

老阿摩手执神杖，走到了祭坛中央，开始主持这场隆重的祭祀大典。

老阿摩虽然须发皆白，年事甚高，已经老态龙钟，但每逢祭祀便精神焕发。此时站在这宏大壮观的祭坛上，苍老的手中执掌着象征法力与神权的神杖，很快便进入了角色。老阿摩举起神杖，仰首面向苍穹，仿佛有某种神秘的力量降临在了身上，先是祷告上天，继而沟通诸神。祷告有一套程序，最主要的就是祈祷上天保佑蜀国，降福于民，接着就是祈祷诸神护佑蜀王。祭坛上所有的人都注视着神巫，祭坛下面围观的人群更是万众瞩目。在老阿摩祷告的过程中，整个场面都静了下来，凝聚着一种肃穆而又奇妙的气氛。在这种气氛中，既有期盼，又有好奇、观望、等待，还有警惕、忧虑与不安。每个人的心态与情绪都不一样，面容上的表情也各不相同。

杜宇王保持着威严的神态，一边注视着神巫的祭祀动作，一边用眼角的余光观察着与众多大臣站在一起的鳖灵。阿黑与几名彪悍侍卫警惕地护卫在杜宇王的身边，因为杜宇王事先有令，只要杜宇王一个手势，就会立即将鳖灵拿下。鳖灵泰然自若地站在那里，不动声色地看着祭坛上每一个细节，等待着发起突然袭击时机的到来。阿鹄侍立在杜宇王的旁边，一脸的谦恭，但依然透露出了内心的紧张。大臣们都静默不语，一个个都像陪站的蜡像，眼神却各异，显得很微妙。

祭坛上只有朱利敏锐地感觉到了气氛的异常，她毕竟多年行走江湖，见多识广，经验老到，总觉得此刻的祭祀场面看起来风平浪静，而在平静的表象下面却隐藏着紧张不安的玄机。朱利锐利的目光扫视着鳖灵与那些随之登坛的百夫长们，他们都在观看神巫的祭祀，暂时并没有什么反常举动。但朱利总觉得有点不对劲，鳖灵那双沉着的眼神中就隐藏着刀锋似的亮光。虽然鳖灵竭力收敛了锋芒，还是瞒不过朱利犀利的眼睛。朱利又注意地看了一眼杜宇王，以及杜宇王身边警觉的阿黑与几名彪悍侍卫，觉得杜宇王还是做了充分准备的，对鳖灵并未掉以轻心。祭祀活动正在进行，待整个仪式结束之后，杜宇王就应该对鳖灵采取措施了。但鳖灵会俯首听命吗？如果发生冲突怎么办？朱利很担心，双手不由自主地握住了随身佩带的宝剑与强弓。

白羚此时也感觉到了气氛的微妙，觉得整个祭祀场面很隆重很热闹也很神秘，仿佛有某种说不清楚的威胁，就隐藏在神秘的气氛中。白羚天性颖悟，直觉超群，历来对很多事情的感觉都极其敏锐。但此刻白羚却很难做出判断，威胁究竟隐藏在什么地方呢？父王和蜀相真的会发生冲突吗？父王身边的侍卫个个彪悍，如狼似虎，武功高强，受到威胁的也应该是蜀相啊。联想到父王与海伦的私情，父王会如何对待与处置蜀相呢？白羚想到这些，不由得暗暗担忧，心中也暗自祈祷，但愿不要发生什么意外和不测才好。

老阿摩开始手舞足蹈，挥舞着神杖，不时碰触到祭坛地面的木板上，发出沉闷的响声。神巫的几名弟子围在神巫的四周，也跳起了巫觋之舞，动作狂放而又热烈。这是蜀国特有的祭祀舞蹈，以表达神巫与诸神的交流，癫狂的动作往往象征着诸神的降临。老阿摩的弟子们在伴舞的时候，还念念有词，似吟似唱，如歌如诉，仿佛在同神灵进行着对话，表达了对神灵的祈求、许愿和喜悦。有两名弟子还敲起了皮鼓，为现场营造了更为炽热的气氛，将祭祀仪式推向了高潮。

鳖灵注视着舞蹈中的神巫，荆楚之地也流行巫术与巫觋之舞，但与蜀国的祭祀舞蹈大不相同。鳖灵是第一次参加蜀国这种盛大的祭祀活动，面对眼前神巫与弟子们癫狂的舞蹈动作，杜宇王与大臣们都面呈虔诚之色，可见神巫在蜀国的地位是非常崇高的。一个迷信神巫的王国，这究竟是君王的高明，还是昏庸呢？鳖灵暗自冷笑，隐藏了眼中的锋芒，扫视着祭祀过程中每个人的一举一动，以超凡的毅力与耐心，等待着动手时机的来临。

老阿摩的舞蹈持续了很长时间，终于完成了与诸神的祈求与交流。

老阿摩以神杖拄地，站在了祭台前。弟子们也收起皮鼓，停止了舞蹈，站在了神巫的两侧。老阿摩面对杜宇王，用苍老的声音说：上天与诸神告诉我，杜宇王统治蜀国，声名远播，万民景仰。为了上应天意，下顺民情，杜宇王应该加冕称帝！从此以后，将以望帝为号！

众多大臣们随之大声说：诸神旨意，必须遵循！吾王英明，请即刻称帝吧！

杜宇王的脸上露出了欣慰的笑容，朝身边的阿黑使了个眼色。

阿黑手捧锦盒，恭敬地走到了老阿摩面前。老阿摩将神杖靠在祭台上，双手接过锦盒，慢慢地打开来，将一顶金冠捧在了手上。众人的目光齐刷刷地都望着那顶金冠。此时，天空的云层压得更低了，金冠在灰暗背景的衬托下，闪着神奇的光彩，显得更加璀璨夺目。神巫将金冠高举过头顶，望着杜宇王。

杜宇王迈开大步，朝神巫走去。杜宇王站定后，摘去了以往常戴的王冠，交给了阿黑，然后面对神巫。因为身材高大的缘故，杜宇王略微躬着身，等待着神巫的加冕。神巫将高举着的金冠慢慢地戴在了杜宇王的头上。杜宇王转过身，面对诸多大臣，头上金冠璀璨，神情雍容自得。这时另一名侍卫又向神巫呈上一个锦盒，神巫取出了一件崭新的帝袍，披在了杜宇王的身上。帝袍制作得精致而又华丽，与金冠相得益彰，杜宇王穿戴在身上，真的是气度非凡。

杜宇王将威严的目光投向了阿鹄与众多大臣。阿鹄有些紧张，赶紧俯首施礼说：小臣恭贺吾王！大臣们也随之大声说：微臣恭贺吾王！望帝威武！因为习惯称呼的缘故，杜宇王现在已经加冕称帝了，但大臣们还是习惯以大王相称，杜宇王兴致勃勃，对此也没有计较。祭坛下面的人群也发出了欢呼。一切都如杜宇王意料的一样，称帝的过程并不复杂，只需由神巫为他戴上金冠披上帝袍，从此以后他就是望帝了！杜宇王注意到，蜀相鳖灵也同众多大臣们一样，向他施礼表示祝贺。看来鳖灵还是比较识相的，并没有什么反常举动。杜宇王心想，只要鳖灵明白事理，一切就好办了。反正等待整个仪式结束后，再说下文吧。

接下来就是献祭了。这是整个祭祀过程中最后一个重要仪式。

老阿摩将美酒与玉器依次摆在了祭台上，表示对上苍与诸神的感谢。在蜀国的历次祭祀活动中，献祭美玉雕琢的器物都是必不可少的程序，其中有玉琮、玉璧、玉璋等，都是重要的礼神之玉。美酒也是敬献天地神灵的重要礼物。老阿摩仰首面向苍穹，做了一番祈祷，然后将美酒斟洒在祭台前边的地上。一股醇美的酒香，随之飘散开来。

杜宇王此时也面对祭台，虔诚祷告，希望诸神护佑，接受献祭，降福于蜀国，帝位稳固，长治久安。这时在场的大臣们都神色恭敬，在弥漫着酒香的气氛中，等待着祭祀的结束。朱利看着杜宇王，觉得今天的称帝仪式确实很顺利，自己是否有点过虑了？她时而扫视一眼和诸多大臣站在一起的鳖灵，心里仍保持着警惕。鳖灵很沉着，仍是一副不动声色的样子，只有那双炯炯的目光，闪烁着坚毅而逼人的锋芒。白羚陪在朱利身边，也不时地看向鳖灵，清澈的目光中既有关心，也蕴含着柔情。

就在酒香飘溢、祭祀即将结束的时刻，从王城方向突然传来了急促的马蹄声。一名受伤的侍卫，血迹染红了衣衫，正伏在马背上，朝祭坛疾驰而来，一边大声喊：大王！不好了！

原来，杜宇王曾派了几名侍卫严密监视着金沙村的动静。在山灵率领家丁与族人组成的精干队伍前来同鳖灵会合时，被监视的几名侍卫察觉了异常。虽然其中一些已经分散出发，使行动尽可能地隐秘，但他们携带的快刀利剑和弓箭武器还是引起了怀疑。于是冲突与搏杀便不可避免地发生了。几名侍卫纵使武功高强，也难敌山灵的人多势众。更何况这些来自荆楚的人皆非弱者，都深知今日的搏斗将决定整个家族的生死存亡，早已抱定了破釜沉舟的决心，一旦拼起命来，个个都好似出柙的虎狼一般。数人对一，出招狠辣，经过一阵凶悍激烈的厮杀，几名侍卫都倒下了。只有一名身负重伤的侍卫骑马冲出了包围，一路狂奔，赶到祭坛来向杜宇王报信。

急促的马蹄声与侍卫声嘶力竭的喊叫，惊动了祭坛上面的人们。杜宇王有点惊讶，向身边的阿黑问道：发生了什么事？阿黑走到祭坛边上，看到了那名受伤的侍卫，大吃一惊，武功高强的侍卫，怎么会伤成这样呢？守护在祭坛下面台阶处的侍卫，正分开围观的人群，迎向那名伤者。朱利也大为惊讶，不由得执弓在手。因为事情发生得太突然，大臣们尚不明白底细，个个都有点慌乱。只有神巫还在进行着祭祀活动中的最后仪式。

鳖灵此时也略感意外，但已容不得丝毫迟疑。鳖灵刷地拔出了腰间锋利的短刀，以闪电般的动作，一刀划开了献给杜宇王的那头大鹿，露出了隐藏在鹿腹中的快刀利剑。跟随鳖灵登坛的十余人，眨眼之间，便个个手执利器，成了勇猛的武士。预先布置在祭台两侧手持祭祀用具的青年，也都去掉了伪装，成了手持长矛和宝剑的人。

鳖灵一声呐喊，率先朝杜宇王扑去。预先就装扮了站在祭台旁边的江灵，率着同样装扮成手执旗幡者的家丁和武士，也一起扑向了杜宇王。鳖灵的动作极快，大有迅雷不及掩耳之势。眨眼之间，鳖灵锋利的短刀已经刺到了杜宇王的胸前。杜宇王因为穿了帝袍，行动有些不便。幸好内穿软甲，起了大作用，略略侧身，便避开了这充满仇恨而又可怕的一刀。江灵的动作同样快捷如风，迅疾扑到了杜宇王的几名侍卫面前。

杜宇王十分慌乱，这一切发生得太突然了。他对鳖灵做了很多预防，并设想了几种处置办法，却没想到鳖灵隐藏得如此深沉，竟然在称帝仪式进行中发起突然袭击，而且是如此心狠手辣。杜宇王突然发现，自己确实低估了鳖灵，犯了一个轻敌的错误。当杜宇王明白这一点的时候，已经错失了良机，陷入了袭击者的包围之中。但杜宇王毕竟是一位武功很高强的人，在躲过鳖灵的第一刀之后，马上拔出了宝剑，开始抵挡从四面向他袭来的武器。阿黑与几名彪悍的侍卫，反应也极快，都执剑在手，护卫在杜宇王的身边，抵挡着袭击者凶悍的进攻。阿鹄没想到鳖灵的兵谏竟然是以死相拼，一时惊慌失措，赶紧躲闪。大臣们更是惊恐万状，四散奔逃。神巫和弟子们也被逃避的大臣们所冲撞，被逼到了祭台一侧。朱利一直保持着警惕，但事变真的发生了，还是大吃一惊。朱利的反应极快，立即张弓搭箭，瞄向了鳖灵，但鳖灵正和杜宇王纠缠在一起格斗，稍有不慎便会误伤了杜宇王，使得朱利根本无法将箭射出。白羚也很吃惊，很想冲上前阻止鳖灵对父王的攻击，但奔逃的大臣与格斗的人群阻挡了她的行动。在祭坛下面，混杂在人群中的武士们也纷纷亮出武器，和布置在台阶处的侍卫们开始格斗和厮杀。猛犬小虎狂吠着，知道杜宇王遇到了危险，沿着台阶，朝着祭坛狂奔上去。

　　整个场面一片混乱，刚才还是隆重的加冕称帝与祭祀仪式，现在已变成了激烈的搏击与血腥的杀戮。蜀相鳖灵与杜宇王之间，由于海伦的缘故，终于爆发了流血冲突。

第二十九章

鳖灵与杜宇王以死相拼，堪称是一场真正的生死较量。

如果以武功而论，杜宇王曾是一位了不起的高手，假若时光倒流二十年，鳖灵根本不是杜宇王的对手。但杜宇王毕竟老了，精力体力都已大不如前，加之几个月来的纵欲，好色过度，精力透支，已经掏空了他的身体。表面看起来，杜宇王还是精力充沛，旺健如昔，而实质已大打折扣，再也不是年轻时代的光景了。近身格斗几个回合，杜宇王已败象毕现，难以招架。

鳖灵善于用刀，身手敏捷，曾多年经商，经受过江湖上的磨砺，深谙制敌取胜的诀窍。鳖灵的招式凶狠而又实用，刀刀都取敌要害，其实刀术并不精妙。若是以往，以鳖灵的这种刀法，同杜宇王的高明剑术相对决的话，是很难有胜算的。但鳖灵赢在了周密的谋划与雷霆般的气势上，鳖灵的年轻强健与愤怒之心，给鳖灵增添了烈火似的力量。加上鳖灵的敏锐反应，步法如豹，攻击如虎，一下就占尽了上风。

杜宇王当然不会束手就擒，阿黑与几名彪悍的侍卫也绝非弱者，在这生死存亡的关键时刻，都拼死抵挡着袭击者的进攻。有好几名武士都倒在了侍卫们的剑下，江灵训练的这些武士毕竟时间太短了，无论刀剑功夫还是实战经验都比侍卫们差远了。但江灵很厉害，使用的又是一把锋利无比的宝剑，还有一些心腹家丁的本事也很高强，交手几个回合，江灵就刺倒了两名侍卫。阿黑在搏击中也受了轻伤，为了护卫杜宇王，仍浴血相拼。祭坛上刀剑的碰击声、砍杀声、呐喊声、奔逃声、惊呼声，响成了一片，好似开了锅的粥。祭坛下面，川灵与武士们也向其他侍卫们发起了攻击，在进行着激烈的格斗。聚集在祭坛四周的人群，有奔跑的、呼喊的、躲避的，相互拥挤，对事先安排在祭坛下面的侍卫们起了牵制与阻碍作用，使得侍卫们无法冲上祭坛去护卫杜宇王。有一些侍卫仍在往上冲，在登坛的台阶上发生了激烈的厮杀。祭坛上面，杜宇王与几名侍卫已经陷入了袭击者的围困之中。远处也传来了呐喊声，山灵率着家丁与族人组成的队伍，此时已从王城方向迅速赶来了。

朱利因为场面太混乱，不好使用弓箭，此时也拔出了宝剑，加入了保卫杜宇王的厮杀之中。如果使用弓箭，朱利肯定占尽优势，但使剑厮杀，所能起到的作用就很有限了。朱利虽是女中豪杰，毕竟也老了，平日养尊处优，功夫已大不如前。前些时，因为获悉了杜宇王与海伦的荒唐私情，病了一场，体力因之而大受影响。朱利才厮杀了一会儿，就力不从心，被进攻的家丁逼到了一侧，根本无法靠近被围困的杜宇王。

白羚此时也被混乱的人群冲到了一侧，曾经担心的事情，竟然真的爆发了，使她倍感慌乱，有点手足无措。白羚有生以来第一次经历这样的情形与场面，心情复杂到了极点，思维也有点混乱了。白羚此刻的心里除了慌乱，更是充满了对父王生死安危的担忧。看到鳖灵那么凶悍地攻击父王，白羚觉得父王已经危在旦夕。毕竟血浓于水，亲情的强大力量，使得白羚也手执武器，毫无顾忌地朝着鳖灵冲了过去。她一定要阻止鳖灵，不能让鳖灵杀害了父王。江灵训练的武士们都认识白羚，看到受人尊敬的公主冲了过来，都手下留情，不敢痛下杀手，白羚因而才会在激烈的搏杀中毫发无损。就在白羚冲进包围圈中的时候，情形已发生了决定性的变化。

江灵又刺倒了一名侍卫，然后纵身而上，到了杜宇王的侧面，向杜宇王刺出了致命的一剑。如果杜宇王没穿护身软甲，江灵的这一剑肯定就取了杜宇王的性命。杜宇王幸亏穿上了这副坚韧精致的软甲，竟然挡住了锋利的剑刃。杜宇王的反应也很快，一个侧身，化解了江灵这一剑的凶悍力量，但仍然一个踉跄，脚步已乱。江灵的第二剑又刺了过来，杜宇王慌忙以剑相格，江灵突然变刺为削，只听咔嚓一声，杜宇王的宝剑当即断为两截。杜宇王大惊失色，这可是他使剑以来从未有过的事情啊。杜宇王手执断剑，错愕不已的时候，鳖灵的短刀与江灵的宝剑又同时向他刺来。

就在这千钧一发之际，猛犬小虎冲到了面前，纵身跃起，护住了杜宇王。鳖灵锋利的短刀和江灵的宝剑同时刺穿了猛犬小虎的身体，一条忠勇无比的猛犬，就这样为了保护杜宇王而牺牲了。由于小虎的阻挡，缓了一缓，当鳖灵与江灵再次刺向杜宇王的时候，白羚已经冲到跟前，以身挡住了父王，迎向了刺来的刀剑。

鳖灵一愣，立即收住了短刀。江灵的动作极其敏捷，没有刺向白羚，而将宝剑顺势架在了杜宇王的颈上。其他几名家丁，此时也将锋利的刀剑同时逼住了杜宇王。江灵向还在厮杀的侍卫们大声喝道：都放下武器！否则我们就取了杜宇王的老命！

看到杜宇王已被鳖灵与江灵控制住了，侍卫们都慌乱失措，愣在那里。朱利也愣住了，站在一侧不知如何是好。

鳖灵对杜宇王说：今日之变，都是你逼的！扔掉你的断剑，免得继续流血！

杜宇王此时大势已去，威风尽失，知道再战无用，只好弃断剑于地，懊悔而又沉重地叹了口气，问道：蜀相，你犯上作乱，意欲如何？

鳖灵没有立即回答，而是对白羚说：请公主让开吧，我现在不会伤害杜宇王的性命。

白羚深深地看了鳖灵一眼，情形如此，只有听从，略略让开了一些。几名家丁立即上前，用绳索拦腰将杜宇王的双手反缚了。杜宇王仍穿着帝袍，但金冠在厮杀中已掉落于地，显得十分狼狈。

鳖灵用犀利的目光盯住杜宇王，问道：请问大王，蜀相为蜀国百姓治水，长期在外，不辞辛劳，可有什么过错？

杜宇王摇了摇头，说：蜀相治水有功，今日不就是在欢迎你凯旋吗？

鳖灵冷笑道：你却淫相之妻，称帝之后，又打算怎么处置我呢？

杜宇王一时语塞，神色尴尬，原来鳖灵什么都知道了，自己却还以为他蒙在鼓里。

鳖灵继而愤慨地问道：你如此德薄，怎能为王？！还敢妄自称帝，岂不荒唐？！

杜宇王站在那里无言以对，一下联想到了当初击败鱼凫王时的情景，也曾斥责鱼凫王说王位乃天下公器，有德者居之。没想到二十多年以后，此语又应在了自己身上。所谓天道循环，自己也成了一位德薄之君，眼看着自己的王位也要失去了，唉！

鳖灵继续说：现在我要当众宣布你的罪状！让蜀国百姓都知道你的荒淫无耻！

杜宇王神色灰暗，英雄末路，犹如一头被擒住的老虎。站在这座他下令重新修建起来的宏大的祭坛上，刚才还加冕称帝无限风光，现在却战败落入了鳖灵的手中，要被当众宣布他的罪状了，真是一个莫大的讽刺啊！杜宇王想到了早晨出发时曾出现不好的预兆，朱利曾劝他改期举行仪式，他却执意不听。此刻想来，真的后悔不已。杜宇王又想到神巫对他说天有不测风云，又说吉凶在人而不在于天，还说吉人自有天相，遇凶也会化吉。杜宇王对神巫一直满怀热忱，充满了信心，结果神巫主持的盛大仪式，却再一次失败了。难道这一切都是天意吗？还有在对付与处置鳖灵这件事情上，自己为何优柔寡断，迟迟不下手呢？杜宇王暗中浩叹，自己英明一世，怎么会突然如此糊涂？杜宇王原来一直是稳操胜券的，有一千个一万个机会，可以确保自己立于不败之地，结果却毁在了轻敌与大意上，被精明而深沉的鳖灵钻了空子，养虎遗患啊！怪不得苍天诸神，也怪不得神巫，最终还是要怪自己啊！唉！

天上的云层低低地压在头上，天光暗淡，日月无光，大有黑云压城城欲摧的感觉。

鳖灵犀利的目光扫视着祭坛上的人群，落在了阿鹄的身上，招手示意他过来。阿鹄看到了，赶紧走了过来。鳖灵吩咐说：阿鹄啊，就请你将杜宇王的德薄荒淫，告知众臣与百姓吧！阿鹄此时哪里还有不遵从的道理呢？哈腰说：是，小臣遵命！

阿鹄瞥了杜宇王一眼，走到了祭坛台阶处，面对人群大声说：众臣与百姓听着！杜宇王淫人之妻，德薄荒淫，还妄自称帝，意欲迫害忠良！蜀相治水有功，秉承天意，不得已才举行了今天的兵谏！

慌乱的众臣这时才知道，原来是一场兵谏啊。众人对杜宇王与海伦的私情，也早有耳闻，淫人之妻，其错当然是在杜宇王了。所以很正常的判断，蜀相的兵谏既是正义的，也是有道理的，与犯上作乱或发动政变完全是两码事。

杜宇王也明白了，原来阿鹄早就和鳖灵勾结在了一起，亲信大臣眨眼就变成了叛徒。自己重用与信任的，其实都不可靠，在最关键的时刻都成了敌人与对手。贤才可怕，小人可恨，真是世道无常啊。

站在一侧的朱利此时也清楚了，今日之变，鳖灵显然做了极其充分的准备。不仅预先布置了伏兵，还暗中训练了武士准备了武器，还勾结了亲信大臣阿鹄作为同党。对发起袭击的时机，鳖灵也一定做了精确而详细的谋划，否则的话，鳖灵是绝不可能如此轻易得手的。现在，阿鹄就像鳖灵的走狗一样，竟然对众臣与百姓宣布杜宇王的罪状，这个小人！杜宇王待他不薄，一直将他作为亲信大臣，突然就叛变了，真是可恨！阿鹄将今日之变称为兵谏，刚才的血腥厮杀与生死较量，完全是一场夺取王位的政变啊。这个张口胡言的小人！还有发动政变的鳖灵，隐藏得如此巧妙，心计如此深沉，手段如此凶悍，太可怕了！朱利恨得牙根痒痒，恨不得连发数箭，将鳖灵与阿鹄都射杀了才好。但此刻有几名鳖灵的心腹家丁就在旁边手持利剑快刀围着她，使朱利也失去了动手的机会，根本无法轻举妄动。朱利想到昨夜曾率着侍卫奔袭鳖灵的驻地，阴差阳错地却没有对鳖灵动手，如果当时一箭射杀了鳖灵，哪里还有今日之变？真的是当断不断，必受其害啊！朱利非常后悔，却又极其无奈，只有暗自叹息。

阿鹄这时继续大声说：蜀相治水，为民谋福，救了蜀国！兵谏也是为了蜀国！我们都要拥戴蜀相！

聚集在祭坛四周参加了治水的民众，都随之呼喊道：拥戴蜀相！我们都拥戴蜀相！

众臣们在鳖灵武力的胁迫下，见到民情如此，也只能附和阿鹄的提议。只有阿黑与侍卫们是不会轻易赞同的，他们对杜宇王始终赤胆忠心，但又不敢继续反抗和厮杀，因为杜宇王已落在了江灵等手执利剑者的手中，生怕一旦动手，江灵就会取了杜宇王的性命。

神巫与弟子们在整个事变过程中，被混乱的人们逼到了祭坛的一侧，只能袖手旁观。老阿摩在昨夜与今晨，也曾注意到有不好的预兆，却没料到竟然会发生这场剧变。老阿摩也很感叹，几个月前，蜀国发生了特大洪灾，现在又发生了血腥的兵变，而且都发生在举行盛大祭祀活动的时候。自己纵然有高深的法力，徒有沟通天地诸神的本事，对此也无可奈何。杜宇王遇到了这样的剧变，真可谓在劫难逃。哦，杜宇王啊杜宇王！老阿摩想到了这些年来杜宇王对自己的尊崇，自己却帮不上杜宇王什么忙，心中叹息不已。

事情至此，基本上胜负已定，一切都如鳖灵谋划与意料的那样在发展。因为擒住了杜宇王，整个局势也就被鳖灵掌控了。眼看大局已定，却不料又发生了新的变故。

从王城方向又来了一群人马，那是专门负责巡防王城的卫队，得知发生了事变，当即倾巢出动赶来救援杜宇王。他们都骑着马，挥舞着刀剑，犹如一阵狂风骤雨，向着祭坛疾驰而来。山灵率领的队伍正守在祭坛前，立即准备迎战。祭坛四周的人群又开始混乱起来，一些被围困的侍卫见状又开始了厮杀，喧哗声不绝于耳。

朱利目睹这一新的情况，觉得又有了希望。她悄然执弓于手，注视着鳖灵。这也许是最后的机会了，只要能出其不意地一箭射杀了鳖灵，局势就能调转过来，杜宇王就可能还有救。

鳖灵站在祭坛高处，看到前来救援的人马大约只有数十人，虽然人数不多，却来势凶猛。对付这些人，如果继续硬拼，只会两败俱伤。最好的办法，就是让他们知道结果。鳖灵当即命江灵与几名家丁押着被缚的杜宇王，走到祭坛边上，对着冲来的人马齐声大喊：杜宇王在此！都放下武器！若不服从，就立即取了杜宇王的性命！

朱利就在这个时候，向鳖灵射出了一箭。她没有料到的是，白羚注意到了她取箭张弓而射的动作，竟然以身护向了鳖灵。朱利射箭的动作极其娴熟，从取箭到射出一气呵成。在放箭的一瞬间，朱利看到了白羚身影的移动，怕误伤了爱女，而将箭头略偏了一点。嗖的一声，强劲的箭矢擦着白羚的头发与鳖灵的肩膀射了过去。幸亏朱利射偏了，否则这一箭射杀的将不是鳖灵，反而会要了白羚的命。朱利来不及数箭连发，旁边的几名家丁见状，立即夺走了朱利的弓矢，并用刀剑逼住了朱利。朱利暗叹一声，奈何奈何！连公主都在帮助鳖灵啊。自己已经势穷力竭，再也无法救助杜宇王了。

鳖灵看了一眼已被控制住的朱利，目光犀利如剑。朱利怅然若失，眼神暗淡。鳖灵又目光如炬地看了一眼身边的白羚，在最关键的时刻，白羚又帮了他一次。白羚注意到了鳖灵的目光，也侧身看了他一眼。白羚的眼神含着嗔意，甚至有点怨恨，同时又显得很复杂，很无奈，也很茫然。情形很紧急，鳖灵顾不得向白羚表示什么，锐利而沉着的目光已经转向了王城方向，注视着瞬息万变的局势。

此时，冲到祭坛前面的卫队，看到了杜宇王已被反缚双手，数把锋利的刀剑架在了杜宇王的颈上，知道大势已去，气焰顿消，沮丧不已。

卫队中的这批人一下就丧失了斗志，同山灵的队伍略作交锋，便败下阵来，落荒而逃。卫队平常巡防王城，习惯耀武扬威，却极少经历实战，其实并没有多大的战斗力，所以一战即败，也是很正常的现象。其余反抗厮杀的侍卫，也成了强弩之末，很快就被控制住了，被缴了械。

鳌灵指挥几位兄弟，将队伍重新做了布置，山灵居前为先锋，川灵率百夫长们断后，鳌灵和江灵居中，押着杜宇王与王后朱利，带着众臣，往王城而去。神巫与弟子们也随在其中，民众跟随在后面，形成了一个庞大的队伍。

王城里面巡防的卫队已经四散而遁，城门洞口，鳌灵的队伍畅通无阻地就进了王城。街道上也一片空旷，居民们大都一早就出城去看祭祀盛典了，此时才随着队伍返回城来。鳌灵的队伍继续向王宫前进，必须占领王宫，今日的事变才能告一段落。

当山灵率领的前锋队伍进入王宫的时候，又发生了一场厮杀。守卫王宫的侍卫们埋伏在宫门内，向入宫者发起了攻击。这些侍卫都是杜宇王豢养多年的心腹之士，对杜宇王忠贞无二，他们已经得知祭祀过程中发生了剧变，为了保卫王宫而不惜以命相拼。侍卫个个虎悍，都是功夫高手，来自荆楚的这支队伍也是骁勇善战，双方厮杀得很激烈，片刻之间便各有伤亡。江灵率着武士们也迅速进入了王宫，参加了对侍卫们的攻击。一些跟随和支持蜀相的民众，也拿着武器，自发加入了鳌灵的队伍。随着入宫的人越来越多，顽抗的侍卫们再也抵挡不住了，有的被刺倒了，有的负伤被擒。形势急转直下，胜负已经毫无悬念。

整座王宫很快就被鳌灵的人马占领了。这座杜宇王修建的华丽舒适的宫殿，转眼之间就落入了鳌灵的手中，成了鳌灵掌控与发号施令的地方。

鳌灵走进了王宫大殿，发出的第一道命令是对王宫进行了搜索，检查是否还有暗藏的侍卫，同时严令不准伤害宫女与侍者，不准损伤宫中的任何东西，更不准破坏宫殿建筑与宫中设施。这个命令很快就被执行了，山灵率着来自荆楚的族人与家丁，对王宫进行了彻底的搜查，控制了宫门与王宫中的要害之处。

鳖灵的第二道命令是将杜宇王关入了王宫的牢中，选了一间最牢固的牢房，上了锁，选派了心腹家丁严密把守。还有阿黑等一些被俘的侍卫，也被关进了牢房。同时将王后朱利与公主白羚软禁在了后宫中，也派了家丁严加监守。这个命令也立即被执行了。杜宇王做梦也没有想到，早晨还是风光无限的蜀国之君，现在却成了王宫牢房之囚。朱利的处境相对要好许多，依然身居后宫，却失去了自由。白羚很无辜，满腹的委屈和无奈，对鳖灵有些愤恨，思绪与情感都复杂到了极点。

鳖灵的第三道命令是在王宫大殿中召集众臣与神巫，向他们仔细说明事情的缘由，因为整个事件只是暂时告一段落，尚未最终结束，所以还要征询他们的意见，以赢取他们的支持。鳖灵这一招是很高明的怀柔手段，可以化解矛盾与冲突，为他获取王位做铺垫。反正鳖灵的对手只有一个，推翻了杜宇王就已大功告成。接下来就是要安抚与笼络众臣了，只要不伤害他们的利益，而且给他们更多的好处，他们以前可以做杜宇王的大臣，现在也可以做鳖灵的大臣。大臣们此刻则个个心怀忐忑，对鳖灵已经滋生了畏惧心理。他们知道，爆发今日之变的根源，主要是因为杜宇王趁蜀相长期在外治水而淫乱其妻，与大臣们其实是毫不相干的，鳖灵显然不会迁怒于他们。但鳖灵究竟会怎样对待他们呢？又不得而知，所以大臣们在观望中又有些担心。

鳖灵站在大殿中，在众臣的注视下，走到王座前，拍了拍铺在王座上的虎皮，转过身来，目光犀利地看着众臣。江灵与十余名心腹家丁皆佩带宝剑，随侍于鳖灵的两侧。鳖灵朗声说：诸位大臣，今日之变，势不得已，让你们都受惊了！鳖灵顿了一下，又义愤填膺地说：杜宇王身居王位，日渐昏聩，遭遇大灾，上天示警，仍不知自律，竟然淫人之妻，还暗中布置，意欲残害忠良！如此德薄，还敢妄自称帝，可谓荒唐之极！我也是迫不得已，才有今日之举。但愿诸位大臣能够体谅！

阿鹄带头说：蜀相乃当今贤能奇才，为蜀国治水，有功于天下，我们都是拥戴你的！

有了阿鹄的带头响应，众多大臣都随声附和道：是啊，是啊，蜀相有功，我们都拥戴蜀相！

大臣中也有胆大的，问道：请问蜀相，怎样处置杜宇王呢？

鳖灵说：杜宇王荒唐德薄，现在已被推下王位。至于如何处置，可以从长计议。只要杜宇王愿意逊位，痛改前非，自然还是会善待他的。诸位大臣，你们意下如何？

众臣见鳖灵说得合情合理，还能说什么呢？都齐声赞同：我们都听蜀相的！蜀相大人说了算！

鳖灵点头说：好！有一件事情，我也要问问诸位大臣。我听说，蜀国的王位自蚕丛王以来，都是有德者居之，无德者废之。鱼凫王失德，杜宇王取之。现在杜宇王德薄，已被推下王位。这个位置，如今谁坐才好呢？！

鳖灵双眼如炬，依次扫过众臣，最后目光炯炯地看着阿鹄。

阿鹄赶紧哈腰俯首说：蜀国的王位当然是蜀相来坐了！蜀相为百姓治水有功，深得民心，有德有才，文武双全，蜀相现在坐这个位置，当然是最合适不过了！

鳖灵神色从容，暗藏威严，又问众臣道：你们以为如何啊？也表个态吧！

众臣感觉到了鳖灵犀利目光中的穿刺力，还有鳖灵身边手持快刀利剑的侍立者也给了他们一种无形的压力，大势已定，还能怎样？只有明智地附和道：阿鹄说的对！现在除了蜀相大人，谁还能坐这个位置啊？

鳖灵又看着神巫，老阿摩拄着神杖，显得老态龙钟，由弟子搀扶着，始终不说话。

鳖灵放声一笑道：好啊！既然诸位大臣都有拥戴之意，那我就当仁不让了！说罢，便当机立断，从容不迫地坐在铺了虎皮的王座上。

片刻之间，大殿里静静的，阿鸪与众臣都有些发怔地看着鳖灵。神巫也有些发怔，一语不发。这个曾经是杜宇王的宝座，如今转眼就换了主人。鳖灵什么仪式也不需要，就这样很随意地坐上了王位。看起来就像是一个偌大的玩笑，实质上却是天翻地覆的变化。鳖灵除了头上没有王冠，实际已经王权在手了。此时的众多大臣，虽然表了态拥戴鳖灵，其实心里仍觉得很不习惯，而且十分感慨，蜀国遭遇了多事之秋，真是世道沧桑啊！蜀国的王位，眨眼之间，就换了新主了！

鳖灵坐在宽大的王座上，面对众臣，随即宣布道：从今以后，我就是蜀王！每朝蜀王都有王号，你们就称我为开明王吧！

阿鸪此时已经反应过来，赶紧俯首拜伏于地，大声说：小臣拜见开明王！

诸位大臣也都随之拜伏道：臣等拜见开明王！

只有神巫仍手持神杖，站立不动。鳖灵知道，这在蜀国是有悠久传统的，神巫乃神权的执掌者，与执掌王权的蜀王平分秋色，自然用不着拜他。所以鳖灵对神巫是否赞同与拜服，也就不计较了。

这是一个改朝换代的开始。显得很突然，也很偶然，却是不容置疑的事实。

鳖灵坐上王位之后，宣布了新朝的几条规矩，比如众臣都保持原来的官位不变，同时加爵一级；百姓减免今年的一半税赋，参加治水的可以抵免赋税；对杜宇王的侍卫们，只要归顺新朝，就优礼相待；并承诺，待处理了当前的一些紧急事务之后，再论功行赏。

鳖灵在王宫大殿里面，当众宣布这些决定的时候，思路显得非常清晰，而且简明扼要，一针见血，说得极其中肯。这些规矩，都深得人心，不仅优待百姓，还兼顾了诸位大臣的利益。众臣听了，自然满心高兴。消息传出去后，聚集在王城里的百姓们也是一片欢呼。参加了事变的百夫长们，如今也成了有功之臣，个个踊跃。

此时只有神巫沉默寡言，对鳖灵发动突然袭击篡夺王位并以恩惠笼络人心，很不以为然，觉得鳖灵太阴险，过分擅长阴谋诡计，真的是太可怕了。这样的人一旦坐上王位，花样一定格外多，与其打交道，必然是很头疼的事。更何况，鳖灵丝毫没有表示对神巫的尊重，神巫以后在蜀国的地位必定大受影响。老阿摩现在能做的，便是以老迈为掩饰，故作糊涂，静观其变，既不说话也不表态。从情感上讲，老阿摩觉得今日之变，杜宇王很轻易地就被推下了王位，真的是太可惜也太遗憾了。但既然一切都已不可避免地发生了，神巫也很无奈。纵使遗憾，又能怎样呢？

鳖灵宣布之后，便让众臣各自回家，等候传见。老阿摩和弟子们，也回了神巫府邸。

现在大殿里只留下了鳖灵与几位兄弟，还有心腹家丁与一些族人和武士。一名家丁将杜宇王掉落在祭坛上的金冠捡了，此时递了上来，呈给了鳖灵。鳖灵瞅着这顶金冠，嘴角浮起了一丝嘲讽的冷笑。杜宇王为了称帝，可谓耗尽心机，最终却成了一场春梦。鳖灵拿着这顶精心制作的金冠，仔细欣赏了一番，拂去了沾在金冠上的尘土，便随手将金冠放在了王座旁边的几案上。

随侍在旁边的四弟江灵说：大哥，你不戴上试试吗？小弟觉得，这顶金冠大哥戴上一定特别合适！就像是为大哥特地定做的！

鳖灵一笑说：戴不戴这顶金冠，以后再说吧。

站在另一边的二弟山灵说：大哥让那些大臣和神巫都回了家，会不会有变啊？

鳖灵说：有什么变啊？不让他们回家，难道让他们都住在王宫里吗？

二弟山灵摇头说：当然不是让他们住在王宫里。我总觉得，他们口头赞同大哥坐上王位，心里却不一定，甚至各怀鬼胎，大哥不能不加以提防啊。

鳖灵说：那些大臣的心思我很清楚，大势已定，他们只能顺水推舟。对他们肯定是要提防的，但也不必过分担心。我会任用他们，他们就会顺从我。

几位兄弟见鳖灵成竹在胸，便异口同声说：大哥高明，我们都听大哥的！

鳖灵说：好！当务之急，是要加强对王宫的守卫，和对王城的巡查。杜宇王虽然被擒了，也关了起来，但逃走的侍卫很多。那些侍卫都是他的心腹之士，要严加提防，他们也许会来劫狱，决不能掉以轻心！

鳖灵又说：此外还有戍边的军队，要防止他们联手反扑。当然，据我所知，驻扎在秦、巴边境的这些军队人数不多，斗志不强，路途相隔很远，也不是轻易就能赶回来的。我会派人去安抚他们，既然大臣们都已归顺，他们也兴不起什么风浪。

二弟山灵说：大哥说得很对，蜀国承平已久，军士皆无斗志，所以才这么不堪一击。不过，也真的不能掉以轻心，要尽快安抚他们才好。

鳖灵说：是啊，我已有谋划，会尽快做出很好的安排。

三弟川灵说：大哥啊，不如将杜宇王一刀杀了，不就斩草除根了吗？也不用担心有人劫狱了。

鳖灵说：杜宇王现在绝不能杀，只能暂时关在牢中，严加看管。

四弟江灵也说：为什么不杀杜宇王啊？当时在祭坛上动手的时候，我使用的可是杀招，差一点一剑就将他刺死了！

鳖灵说：杜宇王也是绝顶高手，没那么容易一剑就将他刺死的。

三弟川灵说：大哥啊，那现在杀他就简单了，随便一刀就可以将他斩首。

鳖灵说：杜宇王现在已成了失去爪牙、关在笼中的泥老虎，想怎么处置他都可以，但现在不能杀他。他曾教民务农广施恩惠，在百姓心目中仍有影响。如果草率地杀掉他，我担心影响民心，说我是位暴君，那就不好了。以后是否杀他，要看民意来定。反正如今已将杜宇王关在牢中，谅其插翅难飞，谁也救不了他!

听杜宇王这么一说，几位兄弟都明白了鳖灵的深远用意，考虑得可比他们周密多了。

鳖灵吩咐二弟山灵负责王城的巡查，以及对逃逸侍卫的防范。吩咐四弟江灵负责王宫的守卫，要特别加强对牢房的看守。吩咐三弟川灵作为后备与机动力量，随时协助二弟山灵与四弟江灵，以确保政变之后对整个局势的掌控。布置好了之后，几位兄弟便奉命各司其职，开始分头行动了。

鳖灵思虑缜密，谋划深远，对一切都考虑得很周全。但他也有不放心的地方，就是对杜宇王的看守。他要亲自再检查一遍，看看有没有什么疏忽。

鳖灵于是带着江灵与一些心腹家丁，来到了王宫牢房。这是杜宇王早年特地修建的，采用石块垒砌，配以圆木栅栏，坚固异常。杜宇王修建这些牢房的目的，主要是用来关押那些谋反者，以及犯下重罪的人。杜宇王因为信赖神巫，在统治蜀国的这些年，采用以王道治国的策略，百姓安居乐业，生活宽松而又闲适，故而罪犯很少，牢房也就常常空着。现在，却被关押在了自己修建的牢房里，成了鳖灵的阶下之囚。阿黑与其他被俘的侍卫们，也被关押在旁边的牢房里。牢房共有两道坚固的栅栏，里面一道栅栏上缠了锁链，上了大锁，外面一道栅栏有门闩可供开启出入，站着手持武器的家丁，把守得异常严密。

鳖灵来到牢房，走进了里面，透过缠了锁链的栅栏，看着关押在牢中的杜宇王。

此时的杜宇王，威风尽失，真的成了一只关在笼中的泥老虎。杜宇王身上仍穿着称帝仪式时才换上的帝袍，上面已经染上了一些厮杀时留下的血迹，头上失掉了金冠，头发有些凌乱，脚上的鞋履也沾上了血迹与泥土。杜宇王已经没有了以往雍容威严、潇洒倜傥的风采，而显得神态憔悴、模样狼狈，仿佛骤然之间苍老了十岁，成了一位绝望的末路英雄。杜宇王此时正颓坐在地上，倚靠着牢房中粗壮的木柱，双手被反缚于背后，双眉紧锁，闭了眼睛，满肚子的懊恼与悔恨。听到走近的脚步声，杜宇王睁开了双眼，目光已不再炯炯发亮，暗淡了许多。不过，一股多年为王的英雄豪杰之气，依然隐藏在目光深处。出乎意料地被推下王位，也使杜宇王的内心充满了懊悔与愤慨。

鳖灵与杜宇王相互对视，两人的目光犹如快刀利剑，碰撞在了一起，进行着心理上与精神上的交锋。片刻之间，刀光剑影，激烈撞击，使得两人都感受到了一种心灵上的搏击，以及由此而产生的冲击与震撼。鳖灵双眸中的犀利与强悍，因夺妻之恨引发的复仇怒火，再次占据了上风，逼得杜宇王的目光连连后退，难以招架，败下阵去。

杜宇王移开了目光，暗自浩叹：都怪自己优柔寡断啊！如果自己早一点动手，派出卫队，一道命令就可以将蜀相抓捕回朝，那么关在牢房中的就是鳖灵了！唉，时至今日，良机已失，后悔已晚！

鳖灵目光如刀，逼视着垂头丧气的杜宇王，有点憎恨，又有点庆幸。鳖灵憎恨的是，年近花甲的杜宇王竟然淫人之妻，诱惑海伦，荒淫无耻，真的是可恨到了极点。庆幸的是，经过周密谋划，袭击大获成功，竟然如此顺利就将杜宇王推下了王位。形势对鳖灵本来是很不利的，可是突然间就急转直下了，仿佛天意如此，鳖灵一下子就击败了杜宇王，成了一位胜利者。当然，鳖灵获胜的原因，除了天意，还有民情与人和。得道多助，失道寡助，当鳖灵擒住了杜宇王，当众公布了杜宇王的荒淫德薄罪状，立即就赢得了支持，控制住了局势。这使得鳖灵不仅感到庆幸，还有些得意。对杜宇王的憎恨，与夺取王位的快感相比，已经变得不再那么强烈，甚至有点无足轻重了。

鳖灵冷冷地问道：杜宇王，你现在是不是很懊悔啊？

杜宇王神色暗淡地反问道：蜀相说的懊悔，是指什么？

鳖灵说：难道你不懊悔你的荒淫行为吗？如果你不欺人太甚，不犯此大错，还是一位英明之君，这一切都是不会发生的。

杜宇王叹息一声说：天道无常，懊悔又有何用？

鳖灵说：说的也是，天下没有后悔药，自己酿的苦酒只有自己喝了。

杜宇王叹息说：我唯一懊悔的就是过分信任你，不仅拜你为蜀相，而且一直善待你。现在，你打算怎么对我呢？

鳖灵冷笑一声说：你的善待我很清楚，来而不往非礼也，我自然也不会亏待了你！

杜宇王从鳖灵的冷笑声中听出了暗藏的杀机，知道自己对鳖灵是绝不能抱任何幻想了，便长叹一声，闭了双目，不再说话。

鳖灵又深深地看了杜宇王一眼，冷冷一笑，率着江灵与家丁，转身离去了。

第三十章

鳖灵率着江灵与家丁，骑马前往蜀相官邸，去见海伦。

事变发生之后，守卫在蜀相官邸门口的侍卫们已经撤走。随着卫队救援杜宇王的失败与王宫的被攻占，侍卫们有的战死了，有的负伤被俘，还有的逃离了王城。蜀相官邸现在已无人把守，大门紧闭，寂静无声。

此时已经是傍晚时分，鳖灵在蜀相官邸门前下了马，站在暮色中，打量着这座修建得颇为华丽堂皇的建筑。这是杜宇王拜相之后，特地为奖赏他治水有功而建的，但却没有交给他，而成了杜宇王与海伦幽会的淫窟。一想到杜宇王与海伦的淫乱，鳖灵的心里便恨恨的，胸中充满了愤怒。他略站了一会儿，用力推开了蜀相官邸紧闭的大门。院内树枝上栖息着几只鹭鸟，被大门推开的吱呀声与脚步声所惊动，扑棱棱地飞了起来，在官邸上面盘旋了一圈，朝着王城外面的湿地与树林飞走了。

待在官邸内的海伦与小玫也听到了开门声、脚步声、鹭鸟飞走的响声，一时慌乱不已。海伦与小玫知道，今日是杜宇王称帝的日子，杜宇王加冕称帝之后，就会封妃了，因而心里充满了期盼。但说不清是什么缘故，从早晨开始，两人便心神不定，天色阴沉，情绪也像天气一样，沉沉的，闷闷的。到了上午，城内隐隐约约传来了呐喊声与厮杀声，海伦和小玫便担心起来，忧虑重重，又不好出去打听究竟发生了什么，陷入了极度惶惑与坐卧不安的状态。此时小玫走出厅堂门口，看到鳖灵与家丁们正大步流星地走进来，大为恐慌，紧张得连话都说不出来了。直到神色阴沉满脸愤怒的鳌灵走到跟前，小玫才回过神来，赶快向着鳌灵俯首施礼道：奴婢拜见蜀相大人！

鳌灵瞥了小玫一眼，也不说话，直接走进了厅堂。海伦正从内室出来，见到鳌灵，也很惊慌。但海伦很聪明，反应也快，艳丽如花的脸上立即浮现了笑容，柔声说：啊，蜀相大人你回来啦！

鳌灵不动声色，朝江灵与家丁们做了个手势，他们都知趣地退到了外面，守住了官邸大门与厅堂门口。现在，厅堂内只留下了鳌灵、海伦与小玫三个人。鳌灵这时才仔细地看着海伦，分别数月，海伦还是天姿绝色、艳丽如仙的模样，身上穿的也依然是从荆楚带来的精美衣裳，仿佛一切如旧，什么都没有变。但海伦的眼神变了，已不再清澈如潭，多了一些贪欢与纵欲过后的遗痕。海伦与鳌灵对视的时候，也不再满怀真诚和柔情荡漾，而是竭力掩饰着内心的慌乱与不安。

鳌灵就这样看着海伦，此时的心情很复杂。他在外治水数月，备尝艰辛，曾对海伦充满思念，可谓梦牵魂绕，常常盼望着和海伦团聚不再分离，天天在一起过夫妻恩爱快乐的神仙日子。可是，天道无常，世事多变，没想到海伦竟然红杏出墙了。当鳌灵凭着自己敏锐准确的判断，了解了已经发生的事情真相之后，心中犹如天崩地裂，愤怒之火熊熊燃烧，由此而谋划了一场惊天动地的剧变。此时面对海伦，鳌灵已毫无思念与夫妻团聚的渴望，而被愤怒与憎恨所取代。但美艳的海伦毕竟是鳌灵的心爱之妻，两人同床共枕多年，曾经情深意长，要想将这份浓厚情感一刀斩断，也绝非是一件容易的事情。看到海伦的美艳之容，听到海伦的柔美之声，鳌灵便有点情不自禁，刀剑似的心肠便有些发软。不过，旧梦已逝，覆水难收。以鳌灵高傲的心性，要想和海伦重温旧情，也是绝不可能的事了。往事如梦啊，纵是英雄豪杰，也有蒙受羞辱、遭遇不测、很无奈的时候。鳌灵因此而有些惆怅，复杂的心绪中交织着愤恨与惋惜，不由得暗自叹了口气。

海伦有些忍不住了，用微笑掩饰着内心深处的慌乱，轻声说：大人为何不说话？

鳖灵终于开口了，嘲讽道：你现在称我为大人，我又该怎么称呼你呢？是称你为夫人，还是称你为王妃才好啊？

海伦吃了一惊，忙说：大人何出此言？我住在蜀相官邸，当然是蜀相夫人了，怎么能称王妃呢？

鳖灵冷冷地一笑说：你以为我还被蒙在鼓里吗？这几个月发生的变化，如果我一无所知，我岂不成了天底下最愚蠢的人了？！

海伦深知鳖灵精明过人，果然什么都知道了。现在怎么办呢？已经无法隐瞒，当然也不能承认，唯一的办法，就是期盼杜宇王的出现，等候杜宇王来处理了。

鳖灵似乎猜到了海伦在想什么，冷冷地说：我可以告诉你，荒淫无耻的杜宇王，如今已被关在了牢房之中！你没有想到吧？

海伦惊讶万分地说：大人说笑了，杜宇王怎么会被关在牢中呢？

鳖灵冷笑道：因为我已经在杜宇王举行称帝仪式的时候，发动兵谏，擒拿了杜宇王，将其推下了王位！推翻杜宇王，你也功不可没啊！如果不是你的缘故，我也下不了这么大的决心！

海伦霎时面如土色，当即便跪在了地上，泪水不由自主地便涌了出来，低声说：夫君啊，我是无辜的！此事与我有什么关系啊？

小玫也惊慌不已地跪在了海伦旁边，眼中也涌出了泪水。

鳖灵怒冲冲地看着海伦说：你无须遮掩，更不必狡辩。有些事情，一旦发生，后悔也没有用了！

海伦泪流满面地说：你我夫妻一场，如果大人恨我，觉得我罪不可赦，那就给我一刀，将我杀了，以解你心头之恨吧！

鳖灵说：要杀你的话，其实很简单。但我现在还不必杀你，免得留下杀妻的恶名。

海伦低着头问：那你要如何处置我呢？

鳖灵说：我要你如实回答我几个问题。

海伦抬起头来说：你问吧，是什么问题？

鳖灵说：我当初离家外出治水时，再三叮嘱过你，你为何要进宫面见杜宇王呢？

海伦说：杜宇王传旨召见，怎么能够违抗呢？只有遵命而行啊。

鳖灵说：你可称病婉拒，也可以派家丁骑快马送信于我，完全不必入宫！你却盛装打扮，不听劝阻。究竟是什么想法，促使你这样去做的？

海伦又垂了头说：不过好奇而已，并没有什么想法。

鳖灵哼了一声，愤然道：好奇？！因为好奇就将自己送到了杜宇王面前吗？

海伦回想起当时确实盛装打扮了，才带着小玫入宫去面见杜宇王，继而是杜宇王宴请饮酒，接着就被杜宇王抱上王榻的情景，脸色发窘，一颗心咚咚乱跳，舌头却好似打了结，什么话都说不出来了。

鳖灵问道：杜宇王强迫你了吗？当天就将你留在了宫中，是不是？

海伦很尴尬，也很难堪，不知道如何回答才好。鳖灵似乎什么都知道了。既然知道了，为什么又要如此故意逼问呢？海伦猜不透鳖灵的阴暗心思，只觉得鳖灵冰冷的目光就像锥子一样，狠狠地扎在自己身上，使自己感觉着又痛苦又绝望。

鳖灵又问道：你不说话，那就是你心甘情愿的了！是不是这样啊？

海伦此刻面对鳖灵的责问，有些无地自容，跪在地上哽咽道：夫君大人啊，你当初为什么不将我带在身边一起去治水呢？那就什么事情也不会有了。我现在有口难辩，求你不要折磨我，将我杀了吧！

鳖灵冷冷地看着跪在面前的海伦与小玫，心里愤怒不已，怒火熊熊燃烧。一想到海伦与杜宇王的奸情，鳖灵就恨得牙痒痒的，真想一刀砍了跪在面前的这个贱女人。对关在王宫牢房中的杜宇王，鳖灵此时也突然起了杀心，如不杀之，怎么能解除心头之恨啊？鳖灵胸中的愤怒，一时竟汹涌澎湃，难以控制。天底下最可恨的，就是夺人之爱了。海伦曾是自己最爱的女人，如今已被荒淫的杜宇王玷污了，大丈夫顶天立地，却遭此羞辱，怎么能不恨之入骨呢？

鳖灵的手已经握住了佩带在腰间的短刀，恨恨地看着泪流满面的海伦，竟然没有了怜惜之情。鳖灵对跪着的小玫也有点憎恨，怒斥道：小玫啊，当初我也曾再三叮嘱你，你为何不阻止海伦入宫？

小玫跪着，因为害怕，浑身颤抖，带着哭腔说：奴婢该死，请大人杀了奴婢吧！

鳖灵冷笑道：好啊！你们两个真的都想死吗？那就让我杀了你们两个好了！

海伦与小玫听鳖灵这么一说，以为真的要被杀了，当即便抱在一起，伤心不已地哭了起来。海伦哭着说：大人杀了我们以后，请将我和小玫埋在一起，做鬼也好有个伴儿。小玫也哭着说：我死了也跟着姐姐，侍候姐姐。

鳖灵说：好啊，我会成全你们！真是贱人，临死也还这般作态！

鳖灵刷地拔出了锋利的短刀，闪电般地一挥。但鳖灵并未砍向海伦与小玫，而是将旁边一个陈列宝玩的几案砍为了两截。杜宇王赏赐给海伦与小玫的一些精美玉器和黄金饰品，就摆放在这个几案上，随之滚落了一地。海伦和小玫紧紧地抱在一起，哭成了一团。

鳖灵将刀插进了刀鞘，恨恨地哼了一声，走出了厅堂。对江灵吩咐说：派人在这里严加把守！看管好了，不许出什么差错！

江灵答应了，留下了几名家丁，专门负责守护蜀相官邸。

鳖灵带着江灵与其余家丁，骑上马，加鞭疾驰，一阵风似的走了。

白羚和朱利被软禁在后宫中，可以在寝宫中走动，却不能外出，失去了自由。

鳖灵的人守住了进出的宫门，把守得很严，但对公主和王后还是比较优待的，鳖灵下了令，任何人都不得骚扰她们。在待遇上，软禁与关押毕竟不同，饮食起居都一切如旧，只是再也不能自由外出与随意行动了。

上午的剧变，对朱利是一个巨大的打击。朱利的心里充满了懊悔和痛恨，懊悔的是自己事先已经觉察到了鳖灵的威胁，也带了侍卫前去奔袭，为什么不一箭射死鳖灵呢？如果射杀了鳖灵，哪里还会有这场政变？痛恨的是杜宇王好色误国，优柔寡断，举措失误，不听劝告，丧失了良机，才导致了覆败。更痛恨的是鳖灵，如此阴险狡猾，表面装糊涂，暗中却策划了一个巨大的阴谋，真的是太可怕了！唉，如今政变已经发生，杜宇王失败被擒，被关押在了牢中，蜀国王位易主，纵使懊悔和痛恨，又有何用呢？朱利遭此打击，一下子仿佛苍老了十岁，朝夕之间，头发就花白了。

白羚有生以来，从未遇到过这么大的变故，也感受到了从未有过的震撼。但白羚与朱利毕竟不同，并没有失去王位的痛苦，只是对父王的生死安危充满了担心。白羚对鳖灵也滋生了一些恨意，过去只觉得鳖灵精明能干，没想到鳖灵满腹韬略，如此深沉，治水是个了不起的人才，策划阴谋搞政变也是不得了的人物。鳖灵曾使白羚充满好感，滋生爱慕，现在看到了鳖灵的全部面貌，又觉得鳖灵很可怕，是个最危险的家伙。白羚想起了母后朱利对她说过的话，说蜀相是父王最大的威胁，果然被母后说中了。鳖灵真是胆大包天啊，在父王加冕称帝还在举行献祭仪式的时候，突然就发动了袭击。好可怕的场面啊，真可谓石破天惊、山崩地裂一般。转眼之间，便形势大变，父王被擒，侍卫们投鼠忌器，一时星散。就像几个月前溃堤洪水冲毁祭坛一样，一座宏大的建筑瞬间就崩塌了。这次变故，比上次祭祀失败更为可怕，因为崩塌的不是祭坛，而是一个王国。父王就这样被赶下了王位，蜀国的权力转眼就被鳖灵篡夺了。想到这些已经发生的可怕情景，白羚怎么能不恨鳖灵呢？

但这种恨却并不深刻，与那种深仇大恨有着本质的区别，恨得很肤浅也恨得很有限。白羚对鳌灵的情感，并没有因之而彻底消除，而是爱恨交加，变得更复杂了。因为白羚知道，引发这一变故的关键原因，是父王与海伦的荒唐私情。鳌灵也是被逼无奈，可能担忧自身与家族的安危，才铤而走险，搞了这么大一个阴谋。父王可能没有料到，事情的发展会这么可怕。鳌灵也可能没有想到，这么顺利就阴谋得逞了。父王太荒唐了，也太轻敌了，连续犯错，疏于防范，这才失败了。鳌灵现在已经囚禁了父王，接下来将会如何对待父王呢？鳌灵会因为海伦的缘故，出于嫉恨而杀了父王吗？想到这些，白羚便充满了担忧。

傍晚时分，暮色渐暗。后宫的宫女还像以往一样为王后和公主准备了晚膳，请白羚和朱利进膳。虽然发生了天翻地覆的变故，饭还是要吃的。白羚走到膳席前，坐了下来。朱利胃口全无，躺在榻上，不想吃饭，在贴身宫女的劝解下，才走了出来。白羚看到朱利花白的头发，大为惊讶，脱口说：母后，你的头发怎么都白了？

朱利愣了一下，用手捋了捋头发，果然全都花白了，心中无限伤感，叹息道：说变就变了，唉！

白羚安慰道：母后，身体要紧，你不要这么伤心嘛。

朱利噙着泪光，神色暗淡地说：遭此大变，我能不伤心吗？可是伤心又有何用？

白羚的眼中也浮起了泪花，强作笑颜说：母后，不说了，我们吃饭吧。

朱利若有所思地说：我们尚有晚膳可用，你父王此刻又会如何呢？

白羚本来对父王就十分担心，听母后这么一说，就更加担忧了，神情也随之暗淡下来。

朱利已是忧心如焚，泪水慢慢地便涌出了眼眶，顺着面颊向下滚落。

白羚劝道：母后，你不要哭了，也不要这么伤心嘛，我会想法去救父王的。

朱利说：大厦已倾，事已至此，你还有什么办法，能救你父王？

白羚说：我现在还不知道，但我觉得，我会想出办法，救出父王。

朱利叹息道：今日的覆败，全都怪你父王自己啊，英明一世，却如此结局！

白羚说：母后你也不要过分责怪父王了，他也没有料到会有今天的变故。

朱利说：我也知道责怪无用，但今日之败，真的是千古遗恨啊！

白羚说：母后不要再说了，外面全是他们的人，听到了不好。

朱利说：如果你父王遇难，我活着也没有了意义。要杀要剐，都随他们的便！

白羚知道朱利说的是气话，不好多劝，只有听凭朱利发泄心中郁积的愤怨。

朱利流着泪，和白羚说了一些忧虑与愤恨的话，饭也不想吃了，又回到寝宫，躺在了榻上。

白羚此时也是心绪烦乱，勉强吃了几口饭，就放下了碗筷。母后的安危，可以不必担心。关键是如何营救父王，已是刻不容缓。白羚本来想同母后好好商量一下的，可是朱利遭受的打击太强烈，已经沉浸在怨恨之中，神智都不太清醒了，现在只有靠白羚自己拿主意了。

怎样才能救父王呢？白羚绞尽脑汁，反反复复地想着。目前，父王已被鳌灵关在了王宫的牢房之中，鳌灵关押父王很可能是暂时的，因为海伦红杏出墙的缘故，恼怒的鳌灵随时都会杀害了父王，以泄其私愤。所以，父王的处境极度危险，要救父王必须抓紧，晚了就来不及了。可是，用什么办法才能救父王呢？当然不能去哀求鳌灵放人，也不能幻想召集侍卫去劫牢房。忠于父王的侍卫们有的在厮杀中壮烈而死，有的被俘了，还有的四散而去，哪里还能召集他们呢？

白羚无论如何思考，也想不出一个好的办法。仅仅凭白羚一个人的力量，要去对付鳖灵众多的家丁与武士，救出被关在坚固牢房中的父王，绝非易事。但就是比登天还难，也一定要救啊。如果白羚不救，父王身陷绝境，就只有等死了。可是，又如何营救父王呢？怎么连一个办法都想不出来呢？

就在白羚苦思无策的时候，传来了象群的吼叫声。大象在象棚里面似乎躁动不安，可能是无人照看，没有喂食的缘故吧？早晨杜宇王骑马出发时，象群也曾吼叫过，当当和笨笨两头大象还对她摇头摆鼻，用大象的肢体语言劝阻她和家人不要外出。她也告诉了父王，但父王不听，执意而行，结果便遭遇了可怕的政变。大象真是天底下最有灵性的动物啊！大象的预感竟然如此准确，太奇妙了。此刻，大象的吼叫也似乎有点不同寻常，是否又在暗示什么呢？

犹如电光石火，一个大胆的想法，突然在白羚的脑海里闪现了出来。

在救援父王这件事上，别人帮不了她，但大象可以帮她啊。哦，聪慧的大象啊！白羚有了主意，立即开始了行动。

鳖灵率着江灵和一些家丁，骑马离开蜀相官邸后，没有去王宫，而是出了王城，纵骑疾驰，去了金沙村庄园。

这里是鳖灵从荆楚故乡远走高飞来到蜀国之后，购置的第一处家业和住所。鳖灵将家人安置好了，就在这里和海伦度过了一段闲适而欢乐的时光。结束了流离奔波之后的那些日子，真是舒心啊。随后，鳖灵便去揭榜应诏，面见了杜宇王。接着便拜以为相，负起了治水的重任。在出发那天，鳖灵将海伦留在家中，叮嘱再三，恋恋不舍，这才骑马而去。时隔数月，鳖灵治水大获成功，终于凯旋了，却发动了一场惊天动地的兵谏与政变，一举将杜宇王推下了王位。如今鳖灵大权在手，完全可以住进王宫，或者留在王城，但还是忍不住想回来看看。

鳖灵走进金沙村庄园，伫骑下马，看着熟悉的庭院、花木、屋舍里的陈设，心里十分感慨。过去的那些日子，和海伦在一起的快乐光景，自然而然地浮现在了眼前。如果海伦听从嘱咐，深居简出，什么也没有发生，那该多好啊。当鳌灵凯旋的时候，海伦仍在这里迎候鳌灵，夫妻恩爱，置酒言欢，共度良宵，将是多么快乐啊。可是，这一切都成了幻影，再也不会有了。海伦为什么要去王宫面见杜宇王呢？这个美艳聪慧却又极不懂事的女人，由此而犯下大错，背叛了忠贞，断送了夫妻恩爱。哦，海伦啊海伦，真是可气可恨啊！

鳌灵睹物思人，触景生情，不由自主地又想到了海伦，心中爱恨交加，回荡着愤怒与恨意。从内心深处的初衷来说，鳌灵并无庞大的野心，只想过自由旷达、无忧无虑的神仙日子。可是，天意却不让他遂愿，逼迫他离开了家乡，又逼迫他谋划了巨大的阴谋，发动了翻天覆地的政变。造物主喜欢捉弄人，时势也经常折磨人。鳌灵兵谏成功了，却欢喜不起来。虽然推翻了杜宇王，鳌灵心里却毫无快乐的感觉。人有的时候真是很奇怪的，凡夫俗子常被烦恼纠缠，英雄豪杰也有忧愤和痛苦，无一例外，都不能免俗。若将王位与美妻相比较，得失之间，鳌灵觉得，得到的虽然极大，但失去的却是永远也无法弥补的遗憾。

鳌灵走进堂屋，坐了下来，吩咐家丁置宴备酒。菜肴和酒坛很快就端了上来。

此时，二弟山灵与三弟川灵正负责镇守王城，只有四弟江灵陪伴在鳌灵身边，两人便开始一起饮酒。酒是家酿的，菜肴也是家乡风味。鳌灵一杯接一杯地喝着，他很久没有这样饮酒了，此刻在家中开怀畅饮，除了庆祝成功，也有些故意放纵的意味。若是数月之前，海伦伴随于侧，小玫在旁边侍奉着，饮酒言欢，那份随意和快乐，真是难以言传。鳌灵拜相后，出发前夕，和海伦饮酒欢爱，共享鱼水之乐。当时的情景，仿佛就在昨夜，余香犹存，温馨尚在。可是，这一切都消失了，再也不会重现了。流水易逝，美景不再，只留下了遗憾与叹息。

鳌灵郁郁寡欢地饮着酒，已经有了些醉意。江灵一边陪鳌灵饮酒，一边关切地看着鳖灵沉闷的神情。江灵仿佛猜到了鳖灵的心思，试探着问道：大哥啊，你这样喝闷酒，一点都不快乐。小弟去把大嫂接来吧，好不好？

鳖灵将杯中的酒喝了，又倒了一杯，沉默着，一语不发。

江灵放下了酒杯，关心地说：大哥，小弟这就骑马去接大嫂啦。好不好啊？

江灵见鳖灵不置可否，便站了起来，真的准备去接海伦和小玫了。

鳖灵见状，呵斥道：你干什么？胡闹！给我坐下！

江灵只好坐了下来，一边继续陪鳖灵饮酒，一边说：大哥啊，宰相肚里能撑船，你就谅解了大嫂的过失吧，将大嫂接来陪伴你不好吗？你已经很久没有和大嫂在一起了，就让小弟接大嫂过来吧。

鳖灵虎着脸说：你胡说什么呀！你还年轻，不懂人心的险恶。从今以后，再也不许提大嫂了！听明白了吗？

江灵作为最小的弟弟，在荆楚家乡的时候，一直受到海伦的关爱，所以对海伦心存好感，本来劝解鳖灵，也是好意，此时见鳖灵说得如此果断，便知道心性高傲的大哥是再也不会和海伦重温旧梦了。江灵只有点头说：大哥，小弟明白了。

鳖灵虽然说得很明白，断然决然地斩断了与海伦的关系，但内心深处还是缠绕着海伦美艳的影子。以往的那些恩爱与欢乐，依旧千丝万缕，纠结在回忆中。鳖灵不愿去想这些，却又忍不住要想，这使得鳖灵很烦躁，心绪变得异常的复杂。

鳖灵和江灵饮酒到夜阑更深，都有了醉意。就在他们即将就寝的时候，突然从王城来了家丁，骑着快马奔来报告：杜宇王被人劫狱，已经逃走，不知去向。

鳖灵很惊讶，王宫中如此坚固的牢房，怎么能劫狱呢？是谁有这么大的胆子，竟然将杜宇王劫走了？这真是一个出乎意料的变化啊，如果杜宇王召集旧部，卷土重来，情形就会瞬息万变，难以掌控。王宫中发生了这么大的事情，自己竟然还在金沙村庄园内饮酒回忆往事。自己怎么能如此掉以轻心啊？！

鳖灵啊地叫了一声：快跟我走！容不得半点迟疑，立即跑出庄园，纵身上马，率着江灵与家丁们，一路狂奔，朝着王城疾驰而去。

白羚朝着象棚悄悄走去。有武士在后宫门口巡逻，看到了白羚，当即拦住了她。

武士们对公主都很尊敬，但因为奉有鳖灵的严令，谁也不敢麻痹大意。武士喝道：公主请止步！公主只能在后宫休息，不可外出！请公主回宫吧！

白羚说：象群已经一天没吃东西了，我要去给象群饮水喂食，否则会出乱子。

武士们都参加过治水，亲眼见过象群的作用，刚才也听到了象群的吼叫声，知道公主说的是实情。武士说：公主你就不能派其他人去给象群喂食吗？

白羚说：你们都知道，这些大象只听我的话，见不到我，象群会烦躁不安的。

武士迟疑了一下，不便阻拦，便说：公主给象群喂了食，就请立即回后宫。

白羚含糊地嗯了一声，快步走出后宫，来到了象棚前面。关在象棚里的大象看到白羚，都摇头摆鼻，显得很高兴。特别是当当和笨笨，对平安出现在它们面前的白羚更是亲热异常。白羚从象群的表情与肢体语言发现，早晨它们曾劝阻她不要外出，而此时它们似乎一直在期待着她的归来。哦，这些充满灵性的大象啊，白羚内心涌动着感动。

白羚伸出手，抚摸着当当和笨笨的长鼻说：你们愿意帮我吗？现在父王被关入大牢，身陷绝境，命悬一线，你们能帮我救出父王吗？

当当和笨笨都极其聪慧，似乎早已明白了白羚的处境与想法，都很坚定地点着头，摇动着长鼻。其他大象也都做出了点头摆鼻的动作，表示了对白羚的服从。

白羚有些兴奋，她现在和象群已经有了心灵上的沟通，这些和她多年来朝夕相处的大象，对她唯命是从，她就是率领它们赴汤蹈火，它们都会勇往直前，而绝不会退缩。养象千日，终于到了让象群效忠出力的时候了！

白羚看了下四周的动静，此时夜深人静，天色阴沉，吹着小风，树梢轻轻晃动。经过白天的激烈厮杀，那些占据了王宫的人都已疲惫不堪，大都呼呼入睡。除了几个打着哈欠站岗的武士，看不到其他人影。在王宫大门口，好像还亮着火把，有不少家丁武士在把守。但通往王宫的后门处，却渺无人影。看来鳖灵的人对王宫的地形还不熟悉，在把守方面留下了疏忽与漏洞。这正是白羚可以利用的机会。

白羚打开了象棚，骑在了当当的背上，率着笨笨，朝王宫一侧的大牢走去。其他大象，也走出了象棚，跟在了后面。巡查站岗的两名武士发现了走动的大象，正要喝问，当当和笨笨已甩动长鼻，将两名武士打昏在了地上。

白羚骑着大象，很快就来到了牢房前面。当当和笨笨顺着石阶，直接走进了牢房，其余大象则守在了外面。看守牢房的几名家丁，看到身躯庞大的大象走了进来，大为惊恐，手持兵器，不知如何是好。此时已容不得犹豫，生死攸关也讲不得仁慈了，大象的长鼻犹如最强悍的武器，当即将几名家丁打倒或撞翻于地。白羚已经看到了关在牢房中的父王。那些异常结实的栅栏上缠着锁链，若要打开谈何容易。但对于力大无穷的大象来说，这些栅栏便如同筷子似的，形同虚设。白羚指挥大象用庞大的身躯朝前一撞，又用强悍有力的长鼻卷住柱子一拉，摧枯拉朽一般，瞬间便折断了栅栏。白羚从象背跳下来，跑到杜宇王身边，替他解开了捆绑着的绳索。杜宇王因为被捆绑了一天，手脚几乎都僵硬了，没有进食，也不能正常休息，神情沮丧，极度疲惫。白羚将他搀扶出来，骑在了笨笨的背上。被关在旁边牢房中的阿黑和一些侍卫，已看到发生的一幕，都兴奋地叫起来。白羚指挥当当，将那边几间牢房的栅栏也撞开了。阿黑与侍卫们冲出了牢房，抢了那些家丁的武器，跟随在大象后面，护卫着杜宇王，走出了牢房。

白羚对阿黑说，你和侍卫们领着几头大象往王宫的大门走，一定要阻挡住他们的搜查和追击。我护卫父王从王宫后门撤退，前往西山。如果你们能脱险，先要引开敌人，然后再绕道去西山和父王会合。切记啊！后会有期！

阿黑答应了，领着逃出牢房的侍卫们，带着几头大象，朝着王宫大门冲去。此时大家都义无反顾，只要冲出去，冲破鳌灵人马的包围，就是胜利。

白羚知道，这是目前唯一可行的办法了。只有声东击西，让忠勇的阿黑和侍卫们拖住鳌灵的人马，她才能护卫父王从后门走小道安全脱险。究竟能否顺利出逃，也只有看天意了。

白羚和杜宇王分别骑在当当与笨笨的背上，悄悄出了王宫后门，沿着一条夹道，来到了王城的一座侧门。这里竟然没有守卫，很容易就出了王城。这也是白羚经常带象群前往湿地和树林游玩所走的一条路，当当和笨笨对这条路非常熟悉，很快就在夜色中走出王城，来到了树林边。此时，王宫前面正在厮杀，阿黑和侍卫们浴血拼搏，正向着王城的另一面突围。鳌灵的人马都被阿黑与侍卫们吸引了，赶去围堵追击，白羚护送着杜宇王很顺利就逃离了王城。走进树林，有小道通往西山。西山也就是蜀山，林木茂盛，山谷幽深，地形复杂。杜宇王只要逃进西山，基本上就安全了。

白羚陪伴着杜宇王走了一段，便停了下来，将随身佩带的宝剑递给杜宇王说：父王，你走吧，往前可以去西山。找个僻静的地方隐居一段时间再说吧，侍卫们如果脱险，会去找你，和你会合的。

杜宇王经受了牢中的折磨，此时逃出了王城，精神大振，问道：

羚儿，你不随我一起走吗？

白羚说：我现在还不能随你走，我要留下照顾母后。

杜宇王说：鳖灵如果知道是你劫了狱，会放过你吗？

白羚说：我不怕他！父王你不用为我担心，赶紧走吧，走得越快越好！

杜宇王想到就要和爱女分别了，不胜感慨地说：没想到我堂堂望帝，如今竟然要孤身逃进西山了，好不狼狈啊！

白羚关切地说：父王啊，留得青山在，不愁没柴烧。你先保重自己要紧。

杜宇王叹了口气说：羚儿啊，父王此去，不知何时才能和你重逢？遭此变故，你和王后都因我而受累了。父王心里有愧啊！

白羚安慰说：父王，你多珍重啊，我会把母后照顾好的！

杜宇王又叹息道：因我而受累的，还有海伦啊！唉，难道是天意如此，才有此劫难吗？杜宇王说着，眼中竟然闪出了泪光。

白羚见父王在此极度危难之际，还挂念着海伦，可见是动了真情，心里也十分感慨。又想到正是因为父王的这份荒唐之情，才导致了这场天翻地覆的变化，对父王又有些愤然了。但毕竟是父王，白羚一时也不知说什么才好。

杜宇王自嘲地说：有心杀贼，无力回天，事已至此，夫复何言？！羚儿保重，父王走了！

白羚说：父王，你要多珍重！随即跳下象背，拍了拍当当和笨笨的额头，用手指着西山的方向，向两头聪慧的大象说：你们一定要将父王平安护送到西山，拜托你们啦！

当当和笨笨用点头和摆鼻的方式向白羚表示遵命，然后便动身走进树林，笨笨驮着杜宇王，当当紧随其后，沿着小道，快速向着远处的西山走了。

白羚站在那里，望着杜宇王骑在象背上渐渐远去的身影，想到父王此去犹如生离死别，真的不知何时才能重逢了，父女之间的留恋之情霎时弥漫胸中，泪水不知不觉便涌出了眼眶，模糊了视线。白羚就这样站在夜色里，无声地哭了。

王城内还在厮杀，并传来了象群的吼叫。

白羚转过身来，勇敢地朝着王城走去。

第三十一章

阿黑率着一些侍卫冲出牢房后，朝王宫大门冲去，随即发生了激烈的厮杀。

守卫王宫大门的都是鳖灵的家丁和武士，一看到关押在牢房中的人突然冲了出来，非常惊讶，立即大声喊叫，开始拦截和阻击。那些武士和家丁当然不是阿黑与侍卫们的对手，眨眼之间，阿黑与几名侍卫便冲出王宫，到了外面的街上。但武士与家丁人多，阿黑和侍卫人少，双方纠缠在一起，相互拼死格斗，杀得难解难分。山灵负责王城的守卫与巡查，此时被喊叫声和厮杀声惊动了，率着由族人组成的队伍朝王宫奔来。这支来自荆楚的队伍，有着非常强悍的战斗力，很快就加入了对阿黑与侍卫们的围堵。

阿黑与侍卫们对杜宇王都极其忠勇，为了能使杜宇王安全逃走，他们都抱着必死的决心，和鳖灵的人马进行着殊死搏斗。他们从王宫大门杀到了长街上，又沿着大街一路厮杀，到了王城的城门处。如果仅仅是阿黑与几名侍卫，山灵率着族人组成的队伍赶来后，很容易就会将他们给解决了，但跟随在后面冲出来的几头大象帮了阿黑他们很大的忙。在最危急的时候，体型庞大的象群以威猛而强悍的力量，冲开了围堵，伴随着阿黑和几名侍卫朝城门冲去。

山灵的手下为了加强对王城的守卫，已经在城门口设置了障碍。象群虽然强悍威猛，不可阻挡，但要冲破障碍也不容易。双方就在城门口进行着殊死拼杀，互有死伤，僵持不下。阿黑与剩下的几名侍卫都已负伤，也砍倒了不少人，身上沾满了血迹。山灵的人还在不断地赶来，形势对阿黑与侍卫已经越来越不利了。山灵看到阿黑他们如此顽强，又看到了难以对付的象群在协助阿黑他们突围，一边继续围堵，一边吩咐手下人朝他们放箭。几头大象中了箭矢，顿时发了怒，吼叫着，朝着人群勇猛地冲撞过去。围堵的人群惊慌后撤，如同浪潮起伏，阿黑他们乘机搬开障碍，率着象群冲出了城门。山灵的人绝不会让阿黑他们轻易逃走，随后围追堵截，很快又在王城外面形成了一个包围圈，将阿黑他们与象群围在了中间。

此时鳌灵已接到报告，纵骑疾驰，率着江灵与一群家丁赶来了。

鳌灵循着喊叫声，赶到了王城外面正在激烈厮杀的地方。鳌灵勒住坐骑，命人点燃火把，立即看清了，围困在包围圈中的除了阿黑与几名侍卫，并无杜宇王的踪影。机警的鳌灵立即有了一种上当的感觉，这些顽强拼杀的侍卫将守城的人马都吸引到了这里，杜宇王却不知去向了，显然是中了劫狱者声东击西、金蝉脱壳的计谋。

鳌灵恼怒地叫了一声，命令山灵继续攻击，尽快将阿黑与几名侍卫拿下，自己率着江灵与家丁立即朝王宫驰去。片刻之间，快马如风，鳌灵已纵骑驰进了王宫。鳌灵手握短刀，江灵与家丁紧随于后，急匆匆地走进了牢房。看到牢内撞开的栅栏与一片狼藉的情状，鳌灵便明白了，劫狱者显然是利用象群的力量，才撞破了坚固的牢房，劫走了杜宇王。鳌灵召来守卫王宫大门负了伤的武士，询问是否看到了杜宇王？武士仔细回想了，回答说：当时情形紧急，一片混乱，但除了冲出来一些侍卫，杜宇王并不在里面，始终没有看到杜宇王的身影。鳌灵有些纳闷，杜宇王被劫了狱，却不见踪影，会去哪里呢？难道就隐藏在王宫之中吗？

鳌灵当即下令，在王宫内进行了仔细搜查，哪怕掘地三尺，也要将杜宇王找出来。江灵指挥家丁与一群武士，在王宫中逐一查看，还进了后宫，连王后与公主的寝宫也搜查了，结果毫无收获。询问那些惶惶不安的宫女，一个个都极度惊恐，对杜宇王的去向自然是毫不知情。王后朱利因遭遇剧变，精神受到了强烈打击，神智已经有些失常，对入宫搜查的人时而冷笑，时而呵斥，时而又癫狂地哈哈大笑。搜查者看到朱利这个样子，报告了鳖灵。鳖灵有些诧异，知道朱利已经疯了，嘴角不由得浮起了一丝复杂的冷笑。

鳖灵搜查王宫，一无所获，心中很是恼怒。如果让杜宇王就这样无声无息地逃走了，以后很可能又会东山再起，卷土重来，胜负难料，自己苦心谋划发动的这场政变岂不前功尽弃？一想到这种难以意料的可能性，鳖灵便怅怅的，恨恨的，懊恼不已。自己为什么不立即杀掉杜宇王呢？所谓量小非君子，无毒不丈夫啊。杜宇王就是因为大意轻敌，才覆败被擒。自己也因为一时仁念，大意疏忽，竟让关入牢中的杜宇王又逃走了。唉，大意真是害人啊！鳖灵当然不会因此而善罢甘休，就这样听凭杜宇王神秘失踪了，岂不愚蠢？鳖灵继而琢磨，那个大胆劫狱的人，会是谁呢？能够利用象群，在如此短暂的时间内，将杜宇王成功劫走，并且神秘消失，显然绝非常人所能做到。那此人究竟会是谁呢？

鳖灵想了一会儿，突然明白了，除了公主白羚，还会是谁呢？此刻，公主白羚也早已不在宫中，不知去向。啊，这个曾经协助鳖灵治水，而且救过鳖灵的公主啊！鳖灵一时间又气又恼，对白羚的做法大为恼怒，甚至有点愤恨不已了。

鳖灵不愿再待在王宫中浪费时间了，率着江灵与家丁，纵骑来到了王城外面仍在厮杀的地方。他要先解决了阿黑与几名侍卫，然后再调动人马，继续搜查和追踪杜宇王。反正自己占据了绝对优势，胜券在握，他不相信杜宇王能够插翅飞到天上去。虽然目前不清楚杜宇王逃往了何处，但总会有蛛丝马迹可寻。鳖灵对自己说，如果再次抓住了杜宇王，决不会再心存仁慈了，一定要果断除之而后快。

尚在以死相拼的阿黑与几名侍卫，皆已身负重伤，仍坚持搏击拼杀，表现得极其顽强。看到这些浑身血迹斑斑的侍卫，竟然如此忠勇，鳖灵不禁心生敬畏。还有那几头发怒的大象，也很使人畏惧。他吩咐山灵采用火攻，凡是动物都怕火，大象恐怕也不例外。对于那几名垂死拼杀的侍卫，尽可能留下活口，以便追问弄清杜宇王的去向。山灵遵命而行，很快就准备好了火攻用的箭矢。

此时已是后半夜了，火把燃烧，喊声不断。就在山灵指挥手下将点燃的箭矢朝着象群与阿黑他们射去的时候，白羚跑来了，大喊着冲了过来：住手！不要伤害我的大象！住手啊！不要射箭啦！

鳖灵看到突然跑来的白羚，有点意外，立即做了个手势，停止了放箭。

白羚站在鳖灵面前，理直气壮地说：这些大象为治水立下过功劳，你为何要射杀它们？

鳖灵喝问道：杜宇王现在何处？

白羚说：父王走了。

鳖灵问：去了哪里？

白羚说：反正走了，我也不知道去了哪里。

鳖灵怒道：是你劫的狱，你却说不知道，你好大胆！

白羚说：不错，确实是我救的父王。一切都由我担当，与他们无关，你把他们都放了吧！

鳖灵大怒道：我怎么会放他们？如果你不告诉我杜宇王去了何处，我就要逼问他们！我不相信杜宇王能插翅高飞！

此时阿黑和几名侍卫都已身负多处重伤，气力耗尽，坚持不下去了。听见鳖灵说出了如此恶狠狠的话来，阿黑便知道一旦被俘，鳖灵一定会严刑拷问他们，追查杜宇王的下落，如果他们闭口不说，鳖灵很可能会无所不用其极。为了守口如瓶，为了杜宇王能安全脱险，阿黑已经明白自己应该怎么做了。

阿黑朝着白羚大喊了一声：公主啊，恕我无能，我为杜宇王尽忠了！

阿黑喊罢，便用尽最后一丝力气，挥剑朝着自己脖子狠狠一抹，壮烈自刎了。

阿黑倒下后，几名侍卫也毫不犹豫地像阿黑一样挥剑自刎了。有一名侍卫因为没有了力气，自刎太浅，倒下后，又挣扎了一会儿，才壮烈而死。

目睹面前发生的悲壮情景，围攻者都不胜惊讶。杜宇王竟然有如此忠勇的侍卫，真是令人叹息。几头很有灵性的大象，也随之发出了悲鸣。

鳖灵也有些惊叹，但内心的恼怒并没有因之而消减，反而变得更强烈了。他吩咐说，把公主给我捆了！两名家丁上前，立即将白羚的双手反缚了，听候鳖灵处置。

白羚用清澈无畏的目光看着恼怒的鳖灵，心中毫无怯意。反正父王已经乘象安全脱险，自己能够做到的都已做了。现在家国已失，面对现状，无论鳖灵如何对她都无所谓了。象群看到公主被缚，甩动长鼻，朝着人群吼叫。

鳖灵立即吩咐家丁让白羚也骑上了马，命令山灵在王城内外加紧搜查，务必找到杜宇王逃走的踪迹。随即率着江灵与家丁，押解着白羚，快马加鞭走了。

鳖灵一行，策骑而驰，又来到了金沙村庄园。

白羚对鳖灵没有押解她去王宫，而是朝王城郊外驰去，有些不解。鳖灵要带她去哪里呢？到了金沙村庄园后，白羚才明白，这里原来是鳖灵入蜀后安置的家，他将她带到这里来干什么呢？

鳖灵跳下马，吩咐江灵加强警卫，让家丁们休息。然后鳖灵独自押着白羚走进了庄园里面的房间，反手关闭了房门。这儿原来是鳖灵与海伦燕居之室，如今已人去屋空。但摆设依旧，衣物尚在，一切都是几个月前的样子。只是情形变了，关系变了，人也变了。

白羚被反缚双手，站在屋内，抬头扫视了一眼周围的环境，用清澈明亮的目光注视着鳖灵，问道：蜀相大人，你将我捆来此处，想要怎样？

鳖灵依然是一脸的恼怒，比起以往的不动声色与从容不迫，仿佛换了一个人。他也锐利地看着白羚，目光如同快刀利剑一样盯在白羚的身上。对待面前这位英姿飒爽、经常率性而为的公主，他在过去的几个月内曾经小心翼翼地表示出极大的亲切和尊重。其中当然有很多策略性的和功利性的因素，现在他再也用不着有任何掩饰了，一切都是他说了算。从内心深处说，鳖灵还是很喜欢这位蜀国公主的，虽然没有海伦那样的美艳漂亮，却浑身洋溢着青春朝气，处处显示出普通女子很少有的贤明大度与无拘无束的天性。特别是，白羚还在鳖灵被毒蛇咬伤后，用草药救了鳖灵的性命。这些，都使鳖灵对白羚刮目相看，优礼相待。但这次白羚利用象群救走了杜宇王，却使鳖灵大为愤怒。因为杜宇王的脱逃，将直接关系到今后的局势变化。只要杜宇王还健在，很有可能利用昔日影响召集旧部组织反扑，就有可能重新夺回王位，鳖灵能否笑到最后，也就成了一个极大的未知数。正因为这个至关重要的原因，鳖灵对白羚非常愤怒。

白羚此时不知道鳖灵究竟会如何对她，但心中很坦然，毫无畏惧。

鳖灵注意到了白羚的神态，觉得白羚一点都不怕他，语气中还略带讥讽，压抑在心中的怒火一下子变得更加强烈了。鳖灵油然地想到了失去的海伦，想到了杜宇王与海伦的奸情，想到了自己由此而忍受了几个月的屈辱，内心的恼怒便有些不可控制，就像汹涌的洪水一样冲击着理智的堤坝，一下子就临近了溃堤的地步。

白羚又问道：蜀相大人，你并非哑巴，为何不说话？究竟想要怎样？

鳖灵再也忍不住了，怒道：这几个月我真的受够了！杜宇王欺负我，羞辱我，你也要讥讽我吗？好吧，现在就让我告诉你，我要怎样！

鳖灵走上前，用力撕开了白羚的衣衫，使白羚健硕丰满的双乳一下裸露了出来。

白羚慌乱起来，一边闪避着，一边呵斥道：蜀相大人，你不要无礼！

鳖灵此时已变得异常的愤怒和疯狂，继续撕扯着白羚的衣裳，怒冲冲地说：我就是要无礼！在这个世道上，要礼又有何用？鳖灵说着，将白羚下面的衣裳也撕开了，使白羚几乎成了裸体。然后便将白羚拖进了内室，按在了榻上。

白羚有生以来，还从没有遭遇过如此粗暴的对待，心里很慌乱，也很愤怒。白羚挣扎着，扭动着身躯，抗拒着鳖灵粗鲁而狂暴的撕扯。但她被缚住了双手，气力也有限，哪里能够抗拒得了鳖灵的蛮力呢？白羚已经明白鳖灵要做什么了，如果鳖灵温情相待，她肯定会答应鳖灵的。其实白羚早就有以身相许的愿望了。但鳖灵如此粗暴，她又有些反感，并有点于心不甘。当鳖灵将她剥得一丝不挂的时候，白羚的眼中已经涌出了泪花。她依然抗拒着，但抗拒是那么的无力，实际上已经在任凭鳖灵施展粗暴，任由鳖灵对她进行虐待和侵犯了。

鳖灵有些疯狂地说：这都是因为你父王作的孽，是杜宇王欠我的！

鳖灵开始揉搓白羚，极其粗鲁地占有了白羚。鳖灵就像一头强壮的野兽一样，野性勃发，动作强悍而又粗暴。白羚是第一次与男人同房，虽然是心爱的仰慕已久的男人，但却是在极度屈辱的情形下，被鳖灵粗暴地夺走了处女贞洁。白羚的泪水无声地流了下来，心中没有一点欢快，只有无奈和顺从。

鳖灵几个月前，在出发治水的前夕，曾同海伦饮酒欢爱。也是在这间房内，在同一个榻上，鳖灵和海伦颠鸾倒凤，极尽缠绵，共享夫妻鱼水之欢。自从离开之后，几个月来鳖灵一直压抑着自己的欲望，此刻终于像火山一样爆发了。鳖灵在强暴白羚的时候，眼前又浮现出了海伦俏丽风骚的样子，联想到了海伦的红杏出墙与杜宇王的奸情，把几个月的隐忍与满腔的愤怒都发泄在了白羚的身上。鳌灵充分暴露了本性中的凶狠，就像一头恶狼一样，变换着不同的角度和动作，将白羚当作了戏弄的猎物，极其粗暴地持续不断地蹂躏着白羚。鳌灵在第一次喷发之后，竟然没有丝毫疲软，仍旧对白羚继续着充满野性的蹂躏。鳌灵从来没有如此强悍过，动作激烈而又粗狂，就像彻底变成了一个野人。通过这种强暴和蹂躏，使鳌灵体验到了从未有过的报复的快感。

白羚由于屈辱和无奈，只有流泪忍受和顺从。最初的破处之疼瞬间就过去了，很快就变成了麻木，随后便感受到了一种情感上的燃烧，交织着柔情与气愤，真可谓爱恨交集，对鳌灵爱得热切，也恨得入骨。

鳌灵连续宣泄了几次，终于崩溃了，玉山倾颓，放开白羚，倒在了榻上。

鳌灵醒来的时候，已是清晨，外面传来了婉转悦耳的鸟鸣，还有隐约的鸡啼。

鳌灵睁眼，看到了蜷缩在旁边满脸泪痕的白羚。鳌灵有些诧异，使劲摇了摇头，神智很快恢复了清醒。昨夜的情景已经有些模糊，但一看到白羚赤身裸体、头发蓬乱、双手反缚、娇容失色的样子，鳌灵便想起了发生的一切。自己昨晚酒喝多了，又遇到那么多突发之事，才会情绪失控。但公主是救过自己性命的人，不管怎么说，也不该如此强暴白羚啊。鳌灵清醒之后，心里油然地感到了歉疚。他立刻爬起身，赶紧解开了缚住白羚双手的绳索。又起身拿了一件自己的衣服，披在了白羚裸露的身上，充满爱怜地轻轻抚摸着白羚被捆得发红的手臂。

白羚几乎一夜没睡，一直在暗自流泪。此时睁开眼睛，用恼恨的目光恨恨地看着鳌灵。

鳌灵俯身说：公主，委屈你了，昨夜我过分了，举止失当，对不起啊！

白羚听鳌灵这么一说，泪水便又止不住地涌了出来。鳌灵用衣

452

服为白羚擦泪。白羚用手推开了鳖灵，挣扎着坐了起来。鳖灵关心地看着她，目光中已不再有野蛮与凶狠，而显示出了发自内心的体贴与疼爱。

白羚恨恨地说：蜀相大人，你报复了，满足了，又何必道歉？

鳖灵说：公主，请你原谅我昨夜的粗鲁，我不该那样对你，我不是故意的。

白羚说：我怎么原谅你？你夺了父王的王位，又如此凶狠地强暴了我，还说不是故意的？怎么原谅你？！

鳖灵说：公主啊，我决不会亏待你，我要娶你，要立你为王后！

白羚的心里有些震动，脸上冷笑道：你说得好简单好轻巧，我怎么相信你？

鳖灵说：我对天发誓，我要娶你，立你为王后！我说的都是真心话。从今以后，我会真心对你！苍天作证，决不食言！

白羚的泪水流得更加欢畅了。她被反缚了一夜的手已不再麻木，恢复了往常的灵巧。白羚突然抓住了鳖灵放在枕边的短刀，将锋利的短刀拔出了刀鞘，双手反握，对准了自己的胸口。

鳖灵大惊失色，慌忙道：公主！千万不要啊！此刀极快，快放下啊！

白羚泪流满面，冷笑道：你担心什么？我遭到你如此无礼的羞辱，活着又有什么意思？还不如死了痛快！你也不用再歉疚了，更用不着向我承诺，免得还要在今后兑现诺言！

鳖灵知道公主天性刚烈，自尊任性，说得出也做得到，一时间担心得不得了。鳖灵又不敢去夺白羚手中的短刀，生怕白羚真的自裁了，那就糟糕了。鳖灵只能连声劝阻说：公主啊，我发誓今后一定真心对你！无论岁月多长，几十年，一百年，也决不反悔！公主啊，你真的不能原谅我吗？你究竟要我怎样做，才能放下刀啊？

白羚流着泪说：要我原谅你也不难，你只需答应我三件事就行了。

鳌灵忙说：公主，你说吧，只要我能做到，不说三件，就是十件也行！

白羚说：第一件事，你要好好安葬壮烈而死的阿黑和那些侍卫们。

鳌灵说：好，我答应你，一定照你说的去做，好好地隆重地安葬这些忠勇之士。

白羚说：第二件事，你今后一定要善待母后，要按对待太后的礼节待之，决不能有丝毫怠慢或不周。

鳌灵说：我答应你，我一定会好好地对待太后朱利，让她在后宫安享荣华。

白羚说：第三件事，你要放过父王，不要再派人去搜寻和追杀了。我知道你怨恨父王，也知道父王做错了一些事情，但父王毕竟是一代贤明之君，有功于天下，也有恩于百姓，你就放过父王吧，让他隐居、安度余生！好不好啊？

鳌灵有些迟疑，没有立刻回答。白羚泪眼婆娑地看着他，将锋利的短刀朝着自己的胸口又逼近了一点，眼看着就要朝着双乳之间起伏不定的乳沟扎进去了。鳌灵又惊慌起来，赶快说：公主，我答应你！快放下刀啊！

白羚说：你要说话算话，不能骗我！更不能食言！

鳌灵说：请公主相信我，我既然答应了你，就决不食言。我也决不会骗你。今后我一定真心对你，也请你真心辅佐我，同心协力，共创宏图大业！

白羚此时内心已不再愤恨，为鳌灵的许诺与期盼而深为感动。白羚擦了下泪眼，用柔情和潮润的目光看着鳌灵，问道：你真的要娶我，立我为后吗？

鳌灵说：千真万确！再过些日子，等诸事定下来，我就举行盛大婚礼，娶你为妻，立你为后！

白羚说：那你也要先宣布了，才好准备。

鳖灵说：我会告诉几位兄弟和部下，也会向诸位大臣宣布。

白羚又说：今后你也许还会娶其他女人，会有很多王妃，到时候你又会怎样对我？

鳖灵说：公主，你放心，任何女人都取代不了你的位置！现在如此，以后也是如此！

白羚叹了口气，放下双手，当啷一声，抛刀于地。鳖灵上前，伸手将白羚拥进了怀里。白羚的眼泪又涌了出来，将头伏在鳖灵胸前，伤伤心心地哭了，柔声说：你坏呀，你为什么这么坏啊？

鳖灵紧紧地拥着白羚，眼中也控制不住地闪出了泪光。他知道，从今以后，他与海伦的关系便画上了句号。他将正式取代杜宇王，封白羚为王后，名正言顺地成为新的蜀王。鳖灵同时也深信不疑，深明大义的白羚一定会真诚辅佐他，巩固他的王位，和他一起共同创建大业。白羚要他答应做的几件事情，其实已经显示了这层深远的含义，在为他赢取民心做铺垫。只要他做到了，蜀国的百姓就会发自内心地佩服他，各个阶层也会由衷地拥戴他。哦，可敬可爱的公主啊！

鳖灵亲吻着白羚，心中霎时充满了柔情与豪气，又回归了豪杰的本色。

鳖灵将白羚留在金沙村庄园内休息，带着江灵和一些家丁，骑马进了王城。

鳖灵召见了二弟山灵，询问在王城内外搜查杜宇王去向的结果。山灵禀报说，王城内都搜遍了，始终未见杜宇王的踪影。但是，也有一处没有进去搜查，那就是神巫的府邸。因为神巫在蜀国的崇高地位，参加搜查的武士们都不敢冒犯神巫。有几名武士，还劝阻了山灵。对于蜀国由来已久的传统与习俗，山灵心存敬畏，不敢草率行事，所以只派了一些人严密监视着神巫府邸的动静，并未惊动神巫。山灵如实地禀报了所有的情况，至于是否搜查神巫府邸，只有请鳖灵定夺了。

鳖灵有些纳闷，杜宇王逃出牢房后，怎么会毫无踪迹呢？难道杜宇王真的躲进了神巫的府邸之中吗？联想到杜宇王与神巫的密切关系，鳖灵觉得这种可能性极大。既然杜宇王藏身于其中，又岂能坐视旁观，而不进去搜查？！神巫虽然在蜀国地位很高，但也没有什么了不起，也不过就是能够主持一些祭祀活动而已。鳖灵不是杜宇王，一点都不迷信神巫，当然更谈不上对神巫有什么畏惧心理了。鳖灵这么想着，便决定不能掉以轻心，对神巫府邸也要进行搜查。

鳖灵率领人马，来到了神巫府邸门前。几名家丁上前咚咚地敲门。

过了一会儿，神巫府邸大门打开了，几名神巫的弟子分站在大门两边，恭敬地说：蜀相大人，神巫吩咐弟子们恭候大驾光临！

鳖灵在王宫大殿内已当着神巫和诸位大臣的面宣布了自己为开明王，获得了众臣的赞同，神巫也没表示反对。此时，听到神巫弟子仍称他为蜀相大人，心里便难免有点不快。鳖灵口气有些生硬地问道：神巫呢？

弟子们恭敬地说：神巫正在静坐修炼，蜀相大人有何吩咐，弟子可以转告。

鳖灵听到他们仍在称其为蜀相大人，心中更加不高兴了，也不说话，迈开大步便走了进去。带来的大队人马也随之涌了进来，将意欲阻拦的神巫弟子挤到了一边。

涌进来的人对神巫府邸进行了搜查，每一个角落都不放过。神巫弟子们的住处也被仔细查看了。因为匆匆搜查，人多手杂，东西被翻检得很乱。神巫的府邸很大，顺着宅院一处处搜查进去，哪里有杜宇王的踪影？最后来到了神巫静坐修炼的地方。老阿摩昨天离开王宫后，心情郁闷，一回到府邸，便又开始闭关练功。此时听到了外面的嘈杂声，心绪大受影响。正纳闷着，房门已被推开了，一群人随着鳖灵走了进来。老阿摩睁开双眸，借着门外投进来的亮光，看到了神情嚣张的鳖灵，便明白是怎么回事了。神巫依然坐着，没有一点起身相迎之意。

鳖灵用锐利的目光扫视着这间神巫练功的房间，屋内很简单，几乎没有陈设，除了静坐修炼的老阿摩和身旁色彩斑驳的神杖，看不到有其他东西，更没有其他什么人。面对房内一目了然的场景，鳖灵有些失望。看来判断有误，杜宇王并不在这里，又白跑了一趟。但既然来了，还是要和神巫说几句话。

　　鳖灵斟酌着词语，尽可能委婉地说：神巫无恙？路过这里，特地进来看望神巫！

　　老阿摩微眯着眼睛，瞅着鳖灵，用苍老略显沙哑的声音说：老朽愚钝，不知阁下光临，请恕怠慢之罪。今日阁下前来寒舍，不知有何旨意？敬请吩咐！

　　鳖灵摇头说：没有什么旨意，也没有吩咐。只是来看望而已。

　　老阿摩随即又微闭了眼睛，手持神杖，做出了练功的样子。

　　机警敏感的鳖灵感觉到了神巫的意思，这实际上已经是逐客的意思了。神巫刚才的话虽然说得婉转而又客气，却并不欢迎他的到来。神巫似乎对他有看法，甚至抱有成见。神巫始终没有称他为开明王，弟子们仍称他为蜀相大人，神巫也只是含糊地喊他为阁下而已。但神巫却可以心甘情愿地为杜宇王加冕称帝。显而易见，神巫属于前朝，并没有像那些大臣一样迅速归顺于他。想到这些，鳖灵心中大为不快，但还是忍住了。鳖灵心里很清楚，他可以不喜欢神巫，也可以从此不再重用这位脾性古怪的老阿摩，但要稳固蜀国的王位，神巫还是不能得罪的。毕竟尊崇神巫是蜀国的一项悠久传统，有些传统的力量，直接关系到人心的向背，是不能轻易抛开或者忽略的。神巫不欢迎他的到来，那就自己找个台阶走吧。

　　鳖灵于是说：神巫啊，不打扰你练功啦，告辞了！

　　神巫仍静默端坐着，略略移动了一下神杖，含糊其辞地嗯了一声。

　　鳖灵做了个手势，率着众人从神巫的练功之处退了出去。走到门口时，鳖灵又回头问道：神巫啊，你说杜宇王除了王宫，是否还有别居之处？最喜欢待在哪里？

神巫一副静坐入定的模样，似乎什么都没听到，始终一语不发。

鳌灵站了一会儿，很无奈，也很不高兴，摇摇头，叹口气，悻悻然，拂袖而去。

鳌灵离开神巫府邸后，率人登上了王城宏伟宽大的城墙，沿着城墙四处寻查，希望能够发现杜宇王逃走的一些蛛丝马迹。结果也是令人失望，依然什么都没有发现。杜宇王仿佛突然蒸发了，整个王宫中和王城内外都搜查了，就是弄不清杜宇王究竟逃向了何处。这真的成了一个令人困惑、无法可施的天大秘密。唯一知道杜宇王去向的，也许只有公主白羚了。但白羚绝不会将此秘密告诉鳌灵，鳌灵当然也绝不会再逼问白羚。今天清晨，鳌灵已经答应了白羚的三个条件，从今不再派人继续搜寻和追杀杜宇王，就此放过杜宇王，让杜宇王能够隐居安度晚年。但答应是一回事，真正要做到又是一码事。鳌灵答应前两条都极其爽快，唯有第三条很勉强。假若真的要放过杜宇王，鳌灵还是有些不太愿意。让杜宇王成功脱逃，无疑放虎归山，万一杜宇王卷土重来，那又该怎么办呢？

鳌灵搜查无果，很是失望。但他办事历来很有耐心和毅力，不会轻易放弃。他吩咐三位弟弟，各司其职，继续加强对王宫的守卫和对王城的巡查，绝不能掉以轻心。对杜宇王的去向，也要继续追查，一有发现，便穷追不舍，务必查个水落石出。三位弟弟答应了，雷厉风行，立即分头执行。

其实鳌灵目前要做的事情很多，比如要尽快招募人员，增强兵力，以强化对局势的掌控。又譬如要安抚诸位大臣，恩威并施笼络人心，让百姓尽快安居乐业，都是当务之急。同时还要和诸多部族缔结联盟，派信使通告邻邦加强友好往来，也都不可忽略。对于这些大事，鳌灵心中都已开始思考和谋划。但纵使事情再多，弄不清杜宇王的去向，始终是鳌灵难以释怀的心病。

鳖灵走后，弟子们关上大门，来到了神巫的面前。

老阿摩若有所思地问道：蜀相走了？

弟子们说：走了，他们把所有的地方都搜查了一遍，翻得乱糟糟的。

老阿摩微闭双目，一脸沉思。昨天举行盛大祭祀活动的时候，鳖灵发动突然袭击的血腥场面，仿佛就在眼前。接着鳖灵便攻占了王宫，将杜宇王关入了牢房，当众坐上了王位。今天鳖灵又率着一群爪牙，突然闯进了神巫府邸。鳖灵此人，不仅篡夺了蜀国的王权，是否又来篡夺神权呢？鳖灵虽然假惺惺地说，是顺道前来看望，但一听就不是真话。此人心机太深，手段阴险，意欲何为，难以预测。他不速而来，匆匆而去，虽然没有出手抢夺神杖，但显而易见，来此目的，绝非善意。

弟子们议论纷纷，他们来干什么呀？为什么要这样搜查啊？

老阿摩作为蜀国德高望重的一位神巫，经历了很多重大事件，从鱼凫王篡夺王位，到杜宇王取代鱼凫王，现在又目睹了鳖灵突袭杜宇王、抢夺王位的过程，内心真是感慨万千。自从蚕丛王开国以后，蜀国的王位便成了一些强势者与野心家争相篡夺的目标。王位是一个极大的诱惑，王位也是一个可怕的火炉，王位更是一个充满魔力沾满鲜血的位置。一旦坐上王位，慢慢地就被一种看不见的魔力异化了，渐渐地就成了下一个篡夺者瞄准的对象。蜀国因为争夺王位，已经发生了多少流血事件，上演了多少悲剧啊！

老阿摩经历了几代蜀王，真正令他敬佩的君王不多。当然首先要数蚕丛王，是一位了不起的英雄，也是一位很有霸气的开国之君。鱼凫王就差多了，虽然能征善战，所向无敌，但也不过是蛮力超群罢了。其次要数杜宇王，以王道治国，尊重神巫，算得上是一位难得的贤明之君。但杜宇王却疏忽大意，竟然被亲手扶持重用的蜀相给推下了王位。唉，杜宇王真是可惜啊，金冠与王位，转眼就被人夺走了。作为和杜宇王关系最亲密的神巫，也没能帮上杜宇王任何忙。上次遭遇大洪灾，祭祀活动因洪水溃堤而失败了。这次为杜宇王加冕称帝，又因发生政变而覆败了。王权被篡，知遇之恩难报，法力高深的神巫对此也很无奈。真可谓是千古遗憾啊！

想到杜宇王的结局，老阿摩便知道自己在蜀国备受尊崇的地位基本上也要结束了。来自荆楚的鳖灵坐上蜀国的王位，从此不会再像杜宇王那样尊重神巫，神巫在蜀国的权力，即使不被夺走，也会遭到削弱，或者被慢慢淡化，甚至被打入冷宫。当老阿摩想到这些，明白了自己目前面临的处境之后，内心反而平静了。

老阿摩睁开眼睛，对侍候在身边的弟子们说：你们去收拾一下，一起离开吧。

弟子们有些疑讶，纷纷问道：重回隐居之地吗？以后还回来吗？

老阿摩答非所问道：天地很广阔，还是自由自在好。其实也没有什么好遗憾的。

弟子们渐渐地也都明白了，老阿摩这次离开蜀国王城，显然是深思熟虑已下定决心，以后是不会再回到这座神巫府邸来了。其实也真的没有什么好留恋的，回到西山深处的隐居之地，过着逍遥自在的修炼生活，没有刀光剑影，没有争夺厮杀，人与天地自然万物和谐相处，比起这儿当然是快乐多了。

就在当天，说走就走，老阿摩率着弟子们，施展法力，悄然离开了王城。老阿摩再次遁入了西山，从此不问世事，恢复了逍遥自在的隐居日子。

第三十二章

　　杜宇王骑着大象，沿着林中曲折小道走了一夜，终于进入了林木茂盛的西山。

　　当晨曦染红了林梢的时候，静寂的山谷中和树林里便热闹起来，婉转悦耳的鸟鸣声此起彼伏，和风从青翠欲滴的林间吹过，飘来了山花的芬芳，还有松柏、桢楠、银杏之类树木枝叶发出的清香。空气清新得醉人，清香沁人心脾，宛如世外仙境。

　　杜宇王知道自己安全了，骑在象背上，在满眼的青翠和悦耳的鸟鸣声中，毫无目的地走着。杜宇王的身上还穿着加冕称帝时披上的崭新帝袍，因为厮杀和被缚，沾上了一些血迹和泥土。头上的金冠早已掉落在祭坛上，头发有些蓬乱，脸上也有点脏，一副蓬头垢面的样子。帝袍艳丽的色彩，骑着身躯庞大的灰褐色大象，与周边环境形成很强烈的反差，又显得颇有些滑稽。林木间有跳跃的松鼠、觅食的山猴、机警的花鹿，都好奇地看着这位突然出现的不速之客。

　　经历了昨天翻天覆地的变化，杜宇王不仅丢掉了王位，而且失去了舒适的王宫生活和曾经拥有的财富，一心要封海伦与小玫为爱妃的许诺，也随之化为了泡影。这场剧变，改变了杜宇王的人生，也使杜宇王的心情和精神状态发生了极大的变化。此时的杜宇王，再也没有了往昔容光焕发、潇洒倜傥的风采，神色和心态都十分暗淡，很有些失魂落魄的意味。过去的杜宇王，无论走到哪里，都是前呼后拥，一呼百应。

此刻除了两头护送和伴随他的大象，没有了侍卫，也没有了服侍的奴婢，成了一个真正的孤家寡人。

杜宇王很懊悔，一想到已经发生的一切，便分外悔恨。杜宇王回想起自己取代鱼凫王的时候，是那么的果断和迅捷，就像一场狂风骤雨。自己和朱利率着暗中训练好的人马，以迅雷不及掩耳之势，一下就结束了鱼凫王的统治。在自己坐上蜀国王位的这二十多年，处理很多事情也都是雷厉风行，从未出过差错。可是，在对付鳖灵这件事上，自己怎么会如此大意和疏忽呢？唉！真是英明一世，糊涂一时啊！为什么迟迟疑疑，不早一点下手除掉鳖灵呢？这不仅害了自己，也害了王后朱利，还害了爱妃海伦与小玫。这都是自己的糊涂和大意啊，不该发生的竟然发生了，真是令人痛恨啊！

杜宇王恨着鳖灵，也恨着自己，恨鳖灵的阴险，也恨自己的优柔寡断。但既然事变已经发生了，光是懊悔和痛恨又有何用呢？杜宇王于心不甘，难道就这样彻底完了吗？不！杜宇王在心里对自己喊着，随之便想到了复国之举。虽然失去了王位，原来的部族不是还在吗？只要自己召集人马，就可以重新杀回王城，讨伐鳖灵，夺回失去的一切。这样想着，杜宇王的心里又燃起了激情和希望。但要真的召集人马，又谈何容易？自己脱险后，只能暂时隐藏于深山密林，身边没有一个可以指派和使用的人，又怎么联系旧部呢？那些忠勇侍卫，在激烈厮杀中大都牺牲了，其余的也都四散，不知去向。身边没有了愿意死心塌地跟随他赴汤蹈火的人，又怎么复国啊？还有王后朱利，此时困于宫中，也不能帮自己了。唉！想到这些，杜宇王的心中充满了失落，心情又变得灰暗起来。

由于遭遇巨变，经受了强烈的打击，杜宇王已极度疲惫，骑在象背上昏昏欲睡。

当当和笨笨两头极有灵性的大象，遵照公主白羚的嘱托，将杜宇王护送到了西山，此时知道已经脱离危险，也就放松下来，开始在山谷中漫无目的地游荡。大象已经饿了，要饮水进食。凭着敏锐的天性，当当和笨笨驮着杜宇王走进山谷深处，来到了清澈的溪水旁。大象开始饮水，杜宇王仍骑在象背上打盹。

没有想到的是，大象和杜宇王又遇到了危险，竟然遭遇了隐藏的鱼凫族人。

早晨来溪畔汲水的鱼凫族人，看到两头体型巨大的大象，象背上还骑着一个身穿艳丽袍子、蓬头垢面的人，一时大为惊讶。

还在继续疗伤的鱼鹰，此时也来到了溪边。汲水的鱼凫族人向鱼鹰说：你看那人好怪啊，就像山神似的，从没见过有这样的人！鱼鹰也有点吃惊，自从转移到了这个山谷，隐居于此，还从没见过这般状况。这里很少有大象，更何况象背上还骑了一个身材高大、穿着艳服的人，确实少见。随后又来了一些手持弓箭和刀剑的鱼凫族人，都指点着大象和杜宇王，议论纷纷，商量着应对之策。

杜宇王被说话声惊醒了，睁开眼，看到了溪畔的鱼凫族人，也有些惊讶，又有些纳闷。这些穿着兽皮与粗布衣衫的人，有的拿着汲水之罐，有的手持弓箭，还有的手握渔具与刀剑，都是些什么人呢？如果是鳖灵派来的追击者，那就糟糕了。但从穿着和口音很容易就辨出来，他们不是鳖灵的人，很可能是居住在这里的土著。于是杜宇王便释然了，主动向他们打起了招呼。

杜宇王朝他们挥了下手说，嗨：你们好啊！

鱼凫族人相互交换着疑惑的眼神。鱼鹰曾经入宫行刺，见过杜宇王，并有一番对话，此时听到杜宇王的声音，并看清了杜宇王的面貌，不由一愣，嘶哑着嗓门，试探着问道：你是何人？可是杜宇王吗？

杜宇王见有人竟然知道自己的身份，便有些兴奋，问道：你认识杜宇王吗？

鱼鹰恨恨地说：你就是杜宇王了！你离开王宫，来此何干？！

杜宇王说：你又是何人？你们为何聚集在这里？

正可谓仇人见面分外眼红，鱼鹰双目怒视，哑着嗓子，放声冷笑道：杜宇王啊，我就是鱼凫王的儿子，发誓要杀你的那个人！真是苍天有眼，入宫没有刺死你，现在竟然自己送上门来了！今天你的死期到了，看你还能往哪里逃！哈哈！

杜宇王大惊失色，也认出了溪边这位狂傲暴戾之人确实就是入宫行刺者，也就是鱼凫王的幼子鱼鹰了。当时惊险万分，猛犬小虎将鱼鹰扑倒后，才由侍卫将其擒下，后来关入牢中被朱利用箭射杀，当天埋了之后又被鱼凫族人神秘地救走了。杜宇王立即想起了阿黑的禀报，在入山寻找神巫的隐居之处时，曾遭遇过躲藏在深山中的鱼鹰及其族人，发生过搏斗和厮杀。阿黑曾请求杜宇王派兵入山围剿这些叛逆的鱼凫族人，杜宇王因为要筹划和举行称帝盛典，无暇分心，准备以后再来对付这些逃匿者。没想到又犯了一个掉以轻心的错误，一直放纵不管，难免养虎遗患，如今竟然与复仇心切的鱼凫族人不期而遇，陷入了极其危险的境地。真可谓福无双降，祸不单行，刚离虎穴，又入狼巢啊。

杜宇王竭力控制着内心的慌乱，也对着鱼鹰朗声笑道：常言说，冤家宜解不宜结，改朝换代已经几十年了，你还耿耿于怀吗？当初我和鱼凫王光明磊落，约定了胜者为王，然后比剑一决胜负。结果鱼凫王倒在了我的剑下，我和鱼凫王都兑现了诺言。鱼凫王是一位真正的英雄，可谓死得其所。此话，我在你入宫行刺将你擒拿时，已向你说过。你有什么理由，继续向我复仇？

鱼鹰恶狠狠地说：你不仅杀了我父王，还杀了我的几位兄长，几乎将鱼凫族人赶尽杀绝。这种家国深仇，岂是你几句花言巧语就能够消除的？！快快偿命吧！

杜宇王知道一场恶斗难以避免了，鱼凫族人此时人多势众，自己孤身一人，恐怕难逃厄运了。于是长叹一声道：鱼鹰啊，你好歹也是一个英雄，你也要像鱼凫王一样，用剑和我一决胜负吗？

鱼鹰用嘶哑的声音大喊道：我不会再中你的诡计！决不和你比剑！我要用乱箭射杀你！说罢便朝手持弓箭的鱼凫族人大叫：快给我放箭！瞄准了杜宇王射啊！

鱼凫族人个个都是使用弓箭的好手，立即张弓搭箭，朝着杜宇王开始射箭。

杜宇王拔出了白羖交给他护身的宝剑，抵挡着射来的箭矢。但身上还是中了很多箭，射穿了帝袍，却被内穿的坚韧软甲挡住了。鱼凫族人看见杜宇王身上中了很多箭矢，却舞剑自如，仿佛无事一般，个个大惑不解，不由得惊慌起来，难道杜宇王是个神人吗？怎么会中箭不倒啊？

此时，当当和笨笨两头大象也中了箭，狂怒地吼叫起来，用长鼻吸了水和泥沙，朝着鱼凫族人喷射过去，又用长鼻折断了树枝，朝鱼凫族人猛烈甩打。鱼凫族人很慌乱，还在继续射箭。大象发威了，朝着鱼凫族人冲了过去。溪畔路窄，鱼凫族人来不及逃走，狂怒的大象已经冲到面前。当当的长鼻第一个便卷住了暴戾的鱼鹰，将他举向空中，又摔在了地上，粗壮如柱的象脚随即便踩了上去。鱼鹰做梦也没有料到，这一次会死在大象的脚下，当即被踩烂胸腔，七窍流血，呜呼哀哉了。笨笨则冲向了其他鱼凫族人，将几个疯狂射箭的家伙撞翻在地，踩了过去。这一切发生得极快，犹如摧枯拉朽一般，其余的一些鱼凫族人一边惊恐地呼叫着，一边四散而逃。

杜宇王也没有料到两头大象会如此威猛，惊喜不已。这时看见山谷深处又有鱼凫族人冒了出来，赶紧对大象说：撤退啊，快走吧！一边用手拍打着大象的耳朵，一边指着后面的方向。极有灵性的两头大象，似乎明白了杜宇王的意思，立即调头朝着来时的路径快步走了。

从山谷深处赶来的鱼凫族长老等人，看到了散落的箭矢，又看到了被大象踩死的鱼鹰与其他一些族人，便知道发生了意外，一时悲恸不已，围在鱼鹰的遗体旁边大哭起来。自从鱼凫王死后，逃进深山的鱼鹰便成了鱼凫族人的希望所在，他们藏匿着，等待着时机，一心想要复仇。这种持续了二十多年的强烈的复仇之心，并没有给他们带来运气，长大后复仇心切的鱼鹰曾冒险行刺，并因此而死了两次。这一次被大象踩死，是再也不能复活了。鱼鹰死了，整个鱼凫族人的复仇愿望，也就无法逆转地终结了。

杜宇王骑象逃出了山谷，华丽的帝袍上面还扎着被鱼凫族人射中的箭矢。虽然内穿的坚韧软甲阻挡了这些箭矢，保护了杜宇王没被当场射杀，但有几只力量特强的箭矢，还是划伤了皮肤。当当和笨笨的身上也扎着好多支箭矢，虽然皮厚，在被射中之处还是流出了一些血迹。

杜宇王绝没有料到，鱼凫族人的有些箭矢，是用毒液浸泡过的。一旦中了这些箭毒，要用特别配制的药才能解除。此时毒性开始慢慢发作，杜宇王渐渐地有点昏昏欲睡，四肢也有点麻木。两头大象也有些步履蹒跚，渐渐地便有点支撑不住了。

极有灵性的当当和笨笨似乎知道中了毒，坚持着走了很长一段路，已经快要临近神巫的隐居之地了。杜宇王已经有些昏迷，似乎听到了碧瀑流淌的声音，还隐约传来了灵猿的啼啸和凤鸟的欢鸣。两头大象朝着山谷吼叫着，吼声在山谷间久久地回荡，惊动了一些鸟雀，扑棱棱四散而飞。两头大象用尽了力气，然后便栽倒在了地上。

杜宇王滚到了树木旁，双手握剑，挣扎着，不久也昏迷了过去。生死安危，只有听天由命了。

白羚在金沙村庄园内昏沉沉地睡了一个上午，不停地做着一些奇怪的梦。

因为鳖灵有吩咐，守护庄园的家丁都小心翼翼，谁也不敢惊动白羚。临近中午，白羚突然惊醒了，一颗心像擂着小鼓似的跳着，有点心慌意乱。白羚不安地坐了起来，觉得好像是冥冥之中的某种征兆，难道是父王在出逃的途中出事了？但仔细想想，又觉得不会。当当和笨笨是两头极有灵性的大象，一定会平安护送父王进入西山的。鳖灵不知道父王的去向，不可能派人追击。何况鳖灵已经亲口答应了白羚，从此放过父王，同意让父王隐居、安度余生。父王武功很高，剑术高明，又有两头大象伴随，即使遇到虎狼野猪狗熊之类猛兽，也会安然无恙。白羚很了解父王的本事，相信自己的这种判断。但是自己为什么又有这种心慌意乱的预感和亲人出事的征兆呢？天地之间，因血缘关系紧密相连的亲情，相互之间常常会传递一些神秘的信息。白羚记得年幼的时候，和父王、母后之间就曾有过这样的情形。有次父王外出打猎，遭遇了凶猛的黑熊，差一点被黑熊咬死，白羚在宫中就突然心惊肉跳，坐卧不安。第二天父王回来了，说了惊险的经过，白羚才放下担忧，烦躁的心绪才恢复了平静。这次的预感，与很多年前的那次情形颇为相似，难道父王又遭遇了猛兽吗？白羚因之又担忧起来，在心中默默祷告，但愿诸神护佑父王，使父王能够安全脱险，保佑父王平安无事。

白羚担心的另一个亲人就是母后了。自从遭遇剧变，父王被擒关进牢房，母后朱利就陷入了极度沮丧与忧愤之中。这场剧变对母后的打击太强烈了，朝夕之间，头发竟然都变白了。母后的精神状态也发生了很大的变化，说话和举止似乎都有点疯癫了，神智已经有些失常。母后豪杰性情，宁折不弯，万一想不通，会不会自寻短见啊？白羚想到这些，心中大为纠结。她再也坐不住了，立即起身，准备回宫。

白羚身上的衣裳已经被鳖灵全都撕烂，此时只有穿了鳖灵的衣服，因为肥大，挽起了衣袖，找了一条腰带系扎了。然后出了内室，吩咐家丁备马。

守护金沙村庄园的家丁和族人，已经知道昨夜、清晨鳖灵和白羚之间发生的事情，对白羚的态度很恭敬，却不准白羚离去。家丁们说，这是鳖灵的吩咐，他们必须遵命而行。白羚很恼怒，也很无奈。到了中午，家丁和族人准备了菜肴，请白羚吃午饭。白羚因为生气，拒绝吃饭。家丁和族人劝说无果，也不知怎么办才好。

就在这时，鳖灵骑马回来了。鳖灵跳下马，走进了庄园。

白羚一看到鳖灵，就很生气地问道：你为何要限制我的行动自由？

鳖灵说：我哪里限制你啊？我只吩咐他们好好地侍候和守护你。

白羚不乐地说：不许我骑马，也不许我回宫，这就是你说的侍候和守护吗？你说要立我为后，可是却将我当囚犯一样对待，你究竟是什么用心啊？

鳖灵笑道：公主不要生气，请相信我对你说的每一句话都是真心的。

白羚说：那你当众宣布，告诉他们，应该怎样对我，把话说清楚！

鳖灵笑了，深知公主的脾性，当即将金沙村庄园内外的家丁与族人都召集到了面前，宣布说：我已答应公主，要娶公主，立以为后，待诸事安定，就举行婚礼。从今以后，你们都要遵从公主，绝不许怠慢！若有谁惹得公主不高兴，我就惩罚谁，绝不宽贷！都听清了吗？

家丁和族人们齐声答道：遵命！我们都听清了！

鳖灵对白羚体贴地说：公主啊，我按你说的做了，你还生气吗？

白羚叹了口气说：好啊，但愿你言出必行，其实只要不限制我自由就好了。

鳖灵说：公主言重了，我既然决定要立你为后，怎么会限制你的自由？

白羚说：那你现在就让我回宫。你看看我现在的样子，不觉得我有多么狼狈和可笑吗？我要回宫沐浴更衣！

鳖灵又微笑道：好啊。饭总是要吃的，吃了午饭，我陪你一起回宫！

白羚见鳖灵处处依顺自己，心中的不快也就随之散去了。于是点头说：好吧。和鳖灵一起坐了下来，在家丁和族人的侍候下，开始用餐。

吃过午饭，白羚不愿休息，坚持要回宫沐浴更衣。鳖灵也就顺从了白羚的意思，一起骑了马，带了一些心腹家丁，离开金沙村庄园，一路疾驰，很快就到了王城，直接进了王宫。鳌灵走进了大殿，在铺了虎皮的王座上坐了下来，开始处理事务。白羚则直接进了后宫，先跑去看了母后。白羚见朱利睡在寝宫的榻上，并无大碍，一颗悬着的心落了下来，这才回到自己的寝宫，吩咐宫女焚香备衣，准备了香汤热水，开始沐浴。

白羚将自己浸泡在温水中，抚摸着自己被鳌灵强暴后的身体，轻抚着被缚后红痕未消的双臂，回想这些日子连续发生的事情，心中感慨万千，情绪真是复杂到了极点。她还是有点恨鳌灵，觉得鳌灵太凶狠，抢夺了父王的王位，还抢夺了自己的贞洁。鳌灵在做这些坏事的时候，显得是那么的狂暴和凶悍，真的如同发怒发威的猛兽一样。鳌灵在疯狂蹂躏她的时候，怎么连一点点怜香惜玉之情都没有？这样的男人真的很可怕！白羚又想到了第二天清晨鳌灵对自己的道歉和表白，心里便又有些释然了。鳌灵的疯狂之举，不仅与他的性格有关，也是当时的境况决定的。鳌灵宁愿玉碎不愿瓦全，因为忍受屈辱而狂野报复，说到底还是豪杰的德行。循规蹈矩、忍气吞声的凡夫俗子是做不到这些的。白羚发现自己仿佛在替鳌灵寻找合情合理的借口，明白自己内心深处确实是爱着鳌灵的。就在鳌灵强暴自己的时候，自己恨鳌灵入骨，却依然爱得热切，爱得深沉。那种爱恨交集的感觉，真的是激情澎湃，又好似熊熊烈火，最终将自己和鳌灵都融化在了一起。

白羚现在终于体会了什么是真正的男女之情，过去曾无数次憧憬过、幻想过，也曾在心中对喜欢的男人仰慕过、犹豫过，但那些感觉都很朦胧也很肤浅。直至真正的有了肌肤之亲，有了灵与肉的结合，白羚才真正明白了男女之爱是怎么回事。你心里恨的，也许就是你最爱的，是你真正愿意终身结合的人。鳌灵便正是这样的男人，是白羚心中忍不住痛恨却又爱得深切爱得癫狂的男人！

白羚又想到母后朱利曾担心她爱上鳌灵，陷入错综复杂的关系。母后朱利为了避免发生这种状况，甚至准备为白羚颁诏选婿。可是，谁也没有料到，突然发生的政变，将设想好的一切都彻底改变了。母后的想法，也随之化为了泡影。鳖灵的野蛮与粗狂，虽然令白羚反感甚至痛恨，却简化了两人情感的进程，使得白羚与鳖灵的爱与恨都白炽化了，关系一下就明朗了，心情也就坦荡了。

白羚知道，当自己将这些都仔仔细细想过了，想通了，想得明明白白的时候，她和鳖灵的关系也就真正进入了一个新的起点。蜀国已经再一次改朝换代，在今后的岁月里，将是鳖灵为王、白羚为后的天下了。接下来当然还会有很多事情，但已经不会有太多的悬念。父王失去了王位，侍卫们壮烈就义，已经没有可能再复国了。母后也老了，只能安享晚年，也不可能再有其他作为了。诚如鳖灵所言，白羚会真心辅佐鳖灵，同心协力开创新的大业。

白羚的心情已不再烦乱，思绪也异常的清晰。她让宫女将香汤慢慢地浇沐在身上，舒展了玉体，轻轻地长长地叹了口气。

时间过得很快，一个月眨眼就过去了。已到了层林尽染、万山红遍的深秋时节。

在这一个月内，鳖灵做了很多事情，白羚和鳖灵的情感与关系也有了新的发展。首先是按照白羚的要求，鳖灵果真隆重地安葬了慷慨而死的阿黑和那些侍卫，在王城外面修筑了一个大墓，并在墓前竖立了巨石，以纪念那些忠勇之士。在举行安葬仪式的时候，鳖灵和白羚都到了场，白羚还哭了，最后流着泪，和鳖灵骑马而去。此事果然使民众大为感动，觉得鳖灵虽然推翻了杜宇王，却能善待忠于王事的死难者，显示了仁义之风和王者气度。更重要的是，百姓们相互传播，都已知道鳖灵将和公主联姻，要立公主为王后。这使得百姓们都有些欢欣鼓舞，觉得这是一件天大的好事。杜宇王曾教民务农，大力倡导农耕，百姓们都深受其惠。鳖灵则为民治水，使百姓摆脱了水灾的困扰。如今改朝换代了，公主成了王后，前朝的善举就会延续下去，鳖灵的功业也会发扬光大，老百姓就会继续过好日子，这当然是令人兴奋和高兴的事了。

鳖灵已下令改修寝宫，将杜宇王原来居住的寝宫彻底翻新，把里面的王榻与陈设全都更换了。等到一切都准备妥当的时候，鳖灵就要正式住进王宫了，鳖灵和白羚的婚礼也就要隆重举行了。鳖灵夺取了王位，并占据了王宫，除了改修寝宫，对大殿和其他一切都维持原样。鳖灵很明智，深知自己刚刚执掌王权，蜀国在遭遇大灾和巨变之后，元气大伤，当务之急是要稳固统治，不能做任何劳民伤财的事。杜宇王在取代鱼凫王之后，就重修了宏大的王城，建造了舒适的王宫。鳖灵决不会像杜宇王那样去做，他觉得王宫已经很好了，现在已经属于他了，哪里还用得着重建呢？在这些事情上，鳖灵一切都从实际出发，思虑缜密，考虑得确实还是很明智很周详的。

鳖灵这一段时期，主要还是住在金沙村庄园内。这儿是他到达蜀国后的发迹之地，他打算等住进王宫后，便将这里扩建成一个园林别墅。从内心深处来说，鳖灵如今虽然拥有了一个王国，但还是很怀念荆楚故地的富足而潇洒的庄园生活。正因为留恋，所以鳖灵要将金沙村庄园也仿建成荆楚故居的样子，以后他就可以在王宫与庄园两处轮换着居住了。这样他就同时拥有了权势与潇洒，日子也就可以过得更加随心所欲了。

白羚在后宫住了几天，陪伴着鳖灵又去了金沙村庄园。这次是白羚自愿去的，和鳖灵骑马走在王城郊外的路上，并骑而驰，享受着金秋艳阳与凉爽和风的吹拂，眺望着远处斑斓的山林，欣赏着田野里秋收的情景，耳畔传来了百姓尊敬的问候，心里油然地回荡着舒畅之感。今年秋天的收成不错，鳖灵又传令减免了百姓的税赋，所以民情和谐，气氛融洽，大家的心情也就分外愉悦。

白羚因为金沙村庄园内全是家丁与男性族人，特地带了几名宫女随行。这些宫女曾经过王后朱利的调教，都很能干，并略通武术。白羚带着她们，也就有了贴身侍卫，生活中的一些烦琐之事，也有人侍候了。

这次去金沙村庄园，随行的宫女就为白羚带去了一些需要更换使用的衣服和闺房用具等，考虑得颇为周到。

这天晚上，鳌灵和白羚同居内室，第二次同房。鳌灵的动作分外轻柔，对白羚格外体贴。白羚从鳌灵的温情脉脉中，感受到了鳌灵对自己的疼爱，心里很感动。白羚自从上次被鳌灵强暴后，曾打算在举行婚礼之前决不许鳌灵碰自己。但无拘无束的天性，以及鳌灵对她的处处顺从，使得白羚很快放弃了这个想法。其实，她又何尝不想和心爱的男人在一起欢爱呢？少女的情怀一旦打开了，激情的火苗被点燃了，便会越燃越旺。白羚舒展了身体，放纵着自己，将鳌灵抱在怀里，尽情地享受着灵肉交融的快感，体会着相亲相爱的欢悦。鳌灵感觉到了白羚的柔情，白羚虽然没有海伦那般美艳风骚，但却清纯奔放激情澎湃，给了鳌灵一种完全不同的全新体验，也使鳌灵充满了感动。鳌灵生性高傲，喜欢追求美的东西，当初在选择妻室的时候，就曾苦苦寻觅，后来在美人村迎娶了国色天香的海伦。其实，女人的美丽，并不仅仅在于面容与身段啊，外表只是个躯壳而已，丰富真实的内涵才是最重要的。漂亮的不一定就是最好的，真正适合自己的才是最棒的。鳌灵此时已经明白了，白羚便正是最适合自己的女人，而海伦则如同一场梦幻。鳌灵就这样紧紧地拥抱着白羚，热烈地亲吻着白羚，内心思绪万千，激情蓬勃燃烧。两人如痴如醉，自然而然地进入了欲仙欲死的妙境。

这是一个真正属于白羚和鳌灵的夜晚。两人的情感由此而升华，从此亲密无间。

白羚和鳌灵的欢爱，重复了好多天，两人都不厌其烦，仿佛在欢度蜜月。有时他们也骑了马，带着宫女与家丁，去查看农户秋收的情形。或者去湿地与树林里行走，观赏飞鸟，或者狩猎。这些原本都是白羚最喜欢做的事情，现在有鳌灵陪伴，两情相悦，自由浪漫，使得白羚无拘无束的心里充满了快乐。白羚对父王的挂念和担忧，暂时放在了一边，已经不像起初那么强烈了。

闲下来的时候，白羚在金沙村庄园内为鳖灵整理衣物，在内室看到了很多海伦的衣裳服饰。看到这些衣裳服饰，白羚很自然就想到了被囚禁幽居在蜀相官邸内的海伦与小玫。白羚发现了父王与海伦的私情之后，曾贸然闯进蜀相官邸，去见过海伦与小玫。海伦的美艳绝伦，曾使白羚惊叹不已、目瞪口呆。海伦堪称是倾城倾国的女人，难怪父王要对海伦一见倾心，难舍难分了。父王在逃出牢房骑象远行的时候，还向白羚表达了对海伦的挂念，可见父王对海伦用情之深。鳖灵正因为父王与海伦的荒唐私情，才冲冠一怒为红颜，发动了一场惊天动地的政变。现在，鳖灵将海伦与小玫暂时囚禁在蜀相官邸内，以后又会怎样对待和处置海伦与小玫呢？海伦毕竟太美艳了，任何男人只要看到她的美丽，恐怕都会情不自禁地难以抗拒她的魅力。以后鳖灵会不会旧情复燃，重新纳海伦为妃呢？如果那样，分宠，误国，宫廷中明争暗斗，恐怕又在所难免了。

白羚为自己的这些想法吃了一惊。凭着天生的聪慧和超群的敏锐直觉，白羚觉得这些推测并非空穴来风。有些事情，是不能让它发生的，若不预先杜绝，一旦演变成真，就悔之晚矣。父王就是吃了优柔寡断的大亏，母后也因迟疑而错失良机。前车之鉴啊！为了鳖灵，也为了自己，更为了以后的江山社稷不再发生变故，白羚想到了一个很好的主意。她觉得，只有这样去做，才能两全其美，除此别无良策。于是，白羚收拾了海伦的一些衣裳，打成一个包袱，交给随行的宫女，骑着马，离开了金沙村庄园，回了王城。

白羚带着几名宫女，骑马来到了蜀相官邸。

白羚对奉命守护蜀相官邸的家丁说，她受鳖灵委托，要进去看望一下海伦。家丁们都知道白羚现在的身份，鳖灵很快就要和白羚成婚，并要封白羚为王后了，谁敢阻拦白羚啊？家丁们很恭敬地向白羚施礼，让白羚带着随行的宫女走进了官邸。

白羚在厅堂内见到了海伦与小玫。海伦现在已经有些神情憔悴，但姿色依然，还是那么美艳和漂亮。事变发生后，鳌灵曾来此见过海伦与小玫，怒斥了海伦的不贞，告诉海伦已将杜宇王囚于牢房，使海伦与小玫都心惊胆战，慌乱不已。虽然鳌灵没有杀她们，也没有刑罚拷打，但她们心理上已备受折磨，情绪一落千丈，吃饭菜不香，睡觉也常做噩梦，每天都战战兢兢，不知道后面等待她俩的将是什么。

海伦虽然情绪不佳，见到白羚突然到来，还是强打精神，向白羚施礼道：不知公主驾到，请恕怠慢之罪。小玫也在旁边向白羚施了礼。

白羚也客气地还了礼，开门见山地说：好久没见，海伦你还好吧？

海伦迟疑了一下，摇头说：公主明鉴，实不相瞒，一点都不好。

白羚觉得，海伦还算坦诚，只要推诚相见，后面的话就好说了。白羚斟酌了一下用语，用清澈的目光看着海伦说：你也许还不知道，父王已经逃出牢房，脱离了危险，骑象走了。

海伦啊了一声，和小玫交换了一下眼神，都有些惊喜。

白羚注视着海伦与小玫，心里已经明白，她们也是挂念着父王的，对父王的感情很深，已经发展到了不可割舍的地步。

海伦问道：是公主将杜宇王救走的？又自语道：哦，这样就好了。

白羚点头嗯了一声，看着海伦说：父王脱险走了，但是只能隐居，不可能再回来了。你们现在被囚禁于此，终日幽居，打算以后怎么办呢？

海伦神色又暗淡下来，沉吟道：我和小玫都是弱女子，只有听天由命了。

白羚说：如果让你们远走高飞，去和父王相会，一起过隐居逍遥日子，你们愿意吗？

海伦和小玫又有些兴奋起来，但海伦眼中的亮光只闪了一下，便又暗淡了。海伦叹口气说：公主见笑了，能和杜宇王相会，一起过逍遥日子，当然是我们求之不得的。不过，纵使有飞走的渴望，也没有翅膀，难以脱离樊笼啊。

白羚说：只要你们愿意，事在人为，就有办法！

海伦和小玟眼中又燃起了希望，问道：是何办法？公主请讲！

白羚走近海伦，附耳将自己的谋划坦然告之。海伦听了，点头称是，很是兴奋。白羚见海伦赞成了自己的主意，也很高兴。此时的海伦和小玟，这些天已经濒临绝望之境，现在公主突然来访，愿意真诚地帮助她们，从此脱离幽居之苦，使她们能够重获自由，何乐而不为啊。更何况出走后，若能和杜宇王一起过逍遥自在的隐居日子，也确实是两人梦寐以求的事情。白羚和海伦之间，由此而达成共识，可谓一拍即合，并随即商量好了出走的细节。

事不迟疑，立即行动。白羚让两名身材相似的宫女脱下衣服，同海伦与小玟换了穿戴。让海伦与小玟装扮成宫女模样，随同白羚一起离开。而让两名宫女穿了海伦与小玟的衣服，扮成两人的样子，站在厅堂门口做相送状，以迷惑守护官邸大门的家丁。白羚为了装扮逼真，还让她们在内室演练了一下，用纱巾遮掩了海伦、小玟、宫女们的脸部。又收拾了海伦与小玟常用与必备的几件衣物，命随行的宫女携带了，做好了准备。

临近傍晚，暮色渐渐暗下来的时候，白羚一行骑着马走出了蜀相官邸。守护官邸大门的家丁都向白羚恭敬施礼相送，同声说：公主慢走！海伦与小玟毕竟有些慌乱，差点露出破绽。家丁也有点疑惑，总觉得公主随行宫女中有个背影很眼熟。这时，官邸里面传来咳嗽声，家丁探头望去，看到了身穿海伦与小玟服饰的身影仍站在厅堂门口，疑惑也就消失了。

白羚一行离开蜀相官邸后，从容而行，拐过街角，这才纵骑而驰，很快回到了王宫。只停留了片刻，便乘着暮色，出了王宫后门，顺着夹道由侧面的偏僻城门出了王城。这条路正是白羚救出父王后所走过的，她们快马加鞭，没有多久便来到了树林边。从这里沿着小道，可以直接通往西山。杜宇王就是在这里和白羚分别的，然后去了西山。白羚相信，海伦与小玫只要沿着这条小道一直走，进了西山，就会和杜宇王相遇会合。那时候，杜宇王就有伴了，海伦与小玫就可以陪伴杜宇王过隐居生活了。杜宇王的晚年将因此而获得快乐，也就抵消了他失去王位的寂苦。

白羚勒住马，指着西山的方向和林间小道，对海伦与小玫说：你们就朝着那里，骑马一直走吧。到了西山，就可以和父王相会了。白羚吩咐宫女将携带的衣物包袱捆在了小玫的马鞍后边，又将宫女佩带的两把宝剑给了海伦与小玫，作为路上防身之用。白羚又叮嘱了路上要注意的一些事，这才挥手目送海伦与小玫离去。

海伦回首望了一眼夜幕笼罩中的王城，想到从此就要离开繁华之地，去山林中过隐居生活了，心里总有点恋恋不舍。海伦暗自叹了口气，对白羚说：多谢公主，让你费心了！

白羚说：能为父王和你们做点事情，也是我应该的。但愿你们和父王早日相聚，一路平安，我也就放心了！

海伦和小玫骑马走了，沿着林间小道，渐渐隐入了树木与夜幕之中。

白羚骑在马上，依然站在那里，望着海伦美丽的背影渐渐消逝，再也看不见了，这才长长地舒了口气。白羚知道，海伦走了，她的顾虑也就消除了。从此以后，白羚和鳖灵执掌王国，海伦和杜宇王过隐居生活，各得其所，相安无事，曾经错综复杂的关系将不再困扰他们，这也许就是最好的结局了。

白羚想得很周密，也很完美。但好心不一定就能办好事。白羚没有想到的是，过惯了闺中舒适生活的海伦与小玫，既不懂武功，也不会使用刀剑，哪里应付得了深山密林中难以预测的各种危险呢？

海伦和小玫进入山林深处后，便迷了路。从此不知所终。

第三十三章

　　杜宇王苏醒的时候，已是很多天以后了，正躺在神巫隐居之处的客房内。

　　守护在旁边的几名弟子，有点惊喜，赶紧告诉了老阿摩。那天，两头大象栽倒前发出的悲壮吼叫声，传到了神巫隐居的地方，惊动了老阿摩和弟子们。老阿摩让弟子们去看看发生了什么事，弟子们循声而去，便发现中了箭毒倒在地上昏迷不醒的杜宇王和两头大象。弟子们将杜宇王抬回了隐居之处，交给神巫诊治。杜宇王中毒很深，一直昏迷不醒。老阿摩想尽了一切办法，灌药，施展法术，按摩穴位，尽其所能，竭力挽救杜宇王的性命。很多天过去了，现在杜宇王终于醒了，老阿摩这才放下了压在心上的沉重石头。

　　老阿摩拄着神杖，从静养修炼的屋内出来，走进了客房，在杜宇王旁边坐了下来。躺在木榻上的杜宇王依旧穿着那件已经破损的华丽帝袍，那些射穿帝袍的箭矢已经取走，帝袍上沾染的血迹和泥垢，加上拔掉箭矢留下的破损，显得很扎眼。老阿摩一边观察杜宇王的病情，一边亲自为杜宇王按摩穴位。老阿摩像这样诊治和观察杜宇王已经好多天，为了报答杜宇王对神巫的尊重之情，老阿摩一心要救治杜宇王，真的是将平生绝学和全身本事都拿出来了。此时，杜宇王总算脱离了危险，虽然要彻底康复还需一段时日，老阿摩还是觉得有点欣慰，轻轻松了口气。

杜宇王躺在木榻上，满脸憔悴，微眯着眼睛，神智仍有些不清，口中喃喃自语，似乎一直在念叨着一个人的名字。虽然杜宇王的声音有点含糊，老阿摩与弟子们还是听出来了，杜宇王说的应该是海伦，这不是蜀相之妻的名字吗？杜宇王就这样时而清醒时而昏迷，不断地念叨着、呼唤着海伦这个名字。

老阿摩有些纳闷，随即就恍然大悟了。老阿摩回想起了王后朱利去神巫府邸拜望时的情形，朱利曾忧心忡忡地说到杜宇王喜欢上了一个身份特殊的女人，恳求神巫务必劝阻杜宇王的这一荒唐不当的行为。朱利当时还特别强调说，此事非同小可，非常急迫，请神巫尽快出面才好。神巫当时答应了朱利，却并未将朱利的嘱托放在心上，觉得杜宇王喜欢其他女人不用大惊小怪，也无须小题大做，又觉得朱利会不会是因妒生疑，对此事哪里用得着如此着急。现在老阿摩才明白了，朱利所言非虚，杜宇王竟然喜欢上了蜀相之妻，这确实是一件很可怕的事情。鳖灵很显然就是因为这个缘故，才向杜宇王发起了突然袭击，凶狠地将杜宇王推下了王位。如果遵循朱利的嘱托，利用神巫的地位与影响，早一点劝阻了杜宇王，还会发生这场天翻地覆的政变吗？唉，世事多变，由于麻痹和疏忽，常常导致一些本来可以避免的事情却令人遗憾地发生了。老阿摩深深地叹了口气，想到杜宇王如今落得这般境地，心中总觉得有点懊悔和歉疚。

阅历丰富的老阿摩经历了几代蜀王，相互之间感情最融洽的还是要数杜宇王。老阿摩原以为杜宇王以王道治国，百姓安居乐业，一定可以享国久长。但也就几十年的时间，却因为喜欢上了一个不该染指的女人，就像寒暑时节天气突然变化一样，骤然之间就改朝换代了。老阿摩很感慨，女色误国啊，终身风流倜傥的杜宇王已经沦落至此，却依然没有省悟，真是令人感叹啊！

在此后的很多天内，杜宇王仍旧持续着这种状况，时而清醒，时而昏迷，口中经常含含糊糊地念着海伦这个名字。有时仿佛沉迷在睡梦中，时而在欢梦中发出笑声，时而又会陷入噩梦而喊叫。杜宇王明显瘦了，须发灰白，神色憔悴，落魄如此，似乎真的走到了英雄末路。

老阿摩观察着杜宇王的病情变化，接下来该怎么治疗杜宇王呢？如果这种状况再继续拖延下去，杜宇王不能痊愈，整个人也许就废掉了。老阿摩能够使用的药物，已经用遍，可怕的箭毒基本上已缓解了。但杜宇王迟迟不能康复，关键可能在于郁结于胸的心病了。要治心病，还需心药。怎样才能对症下药呢？

杜宇王这天突然从梦中惊醒了，伸手拉住了坐在旁边的神巫，问道：尊敬的老阿摩啊，刚才我还和海伦在一起，怎么突然就不见了？是你把她藏起来了？不要这样啊！求求你让她到我身边来吧！

老阿摩安慰道：大王不必忧虑，我派人去把海伦找来，你要尽快好起来才对。

杜宇王笑道：好啊，好啊，海伦在哪里？快快给我找来啊！

杜宇王就这样有点癫狂地笑了一会儿，喃喃自语着，又昏昏沉沉地睡了过去。

老阿摩看着再次昏睡过去的杜宇王，已经知道杜宇王的心病在哪里了。老阿摩长叹了一声，为了救杜宇王，只有勉为其难了。老阿摩挑选了两名强健能干的弟子，派他们出山前往王城，打探鳖灵篡位后的情况，弄清海伦的处境，争取将海伦带进山来，和杜宇王晤面。只要杜宇王见到了海伦，病自然就不治而愈了。

两名弟子答应了，略做准备，第二天就离开隐居之地，走出西山，去了王城。

鳖灵已经得知神巫离开王城，不辞而去，神巫府邸已空无一人，心中颇为不快。

鳖灵虽然不喜欢神巫，也不打算像前朝那样依赖和重用老阿摩，但获悉神巫真的悄然离开了，还是觉得有些遗憾，甚至有些恼怒。鳖灵的性格，有从容沉着与隐忍不发的特点，也有极其强硬的一面。鳖灵不喜欢别人违背或抗拒自己，对待神巫的态度便正是这样。他可以不用神巫，却要将神巫置于自己的监控之下。只有这样，鳖灵才会心安理得。如今，杜宇王脱逃，不知去向，执掌蜀国神权的老阿摩也神秘失踪了，使得鳖灵又多了一块心病，怎么能不生气和恼怒呢？

还有一件事情，也使鳖灵很不愉快，就是海伦与小玫也突然出走，不知去向。鳖灵知道此事，已经隔了几天。守护蜀相官邸的家丁将公主来访以及数日后发现海伦与小玫变成了宫女，如实禀报了鳖灵。鳖灵很吃惊，有点震怒，当即驰马来到了王宫，见到了正在后宫陪伴母后朱利的白羚。

白羚一看到鳖灵怒冲冲的样子，就知道鳖灵为何而来了。白羚微笑着上前拉住了鳖灵的手，走到了自己的寝宫中。白羚说：你来得正好，有一件事情，我正要告诉你。

鳖灵忍耐着心中的不快，问道：是什么事？公主请讲。

白羚说：我把海伦与小玫带出王城，将她俩放走了。白羚说得很平常也很轻松，还微笑了一下。

鳖灵压制着怒气说：你为什么要这样做？

白羚反问道：这样做不好吗？她们对你不忠不贞，留她们在王城，对你始终是个负担。让她们走了，从此天各一方，她们从此解脱了，你也抛开了烦恼，不是很好吗？

鳖灵怒道：没想到你竟然有这么多理由！处理这样的事情，为什么不先问问我？

白羚委屈地说：难道我处理得不对吗？你是否想留着她们，等以后旧情复燃，打算再将海伦纳为王妃啊？

鳖灵生气地说：胡说八道！什么时候我有这个想法啊？

白羚说：看你恼怒不已的样子，表明了你就是这个态度嘛！

鳖灵说：如何对待和处理她们，不是一件小事。起码应该和我商量，你懂吗？我生气，是因为你太草率，不打招呼，也不商量，就自以为是地去做了。这样做很不好！你知道吗？

白羚理直气壮地说：如果你真的不要海伦与小玫了，放她们走有什么不好啊？从古至今，处理后宫的事情，都是王后的职责。你口口声声说要真心待我，立我为后，可你却并不信任我。我处处为你着想，为你的宏伟基业清除障碍，也为你消除烦恼，难道我做错了吗？你为何要这样严厉地责怪我啊？说着，白羚的眼中便涌出了泪花。

鳖灵本来是很生气的，觉得白羚所言也不无道理，又看到白羚伤心流泪的样子，心中顿生爱怜。上前一步将白羚拥进了怀里，叹了口气说：好啦，我并没有严厉责怪你。我只是想说，以后朝中与宫中还会有许多事情，你看到了想到了，或者想做什么，就及时告诉我。只要是对的，只要有道理，我都会赞同的。公主啊，你我由此约定，不许独断专行，你说好不好？

白羚见鳖灵说得如此坦诚，也就破涕为笑了。白羚将头埋在鳖灵怀里，含嗔道：以后独断专行的肯定是你，我哪有这个本事？

鳖灵已经不那么生气了，有点无奈地说：你要真心辅佐我，到时候就提醒我啊。

白羚在鳖灵怀里温存了一会儿，轻声说：还有一件事情，你想不想知道？要不要我现在就提醒你？

鳖灵问道：你想告诉我什么？

白羚说：如果你不想知道，我也不急着告诉你了。

鳖灵好奇地问：究竟是什么事啊？你这么吞吞吐吐的？

白羚一字一句地轻声说：我怀上了，你知道吗？

鳖灵惊喜地说：你怀孕了？哦，太好了！真是太好啦！

白羚说：可能就是你强暴我的那天怀上的。

鳖灵笑道：是吗，这真是天意啊！我也终于要有儿子了！

白羚说：可是我很担心。

鳌灵说：担心什么？

白羚说：我担心，我们的这个儿子，将来会不会很暴躁，成为一个暴君？

鳌灵笑道：别胡说，怎么会呢？肯定是血统高贵的英霸之主！

白羚说：因为这是在你强暴我时怀上的啊，很担心会继承你当时的野蛮凶恶。

鳌灵大笑道：公主言重了，哪里有你说的那么严重，不许开这样的玩笑！

白羚依偎在鳌灵的怀里，含嗔道：你要好好地对待我，照顾我，不能惹我生气。这样，我们的宝宝才会平安无事，将来才会成为继承王业的一代明君。

鳌灵很高兴，温柔地拥抱着白羚，充满疼爱地说：我答应你，公主放心！

鳌灵此时因为白羚怀孕带来的快乐与兴奋，已将海伦与小玫出走的不快彻底抛到了一边。他迎娶海伦后，已有数年，海伦从没有过怀孕的迹象。而他和白羚的第一次同房，竟然就开花结果了。鳌灵怎么能不备感兴奋、开怀大笑呢？鳌灵再一次明白了，天意如此啊！白羚确实是最适合他的女人，海伦不过是一场春梦，如今已化为幻影。他也确实用不着埋怨白羚的擅作主张了，海伦和小玫走了，他从此再也不必惦记和烦恼了。如果留着海伦，始终是他的一块心病啊。鳌灵由此而释然，长长地舒了口气。

神巫的两名弟子在王城待了数日，了解了很多情况，然后离开王城回到了西山深处的隐居之地。

老阿摩向他们问道：你们此去王城，情况怎样？

弟子禀报了所见所闻，说了前朝的诸多大臣已向鳌灵称臣归顺，鳌灵已宣告要娶公主白羚并立以为后；说了鳌灵已为死于王事的忠勇之士建墓立碑隆重安葬，颇得民众称赞；又说了今年秋天的收成不错，百姓们都忙于农事；还说了鳖灵已经派人将空无一人的神巫府邸查封了，也许会挪为他用，以后神巫在蜀国王城就没有了立足之处。诸如此类，不一而足。

老阿摩对鳖灵的行为颇有点耿耿于怀，叹了口气说：你们见到海伦了吗？

弟子说：我们去晚了，没有见到。但我们得知，海伦与侍女小玫已被公主救出放走，不知去向。

老阿摩有点无奈，本来想找到海伦来和杜宇王见面，以解除杜宇王的心病，现在怎么办呢？要救杜宇王，只有另外想法子了。

老阿摩开始对杜宇王施展法术，希望能够用法力来驱除杜宇王的心魔。历代神巫都有驱魔之法，老阿摩对此也是相当精通，而且颇有心得。不过，神巫驱魔，通常都是针对魑魅魍魉之类，利用祭祀方式，依靠巫术的力量，驱除那些作祟的水怪、山鬼、木石之精、动物之妖，以及传播病疫或危害生灵的妖魔鬼怪，以求得平安和吉祥。神巫驱魔的方法有很多种，往往都能取得较好的效果，蜀国的王公贵族与平民百姓也都信之不疑。这次，老阿摩要驱除的是杜宇王的心魔，与一般的驱魔大为不同。一般的妖魔鬼怪，用巫术吓唬驱赶就可以了。心中之魔则藏于灵魂与肉体之间，要将其驱除出躯壳，以达到纯洁心灵、健康体魄的目的，可不是一件容易事。只有法力高深的神巫方可为之，老阿摩对此也没有绝对把握，但为了挽救杜宇王，总是要试一试才好。

这样又过了几天，老阿摩神奇非凡的法力，竟然起了作用。杜宇王终于脱离了昏沉的状态，渐渐清醒起来。老阿摩大为欣慰，弟子们也都很兴奋。又过了数日，杜宇王已经能够从木榻上坐起来，并开始进食了。老阿摩的驱魔之术，在杜宇王身上显示了神效，可能与两人之间的密切关系有关。老阿摩与杜宇本来就有一种长期的心灵沟通，相互尊崇，亲密融洽，因而才会有如此神奇的效果。

杜宇王虽然恢复了清醒，却依然虚弱，觉得自己仿佛做了一场大梦。梦中情景恍惚，过场复杂，醒来一无所有，经历的和拥有的都成了泡影。杜宇王有些明白了，又有点糊涂了，反复回想，思绪混淆，不由得浩然长叹。

杜宇王看着守候在旁边的神巫，问道：老阿摩啊，我怎么会在这里？

老阿摩缓缓地说：你睡在榻上做了一个梦，梦醒了，就到了这里。

杜宇王说：不对呀，我记得出了王城，是骑着羚儿的大象，走进西山，跋涉了两天，迷了路，才昏睡过去的。

老阿摩说：你还记得什么？

杜宇王说：我还记得，大象在溪畔踩死了鱼鹰，鱼凫王的后人为何纠缠不休，老是找我复仇啊？

老阿摩说：因为他们心中有魔，结果也害了自己。

杜宇王沉吟道：你的意思是否在说，复仇之心，不过是心中之魔，复仇不成，反而害了自己？

老阿摩说：世事循环，自有定数。

杜宇王说：我知道了，是神巫把我搭救到了这里。我骑的大象现在何处？

老阿摩说：你无须操心，大象乃世间灵物，自有它们自己的去处。

杜宇王叹了口气说：真的什么都不操心就好了，我能做到吗？

老阿摩说：事在人为，如果你愿意修炼，就能做到。

杜宇王说：我已失去王位，修炼当然很好。如果成功，我还能回去吗？

老阿摩说：回去干什么？逍遥自在不是更好吗？

杜宇王说：假若不能复国，又不能和心爱之人相伴，怎么能够逍遥自在？

老阿摩说：顺其自然吧，人生的最高境界，并不在于始终拥有。

有些东西失去了，虽然遗憾，也很无奈，却是不能再恢复了，那就放下吧，将其置之度外也未尝不好。

杜宇王说：说者容易，做者难。有那么多挂念，我岂能放下？

老阿摩说：你最放不下的是什么？

杜宇王说：我最放不下的，并非王位，而是惦念之人。

老阿摩知道了，杜宇王虽然脱离了昏迷，逐渐恢复了理智与清醒，但心中依然有魔。看来要杜宇王彻底放弃心中的牵挂，绝不是一件容易的事情。接下来，要继续治疗和帮助杜宇王，老阿摩也只有顺其自然了。

杜宇王叹息道：老阿摩啊，我如果有一双翅膀就好了，我就能经常看到我想见的人了！

老阿摩说：这也并非难事，只要你努力修炼，就能自由飞翔于天地之间。

杜宇王惊喜道：神巫所言是真的吗？天地太广阔，我只要能自由飞翔于西山和王城，能经常看到羚儿和朱利，又能常常和海伦相会，我就满足了！

老阿摩说：我们可以试试，修炼你的精魂，求得诸神护佑，也许能行。

杜宇王连声说：好啊，好啊！想她们的时候，我若能飞翔，就能看望她们了！

虽然老阿摩和杜宇王这番对话，说的好像是一个笑话，却也不是绝对的无稽之谈。在蜀国神巫世代相传的修炼方法中，就有遁术与飞翔之术。老阿摩对此也曾精心钻研过，长期修炼已臻化境，已经熟练掌握了遁术，对于修炼飞翔之术也有了很多心得。老阿摩对此心知肚明，很有信心。杜宇王深受诱惑，更是深信不疑。

从此以后，杜宇王便跟着神巫修炼起了飞翔之术。

又过了些时日，精诚所至，感动诸神。失去王位又分外怀念亲人与情人的杜宇王，努力修炼飞翔之术果然大见成效。杜宇王的精魂，竟然能够化为五彩之鸟，真的可以在山林之间自由飞翔了。由于老阿摩的真心扶持，终于帮助杜宇王实现了心愿。这是神巫之术的一个奇迹，也是古蜀历史上留下记载的一个最大的传奇！

鳖灵准备在王城内的广场祭坛上举行登基与册封王后的隆重仪式。

王城内的广场虽然不大，祭坛也不壮观，却是鳖灵的福地。几个月前，蜀国隆重的拜相仪式就是在这里举行的。鳖灵就是在这个广场的祭坛上，被拜为蜀相，成了蜀国一个位高权重的重要人物。这是鳖灵建功立业的开端，由此而开启了鳖灵人生中新的历程。因为是福地，所以鳖灵又选择了这里，来举行又一场重要仪式。

其实，鳖灵在王宫大殿内已经坐上了王位，册封王后也只要在王宫大殿内对大臣们宣布一下就可以了。但鳖灵经过深思熟虑，还是决定要在公开场合举行一个隆重仪式。这样做的目的，主要是为了向民众公布鳖灵与公主的联姻，不仅有利于凝聚人心，也将提高鳖灵的威望。还有一个目的，也是为了充分表达对公主的尊重，使白羚备感荣耀，在心理上获得最大的满足。当然，鳖灵这样做，同时也可以利用公主在百姓中的影响，对巩固王位和加强以后的统治，都是非常有利的。

鳖灵在筹划与准备的过程中，还抓紧做了其他几件事情。一是组建了新的军队，以来自荆楚的族人为骨干，招募了蜀国的很多青壮年，配备了刀剑弓矢等武器，命令二弟山灵统领，负责王城的守卫和巡查。对于杜宇王朝派驻在秦、巴边境的军队，鳖灵已派人前往安抚，告知他们杜宇王已逊位，鳖灵已继承王位，并且将要和公主大婚。不出所料，这些没有什么斗志的军队立即表态归顺了新朝。鳖灵打算在以后还要进一步扩大新的军队，以彻底防止杜宇王复国的潜在危险，伺机开疆拓土，充分扩展自己的王业。二是成立了新的卫队，以家丁和四弟江灵训练的武士为主，由江灵率领，主要负责护卫王宫和保护鳖灵。家丁们长期跟随鳖灵，对鳖灵忠心耿耿，武士经历了政变也成了鳖灵的心腹之士。有了这支新的卫队，加上守城的军队，鳖灵如虎添翼，自然而然就变得更强悍了。三是加强了对蜀国财政经济的监管，委派三弟川灵负责。通过这几项安排，鳖灵对三位兄弟给予了充分重用，将蜀国的重要权力紧紧地掌握在了手中。鳖灵满腹韬略，深知这样做有任人唯亲的嫌疑，但他目前对前朝归顺的大臣们了解尚浅，信任有限，只能采用这种强有力的权宜之计。等到以后，再慢慢调整，任人唯贤也不迟。

在用人方面，鳖灵并没有忘掉阿鹄。在发动突袭将杜宇王推下王位的过程中，阿鹄也算是出了力，立了功的，发挥了颇为重要的作用。但鳖灵对阿鹄只是利用而已，虽然口中许诺待事成之后定要重用阿鹄，其实心中很鄙夷阿鹄的品行与所为。鳖灵可以任用归顺的前朝之臣，却不会信任一个贪污背叛之人。如何安排阿鹄，这些天鳖灵已经有了考虑。譬如筹备举办仪式之事，就让阿鹄去办。阿鹄操办这些事很有经验，自然是尽心尽力，准备得非常周到。这使鳖灵觉得，其实小人也有小人的用处，用其所长，而防其奸佞，也是一个可行的办法。

鳖灵对阿鹄表面信任，内心鄙夷。阿鹄对此却浑然不觉，对鳖灵极尽逢迎，处处唯命是从，等待着鳖灵任他为相。阿鹄的仕途欲望很强烈，如果担任了蜀相，他也就真的是满足了。为了庆贺鳖灵与公主白羚的大婚，阿鹄特地准备了丰厚的礼物，有成双配对的珠宝与玉璧，象征珠联璧合的美意，放在极其珍贵的白鹿皮上，用名贵精致的香樟木盒装了，上系红色丝绸，亲自送进了王宫，呈献给了鳖灵，以讨取鳖灵与白羚的欢心。阿鹄的献媚，起了带头作用，其他大臣也纷纷效仿，各自倾其所有，向鳖灵和白羚敬献了精美的贺礼。因为是大婚喜庆之礼，鳖灵通通收下，并表示了谢意。白羚大婚在即，腹中已怀上鳖灵的骨肉，见到前朝大臣们的祝贺之礼，心里也是说不出的高兴。

王宫开始张灯结彩，寝宫经过重新翻修装饰，换了新的王榻，添了新的用具，也布置好了。卫队与宫女们都换了新装，大家喜气洋洋，从大殿到后宫都洋溢着一片热烈的喜庆气氛。

在举行隆重仪式的前夕，鳖灵在王宫中设下丰盛筵席，宴请了阿鸪与诸多大臣。这既是婚礼的前奏，也是从古而来流行的暖房习俗。提前宴请宾客，可以营造气氛，增添喜庆，也是一种对送贺礼者表示答谢的礼节。在宴席上，鳖灵殷勤劝酒，对各位大臣赞赏有加，既称赞了阿鸪的能干，又夸奖了众臣的归顺，所谓识时务者为俊杰也，以后一定不会亏待诸位，能者在职，贤者在位，君臣和谐，共创新朝繁荣昌盛气象。阿鸪和大臣们都欢欣鼓舞，开怀畅饮，喝了很多酒，差不多已经酩酊大醉了，才告辞出宫，分头散去。有些醉得厉害的，鳖灵吩咐江灵特别派了卫士护送，以示对大臣们的关怀与爱护。

阿鸪真的喝多了酒，醉得厉害，骑在马上东倒西晃，糊里糊涂地走错了方向，竟然出了王城，来到了高大祭坛旁边的江畔堤岸上。秋天的岷江依然流淌得很急，波涛汹涌，拍打着堤岸，发出哗哗的响声。江风拂面吹来，酒劲涌了上来，阿鸪快有点支撑不住了。阿鸪眼前晃动着朦胧的壮丽祭坛，仿佛又闻到了风中飘散的血腥味，又看到了那场激烈的厮杀，忍不住要呕吐。一只大鸟突然朝阿鸪飞扑过来，啊啊地怪叫着。又好像是救主负伤的猛犬小虎，低沉地咆哮着，从祭坛上飞扑而来。马受了惊吓，狂奔起来，醉得一塌糊涂的阿鸪被颠下了马背，滚落到了江里。阿鸪本能地呼救了几声，挣扎了一会儿，便被奔流的江水冲走了。阿鸪从此也失踪了，生死不明，不知去向。后来有打鱼的农夫说，曾在夜幕中看到阿鸪落水的情景。至于阿鸪为什么在王宫酒宴后骑马走到了这里，为何又莫名其妙地掉入了江中，有人猜测可能是冥冥之中杜宇王对背叛者的报复，也有传言是阿鸪被人算计了。总之说法不一，成了一个永远无法解开的谜。

鳖灵和白羚的大婚仪式如期举行了，并没有因为阿鸪出事而受到丝毫影响。

这是一个天气异常晴朗的上午，艳阳高照，金风送爽。王城内广场上站满了观礼的民众，祭坛上彩旗飘舞，街道都打扫得干干净净，不时有孩童们跑过，人们的脸上都展露着笑意。因为广场小，有些民众登上了城墙，居高而望，观看这场盛大的婚礼。城墙上还站了一些守城的卫士，加强了护卫，以备不测。放眼望去，广场内外，王城上下，因为人多，气氛热烈，分外热闹。

随着清脆的马蹄声，在卫队的护卫下，穿戴一新的鳖灵和白羚骑马来到了广场，健步登上了祭坛。大臣们也都身穿新装，精神焕发，骑马跟随在后面，来到了广场，在祭坛下面分列而站。由家丁和武士们组成的卫队，全副戎装，环列于四周。

鳖灵穿着丝绸做的崭新王服，气宇轩昂地站在祭坛上，用锐利如炬的目光扫视着四周的人群。白羚也穿了崭新的王后之服，站在鳖灵的身边，娇容含笑，英姿飒爽，光彩照人。鳖灵面向广场民众，朗声说：今日是我和公主大婚，于此举行典礼，天地诸神，朝中百官，民间百姓，都来见证，观礼庆贺，我很高兴！公主也很开心！现在我宣布，今日的典礼要做三件事情！

参加典礼的众臣们都仰望着鳖灵和公主。观礼的民众也都兴奋地看着、眺望着。

鳖灵大声说：第一件事情，我要宣告天下，正式继承王位！鳖灵做了个手势，随侍于侧的江灵快步上前，将金光灿灿的王冠呈了上去。鳖灵伸手取了金冠，双手举着金冠说：朝中百官和民间百姓都知道，这是杜宇王留下的金冠，杜宇王是一代英主，因为年事已高，兵谏之后，正式禅位于我。我现在就戴了杜宇王的金冠，从此继承王业，称为开明王！说着，鳖灵便将金冠戴在了自己的头上。金冠在秋天艳阳的照耀下，闪烁着灿烂的光彩。

众臣与民众对杜宇王称帝时的情景仍记忆犹新，当时是由神巫将金冠戴在了杜宇王的头上。现在鳖灵根本无须神巫，而且省去了所有的繁文缛节，自己就将金冠戴在了头上，显示了一种从未有过的霸气。使得大家都有些惊讶，同时也不能不顿生敬佩。白羚听到鳖灵当着众臣与百姓，肯定了父王的英名，心里也有些感动。鳖灵真是谈吐不凡啊，将血腥的政变说成了是兵谏与名正言顺的禅让继位，使一场天翻地覆的变故，轻描淡写就化为了理由充足的继位，给杜宇王留了面子，也给了鳖灵自己一个冠冕堂皇的理由，避免了篡位的恶名。白羚对此，也不能不感叹鳖灵的机智和聪明。

鳖灵继续说：第二件事情，我今日要迎娶公主，正式封公主为蜀国开明王朝的开国王后！从此以后，朱利就是太后了，将在后宫安享荣华。王后将辅佐我共创伟业，大展宏图，让蜀国的百姓过上更好的日子！说着，便取了另一顶金冠，高举过额，郑重地戴在了白羚的头上。白羚心中有些激动，依然微笑着，却湿润了双眸。白羚头上的这顶金冠，本来是杜宇王为朱利准备的，现在由白羚继承了王后之位，也就顺理成章地戴上了金冠。此时在艳阳照耀下，也同样闪烁着璀璨的光彩。

蜀国的民众都很喜欢公主，知道公主聪慧善良、关心民情，此时见公主容光焕发，成了王后，都情不自禁地欢呼起来。众臣们也都齐声称贺。广场上一片欢腾。

鳖灵从热烈的欢呼声中，真正明白了公主的影响。杜宇王不在了，众臣与民众于是将对前朝君王的尊崇之情，都转移到了公主白羚的身上。鳖灵觉得很庆幸，自己当众迎娶公主，举行这场隆重的仪式，显然是做对了，毫无疑问取得了极大的成功。鳖灵深谋远虑，满心需要的，正是这种效果。但这还不够，鳖灵还要给众臣和百姓的热情火上浇油，让他们的忠诚之心和热情之火，燃得更热烈才好。

鳖灵大声说：我现在宣布第三件事情，为了庆贺我和公主的大婚，百官加爵一级，百姓再减税一成。大酺天下，欢庆三日！

广场上一片欢腾，站在城墙上的民众也齐声欢呼。听到鳖灵如此宣布，向众臣和百姓广施恩泽，谁不高兴啊？人们此时的心情，就像金秋的艳阳一样，灿烂无比，洋溢着温暖。欢呼声在广场上和王城内此起彼伏，久久回荡。

晴朗的天空中突然传来了鸟鸣，有一只羽毛斑斓的五彩之鸟，从西山飞过了山林和田野，飞到了王城广场上空。五彩之鸟在白羚与鳖灵的头上盘旋着，鸣叫着，仿佛在诉说或表示着什么。所有的人都抬起头来，看着这只神奇的五彩之鸟。

白羚心有灵犀，听到鸟鸣，仿佛听到了父王的声音，心里充满了异样的感觉。鸟鸣声中隐约透露了悲切之音，好似象征着父王失去王位后的寂苦。哦，父王啊！难道这只五彩之鸟，就是父王的化身吗？此时飞来，也是为了亲眼观看公主的大婚吗？父王啊父王！白羚的眼中，不由自主地涌出了泪花。

鳖灵也看到了飞翔而来的五彩之鸟，并注意到了白羚微妙的神情变化。鳖灵关切地轻声问：公主怎么了？为何突然流泪了？

白羚用微笑掩饰了泪光，柔声说：太高兴了也会流泪啊。今天是个吉祥的日子，你看，五彩之鸟都飞来了。

鳖灵听说过蜀国的一些美丽传说，知道蜀国民众都有喜欢和崇尚五彩之鸟的习俗。鳖灵觉得，今日大婚乃天作之合，果然一切都很完美。鳖灵豪迈地笑了笑，与白羚携手走下祭坛，骑上了马，在卫队的护卫下，离开热闹的广场，驰回了王宫。

杜宇王的精魂化为了五彩之鸟，飞翔在王城的上空。

杜宇王看到了公主与鳖灵的大婚场面，既觉得恼怒，又有些欣慰。恼怒的是鳖灵心机太深，篡夺了王位，还娶了公主，从此蜀国真的就成了鳖灵的天下了，杜宇王是再也没有可能复国了。欣慰的是公主并没有因为父王的失国而遭受牵连，仍然有了一个很好的归宿。两相权衡，这也算是一个最好的结果了。杜宇王精心建造的华丽王宫，从此就归属于鳖灵和公主所有了，连同宏伟壮观的王城，都成了陪嫁公主的嫁妆。

哦，自己是多么的慷慨啊，这可是古蜀有史以来最丰厚的嫁妆了，鳖灵应该满足了，羚儿也应该高兴了。

杜宇王飞临华丽的王宫，看到了深居后宫的朱利，如今已成了新朝的太后。朱利似乎变了一个人，依然安享荣华，却有些神志不清，起居行走与说话举止，都有点疯疯癫癫。朱利仍旧一往情深地挂念着杜宇王，为自己错失良机未能清除威胁而懊悔不已。朱利就这样终日沉迷在回忆与懊悔之中，喃喃自语，神思恍惚。杜宇王看到朱利这个样子，内心深为歉疚。杜宇王同时也知道，有羚儿无微不至的照顾，朱利可以安度晚年，他可以无须操心，也就释然了。

杜宇王飞去了蜀相官邸，却再也看不到美丽妩媚的海伦与清纯可爱的小玫了。蜀相官邸如今闲置着，海伦与小玫已不知去向。杜宇王徘徊着，鸣叫着，寻觅着，心里充满了思念与苦恼。杜宇王其实最想看见的，也就是海伦与小玫了。如今亲人都好，情人却去向不明，岂不叫人相思断肠啊？

杜宇王飞翔在王城与山林之间，苦苦寻觅，始终不见海伦与小玫的踪影。杜宇王因为思念之深，心里充满了寂苦和惆怅，飞翔时的鸣叫也越发悲切。

当杜宇王悲切地鸣叫着飞过田野的时候，蜀国在田间劳作的农夫们常常会放下农具，抬头怅望。农夫们也常常像公主一样，自然而然地联想到杜宇王的声音，为杜宇王的失国遭遇而惋惜。后来，人们就给杜宇王的精魂之鸟取了很好听的意味深长的名字杜鹃，又称为子规，意思说杜宇王又飞回来了。再后来，人们又给杜宇王的精魂之鸟附会了美丽的故事，在民间广为传播，一直流传到了后世。

杜宇王的精魂之鸟，就这样在蜀国广阔的山林里飞翔着，寻觅着失踪的情人。年复一年，将思念与爱，化为了永恒……

后 记

古蜀是个神秘的王国，由于文字记载的缺失与不详，常给人以云遮雾罩之感。

很多历史学家都对古蜀历史产生过兴趣，从不同角度进行过研究或探讨，提出过各种看法或推测。20世纪80年代，四川广汉三星堆遗址相继发现了一号器物坑与二号器物坑，出土了大量古蜀时代的珍贵文物。这些珍贵文物数量之多，内涵之丰富，造型风格之神奇，都令人震撼，国内外新闻媒体争相报道，惊动了全世界的考古学者，堪称是世界东方影响最大的一次考古发现。三星堆出土文物，后来曾到世界上很多国家展览过，在国内外掀起了一股研究三星堆与古蜀文明的旋风。笔者当时已到四川省文物考古研究所工作，也开始研究三星堆出土文物，并对古蜀历史产生了浓厚的兴趣。其后，2001年又有了成都金沙村遗址的惊人考古发现，出土了数量非常可观的各类珍贵文物。在年代上，三星堆两个器物坑的年代相当于殷商中后期，金沙村遗址的年代略晚一点，相当于商周时期。如果将它们和文献记载中的古蜀王朝相对应，三星堆遗址可能属于鱼凫时代，金沙遗址可能属于杜宇时代。两个遗址文化内涵一致，时间相互衔接，为学术界提供了丰富的研究资料，确实令人兴奋。笔者将金沙村遗址出土文物也纳入了自己的研究范畴。这些年来，由于锲而不舍的努力，笔者在研究古蜀文明与三星堆、金沙遗址考古发现方面，有了很多心得体会，相继撰写出版了《天门》《古蜀的辉煌——

三星堆文化与古蜀文明的遐想》《三星堆——震惊天下的东方文明》《三星堆》（韩文版）、《古蜀金沙——金沙遗址与古蜀文明探析》《金沙遗址——古蜀文化考古新发现》《金沙考古——太阳神鸟再现》等著述，发表了数十篇研究文章，有些论文被收入多种论文集出版，《古蜀金沙》还获得了四川省优秀图书奖，取得了不俗的成绩。

　　但笔者并没有仅仅满足于对古蜀文明所做的学术研究，觉得从文学与影视创作的**角度**来看，古蜀文明也是价值非凡的重大题材。特别是古蜀国历史上望丛时代的传奇故事，就极有特色，魅力无穷。如果能用文学的形式，来**叙述**古蜀望丛时代生动曲折的历史故事，描绘那时丰富多彩的生活和富有传奇色彩的人物，那将是一件非常有意义的事情。学术研究成果，可以真实地揭示湮没的历史真相，使人们了解遥远时代的物质文明状况。文学的叙述和描绘，可以将那个时代的人物与生活鲜活而又逼真地展现**在现代人们的面前**，可能会更加引人入胜。这个想法激励着笔者，使笔者产生了一种文学创作的冲动，由此开始了长达十多年的酝酿构思和**创作准备**。

　　杜宇是**古代蜀国**继蚕丛、柏灌、鱼凫之后的一位统治者，曾大力提倡耕、牧、工、商，拓展蜀国的疆域，在古蜀历史上留下了许多重要的记载。晋代常璩《华阳国志·蜀志》说杜宇"教民务农，一号杜主"，娶朱提女子朱利为妃，在成都平原的腹心地带郫县建立了都邑，并将蚕丛时代的瞿上城作为别都，成为当时华夏中国一方相当繁荣昌盛的区域。到"七国称王"的时候，"杜宇称帝，号曰望帝，更名蒲卑。自以功德高诸王，乃以褒斜为前门，熊耳、灵关为后户，玉垒、峨眉为城郭，江、潜、绵、洛为池泽，以汶山为畜牧，南中为园苑"。这是一片相当广阔的领域，除了成都平原和川西盆地的丘陵地带，还囊括了汉中平原，以及贵州、云南的大部分地区。由此可知，杜宇是一位很有作为的蜀王，也是古蜀历史上第一位称帝的蜀王。

　　关于文献记载的杜宇事迹，曾出现过两个争论问题。

494

其一是杜宇和朱利的来历，杜宇来于何处？朱利究竟是什么地方人？按照汉代扬雄《蜀王本纪》中的记述，说"后有一男子名曰杜宇，从天堕止，朱提有一女子名利，从江源井中出，为杜宇妻。乃自立为蜀王，号曰望帝"。北魏郦道元《水经注·江水》引来敏《本蜀论》也沿袭了这一说法："望帝者，杜宇也，从天下。女子朱利，自江源出，为宇妻。遂王于蜀，号曰望帝。"扬雄《蜀王本纪》关于杜宇与朱利的记述，传说的色彩很浓，因文字断句和读法的不同，很容易使人产生误解。如有的学者将其断句读为"杜宇，从天堕，止朱提，有一女子名利，从江源井中出，为宇妻"。进而认为杜宇是从朱提（今云南昭通）来的，朱利是江源（今崇州）人。但这个推论是有争议的，也可能把两人的来历说反了。常璩是严谨的史学家，在《华阳国志·蜀志》中对杜宇的传说可能做过考证，记述就比较清楚了："后有王曰杜宇，教民务农，一号杜主。时朱提有梁氏女利游江源，宇悦之，纳以为妃。"可见朱利应该是朱提人，后来可能行走江湖到了江源，结识了在当地发展农业的杜宇，两情相悦，成了杜宇的王妃。常璩是崇州人，如果朱利真的是江源（崇州）土著，常璩是决不至于说错的。所以我们还是应该相信常璩的记述。但学者们有不同的推测，也很正常。究竟是朱利来自朱提，还是杜宇自朱提来至江源，和江源女酋长梁利结合？[1]或者朱利出自江源，本是一个牧女的名字？[2]或者认为杜宇是从华夏来的人？[3]学者们对此见仁见智，看法不一。总之杜宇和朱利在江源联姻了，并因之而崛起，后来成了新的蜀王，则是没有疑义的。联姻在上古时期是一种很重要的政治手段，黄帝、大禹，都是通过联姻而巩固了统治。杜宇也是通过联姻这种很智慧的做法，击败了强悍的鱼凫王，而成了一位新的蜀国君主。

---

① 见蒙文通著《巴蜀古史论述》第80页，四川人民出版社，1981年8月第1版。
② 见徐中舒著《论巴蜀文化》第142页，四川人民出版社，1982年4月第1版。
③ 见任乃强著《四川上古史新探》第80页，四川人民出版社，1986年6月第1版。

其二是杜宇究竟何时称帝？"望帝"究竟是杜宇的帝号还是谥号？也有学者提出过一些不同的看法。但《华阳国志·蜀志》所言杜宇称帝之事，肯定不是空穴来风，应该是有所依据的。望帝称号，与杜宇有关，也应该是不争的事实。总而言之，因为杜宇大力发展农业，国力昌盛，对巴人和周边地区也产生了很大的影响，"巴亦化其教而力农务"，栖居在川东丘陵地带的巴族也因此而进入农业社会，同蜀人一样尊奉杜主为农神。当时周边地区甚至有向往和投奔蜀国的，荆人鳖灵就是一位不远千里投奔蜀国的代表。

鳖灵是古蜀历史上很有意思的一个人物，入蜀经过颇具传奇色彩。我们从北魏郦道元《水经注》卷三十三引来敏《本蜀论》中可以读到这样的记述："荆人鳖令死，其尸随水上。荆人求之不得。鳖令至汶山下复生，起见望帝……望帝立以为相。"[1]汉代扬雄《蜀王本纪》以及其他古籍中的记述与此大致相同，不同的是有的将"鳖令"写作"鳖灵"或"鳖泠"。死而复生当然是一种传说，鳖灵从荆楚故乡远走高飞，究竟是什么缘故，也很可能另有隐情。在鳖灵出走之前发生过什么，文献对此没有细说，我们不得而知，却留给了我们丰富的想象空间。总之，鳖灵来到了蜀国，并拜见了杜宇。

很显然，鳖灵是一位很有能力的人，一同投奔蜀国的也许还有他的部属和族人。蜀国君王杜宇对鳖灵的才干十分赏识，在鳖灵到达蜀国的都邑拜见杜宇之后，很快就得到了杜宇的信任和重用，当即"立以为相"。相是一个相当重要的职位，唯才是举则是春秋战国时期的一种风气。魏国人张仪游说秦国，被秦惠王起用为相；洛阳人苏秦用合纵术游说列国联合抗秦，曾佩六国相印。鳖灵的年代比纵横家苏秦、张仪要早得多，一到蜀国就得到重用授以相位，不仅说明了鳖灵非同凡响的才干，更显示了杜宇求贤若渴大胆使用人才的气度和那个时代开放贤明

---

① 见［北魏］郦道元撰，王国维校《水经注校》第1045页，上海人民出版社，1984年5月第1版。

的风气。用历史的眼光来看，杜宇的气度和襟怀，确实是非常值得敬佩的。蜀国当时遭遇了特大洪水，杜宇大胆任用鳖灵，与当时的治水可能也有很大的关系。据汉代扬雄《蜀王本纪》记载："时玉山出水，若尧之洪水，望帝不能治，使鳖灵决玉山，民得安处。"《蜀王本纪》将杜宇时候发生的洪灾，与尧之洪水相提并论，可见当时洪涝灾害的情形是非常严峻的。正是因为形势的需要，由于杜宇的赏识，鳖灵才得以充分施展其才干。从此以后，鳖灵便在蜀国担起了治水的重任。

关于鳖灵治水地点，文献中也有一些记载。譬如汉代扬雄《蜀王本纪》说是"使鳖灵决玉山，民得安处"，晋代常璩《华阳国志·蜀志》也说"其相开明决玉垒山以除水害"。北魏郦道元《水经注》卷三十三亦有"江水又东别为沱，开明之所凿也"的记述，注释说"杜宇称帝于蜀，号望帝，其相开明决玉垒山以除水害"[①]。据学者们考证，玉垒山位于都江堰附近，历史上岷江上游洪水泛滥，都是由此直冲成都平原的。而首当其冲的便是杜宇王朝的都城郫邑。鳖灵掘开玉垒山，将岷江的洪水引入沱江，充分发挥了分洪疏流的作用，洪灾也就得到了很好的治理。可见鳖灵治理的主要是岷江水患，是最早开凿灌县宝瓶口的人。后来李冰修都江堰，不过是进一步疏通和扩大了宝瓶口。有学者认为，传说鳖灵凿巫峡，开金堂峡，"显系误会"[②]。在当时的历史条件下，鳖灵对治水地点的准确判断，以及在较短的时间内完成了治水工程，确实是很不简单的事情。

通过一些文献记载透露的信息可知，鳖灵长期在外治水，与民同劳，以其非凡的才干和能力逐渐树立了很高的威望，并以治水取得的巨大成功赢得了蜀国人民的爱戴。在鳖灵外出治水期间，年事已高的蜀国君王杜宇在都城郫邑华丽的宫室里却沉湎于酒色，做出了一件相当荒唐的风流事情，勾引了鳖灵美丽的妻子。这其实并非是古代文人的虚构和

---

① 见［北魏］郦道元撰，王国维校《水经注校》第 1038 页，上海人民出版社，1984 年 5 月第 1 版。
② 见［晋］常璩撰，刘琳校注《华阳国志注》第 185 页注【六】，巴蜀书社，1984 年 7 月第 1 版。

杜撰，而是**古蜀历史中真实发生过的故事**。我们不知道鳖灵妻子的名字与模样，但通过古籍中简略的记述，可以想象一定是位年轻貌美极有风韵的女人，才使望帝杜宇一见动心，不惜一切勾引到手。杜宇的权势和魅力，以及**鳖灵长期在外**，年轻漂亮的妻子耐不住独居的寂寞，在这件事情的发生过程中都是不可忽略的因素。这个故事使我们很自然地联想到了荷马史诗中的海伦，古代爱琴海沿岸的古希腊人和特洛亚人为了美丽的海伦而发生了长达十年的战争。古蜀时代杜宇和鳖灵妻子的风流故事虽然没有爆发战争，却也诱发了政变，导致了王朝的更替。汉代扬雄在《蜀王本纪》中记述说："鳖灵治水去后，望帝与其妻通，惭愧，自以德薄不如鳖灵，乃委国授之而去，如尧之禅舜。鳖灵即位，号曰开明帝。"[1] 汉代许慎《说文解字》"嶲"字下也有同样记述："蜀王望帝淫其相妻，惭，亡去为子嶲鸟。"[2]《太平御览》卷一六六引《十三州志》也说"望帝使鳖冷治水，而淫其妻。冷还，帝惭，遂化为子规"[3]。到了晋代常璩撰写《华阳国志》时，也许觉得此事不雅，而略去了这一重要情节。《华阳国志》是研究古蜀历史的案头常备之书，由于常璩的省略，致使后来研究古蜀历史的学者们，亦大都忽略了这个故事。徐中舒先生认为，杜宇化鹃本是一个优美的爱情故事，许慎是经学家，"淫其相妻"不合于儒家伦常道德，所以称其"惭，亡去"。点金成铁，实在糟蹋了这个故事。李商隐诗曰"望帝春心托杜鹃"，才是这个故事的正解。[4] 实际上，这个故事向我们透露的信息是如此丰富，生动的历史真相就掩藏在这个故事后面。由杜宇王朝更替为开明王朝，正是这件事情使古蜀历史发生了重大转折，起了非常关键的作用。

　　一个是**教民务农、拓展疆域**，曾经雄视天下的望帝杜宇，一个是

---

① 见《全汉文》卷五三，[清] 严可均校辑《全上古三代秦汉三国六朝文》第 1 册第 414 页，中华书局影印出版，1958 年 12 月第 1 版。

② 见 [汉] 许慎撰，[清] 段玉裁注《说文解字注》第 141 页，上海古籍出版社，1988 年 2 月第 2 版。

③ 见 [宋] 李昉等撰《太平御览》第 1 册，第 808 页，中华书局，1960 年 2 月第 1 版。

④ 见徐中舒著《论巴蜀文化》第 141 页，四川人民出版社，1982 年 4 月第 1 版。

才略过人、治水创立奇功赢得蜀人爱戴的蜀相鳖灵，两人之间的政权更替当然不会风平浪静。扬雄《蜀王本纪》等史料中说杜宇委国禅让给鳖灵后，"遂自亡去，化为子规"，或说"升西山隐焉"，便隐约透露出了杜宇往岷江上游大山深处逃亡而去的信息。《太平寰宇记》则说得更为明确，杜宇显然是被推翻的："望帝自逃之后，欲复位不得，死化为鹃，每春月间，昼夜悲鸣，蜀人闻之曰，我望帝魂也。名杜鹃，又名杜宇，又号子规。"[1]东汉应劭《风俗通义·怪神》引《楚辞》的一条记载，说："鳖令尸亡，沂江而上，到崏（岷）山下苏起。蜀人神之，尊立为王。"[2]也说明鳖灵推翻了杜宇王朝，成了新的蜀王。于是，杜宇王朝华丽的官室和整个蜀国的权力都落入了鳖灵之手。在子规鸟悲切的啼声中，古蜀历史上一个新的王朝诞生了。这个王朝就是从治水开始创建大业的开明王朝。文献记载说，鳖灵即位后，称为丛帝。后来，开明王朝延续了十二代，开创了古蜀历史上另一个重要时代。

这里还应该特别提到古蜀历史上的祭祀活动，三星堆与金沙遗址的大量出土文物告诉我们，古蜀时代的祭祀活动特别昌盛。王权的强大，神权的盛行，应该是古蜀时代的一个重大特色。古蜀国里不仅有蜀王，而且有大巫，其地位和影响都不容忽视。古蜀国内凡是重大事情，可能都要举行祭祀活动，可谓巫风昌炽。但这些祭祀活动究竟有多大的实际意义，却很难评论。有些祭祀活动，可能还导致了失败。三星堆遗址一号坑与二号坑里面的珍贵文物，都是遭遇焚毁后被埋入地下的，就是一个很显著的例证。这就说明了古蜀时代祭祀的失败，也是经常发生的，是不容忽视的历史事实。在杜宇与鳖灵的故事中，祭祀活动究竟起了什么样的作用，也给了我们丰富的想象空间。

正因为古蜀王国中祭祀活动十分昌盛，所以三星堆与金沙遗址出

---

[1] 见嘉庆《四川通志》卷二〇一，第八册第5753页，巴蜀书社，1984年12月第1版。

[2] 见［东汉］应劭撰《风俗通义》卷九，《百子全书》下册第1094页，浙江古籍出版社，1998年8月第1版。

土的大量玉石器，大都是礼神之玉。值得注意的是，属于鱼凫时代的三星堆遗址还出土了 67 根象牙，属于杜宇时代的金沙遗址则出土了更多的象牙，数量非常惊人。这些象牙质地细腻精美，可能同精美的玉器一样，也成了祭祀活动中的礼神之物。为什么金沙遗址会有这么多象牙？这些象牙来于何处？也是很有意思的问题。通过深入研究可知，金沙遗址出土的大量象牙，都是本地所产，这说明当时蜀地生态环境非常良好，不仅鸟兽众多，还有象群出没。显而易见，在杜宇与鳖灵的时代，人们与象群之间，也可能发生过一些很有趣的故事。

杜宇由于好色"德薄"失去王位隐入西山后，蜀国百姓仍旧怀念他"教民务农"的恩惠，每当早春二月杜鹃鸟啼，农耕即将开始的时候，蜀人便会想到望帝，为杜宇晚年的失国逃亡而感到悲伤。怀着这种感情的蜀人于是在灌县城西枕山临水的地方建起了望帝祠，以表达对杜宇的纪念。到南朝齐明帝建武年间（公元 494—498 年），益州刺史刘季连将望帝祠迁到郫县，与纪念鳖灵的丛帝祠移建在一起，称为望丛祠，而将灌县原址更名为崇德庙，以祭祀李冰。望丛祠在宋朝得了大规模的扩建，明末战乱中遭到破坏，清代乾隆以后又重新修复。这两座成都平原上最古老的帝陵，如今位于成都市郫都区城郊，这里古柏森森，环境幽雅，已成为人们经常游览凭吊的一处人文古迹。闻名遐迩的望丛祠，不仅是古蜀历史的象征，也是对望帝杜宇、丛帝鳖灵这两位古蜀历史上伟大传奇人物的纪念。

《金沙传奇》就是以古蜀历史上这一重大题材而潜心构思创作的一部文学作品。多年来的学术研究，使笔者对古蜀历史有很多独到的心得，为文学构思奠定了较为坚实的基础。古蜀历史上曾经发生的许许多多故事和事件，都成了丰富的文学创作素材。经过较长时期的酝酿和构思，随着创作欲望的日益强烈，终于动笔了。从去年初夏开始，在激情洋溢的状态中，笔者将自己禁闭在书房里，面对电脑自由而放纵地敲打着键盘，每天伏案工作都有新的进展，好似在跑步机上持续着一场漫长的马拉松。长篇创作是一件辛苦活儿，但也有无穷的乐趣。特别是，当情节在创作中不断地完善，人物日益鲜活地浮现在眼前，内心常会有一种难以形容的舒畅。

笔者曾给自己定了一个追求的高度，希望这部作品能够着力追求题材的精妙、内容的精彩、人物故事的经典；希望作品中不仅有曲折生动而引人入胜的情节，而且要塑造性格丰富、栩栩如生的众多典型人物；还希望在作品中要融会深厚的学术积淀与精彩的表达技巧，展现丰富的想象力。毋庸讳言，这些想法颇有些狂妄。但取法于上，适得其中。有些狂妄的想法，可以鞭策自己努力，也未尝不是好事。同时笔者也知道，如实说出来，也是一种坦诚和真实。相信所有的作家在动笔创作时，都是希望写好作品，而不希望自己失败的。所以，这应该是一种很正常的创作心理。特地记录于此，也是为了让读者明白笔者的创作心路历程。

这里还需要坦白的是，创作中对人物的心理分析和对内心世界的描述，也许多了一些。有些叙述，也许说得过于透彻了。笔者也曾为此而思考过，究竟应该如何把握才好，是否应该再朦胧一些，或者再含蓄一些，给读者留更多的空间自己去联想呢？但笔者又觉得，文学的表现形式很多，所谓法无定法，然后知非法法也。历史题材的写法，从话本到演义和章回小说，以及现代的各种表现手法，一直都在演变着和发展着，不断地创新着，自己为什么一定要按常规的套路走呢？在叙述上做一些新的探索，突破自己以前的写作模式，尝试形成自己新的风格，也未尝不可啊。因而笔者也就按照自己的思考，大胆地无拘无束地做了，无所顾忌地走着自己的创作之路，放纵着自己的冲动与激情，去实现自己的原创梦想。究竟效果如何，只有让读者去评判了。

还想告诉读者的是，这部长篇小说中描述的古蜀人物，有的是实有其人，有的是纯属虚构的。杜宇和朱利，鳖灵和海伦，都是有文献记载的人物。而公主白羚，鳖灵的三个兄弟，以及神巫和鱼鹰等人，就是虚构的人物了。就像《三国演义》不能等同于《三国志》一样，《金沙传奇》也不是《古蜀金沙》。《古蜀金沙》探讨的是古蜀时代的文明形态，《金沙传奇》讲述的是古蜀时代的人物故事。虽然是想象的和虚构的小说人物，一旦血肉丰满起来以后，便和历史的真实有机地融合在了一起。读者是否喜欢这些人物，或者憎恨，或者惋惜，或者兴奋，或者感慨，或者鄙视，或者淡漠，或者摇头，或者叹息，或者遗忘，便都是读者的自由了。

又到了桃花盛开与油菜花飘香的时节，成都平原绚丽多彩，绿意盎然。经过八个月的笔耕，终于脱稿，完成了这部酝酿构思长达十余年的长篇小说。笔者也可以在阳光和春风中放松一下，去做些户外活动，或出去旅游走一走。然后呢，可能又会回到自己的书房，又回归到蜗居的状态，再继续自己的笔耕，继续做自己想做的和喜欢做的有意义的事情，去实现自己更多的创作梦想。

现在最想说的一句话，就是希望这部长篇小说问世后，能够获得广大读者的喜爱。同时还希望着，在笔者继续完成"古蜀传奇"三部曲中的另外两部后，也同样能获得读者的喜爱。这将是对笔者付出的所有辛劳最好的奖励了。让我们期待着。

2013 年孟春　于天府耕愚斋